dtv

Von einem anonymen Briefeschreiber in eine verlassene Lagerhalle in Frankfurt Fechenheim gelockt, entdeckt ein Ehepaar eine Frauenleiche. Die Unbekannte wurde bei lebendigem Leib zersägt, bei der Leiche finden sich gemahlene Farnsamen und ein halb verwester Katzenkadaver. Was das neu formierte Team um die beiden Ermittlerinnen Emilia Capelli und Mai Zhou zu diesem Zeitpunkt noch nicht ahnt: Die Frau ist bereits das vierte Opfer eines Serienkillers, der seine Morde als bizarre Themenwelten inszeniert und dabei eine Detailbesessenheit an den Tag legt, die selbst abgebrühte Ermittler erschaudern lässt. Und noch ist sein »Werk« nicht vollendet …
Die Abteilung für Kapitaldelikte der Zentralen Kriminaldirektion Frankfurt am Main spannt die beiden ehrgeizigen jungen Kommissarinnen Emilia Capelli und Mai Zhou zusammen, um die Mordserie aufzuklären. Unterschiedlich wie Tag und Nacht, misstrauen sie einander auf Anhieb. Doch es geht um Menschenleben und, nicht minder wichtig: Es ist der größte Fall ihrer noch jungen Karriere, und keine will sich ihre Chancen von der anderen vermasseln lassen.
Der Beginn einer neuen, hochkarätigen Krimiserie.

Judith Winter, 1969 in Frankfurt am Main geboren, studierte Germanistik und Psychologie in Berlin und Wien und arbeitete viele Jahre in einem renommierten wissenschaftlichen Institut, bevor sie sich selbständig machte. Nach Aufenthalten in Mailand und Paris lebt sie heute mit ihrer Familie in der Nähe ihrer Heimatstadt.

Judith Winter

Siebenschön

Thriller

Deutscher Taschenbuch Verlag

Ausführliche Informationen über unsere Autoren und Bücher finden Sie auf unserer Website
www.dtv.de

MIX
Papier aus verantwortungsvollen Quellen
FSC® C019821
www.fsc.org

Originalausgabe 2014

Umschlagkonzept: Balk & Brumshagen
Umschlaggestaltung: Wildes Blut, Atelier für Gestaltung, Stephanie Weischer
Satz: Greiner & Reichel, Köln
Gesetzt aus der Stempel Garamond 9,5/12˙
Druck und Bindung: Druckerei C. H. Beck, Nördlingen
Gedruckt auf säurefreiem, chlorfrei gebleichtem Papier
Printed in Germany · ISBN 978-3-423-21489-6

Shēng bù féng shí.
Mögest du in interessanten Zeiten leben.
Chinesischer Fluch

Samstag, 27. Oktober

Die Nacht war sternenklar und längst nicht so kalt, wie der Wetterbericht angekündigt hatte. Zumindest kam es Alois Berneck so vor.

Schon seit über einer Woche hatte es nicht geregnet. Trockenes Laub raschelte auf dem Weg zu ihren Füßen. Sie gingen ohne Licht, dicht hintereinander. Durch die Kronen der hohen Bäume ringsum fiel silberner Mondschein, und die Luft duftete würzig nach Pilzen und offener Erde.

Eigentlich schön, dachte Berneck zitternd.

»Nach rechts«, befahl die Stimme, die er nicht kannte.

Rechts, das bedeutete jenseits des Weges.

Das ist nicht gut, dachte Berneck. Aber er wagte es nicht, Widerstand zu leisten.

Nach ein paar Hundert Metern meldete sich die Stimme in seinem Rücken erneut: »Da vorn. Die Leiter.«

Berneck kniff die Augen zusammen, doch zuerst sah er gar nichts. Erst als sie näher herankamen, entdeckte er ein Stück vor sich ein paar morsche Holztritte. Stufen.

»Steig rauf!«

Er zögerte. Das Holz sah wenig vertrauenerweckend aus. Weiter oben schien eine Art Plattform zu sein. Doch davon war kaum mehr als eine vage Kontur zu erkennen. Berneck sah ein Tarnnetz, ganz ähnlich denen, die sie früher bei der Bundeswehr benutzt hatten, um im Manöver Panzer oder Schützengräben unkenntlich zu machen.

Offenbar ein Hochsitz für Jäger.

Direkt über ihren Köpfen donnerte ein Airbus vorüber. Landeanflug. Das ausgeklappte Fahrgestell zum Greifen nahe.

Hilfe, flehte Berneck stumm, wohl wissend, dass man sie nicht sehen konnte. Nicht von diesem Flugzeug aus. Und doch wehte ihn beim bloßen Anblick des landenden Fliegers ein Hauch von Trost an. Noch einmal, ein letztes Mal die Nähe anderer Menschen spüren. Wissen, dass sie sich nah am Flughafen befanden. Ein winziger Orientierungspunkt in einem Meer von Fragen.

»Los, hoch!«, wiederholte die Stimme in seinem Nacken, während die blinkenden Lichter des Airbus hinter den düsteren Baumkronen verschwanden.

Und plötzlich war es doch kalt. Eisig wie in einem Schlachthaus.

»Was haben Sic vor?«, fragte Berneck. »Was wollen Sie von mir?«

Erwartungsgemäß erhielt er keine Antwort. Als er den Lauf der Flinte zwischen seinen Schulterblättern spürte, setzte er den Fuß auf die unterste Stufe. Dann verlagerte er vorsichtig das Gewicht, und tatsächlich: Die Leiter hielt.

Während er zögerlich Stufe um Stufe erklomm, dachte er über die Frage nach, warum der Mann hinter ihm so unendlich geduldig war. Er schien weder Angst noch Eile zu haben. Fast so, als würde er jede Sekunde dieses perfiden Spiels genießen.

Oben angekommen, blickte Berneck in die Tiefe, wo der Waldboden in der Dunkelheit verschwand, und er überlegte, ob es nicht besser wäre, der Sache selbst ein Ende zu bereiten. Allerdings hätte er nicht mit letzter Sicherheit sagen können, ob die Höhe ausreichte, um sich das Genick zu brechen. Und wenn er nicht sofort tot war, würde es nur noch schlimmer werden.

Noch schlimmer, wiederholte etwas tief in ihm. War das überhaupt möglich?

Auf der Leiter hinter ihm kamen die Schritte seines Verfolgers unaufhaltsam näher. Berneck hörte, wie die schweren Stiefel über die letzte Stufe rutschten, und plötzlich kam ihm der Gedanke, dass er vielleicht eine Chance gehabt hätte. Niemand konnte schießen und klettern zugleich. Und die steile Leiter zu erklimmen, ohne sich festzuhalten, war ein Ding der Unmöglichkeit.

Du hattest die Chance, ihn zu besiegen.

Ein Tritt ins Gesicht, und er wäre vielleicht gestürzt …

Doch aus irgendeinem Grund fühlte sich Berneck wie gelähmt.

»Und jetzt?«, fragte er, als der Fremde hinter ihm auf der hölzernen Plattform stand.

Seltsamerweise hatte er keinen Zweifel daran, dass er sterben würde. Und doch interessierte er sich auf einmal für die Details.

Warum? Wann? Wie?

»Ist er …« Seine Stimme klang verloren in der finsteren Weite des Waldes. »War er Ihr Vater oder so was?«

»Wer?«

»Karl …« Er hustete trocken. »Karl Czernik.«

Lachen. »Nein.«

»Aber es hat mit …« Berneck unterbrach sich und unternahm einen neuen Anlauf: »Aber es hat damit zu tun, oder?«

Der Mann antwortete nicht.

Berneck wartete. Lauschte seinem eigenen Atem, während sich nach und nach eine unwirkliche, fast gespenstische Ruhe in ihm breitmachte. Das Zittern verschwand. Seine Beine gehorchten ihm wieder. Zugleich war sein Kopf mit einem Mal von einer angenehmen Kühle erfüllt. Kühle und Klarheit. Es war absurd, aber er hatte tatsächlich das Gefühl, noch niemals im Leben so wach gewesen zu sein wie in diesem Augenblick. Im Angesicht des Todes.

»Knie dich hin«, befahl die Stimme.

Ein leiser Wind bewegte die Kronen der Bäume, und Berneck spürte etwas Warmes auf seiner Wange. Tränen.

Nach all diesen Jahren wirklich und wahrhaftig Tränen.

»Es tut mir leid«, flüsterte er.

Im selben Augenblick wurde sein Körper von einer Ladung Schrot zerfetzt. Ein paar Vögel flatterten erschreckt zwischen den kahlen Zweigen auf. Federn streiften dürre Äste. Die knappen Rufe heiser und nachtschwer.

Dann war es wieder still.

EINS

Es gibt zwei Arten guter Menschen:
Die toten und die ungeborenen.
Chinesisches Sprichwort

Donnerstag, 15. November

1

Die wenigen Zuhörer, die sich an diesem trüben Donnerstagmorgen im Sitzungssaal des Frankfurter Landgerichts, Gebäude E, eingefunden hatten, verfolgten die Urteilsverkündung mit einer Mischung aus Misstrauen und resignierter Langeweile. Die Aufmerksamkeit, die dem Fall anfänglich zuteilgeworden war, hatte sich bereits nach wenigen Prozesstagen verflüchtigt, was in erster Linie an der Angeklagten selbst lag. Die pummelige junge Frau mit den stumpfen braunen Augen erfüllte so wenig das Klischee der männermordenden Schwarzen Witwe, dass die meisten Schaulustigen bereits nach der ersten Anhörung enttäuscht aufgegeben hatten. Und so war der Prozess gegen Sarah Jessica Kindle nach spektakulärem Beginn nicht viel anders verlaufen als Dutzende andere Prozesse dieser Art. Zeugen und Gutachter waren gehört worden, die Staatsanwaltschaft hatte ihre Beweise vorgelegt, und Sarah Kindles Anwalt hatte ein viel diskutiertes Plädoyer gehalten. Doch bahnbrechende neue Erkenntnisse hatten sich aus all dem nicht ergeben. Und fast schien es, als hätten selbst die unmittelbar Beteiligten – Richter, Schöffen und Anwälte – mit der Zeit das Interesse an dem Fall verloren.

An dem Tag, an dem das hohe Gericht über ihre Zukunft entschied, trug Sarah Kindle einen rehfarbenen Pullover, und wie immer sprach sie langsam und auffallend leise, als sie dem Richter ein paar letzte, überwiegend formale Fragen beantwortete.

Emilia Capelli betrachtete das teigige Gesicht der Angeklagten und dachte, dass Sarah Kindle den Gerichtssaal in wenigen Minuten als freie Frau verlassen würde. Gleichzeitig überlegte sie, ob ihr diese Aussicht ein gutes Gefühl gab.

»Em«, wie Freunde und Kollegen Emilia scherzhaft nannten, war achtundzwanzig und hatte es trotz ihres jugendlichen Alters bereits zur Hauptkommissarin in der Abteilung für Kapitaldelikte der Zentralen Kriminaldirektion gebracht – ein Umstand, den sie in erster Linie ihrem unermüdlichen Fleiß und einem schier bodenlosen Ehrgeiz verdankte.

Dass sie einen Strafprozess verfolgte, kam eher selten vor. Noch dazu, wenn es um jemanden ging, gegen den sie nicht selbst ermittelt hatte. Aber in diesem Fall war sie als Zeugin gehört worden, und aus irgendeinem unerfindlichen Grund war ihre Aufmerksamkeit zumindest so sehr an der Sache hängen geblieben, dass sie ihren freien Vormittag opferte, um der Entscheidung des Gerichts vor Ort beizuwohnen.

»Du hast sie ja nicht alle«, hatten ihre Kollegen gespottet, und im Stillen gab Em ihnen sogar recht. Doch hin und wieder tat man eben Dinge, die sich rational weder erklären noch begründen ließen.

Ihre Augen suchten wieder die verwaschenen Züge der Angeklagten, die den Ausführungen des Richters mit unbewegter Miene lauschte.

Dieser freilich ersparte Sarah Kindle weder den wiederholten Hinweis auf die zahlreichen Ungereimtheiten in dem Fall noch das offene Zurschautragen seiner persönlichen Antipathie. Er schloss mit den Worten: »Dennoch ergeht nach Anhörung sämtlicher Zeugen und vor dem Hintergrund der mehr als dürftigen Beweislage im Namen des Volkes folgendes Urteil …«

Em spürte, wie angesichts dieser Ankündigung wieder Leben in den Gerichtssaal kam. Sie hörte das Quietschen von Füßen auf dem grauen Linoleum. Rascheln. Ein paar Meter hinter ihr räusperte sich jemand. Dann war der Raum von einem Moment auf den anderen von einer flirrenden Spannung erfüllt, und sämtliche Blicke richteten sich auf die Angeklagte, die noch immer vollkommen ausdruckslos auf die Tischkante vor sich hinuntersah.

»Möchten Sie noch etwas sagen?«, fragte der Richter, nachdem er den erwarteten Freispruch verkündet hatte.

Sarah Kindle sah ihn an und schüttelte wortlos den Kopf.

Der Richter nickte ohne Freundlichkeit. »Dann erkläre ich das Verfahren hiermit für geschlossen. Sie sind frei.«

Die beiden Beisitzer rechts und links von ihm erhoben sich. Staatsanwalt und Verteidiger eilten geschäftig zum Richtertisch. Im Zuschauerraum brach Gemurmel los.

Einzig Sarah Kindle stand nach wie vor unbewegt an ihrem Platz.

»Ich glaube ihr kein Wort«, hörte Em eine Frauenstimme in ihrem Rücken, und obwohl Sarah Kindle zu weit entfernt stand, um die Bemerkung aufzuschnappen, wandte sie just in diesem Augenblick den Kopf und blickte herüber. Noch immer lag ein Ausdruck von Stumpfheit auf ihrem Gesicht, doch ein paar flüchtige Sekunden lang glaubte Em, in den Tiefen der braunen Augen ein leises Glimmen zu erkennen. Einen Anflug von Triumph.

Sie sind frei …

Der Eindruck verflog so schnell, wie er gekommen war. Zurück blieb das leere Gesicht einer jungen Frau, die soeben um satte viereinhalb Millionen Euro reicher geworden war.

Nur Sekunden später trat Sarah Kindles Anwalt vor seine Klientin und verstellte Em die Sicht. Seufzend bückte sie sich nach ihrer Handtasche und verließ mit einem diffusen Gefühl von Besorgnis den Gerichtssaal.

Von dem Mann, der nur wenige Meter entfernt auf der anderen Seite des Gangs saß, nahm sie keine Notiz. Er trug eine Perücke, aber das fiel niemandem auf. Ebenso wenig wie das schmale Notizheft, dessen Ecke aus der Brusttasche seines Jacketts herausragte. Seit 2007 gab es Sicherheitskontrollen an sämtlichen Eingängen des Gebäudes, was dazu geführt hatte, dass die meisten Leute, die hier ein und aus gingen, es nicht mehr für nötig hielten, ihre Instinkte zu bemühen. Außerdem hatte der Mann über einen langen Zeitraum hinweg die Fähigkeit perfektioniert, seine Mitmenschen genau das sehen zu lassen, was sie zu sehen erwarteten. Ein Talent, das ihm in Situationen wie dieser sehr zupasskam.

»He«, beschwerte sich die resolute ältere Dame, die schon seit geraumer Zeit neben seinem Stuhl stand. »Wären Sie wohl mal so nett, mich durchzulassen?«

Der Mann erhob sich ohne Hast und trat einen Schritt zurück.

»Danke.« Die Rentnerin schlängelte sich an ihm vorbei, wobei sie es bewusst vermied, dem Fremden ihren Allerwertesten zuzukehren. »Was ist?«, fragte sie, als sie seinen Blick bemerkte. »Warum lächeln Sie?«

»Gutes Benehmen«, antwortete der Mann.

Die Frau warf ihm einen verständnislosen Blick zu.

»Selten genug heutzutage.«

»Tja«, sagte die Frau. »Leider.«

Er nickte nur. Dann drehte er sich um und ging lächelnd davon.

2

Das Erste, was Jenny Dickinson wahrnahm, als ein Hauch von Bewusstsein in sie zurücksickerte, war ein unbestimmtes Gefühl von Enge.

Sie versuchte, den Kopf zu heben, aber es gelang nicht. Stattdessen entdeckte sie einen Schmerz, den sie nicht näher lokalisieren konnte. Schmerz und auch ein Kribbeln. Wie Blut, das langsam und zäh in einen abgestorbenen Teil von ihr zurückfloss.

Jenseits ihres Körpers schien die Welt dagegen ganz und gar aus Watte zu bestehen. Es gab keine Konturen. Keinen Bezugspunkt, an dem sie sich hätte orientieren können. Weder räumlich noch zeitlich. Nur ein dumpfes, bodenloses Nichts ohne Anfang und Ende.

Seltsamerweise hatte sie trotz allem den Eindruck von Begrenzung. Von Mauern oder Wänden, die ganz in ihrer Nähe waren. So dicht, dass sie die Kälte spüren konnte, die von ihnen ausging.

Sie lag ganz still und konzentrierte sich auf ihren Atem. Den Schlag ihres Herzens. Das Leben, das in ihren Adern pulste. Und irgendwann wurde ihr auch bewusst, dass sie nur durch die Nase Luft bekam. Auf ihren Lippen war etwas, das entfernt nach Blut und Gummi schmeckte. Klebeband vermutlich. Das harte Plastik machte ein knisterndes Geräusch, wenn sie schluckte, und die Erkenntnis, nicht schreien zu können, überschwemmte sie unvermittelt mit einer Welle von Panik. Zugleich schienen sich die Schleimhäute in ihrer Nase immer mehr zu verengen. Als ob sie versuche, durch einen Strohhalm zu atmen. Ihr Herz begann zu rasen, und Jenny merkte, wie sich nun auch ihr Magen zusammenzog. Übelkeit stieg auf.

Nicht kotzen, dachte sie verzweifelt. Wenn du kotzt, erstickst du.

Lenk dich ab! Immerhin hast du Psychologie studiert. Du weißt, wie man sich selbst austrickst. Wie man das Bewusstsein manipuliert.

Sie schluckte wieder, doch das Brennen in ihrer Kehle ließ nicht nach. Woran muss ich denken, wenn ich wieder zu Hause bin?, zwang sie sich, ihre Gedanken auf etwas völlig Banales zu lenken. Was muss erledigt werden?

Olivenöl, Brot, Magermilchjoghurt.

Das Kostüm für Margrets Party aus der Reinigung holen.

Das Geld für die Putzfrau zurechtlegen.

Alltäglichkeiten gegen den Horror. Doch ihre Strategie ging auf. Sie merkte, wie sich ihre Halsmuskeln ein wenig entspannten. Wie die Panik verebbte.

Gut so. Weiter. Von wo kommt der Schmerz?

Sie schloss die Augen und versuchte, ihren Körper zu erspüren. Da schien eine Wunde zu sein, ziemlich weit hinten am Kopf. Von dort kam ein unregelmäßiges, diffuses Stechen, das manchmal sprunghaft an- und anschließend wieder abschwoll.

Okay, also eine Wunde am Kopf und Klebeband über den Lippen.

Was bedeutete das?

Das bedeutet, dass du entführt worden bist, gab sie sich selbst zur Antwort, während vor ihrem inneren Auge Bilder heraufdämmerten. Düstere, zutiefst verstörende Bilder: eine Kiste im Wald, tief unter der Erde. Der Kofferraum eines Autos, das langsam und schwerelos zum Grund eines Sees hinabsinkt. Und dann urplötzlich eine ganz andere Szenerie: eine Tiefgarage. Die Silhouette eines Menschen. Jemand, der direkt hinter ihr steht. Wie aus dem Boden gewachsen. Die Gestalt hob den Arm. Packt zu. Dreht sie so, dass sie mit dem Hinterkopf gegen das Auto kracht. Dann riss der Film abrupt, und die Gestalt verglomm in einem gleißenden Lichtblitz. Zurück blieben das Bewusstsein einer Verletzung an ihrem Kopf und der Schmerz, den die Wunde aussandte. Stoßweise im Takt ihres Herzens.

»Wer sind Sie?«, fragte sie stumm. »Was wollen Sie von mir?«

Doch die Bilder kehrten nicht zurück.

Sie erhielt keine Antwort.

Dafür lag die Dunkelheit des Ortes, an den er sie verschleppt hatte, auf ihr wie ein Bleigewicht. Idiotischerweise musste Jenny ausgerechnet jetzt an ihren ersten Sex denken. An den schweren Körper von Jeffrey Carson, den sie auf einer Party kennengelernt hatte. An Kondome mit Erdbeeraroma, jede Menge Bier und grobe, hektische Bewegungen. In ihrer alten Heimat war das gewesen. Somerville, Massachusetts. So weit entfernt wie der Mars. Und bis zu diesem Augenblick hatte sie genau das auch immer als großes Glück betrachtet.

Sie blinzelte eine Träne fort und konzentrierte sich wieder auf das, was sie wahrnahm. Sie lag auf etwas Hartem. So viel immerhin konnte sie sagen. Dass da keine Matte oder Decke war, kein Stoff unter ihr. Nur diese harte glatte Fläche.

Kein Holz, analysierte sie die Signale, die ihr Körper ihr sandte. Kein Holz, aber auch kein Steinboden.

Der Rest des Raumes hatte hingegen noch immer keinerlei Konturen. Etwas, das Jenny schier um den Verstand brachte. Vielleicht noch mehr als die Tatsache, dass es so dunkel war. Was sollte das alles? Und wo waren auf einmal all die Erklärungen, von denen sie sonst so viele parat hatte?

Sie konnte doch immer alles erklären. Jedem und jederzeit. *Wenn Sie Ihrem Mann nicht klar und deutlich zu verstehen geben, dass sein Verhalten Sie quält, dann werden Sie niemals aus diesem Laufrad herauskommen. Wenn Sie Ihrer Tochter nicht endlich ein klares Ultimatum stellen, wird sie auch in Zukunft keinen Grund sehen, warum sie das warme Nest, das Sie ihr bieten, verlassen sollte. Warum sollte sie?* Solche und ähnliche Dinge sagte sie den Menschen, die in ihrer Praxis Rat und Hilfe suchten, Tag für Tag. Und das mit Überzeugung. Denn im Gegensatz zu vielen ihrer Kollegen war Jenny von jeher der Ansicht gewesen, dass das Leben auf einem einzigen, einfachen Grundprinzip beruhte: wenn – dann. Folgerichtigkeit. Logik.

Doch leider kapitulierte dieses bewährte Prinzip ausgerechnet in dieser Situation. Jenny hatte auf einmal das Gefühl, laut lachen zu müssen. Das, was hier mit ihr geschah, war nicht folgerichtig. Es war nicht einmal erklärlich. Es war einfach nur absurd.

Sie versuchte, ihre Zehen zu bewegen, während ihr Verstand verzweifelt nach etwas suchte, das die Dinge wieder ins Lot brachte. Was hast du getan? Wer könnte etwas von dir wollen? Wem hast du eine so gravierende Verletzung zugefügt, dass er beschlossen hat, dir das hier anzutun?

Die Fragen bohrten sich in ihre Gedanken wie Stilette, aber es gelang ihr nicht, auch nur eine einzige davon zu beantworten.

Oder?

Bleib bei der Wahrheit. Es gäbe da schon jemanden …

Unsinn, schalt sie sich. Das gehört nicht zusammen. Wie denn? Die Eltern sind tot, und die Schwester war ein kleines Mädchen. Nichts davon passte zu den Bildern aus der Tiefgarage.

Konzentrier dich lieber auf das, was ist.

Er hatte ihr Hände und Füße gefesselt. Jenny fühlte etwas Störrisch-Hartes, das unsanft in ihre Gelenke schnitt. Kabelbinder vielleicht. Aber warum tat er das alles? Worum ging es diesem Mann?

Eine Verwechslung, durchfuhr es sie.

Er hält mich für jemand anderen.

Augenblicklich klammerte sich ihr Verstand an diese Möglichkeit wie ein Ertrinkender an einen Strohhalm. Er würde seinen Irrtum bemerken. Vielleicht hatte er ihn längst bemerkt.

Und dann?, hämmerte es hinter ihrer Stirn. Was ist die Konsequenz? Dass er dich gehen lässt? Immerhin hast du nicht viel von ihm zu Gesicht bekommen. Deine Erinnerungen stellen also keine Gefahr für ihn dar.

Falls er das weiß …

Oder hatte er sie am Ende längst entsorgt?

Jenny erschrak vor dem Wort, das ihre Gedanken gewählt hatten. *Entsorgt.* Zugleich schienen sich die nicht vorhandenen Wände langsam auf sie zuzubewegen und den Raum, der sie umgab, weiter einzuengen. Wie eine Müllpresse …

Jenny begann zu zappeln, und es gelang ihr tatsächlich, die Hüfte zu drehen und ihre gefesselten Beine ein Stück zu sich heranzuziehen. Doch weit kam sie nicht. Da war ein Widerstand, links von ihr. Die Wand, die sie bislang nur erahnt hatte. Sie war wirklich und wahrhaftig *da*! Sie nahm alle Kraft zusammen und warf sich herum. Auf die andere Seite. Nach rechts. Aber auch dort war nach wenigen Zentimetern Schluss.

Oh mein Gott! Sie erstarrte. Es ist ein Sarg!

Nein! Bitte nicht! BITTE!

Das Pochen ihres Blutes schwoll an zu einem infernalischen Rauschen. Es drängte von innen gegen ihr Trommelfell und pochte unter den Kabelbindern, die ihre Gelenke zusammenhielten.

Ich platze, dachte sie voller Entsetzen. Ich explodiere. Aus mir selbst heraus …

Dann verlor sie erneut das Bewusstsein.

3

Em aß mit Tom Ahrens zu Mittag, einem alten Ausbildungskameraden von der Akademie, mit dem sie sich vom ersten Tag an glänzend verstanden hatte. Tom war intelligent, gewissenhaft und trotz der guten Arbeit, die ihm allerorts attestiert wurde, weit davon entfernt, ein Macho oder gar ein Angeber zu sein. Augenblicklich tat er Dienst in der Abteilung für Rauschgiftdelikte, doch Em wusste, dass er bereits seit Jahren von einem Wechsel zur Mordkommission träumte. Umso mehr freute es sie, dass sich ihrem Kumpel jetzt vielleicht die Chance bieten würde, auf die er schon so lange hinarbeitete.

»Und?« Sie warf ihren Mantel über einen Stuhl und nahm an dem kleinen Fenstertisch Platz. »Hast du schon irgendwas gehört?«

Tom schüttelte den Kopf. »Noch nicht.«

»Seltsam.« Sie schürzte die Lippen. »Wo sie doch immer so ein Trara machen von wegen unterbesetzt und so.«

»Das ist es ja«, entgegnete er mit einer Miene, die nicht besonders optimistisch wirkte. »Allmählich mache ich mir wirklich Sorgen.«

Doch Em wischte seine Bedenken mit einer knappen Handbewegung vom Tisch. »Ach was, das wird schon werden«, beruhigte sie ihn. »Ich sehe absolut keinen Grund, warum sie dich ablehnen sollten. Ganz abgesehen davon, dass ich mich mächtig für dich ins Zeug gelegt habe.«

Seine Augen suchten ihre. »Und ich dachte immer, du hältst nichts von mir.«

»Tue ich auch nicht«, erwiderte sie todernst. »Ich brauche nur so schnell wie möglich wieder jemanden, der für mich die Drecksarbeit erledigt.«

»Ich soll also dein Laufbursche werden, hm?«

»Warst du das nicht immer?«

»So also siehst du unsere Beziehung?«

»Natürlich. Sag nur, du hast dir was anderes eingebildet?«

»Klar habe ich das.« Er grinste. »Aber sieh dich vor, Schätzchen. Das mit dem netten Jungen von nebenan ist nämlich alles nur Tarnung, um dich in Sicherheit zu wiegen. In Wirklichkeit bin ich darauf aus, dich so schnell wie möglich rechts zu überholen. Und wenn ich dich erst mal ausgebremst habe, krieg ich zuerst deinen Schreibtisch und dann deine Litzen, und anschließend …«

»In hunderttausend Jahren nicht«, lachte Em, indem sie sich vergnügt eine Speisekarte vom Nebentisch angelte. »Dazu fehlt es dir nicht nur an Intellekt, sondern auch an Intuition, Fleiß und Durchhaltevermögen. Und außerdem bist du Fan von Borussia Mönchengladbach.«

»Was hat das damit zu tun?«

»Es entlarvt dich als notorischen Loser.«

Tom quittierte die Stichelei mit einem nachsichtigen Lächeln. »Wenn es um Fußball geht, kann man von einer Frau keinen Sachverstand erwarten.« Er lehnte sich zurück. »Und wie ist es bei Gericht gelaufen?«

Sie zuckte die Achseln. »Wie zu erwarten war.«

»Das bedeutet, Sarah Kindle ist raus?«

»Ja, sie ist eine freie Frau.«

»Du klingst enttäuscht.«

»Ich weiß nicht, ob *enttäuscht* das richtige Wort ist. Aber ich …« Sie unterbrach sich, weil in diesem Augenblick eine junge Kellnerin an ihren Tisch trat, um nach ihren Wünschen zu fragen.

Tom orderte ein Steak mit Ofenkartoffeln und Salat, während Em sich ganz profan an Currywurst mit Pommes und Cola hielt. Während sie der Bedienung beim Eintippen der Bestellung zusah, versuchte sie, ihre Gefühle in Bezug auf den Prozess zu analysieren. Doch sie kam zu keinem brauchbaren Ergebnis. »Es wäre wirklich eine Riesenüberraschung gewesen, wenn die Sache anders ausgegangen wäre«, erklärte sie, als die Kellnerin wieder außer Hörweite war.

»Mag sein.« Ihr alter Kumpel bedachte sie mit einem seiner langen prüfenden Blicke. »Aber du bist trotzdem nicht zufrieden.«

Em lag Widerspruch auf der Zunge, doch sie verkniff ihn sich. Leider Gottes verfügte Tom entgegen ihrer Stichelei über ausgezeichnete Instinkte, und sie wusste aus langer, zuweilen auch schmerzvoller Erfahrung, dass sie ihm nichts vormachen konnte. »Stimmt«, gab sie zu. »Bin ich nicht.«

»Das heißt, du hältst Sarah Kindle für schuldig?«

»Ich weiß nicht.«

Er zog eine seiner buschigen Brauen hoch.

Em verdrehte entnervt die Augen. »Ach, keine Ahnung. Ich werde einfach nicht klug aus dieser Frau.«

»Musst du auch nicht. Sie ist nicht dein Fall und war's nie und wird's vermutlich auch nie werden.«

»Da hast du, verdammt noch mal, recht.« Ihre Finger spielten am Rand der Speisekarte. Genau genommen wusste sie selbst nicht, warum sie sich so fühlte, wie sie sich fühlte. Und doch wurde sie den Gedanken nicht los, etwas Entscheidendes übersehen, sich eines gravierenden Versäumnisses schuldig gemacht zu haben.

Dabei hatte der Fall auf den ersten Blick mehr als eindeutig ausgesehen: Bei Eberhard Kindle, einem achtundsechzigjährigen Geschäftsmann aus Bergen-Enkheim, war Speiseröhrenkrebs diagnostiziert worden. Sein Hausarzt hatte ihm nur wenig Hoffnung gemacht, und Kindle hatte sich aus Angst vor langem Siechtum eine Kugel in den Kopf gejagt.

In der Nacht, in der der Notruf einging, vertrat Em einen erkrankten Kollegen. Die Zentrale piepste sie an, sie fuhr zu Kindles Haus und befragte dessen Ehefrau, die die Leiche ihres Mannes bei ihrer Rückkehr von einem Kinobesuch entdeckt hatte. Sarah Kindle war natürlich verstört gewesen, und Em erinnerte sich auch daran, dass sie nervös und fahrig gewirkt hatte. Doch das war ihr angesichts der Umstände einigermaßen normal erschienen. Doch dann hatte sie von den ermittelnden Kollegen gehört, dass es Ungereimtheiten gab. Dass Eberhard Kindle unmittelbar vor seinem Selbstmord bei einem Spezialisten in Heidelberg gewesen war. Und dass dieser Kindles Heilungschancen grundlegend anders beurteilt hatte als dessen Hausarzt.

Und genau das hatte er auch im Prozess ausgesagt. Er hatte seine günstige Prognose bekräftigt und eine Reihe von Befunden vorgelegt, die seine Ausführungen zweifelsfrei untermauerten. Es gab sogar einen ausgearbeiteten Therapieplan und eine von Kindle eigenhändig unterzeichnete Anmeldung zur Teilnahme an einer medizinischen Studie.

Auf Nachfrage des Richters hatte Sarah Kindle erklärt, von diesen Plänen nichts gewusst zu haben. Und trotz der eindeutigen Expertise war sie stur dabei geblieben, dass ihr Mann sich in den Tagen vor seinem Tod immer mehr in sich selbst zurückgezogen habe.

»Oh nein, ganz im Gegenteil«, hatte Lothar Borowski der Witwe seines besten Freundes daraufhin mit nur mühsam beherrschter Empörung entgegengeschleudert. »Eberhard hat mich noch am Abend vor seinem angeblichen Selbstmord angerufen. Er war allerbester Dinge. Er hatte einen Weg gefunden, das war für ihn immer das Wichtigste. Eine Perspektive zu haben. Er war ein Kämpfer.«

Eine Einschätzung, die Em durchaus teilte. Kindle war vor seiner Ehe mit Sarah bereits zweimal verheiratet gewesen. Seine erste Frau war an Krebs gestorben. Mit ihr hatte er einen Sohn gehabt, der jedoch schon als Zwanzigjähriger bei einem Motorradunfall ums Leben gekommen war. Von der Mutter seiner beiden erwachsenen Töchter hatte er sich scheiden lassen, nachdem sie ihn mit einem anderen Mann betrogen hatte. Kurzum: Was immer ihm das Leben an Knüppeln zwischen die Beine geworfen hatte – er hatte weitergemacht und gekämpft.

Und Sarah?

Em kratzte mit dem Daumen einen eingetrockneten Kaffeefleck vom Holz des Tisches. Die Fünfundzwanzigjährige war dem erfolgreichen Unternehmer auf einer Party begegnet – als Angestellte der Firma, die für das Catering zuständig war. Ein Jahr nach ihrem ersten Aufeinandertreffen hatten sie geheiratet. Kindles Freunde und Kollegen hielten Sarah für gefühlskalt und unterstellten ihr schon bald nach der Hochzeit Affären. Doch konkrete Beweise für ihre angebliche Untreue hatten sie nicht vorweisen können. Und das, obwohl die junge Witwe auch an jenem folgenschweren Abend, an dem ihr Mann starb, mit einem Freund im Kino gewesen war …

»Hey, alles in Ordnung?«

Em blickte auf. »Sicher doch, entschuldige. Ich war bloß in Gedanken.«

Und wieder so ein langer Blick. »Du solltest Sarah Kindle lieber abhaken.«

»Ich weiß.«

»Sicher?«

»Ich mache diesen Job nicht erst seit gestern, okay?«

»Dann ist es ja gut.«

Em war heilfroh, dass die Kellnerin in diesem Augenblick das Essen brachte. Damit war das unangenehme Thema vorerst vom Tisch. »Auf dein neues Arbeitsgebiet«, sagte sie, indem sie ihrem alten Freund mit ihrem Colaglas zuprostete.

»Nee, besser noch nicht!« Tom hob abwehrend die Hände. »So was bringt Unglück.«

»Unsinn«, gab Em zurück, doch im Stillen ärgerte sie sich selbst über ihre Voreiligkeit. »Aber mal im Ernst«, versuchte sie, ihren Fauxpas wiedergutzumachen, »ich sehe absolut nichts, was deinem Wechsel zu uns entgegenstehen sollte.«

»Dein Wort in Gottes Ohr!«

Sie stöhnte. »Wenn du bloß nicht immer so an dir zweifeln würdest. Weißt du noch, damals die Psychologie-Klausur?«

Über Toms attraktives Jungengesicht huschte ein Lächeln. »Sag das nicht, die Nummer war wirklich denkbar knapp …«

»Knapp vielleicht«, räumte Em ein. »Aber *du* hattest dich schon von allen verabschiedet und warst drauf und dran, deine Wohnung zu kündigen. Ohne auch nur einen Hauch des Ergebnisses zu kennen, wohlgemerkt.«

»Ich bin eben Realist.«

»Du bist ein Spinner!« Sie spießte ein paar Fritten auf ihre Gabel und schob sie in den Mund. »Also, wie sieht's aus? Willst du den Job noch, oder hast du's dir anders überlegt?«

»Nein. Natürlich nicht. Ich würde mir alle zehn Finger abhacken für die Stelle, und das weißt du auch.«

»Was, um Gottes willen, ist dann dein Problem?«

Er wand sich unter ihrem Blick wie ein Pennäler. »Verdammt, Em, du kennst mich. An so was glaub ich erst, wenn ich's schwarz auf weiß habe.«

»Okay. Dann spreche ich Makarov gleich nachher noch mal drauf an.«

»Aber du kannst doch nicht …«

»Tom!«

Er biss sich auf die Lippen.

»Ich rede mit ihm«, wiederholte Em. »Und du, mein Lieber, räumst am besten schon mal deinen Schreibtisch aus!«

4

Die Post kam spät an diesem Tag, ein Umstand, der Theo Dorns Unruhe noch verstärkte. Doch er tat sein Bestes, das Gefühl zu ignorieren. Diese eigenartig bange Nervosität, die seit dem Aufwachen in ihm wühlte. Oder war es doch noch etwas anderes?

War es schlicht … Angst?

Blödsinn, schalt er sich. Wovor sollte ich Angst haben? Das alles ist doch nur ein dummes Spiel. Ein perverser Scherz, irgendeinem völlig kranken Hirn entsprungen.

Trotzdem konnte er nicht verhindern, dass sein Blick immer wieder zur Tür glitt, durch die jede Sekunde der Briefträger treten musste.

Früher ist die Post immer zur gleichen Zeit gekommen, dachte Dorn. Und wenn man nicht da war, um ein Paket oder Einschreiben persönlich in Empfang zu nehmen, ist der Bote auf dem Rückweg einfach noch einmal vorbeigekommen.

»Ich bin dann erst mal weg«, verkündete in diesem Moment Doris Senn, die nun schon fast fünfzehn Jahre für ihn arbeitete.

Er zuckte erschreckt zusammen. »Was?«

»Mittagessen!« Die alleinerziehende Mutter dreier Söhne schwenkte ihre Handtasche. »Soll ich Ihnen was mitbringen?«

»Nein, danke.«

»Sie sehen aber aus, als ob Sie ’ne Stärkung vertragen könnten.«

Ertappt fuhr er sich mit der flachen Hand über die Stirn. Erst jetzt fiel ihm auf, dass er schwitzte. Dabei schwitzte er eigentlich nie. Im Gegenteil. Ihm war eigentlich immer zu kalt.

»Sind Sie krank?«

»Krank?« Er lächelte matt. »Ach was.«

Seine Angestellte musterte ihn mit kritischem Blick. »Sie sollten mal zum Arzt gehen. Sie gefallen mir gar nicht in der letzten Zeit.«

Er starrte sie an. Bis dato war ihm nicht klar gewesen, dass er sich verraten hatte. Dass diese ganze kranke Geschichte etwas bewirkte, das auch anderen auffiel.

»Mir geht’s gut«, sagte er eilig. »Wirklich.«

»Wie Sie meinen …«

Sie glaubte ihm nicht, das war offensichtlich. Aber sie war zu anständig, weiter in ihn zu dringen. Stattdessen wandte sie sich ab und ging zur Tür, wo sie um ein Haar mit dem Briefträger zusammengestoßen wäre. Ein junger Farbiger an diesem Tag. Mindestens eins neunzig groß, mit Basecap. Dorn hatte den Mann noch nie gesehen.

»Guten Morgen.«

»Morgen ist gut«, lachte Doris. »Mein Magen behauptet, dass es mindestens halb eins sein muss.«

Der Bote grinste. »Stimmt, aber das mit dem Morgen ist so drin.«

Sie nickte ihm zu. »Geben Sie ruhig her«, sagte sie und nahm zwei Kataloge und einen Stapel Briefe entgegen. »Ich kümmere mich drum.«

»Schönen Tag noch«, entgegnete der Bote und hastete eilig weiter.

Dorns Finger fuhren über die Kante des Verkaufstischs. »Und?«, fragte er, betont beiläufig. »Was für mich dabei?«

Doris blätterte mit routinierter Hand die Sendungen durch. »Für wen denn sonst?«, gab sie zerstreut zurück.

»Ich meine privat.«

Sie sah hoch.

»Ein Brief oder so ...«

Gute Formulierung, lobte Dorns Verstand. Wenn auch verdammt euphemistisch.

»Erwarten Sie irgendwas Bestimmtes?«

»Nein.«

Es ist nur ein Spiel, und es macht mir einzig und allein deshalb Angst, weil ich die Regeln nicht kenne.

Das ist alles.

»Die Mahnung an Löbel ist zurückgekommen«, erklärte Doris mit grimmiger Miene. »Aber wenn er glaubt, dass er sich auf diese Weise aus seiner Verantwortung steh...«

Sie hielt erstaunt inne, als Dorn neben sie trat und ihr den Briefstapel aus der Hand nahm.

»Darf ich?« Er hoffte inständig, dass sein Lächeln harmlos wirkte.

»Klar.«

Seine Augen überflogen die Sendungen. Fünf Kuverts. Drei der Umschläge sahen nach Rechnungen aus. Einer nach einem Schreiben vom Finanzamt. Dazu der retournierte Brief, von dem seine Angestellte gerade gesprochen hatte. Der Rest war Werbung.

Dorn trat einen Schritt zurück. Am liebsten hätte er geschrien vor Erleichterung.

»Habe ich irgendwas falsch gemacht?«, fragte Doris, die seine Miene missdeutete.

»Sie?« Er hustete trocken. »Um Gottes willen, nein.«

Seine Augen klebten noch immer an den Kuverts fest. Alle waren an »Clocks for Life« adressiert, der Name seines Geschäfts. Zweimal stand zusätzlich »z. H. Herrn Dorn« unter dem Firmennamen. Sonst nichts. Kein Vorname. Kein …

»Augenblick«, rief Doris, die sich inzwischen der beiden Kataloge angenommen hatte, die ebenfalls in der Post gewesen waren. »Hier ist noch ein Brief! War zwischen die Werbung gerutscht …«

Dorn spürte, wie er blass wurde.

»Bitte schön.« Sie reichte ihm einen weiteren Umschlag.

Die Adresse war von Hand geschrieben. Die Schrift wirkte altmodisch.

Dorns Finger zitterten, als er zögerlich nach dem Kuvert griff. Dabei brauchte er schon von Berufs wegen eine ruhige Hand. Er bemerkte, wie Doris die Stirn runzelte, doch auch dieses Mal stellte sie keine Fragen. Sie war ein äußerst feinfühliger Mensch und hatte längst bemerkt, dass ihn etwas bedrückte, über das er nicht sprechen wollte. Also ließ sie ihn einfach in Ruhe. Etwas, das er schon immer an ihr geschätzt hatte.

Als er den Umschlag allerdings an die Nase hob, um daran zu riechen, zog sie doch die Augenbrauen hoch. »Soll ich vielleicht lieber noch bleiben?«

»Wie bitte?« Er blickte irritiert auf. Dann verstand er. »Ach so … Nein, entschuldigen Sie. Gehen Sie ruhig. Es ist alles in bester Ordnung.«

Sie zögerte.

»Ehrlich«, legte er nach. »Tut mir leid, dass ich so ein Nervenbündel bin. Das dürfen Sie gar nicht ernst nehmen.«

Ihr Kinn wies auf den Umschlag. »Was Unangenehmes?«

»Nein, ich glaube nicht.«

Immerhin riecht der Umschlag nach gar nichts …

Er riss das Kuvert vor ihren Augen auf und entnahm ihm eine auf wertvolles Büttenpapier gedruckte Todesanzeige. »Ein ehemaliger Klassenkamerad von mir ist gestorben«, erklärte er, wobei er krampfhaft versuchte, sich die neuerliche Erleichterung nicht allzu deutlich anmerken zu lassen.

Doris bedachte ihn mit einem mitfühlenden Blick. »Tut mir leid.«

Er nickte nur.

»Ein Todesfall, den Sie erwartet haben?«

Nein, hatte er nicht. Aber es war eine Möglichkeit, sie abzulenken. Also nickte er wieder.

»Ich sag's ja immer«, murmelte sie ein wenig verlegen. »Die beste Krankheit taugt nichts.«

Dorn lächelte ihr zu. »So ist es.«

»Soll ich unter diesen Umständen vielleicht doch lieber noch …«

»Nein«, unterbrach er sie, und endlich fand er auch zu dem lockeren Umgangston zurück, der üblicherweise zwischen ihnen herrschte. »Es geht mir gut. Und jetzt verschwinden Sie endlich. Ich bezahle Sie schließlich nicht fürs Schwätzchen halten.«

Gottlob verstand seine getreue Angestellte die Bemerkung genau so, wie sie gemeint war, und schob lachend ab.

»Dann also bis später, ja?«

»Ja«, rief er ihr nach. »Bis dann!«

5

Wie immer fand Em die Tür zu Makarovs Büro sperrangelweit offen. Es gab keinen Vorraum, und die Wand, die das annähernd quadratische Refugium ihres Vorgesetzten vom Rest der Abteilung trennte, bestand zu zwei Dritteln aus Glas, was vermutlich Transparenz und Erreichbarkeit suggerieren sollte. Auf der Innenseite hingen ein paar staubige Rollos, die man bei Bedarf herablassen konnte, doch Em erinnerte sich nicht daran, dass ihr Boss von dieser Möglichkeit jemals Gebrauch gemacht hätte.

Sie blieb auf der Schwelle stehen und klopfte zweimal kurz und energisch gegen den Türrahmen.

Nur Sekunden später tauchte Makarovs Wieselkopf über der Schreibtischplatte auf. Der Leiter der Abteilung für Kapitaldelikte war ein kleiner, entschieden zu dicker Mann Mitte fünfzig mit Glatze und klugen kugelrunden Augen. »Ah, Capelli. Kommen Sie rein. Und schließen Sie die Tür hinter sich.«

Em tat, wie ihr geheißen. Dann blieb sie unentschlossen mitten im Raum stehen.

Mit einem lauten Stöhnen wuchtete Makarov einen Aktenberg, der augenscheinlich auf dem Boden unter dem Schreibtisch gelegen hatte, neben das Telefon und hob die Hand zu einer einladenden Geste. »Bitte, nehmen Sie Platz. Es dauert nicht lange.«

Sie leistete auch dieser Aufforderung Folge, während sie sich eher aus Gewohnheit denn aus Neugier im Büro ihres Vorgesetzten umschaute. Es sah im Grunde seit Jahren gleich aus. Ein wuchtiger Schreibtisch. Ein abgewetzter Ledersessel. Mehrere Aktenschränke und ein zerbeulter roter Spind, dessen Herkunft und Zweck sich niemand so recht erklären konnte. An der Wand hingen ein paar angestaubte Erinnerungsstücke in billigen Aluminiumrahmen: eine Gruppe uniformierter Polizisten, vermutlich eine Abschlussklasse. Zwei Urkunden. Dazu eine Fotografie, die den Leiter der Abteilung für Kapitaldelikte mit irgendeinem Politiker vor dem Hessischen Landtag zeigte. Der Kleidung nach musste die Aufnahme mindestens zwanzig Jahre alt sein.

»Wie geht es Ihnen?«, riss Makarovs Stimme Em aus ihren Betrachtungen.

»Mir?«, fragte sie überrascht. Es kam selten genug vor, dass ihr Boss persönlich wurde. Und es entsprach ihrer Natur, augenblicklich einen versteckten Haken zu wittern.

Makarovs schelmisches Lächeln verstärkte diesen Eindruck noch. »Ja, Ihnen.«

»Vielen Dank«, antwortete sie zögerlich. »Es geht mir ganz ausgezeichnet.«

»Gut, gut. Und Hansen?« Sein Ledersessel quietschte, als er sich zurücklehnte. »Haben Sie mal was gehört, wie er sich so zurechtfindet in seiner neuen Rolle?«

Nein, hatte sie nicht. Genauer gesagt: Sie *wollte* nichts hören. Denn der Mann, der dreieinhalb Jahre ihr Partner gewesen war, hatte sehr wohl ein paarmal versucht, sie auf dem Handy zu erreichen. Vermutlich, um ihr genau das zu erzählen. Wie es ihm ging in seiner neuen Rolle.

Doch Em hatte die Gespräche kurzerhand weggedrückt. Hansen hatte sie im Stich gelassen, und damit war die Sache für sie erledigt. Aber das brauchte sie ihrem Boss ja nicht unbedingt auf die Nase zu binden. »Ich glaube, es geht ihm ganz gut«, antwortete sie ausweichend.

»Tja, erstaunlich«, brummte Makarov. »Hätte nie gedacht, dass ausgerechnet *der* seine Erfüllung mal im Windeln Wechseln findet.«

»Ich auch nicht«, entgegnete Em, und das kam von Herzen.

Immerhin war es erst vier Wochen her, seit Viktor Hansen die gesamte Abteilung mit der Eröffnung geschockt hatte, Erziehungsurlaub für seine neugeborene Tochter nehmen zu wollen. Natürlich hatte Em – genau wie die meisten anderen Kollegen – das Ganze zunächst für einen Witz gehalten. Doch Hansen hatte tatsächlich ernst gemacht und war nun schon seit zwei Wochen zu Hause.

»Allerdings glaube ich kaum, dass er dauerhaft dabei bleibt«, setzte sie boshaft hinzu, während Makarov ihr gegenüber noch immer sinnend den Kopf schüttelte. »Im Moment ist das natürlich alles noch neu und aufregend. Aber wenn das Ding erst mal zahnt …« Sie verzog das Gesicht. »Wenn Sie mich fragen, wird unser lieber Viktor noch darum betteln, dass er zu uns zurückdarf.«

Makarov erwiderte ihr Lächeln. »Wenn er klug ist …«

Em zuckte die Achseln. »Bisher dachte ich das eigentlich.«

Makarovs Lächeln vertiefte sich. »Trotzdem müssen wir sehen, wie wir die Zeit bis dahin personell am besten überbrücken …«

Oh ja, ganz richtig! Em nickte zufrieden. Gottlob kam er von selbst darauf zu sprechen.

»Sie brauchen so schnell wie möglich wieder einen Partner, und ich glaube, ich habe da auch schon die ideale Lösung gefunden.« Er griff nach der Mappe vor ihm auf dem Schreibtisch und vertiefte sich in den Lebenslauf auf dem Deckblatt, während Em sich fast den Hals ausrenkte in dem Bemühen, zumindest einen flüchtigen Blick auf das Dokument zu erhaschen.

»Neugierig?«, fragte Makarov, ohne aufzublicken.

»Doch, klar«, antwortete sie mit wohl dosiertem Interesse. Nicht zu viel, sonst ließ er sie nur unnötig zappeln. Aber auch nicht zu wenig, denn das hätte er ihr sowieso nicht abgenommen. »Immerhin geht es mich an, oder?«

»Hm.« Er kratzte sich den nicht vorhandenen Bart. »Na, dann will ich Sie mal nicht länger auf die Folter spannen«, sagte er und reichte ihr eine Fotografie über den Tisch. »Darf ich bekannt machen: Mai Zhou, sechsundzwanzig Jahre jung und gerade erst von einer fünfmonatigen Fortbildung an der FBI-Akademie in Quantico zurückgekehrt. Ihr Vater ist Hongkong-Chinese, die Mutter eine deutsche Diplomatentochter. Die ersten vier Jahre ihres Lebens hat Frau Zhou in Hongkong verbracht, sie spricht fließend Englisch, Französisch und Mandarin und hat darüber hinaus ein Auslandssemester an einer israelischen Polizeischule absolviert.«

Em hatte das Gefühl, einen ordentlichen Schlag in die Kniekehlen kassiert zu haben, während sie unverwandt auf das Foto in ihrer Hand hinunterblickte. Die Aufnahme zeigte eine äußerst attraktive junge Asiatin im hellen Rollkragenpullover. Auf den ersten Blick keineswegs unsympathisch. Doch das wenige, was Makarov ihr über die Frau auf dem Bild verraten hatte, genügte bereits, um ihr Mai Zhou bis ans Ende aller Tage zu verleiden. Em hielt die Luft an. Noch durch die geschlossene Tür hindurch konnte sie den Puls ihrer Abteilung spüren, routinierte Betriebsamkeit, die in ihr die irrwitzige Hoffnung nährte, dass sie sich verhört hatte.

»Frau Zhou verfügt über ein paar äußerst interessante Zusatzqualifikationen«, fuhr ihr Boss just in diesem Moment mit der Aufzählung von Mai Zhous Qualitäten fort und holte Em so reichlich unsanft auf den Boden der Realität zurück. »Und wenn alles geklappt hat, dürfte sie«, er warf einen flüchtigen Blick auf die Uhr, »seit ungefähr zehn Minuten drüben im Besucherraum warten. Seien Sie also so gut und führen Sie sie ein bisschen rum, ja? Und wenn sie Fragen hat ...«

»Augenblick!«, protestierte Em, die nun endlich ihre Sprache wiedergefunden hatte. »Wollen Sie damit sagen, dass ich in Zukunft mit einer Frau arbeiten soll?«

Ihre Reaktion schien Makarov zu amüsieren. »Haben Sie ein Problem damit?«

»Oh ja, allerdings.«

»Wieso? Was haben Sie gegen Ihre Geschlechtsgenossinnen einzuwenden?«

»Gar nichts«, gab Em zurück. »Außer, dass man mit ihnen weder vernünftig reden noch vernünftig zusammenarbeiten kann.«

Ihr Vorgesetzter fixierte sie mit seinen wasserblauen Augen. »Das sagen ausgerechnet Sie?«

»Oh ja«, schnappte Em. »Und wissen Sie auch, warum ich das sage?« Sie reckte angriffslustig das Kinn vor.

Er tat ihr den Gefallen und spielte mit. »Nun? Warum?«

»Weil ich ganz genau weiß, wovon ich rede. Ich habe mit diesen Weibern studiert. Ich habe mir mit ihnen die Dusche und den Schlafraum geteilt und ... Wir waren im selben Volleyballteam!«

Ihr Vorgesetzter unterdrückte nur mit Mühe ein Schmunzeln. »Des ungeachtet waren Sie erst vor drei Wochen in den Schulen dieses Landes unterwegs, um junge Mädchen für eine Karriere bei der Kriminalpolizei zu begeistern.«

»Ja und?«

»Machen Sie Witze?« Er streckte seine kurzen Beine von sich. »Erst werben Sie sie an, und dann weigern Sie sich allen Ernstes, mit diesen Mädchen zusammenzuarbeiten?«

»Mai Zhou ist wohl kaum ein Mädchen«, widersprach Em, indem sie das Foto, das ihr Boss ihr gegeben hatte, vor ihn auf den Tisch knallte.

Er schüttelte unwillig den Kopf. »Sie wissen genau, wie ich das meine.«

»Ja, das weiß ich. Und ja, ich unterstütze weibliche Nachwuchskräfte in unserem Job. Ich finde es toll, wenn Frauen Pilotin oder Soldatin oder von mir aus auch Kampfschwimmerin werden ...«

» ... solange Sie nichts mit ihnen zu tun haben müssen«, beendete er den Satz für sie. »Ach, kommen Sie schon, Capelli. Das ergibt doch keinen Sinn!«

»Es ist einfach so, dass ich gemischte Teams für effektiver halte«, versuchte sie es zur Abwechslung mit Diplomatie. Etwas, das ihr von Haus aus nicht gerade im Blut lag.

»Oh nein, das tun Sie keineswegs!«, widersprach Makarov. »Sie sind nur der Meinung, dass Sie einen Mann leichter lenken können. So, wie Sie Hansen immer gelenkt haben. Das ist alles.«

Em kannte ihren Boss nun schon etliche Jahre, und doch war sie immer wieder erstaunt, wenn irgendeine banale Angelegenheit offenbarte, wie er wirklich dachte. »Ich habe Viktor nicht gelenkt«, entgegnete sie würdevoll. »Er hatte seine Stärken, und ich habe meine. Wir waren absolut gleichberechtigte Partner.«

Makarovs Miene ließ keinen Zweifel daran, dass er zumindest in diesem letzten Punkt anderer Meinung war. Aber er war auch klug genug, sich nicht in sinnlose Grabenkämpfe verstricken zu lassen. »Wie auch immer«, sagte er nur. »Sie werden sicher auch Frau Zhous Stärken zu schätzen wissen.«

»Was ist mit Tom Ahrens?«, fragte Em, als sie einsehen musste, dass sie mit Trotz allein nicht weiterkommen würde. »Wie Sie wissen, hat er sich ebenfalls um die Stelle beworben.«

Makarov nickte. »Das ist korrekt.«

»Und darf ich auch fragen, warum nicht *er* den Zuschlag bekommen hat?« Sie spürte, wie ihr das Blut in den Kopf schoss. »Immerhin ist er ein hochqualifizierter Ermittler. Und er gehört dieser Dienststelle bereits seit Jahren an. Da hat er sich doch, verdammt noch mal, eine Chance verdient, oder etwa nicht?«

»Natürlich«, gab Makarov ihr recht. »Das hat er ohne Zweifel. Und glauben Sie mir, er wird diese Chance auch bekommen.«

»Wann?«

»Seine Bewerbung liegt ganz oben auf dem Stapel.«

»Na, toll!«, rief Em. »Das wird ihn bestimmt wahnsinnig glücklich machen.«

»Emilia ...« Sein Ton war plötzlich sanft, fast väterlich. »Es ist ja nicht so, dass wir uns rein gar nichts denken bei den Entscheidungen, die wir treffen, okay?«

Sie funkelte ihn an. »Und spielt es vielleicht auch eine Rolle, mit wem *ich* zusammenarbeiten möchte?«

»Ich habe Ihren Protest zur Kenntnis genommen.«

»Das beruhigt mich, herzlichen Dank auch!« Der Stuhl, auf dem sie gesessen hatte, kippelte gefährlich, als sie ihn mit einem Ruck zurückschob. »Wenn Sie mich dann bitte jetzt entschuldigen würden ...«

Makarov erhob sich ebenfalls und stemmte seine runden Fäuste auf die Schreibtischplatte, als wollte er diese durchbohren. »Wo gehen Sie hin?«

»Wohin wohl?«, fauchte Em. »Meine neue Partnerin begrüßen.«

6

Christina Höffgen steckte den Schlüssel ins Schloss der Haustür und drehte ihn zweimal herum. Als ihr klar wurde, dass sie wieder einmal die Erste war, stöhnte sie laut auf und warf den Joggingschuhen ihres Mannes neben der Tür einen vorwurfsvollen Blick zu. Es war eine alte Regel zwischen ihnen beiden, die noch aus ihrer Studentenzeit stammte: Wer zuerst nach Hause kam, war fürs Abendessen zuständig. Doch leider hasste Christina alles, was mit Backen und Kochen zusammenhing. Die logische Folge war, dass das Essen erheblich besser schmeckte, wenn ihr Mann beim Heimkommen die Nase vorn hatte. Und Christina konnte sich beim besten Willen nicht erklären, warum er sich nicht schon allein aus diesem Grund beeilte: um nicht essen zu müssen, was sie gekocht hatte.

Wahrscheinlich war sein Chef wieder einmal auf den letzten Drücker mit irgend so einer dringenden Geschichte angekommen. Christina schüttelte nachsichtig den Kopf. Eigentlich war ihr Mann viel zu anständig für diese Welt. Immer gut gelaunt, immer hilfsbereit.

Na ja, korrigierte sie sich mit Blick auf die beiden Kartons voller kaputter Altgeräte, die Michael eigentlich schon vor Wochen zur Sammelstelle hätte fahren sollen, sagen wir: *fast* immer!

Sie streifte die Pumps von den Füßen und ging ins Wohnzimmer hinüber, wo sie sich mit einem wohligen Seufzer auf das riesige Benz-Sofa fallen ließ, das ihre Schwiegereltern ihnen zur Hochzeit geschenkt hatten. Dann sah sie die Post durch, die auf dem Couchtisch lag. Ein Schreiben von Michaels Lebensversicherung. Zwei Rechnungen. Dazu eine Einladung oder etwas in der Richtung, jedenfalls gedruckt auf Papier, das verdammt viel Geld gekostet hatte. Christina drehte den Umschlag um und riss ihn mit dem Zeigefinger der Länge nach auf. Na, also! Was hab ich gesagt? Eine Danksagung von Tinas Hochzeit. Genauso pompös und geschmacklos wie die gesamte Veranstaltung. Aber gut, über Stil lässt sich ja nun mal nicht streiten. Und was haben wir hier? Sieh an, Mama ist mal wieder irgendwo in der Weltgeschichte unterwegs. Wie schön für sie, so frei und unbeschwert Papas Erbe durchzubringen. Und wo genau aalen wir uns dieses Mal in der Sonne? Malediven? Soso. Na, in Gottes Namen, wenn's ihr Freude macht! Aber was …

Christina stutzte, als sie auf einen elfenbeinfarbenen Umschlag aus schwerem Büttenpapier stieß. Die Adresse war von Hand geschrieben, eine Schrift, die sie niemals zuvor gesehen hatte, da war sie ganz sicher. Als Grafikerin hatte sie schon von Berufs wegen einen Blick für solche Dinge, und die Art, wie die »fs« in »Höffgen« nach unten gezogen waren, war wirklich sehr markant.

Oh ja, dachte sie, diese Schrift würde ich unter Garantie wiedererkennen, wenn ich sie schon mal gesehen hätte. Neugierig suchte sie nach einem Absender. Aber sie wurde enttäuscht: Die Rückseite des Umschlags war unbeschriftet.

Ratlos hob sie das Kuvert an die Nase. Eine unreflektierte, spontane Reaktion. Eigentlich mehr eine Verlegenheitsgeste. Doch zu ihrer Überraschung hatte der Brief tatsächlich ein Aroma.

Christinas Blicke wanderten ziellos über die Buchrücken im Regal, während ihr Gehirn versuchte, den Geruch zuzuordnen. War das Lavendel? Oder Veilchen oder so was? Sie verzog angewidert das Gesicht. Auf jeden Fall verdammt altmodisch. Und irgendwie auch unangenehm.

Trotzdem machte sie sich dieses Mal die Mühe, den Brieföffner vom Sekretär ihres Mannes zu holen. Dann schlitzte sie das Kuvert vorsichtig der Länge nach auf und fand eine Briefkarte in demselben edlen Papier wie der Umschlag.

Als Erstes fiel ihr auf, dass der Text keine Anredeformel enthielt. Er begann einfach. Und zu ihrer größten Verwunderung lautete der erste Satz: *Theo hat versagt.*

Christina runzelte die Stirn.

Theo?

Spontan fiel ihr ein Satz aus einem Song ein: Who the fuck is Theo?

Aber mal ernsthaft: Das ergab keinen Sinn! Mechanisch griff sie erneut nach dem Kuvert und vergewisserte sich, dass dort tatsächlich ihr Name stand.

Frau Christina Höffgen, Adelhausener Straße …

Das war leider ziemlich eindeutig. Und doch musste es sich um irgendeine kuriose Verwechslung handeln. Sie kannte keinen Theo. Nicht von früher und auch aktuell nicht. Sie schluckte. Ohne erkennbaren Grund schlug ihr das Herz auf einmal bis zum Hals. Irgendwas stimmte nicht mit diesem Brief. Mit dieser Karte. Da war eine Bedrohung, die von dem cremeweißen Stück Papier ausging. Ein kalter Hauch, der sich wie ein plötzlicher Schatten auf ihre Haut legte.

Einen flüchtigen Moment lang erwog sie, Karte und Kuvert einfach ungelesen in den Müll zu werfen. Aber die seltsam ineinander verschlungenen Buchstaben zogen ihre Aufmerksamkeit magisch auf sich.

Theo hat versagt. Tja, Glück für Dich! Ich schätze, das bedeutet, dass nummer sibn *Dir gehört. Masl-tów! Wohlan denn: Folge dem Pfad der Erleuchtung, und er wird Dich ans Ziel führen. Allerdings solltest Du Dich lieber beeilen. Die Adresse ist: Fordstraße 237. Ach übrigens: ihr Name ist jennifer, falls es Dich interessiert.*

Christina starrte auf die Karte in ihren Händen, bis die krakeligen Schriftzüge unter ihren Augen verschwammen. Wer, um

Himmels willen, dachte sich so einen verschrobenen Mist aus? Irgendein religiöser Eiferer?

Sie dachte an die Kettenbriefe, die sie als junges Mädchen bekommen hatte. Briefe, die androhten, dass etwas Schlimmes passieren würde, wenn man sie nicht zigmal abschriebe und anschließend binnen vierundzwanzig Stunden an drei oder fünf oder zehn Freundinnen schickte.

Aber diese Karte hier enthielt keinerlei Aufforderung. Oder?

Folge dem Pfad der Erleuchtung … Allerdings solltest Du Dich lieber beeilen.

Erschrocken drehte Christina den Kopf und sah zur Terrassentür hinüber, hinter der sich bereits die abendliche Dämmerung breitgemacht hatte.

Geschlossen. Natürlich.

Was solche Dinge anging, waren Michael und sie sehr gewissenhaft. Sie hatten beide verdammt hart arbeiten müssen für das, was sie besaßen. Und sie taten alles, um ihren Besitz nicht leichtfertig aufs Spiel zu setzen.

Trotzdem kam es Christina mit einem Mal vor, als ob sie beobachtet würde. Als ob da jemand wäre, der sie anstarrte. Und der aufmerksam verfolgte, was sie tat. *Ob* sie etwas tat.

ihr Name ist jennifer, falls es Dich interessiert …

Sie riss den Blick von der Terrassentür los und wandte sich wieder der mysteriösen Karte zu. Wieso, zur Hölle, jagte dieses verdammte Ding ihr solche Angst ein?

Da hat sich jemand einen dummen Scherz erlaubt, versuchte sie, wieder Ordnung in das Chaos in ihrem Kopf zu bringen. Jemand, der zu viel Zeit hat. Der sich willkürlich irgendwelche Adressen aus dem Internet oder aus dem Telefonbuch raussucht und der dann …

Du stehst gar nicht im Telefonbuch, widersprach ihr Verstand. Zumindest nicht mit deinem Vornamen. Der Eintrag lautet: »Höffgen, M. und C.«

Aber dieser Unbekannte weiß, wie du mit Vornamen heißt.

Es muss jemand sein, den du kennst.

Der Gedanke raubte ihr ein paar quälende Sekunden lang buchstäblich den Atem. Klar, jeder Mensch kannte ein paar Idioten. Leute, die einfach nur furchtbar waren. Die merkwürdige Dinge taten. Leute, die nervten. Aber das hier … Sie betrachtete wieder die spinnenbeinigen Fs in ihrem Nachnamen. Das hier war krank. Sie konnte zusehen, wie sich die Härchen an ihren Unterarmen aufstellten. Sie war nie besonders ängstlich gewesen. Folglich musste es einen konkreten Grund geben, wenn sie auf diese Weise reagierte oder besser: überreagierte. Doch allein aus dem, was dort geschrieben stand, ließ sich dieser Grund nicht ableiten. Oder vielleicht doch?

Allerdings solltest Du Dich lieber beeilen …

Sie leckte sich über die Lippen, die von einer Sekunde auf die andere staubtrocken waren. Beeilen? Warum?

Um Jennifer zu retten, flüsterte eine Stimme in ihrem Kopf, die ihr fremd und vertraut zugleich vorkam.

»Ich weiß ja nicht mal, wer das ist«, widersprach Christina halblaut. »Und überhaupt, wie komme ich dazu, mich von irgendeinem Mistkerl, der noch nicht mal richtig Deutsch kann, derart ins Bockshorn jagen zu lassen!«

Entschlossen schob sie die Karte mitsamt dem Umschlag unter die übrigen Sendungen auf dem Tisch, als ließe sich ihr Vorhandensein auf diese Weise einfach ausblenden.

Dann stand sie auf und verließ hastig den Raum.

Bevor sie in die Küche ging, um das Abendessen vorzubereiten, überprüfte sie sämtliche Fenster im Erdgeschoss.

7

»Benjamin hat angerufen.«

»Toll. Danke. Ich liebe dich auch.«

»Du sollst ihn bitte mal zurückrufen.«

Anstelle einer Antwort zerknüllte Em den Haftzettel mit der Telefonnotiz, der an ihrem Bildschirm pappte, und warf ihn vor den Augen der Kollegen in den Mülleimer unter dem Schreibtisch. »Ist das klar genug für euch?«

»Verdammt, Em, das ist aber echt herzlos!«, rief Alex Decker, der Frauenschwarm der Abteilung, der Oldtimer und American Football liebte und nebenbei auch noch deutscher Vizemeister im Streetfighting war.

Im Job kleidete Decker sich betont leger, und sein dunkelblondes Haar war ein ganzes Stück zu lang, zumindest für Ems Geschmack. Doch nach allem, was sie hörte, fanden die meisten anderen Frauen, vor allem die weiblichen Verwaltungsangestellten, Deckers Look geradezu unwiderstehlich.

»Nein, das ist nicht herzlos«, widersprach sie, indem sie sich auf ihren Stuhl fallen ließ und einen raschen Blick in ihre E-Mails warf. »Das ist konsequent.«

»Aber er ist doch wirklich ein prima Kerl und ...«

»Hab ich was anderes behauptet?«

»Um wen geht's?«, wollte Sven Gehling wissen, der in diesem Augenblick mit einem Laptop unterm Arm hereinkam.

»Um niem...«, setzte Em an, doch Decker war schneller.

»Um Benjamin von Treskow«, erklärte er und wich lachend dem Kugelschreiber aus, den Em nach ihm warf.

Gehling, dreiundzwanzig Jahre jung, Computerspezialist und vom Schicksal nicht gerade verwöhnt, was sein Aussehen betraf, zog augenblicklich den Kopf ein. Wie die meisten anderen hier wusste er, dass Em und Treskow fast ein Jahr lang eine mehr oder minder lose Beziehung geführt hatten. Sie waren ein paarmal zusammen im Penny Lane aufgelaufen, der Stammkneipe der Abteilung, und Em hatte Treskow zur Weihnachtsfeier der Staatsanwaltschaft begleitet. Unter der Hand waren bereits Wetten abgeschlossen worden, ob und wann die beiden zusammenziehen oder vielleicht sogar heiraten würden. Doch seit einiger Zeit herrschte Funkstille zwischen den Liebenden, zumindest von Ems Seite aus.

In den Gängen und insbesondere auf der Herrentoilette wurde seit Wochen munter über den Trennungsgrund spekuliert, und nach allem, was Gehling wusste, stand ein angeblicher Fehltritt Treskows ganz oben auf der Liste der möglichen Ursachen für den Bruch. Eine These, auf die der junge Computerfachmann, der seine Karriere mit vierzehn als Hacker begonnen hatte, einen Zwanziger gesetzt hatte. »Ich müsste dich mal kurz wegen der Telefondaten von Kübler sprechen«, begann er vorsichtig, weil er spürte, dass seine Kollegin ziemlich entnervt war.

»Oh, das ist überhaupt kein Problem«, antwortete Em in jenem zuckersüßen Ton, der bei ihr höchste Gefahrenstufe signalisierte. »Ich stehe dir sofort zur Verfügung. Ich muss nur noch rasch meiner neuen Partnerin zeigen, wo sie ihr Schminktäschchen unterstellen kann.«

Die beißende Ironie in ihrer Stimme ließ augenblicklich alle Umstehenden aufhorchen.

»Scheiße, sag nur, die Kleine gehört zu dir?«, rief Decker, während die übrigen Kollegen noch dabei waren, die Information »neue Partnerin« zu verarbeiten.

»Von was für einer Kleinen sprichst du?«, fragte Em verblüfft.

Doch ihr Kollege antwortete mit einer Gegenfrage: »Ist deine neue Partnerin zufällig Asiatin?«

»Ja, verdammt. Und?«

»Scheiße, wie ungerecht ist das denn!«, jaulte Decker und schlug sich theatralisch die Hände vors Gesicht. »Und so was stecken sie ausgerechnet zu dir? Ich fasse es nicht!«

»Darf ich aus deiner Rede schließen, dass du Mai Zhou schon kennengelernt hast?«, versetzte Em trocken.

»Kennengelernt?«, seufzte er. »Schön wär's.«

»Quatsch nicht!« Allmählich verlor sie wirklich die Geduld. »Wo ist sie? Im Besucherraum?«

»Nicht mehr«, entgegnete eine leise, jedoch erstaunlich tiefe Stimme in ihrem Rücken.

Em drehte sich um und blickte in das ebenmäßig schöne Gesicht, das sie bereits von der Fotografie in Mai Zhous Personalakte kannte. In natura wirkte die Asiatin älter, oder besser: reifer als auf dem Bild, ohne dass Em hätte sagen können, woran genau sie diesen Eindruck festmachte.

Mai Zhou trug ein elegantes dunkelblaues Businesskostüm, der Rock etwas mehr als knielang, der Blazer im Gehrockstil. Dazu trug sie ein schlichtes cremefarbenes T-Shirt. »Tut mir leid, dass ich Sie so unvorbereitet überfalle«, begann sie ohne erkennbare Scheu, »aber ich fing an, mich zu langweilen, und da dachte ich, ich sehe mich einfach schon mal ein bisschen um.«

»Kein Problem«, antwortete Em mechanisch.

Ihre neue Kollegin nickte und streckte ihr eine feingliedrige lange Hand entgegen. »Zhou.«

»Capelli.«

»Freut mich.«

»Na, und mich erst!«, rief Decker, während sein Blick wenig diskret über Mai Zhous wohlproportionierten Körper glitt. »Aber wir … Wir sind hier eigentlich alle per Du, wissen Sie.«

Die wachen schwarzen Augen wandten sich ihm zu. »So?«

»Herr Decker hat hin und wieder Probleme mit seinen Hormonen«, kommentierte Em boshaft. »Nehmen Sie ihn am besten gar nicht ernst. Was er eigentlich fragen wollte, ist: Wie heißen Sie mit Vornamen?«

»Mai.«

»Mai«, wiederholte Decker, und die drei Buchstaben klangen erstaunlich sperrig aus seinem Mund. »Cool. Und was bedeutet das?«

Zhou schenkte ihm ein Lächeln, das Em ebenso freundlich wie nichtssagend vorkam. »Es bedeutet Mai.«

»Jaja, schon klar. Aber …« Decker kratzte sich wenig vornehm am Hinterkopf. »Da gibt's doch bestimmt auch irgend 'ne Übersetzung für, oder? Sie wissen schon, so was wie: Der große goldene Drache pupst in den Sonnenaufgang oder so was …« Er brach in heiseres Gelächter aus, in das die Umstehenden nach und nach einstimmten, bis das gesamte Großraumbüro erfüllt war von schenkelklopfendem Frohsinn.

Einzig Mai Zhou verzog keine Miene.

Sie wartete geduldig, bis der Heiterkeitsausbruch abgeflaut war. »Mein Name ist Mai«, wiederholte sie, als sich alle beruhigt hatten, und wieder fiel Em der außerordentliche Wohlklang ihrer Stimme auf. »Von althochdeutsch *meio,* zurückgehend auf die römische Göttin Maia, traditionell der fünfte Monat im gregorianischen Kalender.« Als sie die überwiegend fassungslosen Blicke ihrer neuen Kollegen bemerkte, hob Mai Zhou amüsiert die Achseln. »Meine Eltern waren immer große Verehrer der europäischen Kultur, insbesondere der deutschen. Und Robert Schumanns Liederzyklus ›Dichterliebe‹ beginnt mit den Worten: ›Im wunderschönen Monat Mai‹, was meine Mutter dazu inspiriert hat, mir diesen Namen zu geben.«

Em registrierte den leisen Spott, der in ihren Worten mitschwang. Zugleich fragte sie sich, was Mai Zhous Eltern wohl von der Berufswahl ihrer Tochter hielten. Im Grunde sah die junge Asiatin nämlich eher nach einer Geigerin aus. Oder nach einer Tänzerin. Auf jeden Fall irgendwas Musisches.

Aber das hier war die Abteilung für Kapitaldelikte.

Sie ist gerade erst von einer fünfmonatigen Fortbildung an der FBI-Akademie in Quantico zurückgekehrt, flüsterte Makarov in Ems Kopf und sie bedachte ihre neue Partnerin mit einem kritischen Blick. Irgendwie passte das alles vorn und hinten nicht zusammen!

»Aber falls es Sie beruhigt«, wandte sich Mai Zhou in diesem Augenblick an Decker, »mein zweiter Vorname ist Xiao Qiángwei und bedeutet so viel wie kleine Rose.«

Walter Schmäh, mit knapp sechzig der älteste Kollege der Abteilung, kicherte vergnügt. »Diese Kleine ist richtig gut! Scheiße, Alex, du solltest mal dein Gesicht sehen!«

Hinter ihm kam Makarov aus der Tür seines Büros gestürmt. »Ah, Frau Zhou, wie ich sehe, haben Sie sich schon bekannt gemacht.«

»Noch nicht so wirklich«, entgegnete Em an ihrer Stelle. »Aber wir sind dabei …«

»Ich muss Ihnen Ihre neue Partnerin trotzdem noch mal kurz entführen«, verkündete ihr Boss. »Die Personalabteilung braucht noch ein paar Unterschriften. Allerdings sollte das nicht allzu viel Zeit in Anspruch nehmen.« Er zwinkerte seiner neuen Mitarbeiterin zu und bat sie dann mit einer knappen Geste, ihm zu folgen.

Zhou schenkte ihren künftigen Kollegen ein flüchtiges und – zumindest für Ems Empfinden – auch reichlich formelles Nicken. Dann folgte sie Makarov auf den Gang hinaus.

»Auf jeden Fall sieht sie verdammt gut aus«, konstatierte Holger Peters, Schmähs Partner, kaum dass sie aus der Tür war.

Em zog die Stirn kraus. »Findet ihr?«

»Und ob«, stöhnte Decker genüsslich. »Das musst sogar du als Frau zugeben.«

»Was soll das heißen, ich als Frau?«

»Na, ich meine, trotz dieses Zickenkriegs, den ihr Weiber immer abzieht.«

»Du hältst *mich* für eine Zicke?« Sie starrte ihn an. »Ausgerechnet mich?«

Decker spürte, dass er sich gehörig in die Nesseln gesetzt hatte, und hob abwehrend die Hände. »Komm wieder runter, okay?«

»Nein!«, rief sie empört. »Du kannst nicht einfach irgendwas behaupten und dich dann …«

»Zicke war vielleicht der falsche Ausdruck«, fiel er ihr ins Wort, »aber …«

Sie machte einen Schritt auf ihn zu. »Was?«

Decker blickte sich nach Unterstützung um. Doch die meisten Kollegen hatten bereits taktvoll die Blicke abgewandt. »Verdammt noch mal, Em«, brach es aus ihm heraus, als er sah, dass sie ihn nicht auslassen würde. »Jeder in dieser Abteilung weiß, dass du mit Weibern nicht kannst.«

»Was?« Em schnappte hörbar nach Luft. Sie hatte sich die Anerkennung ihrer Kollegen hart erarbeiten müssen. Sie hatte fleißig Vorurteile widerlegt und unermüdlich an ihrem Image gefeilt. Und inzwischen hatte sie durchaus das Gefühl, dass die anderen sie als eine von ihnen betrachteten. Dass sie in Wirklichkeit vielleicht ganz anders über sie dachten, sie gar für eine Zicke hielten, erschreckte sie mehr, als sie zugeben konnte. Zumal sie nicht das Gefühl hatte, dass Deckers Einschätzung der Wahrheit entsprach.

Jeder in dieser Abteilung weiß, dass du mit Weibern nicht kannst …

»Das ist doch Quatsch«, protestierte sie matt. »Wie kommst du nur auf einen solchen Schwachsinn?«

Doch anstelle einer Antwort hob Decker die Hand zu einer wegwerfenden Geste. »Vergiss es …«

8

Als Jenny Dickinson zum zweiten Mal erwachte, war es gleißend hell. Sie registrierte es sogar durch die Haut ihres Lides, und als sie erschrocken die Augen aufschlug, war da ein lichtes Viereck, das hoch über ihr schwebte. Ein flirrendes helles Gewaber, mit dem sie zunächst wenig anfangen konnte. Dennoch gab ihr allein schon das Vorhandensein von Licht ein Stückchen Mut zurück. Mut und Hoffnung.

Die Dunkelheit war fort.

Sie war nicht länger allein.

Ihre Kehle war wie ausgedörrt, und sie hatte das beklemmende Gefühl, nie wieder schlucken zu können. Dafür ließ die gleißende Helligkeit ihre Augen tränen. Die Tränen liefen über ihre Wangen und tropften links und rechts von ihrem Gesicht auf den harten Untergrund, auf dem sie noch immer lag.

Jenny hörte das Geräusch, das sie machten, wenn sie auf dem Boden auftrafen. Ein dumpfes, hohles »Plopp«. Der Ton kam ihr geradezu unverhältnismäßig laut vor, aber das war vermutlich normal, wenn man – so wie sie – über einen längeren Zeitraum hinweg von allen äußeren Reizen abgeschirmt gewesen war.

Sensorische Deprivation, analysierte die Psychologin in ihr. Eine Form der Weißen Folter, bei der Gefangene systematisch sämtlicher Sinnesreize beraubt werden, um sie gefügig zu machen. Maßnahmen wie diese führten, wie Jenny wusste, innerhalb kürzester Zeit zu Verwirrung. Desorientiertheit. Halluzinationen. Und von dort … Sie schauderte. Von dort geradewegs in den Wahnsinn.

Jetzt aber *sah* sie ja!

Und sie *hörte* auch.

Sie hörte ihre Tränen. Das Knistern des Klebebands. Und … Sie lag ganz still. Ja, da war noch etwas anderes. Ein Geräusch, das sie nicht näher zuordnen konnte. Es war jenseits dieser Wände, die sie gefangen hielten und die sie noch immer nicht wirklich erkennen konnte.

Sie blinzelte die Tränen weg und zwang sich, wieder nach oben zu blicken. In das Rechteck, das noch immer gleißend hell über ihr stand. Und allmählich gewöhnten sich ihre Augen an die Helligkeit. Die Ränder des Lichts schienen auf sie niederzusacken, gewannen an Kontur und wurden nach und nach zu einer Umrandung.

Eine Kiste, dachte sie. Schmal und länglich wie ein Sarg.

Der Gedanke machte ihr Angst. Aber was immer das für ein Ding war, in dem sie lag, wenigstens war es nach oben hin offen. Zumindest im Augenblick. Sie sah eine Reihe von Streben. Mattsilberne Seitenwände mit eigenartig geriffelter Oberfläche. Gummi. Ein schmutziges Weiß.

Es war kein Sarg, so viel stand fest. Aber was war es dann?

Jenny hielt den Atem an und lauschte angestrengt auf das Geräusch, das sie gehört hatte. Das Geräusch außerhalb des Rechtecks.

Etwas bewegte sich.

Nein, nicht etwas. JEMAND.

Sofort schossen neue Fragen durch ihren Kopf: Bedeutete die Anwesenheit einer zweiten Person Hilfe? Rettung? Oder vielleicht doch eher das Ende?

Sie fühlte, wie ihr Körper zu zittern begann. Aber sie musste ihre Angst besiegen. Der Deckel stand offen. Dahinter war Licht. Das war doch ein gutes Zeichen, oder etwa nicht?

Vielleicht war all das hier nur ein Scherz. Vielleicht würde gleich ein lachendes Gesicht über ihr auftauchen und ihr erklären, dass … Ja, was?

»Dass ich gehen kann«, flehte sie stumm. Und obwohl sie die Worte lediglich gedacht hatte, schmerzten ihre Lippen unter dem Plastik auf einmal wie eine riesige klaffende Wunde. Wahrscheinlich war die zarte Haut gesprungen vom Kleber und von der Trockenheit. Von dem brennenden Durst, der sich immer nachdrücklicher in ihr Bewusstsein bohrte. Der Gier nach einem Schluck Wasser.

Mach schon! Nimm Kontakt auf!

Sie atmete tief ein und versuchte zu rufen, doch alles, was durch das Klebeband nach außen drang, war ein dumpfes Stöhnen. Allerdings schien es zu genügen, um ihn auf sie aufmerksam zu machen, wer immer er war.

Sie hörte, wie das Geräusch, das seine Anwesenheit verriet, abrupt abbrach. Und nur Sekunden später hörte sie endlich auch seine Schritte.

Sie kamen direkt auf sie zu. Langsame, gemessene Schritte ohne jede Eile. Die Schritte eines Menschen, der sich seiner Sache absolut sicher ist.

Jenny merkte, wie ihre Hoffnung auf Rettung mit jedem Schritt, den er auf sie zumachte, schwand. Ihre Augen fixierten den Rand der Kiste. Den Ausgang. Das Licht.

Ich will ihn sehen. Wenigstens das. Ich will wissen, wer mir das alles antut. Wer es wagt, mich mitten aus meinem wundervollen Leben zu reißen und hierherzubringen, an diesen gottverlassenen Ort ohne Konturen und Sinn.

Ich will ihm in die Augen sehen!

Kaum dass ihre Gedanken den Wunsch formuliert hatten, legte sich auch schon ein Schatten über ihr Gesicht.

Seltsamerweise reagierte ihr Sehnerv auf die unerwartete Entspannung mit noch mehr Tränen. Verzweifelt versuchte sie, die Bilder scharf zu stellen, die ihre Augen ihr anboten. Sie sah einen dunklen Fleck, dort, wo sein Gesicht sein musste. Der Fleck war umgeben von einer Aureole aus Licht. Fast wie ein Heiligenschein.

Er sagte kein einziges Wort. Er stand einfach da und blickte mit ruhiger Gelassenheit auf sie herunter.

Das war der Moment, in dem sie verstand, dass er sie töten würde. Aber sie war entschlossen zu kämpfen. Und sei es allein mit ihrem Verstand. Unter Aufbietung aller Kräfte gelang es ihr, dem monumentalen Reflex zu widerstehen, die Augen zuzukneifen. Das Licht stach ihr geradewegs in die Pupillen wie ein glühender Nagel, doch sie hielt stand. Sie ignorierte den Schmerz, die Tränen, die unaufhaltsam aufsteigende Panik. Und dann, nach und nach, wurde sein Gesicht endlich griffiger.

Sie sah das Glänzen von Augen. Erahnte eine Nase. Lippen. Die Stirn. Und urplötzlich wusste sie auch, mit wem sie es zu tun hatte. Ihre Pupillen weiteten sich in grenzenlosem Erstaunen.

Er sah es und nickte. Im nächsten Augenblick war er verschwunden.

Jenny hörte seine Schritte, die sich langsam entfernten. Kurz darauf setzte das Geräusch wieder ein. Und dieses Mal erkannte sie auch, was sie da hörte.

Es war das Scharren eines Besens, der über einen rauen Untergrund geführt wurde.

9

Michael Höffgen schüttelte den Kopf und las die mysteriöse Karte ein zweites Mal. Er wirkte müde und frustriert an diesem Abend. Wie jemand, der viele Stunden hart gearbeitet und dabei nicht viel erreicht hatte.

Christina biss sich schuldbewusst auf die Lippen, weil sie ihn gleich in der Diele mit ihren Problemen bestürmt hatte. Aber die Sache ließ sie einfach nicht los. Und ihr Mann war der einzige Mensch, mit dem sie über solche Dinge sprechen konnte. Der Einzige, der ihre Situation vielleicht sogar ernst nehmen würde.

»Was soll das sein?«, fragte er, als er zu Ende gelesen hatte.

»Ich weiß es nicht«, antwortete Christina wahrheitsgemäß.

»Aber das Ding ist an dich adressiert«, sagte er und schaute wieder auf den Brief.

»Ja.«

Ihre Finger schlossen sich wütend um das Geschirrhandtuch, das sie noch immer in der Hand hielt. Es war eine simple Feststellung, doch für sie klang es fast wie ein Vorwurf.

Das Ding ist an dich adressiert …

Sie merkte, wie sie langsam die Nerven verlor.

»Keine Ahnung, warum.«

Ihr Mann warf ihr einen zweifelnden Blick zu. »Und was ist mit dieser Jennifer? Wer ist das überhaupt?«

Sie hob hilflos die Schultern. »Ich kenne keine Jennifer.«

»Nicht?«

»Nein, ehrlich.«

Er schüttelte verständnislos den Kopf. »Aber hier steht doch …«

»Ich weiß, was da steht«, fuhr sie ihn an. »Und glaub mir, ich habe wirklich hin und her überlegt.«

»Vielleicht kennst du sie nur mit ihrem Nachnamen.«

Christina dachte eine Weile über diese Alternative nach.

»Nein«, entschied sie dann. »Wenn's so wäre, hätte der Schreiber das doch anders formuliert.« Sie tippte auf die Karte. »Aber hier steht eindeutig: *ihr Name ist jennifer, falls es Dich interessiert …*«

»Stimmt«, brummte Michael. »Bloß … Wieso bist du so sicher, dass der Schreiber ein Mann ist? Die Schrift sieht eigentlich eher nach einer Frau aus.«

»Findest du?«

»Schwer zu sagen …« Er starrte auf die spinnenbeinigen Buchstaben hinunter. »Aber ganz egal, wer das geschrieben hat – er oder sie sollte sich erst mal mit Rechtschreibung befassen. Dieser Typ kann ja nicht mal 'ne einfache Zahl richtig schreiben. Und gleichzeitig wirft er mit fernöstlichen Weisheiten und hebräischen Begriffen um sich. Oder was ist das da am Schluss?«

»Jiddisch, glaube ich«, nickte Christina mit einem leisen Schaudern.

»Hm«, ihr Mann nickte. »Bedeutet *másl* nicht so viel wie Glück?«

»Ich weiß es nicht, okay?«

Die Schärfe in ihrem Ton ließ ihn aufhorchen. »Hey, was ist los mit dir? Worüber regst du dich so auf?«

Sie blickte zu Boden. Jetzt, da sie sich verraten hatte, kam sie sich selbst ein wenig albern vor. Und doch … »Es ist das Gesamtpaket«, erklärte sie zögerlich. »Irgendetwas daran macht mir Angst.«

»Angst?« In Michaels Augen lag blankes Unverständnis.

»Angst, ein ungutes Gefühl, Sorgen«, sie hob hilflos die Hände, »such dir was aus.«

Seine Miene drückte nach wie vor Zweifel aus, aber er kannte seine Frau lange genug, um zu wissen, dass sie nicht so ohne Weiteres die Beherrschung verlor, und die Heftigkeit ihrer Reaktion brachte ihn immerhin ins Nachdenken.

»Ich weiß nicht, warum, aber ich habe das Gefühl, dass diese Jennifer tatsächlich in Gefahr sein könnte«, legte Christina, die

Morgenluft witterte, eilig nach. »Dass sie … Ach, keine Ahnung. Dass sie unsere Hilfe braucht.«

»Du liebe Güte, Christina, jetzt übertreibst du aber.«

Sie sah ihn an. »Hoffentlich.«

»Was ist mit dieser Adresse?«, startete er einen neuen Versuch, die Sache mit Vernunft anzugehen. »Sagt *die* dir wenigstens irgendwas?«

Sie schüttelte den Kopf. »Ich habe schon nachgesehen. Fordstraße 237 ist in Fechenheim, irgendwo ziemlich weit draußen.«

»Vermutlich im Gewerbegebiet«, nickte er. »Die Adresse zumindest klingt danach …«

»Mag sein.«

»Und du bist sicher, dass du noch nicht dort warst?«

»Ja, verdammt, da bin ich ganz sicher!«

Er musterte sie einige Sekunden lang schweigend, und sie hatte das unangenehme Gefühl, als ob er ihr irgendetwas an dieser Geschichte partout nicht glaubte. Dann warf er einen Blick auf seine Armbanduhr. »Was gibt's zum Abendessen?«

Sie gab ein resigniertes Stöhnen von sich.

»Beruhige dich, so war das nicht gemeint.« Er grinste. »Ich wollte nur wissen, ob es der Qualität deines Essens Abbruch tut, wenn wir eine halbe Stunde später dinieren.«

»Du willst da hin?«, fragte sie entgeistert.

»Was denn sonst?«, gab er zurück. »Ich habe ganz bestimmt keine Lust, die Nacht neben einer Frau zu verbringen, die sich schlaflos von einer Seite auf die andere wälzt, weil sie sich um eine Person sorgt, die vermutlich nicht mal existiert.«

Zum ersten Mal an diesem Abend huschte ein Lächeln über Christinas Gesicht. Da sollte noch mal einer sagen, Männer wären nicht für Überraschungen gut!

»Ich habe Nudelauflauf vorbereitet«, verkündete sie fröhlich. »Der lässt sich problemlos aufwärmen.«

»Na prima, dann los!« Michael warf Briefkarte samt Kuvert auf die Garderobe und klatschte unternehmungslustig in die

Hände. »Überzeugen wir uns davon, dass sich keine uns unbekannte Jennifer in akuter Lebensgefahr befindet.«

»Findest du es sehr albern, wie ich mich benehme?«, fragte Christina, während ihr Mann routiniert Jackett und Businessschuhe gegen eine dunkle Softshelljacke und Sneakers tauschte.

»Albern?« Er richtete sich auf und gab ihr einen flüchtigen Kuss auf die Stirn. »Ach was. Ein bisschen übertrieben vielleicht. Aber ich muss zugeben, dass die Geschichte inzwischen auch meine Neugier geweckt hat.«

Wenn es doch nur Neugier wäre, was ich fühle, dachte Christina unbehaglich. Aber ihr Instinkt sagte ihr, dass es um viel mehr ging. Da war eine dunkle Bedrohung, die von der harmlos anmutenden Karte ausging. Eine echte, unmittelbare Gefahr, die sie beinahe körperlich spüren konnte.

Allerdings solltest Du Dich lieber beeilen …

Während sie ihren Mann beobachtete, der mit seinem Reißverschluss kämpfte, überlegte sie, ob ihm das versteckte Ultimatum entgangen war. Oder ob er es schlicht und einfach nicht ernst nahm. Doch als er im selben Moment in die oberste Schublade des Garderobenschranks griff und den Reizgasrevolver herausnahm, den er ihr vor Jahren gekauft hatte, damit sie abends hin und wieder auch ohne ihn zum Joggen gehen konnte, war ihr klar, dass er die Stelle keineswegs überlesen hatte.

Allerdings solltest Du Dich lieber beeilen … sonst?, ergänzte sie in Gedanken. Was sonst? Was passiert, wenn wir nicht kommen? Oder zu spät sind?

Die beiden Worte setzten sich in ihrem Kopf fest und brannten in riesigen roten Lettern hinter ihrer Stirn: ZU SPÄT. Was passiert, wenn wir zu spät kommen?

»Können wir?«, fragte Michael, indem er die Waffe wie selbstverständlich in die Tasche seiner Anzughose schob.

Christina nickte nur und griff nach ihrer Jacke.

Auf dem Weg zur Garage legte ihr Mann ihr fürsorglich den Arm um die Schultern. Etwas, das er schon lange nicht mehr getan hatte.

»Es ist bestimmt nur ein dummer Scherz«, sagte er sanft.

»Ja, bestimmt«, nickte sie.

Doch als sie wenige Sekunden später die Autotür hinter sich zuschlug, hatte sie ein entschieden ungutes Gefühl.

10

»Hi, lange nicht gesehen …«

Oh nein! Em schlang die Finger fester um die Lehnen ihres Stuhls. Bitte nicht! Nicht auch noch das, nicht ausgerechnet jetzt.

Doch ihr stummes Flehen wurde nicht erhört.

»Ich hoffe, ich komme nicht ungelegen«, fuhr die vertraute Stimme in ihrem Nacken fort, »aber nach unserem Gespräch von vorhin dachte ich, ich schau einfach mal spontan bei euch rein und mache Nägel mit Köpfen.«

Em drehte sich um, und die Vorfreude in seinem Blick raubte ihr für einige Sekunden buchstäblich den Atem. Tom Ahrens sah aus wie ein stolzer kleiner Junge, der gelobt werden wollte dafür, dass er so tapfer war.

»Hi«, stotterte sie, während eine elementare Wut in ihr aufstieg. Und angesichts der Situation blieb ihr nicht viel anderes übrig, als diese Wut gegen ihre neue Partnerin zu richten. Gegen Mai Zhou, die kühle Überfliegerin, die den guten alten Tom um seinen wohlverdienten Job brachte.

»Störe ich?«, fragte dieser, als er bemerkte, dass mit ihr etwas nicht stimmte.

»Tust du doch immer«, antwortete Em, vielleicht einen Hauch zu aufgeräumt. Aber sie musste Zeit gewinnen. Zeit zum Nachdenken. Zeit, eine Lösung zu finden für etwas, das nicht zu lösen war …

»Wie halten Sie das bloß aus?«, wandte sich Tom scherzhaft

an Decker. Er kannte die meisten Beamten aus Ems Abteilung vom Sehen. Und natürlich auch aus ihren Erzählungen.

»Aushalten? Mit der da?« Decker lachte. »Na, gar nicht. Wenn ich meinem Therapeuten Glauben schenken darf, ist diese Frau sogar der Grund dafür, dass man mich eines nicht allzu fernen Tages dienstunfähig schreiben wird.«

»Alex ist beständig auf der Suche nach Entschuldigungen für seine grenzenlose Faulheit«, frotzelte Em, während sich ihr Verstand noch immer verzweifelt um einen Ausweg aus dem Dilemma bemühte.

»Autsch«, sagte Tom.

»Sehen Sie, was ich meine?«, klagte Decker mit Mitleid heischendem Blick. »Da ist es doch kein Wunder, wenn man's mit der Psyche kriegt, oder?«

Tom zuckte freundlich die Achseln.

»Aber was führt einen von euch Rauschgift-Jungs in die Niederungen des kapitalen Verbrechens?«

Verdammt!, dachte Em. Ganz falsche Frage!

»Na ja, eigentlich wollte ich kurz zu eurem Boss«, antwortete Tom. Und mit einem Augenzwinkern in Ems Richtung setzte er hinzu: »Ich schätze, ich hab da was mit ihm zu besprechen.«

»Ja?« Decker sah zu Makarovs Büro hinüber, dessen Tür auch jetzt offen stand. »Tja, er wollte gerade mit Ems neuer Partnerin runter in die Personalabteilung, und ich glaube nicht, dass sie schon zurück sind.«

Em versuchte noch, den Kopf wegzudrehen, aber sie war nicht schnell genug. Und so traf der Anblick des Schmerzes in den Augen ihres alten Freundes sie mit voller Wucht.

»Em hat eine neue Partnerin?« Tom schaffte es tatsächlich, seine Stimme fest und sicher klingen zu lassen.

»Na, und was für eine!«, knurrte Decker, ohne zu merken, welche Katastrophe er gerade lostrat. »Aber ich sag's ja immer: Die, die's am wenigsten verdienen, haben den größten Dusel.«

Em hatte von jetzt auf gleich das Gefühl, dass ihr Kopf keinen Tropfen Blut mehr enthielt. Ihr Gehirn fühlte sich an wie betäubt. Und sie wünschte sich einfach nur fort. Irgendwohin, wo die Probleme dieses Tages sie nicht mehr erreichen konnten. Wo sie Ruhe hatte. Und Frieden.

»Na, dann herzlichen Glückwunsch.« Tom schluckte und streckte ihr tapfer die Hand entgegen. »Auf eine gute Zusammenarbeit.«

»Hör zu, ich …«, setzte Em an, doch ihr alter Ausbildungskamerad brachte sie mit einem leisen Kopfschütteln zum Schweigen.

Sie nickte, auch wenn es ihr förmlich das Herz zerriss.

»Hey, Sie haben Glück, da ist er ja!«, rief im selben Augenblick Decker und meinte Makarov, der soeben mit Mai Zhou im Schlepptau durch die Tür zum Gang trat.

Die erfahrenen Wieselaugen des Abteilungsleiters entdeckten Tom sofort, und Em sah, dass ihr Boss die Situation und ihre Brisanz augenblicklich erfasst hatte. Mit eiligen Schritten kam er auf ihren Schreibtisch zu, wobei es ihm ziemlich egal zu sein schien, ob Mai Zhou ihm folgen konnte.

Em bemerkte die Irritation in den Augen ihrer neuen Partnerin. Und auch ihre Skepsis, als sie zögerlich näher kam.

»Ahrens, wie gut, dass Sie da sind!«, ergriff Makarov derweil ohne viel Federlesens die Initiative, indem er sich Toms Hand schnappte und sie kräftig schüttelte. »Ich hätte Sie heute sowieso noch angerufen.«

Tom war so verdutzt, dass er die überfallartige Begrüßung kommentarlos über sich ergehen ließ.

»Aber seien Sie doch bitte so gut und kommen mit in mein Büro, ja?«, sprudelte Makarov einfach weiter. »Da können wir alles Weitere in Ruhe besprechen. Und Sie«, er sah Em an, »zeigen Frau Zhou bitte einstweilen die Abteilung und das ganze Drum und Dran.«

Er wartete nicht auf eine Reaktion seiner Beamtin, sondern drehte sich auf dem Absatz um und zog den noch immer völlig verdatterten Tom mit sich fort.

Einen Moment lang spielte Em mit dem Gedanken, den beiden zu folgen. Aber Toms Reaktion von eben hielt sie davon ab. Vielleicht war es tatsächlich besser, wenn Makarov zunächst allein mit ihm sprach. Vermutlich hätte Tom ihr im Augenblick sowieso nicht zugehört.

Sie ließ sich auf ihren Schreibtischstuhl fallen und vergrub entnervt das Gesicht in den Händen. »Scheiße, Scheiße, Scheiße …«

Als sie einen Blick auf sich gerichtet fühlte, wandte sie den Kopf und blickte geradewegs in Mai Zhous unergründliches Gesicht. Wartete diese blöde Kuh etwa tatsächlich darauf, dass sie jetzt den Fremdenführer für sie spielte? Sie musste doch merken, dass hier etwas ganz und gar nicht nach Plan lief, oder?

Em stand auf und strich sich mit ein paar energischen Bewegungen die völlig zerzausten Locken aus dem Gesicht. »Okay«, sagte sie. »Die Sache ist ganz einfach: Ihr Schreibtisch steht da drüben«, sie zeigte auf ein schmuckloses graues Monster, auf dessen Schreibunterlage noch immer Hansens geliebte Star-Wars-Sticker klebten. »Was noch drin ist, braucht kein Mensch mehr, also packen Sie das am besten alles in einen schönen, großen Karton und schicken es ans Rote Kreuz oder an den Roten Drachen oder wohin auch immer es Ihnen beliebt. Die Damentoilette ist den Gang runter, letzte Tür rechts. Direkt daneben befindet sich der Umkleideraum, wo Sie mehr als genug leere Spinde finden, die Sie sich zurechtmachen können. Die Schlüssel sollten eigentlich stecken. Falls nicht, müssen Sie sich an den Hausmeister wenden.« Sie hielt kurz inne, aber nur, um Luft zu holen. »Wenn Sie mit dem eigenen Auto zum Dienst kommen möchten, haben Sie in der Zeit zwischen ein Uhr nachts und vier Uhr früh die größten Chancen auf einen passablen Parkplatz. Es sei denn, Sie stehen auf weite Spaziergänge oder Parklücken, bei denen Sie die spannende Wahl zwischen Schramme rechts und Schramme links haben. Und das auch nur, falls Sie fahren können. Die obligat schreckliche Weihnachtsfeier mit sämtlichen Reden und Selbstbeweihräucherungen findet alle Jahre wieder in dem großen Tagungsraum neben der Cafeteria statt. Oder besser: Dort findet der offizielle Teil statt. Aber wenn Sie klug sind, kommen Sie sowieso erst nach zehn ins Penny Lane. Das ist übrigens auch der Ort, wo Sie nach Dienstschluss am ehesten einen Bullen finden, falls sie einen brauchen sollten. Zum Reden oder Saufen oder wozu auch immer.« Sie warf ihrer neuen Partnerin einen herausfordernden Blick zu. »Noch irgendwelche Fragen?«

Mai Zhou, die während Ems gesamter Rede keine Miene verzogen hatte, schüttelte den Kopf. »Nein, ich denke, es ist alles klar geworden.«

»Fein.« Em schnappte ihr Handy und wandte sich zum Gehen. »Ach so, ja«, sagte sie, indem sie sich noch einmal kurz zu ihrer neuen Kollegin umdrehte. »Und herzlich willkommen.«

11

Theo Dorn saß in seinem Büro und blickte auf eine Reihe winziger Zahnrädchen hinunter, ohne wirklich wahrzunehmen, was er sah. Doris hatte sich bereits vor Stunden fröhlich winkend in den Feierabend verabschiedet. Aber da er selbst keine Familie hatte, blieb er nach Ladenschluss oft noch eine Weile im Geschäft und erledigte all die Dinge, die in der Hektik des Alltags liegen geblieben waren.

Das kleine Zimmer hinter dem Verkaufsraum, das ihm zugleich auch als Werkstatt diente, war annähernd quadratisch und hatte kein Fenster, ein Umstand, der ihn schon gestört hatte, als er noch jung und mutig gewesen war. Und je älter er wurde, desto weniger ertrug er die stickige Düsternis, die dem Raum seit je anhaftete. Er hatte sogar schon versucht, sich selbst auszutricksen, indem er mittels eines von hinten beleuchteten

Acrylglasbildes und ein paar Gardinen ein Fenster vortäuschte. Doch alles, was er mit dieser Aktion erreicht hatte, war, dass der Raum noch deprimierender wirkte.

Muffig, dachte Dorn mit einem Anflug von Ekel. Dieses ganze Haus ist total marode.

Er hatte das Gebäude von seinem Vater geerbt, der ebenfalls Uhrmachermeister gewesen war, und eigentlich roch es in diesen Räumen noch genau wie damals, als er als kleiner Junge zum ersten Mal an diesem Tisch gesessen und mit glühenden Wangen ein Modellboot zusammengebaut hatte.

Puzzles hatte er von klein auf geliebt. Genau wie alle Arten von feiner Mechanik. Und noch immer empfand er eine tiefe innere Befriedigung, wenn sich ein winziges Teilchen zum anderen fügte und am Ende wie durch Zauberhand etwas Funktionierendes dabei herauskam. Für dieses Gefühl nahm er sogar die Enge seiner Bürowerkstatt gern in Kauf!

An diesem Abend beschäftigte er sich mit einer französischen Kaminuhr aus dem neunzehnten Jahrhundert, deren Innenleben in unzählige Einzelteile zerlegt vor ihm ausgebreitet lag. Der Kunde wollte das gute Stück unbedingt noch in dieser Woche wiederhaben, obwohl sich – gemessen am Zustand der Teile – offenbar jahrzehntelang niemand darum gekümmert hatte. Aber so waren die Leute nun mal. Lebten und dachten immer in Extremen.

Dorn rückte seine Brille zurecht und griff nach einem winzigen Schraubendreher. An seinem Bein fühlte er das Leder seiner Aktentasche, die er nun schon seit mehr als fünfunddreißig Jahren jeden Morgen packte und gleich nach seiner Ankunft im Laden unter den Schreibtisch stellte. Immer an dieselbe Stelle.

Ob dieser Mensch mich deshalb ausgesucht hat?, überlegte er, während er sich eines der drei zierlichen Glöckchen aus Silberbronze vornahm. Weil ich so berechenbar bin? Falls ja, habe ich ihm ja wohl einen Strich durch die Rechnung gemacht, haha!

Er nahm sich eine Pinzette, die er in einem alten Schraubglas aufbewahrte. Seltsamerweise kam ihm ausgerechnet jetzt ein Roman von Friedrich Dürrenmatt in den Sinn, den er ganz besonders mochte: ›Das Versprechen‹. Darin wartet ein Kommissar vergeblich auf einen Kindermörder, um ihn auf frischer Tat zu überführen. Der Polizist organisiert sogar ein kleines Mädchen als Lockvogel, doch der Mann, hinter dem er her ist, verunglückt auf dem Weg zu seinem Opfer mit dem Auto und kommt nie an. Und irgendwann beginnt der kluge Kommissar, an seinem Verstand zu zweifeln …

Jetzt hör endlich auf, dich verrückt zu machen, rief er sich selbst zur Ordnung. Es ist vorbei. Du siehst doch selbst, dass er aufgegeben hat!

Irgendwann verlieren sie die Lust, hatte seine Mutter ihm eingebläut, wenn er in der Schule wieder einmal gehänselt worden war, kurz nach dem Krieg. Damals, zu einer Zeit, da die Leute noch viel weniger als heute gewusst hatten, wie sie mit Menschen jüdischer Abstammung umgehen sollten.

Irgendwann verlieren sie die Lust …

Als das Glöckchen über der Eingangstür bimmelte, fuhr er erschreckt zusammen. Und gleich noch einmal: ein dezenter Dreiklang, der ankündigte, dass jemand hereingekommen war und anschließend die Tür wieder hinter sich geschlossen hatte.

Aber hatte er denn nicht hinter Doris abgeschlossen, vorhin? Verwirrt legte er seine Pinzette zur Seite.

Normalerweise tat er das automatisch, wenn er abends länger blieb. Schon um sicherzugehen, dass kein Betrunkener hereinkam. Oder irgendein Junkie, der sich ein paar Euro für den nächsten Schuss erhoffte. Die Gegend gehörte zu den besseren in Frankfurt und galt als weitgehend sicher, aber in einer Stadt wie dieser musste man leider immer und überall damit rechnen, dass etwas geschah, was man nicht auf der Rechnung hatte.

Er stand auf und ging in den Verkaufsraum hinüber, doch

auf den ersten Blick konnte er nichts Verdächtiges entdecken. Bis auf das Licht in den Außenvitrinen hatte er bereits vor Stunden alle Lampen gelöscht. Eine alte Sparsamkeit, die er – genau wie den Laden – von seinem Vater geerbt hatte. Was im schummrigen Halbdunkel zu erkennen war, wirkte so harmlos wie immer. Doch an einem Tag wie diesem beschloss er, lieber auf Nummer sicher zu gehen.

Als Erstes überprüfte er die Eingangstür, und tatsächlich: Sie war unverschlossen.

»Seltsam«, murmelte er und drehte den Schlüssel zweimal herum. Anschließend drückte er zur Sicherheit noch einmal auf die Klinke.

Dann schaltete er die Deckenbeleuchtung ein. Die Energiesparbirnen brauchten einige Sekunden, um zu ihrer vollen Leistung zu gelangen. Und selbst dann war das Ergebnis im Vergleich zu den guten alten Glühlampen noch immer ausgesprochen unerfreulich.

In dem kleinen Verkaufsraum schien so weit alles in Ordnung zu sein. Dorn sah hinter die Verkaufstheke und in den Abstellraum neben der Toilette. Er überprüfte die Kellertür, den alten Garderobenschrank, in den Doris und er die Mäntel hängten, und auch die kleine Teeküche, deren Rückwand an sein Büro grenzte. Doch er konnte keine Auffälligkeiten feststellen.

Gottlob!

Beruhigt kehrte er in sein Büro zurück.

Der Schuss traf ihn völlig unvorbereitet. Dorn taumelte rückwärts, und das Letzte, was sein sterbendes Gehirn registrierte, war die Schreibtischkante in seinem Rücken. Das leise Klirren der Zahnrädchen, als sein Kopf auf der Tischplatte aufschlug, bekam er dagegen schon nicht mehr mit. Ebenso wenig wie den Schatten des Mannes, der auf ihn fiel, während sich eine schnell wachsende Blutlache über die jahrhundertealten Teile breitete.

Der Mann blieb noch eine Weile neben der Leiche stehen und sah zu, wie Theo Dorns Blut kurz vor dem entkernten Uhrengehäuse langsam ins Stocken geriet. Die Figuren auf dem Uhrenkasten zeigten die Geburt des Amor.

Kurz darauf erklang der Dreiklang über der Tür ein weiteres Mal, und der Fremde verschwand in der Dunkelheit, ohne dass irgendwer auch nur die geringste Notiz von ihm genommen hatte.

12

Zhou starrte die rote Ampel an und versuchte verzweifelt, ihr aufgewühltes Inneres wieder unter Kontrolle zu bringen. Die Fassade wiederherzustellen, die ihren Ärger verbarg. Und die Enttäuschung über diesen völlig misslungenen Start in das neue Leben, auf das sie sich so sehr gefreut hatte.

Sie klappte die Sichtblende herunter und vergewisserte sich, dass ihr Make-up keine Makel aufwies. Dann nahm sie sich einen Kaugummi aus dem Fach neben dem CD-Player und versuchte, sich ganz auf den Geschmack von Minze zu konzentrieren, der die Verspannungen löste und den Kopf freimachte.

Eigentlich war sie von Haus aus eher temperamentvoll, doch sie hatte früh die Erfahrung gemacht, dass sich Zornesausbrüche in den Augen ihrer deutschen Landsleute offenbar nur schwer mit einem asiatischen Äußeren oder einer entsprechenden Herkunft in Einklang bringen ließen.

»Das musst du verstehen, Mai«, hatte ihre Grundschullehrerin einmal wie zur Erklärung gesagt, nachdem Zhou auf dem Schulhof vom Vater einer Mitschülerin auf das Übelste beschimpft worden war – einzig und allein dafür, dass sie seiner tyrannischen, beständig um sich schlagenden Tochter eine Ohrfeige verpasst hatte. »Von einem Mädchen wie dir erwartet man so etwas einfach nicht …«

In den Jahren danach hatte Zhou viele Stunden damit verbracht, herauszufinden, was man stattdessen von ihr erwartete. Ihre Eltern zum Beispiel. Oder ihr sogenanntes schulisches Umfeld. Doch sie war zu keinem befriedigenden Ergebnis gekommen. Wurde sie deutlich, bezeichnete man ihr Verhalten als »unpassend« oder gar »unmöglich«, hielt sie sich zurück, belegte man sie binnen kürzester Zeit mit Attributen wie »arrogant«, »gefühllos« oder »langweilig«. Sie sah in den Spiegel und streckte sich selbst kurz die Zunge heraus, bevor sie die Sichtblende wieder hochklappte und den ersten Gang einlegte. Irgendwann war sie so verunsichert gewesen, dass sie beschlossen hatte, ihre Gedanken und Gefühle, insbesondere die negativen, konsequent für sich zu behalten. Ironischerweise hatte ausgerechnet diese emotionale Totalverweigerung zur Folge, dass sie das Klischee – und damit offenbar auch die Erwartungen ihrer Mitmenschen – voll und ganz erfüllte. Dass die Dinge leichter wurden. Dass man sie lobte. Mit ihr zufrieden war. Dass sie *gefiel.* Sie verzog angewidert das Gesicht. Denn obwohl sie seither nur noch selten aneckte, hatte sie tief in ihrem Inneren das Gefühl, einen Verrat zu begehen. Einen Verrat an sich selbst.

Sie fuhr erschrocken zusammen, als ihr bewusst wurde, dass die Ampel längst wieder auf Grün stand. Doch zum Glück war hinter ihr niemand, der sich über ihre Träumerei hätte ärgern können. Sie gab Gas und bog an der nächsten Kreuzung links ab.

Trotz des wenig erfreulichen Auftakts im Präsidium hatte sie beschlossen, auf dem Heimweg noch kurz bei ihren Eltern vorbeizufahren. Beide wussten bislang nichts von ihrem neuen Job, doch irgendwann, das wusste Zhou, würde sie Farbe bekennen müssen. Warum also diesen rundum schrecklichen Tag nicht noch mit einem weiteren Fiasko krönen?

Sie schnalzte verächtlich mit der Zunge und trat das Gaspedal bis zum Anschlag durch.

Die Jugendstilvilla, in der sie den Großteil ihrer Kindheit verbracht hatte, lag im vornehmen Westend, ganz in der Nähe des Botanischen Gartens. Sie fand einen Parkplatz direkt vor dem

Haus und warf einen Blick auf die Uhr. Kurz nach halb zehn. Das bedeutete, dass sie zumindest eine kleine Chance hatte, ihren Vater zu Hause anzutreffen.

Nachdem sie – wie immer – zweimal kurz hintereinander auf die Klingel gedrückt hatte, postierte sie sich direkt vor der Überwachungskamera. Als sie ein leises Knacken in der Gegensprechanlage hörte, hob sie die Hand und begann zu winken.

Keine zehn Sekunden später wurde die Tür geöffnet.

Trotz der späten Stunde trug ihre Mutter ein exzellent geschnittenes Businesskostüm und halbhohe Pumps. Ihr zeitloses Gesicht, das zumindest auf den ersten Blick keiner bestimmten Nationalität zuzuordnen war, wirkte edel und blass. Die Haut war makellos gepudert, Augen und Lippen sorgfältig betont.

»Mai, Schatz, wie schön, dich zu sehen!« Rebecca Zhou machte einen Schritt rückwärts, um ihre Tochter eintreten zu lassen.

Erst in der opulenten Eingangshalle umarmten sie einander.

»Wie geht es dir, mein Kind?«

»Gut, danke.«

Die Augen ihrer Mutter verweilten kurz auf ihrem Gesicht, dann wandte sich Rebecca Zhou entschlossen, fast abrupt von ihrer Tochter ab. »Und die Arbeit?«, fragte sie, indem sie Zhou bedeutete, ihr ins Wohnzimmer zu folgen.

»Auch gut. Allerdings gibt es ein paar interessante Neuigkeiten, von denen ich euch berichten wollte.«

Ihre Mutter hielt inne. »So?«

Zhou nickte. »Ist Papa da?«

»Ja, seit einer halben Stunde. Aber er arbeitet noch. Irgendeine Statistik, die er morgen Vormittag dem Vorstand vorlegen soll.«

»Natürlich«, erwiderte Zhou mechanisch. Manche Dinge änderten sich tatsächlich nie …

»Möchtest du vielleicht eine Kleinigkeit essen?«, fragte ihre Mutter. »Wir hatten zum Abend ganz wunderbare …«

»Nein, danke«, fiel ihr Zhou ins Wort. »Ich habe keinen Hunger. Und genau genommen habe ich auch nicht viel Zeit.«

Rebecca Zhous Augen wanderten zu einer zweiflügligen Kassettentür am Ende des Flurs. Dem Arbeitszimmer ihres Mannes. »Du weißt ja, wo du ihn findest«, sagte sie mit einem Unterton, den Zhou nicht deuten konnte. »Sag Bescheid, wenn du gehst.«

Zhou blickte ihr nach, bis sie mit katzenartig eleganten Schritten im Wohnzimmer verschwunden war. »Ich wollte eigentlich mit euch beiden reden«, flüsterte sie, nachdem sich die Tür hinter der filigranen Gestalt ihrer Mutter geschlossen hatte. Aber auf das, was *sie* wollte, war es aus irgendwelchen Gründen noch nie wirklich angekommen, auch wenn ihre Eltern nach außen hin alles für sie getan hatten.

Aber das, was ich jetzt mache, dachte Zhou entschlossen, dieser Job ist etwas, in das ich mir nicht dreinreden lasse. Er ist meine Entscheidung. Mein Risiko.

Sie straffte die Schultern und machte sich auf den Weg zu ihrem Vater. Die Villa ihrer Eltern war so penibel in Schuss, dass sie sich bei ihren Besuchen dort oft wie in einem Museum vorkam. Die hohen stuckverzierten Decken wurden regelmäßig geweißt, und ihre Mutter achtete seit nunmehr zwanzig Jahren persönlich darauf, dass die wertvollen Tapeten, die den einzelnen Räumen ihre individuelle Note verliehen, keinen einzigen Kratzer abbekamen. Der viel beschworene Respekt vor den Dingen war etwas, das Zhou seit ihrer Kindheit eingeimpft worden war. Das Besteck nicht zerkratzen. Ordnung halten. Wertschätzen, womit man tagtäglich zu tun hatte.

Das Mobiliar bestand zu großen Teilen aus Antiquitäten, die ihre Eltern aus allen Teilen Europas zusammengetragen hatten. Dazu gab es ein paar geschickt platzierte Werke moderner Kunst, unter anderem eine Abmalung von Gerhard Richter aus den Sechzigerjahren, die ihr Vater zum fünfundzwanzigjährigen Dienstjubiläum vom Vorstand seiner Bank geschenkt bekommen hatte. Das Bild hing, geschützt durch eine aufwändige, aber unsichtbare Sicherheitsanlage, neben der Tür zum Arbeitszimmer. Zhous Blick blieb flüchtig an der Signatur hängen. Die

Verehrung ihres Vaters für die westeuropäische Kultur sickerte buchstäblich aus jedem Winkel dieses Hauses, trotzdem konnte er ihre Berufswahl einfach nicht akzeptieren. Und das, obwohl Polizeibeamte genauso zur Kultur dieses Landes gehörten wie Goethe oder Beethoven.

Warum, dachte sie, kann er mich, verdammt noch mal, nicht einfach so sein lassen, wie ich bin?

Sie schluckte ihren Ärger herunter und klopfte gegen den Türrahmen. Gleich darauf hörte sie das leise »Komm rein« ihres Vaters.

Als Sohn emigrierter Festlandchinesen hatte Zhou Ya Dao die ersten Jahre seines Lebens in einer der armseligen Holzbaracken von Shek Kip Mei verbracht, bevor die große Feuersbrunst von 1955 die Familie ein weiteres Mal in Not und Obdachlosigkeit stürzte. Diese Jahre der Entbehrung hatten ihm lebenslange Kränklichkeit, aber auch einen eisernen Willen beschert, und trotz seiner beachtlichen Karriere hatte er niemals vergessen, wo er herkam und wie sich Armut anfühlte. Der Geschäftsmann Ya Dao galt als hart, aber fair. Persönlich hielt man ihn gemeinhin für diszipliniert und unnahbar. Eine Einschätzung, die Zhou ohne Weiteres unterschrieben hätte.

»Mai Xiao.« Er schob das Schriftstück, mit dem er sich gerade beschäftigt hatte, von sich und sah sie an.

»Und?«, erkundigte Zhou sich forsch-fröhlich. »Was machen die Finanzen?«

Im Gegensatz zu Europäern, bei denen Fragen wie diese noch immer als unschicklich verpönt waren, sprachen Chinesen viel und gern über Geld. So auch ihr Vater, und das nicht nur von Berufs wegen.

»Wir leben in aufregenden Zeiten«, entgegnete er mit einem hintergründigen Lächeln.

»Bedeutet das, dass ich meine dreieinhalb Wertpapiere am besten so schnell wie möglich verkaufe und in ein Grundstück investiere?«, fragte Zhou halb im Scherz, halb um ihren Vater mit seiner typisch asiatischen Indirektheit aufzuziehen.

»Grundbesitz ist immer eine kluge Entscheidung«, antwortete Ya Dao, dem derlei Wortgefechte seit je Spaß machten. »Alles Übrige ist eine Frage von Instinkt, Entschlossenheit und Glück.«

Na, wenn das kein gutes Stichwort ist!, dachte Zhou.

»Ich möchte dich auch gar nicht lange stören«, begann sie ein wenig sperrig. »Eigentlich wollte ich euch nur mitteilen, dass ich wieder herziehe.«

Euch …

»Du meinst, in die Stadt?«

»Ja.«

»Aha.«

»Eine Wohnung habe ich schon«, berichtete sie eilig, bevor ihr Vater auf die Idee kam, dass sie wieder zu Hause wohnen könne. »Ein nettes kleines Apartment. Fünfundsiebzig Quadratmeter, am Westhafen.«

Eine gute und teure Lage. Ihr Vater sagte keinen Ton, trotzdem wusste sie ganz genau, was er dachte. *Du musst weit besser verdienen als früher, wenn du dir so etwas leisten kannst.* Und: *Fünfundsiebzig Quadratmeter sind nicht klein…*

Sie rang sich ein dünnes Lächeln ab. »Es ist ein sehr schönes Haus. Neubau. Alles sehr offen und stylish. Und von meinem Balkon aus hat man einen traumhaften Blick auf die Mole.«

Ihr Vater nickte. »Das heißt, du hast eine andere Arbeit?«

»Eine neue Abteilung, ja.«

Sie hoffte inständig, dass er von sich aus fragen würde, aber Ya Dao dachte gar nicht daran, seiner Tochter derart weit entgegenzukommen. Stattdessen sagte er: »Wenn es dich glücklich macht.«

»Das kann ich noch nicht beurteilen«, antwortete Zhou mit der wohl kalkulierten Zurückhaltung, die sie von ihm gelernt hatte. »Aber ich habe zumindest das Gefühl, dass ich das Richtige tue.«

»Das hast du über das Ballett auch gesagt«, wandte Ya Dao in vollkommen wertfreiem Ton ein.

»Damals war ich fünfzehn, Vater.«

»Ist es klug, seine Wurzeln zu vergessen?«

Zhou war sofort klar, dass er nicht das Ballett meinte, und sie entschied sich kurzerhand für einen Frontalangriff: »Von welchen Wurzeln sprechen wir hier?«

Ya Daos Miene verriet, dass er ihren herausfordernden Ton missbilligte. Aber auch dieses Mal enthielt er sich jeden Kommentars. Etwas, das Zhou nur noch mehr aufbrachte. So knallhart und kompromisslos ihr Vater sich im Geschäftsleben auch verhalten mochte, so konsequent ordnete er seine Reaktionen im Privaten dem Prinzip einer fast schon manischen Harmoniesucht unter. Die Folge war, dass er Gefühle praktisch nie direkt äußerte. Ebenso wenig wie politische oder gesellschaftliche Ansichten. Stattdessen wählte er fast immer den Umweg über eine Metapher oder ein Zitat, wobei er Schiller und Kant ebenso häufig und gern bemühte wie Laotse oder Konfuzius.

Zhou hatte sich oft gefragt, wie viel von dem, was ihr Vater sagte und tat, auf Erziehung beruhte. Auf Prägung und Vernunft. Und was für ihn – unterm Strich betrachtet – wirklich zählte. Manchmal hatte sie den Verdacht, dass er tief in seinem Inneren genauso zerrissen war wie sie selbst.

»Es tut mir leid, Vater«, fügte sie etwas versöhnlicher hinzu, »aber ich kann hier beim besten Willen nicht viel Chinesisches entdecken.«

»Kultur ist keine Frage der Einrichtung, sondern des Herzens.«

Na, toll!

»Polizeiarbeit ist das, was ich machen möchte«, insistierte sie trotzig.

Die schwarzen Augen ihres Vaters ruhten mit unerschütterlicher Souveränität auf ihrem Gesicht. Ya Dao hatte einen Blick, den Zhou schon immer als einschüchternd empfunden hatte. Trotz aller aufrichtigen Zuneigung, die sie ihrem Vater entgegenbrachte. Und natürlich bemerkte er sehr wohl, dass seine Musterung ihr Unbehagen bereitete. Aber er dachte gar nicht daran, sie zu schonen. Im Gegenteil: Während ihr das Blut in die Wangen schoss, schien sich die Intensität seines Blicks noch zu verstärken.

Als ob er mich hypnotisieren will, dachte Zhou mit einem neuerlichen Anflug von Wut. »Aber erzähl doch mal von dir«, sagte sie, um ihn abzulenken. »Wie geht es deinem Herzen?«

Kaum dass der Satz heraus war, wurde ihr die unfreiwillige Doppeldeutigkeit ihrer Formulierung bewusst. Und doch war die Frage keineswegs unberechtigt, denn ihr Vater hatte erst im vergangenen Jahr einen Herzinfarkt erlitten, in dessen Folge ihm mehrere Stents eingesetzt worden waren.

»Zum Glück degradiert die moderne Heilkunst Beschwerden wie meine zu bedeutungslosen Randnotizen.«

»Das beantwortet nicht meine Frage.«

Um die Lippen ihres Vaters spielte ein Lächeln. »Es geht mir gut.«

»Das freut mich«, entgegnete Zhou, und sie fand selbst, dass es schrecklich formell klang. Doch dieses Mal kam ihr das Klingeln des Telefons zu Hilfe.

Ya Dao drehte nicht mal den Kopf.

»Geh ruhig ran«, versicherte Zhou. »Ich muss sowieso wieder los. Ihr solltet nur wissen, wo ihr mich in Zukunft erreichen könnt.«

Sie zog eine von den neuen Visitenkarten aus der Tasche, die Makarov ihr gegeben hatte, und legte sie vor ihren Vater auf den Schreibtisch. Auf die Rückseite hatte sie von Hand ihre neue Anschrift notiert. Dazu auch Handy- und Festnetznummer und sogar ihre private E-Mail-Adresse.

Ihr Vater würdigte die Karte keines Blickes, während vor ihm das Telefon unentwegt vor sich hin bimmelte. »Danke.«

»Keine Ursache.« Zhou drehte sich um und ging langsam zur Tür, während sie insgeheim darauf wartete, dass ihr Vater ihr irgendeinen klugen Spruch hinterherschleuderte. Irgendeine banale Weisheit, über die sie im Anschluss viel zu lange nachdachte.

Doch dieses Mal tat Ya Dao nichts dergleichen. Stattdessen

fragte er: »Was ist das für eine Abteilung, für die du jetzt arbeitest?«

Ihr erster Impuls war zu sagen: »Schau auf die Karte, dann weißt du's!« Doch sie verkniff sich die Bemerkung. »Kapitalverbrechen«, sagte sie, indem sie sich noch einmal zu ihm umdrehte.

Die Reaktion ihres Vaters bestand in einem resigniert-wissenden Nicken. Und noch immer klingelte das Telefon. Enervierendes eintöniges Läuten.

Zhou seufzte und wandte sich wieder der Tür zu.

»Gib acht auf dich, meine Tochter«, hörte sie Ya Daos Stimme in ihrem Rücken.

Dann griff ihr Vater mit seiner üblichen gelassenen Ruhe zum Telefon und nahm das Gespräch entgegen.

13

Fordstraße 237 erwies sich als heruntergekommenes Lagerhaus inmitten eines wenig vertrauenerweckenden Gewerbegebiets, das mit den Hochglanzfassaden der nahen Hanauer Landstraße nur wenig zu tun hatte. Hier animierten keine teuren Neuwagen in glitzernden Verkaufsräumen zahlungskräftige Kunden zum Kauf. Stattdessen türmten sich Müll und Schrottberge auf schlecht beleuchteten Hinterhöfen. Hohe, graffiti-verzierte Backsteinmauern wechselten sich ab mit schmutzigen Fassaden, deren blinde, zum Teil gesprungene Fenster wie tote Augenhöhlen anmuteten.

Michael Höffgen drosselte das Tempo und brachte seinen Audi hinter einem verlassenen Lastwagenauflieger zum Stehen. »Das da drüben muss es sein!«, rief er und zeigte zur gegenüberliegenden Straßenseite.

»Wieso?«, fragte Christina, doch im selben Augenblick entdeckte sie eine fast verwitterte Hausnummer an der Mauer neben der Einfahrt.

Die Gebäude lagen ein Stück zurückgesetzt. Die Frontseite des Geländes wurde durch zwei imposante Rolltore begrenzt, die jedoch offen standen und augenscheinlich auch schon längere Zeit nicht mehr bewegt worden waren. Von einer angrenzenden Landmaschinenfabrik fiel ein wenig Licht in den Innenhof, doch das reichte kaum, um Details wie Fenster oder Türen ausmachen zu können. Von Personen, die im Schatten der Gebäude stehen mochten, ganz zu schweigen.

Der Abend war klar und kühl, und gegen den tintenblauen Nachthimmel zeichneten sich gestochen scharf die Konturen der umliegenden Gebäude ab. Es roch nach Herbst und Laub.

Christina schlug die Autotür zu und schlang sich fröstelnd die Arme um den Körper. »Vielleicht sollten wir einfach wieder fahren.«

Ihr Mann, der schon halb über die Straße war, drehte sich entgeistert zu ihr um. »Fahren? Jetzt?«

»Warum nicht?« Sie trat unruhig von einem Fuß auf den anderen. »Hier ist doch nichts.«

»Woher willst du das wissen?«, gab er zurück. »Das Ding scheint leer zu stehen und bietet so gesehen jede Menge Möglichkeiten, jemanden zu verstecken.«

Zu verstecken, echote seine Stimme hinter Christinas Stirn. *Jede Menge Möglichkeiten, jemanden zu verstecken, gefangen zu halten, zu …*

»Aber dann sollten wir vielleicht doch lieber die Polizei rufen. Sollen die sich mit diesem blöden Brief befassen.« Sie zögerte. »Und mit dem, was dahintersteckt.«

»Die würden uns doch gar nicht ernst nehmen.« Ihr Mann schüttelte den Kopf. »Glaubst du, ich hab Lust, am Ende noch wie ein Idiot dazustehen? Ganz bestimmt nicht!«

»Aber wir können da doch nicht einfach reingehen.«

»Wieso nicht?«

»Ist das nicht Hausfriedensbruch oder so was?«

»Herrgott, Christina!«, fuhr er auf. »*Du* wolltest doch so unbedingt herkommen und nach dem Rechten sehen.«

»Ja, schon …«

»Und ich finde, dass wir uns jetzt, wo wir schon mal hier sind, auch vergewissern sollten, dass alles in Ordnung ist.«

Dieser Argumentation hatte Christina nur wenig entgegenzusetzen. »Na schön«, seufzte sie. »Aber vorsichtig, ja?«

»Na klar«, brummte ihr Mann. »Ich habe keinen Bock, mir hier den Fuß zu verknacksen oder so was.«

Er drückte noch einmal an seinem Autoschlüssel herum, um sicherzugehen, dass die Zentralverriegelung aktiviert war. Dann stapfte er mit entschlossenen Schritten auf die düstere Mauer zu.

Christina folgte ihm.

Als sie durch das rostzerfressene Tor traten und das Licht der Straßenlaternen hinter ihnen zurückblieb, schlug ihr Herz spürbar schneller. Doch sie gab sich alle Mühe, ihre Furcht zu verbergen. Das sind ganz normale Urängste, beruhigte sie sich. Frauen und Dunkelheit. Frauen und verlassene Gebäude. Alles völlig normal.

Michael suchte unterdessen das schummrige Dämmerlicht zu seinen Füßen nach versteckten Unebenheiten ab. »Komm hier lang«, rief er, indem er ihr fürsorglich die Hand entgegenstreckte. »Bringen wir's hinter uns!«

Hand in Hand überquerten sie einen sandigen Innenhof. Und allmählich gewöhnten sich Christinas Sinne an die Dunkelheit: Sie konnte besser sehen. Gesprungene Platten aus Waschbeton, zwischen denen sich bereits vor langer Zeit das Unkraut breitgemacht hatte. Eine leere Plastikverpackung, die eine leichte Brise hüpfend und raschelnd vor sich hertrieb. Ein paar flache Schrotthaufen. Verrottendes Laub. Im Dunkel rechts von sich entdeckte sie ein paar rostige Container. Daneben lehnten Säcke mit Sand und Mörtel an der Wand.

»Da drüben ist der Eingang.« Ihr Mann zerrte seine Stabtaschenlampe aus der Jackentasche und richtete den Strahl auf eine zerborstene Glastür.

Seltsamerweise vermittelte die plötzliche Helligkeit ihr ganz und gar kein Gefühl der Beruhigung. Im Gegenteil. Sie fühlte sich ausgeliefert. So, wie wir hier stehen, geben wir ein erstklassiges Ziel ab, dachte sie schaudernd.

»Das scheint wohl eine Art Bürotrakt zu sein«, riss Michael sie aus ihren Überlegungen, und obwohl er sehr leise sprach, kam ihr seine vertraute Stimme in diesem Augenblick überlaut vor. »Siehst du?«

Das Licht der Lampe glitt über die scherbenbedeckte Schwelle ins Innere des Gebäudes. Christina sah einen staubigen Flur, von dem nach links und rechts mehrere Türen abzweigten. Der Rest lag im Dunkeln.

»Oh Mann, riechst du das?« Michael rümpfte angewidert die Nase. »Pisse und Ratten. Nicht gerade ein passender Ort für unsere englische Lady.«

Christina wusste, es war nur ein Scherz, um sie aufzuheitern. Pflichtschuldig rang sie sich ein Lächeln ab.

ihr Name ist jennifer …

Ihr Mann war bereits einen Schritt weiter. Unter den Sohlen seiner Sneakers knirschte zerbrochenes Glas, als er nacheinander an sämtliche Türen trat. »Also, hier ist definitiv nichts, was noch irgendeinen Wert hätte«, konstatierte er, indem er die Taschenlampe wieder auf den Flur richtete. »Alles geplündert oder zerstört.«

Christina nickte stumm. Im unsteten Licht der Taschenlampe manifestierte sich ein brüchiger Betonboden. Die Luft war hier im Inneren des Gebäudes unangenehm feucht und roch nach Schimmel und Staub. Außerhalb des Lichtkegels, dort, wo es ganz dunkel war, huschte etwas. Mäuse vermutlich. Oder Ratten. Sie verzog angeekelt das Gesicht, auch wenn sie Ratten unter den gegebenen Umständen noch als das mit Abstand kleinste Übel empfand.

»Hallo!«, rief Michael dicht neben ihr und erschreckte sie damit fast zu Tode. »Ist hier jemand?«

Sie lauschten einträchtig, doch niemand antwortete.

Von fern drang Verkehrslärm an ihre Ohren. Autos. Dazu das Geräusch eines Fliegers im Landeanflug. Sonst nichts.

»Hallo?«, versuchte es Michael noch einmal. Und nach kurzem Zögern: »Jennifer? Sind Sie hier?«

Als ob wir sie kennen würden, dachte Christina. Als ob sie zu uns gehörte. Eine verlorene Bekannte.

»Da ist niemand«, brummte ihr Mann, und sie konnte deutlich die Erleichterung in seiner Stimme hören.

»Stimmt«, flüsterte sie an seinem Arm. »Wenn sie hier wäre, hätte sie längst geantwortet.«

»Also doch nur ein dummer Scherz«, erwiderte er.

Sie nickte. »Ja, ein Scherz. Können wir jetzt gehen, bitte?«

»Na klar.« Er tätschelte beruhigend ihren Arm. Doch dann stutzte er plötzlich. »Hey!«

»Was ist?«

»Was ist das da drüben?«

»Was meinst du?«

Anstelle einer Antwort richtete er den Strahl seiner Lampe auf eine halb geschlossene Stahltür am Ende des Flurs, die ihnen bislang entgangen war. »Lass uns dort noch kurz nachsehen«, sagte er, und für einen flüchtigen Augenblick hatte Christina das Gefühl, als ob sein Arm zitterte. »Nur um ganz sicherzugehen.«

»Gut«, flüsterte sie tapfer zurück. Zugleich musste sie über sich selbst lachen. Warum flüsterst du? Falls der Typ, der die Karte geschrieben hat, hier ist, hat er euch längst gehört. Er weiß, dass ihr da seid. Vielleicht hat er euch sogar erwartet …

Der Gedanke lähmte sie. Von einer Sekunde zur anderen hatte sie das Gefühl, sich keinen Millimeter mehr rühren zu können. Als ob eine fremde Macht einen geheimnisvollen Bann über sie gesprochen hätte.

Erst Michaels vertraute Stimme löste die Blockade. »Wo bleibst du denn?«, rief er über die Schulter.

»Ich komm schon.«

Ihre Knie waren wie Pudding, als sie zu ihrem Mann aufschloss und vorsichtig über seine Schulter blickte. Die Tür hatte handtellergroße Rostflecke, wirkte aber trotzdem befremdlich intakt. Michael drückte gegen einen der beiden Flügel, der mit einem leisen Knirschen nachgab. Dahinter öffnete sich eine imposante Lagerhalle, deren Ausmaße sich im Schein der Taschenlampe allenfalls erahnen ließen.

Christina schätzte die Raumhöhe auf mindestens sechs oder sieben Meter. In der Ecke neben der Tür stand ein ausgebeinter Opel Kadett. Der Lichtstrahl zuckte über zerschlissene Polsterreste, Kabel, Plastikscherben. Ansonsten war der Raum bis auf ein paar verstreute Schutthaufen genauso leer wie die Büros, die sich Michael zuvor angesehen hatte.

»Scheiße, guck dir das mal an!«

Christina fuhr herum. »Was?«

»Diese Spur hier. Sieht aus, als ob da jemand gekehrt hätte ...«

Sie starrte auf den Boden. So absurd der Gedanke in einer derartigen Umgebung auch anmutete, ihr Mann schien tatsächlich recht zu haben: Mitten im zentimeterdicken Staub des Hallenbodens entdeckte sie eine rund einen Meter breite Spur. Wie eine Straße, die Kinder zum Spaß in den Staub gekritzelt hatten. Doch hier, das wusste Christina genau, waren keine Kinder am Werk gewesen. Dafür waren die Ränder viel zu akkurat gezogen. Und was sollten Kinder auch an einem Ort wie diesem zu suchen haben?

Der Pfad der Erleuchtung, hämmerte es hinter ihrer Stirn.

Folge dem Pfad der Erleuchtung, und er wird Dich ans Ziel führen. Allerdings solltest Du Dich lieber beeilen ...

»Sieh mal da hinten! Ist das noch mal so was wie'n Büro oder so?«, fragte Michael neben ihr, und inzwischen flüsterte er auch.

Christina reckte den Hals. Auf der anderen Seite der Halle, dort, wo die Spur endete, schien sich ein nachträglich eingezogener, separater Raum zu befinden, dessen Wände jedoch nur bis zu einer normalen Zimmerhöhe aufragten. Vielleicht das Büro des Lagerleiters.

Die Eheleute tauschten einen Blick. Beide sahen ihre eigene Angst in den Augen des anderen. Ein dumpfes, elementares Unbehagen. Aber mittlerweile hatten beide auch ein Gefühl von Unabwendbarkeit. Als ob sie Puppen wären. Marionetten. Gelenkt von einer fremden Hand, die einen präzise ausgearbeiteten Plan verfolgte.

In stummem Einvernehmen gingen sie den Weg, den der unbekannte Briefeschreiber ihnen vorgezeichnet hatte, und mit jedem Schritt, den sie tat, hatte Christina das Gefühl, dass ihre Kehle enger wurde. Sie öffnete den Mund, um besser Luft zu bekommen. Aber es half nicht viel.

… ihr Name ist jennifer, falls es Dich interessiert …

Dich, wiederholte eine Stimme tief in ihrem Inneren. Nicht *euch*. Wer immer diese verdammte Karte geschrieben hat, wollte nicht Michael erreichen. Er hat sich an dich gewandt. An dich ganz allein.

Aber ich kenne keine Jennifer, protestierte Christina stumm. Ich kenne keine Jennifer, und ich bin auch nie zuvor in dieser Gegend gewesen. Ich habe nicht die geringste Ahnung, was dieser Mensch von mir will. Warum er mich ausgesucht hat. Ausgerechnet mich. Und wozu …

Michael, der ein paar Schritte vor ihr ging, hatte unterdessen die Tür des Verschlages erreicht. Bei näherer Betrachtung schien es sich um eine Art Aufenthaltsraum zu handeln, rund sechzig Quadratmeter groß.

Atemlos spähte Christina an ihrem Mann vorbei. Sie wusste selbst nicht genau, was sie erwartet hatte, doch als sie erkannte, dass der Raum so gut wie leer war, hätte sie am liebsten geschrien vor Erleichterung. Zwei Spindschränke und ein dreibeiniger Stuhl waren neben einer Teeküche aus billigem Sperrholz das Einzige, was von der Einrichtung übrig geblieben war. Das und eine ausladende Tiefkühltruhe an der rückwärtigen Wand.

»Sie ist nicht hier«, raunte sie, als sie bemerkte, wie sich die Nackenmuskeln ihres Mannes bei diesem Anblick verspannten. »Lass uns heimgehen.«

»Warte noch …«

»Michael, bitte!«, flehte sie, und sie erschrak selbst, wie schrill ihre Stimme auf einmal klang.

Ihr Mann antwortete nicht. Er ging mit versteinerter Miene auf die Gefriertruhe zu, die von ihren Ausmaßen her vermutlich aus der Gastronomie stammte. Und erst jetzt achtete Christina wieder auf die Spur. Den Pfad der Erleuchtung, den ein Unbekannter in den Staub des maroden Fußbodens gezeichnet hatte.

Er folgte ihnen in den Raum hinein und endete direkt vor dieser Truhe …

»Tu das nicht«, flehte sie noch, doch ihr Mann hatte bereits eine Hand am Griff des Deckels.

Das Gummi gab ein sattes Schmatzen von sich, als er die Abdeckung anhob und mit der Lampe ins Innere der Truhe leuchtete. Und obwohl sein Gesicht fast ganz im Schatten lag, sah Christina, wie er bleich wurde.

»Komm nicht näher!«, rief er mit einer Stimme, die genau wie sein Gesicht alle Farbe verloren hatte. »Hast du mich verstanden, Christina? Komm auf gar keinen Fall hierher!«

14

»Tja, so schnell sieht man sich wieder, was?«, rief Alex Decker ihr entgegen, als Zhou eine knappe Stunde später in die Lagerhalle trat. Er stand an der Tür zu einem separaten Raum auf der anderen Seite – offenbar der Fundort –, und die hohen Wände ließen seine Stimme hohl und verzerrt klingen.

Zhou gab ihm ein Zeichen, dass sie verstanden hatte, und sah, wie Decker sich abwandte. Dann griff sie in die Schachtel mit Plastik-Überschuhen, die einer der Spurentechniker ihr wortlos entgegenhielt. Sie trug noch immer dasselbe Kostüm, in dem sie ihren Dienst in der Abteilung für Kapitalverbrechen angetreten hatte – ein Umstand, der nicht gerade zu ihrem Wohlgefühl beitrug. Aber als die Einsatzmeldung gekommen war, hatte sie nicht gewagt, sich Zeit zum Umziehen zu nehmen. Zu Recht, wie es schien. Immerhin waren die anderen bereits da.

Sie seufzte und streifte den zweiten Überschuh über ihre Pumps. Nur viereinhalb Zentimeter Absatz an diesem Tag, gottlob.

»Passen Sie auf, wo Sie hintreten«, sagte der Spurentechniker und deutete auf eine befremdlich blanke Spur am Boden.

Zhou ging in die Knie und betrachtete die Ränder, die seltsam unregelmäßig schienen. »Ist das vom Täter?«

Der Mann bejahte.

»Gefegt?«

»Mutmaßlich.«

Sie richtete sich wieder auf und sah sich um. In der Halle schien es keinen Strom zu geben. Stattdessen hatte die Einsatzleitung Scheinwerfer aufstellen lassen. Ihr unerbittliches Licht malte groteske Schatten an die hohen Wände und ließ alles überproportional riesig wirken. Selbst die Schlaglöcher im Fußboden. »Soll ich mich in der Mitte halten oder lieber außen rumgehen?«

»Da ist eh nicht viel zu holen«, antwortete der Techniker achselzuckend. »Weder innerhalb der Spur noch drum herum.«

»Und was heißt das jetzt für mich?«

»Gehen Sie da, wo er gefegt hat.«

Na also, dachte Zhou. Das ist doch mal 'ne Ansage!

»Ich wurde angepiepst, dass ich Capelli hier treffen soll«, erklärte sie dem uniformierten Beamten am anderen Ende der Halle.

Dieser deutete mit einer knappen Geste über seine Schulter.

Sie bedankte sich und betrat einen länglichen, nicht allzu großen Raum, der in den Zeiten, zu denen hier noch Betrieb geherrscht hatte, vermutlich als Pausentreff genutzt worden war. Die Kriminaltechniker hatten ihn offenbar bereits unter die

Lupe genommen und warteten nun in einer Ecke neben der Tür darauf, dass die Gerichtsmedizin die Leiche freigab.

Capelli stand zusammen mit Decker und drei anderen Männern, die Zhou nicht kannte, neben einer ausladenden Gefriertruhe an der rückwärtigen Wand, über die sich eine vermummte Gestalt im weißen Schutzanzug beugte. Aller Vermutung nach der zuständige Pathologe.

»Na?«, begrüßte Capelli sie ohne Freundlichkeit. »Auch schon da?«

»Ich hatte rote Welle.«

Die Ausrede ist die kleine Schwester der Entschuldigung, spottete Zhous Verstand, während sie sich nach außen hin wenig erfolgreich um Ungerührtheit bemühte. Ihre Zimmergenossin auf der Akademie hatte sie irgendwann mal darauf hingewiesen, dass sie sich viel zu oft entschuldige – etwas, das Zhou selbst bis dato nicht aufgefallen war. Dafür bemerkte sie es seither bei jeder Gelegenheit und ärgerte sich grün und blau darüber. Aber mittlerweile hatte sie sich immerhin so weit im Griff, dass sie meist schon den Impuls im Keim ersticken konnte.

Außer, es handelte sich um eine Situation wie diese … Der erste große Fall, bei dem sie mehr war als die eifrige Schülerin, die den erfahrenen Kollegen über die Schulter schauen durfte. Die erste große Bewährungsprobe.

Capelli gab ihr mit einer ziemlich herablassenden Geste zu verstehen, dass sie ruhig näher treten dürfe.

»Und?«, fragte Zhou. »Was haben wir?«

»Nur zu, sehen Sie selbst!«

Sie ist achtundzwanzig, dachte Zhou, nur zwei Jahre älter als ich. Aber sie führt sich auf wie meine Großmutter. *Nur zu, sehen Sie selbst!*

Sie fühlte die Blicke der anderen auf ihrem Gesicht, als sie mit festen Schritten auf die Truhe zusteuerte, finster entschlossen, sich vor ihren neuen Kollegen nicht die geringste Blöße zu geben. Doch das Bild, das sich ihr im Inneren des Behältnisses bot, brachte selbst ihre erprobte Fassade für einige Augenblicke ins Wanken: Zwischen den befremdlich blanken Silberwänden lag die zusammengekrümmte, eigenartig deformiert wirkende Leiche einer Frau. Auf den ersten Blick schätzte sie ihr Alter auf fünfunddreißig bis vierzig Jahre.

Der Täter hatte der Frau offenbar aus nächster Nähe in die Schläfe geschossen, sodass Gehirnmasse bis an die dahinterliegende Wand gespritzt war. Aber das war noch nicht das Schlimmste: Der Körper lag in einem See aus Blut, das im gnadenlosen Licht der Scheinwerfer wie Teer aussah. Allerdings bemerkte Zhou sofort, dass es noch feucht war. Selbst an den Rändern.

Er ist noch nicht lange fort, resümierte sie mit einem leisen Frösteln. Doch welche Art von Verletzung konnte eine derart stark blutende Wunde hervorrufen?

Im Stillen tippte sie auf mehrere Stiche in Brust und Bauch des Opfers, bei denen auch die großen Gefäße im Bauchraum verletzt worden waren. Näheres war jedoch – zumindest aus ihrer Position heraus – schwer zu beurteilen. Die Frau lag so verkrümmt, dass ein großer Teil ihres Oberkörpers verdeckt war.

Gott sei Dank haben wir keinen Sommer mehr, dachte Zhou, erstaunt über ihren eigenen Pragmatismus. Das erspart ihr und uns wenigstens die Fliegen.

In ihrem Rücken telefonierte Capelli offenbar mit Makarov. Doch von dem Gespräch schnappte sie allenfalls Bruchstücke auf. Zu sehr war sie mit dem beschäftigt, was sie sah. Und roch. Den Geruch von frischem Blut. Von Angst und Tod.

Im Studium hatte sie immer zu denen gehört, die kaum je mit der Wimper zuckten, wenn ihre Ausbilder sie mit den dunklen Seiten ihres Jobs konfrontierten. Mit Bildern von misshandelten Frauen, gequälten Kindern und zersetzten Leichen. Aber das hier … Zhou presste die Lippen aufeinander. Das hier war die Realität. Und die löste in ihr etwas aus, dem mit Disziplin und Vernunft allein nur schwer beizukommen war.

Ihre Blicke kehrten zum Gesicht der Toten zurück. Was nach dem Schuss von der Frisur der Frau noch übrig war, verriet einen ebenso exzellenten wie teuren Coiffeur. Ihre Augen waren heil und geöffnet, das kräftige Make-up dagegen völlig zerlaufen. Schwarze Striemen zogen sich über ihre Wangen, dort, wo Tränen die Wimperntusche zum Schmelzen gebracht hatten. Und fast schien es, als weine die Frau noch immer.

Zhou betrachtete die hohen Mauern der Halle ringsum, in denen sich bereits vor langer Zeit Hausschwamm und Schimmel eingenistet hatten. Der Raum, in dem sie standen, war nach oben hin offen. Doch die Außenmauern waren zu dick, als dass man die Schreie auf der Straße hätte hören können.

Sie war allein gewesen in dieser riesigen dumpfen Halle. Allein mit ihrem Peiniger, dessen Gesicht vermutlich das Letzte war, was die weinenden blauen Augen gesehen hatten. Zhous Blick saugte sich an der im Scheinwerferlicht beinahe türkis schimmernden Iris fest, während die klamme Kühle des Lagerraums mit langen frostigen Fingern unter ihren Blazer griff. Wann mochte der Frau klar geworden sein, dass sie sterben würde? Oder hatte sie bis zum bitteren Ende gehofft?

»Die Totenstarre ist bereits voll ausgeprägt«, erklärte eine sonore Stimme neben ihr, und erst mit einigen Sekunden Verzögerung registrierte Zhou, dass es sich um die Stimme einer Frau handelte.

Sie wandte den Kopf und blickte in ein apartes Gesicht mit klugen schwarzen Igelaugen. Das Haar der Frau, noch ein wenig zerdrückt von der Kapuze, die sie sich gerade erst vom Kopf gestreift hatte, war raspelkurz und blond, ein unerwarteter, aber äußerst angenehmer Kontrast zu ihrem ausdrucksstarken Gesicht.

»Darf ich vorstellen«, sagte Capelli, die Zhous fragenden Blick bemerkt hatte. »Frau Dr. Bechstein vom gerichtsmedizinischen Institut. Frau Zhou, eine neue Kollegin.«

Die Reaktion der Pathologin bestand aus einem bedeutungsvollen Hochziehen der rechten Augenbraue, das verriet, dass ihr Capellis Formulierung keineswegs entgangen war.

Eine neue Kollegin …

Nicht: *Meine* neue Kollegin. Deutlicher kann man wohl kaum auf Distanz gehen, dachte Zhou, und sie spürte, wie die Wut in ihr allmählich wieder die Oberhand gewann.

»Die Frau ist ungefähr sechs bis acht Stunden tot«, erklärte derweil Dr. Bechstein mit kühler Routine. »Vielleicht auch etwas länger.«

Capelli machte eine wegwerfende Handbewegung.

»Gesichtshaut und Lippen zeigen deutliche Anzeichen einer Dehydratation«, fuhr die Gerichtsmedizinerin fort. »Sodass ich davon ausgehen würde, dass sie schon mindestens zwei, wahrscheinlich sogar drei Tage keine Flüssigkeit mehr zu sich genommen hat.«

»Das heißt, dass er sie schon länger in seiner Gewalt hatte«, schloss Decker.

Dr. Bechstein nickte. »Das Tempo einer solchen Austrocknung ist natürlich stark von den äußeren Bedingungen abhängig.« Sie sah sich achselzuckend um. »Hier drin ist es feucht und kühl, sodass sich eine lebensbedrohliche Exsikkose vermutlich erst nach drei bis vier Tagen einstellen würde.«

Zhou ging langsam um die Truhe herum, wobei sie penibel darauf achtete, keine Spuren zu zerstören. »Die ist aber nicht eingeschaltet, oder?«

Capelli schüttelte den Kopf. »Das war auch mein erster Gedanke«, gab sie zu. »Aber es gibt nicht mal mehr einen Stecker.«

»Trotzdem hat der Täter die Truhe ganz offenbar gereinigt«, sagte Decker.

»Genau wie den Vorraum«, brummte Capelli.

Nicht den *ganzen* Vorraum, korrigierte Zhou sie in Gedanken. Er hat nur einen Teil gereinigt. Eine Art Weg …

Gedankenverloren starrte sie die rostzerfressene Rückseite der Truhe an. Die Spuren im Staub erinnerten sie unwillkürlich an diese Miniatur-Zen-Gärten, die sich die Asien-Fans unter den europäischen Führungskräften hin und wieder auf ihre Schreibtische stellten, weil sie dergleichen für chic hielten. Diese *Kare-san-sui* genannten, traditionell pflanzenlosen Gärten dienten – egal, ob es echte Gärten waren oder lediglich Miniaturausgaben – in erster Linie der Meditation und der Beruhigung des Geistes, wobei insbesondere dem Rechen von Linien und Mustern eine große Bedeutung beikam.

Zhou blickte zur Tür hinter sich, während sie überlegte, wo der Täter den Besen gelassen haben mochte. Hatte er ihn mitgebracht und anschließend auch wieder mitgenommen? Oder war er noch hier, irgendwo auf dem Gelände?

»Gottverdammte Scheiße!«, rief in diesem Augenblick Dr. Bechstein, und Zhou registrierte etwas, das wie ein plötzlicher Ruck ihre umstehenden Kollegen durchzuckte. Die Schockwelle eines elementaren Schreckens, als ob ein heftiger Stromschlag direkt durch ihre Körper gejagt würde.

Sie drehte sich zu den beiden Männern um, die auf Dr. Bechsteins Geheiß die Tote aus der Truhe heben sollten, und für ein paar flüchtige Sekunden hatte sie das Gefühl, dass ihr die Beine wegsackten.

»Gütiger Himmel!«, stöhnte Capelli mit gepresster Stimme, während einer der Beamten neben ihr ein unterdrücktes Würgegeräusch von sich gab.

Letzteres konnte Zhou ohne Probleme nachvollziehen: Der kleinere der beiden Träger, ein bärtiger Mann von etwa vierzig, hatte seine behandschuhten Hände noch immer unter den Achseln der Toten, doch die Frau war buchstäblich auseinandergefallen. Becken und Beine hatte sein Kollege im ersten Schrecken wieder losgelassen. Der Oberkörper hing schlaff und blutig in den Armen des Bärtigen, auf dessen kalkweißer Stirn ein paar unübersehbare Schweißperlen standen.

Bestürzt blickte Zhou auf das zerfetzte Fleisch hinunter, das einmal der Bauch der Toten gewesen war. Aus dem abgetrennten Becken ragte etwas Weißes. Vermutlich ein Wirbel.

Capelli fing sich als Erste. »Er hat sie in der Mitte durchgesägt?«, fragte sie mit zittriger Stimme.

Dr. Bechstein nickte nur stumm vor sich hin.

»Postmortal?« Decker nestelte hektisch am Reißverschluss

seiner Jacke, und so, wie er das sagte, klang es fast wie eine Bitte.

Die Pathologin blickte ihm direkt in die Augen, und Zhou kannte die Antwort, noch bevor sie den Mund aufmachte: »Ich fürchte nein.«

Jemand flüsterte: »Oh, mein Gott.«

Ein anderer rief: »Scheißkerl.«

Dann legte sich ein tiefes, fassungsloses Schweigen über die Anwesenden. Einige endlos lange Sekunden standen sie vollkommen regungslos da, als habe man alles Leben in ihnen einfach ausgeknipst. Doch dann kam, wie auf ein geheimes Stichwort hin, plötzlich wieder Bewegung in die fast schon grotesk anmutende Szenerie. Die einen besannen sich auf ihre Pflichten. Andere ergaben sich dem Grauen und begannen zu zittern. Einer der Uniformierten presste sich hilflos die Hand vor den Mund und stürzte aus dem Raum. Decker zerrte mit zittrigen Fingern sein Handy hervor, das markante Gesicht grau vor Entsetzen. Dr. Bechstein hingegen gab ihren Mitarbeitern ein Zeichen, das Becken und die Beine der Toten aus der Truhe zu heben, während ein Spurentechniker jede Millisekunde der Aktion mit seiner Kamera festhielt.

Zhou beobachtete, dass Capelli erschreckt zurückzuckte, als unter dem Rumpf des Opfers etwas Schwarzwollenes zum Vorschein kam, das sich bei näherem Hinsehen als halb verweste Katze entpuppte. Angesichts der peniblen Gründlichkeit, mit der der Täter das Innere der Truhe gesäubert hatte, war ihnen beiden auf Anhieb klar, dass er das Tier absichtlich dort platziert haben musste. Vielleicht war es Teil seiner Phantasie. Vielleicht auch nur eine zusätzliche Schikane für das bemitleidenswerte Opfer.

»Was ist das hier für eine merkwürdige Substanz?«, fragte Zhou und deutete auf eine Reihe dunkler Punkte, die an der Truheninnenwand klebten.

Dr. Bechstein bedeutete ihren Mitarbeitern, dass sie weitermachen sollten, und drehte sich zu ihr um. »Meinen Sie diese Krümel?«

»Genau.«

»Die sind mir auch schon aufgefallen. Aber was es ist, kann ich Ihnen leider noch nicht sagen.«

»Das erinnert mich an meinen Neffen«, sagte Decker, dessen Gesicht allmählich wieder seine normale Farbe hatte. »Wenn der bei mir Fernsehen guckt, sieht das Sofa hinterher genauso aus.«

In Anbetracht der Situation lachte niemand. Aber immerhin trug die Bemerkung dazu bei, die allgemeine Verkrampfung ein wenig zu lockern.

»Eine sehr ähnliche Substanz befindet sich auch auf der Kleidung des Opfers«, erklärte Dr. Bechstein mit einem Blick über die Schulter, wo der Zinksarg mit den sterblichen Überresten der Toten gerade von ihren Assistenten verschlossen wurde. »Und wenn Sie mich fragen, handelt es sich dabei nicht um eine zufällig entstandene Verunreinigung.«

»Bestimmt nicht«, pflichtete Capelli ihr bei. »Sieht eher danach aus, als ob der Täter das Zeug nachträglich über ihre Leiche gestreut hätte.« Sie winkte einen der Spurentechniker heran. »Nehmen Sie Proben hiervon und lassen sie das Zeug so schnell wie möglich analysieren«, wies sie ihn an. »Die Sache hat absolute Priorität.«

Der Mann nickte und rannte zu seinem Einsatzkoffer, um die entsprechenden Behältnisse zu holen.

»Wissen wir eigentlich schon, wer die Tote ist?«, wandte sich Capelli an einen seiner Kollegen.

Der Angesprochene schüttelte den Kopf. »Aber das Ehepaar, das sie gefunden hat, meint, dass sie vielleicht Jennifer heißt ...«

»Was soll das heißen, sie heißt *vielleicht* Jennifer?«, schnappte Capelli.

»Das fragen Sie die Leute am besten selbst«, entgegnete der Mann ausweichend. »Wir sind nicht so wirklich schlau aus ihnen geworden.«

»Was haben die überhaupt hier gemacht? Immerhin ist das

hier doch nicht gerade ein Ort, an dem man seine Freizeit verbringt, oder?«

»Tja«, antwortete der Beamte, »das gehört auch dazu …«

Capelli runzelte die Stirn. »Sie sprechen in Rätseln.«

Ihr Gesprächspartner schenkte ihr ein sparsames Lächeln. »Wie gesagt, unterhalten Sie sich am besten selbst mit den Leuten. Ich habe nur verstanden, dass sie herbestellt wurden.«

»Herbestellt?«, rief Capelli entgeistert. »Von wem?«

Er hob die Schultern.

»Na schön, wo finde ich die beiden?«

»Sie warten draußen bei den Kollegen vom Rettungsdienst. Die wollten sie schon mit in die Klinik nehmen, aber wir hielten es für besser, sie erst mal hierzubehalten.«

Falls er auf ein Lob für seine Umsicht hoffte, wurde er enttäuscht: Capelli drehte sich auf dem Absatz um und stürmte davon.

»He, Em!«, rief Decker ihr nach. »Du hast deine Partnerin vergessen.«

Die Übrigen standen noch immer zu sehr unter Schock, um zu lachen, doch Zhou wäre trotzdem am liebsten im Erdboden versunken. Sie kam sich vor wie ein versetztes Schulmädchen auf einem Abschlussball.

»Machen Sie sich nichts draus«, versuchte Decker sie zu trösten. »Unsere Em ist und bleibt ein hoffnungsloser Macho.«

Zhou antwortete nicht. Sie konnte nichts sagen, dazu hatte die Enttäuschung sie viel zu fest im Griff. Stattdessen blickte sie stur an ihrem völlig deplatzierten Kostüm hinunter und belächelte ihre eigene Naivität.

Sie hatte sich so sehr gefreut auf diesen Tag. Sie hatte stundenlang überlegt, was sie sagen würde. Wie sie sich am besten kleidete. Wie sie einen guten ersten Eindruck hinbekam. Und jetzt das!

Sie schüttelte kaum merklich den Kopf. Tja, so war das mit den so genannten besonderen Tagen: Sie neigten dazu, von vorn bis hinten in die Hose zu gehen!

Das Leben meistert man lächelnd oder gar nicht, meldete sich ausgerechnet jetzt ihr Vater mit einem klugen Spruch zu Wort.

Ja, na klar, dachte Zhou, es wäre ja auch ein Wunder gewesen, wenn er nicht doch noch seinen Senf dazugegeben hätte!

Sie schüttelte den Gedanken an ihre Eltern ab und ging stattdessen noch einmal zu Dr. Bechstein hinüber. »Die Schussverletzung ist im Gegensatz zu den Fleischwunden also postmortal.«

»Würde ich sagen, ja.«

»Wieso hat er ihr in den Kopf geschossen, nachdem er sie bereits zersägt hatte?«, murmelte Zhou, mehr an sich selbst als an die Pathologin gewandt.

»Tja, interessant, nicht wahr?« Die schwarzen Igelaugen funkelten. Offenbar hatte sich Dr. Bechstein bereits dieselbe Frage gestellt.

»Was glauben Sie?«, fragte Zhou interessiert.

»Vielleicht wollte er uns schockieren.« Sie schob die Unterlippe vor. »Also nicht uns persönlich, sondern denjenigen, der die Leiche findet.«

Ja, dachte Zhou, das wäre eine Möglichkeit. Und dieser Jemand stand gerade irgendwo da draußen und sprach mit Capelli!

Sie nickte der Pathologin zu und sah sich nach Decker um, der sich am anderen Ende des Raums mit einem Spurentechniker unterhielt. »Wir sehen uns später im Präsidium!«, rief sie ihm zu.

Dann folgte sie ihrer Partnerin hinaus in die Dunkelheit.

15

»Das ist jetzt nicht Ihr Ernst, oder?«, fragte Makarov, indem er die Kopie des Briefes, den Christina Höffgen nur Stunden zuvor erhalten hatte, vor sich auf den Konferenztisch schleuderte.

»Leider doch«, sagte Capelli.

»Sie meinen, dieser Scheißkerl hat seine Tat angekündigt?«

»Sieht ganz so aus.«

Makarov kaute auf seiner wulstigen Unterlippe. »Und wer ist Theo?«

Capelli wollte antworten, doch Zhou war schneller: »Christina Höffgen behauptet, keinen Theo zu kennen.«

»Dasselbe sagt sie auch über unsere tote Jennifer«, spottete ihre unfreiwillige Partnerin, die seit ihrer Rückkehr ins Präsidium nicht ein einziges Wort mit ihr gewechselt hatte.

»Vielleicht entspricht es ja der Wahrheit«, versetzte Zhou.

»Glauben Sie das wirklich?«

Zhou überlegte kurz. Dann nickte sie. »Ja, das glaube ich.«

Makarov bedachte sie mit einem Blick, den die übrigen Anwesenden nicht deuten konnten, doch Zhou meinte, etwas wie Anerkennung in den runden Augen zu lesen. Vielleicht, weil er den Eindruck hatte, dass sie sich behauptete. Dass sie sich nicht abschrecken ließ von dem wenig herzlichen Empfang, den ihre neue Partnerin ihr bereitet hatte.

»Okay, dann bleiben wir erst mal bei den Fakten«, sagte er. »Christina Höffgen. Grafikerin. Vierunddreißig Jahre alt, beruflich erfolgreich, verheiratet, gut situiert.« Er lehnte sich zurück und sein massiger Körper füllte den Platz zwischen den beiden Stuhllehnen mühelos aus. »Sie bekommt einen Brief ohne Absender, in dem von einer Frau die Rede ist, von der sie nach eigenen Angaben noch nie gehört hat. Und trotzdem beschließt sie, den Anweisungen des anonymen Schreibers Folge zu leisten und zu einem verlassenen Lagerhaus zu fahren, um sich zu vergewissern, dass es der ihr unbekannten Jennifer gut geht.« Seine Augen wanderten von einem zum anderen. »Das klingt ziemlich bescheuert, oder?«

»Allerdings«, pflichtete Decker ihm bei. »Jeder normale Mensch hätte die Karte einfach in den Müll geworfen.«

Capelli schnaubte verächtlich. »Was verstehst ausgerechnet du von normalen Menschen?«

Makarov warf ihr einen tadelnden Blick zu.

»Christina Höffgen gibt an, von Beginn an ein komisches Gefühl bei der Sache gehabt zu haben«, berichtete Zhou, was das schockierte Ehepaar vor rund einer halben Stunde geschildert hatte.

»Gefühl, hm?« Makarov verzog das Gesicht.

»Nennen Sie's Instinkt, wenn Ihnen das lieber ist«, gab Zhou zurück. »Fakt ist, dass Frau Höffgen die Karte ernst genommen hat. Und zwar zu Recht.«

»Das Original ist schon im Labor«, erklärte Capelli, die offenbar Sorge hatte, von ihrer neuen Partnerin ausgebremst zu werden. »Sie melden sich, sobald die Ergebnisse vorliegen.«

»Was ist mit der Tatwaffe?«

Capelli goss sich bereits die zweite Tasse Kaffee ein. »Soweit sich das bislang sagen lässt, eine Neunmillimeter und eine Kettensäge.«

Makarovs Wieselaugen glitten über die Tatortfotos an der Wand, die das Ausmaß des Grauens nur unvollkommen einfingen. »Eins verstehe ich nicht«, knurrte er. »Warum schießt er der Frau auch noch eine Kugel in den Kopf, nachdem er sie schon in der Mitte durchgesägt hat?«

»Frau Dr. Bechstein hat die Vermutung geäußert, dass die Schusswunde den Finder der Leiche schockieren sollte«, erklärte Zhou, wobei sie sich insgeheim fragte, ob es der Gerichtsmedizinerin wohl recht wäre, dass sie das sagte. Und ob sie sich mit der Preisgabe dieses Wissensvorsprungs nicht vielleicht doch nur für Capellis Alleingang revanchieren wollte.

Mit Letzterem allerdings hatte sie Erfolg: Capelli warf ihr einen Blick zu, der mehr als deutlich verriet, dass sie sich übergangen fühlte.

»Zu diesem Zeitpunkt, Frau Capelli, haben Sie bereits mit der Zeugin gesprochen«, setzte Zhou ungeniert noch einen drauf.

Decker grinste. Em drehte wütend den Kopf weg.

»Den Finder der Leiche …«, wiederholte Makarov stirnrunzelnd. »Das wäre dann also diese Frau Höffgen.«

»So hatte der Täter das ja wohl geplant.«

»Und warum?«

Zhou zuckte die Achseln.

»In diesem Fall würde es aber doch naheliegen, dass er noch in der Nähe war, als die Höffgens in Fechenheim ankamen«, sagte Capelli. »Oder etwa nicht?«

»Vielleicht hat er eine Kamera installiert«, schlug Decker vor. »Irgendeine Webcam, die ihm die Bilder, nach denen er giert, an einen sicheren Ort liefert.«

»Sie glauben, er ist ein Voyeur?«, fragte Makarov zweifelnd.

»Wäre doch denkbar«, verteidigte sich Decker. »Viele dieser Täter haben Spaß daran, zu beobachten, welches Entsetzen sie auslösen.«

Zhou überlegte, mit wie vielen Mördern dieses Kalibers die Kollegen der Abteilung wohl bereits zu tun gehabt hatten. Sie selbst war während ihrer Zeit in den USA an der Entwicklung einer Datenbank beteiligt gewesen, die unbekannte Sexualstraftäter erfassen und ihnen ein Profil verleihen sollte. Anhand von einer Reihe einschlägiger Parameter wurden die Täter klassifiziert, ihre Taten ausgewertet und alle Besonderheiten und Fakten dazu unter verschiedenen Schlagworten katalogisiert. Zhous Blick blieb an der Wand mit den Tatortfotos hängen. Aber Datensätze und Fotos, so detailreich sie auch sein mochten, waren nun einmal etwas anderes als Opfer aus Fleisch und Blut.

»Falls eine Kamera da ist, werden die Kollegen von der Spurensicherung sie finden«, sagte Makarov. Dann wandte er sich an Capelli: »Wurde die Frau vergewaltigt?«

»Darauf lässt sich die Gerichtsmedizin natürlich noch nicht festnageln, aber Dr. Bechstein meint eher nein. Zumindest wäre es sehr untypisch, dass der Täter das Opfer hinterher wieder anzieht.«

»Und die Frau war bekleidet?«

»Ja.«

»Was ist mit den Vermisstenmeldungen?« Makarov sah zu Sven Gehling hinüber, der bislang schweigend an seinem Bildschirm gesessen hatte, die Diskussion jedoch aufmerksam verfolgte.

»Ich bin das ganze letzte halbe Jahr durchgegangen.« Rein äußerlich verkörperte der junge Computerspezialist gewissermaßen den Gegenentwurf zu Decker: blass, dicklich und was sein Aussehen betraf nachlässig wie ein pubertierender Jüngling. Doch Zhou war sicher, dass man ihn nicht unterschätzen durfte. »Aber da war leider keine Jennifer. Und auch keine Jenny oder Genevieve oder Ähnliches.«

»Im gesamten Bundesgebiet nicht?«, fragte Makarov ungläubig. Immerhin war Jennifer mittlerweile ein regelrechter Modename.

»Doch, schon«, nickte Gehling. »Ich habe hier eine Prostituierte aus Königswinter und ein Mädchen aus Berlin. Aber das ist erst fünfzehn. Und außerdem stimmen die äußeren Merkmale nicht überein. Bei beiden nicht.«

»Dass sie Jennifer heißt, wissen wir ja auch nur von den Höffgens«, beeilte sich Capelli klarzustellen. »Der Name muss also keineswegs der Wahrheit entsprechen. Vielleicht heißt die Frau völlig anders.«

Makarov legte seine fleischigen Fingerspitzen aneinander. »Was sagen denn unsere Psychologen? Haben Sie das hier«, er wedelte mit der Briefkopie, »schon Dr. Koss gezeigt?«

»Dazu hatten wir noch keine Gelegenheit«, erklärte Capelli.

»Dann holen Sie das jetzt bitte nach«, entgegnete ihr Boss ruhig, aber bestimmt.

Capelli sah auf die Uhr.

»Schmeißen Sie ihn aus dem Bett, wenn's nicht anders geht«, fauchte Makarov, der ihr Zögern missdeutete.

»Okay.« Sie zerrte ihr iPhone aus der Hosentasche, während der Leiter der Abteilung für Kapitaldelikte wieder nach der Briefkopie griff.

»Allerdings solltest du dich lieber beeilen«, las er laut, während Capelli fluchend durch ihre Kontakte scrollte. »Die Adresse ist Fordstraße 237 …« Er hielt inne und sah Zhou an: »Sagen

Sie, hätten die Höffgens unsere Unbekannte eigentlich retten können, wenn sie ein paar Stunden früher in dieser Halle gewesen wären?«

»Die Gerichtsmedizin sagt nein.«

»Sicher?«

»Ganz sicher«, nickte Zhou. »Christina Höffgen kam nach eigenen Angaben gegen halb sieben nach Hause. Und zu diesem Zeitpunkt war die Frau nachweislich schon ein paar Stunden tot.«

»Dr. Bechstein meint, der genaue Todeszeitpunkt liege irgendwo zwischen eins und drei heute Nachmittag«, ergänzte Capelli, die ihr iPhone inzwischen wieder weggesteckt hatte.

»Warum verarscht er sie so?«, murmelte Makarov.

»Sie haben recht«, sagte Zhou. »Das haben wir bislang nicht bedacht.«

»Was?«, fragte Decker.

Zhou schenkte ihm ein hintergründiges Lächeln. »Dass Christina Höffgen ungeachtet dessen, was der Brief suggeriert, nie eine Chance hatte …«

ZWEI

Wer nach der Wahrheit sucht,
darf nicht erschrecken, wenn er sie findet.
Chinesisches Sprichwort

Freitag, 16. November

1

Sie waren erst um drei Uhr früh auseinandergegangen. Ein paar Stunden Schlaf, eine heiße Dusche, frische Klamotten und ein hastiger Kaffee im Stehen. Mehr war unter den gegebenen Umständen nicht drin.

Die noch immer feuchten Haare unter einer wenig kleidsamen Mütze verborgen und in Gedanken bereits wieder im Präsidium, zog Em gegen acht Uhr morgens ihre Wohnungstür in der Berger Straße hinter sich ins Schloss. Sie nahm fast immer die U-Bahn zur Arbeit, eine Station bis zur Konstablerwache, Umsteigen und dann drei Haltestellen mit der U5. Einfacher konnte man sich im notorisch verkehrschaotischen Frankfurt kaum fortbewegen, zumal die U-Bahn-Station Merianplatz praktisch unmittelbar vor ihrer Haustür lag.

»Morgen, Em!«, begrüßte sie eine warme Frauenstimme, als sie die Briefkästen im Erdgeschoss erreicht hatte.

Em – eigentlich schon halb aus der Tür – drehte sich um. Ihr stand ganz und gar nicht der Sinn nach einem Schwätzchen, aber sie mochte Trudi Stein. Mehr noch: Seit sie vor etwas über einem Jahr die geräumige Dreizimmerwohnung im zweiten Stock des hübsch restaurierten Altbaus bezogen hatte, war die quirlige Frau, die im Erdgeschoss einen kleinen, aber erlesenen Feinkost- und Geschenkartikelladen betrieb, fast so etwas wie eine Ersatzmutter für sie geworden. Und während Em ihre eigene, aus Sizilien stammende Familie mit Fug und Recht als wenig verlässlich empfand, vermittelte Trudi ihr das angenehme

Gefühl, dass es in ihrem Leben so etwas wie eine Konstante gab. Etwas, das einfach so blieb, wie es war, ganz egal, was in den Wirren des Alltags geschah.

Bezeichnenderweise war »He, Kindchen, Sie sehen aus, als ob Sie ’n bisschen Nervennahrung gebrauchen könnten!«, das Erste gewesen, was Trudi Stein jemals zu ihr gesagt hatte, und im selben Atemzug hatte sie ihr eine Riesentüte feinster Marzipankartoffeln in die Hand gedrückt.

Seither rief Trudi Em regelmäßig zu sich, meist unter dem Vorwand, dass sie irgendeiner Nichtigkeit wegen ihren Rat benötige. Ein Hersteller, der nicht spurte. Eine neue Sorte Kaffee, die probiert werden wollte. Doch ganz gleich, worum es ging, diese Gelegenheiten endeten immer damit, dass sie bei Gebäck und irgendeinem köstlichen Heißgetränk im Hinterzimmer von Trudis Laden saßen und über Gott und die Welt redeten. Und wenn Em anschließend pappsatt und zufrieden in ihre Wohnung zurückkehrte, konnte sie sicher sein, gut zu schlafen und am nächsten Morgen mindestens ein Kilo mehr auf die Waage zu bringen.

»Morgen, Trudi«, erwiderte sie den Gruß. »Wie läuft’s?«

»Bei mir?« Die himmelblauen Augen der Ladenbesitzerin blitzten vergnügt. »Na prächtig, was denn sonst?«

»Das höre ich gern.«

»Und selbst?«

»Jaja …«

»Musst du etwa schon wieder zum Dienst?«

»Na klar. Irgendeiner muss den Job ja schließlich machen.«

»Und warum überlässt du die Drecksarbeit nicht den Jungs?«

Em grinste. »Weil die Drecksarbeit was für Leute mit Köpfchen ist.«

Trudi schnippte in gespieltem Erkennen mit den Fingern. »Siehst du, das war’s! Ich wusste, es gibt ’ne plausible Erklärung.« Sie stemmte eine ihrer üppig beringten Hände gegen den Türrahmen und verlagerte das Gewicht auf den anderen Fuß. »Ich will nicht uncharmant sein, Schätzchen, aber du siehst ziemlich gestresst aus.«

»War ’ne lange Nacht«, entgegnete Em ausweichend. Und als sie sah, dass diese Antwort Trudi nicht zufriedenstellte, setzte sie eilig hinzu: »Ich fürchte, wir haben da eine ziemlich üble Sache am Hals.«

»Was genau verstehst du unter übel?«

»Krank. Ich meine hier oben.« Sie tippte sich an die Stirn. »Etwas, das selbst in einer Stadt wie dieser ganz eindeutig den Rahmen sprengt.«

Trudi verzog ihr tadellos glattes Gesicht. Wie alt sie war, hätte Em beim besten Willen nicht sagen können. Aber realistisch betrachtet bewegte sich ihr Alter vermutlich irgendwo zwischen Ende sechzig und Mitte siebzig. Trotzdem wirkte Trudi Stein zeitlos wie eine von diesen fernöstlichen Statuen, in deren geheimnisvollen Zügen sich unendliche Weisheit und jugendliche Frische vereinten.

Das Stichwort »fernöstlich« hingegen trübte Ems Laune erwartungsgemäß schlagartig ein.

Und Trudis überwache Sensoren registrierten die Veränderung sofort: »Sonst alles klar?«, fragte sie mit einem Anflug von Sorge.

»Mehr oder weniger.«

»Wieso beruhigt mich diese Antwort nicht?«

Em seufzte. »Ich habe eine neue Partnerin.«

Trudis hübsch geschwungene Augenbrauen zogen sich zu einem durchgehenden Strich zusammen. »Eine Partner*in*?«

»Jep.«

»Wolltest du das so?«

Verdammt, diese Frau war einfach zu gut! Wütend schob Em eine verirrte Locke unter den Rand ihrer Mütze zurück. »Jetzt fang du nicht auch noch an!«

»Anfangen?« Die blauen Augen blickten vollkommen unschuldig drein. Doch davon ließ sich Em schon lange nicht mehr täuschen. »Womit?«

»Mir weismachen zu wollen, dass ich nicht weiberkompatibel sei. Das stimmt nämlich nicht, okay?«

»Weiberkompatibel«, wiederholte Trudi genüsslich. »Was für ein schönes Wort!«

»Herrgott«, fuhr Em auf, »ihr tut alle so, als ob mir nicht bewusst wäre, dass es da draußen ganz irrsinnig viele talentierte junge Polizistinnen gibt, die unsere Arbeit unter Garantie ganz irrsinnig bereichern werden und uns neue Impulse geben und all das ...«

»Da draußen ...« Trudi gluckste. »Hast du das aus einem dieser Flyer, mit denen ihr unschuldige junge Mädchen anwerbt?«

»... und ich finde es auch irrsinnig toll, was Frauen alles zu leisten imstande sind«, fuhr Em unbeirrt fort. »Ganz abgesehen davon, dass Mai Zhou ganz sicher die qualifizierteste Sechsundzwanzigjährige ist, die mir bislang untergekommen ist, aber ...«

»Mai Zhou?«, fiel Trudi ihr ins Wort.

»Ja. Und?«

»Asiatin?«

»Hm. Chinesin, glaub ich.« Sie zögerte. »Halbchinesin.«

»Eins von diesen Austauschprogrammen?«

»Schön wär's«, entfuhr es Em.

»Das heißt, die Sache ist für länger«, schloss Trudi mit gnadenloser Konsequenz.

»Darauf würde ich an deiner Stelle nicht unbedingt mein Erspartes setzen«, schnaubte Em, die allmählich richtig in Fahrt kam.

»Soso ...« Ihre Nachbarin blickte zu Boden. »Meine Großnichte lernt jetzt übrigens auch Chinesisch.«

»Toll«, entgegnete Em mechanisch, während ihr Verstand noch damit beschäftigt war, die Tatsache zu verarbeiten, dass Trudi eine Verwandte hatte. Eine Großnichte. So viel Anteil Trudi Stein mittlerweile auch an ihrem Leben nahm, so wenig erzählte sie über sich selbst. Da kam das Vorhandensein einer Nichte einer kleinen Sensation gleich!

»Sie ist vier.«

Em blickte irritiert auf. »Wer?«

»Meine Großnichte.«

»Oh ...«

Trudi lachte, als sie Ems entgeisterte Miene sah. »Ihre Mutter ist der Ansicht, dass man nicht früh genug damit beginnen kann, die Kinder fit zu machen für die Herausforderungen einer globalen Zukunft oder wie sie das heutzutage nennen.«

Em hob entschuldigend die Achseln. »Tut mir echt leid, aber jetzt muss ich wirklich los. Ich bin auch so schon viel zu spät dran ...«

»Natürlich.«

»Also dann bis bald!« Sie hob die Hand zum Gruß und wandte sich zum Gehen.

»Moment noch«, rief Trudi und verschwand mit erstaunlicher Behändigkeit in ihrem Laden.

Em hörte ein Rascheln und etwas wie Pappe, die zerrissen wurde. Gleich darauf kehrte ihre Nachbarin mit einer hübsch verpackten Schachtel zurück.

»Wegzehrung«, sagte sie nur. Dann schloss sie winkend die Tür zu ihrem Laden und ließ die verdutzte Em im Treppenhaus zurück.

2

Die Trüffel, die Trudi ihr mitgegeben hatte, waren in kostbare bunte Papierchen gewickelt, auf deren Innenseiten asiatische Sinnsprüche standen.

»Elendes Biest«, fluchte Em, als sie sich auf dem Weg von der U-Bahn-Station ins Büro den ersten davon in den Mund schob. Jemandem etwas schmackhaft machen war eine Redensart, die sich ihr in dieser Situation förmlich aufdrängte. Und die kleinen, schokoladenüberzogenen Kugeln waren tatsächlich einfach nur köstlich!

Folgerichtig war sie bereits bei Nummer vier, als sie wenig später den größeren der beiden Konferenzräume ihrer Abteilung betrat.

Wenn der Wind der Erneuerung weht, stand auf der Rückseite des Einwickelpapiers, *dann bauen die einen Menschen Mauern und die anderen Windmühlen …*

»Ha!«, stieß Em hervor. »Wenn das mal keine Absicht war!«

Sven Gehling hob irritiert den Blick vom Bildschirm seines Laptops. »Was?«

»Nichts«, antwortete sie und warf das zusammengeknüllte Papier kurzerhand in den Mülleimer neben dem Eingang.

»Morgen«, rief Decker, der in diesem Moment ebenfalls hereinkam.

»Ja«, murrte Em. »Du mich auch …«

»Was sind wir heute wieder guter Laune!«

Sie warf ihm einen Blick zu, der ihn immerhin zum Schweigen brachte. »Und?«

»Was und?«

»Wie weit sind wir mit unserem Opfer?«

»Sie ist identifiziert.«

»Tatsächlich?« Sie war überrascht. »Nun doch so schnell?«

»Die Kollegen von der Spurensicherung haben ihr Portemonnaie gefunden«, erklärte er. »Es lag in einem der Müllcontainer auf dem Gelände. Ungefähr dreihundert Meter Luftlinie vom Tatort entfernt.«

»Dann wollte der Täter, dass wir es finden«, konstatierte Em und verstrubbelte beidhändig ihre Haare, die durch die Mütze völlig zerdrückt waren.

»Ja, davon muss man wohl ausgehen.« Er ließ sich auf einen der Stühle fallen. »Zhou telefoniert gerade mit dem Freund der Frau. Er ist Börsenmakler, aber augenblicklich wohl auf Reisen.«

Em warf einen Blick auf ihre Armbanduhr. Trotz der Plänkelei mit Trudi war es noch nicht mal halb neun. Mai Zhou war verdammt früh dran, das musste man ihr lassen.

»Sie ist vor 'ner Viertelstunde gekommen«, erklärte Decker, und in ihren sensiblen Ohren klang es fast, als ob er sie trösten wollte. Ein Umstand, der sie nur noch mehr aufbrachte.

»Möchte jemand Schokolade?«, fragte sie, indem sie Trudis Schachtel in die Mitte des Tisches schleuderte.

»Gern«, rief Decker und griff beherzt zu.

Mit gerunzelter Stirn beobachtete sie, wie er einen Trüffel auswickelte und angesichts des beschrifteten Papiers erstaunt die Brauen hochzog. Doch er kam nicht mehr dazu, seinen Sinnspruch vorzulesen, weil Sven Gehling just in diesem Augenblick ein Passfoto der Toten auf die Leinwand an der Schmalseite des Zimmers projizierte.

»Ihr Name ist Jenny Dickinson. Vierunddreißig Jahre alt und gebürtige US-Amerikanerin. Allerdings hat sie schon seit achtzehn Jahren hier in Deutschland gelebt.«

Em kniff die Augen zusammen und versuchte, das hübsche, aber alles in allem recht nichtssagende Gesicht auf dem Foto mit der geschundenen Leiche in Verbindung zu bringen, die Christina und Michael Höffgen am Abend zuvor in der ausrangierten Kühltruhe entdeckt hatten.

»Sie kam ursprünglich als Au-pair-Mädchen her, verliebte sich und blieb gleich da«, fuhr Gehling fort. »Eine frühe Ehe mit einem hochdekorierten Bundeswehrsoldaten bescherte ihr die deutsche Staatsbürgerschaft. Anschließend ließ sie sich von ihrem Mann noch das Studium bezahlen, und als sie fertig war, schickte sie ihn in die Wüste und eröffnete eine eigene Praxis.«

»Eine Praxis?«, fragte Em neugierig. »Ist sie Ärztin?«

»Psychologin.«

Aus irgendeinem Grund war Em erstaunt. »Dann sollten wir vielleicht als Erstes ihre Patienten checken. Vielleicht hat einer von denen ein entsprechendes Potenzial.«

Gehling grinste. »Laut Auskunft ihrer Website war Jenny Dickinson spezialisiert auf Paartherapie und Eheberatung.«

»Na und?«, gab Em zurück. »Das schließt doch wohl nicht

aus, dass sich der eine oder andere Psychopath bei ihr rumgetrieben hat, oder?«

»Puuuh«, stöhnte Decker entnervt, »kriegst du deine Tage, oder was ist los?«

Im harten Licht der Energiesparbirnen wirkten Ems Augen an diesem Morgen beinahe wie Bernstein, obwohl sie von Natur aus grünbraun waren. »Sag du noch mal was von frauenfeindlich!«

»Beruflich war Jenny Dickinson übrigens eher Durchschnitt«, versuchte Gehling wenig erfolgreich, der gereizten Stimmung ein paar nüchterne Fakten entgegenzusetzen. »Ihre Praxis lief gut, aber auch nicht berauschend.«

»Und privat?«

»Sie hat allein gelebt, hatte aber seit einiger Zeit einen festen Freund.«

»Den besagten Börsenmakler«, bemerkte Em mit einem süffisanten Lächeln.

Wie aufs Stichwort ging in diesem Augenblick die Tür auf und Zhou trat herein. »Guten Morgen.«

»Morgen«, knurrte Em und schob sich grimmig einen weiteren Trüffel in den Mund. »Lust auf Schokolade?«

»Nein, vielen Dank.«

Distanziert. Untadelig höflich. Und einfach nur zum Kotzen, fand Em.

So werden wir bestimmt keine Freunde, dachte sie, indem sie ihre neue Partnerin einer erneuten, ebenso gründlichen wie kritischen Musterung unterzog. Doch zu ihrem Bedauern, fand sie – zumindest rein äußerlich – wenig Angriffsfläche: Mai Zhous Gesicht war ein Traum in Pastell. Wie man so früh am Morgen schon derart wach und gestylt aussehen konnte, war Em vollkommen schleierhaft. Bei ihr lief das so: Der Wecker klingelte, sie sprang kurz unter die Dusche – und das war's. Dass man die Energie aufbrachte, eine halbe oder gar ganze Stunde früher aufzustehen, nur um sich irgendwelche bescheuerte Farbe ins Gesicht zu klatschen, überstieg definitiv ihre Vorstellungskraft. Entsprechend aggressiv machte sie der Anblick rosiger Frische in Mai Zhous Gesicht.

Warum arbeitet die Kuh nicht einfach als Model?, fluchte sie im Stillen, dürr genug ist sie allemal, und dann hätten wir hier auch alle wieder unsere Ruhe!

Doch auch dieses Mal schien Mai Zhou instinktiv zu spüren, dass Em in Gedanken über sie herzog. Sie sah kurz herüber, um gleich darauf mit einem undurchsichtigen Lächeln den Blick abzuwenden.

Em fiel ein, mal irgendwo gelesen zu haben, dass das Lächeln in Asien, insbesondere in China, ein Ventil für starke Gemütsbewegungen darstellte und als solches auch in unpassenden Situationen zum Tragen kam. Aber Mai Zhou war doch angeblich in Frankfurt aufgewachsen. Sie angelte sich einen neuen Trüffel aus der Schachtel in der Mitte des Tisches. Somit war Verlegenheit ja wohl keine Entschuldigung für dieses dumme Gegrinse!

»Und?«, fragte Decker, nachdem Mai Zhou auf einem Stuhl ihnen gegenüber Platz genommen hatte. »Was hat der Herr Finanzjongleur zu sagen?«

»Leider nicht viel«, antwortete Zhou. Sie war deutlich legerer gekleidet als am Vortag, in Bluejeans, schwarzem T-Shirt und Blazer im Herrenstil. »Nach allem, was er mir erzählt hat, scheinen Jenny und er eine mehr oder weniger lose Beziehung geführt zu haben.«

Em sah sie an. »Und das heißt …?«

»Das heißt, dass sie nicht vorhatten zusammenzuziehen. Und dass sie einander offenbar ihre Freiheiten ließen.«

»Auch sexuell?«

»Das hat er so direkt natürlich nicht gesagt«, räumte Zhou ein, »aber ich würde mal davon ausgehen.«

Em wickelte ihren Trüffel aus und las: *Wenn das, was du sagen möchtest, nicht schöner ist als die Stille, dann schweige …*

»Und wann hat der Herr Börsenmakler seine Freundin zuletzt gesehen?«

»Am Tag vor seiner Abreise. Die war am zehnten.«

»Dann haben wir also ein Zeitfenster von sechs Tagen«, nickte Em nach kurzem Rechnen.

»Genau.«

»Gut.« Sie wandte sich an Decker. »Findet raus, was Jenny Dickinson in dem betreffenden Zeitraum getrieben hat. Und vor allem, wann und wo sie zuletzt gesehen wurde.«

Decker nickte und stand auf. »Ich versuch's als Erstes in der Praxis und besorge mir die Daten von ihrem Telefonanbieter.«

»Und rede unbedingt auch mit den Nachbarn.« Em drehte sich zu Gehling um. »Wo hat sie gewohnt?«

»Im Westend. Beethovenstraße.«

»Keine üble Gegend«, bemerkte sie. »Vielleicht lief es bei ihr in der Praxis ja doch nicht so schlecht …«

3

Als sie nach ihrer kleinen Konferenz an ihre Schreibtische zurückkehrten, stürzte Makarov aus seinem Büro. »Capelli! Gut, dass Sie da sind!«

»Wieso?«

»Ich habe hier was für Sie.«

Em zog die Brauen hoch. »Ja?«

»Ein Uhrmachermeister liegt tot im Büro seines Ladens in der Battonnstraße. Schnappen Sie sich Ihre neue Partnerin, und fahren Sie so schnell wie möglich da hin, okay?«

»Kann das nicht irgendwer anderes übernehmen?«, protestierte Em. »Immerhin haben wir schon diese zersägte Psychologin am Hals.«

In Makarovs Augen stahl sich ein Hauch von Missbilligung. »Seien Sie so gut und fahren Sie trotzdem hin«, entgegnete er, und etwas an der Art, wie er das sagte, machte Em auf der Stelle hellhörig.

»Was ist los mit dem Mann?«, fragte sie.

»Nichts, außer dass er Jude ist und mit Vornamen Theo heißt.«

»Ach du Scheiße!«

Ihre Direktheit entlockte ihrem Boss ein nachsichtiges Schmunzeln. »Ich hätt's nicht besser ausdrücken können …«

»Todesursache?«

»Nach allem, was ich bislang gehört habe, wurde er erschossen. Aller Wahrscheinlichkeit nach bereits gestern Abend.« Er lehnte seinen massigen Körper gegen die Kante von Ems Schreibtisch. »Seine Angestellte hat ihn gefunden, als sie heute früh wie gewöhnlich zur Arbeit kam. Sie hat einen Schlüssel.«

»Ist sie noch dort?«

Er nickte. »Sie wartet darauf, mit Ihnen zu sprechen.«

»Dann mal los!«, rief Em und schnappte ihre Jacke.

Ihr Dienstwagen war seit über einem Jahr ein dunkelblauer Audi A 6, dem sie eher routiniert als freundschaftlich verbunden war. Immerhin verfügte er über akzeptable 225 PS, die Em, je nach Lage der Dinge, auch durchaus auszureizen verstand. Überhaupt fuhr sie viel und gern, Auto genauso wie Motorrad. Doch zu Letzterem war sie schon lange nicht mehr gekommen.

Obwohl sie die Route kannte, fütterte sie das Navi mit der Adresse, die Makarov ihr gegeben hatte, und folgte den Anweisungen der elektronischen männlichen Stimme. Erst kurz vor dem Ziel fiel ihr auf, dass sie Zhou gar nicht erst gefragt hatte, ob sie vielleicht selbst fahren wolle. Dabei hatte sie nicht einmal Hansen bei dieser Frage einfach übergangen …

»Hat man Ihnen eigentlich schon einen Autoschlüssel ausgehändigt?«, erkundigte sie sich betont beiläufig.

Anstelle einer Antwort hielt Zhou ein Ledertäschchen mit dem Banner des Präsidiums hoch.

»Oh.« Em biss sich auf die Lippen. Verdammt! »Möchten *Sie* fahren?«

Zu ihrer Überraschung fing Zhou auf einmal an zu lachen. »Sie meinen jetzt sofort?«

»Zum Beispiel …«

»Nein, danke. Sehr nett, dass Sie fragen.«

Na, das war ja dann wohl ironisch gemeint!

Wütend schaltete Em einen Gang herunter. Ihr Vordermann hätte eigentlich genauso gut zu Fuß gehen können! Sie sah in den Rückspiegel, doch auf der linken Spur war einfach kein Durchkommen. Also hieb sie zweimal kurz und aggressiv auf die Hupe ein, freilich ohne damit auch nur den geringsten Effekt zu erzielen.

»Ich hatte bislang noch keine Gelegenheit, Ihnen das zu sagen«, begann Zhou neben ihr unterdessen ein wenig umständlich. »Aber das mit Ihrem Kollegen tut mir wirklich leid.«

Em brauchte einen Augenblick, um zu verstehen, wovon sie sprach. Trotzdem fragte sie zur Sicherheit: »Was meinen Sie?«

»Ihr Freund wollte den Job, den ich jetzt habe.«

»Er ist nicht mein Freund«, versetzte Em und kam sich, kaum dass der Einwand heraus war, wie ein albernes Schulmädchen vor.

Zickenkrieg, höhnte ein imaginärer Decker in ihrem Kopf. »Jedenfalls nicht so.«

»Nicht … wie?«

Em war sicher, dass Zhou sie ganz genau verstanden hatte. Trotzdem sagte sie: »Wir sind nicht zusammen, Tom und ich.«

Das hatte ich auch gar nicht angenommen, versetzten die undurchdringlichen schwarzen Augen.

Klar, dachte Em. Vermutlich hatten ihre Teamkollegen den Neuling längst mit allen nötigen und unnötigen Hintergrundinformationen versorgt: Wer seit wann mit wem zusammen war. Wer mit wem konnte oder nicht konnte. Wo es kriselte, wer die Nase vorn hatte, vor wem man sich in Acht nehmen musste. Solche Dinge verbreiteten sich schneller, als man gucken konnte. Und Em war völlig klar, dass gerade über ihr Privatleben in letzter Zeit die wildesten Spekulationen im Umlauf waren. Automatisch musste sie wieder an den gelben Haftzettel denken, der gestern an ihrem Bildschirm geklebt hatte. Die

Nachricht, dass Benjamin schon wieder versucht hatte, sie zu erreichen.

Er sagt, du rufst ihn nie zurück …

»Wie auch immer, mir tut das Ganze jedenfalls aufrichtig leid«, holte Zhous sonore Stimme sie abrupt ins Hier und Jetzt zurück. »Nach allem, was ich höre, hätte er den Job mehr als verdient.«

»Ja«, entgegnete Em, die ein paar Sekunden brauchte, um zu verstehen, dass ihre Partnerin noch immer über Tom Ahrens sprach. Nicht über Benjamin von Treskow. »Das hätte er allerdings.«

Zhou wandte den Kopf und blickte ihr von der Seite direkt in die Augen. »Haben wir ein Problem deswegen?«

Angesichts dieses Frontalangriffs hätte Em um ein Haar das Steuer verrissen. »Was denn, wir beide?«

»Ja.«

»Warum sollten wir?«

Abbiegung rechts vor Ihnen …, sagte die erlösende Navistimme.

Zhou sagte nichts.

Em seufzte und folgte den Anweisungen des Geräts, die sie direkt vor die Tür von Theo Dorns Laden lotsten. »Tom ist ein exzellenter Ermittler, und er wird seine Chance bekommen«, erklärte sie, als sie aus dem Wagen stiegen. »Und bis es so weit ist, arbeiten wir zusammen.« Sie fixierte Zhous Blick über das Dach des Wagens hinweg. »Es gibt kein Problem.«

4

»Herr Dorn war zutiefst beunruhigt.«

Doris Senn machte keineswegs den Eindruck, als sei sie eine Frau, die voreilige Schlüsse zog. Im Gegenteil: Sie strahlte mit jeder Faser ihres Körpers Lebensklugheit und gesunden Menschenverstand aus. Der Schock über den gewaltsamen Tod ihres Chefs stand ihr noch ins Gesicht geschrieben, doch über ihre eigenen Gefühle verlor die patente Angestellte kein einziges Wort. Sie war viel zu sehr damit beschäftigt, ihren Teil zur Klärung des Sachverhalts beizutragen.

Etwas, das Em durchaus imponierte. »Woraus schließen Sie, dass Herr Dorn beunruhigt war?«, hakte sie nach, wobei sie sich unauffällig in dem ordentlichen, wenn auch etwas altmodisch wirkenden Verkaufsraum umschaute.

»Er dachte natürlich, ich merke nichts«, antwortete Doris Senn, und ihre geröteten Augen nahmen auf einmal einen nachsichtigeren Ausdruck an. »Aber in letzter Zeit war er so ... Er benahm sich irgendwie komisch.« Sie dachte nach. »Fast so, als ob er auf etwas wartet.«

Em wandte überrascht den Kopf. »Er wartete?«

»Ja, das war mein Eindruck.«

»Haben Sie eine Idee, worauf er gewartet haben könnte?«

Sie schwieg lange, bevor sie sich sichtlich widerwillig zu einer Antwort durchrang. »Ich habe seit heute früh pausenlos darüber nachgedacht, und ich ...« Sie brach ab und seufzte wie jemand, der etwas zu tun hatte, was ihm ganz und gar gegen den Strich ging. »Ja, ich denke, es könnte vielleicht eine Todesnachricht gewesen sein.«

Neben Em wurde Zhous Haltung eine ganze Spur straffer.

Doris Senn bemerkte es ebenfalls und atmete tief durch. »Ich kannte Herrn Dorn seit über zwanzig Jahren«, erklärte sie wie zur Rechtfertigung. »Und fünfzehn davon habe ich für ihn gearbeitet.«

Em betrachtete die feinen Linien um die Augen ihres Gegenübers. Doris Senn war keine Frau, die oberflächliche Bekanntschaften hatte, erst recht nicht über Jahrzehnte hinweg. Es war also gut möglich, dass sie Dorns Verhalten richtig einordnete.

»Herr Dorn war nie ein großer Zeitungsleser«, fuhr sie fort, »auch wenn er natürlich die ›FAZ‹ und die ›Rundschau‹ abonniert hatte. Aber seit Neuestem brachte er sich immer auch noch die ›Neue Presse‹ mit.«

»Und das war ungewöhnlich?«

»Sehr ungewöhnlich«, nickte Doris Senn. »Ich kam ein paarmal zufällig dazu, wissen Sie, und jedes Mal studierte er gerade die Todesanzeigen …«

»Haben Sie ihn darauf angesprochen?«, fragte Em, obwohl sie sich die Antwort denken konnte.

Doris Senns Reaktion beschränkte sich auf ein knappes Kopfschütteln. *Natürlich nicht. Wofür halten Sie mich? Immerhin ging mich das nicht das Geringste an …*

»Sie haben gesagt, seit Neuestem«, griff Zhou die vorausgegangene Bemerkung der Angestellten auf. »Können Sie das vielleicht ein bisschen näher eingrenzen?«

Doris Senn überlegte. »Seit zwei oder drei Wochen, würde ich sagen. Vielleicht auch ein bisschen länger.«

Theo hat versagt, echote eine Stimme hinter Ems Stirn. *Ich schätze, das bedeutet, dass nummer* sibn *Dir gehört.* Sie blickte flüchtig zu Zhou hinüber und konnte sehen, dass auch ihre Partnerin in Gedanken nachrechnete. Zwei oder drei Wochen … *nummer sibn …*

»Aber gestern …« Doris Senns Finger spielten mit dem Schlüsselbund, der neben ihr auf einem kleinen Tischchen lag. »Wissen Sie, gestern dachte ich wirklich, dass es damit jetzt endlich ein Ende hat.«

Em hob verblüfft den Blick. »Wieso?«

»Na, weil ein Brief gekommen ist.« Sie lächelte beinahe entschuldigend. »So eine Karte mit schwarzem Trauerrand, Sie wissen schon. Ich habe Herrn Dorn danach gefragt, und er sagte, dass ein ehemaliger Klassenkamerad von ihm gestorben sei und dass er mit dieser Nachricht gerechnet habe.«

Automatisch wanderten Ems Augen zur Bürotür, die sich ein wenig versteckt hinter einem wuchtigen Garderobenschrank befand. Laut Gerichtsmedizin lag der Todeszeitpunkt irgendwo zwischen acht und neun Uhr gestern Abend, was bedeutete, dass

Theo Dorn mit großer Wahrscheinlichkeit nicht mehr zu Hause gewesen war. Wenn es also eine solche Trauerkarte gegeben hatte, woran sie nicht eine Sekunde zweifelte, musste sie eigentlich noch dort sein. Im Büro …

Neben ihr war Zhou bereits auf den Beinen. »Ich sehe mich mal um.«

Em nickte, obwohl sie sich insgeheim über die Eigenmächtigkeit ihrer neuen Partnerin ärgerte. »Konnten Sie zufällig sehen, was auf der Karte stand?«, wandte sie sich zähneknirschend wieder an ihre Zeugin. »Einen Namen vielleicht? Oder die Adresse des Absenders?«

Doris Senn verneinte. »Aber Herr Dorn war … Ich hatte das Gefühl, dass er …« Sie unterbrach sich und schüttelte trotzig den Kopf. Vielleicht weil ihr Mutmaßungen im Zusammenhang mit ihrem ermordeten Chef irgendwie anmaßend vorkamen.

»Bitte«, drängte Em. »Es könnte wichtig sein.« Und nach einem kurzem Zögern fügte sie hinzu: »Alles könnte wichtig sein.«

»Verstehen Sie mich jetzt bitte nicht falsch«, sagte Doris Senn fest. Offenbar hatte sie eine Entscheidung getroffen. »Aber mir schien, dass Herr Dorn über die Karte irgendwie erleichtert war.«

Das war so ziemlich das Letzte, was Em erwartet hatte. Überrascht zog sie die Brauen hoch.

»Natürlich wollte ich damit nicht sagen, dass er sich über den Tod seines Freundes gefreut hat«, fuhr ihre Zeugin auf, die ihr Mienenspiel missdeutete.

»Keine Sorge, ich verstehe das schon richtig«, beeilte sich Em, den falschen Eindruck zu korrigieren.

Im selben Augenblick kehrte Zhou zurück. Sie hatte Latexhandschuhe übergestreift und hielt ihrer Kollegin eine handelsübliche Trauerkarte unter die Nase. »Das hier lag in Theo Dorns Postkorb.«

Nach kurzer, schwerer Krankheit verstarb heute mein geliebter Mann, unser lieber Vater, Bruder und Opa MARTIN KORRITKE im achtundfünfzigsten Lebensjahr, las Em neben dem obligatorischen rosenumrankten Kreuz.

»Ja, genau, das ist sie«, befand Doris Senn, die interessiert den Hals reckte. »Das ist die Karte, die Herr Dorn gestern bekommen hat.«

»Der Poststempel ist von vorgestern«, bestätigte Zhou. »Aufgegeben wurde die Karte in München. Und ich habe auch schon mit Gehling telefoniert. Herr Korritke ist tatsächlich Ende vergangener Woche verstorben.«

Aber warum, um Himmels willen, hat Theo Dorn sich so über diese Nachricht gefreut?, überlegte Em. Doch kaum, dass sich die Frage in ihrem Kopf manifestiert hatte, fiel ihr auch schon die Lösung ein: Falsch, dachte sie, er hat sich gar nicht über die Nachricht selbst gefreut, sondern darüber, dass der handgeschriebene Umschlag nur eine vergleichsweise harmlose Botschaft enthielt. Die Nachricht vom Tod eines ehemaligen Klassenkameraden.

Ihre Augen suchten den Umschlag, auf dem die sorgfältig von Hand geschriebene Adresse des Geschäfts prangte.

Dorn hatte sich gefreut, weil er mit etwas anderem gerechnet hatte …

Mit etwas Schlimmerem …

»Sagen Sie«, wandte sie sich wieder ihrer Zeugin zu, »wissen Sie zufällig, ob Herr Dorn gestern auch noch andere Post erhalten hat?«

Theo hat versagt …

»Oh ja«, strahlte Doris Senn, offenbar heilfroh, dass sie helfen konnte. »Das weiß ich sogar genau, weil ich die Post selbst entgegengenommen habe.«

Bingo!, dachte Em. Man muss ja auch mal Glück haben! »Und?«

»Es waren genau sechs Briefe. Diese Trauerkarte«, Doris Senn zeigte auf den Umschlag in Zhous Hand. »Dazu drei Rechnungen und ein Schreiben vom Finanzamt. Und dann noch eine retournierte Mahnung an einen unserer Kunden. Aber damit war zu rechnen.« Ihre Hand hob sich zu einer wegwerfenden Geste. »Die Zahlungsmoral der Leute wird immer schlechter. Und leider versuchen viele, die Sache einfach auszusitzen.«

Em schenkte ihr ein verständnisvolles Lächeln. »Wussten Sie eigentlich, dass Ihr Chef Jude war?«

Doris Senn nickte. »Er hat das nie irgendwie rausgekehrt oder so. Aber er hat's auch nicht versteckt.«

»War er nur jüdischer Abstammung oder war er auch gläubig?«

Die Frage schien die Angestellte in Verlegenheit zu bringen. Sie blickte zu Boden und begann, unruhig mit den Füßen zu scharren.

»Ging er zum Beispiel regelmäßig in die Synagoge?«, versuchte Em, ihr auf die Sprünge zu helfen.

Kopfschütteln. »Nein, ich glaube nicht. Aber er bekam hin und wieder Post von der jüdischen Gemeinde.«

»Sie meinen so eine Art Gemeindeblättchen?«

»Ja, genau. Die Gemeindezeitung. Viermal im Jahr, glaube ich.«

»Hat Herr Dorn auch hin und wieder mal antisemitische Post bekommen?«, schaltete Zhou sich ein.

Doris Senn schien überrascht. »Nein«, sagte sie. »Nicht dass ich wüsste.«

Em nickte. »Haben Sie zufällig auch einen Schlüssel zur Privatwohnung Ihres Chefs?«

»Ja, zu Hause«, strahlte sie, sichtlich stolz. »Herr Dorn hat ihn mir vor vielen Jahren gegeben. Falls mal irgendwas ist … Aber hier im Büro müsste eigentlich auch noch einer sein. In dem kleinen Schlüsselkasten neben dem Safe, wenn ich mich nicht irre.« Sie sprang hilfsbereit auf. Doch nach ein paar Schritten fiel ihr ein, dass das Büro ihres ermordeten Chefs noch immer tabu war.

Em gab Zhou ein Zeichen, dass sie die Kriminaltechniker danach fragen sollte. »Haben Sie da drin irgendwas verändert oder angefasst?«

»Das haben mich Ihre Kollegen auch schon gefragt«, antwortete Doris Senn mit einem leisen Lächeln. »Nein, habe ich nicht.«

»Bestimmt nicht?«

Sie schluckte. »Ich habe sofort gesehen, dass er … dass da nichts mehr zu machen ist, meine ich. Also bin ich sofort wieder raus und habe die Polizei gerufen. Und den Arzt.«

»Danke«, sagte Em mit aufrichtiger Wärme. »Sie haben uns wirklich sehr geholfen.«

5

Auf dem Klingelschild stand »DORN, T + H«.

»Das H steht für Hannah«, hatte Doris Senn den beiden Polizistinnen noch mit auf den Weg gegeben, »Herrn Dorns Mutter.«

Sie war nach dem Tod ihres Mannes zu ihrem einzigen Sohn gezogen, jetzt allerdings auch schon mehr als fünfzehn Jahre tot. Trotzdem hatte Theo Dorn das Schild offenbar nie ändern lassen, und Zhou überlegte, ob dies ein Zeichen von Verschrobenheit oder doch schlicht und einfach Bequemlichkeit gewesen war.

Capelli gab ihr wortlos zu verstehen, dass sie sich hinter ihr halten solle. Dann zog sie ihre Dienstwaffe aus dem Holster und steckte den Schlüssel, den die Spurentechniker ihnen ausgehändigt hatten, ins Schloss der Wohnungstür.

»Eine Beziehung?«, hatte Doris Senn gefragt. »Nein, nicht dass ich wüsste.«

Capelli hatte ihr einen zweifelnden Blick geschenkt. »Ein Mann in seinem Alter? Seit fünfzehn Jahren nicht?«

Das hatte die Angestellte immerhin ein wenig unsicher werden lassen. »Wann immer ich ihn mal eingeladen habe«, hatte sie ausweichend geantwortet, »zur Konfirmation meines Jüngsten zum Beispiel oder zu einem runden Geburtstag, kam er allein. Aber natürlich kann ich nicht beurteilen, ob er ... Herr Dorn war ein sehr diskreter Mensch, wie ich bereits sagte.«

Diskrete Menschen machen fast immer Probleme, wenn sie ermordet werden, dachte Zhou unbehaglich.

Während sie auf Capellis Zeichen wartete, schlossen sich ihre Finger fester um den Griff ihrer Heckler & Koch, die sie bereits gestern zusammen mit ihrem Dienstausweis erhalten hatte. Mit dem Vorgängermodell dieser P30 hatte sie bereits in der Zeit ihrer Ausbildung regelmäßig geschossen. Und natürlich hatte sie auch gestern, bei der Übernahme, ein paar Routineübungen auf dem Schießstand absolviert, um sich mit dem aktuellen Modell vertraut zu machen. Trotzdem fühlte sie sich urplötzlich schlecht vorbereitet.

»Polizei!«, rief Capelli, nachdem sie die Tür geöffnet hatte. »Irgendjemand da?«

Das Haus lag in fußläufiger Nähe zu Theo Dorns Laden. Ein Altbau mit zwölf Parteien. Gepflegt und seriös. Zhou hörte ein Baby weinen, als Capelli und sie gespannt auf Antwort warteten. Doch aus dem Inneren der Wohnung drang nichts als eine tiefe, raumgreifende Stille.

Dann mal los, sagte Capellis Blick.

Zhou nickte und folgte ihr in eine geräumige und erstaunlich modern eingerichtete Wohnung. Routiniert vergewisserten sie sich, dass die viereinhalb Zimmer tatsächlich leer waren. Dann trennten sie sich und fingen an zu suchen.

Capelli begann im Wohnzimmer, Zhou nahm sich die kleine, aber edel bestückte Küche vor. Offenbar hatte der ermordete Uhrmachermeister gern gekocht. Zhou streifte sich ein Paar Latexhandschuhe über. Dann öffnete sie Schränke, inspizierte Dosen und blätterte Kochbücher durch.

»Theo Dorn war anscheinend tatsächlich gläubig«, rief sie ihrer Kollegin im Nebenraum zu.

»Woran machen Sie das fest?«

»Zwei Sets von Kochgeschirr«, murmelte Zhou, indem sie neben dem Herdunterschrank in die Knie ging.

»Was?«

»Sieht ganz so aus, als ob er koscher gekocht hätte«, rief sie, jetzt deutlich lauter als zuvor. »Er besitzt zwei Sätze von Töpfen und Pfannen.«

»Aha.«

»Die Speisegesetze besagen, dass Fleischiges nicht zusammen mit Milchigem verzehrt oder zubereitet werden darf.«

»Was Sie so alles wissen!« Capellis Gesicht erschien im Türrahmen, und Zhou hatte den dringenden Verdacht, dass ihre Partnerin sich über sie lustig machte.

»Natürlich könnten die Sachen auch noch von seiner Mutter stammen«, entgegnete sie würdevoll. »Warum hätte er das Zeug wegwerfen sollen, wo er sich doch nicht mal von dem Türschild getrennt hat?«

Capelli grinste und verschwand im angrenzenden Schlafzimmer.

Toll, dachte Zhou. Du mich auch!

Sie stellte die Pfanne, die sie noch immer in der Hand hielt, an ihren Platz zurück und wandte sich dem Büfettschrank im Essbereich zu. Sie war ein Mensch, der jede Form von Abweichung, auch zufällige, auf den ersten Blick registrierte. Ein Bilderrahmen, der ein wenig anders stand als die übrigen. Jemand, der als Einziger in einer Gruppe von Menschen mit dem linken Bein losging, statt wie alle anderen um ihn herum das rechte zu nehmen. Solche Dinge.

Sie war sich bewusst, dass sie ihre Fähigkeiten auf diesem Gebiet in erster Linie ihrer Erziehung verdankte, denn die war weit mehr als bei den meisten anderen Kindern von Symmetrie geprägt gewesen. Klassische Musik. Klassischer Tanz. Vier Takte zu je acht Schlägen. Das schulte nicht nur Auge und Gehör, sondern machte auch anfällig für jede Form von Dissonanz. Von Bruch. Von Asymmetrie.

»Ich wette tausend zu eins, dass Dorn gestern auf Post von

unserem Täter gewartet hat«, rief Capelli aus dem Schlafzimmer, während Zhous Augen an zwei metallenen Bügeln hängen blieben, die über die Oberkante der geöffneten Küchentür ragten. Vermutlich von einer Hänge-Aufbewahrung auf der Rückseite.

Sie ging hin und sah nach. Die gestreiften Einstecktaschen enthielten nichts als Küchenaccessoires. Schaumkelle, Korkenzieher, Salatbesteck. Nichts, das irgendwie verdächtig gewesen wäre. Sie wollte sich eben wieder dem Büfett zuwenden, als sie erneut Capellis Stimme hörte. Und dieses Mal klang sie alles andere als gelangweilt.

»Gottverdammte Scheiße, ich glaube, ich hab's gefunden!«

Zhou legte die Schaumkelle zur Seite und stürzte zu ihrer Kollegin ins Schlafzimmer. »Was haben Sie gefunden?«

Anstelle einer Antwort hielt Capelli ihr zwei handgeschriebene Briefkarten unter die Nase, und die Aufregung ließ ihre Wangen ein ganzes Stück blasser aussehen, als sie eigentlich waren.

Zweite Chance, Theo, las Zhou auf dem teuren Papier. Die gleiche Qualität wie die Karte, die Christina Höffgen erhalten hatte.

Zweite Chance, Theo: Das loiserl ging allein in' Wald und hat kein Dach mehr überm Kopf. Unglaublich, nicht wahr, dass es ausgerechnet einer, der das Gesetz sogar in seinem Namen trägt, so wenig für nötig hält, sich auch daran zu halten. Aber wie heißt es doch so schön: ajin tachat ajin …

»Mein Hebräisch ist nicht besonders«, sagte Zhou, und ihr fiel selbst auf, dass ihre Stimme leise zitterte, »aber *ajin tachat ajin* bedeutet so viel wie Auge um Auge.«

Capelli nickte nur.

Im Unterwald, nahe des Flughafens, ist ein Hochsitz, las Zhou weiter. *Du weißt schon, so ein Ding für die Jagd. Nimm die B 40 und von dort die Alte Mainzer Schneise, dann kommst Du direkt auf einen Parkplatz zu. Von dort sind es rund dreihundert Meter, westwärts. Aber mit ein bisschen Orientierungssinn, wirst Du das arme loiserl schon finden. Halali, alter Freund!*

»Er hat Theo Dorn also tatsächlich kontaktiert und zu einem bestimmten Ort geschickt«, resümierte sie, als sie fertig war. »Genau wie gestern Christina Höffgen.«

»Sieht so aus.«

»Aber ...« Sie sah Capelli an. »Im Gegensatz zu Christina ist Dorn offenbar nicht hingegangen, oder?«

»Nein, ist er nicht«, bestätigte ihre Kollegin. »Sehen Sie sich das hier mal an!« Sie reichte Zhou eine zweite Karte.

Theo, Theo, theo ... Was soll ich nur mit dir machen? Dass Wegschauen niemals eine Lösung ist, sollte einer von deiner Sorte doch wohl am besten wissen! Doch aller guten Dinge sind drei, heißt es nicht so? Und wer weiß, vielleicht weckt eine so genannte dame deine Beschützerinstinkte eher als die beiden bösen buben vor ihr. Also, alter Freund: Auf zu lina, und wenn du schnell bist, hast du vielleicht sogar die Chance, sie noch lebend anzutreffen. Gemarkung Liederbach, die alte Scheune, die man sieht, wenn man die A 66 stadtauswärts fährt. Auf bald!

»Ich schätze, ich rufe jetzt mal die Kollegen an«, sagte Capelli, als ihre Partnerin auch diese Karte gelesen hatte. »Die Ortsangaben scheinen ja ziemlich präzise zu sein.«

»Ja«, nickte Zhou. »Er will, dass seine Opfer gefunden werden.«

Ihre Partnerin bedachte sie mit einem finsteren Blick. »Noch wissen wir doch gar nicht, ob es tatsächlich weitere Opfer gibt ...«

»Zweifeln Sie daran?«

Capelli überlegte kurz. Dann schüttelte sie den Kopf. »Ich sage auch der Spurensicherung Bescheid. Die sollen die ganze Wohnung auseinandernehmen.«

»Sie denken, es gibt noch mehr Karten?«, fragte Zhou, aber es war eigentlich eher eine Feststellung.

»Zumindest bezeichnet er Jenny Dickinson als Nummer sieben …«

Zhou warf einen Blick auf die Umschläge, die ihre Kollegin auf das sorgfältig gemachte Bett gelegt hatte. »Sechsundzwanzigster Oktober und fünfter November. Die Karten müssen jeweils einen Tag später in der Post gewesen sein.«

»Und?«

»Und Doris Senn sagt, dass ihr Chef sich seit etwa zwei bis drei Wochen beunruhigt gezeigt hat.«

»Die Zeugin war keineswegs sicher, was das betraf«, widersprach Capelli. »Sie hat gesagt, es könne genauso gut länger gewesen sein.«

»Sechsundzwanzigster Oktober«, insistierte Zhou. »Das ist ziemlich genau zwei Wochen her, und der entsprechende Hinweis beginnt mit den Worten: Zweite Chance, Theo …«

»Demnach müsste Dorn bereits zuvor eine Karte erhalten haben«, spann Capelli den Faden weiter.

»Und zwar *nur eine*«, nickte Zhou.

»Und wo ist die?«

»Keine Ahnung.«

»Falls Sie recht haben, hätte er sie doch wahrscheinlich zusammen mit den anderen Karten aufbewahrt, oder?«

»Vielleicht hat er die erste weggeworfen.«

Capelli runzelte die Stirn. »Weshalb sollte er das getan haben, wo er doch die beiden anderen auch aufgehoben hat?«

»Vielleicht hat er die Sache zuerst nicht ernst genommen. Vielleicht hat er an einen Scherz geglaubt. Oder an eine Verwechslung. Aber als dann die zweite Karte kam …« Zhou ließ den Satz offen und sah ihre Partnerin an.

Die hatte bereits ihr iPhone am Ohr. »Zentrale?«, rief sie, nachdem sich eine angenehme Frauenstimme gemeldet hatte. »Hier ist 733. Wir haben hier vermutlich einen 039 oder 110.«

039 war der Code für Totschlag. 110 stand für Mord.

»Ich brauche zwei Teams«, fuhr Capelli fort. »Eins in Unterliederbach. Das andere am Flughafen, Alte Mainzer Schneise. Da muss es irgendwo einen Parkplatz geben. Im Wald. Keine Ahnung, wo genau. Nähere Informationen zu den Örtlichkeiten schicke ich den Kollegen gleich per E-Mail und …« Sie hielt inne und hörte eine Weile schweigend zu. Dann schüttelte sie heftig den Kopf. »Nein«, sagte sie, »das haben Sie ganz und gar nicht falsch verstanden. Wenn wir Pech haben, sind es tatsächlich zwei Leichen. Ein Mann und eine Frau.«

Und selbst das, dachte Zhou mit einem Schaudern, ist vermutlich erst der Anfang …

6

Sarah Jessica Kindle lehnte sich in dem geradezu unverschämt bequemen Besucherstuhl zurück und überlegte, wie hoch Cevik Kubilays Rechnung wohl ausfallen würde. Sehr hoch, so viel stand fest. Aber das machte nichts. Sie war frei und konnte gehen, wohin sie wollte. Das war alles, was zählte. Außerdem erlaubte ihr das Erbe ihres Mannes, auf das sie – nicht zuletzt Kubilay sei Dank – nun bald uneingeschränkten Zugriff haben würde, die lästigen Anwaltskosten sozusagen aus der Portokasse zu zahlen.

Was sie weit mehr wurmte, war der Pflichtteil, den sie Karo und Tanja, den Töchtern ihres verstorbenen Mannes, wohl oder übel würde abtreten müssen. Ganz zu schweigen von den Drohungen der beiden, sie wegen eines angeblich verschwundenen Testaments ein weiteres Mal vor Gericht zu zerren.

»Gibt es denn da keinen anderen Weg?«, wandte sie sich wieder an ihren Strafverteidiger, der über ein Schriftstück gebeugt vor ihr saß und nebenbei irgendetwas auf ein rosafarbenes Formular kritzelte. »Immerhin war das, was die beiden nach Eberhards Tod abgezogen haben, wirklich unterste Schublade.«

Kubilay bedachte sie mit einem milden Lächeln. »Trotzdem …«

Sie blitzte ihn an, auch wenn sie wusste, dass sie sich damit in Gefahr begab. »Was trotzdem?«

»Karo und Tanja sind seine Töchter, Sarah.«

»Aber sie haben sich nie auch nur eine Sekunde um ihn gekümmert. Übrigens auch nicht nach der Diagnose, obwohl er beide noch am selben Abend angerufen hat.«

»Das mag schon sein.« Er klang nicht, als ob er ihr das glaubte. Genau genommen glaubte er an gar nichts, was sie ihm erzählte. Und daraus hatte er auch nie einen Hehl gemacht.

Sarah schluckte ihren Ärger hinunter. »Gibt es nicht so etwas wie Rechtsverwirkung oder so?«

Ihr Anwalt wandte sich wieder seiner Schreibarbeit zu. »In Ihrem Fall sehe ich dafür keine Grundlage«, entgegnete er knapp.

Sie beobachtete seine Hand, die den Montblanc mit geübter Routine über das Papier führte. Er mochte sie nicht. Das hatte sie vom ersten Augenblick an gespürt. Mehr noch: Im Grunde seines Herzens hielt Cevik Kubilay sie für genauso skrupellos und durchtrieben wie die meisten anderen Menschen es auch taten. Aber zum Glück spielten persönliche Empfindungen im Denken des versierten Verteidigers nur eine äußerst untergeordnete Rolle. Sarah verzog die Lippen. Es war allgemein bekannt, dass Kubilays Erfolgsquote bei weit über neunzig Prozent lag. Dieser Umstand war einer der Gründe gewesen, warum sie ihn mit ihrer Verteidigung betraut hatte. Und von dem Augenblick an, in dem er sich bereit erklärt hatte, ihre Vertretung zu übernehmen, hatte sie gewusst, dass die Sache gut ausgehen würde.

Sie blickte an ihm vorbei zum Fenster und genoss die frische Brise, die durch die gekippte Scheibe zu ihnen hereinwehte. Die sogenannte dunkle Jahreszeit war ihr von jeher zuwider gewesen, doch seit der Haft wusste sie jede Form von Frischluft und Freiheit ganz anders zu schätzen. »Wie steht es mit Schadensersatz?«, fragte sie, als Kubilay endlich zu schreiben aufhörte.

Er legte den Stift zur Seite und bedachte sie mit einem dieser Blicke, die seine Aversion nur schlecht verbargen.

»Immerhin habe ich einhundertvierunddreißig Tage unschuldig in Haft gesessen.«

Beim Wort »unschuldig« schossen seine Augenbrauen in die Höhe. Darüber hinaus zeigte er keinerlei Reaktion, als er sagte: »Selbstverständlich steht Ihnen jederzeit die Möglichkeit offen, entsprechende Rechtsmittel einzulegen, wenn Sie der Ansicht sind, dass Ihnen ein Unrecht widerfahren ist ...«

Sie wäre ihm am liebsten an die Gurgel gegangen für die Überheblichkeit, die aus jedem einzelnen seiner Worte quoll. Aber sie hielt sich zurück. Und das, obwohl ihr keineswegs entgangen war, dass er nicht von »wir« gesprochen hatte. Die Botschaft war klar: Er hatte ihre Vertretung übernommen. Er hatte sie aus der Nummer mit der Mordanklage rausgepaukt. Und damit war die Sache für ihn erledigt.

Sarah blickte in die dunklen, leicht mongolisch anmutenden Augen auf der anderen Seite des Schreibtischs und dachte, dass selbst ein hoher sechsstelliger Betrag Cevik Kubilay nicht vom Gegenteil überzeugen würde. Er war kein Mann, der einen einmal gefassten Entschluss wieder über den Haufen warf. Schon gar nicht für eine Frau, die er insgeheim zutiefst verachtete.

Und da sie schon immer sehr genau gewusst hatte, wann ein Kampf für sie verloren war, stand sie auf.

»Tja, dann nochmals vielen Dank und alles Gute«, sagte sie, als Kubilay sie wenig später zum Ausgang brachte.

Doch selbst das fast schon obligate »Ihnen auch« brachte der Anwalt nicht über die Lippen. Er schloss einfach die Tür hinter ihr.

»Fahr zur Hölle«, fauchte Sarah, als sie die beiden Treppen ins Erdgeschoss hinunterstürmte. Achtundzwanzig Stufen aus feinstem Carrara-Marmor. Lauter Dinge, auf die sie seit Neuestem achtete ...

Auf der Straße winkte sie sich ein Taxi heran, und sie hatte Glück: Der pakistanische Fahrer, der ihr in anderer Richtung entgegenkam, hatte ganz offenbar nichts Besseres vor. Er hob einen Finger zum Zeichen, dass er ihr Anliegen verstanden hatte, und riss dann in einem tollkühnen Wendemanöver quer über drei Fahrbahnen das Steuer herum. Ein entgegenkommender BMW hupte wütend, als der angejahrte Benz auf Sarahs Höhe in zweiter Reihe zum Stehen kam.

Die junge Witwe ließ sich auf den Vordersitz fallen und streckte die Beine von sich. Der Wagen roch unangenehm süßlich nach verschiedenen orientalischen Gewürzen und Vanille. Doch das war nicht zu ändern. »Motel One«, sagte sie und erwartete fast schon, dass der Fahrer nachfragte.

Doch der Mann schien sich auszukennen.

Sie betrachtete das schmutzige Armaturenbrett, auf dem ein paar kitschige Kunstblumen und diverse dieser Figürchen aus Überraschungseiern klebten. »Darf ich rauchen?«, fragte sie und hielt dem Fahrer ihre Zigarettenschachtel unter die Nase.

Ein kurzer Seitenblick streifte ihr Gesicht. Dann nickte er. Offenbar hielt er sie nicht für eine Beamtin, die kontrollierte, wie genau er es mit dem Rauchverbot nahm. Sie sah sich nach einem Namensschild oder einer Zulassung um, doch sie wurde nicht fündig.

Gesetze, dachte sie verächtlich. Was ist das schon! Ein Konsens, den eine Gruppe von Menschen irgendwann einmal getroffen hatte. Nichts weiter.

Als ihr Handy leise zu surren begann, zuckte sie zusammen. »Ja?«

»Hallo, mein Schatz«, flüsterte Manuel, ihr heimlicher Lover seit knapp anderthalb Jahren. Sie hatten sich auf einer Vernissage kennengelernt und waren noch am selben Abend miteinander ins Bett gestiegen. Doch so angenehm man sich mit Manuel Kendrich die Zeit auch vertreiben konnte, so entschlossen war Sarah, die Sache in Kürze zu beenden. Nicht, dass er ihr irgendwas getan hätte. Im Gegenteil: Für seine Verhältnisse war er während der schweren Zeit, die hinter ihnen lag, immer ausgesprochen fürsorglich gewesen. Und er hatte ihr auch während der Untersuchungshaft den einen oder anderen äußerst nützlichen Dienst erwiesen. Trotzdem hatte sie bereits vor Wochen den Entschluss gefasst, dass Manuels Tage an ihrer Seite gezählt waren. Sie hatte nur noch keine Idee, wie sie ihn elegant loswerden konnte. Elegant und vor allem: preisgünstig. Und bis sie das wusste, würde sie wohl oder übel gute Miene zum bösen Spiel machen müssen.

Aber in solchen Dingen hatte sie ja eine gewisse Übung. Sie lächelte stumm in sich hinein. »Schön, dass du anrufst. Wo bist du?«

»Noch auf der Arbeit. Und du?«

»Auf dem Weg ins Motel«, antwortete sie und dachte wieder an Kubilay, der ihr auch in Bezug auf Manuel von Anfang an keinen Millimeter über den Weg getraut hatte. Sie rieb sich die Nase, die in der Wärme zu laufen begann. Vielleicht war es am Ende ganz gut, dass er sie nicht weiter vertreten wollte.

»Ins Motel? Schon?« Manuel schien verwundert. »Warst du denn nicht mehr beim Anwalt?«

»Doch.«

»Und?«

»Was meinst du?«

»Was sagt er zu unseren Chancen in Bezug auf die Mädchen?«

Unsere Chancen …

Was das angeht, täuschst du dich gewaltig, mein Lieber, dachte Sarah. »Ach, du weißt doch, wie diese Anwälte sind«, antwortete sie ausweichend. »Die lassen sich nur schwer auf irgendwas Konkretes festnageln.«

»Hm.« Klar, dass ihn diese Antwort nicht zufriedenstellte. Aber er kannte sie gut genug, um zu wissen, dass es sich nicht lohnte, sie unter Druck zu setzen. »Dann sehen wir uns also gleich im Motel?«, fragte er stattdessen.

»Ja.«

»Wie ist der Verkehr?«

Sie spähte durch die Frontscheibe, wo sich in der anbrechenden Dämmerung Rücklicht an Rücklicht reihte. Rechts von ihr erhob sich imposant der Rohbau des neuen EZB-Sitzes, der während ihrer Haftzeit deutlich in die Höhe geschossen war. »Wie immer um diese Uhrzeit.«

»Dann mach dir bitte nicht gleich Sorgen, wenn's ein paar Minuten später wird«, erwiderte ihr Freund. »Ich weiß nicht mal, ob ich pünktlich hier rauskomme.«

Sie musste unwillkürlich lächeln. Tatsächlich hatte sie sich im Leben noch nicht eine Minute um Manuel gesorgt. Aber das musste sie ihm ja nicht unbedingt auf die Nase binden. »Beeil dich«, flüsterte sie. »Ich kann's kaum erwarten, dich endlich wieder in meinen Armen zu halten.«

»Ich auch nicht«, gab er zurück.

Nett gesagt, dachte sie, aber ich glaube dir keine Sekunde! Allerdings spiclte das auch keine allzu große Rolle. Sie verfolgte ein Ziel. Und um dieses Ziel zu erreichen, musste sie das Spiel wohl oder übel noch eine Weile mitspielen. Und schließlich … Was machte das schon? Es war ja nicht mehr für lange. Und sie hatte schon weit Unangenehmeres überstanden.

»Lass mich nicht zu lange warten, hörst du?«, legte sie nach.

»Klar. Ich komme, so schnell ich kann.«

»Na, das will ich doch hoffen.«

Sie hörte sein Lachen und fand, dass es unecht und anmaßend zugleich klang. Er war sich seiner Sache wohl ziemlich sicher. Noch so etwas, von dem sie die Schnauze gestrichen voll hatte.

»Dann also bis gleich«, flüsterte seine Stimme in ihrem Ohr.

»Ja«, entgegnete sie mechanisch. »Bis später.«

7

»Die Kollegen vor Ort haben tatsächlich zwei Leichen gefunden. Genau wie dieser Irre es in seinen Briefen angekündigt hat.«

»Gottverdammte Scheiße«, murmelte Makarov, der bereits erste Fotos der Tatorte auf seinem iPhone hatte.

Zhou musterte ihn verstohlen. Ihr neuer Vorgesetzter war kaum größer als sie selbst, ein fetter kleiner Mann, der irgendwann einmal sportlich gewesen sein musste, seine körperliche Fitness jedoch schon vor langer Zeit einer stressbedingten Bequemlichkeit geopfert hatte. Seine runden Augen zeugten von einem brillanten Verstand, auch wenn Zhou insgeheim darauf tippte, dass er notorisch unterschätzt wurde. Etwas, das sie allerdings niemandem empfehlen würde.

»Und wieso schreibt der Absender hier was von einer zweiten Chance?«, fragte er jetzt.

»Wir vermuten, dass Theo Dorn bereits vor dieser Karte Post vom Täter erhalten hat«, antwortete Capelli, bevor Zhou Gelegenheit hatte zu reagieren. »Allerdings scheint er diesen ersten Brief leider nicht aufgehoben zu haben.«

»Kein Wunder«, sagte Makarov. »Wer nimmt so was denn auch ernst?«

Capelli zuckte die Achseln. »Spätestens nach der zweiten Karte hat Theo Dorn die Sache offenbar sehr ernst genommen«, entgegnete sie. »Sonst wäre er wohl kaum so offensichtlich besorgt gewesen.«

»Besorgt genug, um regelmäßig die Todesanzeigen zu studieren«, ergänzte Zhou.

Makarov sah sie an. »Sie denken, Dorn hat nachgeschaut, ob ein Loiserl oder eine Lina gestorben ist?«

»Davon würde ich ausgehen.«

»Na, schön.« Der Leiter der Abteilung für Kapitaldelikte blickte an ihr vorbei zur Tür, wo sich Dutzende Beamte drängten. Längst nicht alle von ihnen hatten mit dem Fall zu tun.

Doch die Sache schlug Wellen, und die Neugier innerhalb der Abteilung war groß. »Ihrem toten Uhrmacher sind die Karten dieses Unbekannten also unheimlich. Und er wartet darauf, dass er weitere Briefe erhält …«

»Aber er handelt nicht«, spann Capelli den Faden weiter. »Also sucht sich der Täter einen neuen Adressaten.«

Makarov stemmte seine rundliche Faust auf die Armlehne seines Stuhls. »Warum Christina Höffgen?«

»Das fragt sich Frau Höffgen auch.«

»Haben *Sie* eine Erklärung?«

»Nein. Noch nicht.« Capelli schob ihre Kaffeetasse von sich und lehnte sich zurück. »Falls sie die Wahrheit sagt, haben Dorn und sie einander nicht gekannt.«

»Aber der Täter kennt beide«, bemerkte einer der Zuhörer trocken.

»Ja«, nickte Capelli, ohne den Kopf zu drehen. »Offenbar.«

»Aber gesetzt den Fall, Sie hätten recht und Theo Dorn hat wirklich nur drei Karten erhalten«, Makarov machte eine nachdenkliche Pause. »Warum bezeichnet der Täter Jenny Dickinson dann als Nummer *sibn*?«

Em warf ihren Kugelschreiber auf den Tisch. »Verdammt gute Frage.«

»Vielleicht hat er sich ja vorher schon an jemand anderen gewandt«, entschloss sich Zhou spontan, einen Vorschlag zu wagen. »Drei Karten für eine bislang unbekannte Person. Und anschließend drei für Theo Dorn. Macht sechs. Plus eine für Christina Höffgen …«

Ihre Rede wurde von einem vielstimmigen Raunen begleitet.

»Sie glauben allen Ernstes, dass wir drei weitere Leichen zu erwarten haben?«, fragte Makarov, nur mühsam beherrscht.

Zhou verzog keine Miene, obwohl sie innerlich zitterte. »Vier, wenn ich richtig gerechnet habe …«

»Scheiße, ja. Von mir aus auch vier.« Makarov grub seine Finger tief in seine fleischige Stirn. »Sind die beiden anderen Opfer schon identifiziert?«

Gehling, der am Ende des Tisches über seinem Laptop brütete, begann eifrig zu nicken. »Das war übrigens auch nicht allzu schwer, weil in beiden Fällen Vermisstenmeldungen vorlagen.«

Makarov schielte nach seinem iPhone. Auf dem Display flimmerte die körnige Aufnahme jenes Hochsitzes, auf dem man die männliche der beiden Leichen gefunden hatte. »Okay, dann lassen Sie mal sehen!«

Gehling tippte einen Befehl in die Tastatur seines Laptops, und der Beamer warf verschiedene Fotos an die Wand. Die Porträtaufnahme einer typischen Society-Lady, blond, ein wenig unnahbar, aber charakterstark und zumindest auf den ersten Blick auch ziemlich unerschrocken. Das nächste Foto zeigte dieselbe Frau hoch zu Ross. Dann folgte der Schnappschuss eines kantigen Mannes um die fünfzig an Deck eines Binnenschiffs. Im Hintergrund erhoben sich Weinberge in den strahlend blauen Himmel. Bei den letzten beiden Fotos handelte es sich um die typischen biometrischen Aufnahmen, wie sie seit einiger Zeit für Pässe und andere offizielle Dokumente vorgeschrieben waren. Vermutlich stammten sie aus den Ausweisen der Ermordeten.

»Alois Berneck und Lina Wöllner«, erläuterte Gehling, während die Passfotos an der Wand erstarrten. »Er war zweiundfünfzig, sie gerade mal dreißig.«

Zhous Blick suchte wieder das attraktive Frauengesicht. Ebenmäßige Züge, große graublaue Augen unter sorgfältig gezupften Brauen und Lippen, die nahezu perfekt geformt waren, ohne dass man den Eindruck hatte, dass der Natur künstlich auf die Sprünge geholfen worden war. Nicht einmal durch Lippenstift. Und doch war da etwas in Lina Wöllners Gesicht, das Zhou auf Anhieb störte. Sie überlegte eine Weile, bis ihr auffiel, dass es der Ausdruck war, der nicht stimmte. Da war eine Abgebrühtheit, die im wahrsten Sinne des Wortes nicht ins Bild passte. Ein Zuviel an einschlägigem Wissen, das wie ein Misston in Lina Wöllners klaren Zügen mitschwang.

»Frau Wöllner wurde am 5. November vermisst gemeldet«,

riss Gehlings Stimme sie aus ihren Gedanken. »Also genau einen Tag bevor Theo Dorn den dazugehörigen Brief erhalten hat.«

»Wer hat die Vermisstenanzeige aufgegeben?«, fragte Capelli.

»Ihr Mann. Er ist Arzt, genauer gesagt Chirurg.«

»Und Lina Wöllner selbst war …?«

»Hausfrau, wie es scheint«, antwortete Gehling, während er sich in atemberaubendem Tempo durch irgendwelche unsichtbaren Dokumente klickte. »Das Paar hat zwei Kinder, neun und sieben Jahre alt.«

Eine geschiedene Psychologin, eine zweifache Mutter und ein gut zwanzig Jahre älterer Mann, resümierte Zhou. Wo ist da der rote Faden?

»Was ist mit dem Mann?«, fragte Decker neben ihr folgerichtig.

Mit Loiserl, ergänzte Zhou in Gedanken.

Das loiserl ging allein in' Wald und hat kein Dach mehr überm Kopf …

»Alois Berneck.« Auf der Wand erschien wieder die Aufnahme mit dem Schiff und den Weinbergen. »Bernecks Bruder hat eine Vermisstenanzeige aufgegeben, nachdem Alois sich ein paar Tage nicht hatte blicken lassen.« Gehling sah hoch. »Die beiden haben sich ein Haus geteilt und einander schon allein deshalb praktisch täglich gesehen. Allerdings haben die Kollegen von der Vermisstenabteilung die Sache zunächst nicht so richtig ernst genommen.«

»Natürlich nicht«, winkte Decker ab. »Ein alleinstehender Mann, der ein paar Tage überfällig ist … Das riecht doch eher nach Spaß als nach Verbrechen!«

Ein paar der Zuhörer gaben entsprechende Kommentare von sich. Doch angesichts der Sachlage wagte niemand, laut zu lachen.

»Hinzu kommt, dass Alois Berneck früher ein ziemlich Wilder gewesen zu sein scheint«, ergänzte Gehling mit Blick auf die Daten, die er vor sich auf dem Bildschirm hatte. »Zweimal drei Monate Führerscheinentzug wegen Trunkenheit am Steuer. Zwei Anzeigen wegen Ruhestörung beziehungsweise Hausfriedensbruch.« Er hielt kurz inne, bevor er hinzufügte: »Außerdem hat er anscheinend auch ziemlich häufig den Arbeitsplatz gewechselt.«

Zhou machte sich eine entsprechende Notiz. »Was hat er beruflich gemacht?«

Gehlings Finger flogen über das Mauspad. »Als junger Mann ist er eine Zeit lang zur See gefahren. Aber nach einem Unfall musste er das an den Nagel hängen und wurde nach einer langen Zeit als Arbeitsloser zum kaufmännischen Angestellten umgeschult.«

»Das hat ihm bestimmt irrsinnig viel Spaß gemacht«, bemerkte Capelli ironisch.

»Bestimmt.« Gehling grinste. »Die genannten Probleme fingen übrigens tatsächlich erst an, als Berneck nicht mehr zur See fahren konnte. Und ...« Er las stirnrunzelnd weiter. »Ja, wie es aussieht, hat er auch so was wie eine Therapie gemacht. Allerdings ist das noch nicht lange her.«

»Eine Therapie?« Zhou wurde augenblicklich hellhörig. »Weswegen?«

Gehling murmelte ein paar unverständliche Worte vor sich hin, während er sich durch weitere Fenster klickte. »In den Unterlagen seiner Krankenversicherung ist vermerkt, dass er wegen Schlafstörungen und Angstattacken in Behandlung war.«

»Und Jenny Dickinson war Psychologin«, ergänzte Capelli.

»Sie glauben, da könnte es eine Verbindung geben?«, fragte Makarov.

»Irgendetwas müssen die Opfer doch schließlich gemeinsam haben, oder nicht?«

Jemand sagte halblaut: »Ihren Mörder.«

»Über den oder die behandelnden Ärzte oder Therapeuten kann ich hier auf den ersten Blick nichts finden«, verkündete Gehling bedauernd. »Aber es ist natürlich kein Problem, das rauszukriegen.«

»Interessant ist auch, was der Täter selbst über Alois Berneck schreibt«, meldete sich Sebastian Koss zu Wort, den Makarov zu dieser Besprechung hinzugebeten hatte.

Das Alter des Polizeipsychologen hatte Zhou überrascht, Koss schien kaum älter als sie selbst zu sein. Doch seine ruhige, zurückhaltende Art war ihr auf Anhieb sympathisch, und nach allem, was die Kollegen ihr zugeraunt hatten, machte er seine mangelnde Erfahrung offenbar spielend durch Fachkompetenz und Instinktsicherheit wett.

»Der Schreiber nennt Berneck das arme Loiserl«, zitierte Makarov.

Koss nickte. »Und obendrein schreibt er dieses Loiserl klein …«

»Hat das eine Bedeutung?«

Der Polizeipsychologe beugte sich über eine Kopie der Briefe. »Auffällig ist, dass der Absender die Namen seiner Opfer grundsätzlich kleinschreibt, während er mit seinen Adressaten deutlich respektvoller umgeht.«

»Nicht mit Theo Dorn«, bemerkte Capelli. »Den schreibt er mal so, mal so.«

Koss schüttelte den Kopf. »Schon, aber das tut er keineswegs willkürlich.« Er tippte auf die Kopien. »Er schreibt das Wort Theo erst dann klein, als klar ist, dass Dorn seine Erwartungen nicht erfüllt hat.«

»Sie meinen, die Kleinschreibung ist eine Drohung?«, fragte Capelli überrascht.

Der Polizeipsychologe nickte. »Ja. Eindeutig. Eine Drohung, die er, ganz nebenbei bemerkt, auch wahr gemacht hat.«

»Was halten Sie von diesen jiddischen Begriffen?«, fragte Makarov.

»Schwierig«, antwortete Koss.

Doch mit dieser wenig erhellenden Auskunft gab sich Makarov erwartungsgemäß nicht zufrieden. »Denken Sie, der Kerl ist Jude?«, insistierte er.

»Ich denke, dass er ein Angeber ist. Und dass er wusste, dass

Theo Dorn Jude war.« Koss lehnte sich zurück und verschränkte die Arme vor der Brust. »Ihm ist klar, dass die Polizei diese Briefe in die Hände bekommt«, resümierte er. »Mehr noch: Er hat sogar schon viel früher darauf spekuliert, dass wir Notiz von ihm nehmen, und war vermutlich ziemlich enttäuscht, als Theo Dorn seinen Ankündigungen so sträflich wenig Aufmerksamkeit schenkte.«

»Und deshalb hat er sich entschlossen, an die Höffgens zu schreiben?« Makarov sah noch immer nicht überzeugt aus.

»Nicht an die Höffgens«, korrigierte ihn Zhou. »Die Karte war eindeutig nur an Christina adressiert. Und ich glaube kaum, dass dieser Täter irgendetwas aus Zufall tut. Wenn er nur an Christina Höffgen schreibt, dann meint er auch nur Christina Höffgen.«

Koss nickte beifällig, während Capelli aufmerksam taxierte, wie das Alphamännchen Makarov auf die Korrektur seiner neuen Beamtin reagierte.

Doch Makarov dachte gar nicht daran, Zhou vor versammelter Mannschaft einen Rüffel zu erteilen. Im Gegenteil: Er nickte auch.

»Dem Absender dieser Briefe ist wichtig, dass wir ihn für intelligent und belesen halten«, setzte Koss seine Ausführungen fort. »Vielleicht auch für älter, als er in Wirklichkeit ist.« Er legte die Briefkopien auf den Tisch, als könne er sie auf diese Weise abhaken. »Ich kann mich irren, aber es würde mich nicht wundern, wenn es in seiner Vergangenheit einen Vorfall gäbe, der mit seiner Außenwirkung zu tun hat. Das Urteil eines Menschen, das er als falsch empfunden hat und das für ihn trotzdem von einer gewissen Relevanz gewesen ist.« Als er Capellis Ungeduld bemerkte, hielt er inne. »Suchen Sie nach jemandem, dem eine Demütigung widerfahren ist«, schloss er. »Vielleicht wollte er Schauspieler werden und wurde von den Schulen, an denen er sich beworben hat, abgelehnt. Vielleicht hat er das Manuskript seines Buches an verschiedene Verlage geschickt und ausnahmslos Absagen kassiert. Vielleicht durfte er wegen irgendeines banalen Fehlverhaltens nicht ins Fußballteam.«

»Ich war auch nicht im Fußballteam«, bemerkte Decker trocken.

»Und sieh dich an, was aus dir geworden ist!«, lachte Capelli. Doch dann wurde sie schlagartig wieder ernst. »Und diese Demütigung, von der Sie sprechen …« Sie sah Koss an. »Wie weit liegt die zurück?«

»Schwer zu sagen …«

»Könnte sie bereits in seiner Kindheit passiert sein?«

»Natürlich«, nickte Koss. »Auf jeden Fall fällt sie in eine labile Phase. Kindheit. Pubertät. Ausbildung. Etwas in dieser Richtung.«

»Gut und schön«, knurrte Makarov. »Und mit seinen Taten bezweckt dieser Kerl jetzt … was?«

Dieses Mal kam die Antwort des Polizeipsychologen wie aus der Pistole geschossen: »Meiner Einschätzung nach will er sich messen.«

»Messen? Mit wem?«

»Das«, entgegnete Koss, »ist zweifellos einer der Knackpunkte.« Seine Augen suchten Zhou. »Finden Sie heraus, warum er sich an Theo Dorn gewandt hat. Und warum an Christina Höffgen.«

8

Sarah Kindle verließ das geschmackvoll ausgestattete Bad des Motelzimmers und raffte ihren Morgenmantel in aller Eile über der Brust zusammen. Hatte er sich also doch ganz schön beeilt, der gute Manuel!

Sie setzte ein routiniertes Lächeln auf, doch als sie wenige Sekunden später die Tür öffnete, erlebte sie eine Überraschung, denn der Mann, dem sie sich gegenübersah, war mitnichten Manuel.

»Ja?«

»Sarah Jessica Kindle.« Es war keine Frage. Nur eine Feststellung.

Sarah kniff misstrauisch die Augen zusammen. »Was wollen Sie?«

Anstelle einer Antwort lächelte er sie an.

Sie war schon drauf und dran, ihm die Tür vor der Nase zuzuschlagen, doch dann blitzte plötzlich tief in ihr ein Anflug von Erkennen auf. »He, Sie waren doch beim Prozess, oder?«

»Richtig«, nickte er, als sei das die selbstverständlichste Sache der Welt.

»Sind Sie von der Presse?«

»Presse?« Jetzt lachte er laut los. Offenbar machte ihm die Sache einen Mordsspaß. »Nein, das nicht gerade.«

»Sondern?«

»Ich habe Ihren Fall aufmerksam verfolgt.«

Ihren Fall …

Sarah hasste diesen Ausdruck. Entsprechend säuerlich fiel ihre Antwort aus. »Ja, und? Wollen Sie jetzt ein Buch über mich schreiben? Oder einen Artikel?«

»Nein.«

Die Klarheit, mit der er das sagte, irritierte sie. »Sondern?«

»Ich möchte Ihnen helfen.«

Jetzt war es an ihr, laut zu lachen. »Helfen? Wobei denn?«

Keine Antwort.

»Das Gericht hat mich freigesprochen, falls Ihnen diese Tatsache irgendwie entgangen sein sollte.«

»Ja, ich weiß.«

Sie hielt inne. Irgendwie war dieser Typ ihr unheimlich. Auch wenn er eigentlich ganz harmlos aussah. »Ich fürchte, ich verstehe nicht ganz, was Sie …«, setzte sie an, doch der Fremde unterbrach sie gleich wieder.

»Darf ich Ihnen eine Frage stellen?«

»Bitte.«

»Empfinden Sie das, was geschehen ist, als gerecht?«

Sie dachte an Karo und Tanja. Und an das Geld, das sie für sich beanspruchten. Das schöne, sauer verdiente Geld, das bald auf dem Konto dieser beiden ignoranten Faulpelze landen würde. Einzig und allein deshalb, weil irgendein bescheuertes Gesetz von Blutsverwandtschaft und Pflichtteil es so wollte. »Nun ja …«

»Sehen Sie«, sagte der Mann, obwohl sie ja streng genommen noch gar nicht geantwortet hatte.

»Verzeihen Sie«, wandte sie ein, »aber ich sehe nicht, was Sie für mich …«

»Vertrauen Sie mir.« Er lächelte wieder. »Ich schlage vor, Sie hören sich meinen Vorschlag unverbindlich an, und anschließend entscheiden Sie ganz ohne Druck, ob Sie von meinem Angebot Gebrauch machen möchten oder nicht.«

Das klang ja gar nicht so schlecht, aber …

»Ich bin spezialisiert auf solche Dinge«, legte er nach, als er ihr Zaudern spürte.

Sarah musterte ihn mit kritischem Blick. Es widerstrebte ihr, wie unverblümt er mit der Tür ins Haus fiel. Und es ging ihr auch gegen den Strich, nicht zu wissen, ob sie überhaupt über dasselbe Thema sprachen. »Was für Dinge meinen Sie?«, hakte sie vorsichtshalber noch einmal nach.

Der Fremde zuckte die Achseln. »Erbrecht.«

Also doch! Sarahs Finger krallten sich um den Türrahmen. Er war zwar direkt, aber nicht aufdringlich. Und sie war sich inzwischen auch sicher, ihn im Laufe der Verhandlung mehrfach im Zuschauerraum gesehen zu haben.

Ich bin spezialisiert auf solche Dinge.

Sie runzelte die Stirn. Natürlich konnte das genauso gut eine Falle sein. Ein Trick, mit dem Karo und Tanja sie aushorchen wollten. Man hatte ja schon Pferde kotzen sehen …

»Ich finde, dass Sie Ihren Stieftöchtern nicht kampflos überlassen sollten, wofür Ihr verstorbener Mann sein Leben lang gearbeitet hat«, sagte der Fremde in diesem Moment, als habe er ihre Gedanken erraten.

Ihr gefiel die abfällige Art, mit der er das Wort *Stieftöchter* betonte. Trotzdem war sie noch immer vorsichtig. »Ich weiß nicht«, entgegnete sie mit einem Hauch von Langeweile in der Stimme. »Nach allem, was mir mein Anwalt gesagt hat, scheint es da wenig Spielraum zu geben …«

»Glauben Sie mir, es gibt immer einen Weg …«

Sie zögerte.

»Natürlich müsste ich mir zuerst ein genaues Bild von der Vorgeschichte machen, um das Schlupfloch zu finden.«

Schlupfloch! Sie lächelte. Das klang gut! »Und Sie sind …?«

Er griff in die Tasche seines Jacketts und zog eine Visitenkarte aus dickem, hochwertigem Papier heraus. »Vielleicht sollten wir uns mal in Ruhe unterhalten«, schlug er vor. »Aber nicht jetzt.«

Sie warf einen Blick auf die Karte und zog die Augenbrauen hoch. Zugleich überlegte sie, ob er wissen konnte, dass sie verabredet war.

Aber nicht jetzt …

»Und wie kann ich Sie …«

»Kein Problem«, entgegnete er mit einem charmanten Lächeln. »Rufen Sie mich einfach an. Die Nummer steht auf der Karte …« Er blickte flüchtig über die Schulter, den Gang hinunter. Eine Geste, die Sarah in ihrem Verdacht bestärkte, dass er von Manuel wusste. Von der Verabredung, die sie hatte. »Noch etwas«, sagte er, indem er ein ganzes Stück dichter an sie herantrat. So dicht, dass Sarah seine Haut riechen konnte und seine Wärme spüren. »Ich gebe Ihnen den guten Rat, Ihren unfähigen kleinen Freund außen vor zu lassen. Sonst stehen Sie am Ende da und haben gar nichts.«

Empört trat sie einen Schritt zurück. »Wie meinen Sie das?«

»Oh, Sie verstehen mich schon.« Er zwinkerte ihr zu. »Es ist nur ein Rat«, wiederholte er dann. »Was Sie daraus machen, ist Ihre Sache.«

Sie starrte ihn mit einer Mischung aus Anerkennung und

Entrüstung an. Wer war dieser Typ? Wie viel wusste er über sie und ihr Leben? Und was, um Himmels willen, hatte er mit ihr vor? Aus welchem Grund interessierte er sich für sie und ihre Geschichte?

Als sie merkte, dass er auf eine Reaktion wartete, reckte sie trotzig das Kinn vor: »Ich fürchte, ich habe keine Ahnung, wovon Sie reden.«

»Doch.« Ganz schlicht. Ganz sicher. »Haben Sie.«

Seine Souveränität brachte sie gehörig ins Schleudern. Sie überlegte fieberhaft, wie sie sich jetzt am besten verhielt. Eigentlich müsste sie ihn nach der Bemerkung über Manuel achtkantig rauswerfen.

Eigentlich …

Ihre Finger spielten mit der Visitenkarte, die er ihr gegeben hatte. Nachdem Kubilay so wenig Bereitschaft gezeigt hatte, sie auf ihrem Weg über die nächste, die letzte Hürde zu unterstützen, schien ihr das Angebot des Fremden mehr als verlockend. Und wenn sie ehrlich war, dachte sie in Bezug auf Manuel mittlerweile ganz ähnlich wie er. Sie blickte an seiner Schulter vorbei zum Fahrstuhl. Ja, dachte sie, ich finde auch, dass Manuel ein Risiko ist. Jemand, der zu viel weiß und sich viel zu viel darauf einbildet.

Sie wandte den Kopf und sah ihrem Gegenüber direkt in die Augen. »Ich denke darüber nach, okay?«

»Natürlich.« Seine Miene war noch genauso freundlich wie zuvor. »Tun Sie das. Und falls Sie Gesprächsbedarf sehen, melden Sie sich einfach.«

»Mach ich.« Immerhin sprang er nicht sofort ab, weil sie zögerte. Etwas, das Sarah aus einem unerfindlichen Grund mit einem Gefühl tiefer Erleichterung erfüllte. »Und danke für das Angebot.«

Er streckte ihr seine warme, erstaunlich kräftige Hand entgegen. »Keine Ursache«, sagte er. Dann ging er in Richtung Treppenhaus davon.

Sarah blickte ihm nachdenklich hinterher.

9

Das Institut für Rechtsmedizin der Johann-Wolfgang-von-Goethe-Universität war in einer hübschen Jugendstilvilla am Rande des Klinikums in der Kennedyallee untergebracht. Das Gebäude erinnerte Zhou entfernt an das Domizil ihrer Eltern, und als sie Capelli durch die hohen Flure in einen der weiß gekachelten Sektionssäle folgte, überlegte sie, ob ihr Vater auch nur die leiseste Vorstellung von diesem Teil ihrer Arbeit hatte. Und was er empfinden würde, wenn er sie jetzt sehen könnte.

Seit sie denken konnte, schlüpfte Ya Dao frühmorgens in einen Anzug und verschwand in einem klimatisierten Büro. Er trieb keinen Sport und beurteilte Nachrichten einzig und allein unter dem Aspekt, welche Auswirkungen sie auf die Finanzmärkte oder die allgemeine Wirtschaftslage haben könnten. Und doch war Zhou insgeheim überzeugt, dass ihr Vater längst nicht so eindimensional fühlte und dachte, wie es auf den ersten Blick den Anschein hatte.

»Na, Sie geben uns ja ganz schön was zu tun!«, begrüßte sie Dr. Bechstein, die einen babyblauen Rollkragenpullover unter ihrem Kittel trug.

»Glauben Sie mir, wir hätten's auch gern 'ne Nummer kleiner«, lachte Capelli, deren südländischem Teint das harte Neonlicht kaum etwas anhaben konnte.

Das warme Grüngelb in ihren Augen blitzte auf und Zhou fühlte einen Anflug von Neid in sich aufsteigen. Neid auf die reizvollen Kontraste, die dem Gesicht ihrer Partnerin eine ausgesprochen charaktervolle Note verliehen. Sie selbst hingegen hatte schon immer gefunden, dass sie trotz ihrer schwarzen Haare und Augen eher farblos wirkte. Ein Gefühl, das sich durch Capellis überbordendes Temperament noch verstärkte.

»Okay, fangen wir mit der Frau an.« Dr. Bechstein zog das dunkelgrüne Tuch zur Seite, das Lina Wöllner bis dahin verhüllt hatte, und obwohl die Leiche im Gegensatz zu Jenny Dickinson schon über eine Woche alt war, als man sie gefunden hatte, war Zhou der Anblick hier weit angenehmer. Der Körper war bereits gewaschen, seziert und anschließend wieder ordentlich zusammengenäht. Das ersparte ihnen zumindest etwaige unangenehme Überraschungen.

»Dreißig Jahre, zweifache Mutter, guter Allgemeinzustand«, ratterte Dr. Bechstein die nackten Fakten zu der toten jungen Frau auf ihrem Sektionstisch herunter. »Wie Sie sehen, war dem allerdings nicht immer so.« Sie machte einen Schritt um den Tisch herum und deutete mit ihrem behandschuhten Zeigefinger auf mehrere charakteristische Vernarbungen in der linken Armbeuge.

»Sie war ein Junkie?«, fragte Capelli erstaunt.

»Exjunkie«, nickte die Pathologin. »Ich habe mir ihre Krankenakte angesehen. Von ihrem fünfzehnten Lebensjahr an hat sie so ziemlich alles konsumiert, was der Markt hergibt. Heroin, Koks, Crack, Pilze. Um ihre Sucht zu finanzieren, ging sie anschaffen. Und dabei scheint sie nicht immer … Na ja, sagen wir: Sie ist nicht immer besonders sanft angefasst worden.«

Zhous Augen glitten hinunter zu Lina Wöllners Schambein, und sie überlegte, ob Dr. Bechstein den letzten Schluss wohl allein aus der Akte oder vielleicht doch auch aus den Obduktionsbefunden gezogen hatte.

»Mit neunzehn wurde sie wegen fahrlässiger Tötung verhaftet«, fuhr die Pathologin fort, »aber es wurde nie Anklage erhoben.«

»Fahrlässige Tötung?« Capelli zog die Augenbrauen hoch, und auch Zhou hob überrascht den Kopf. »Und wer war das Opfer? Ein Freier?«

»Nein, ihre Mutter.« Dr. Bechstein lachte, als sie die Gesichter der beiden Kommissarinnen sah. »Selbige war Frührentnerin und schwer herzkrank, weshalb sie mehrmals täglich, vor allem nachts, ein spezielles Spray benötigte.« Ihre behandschuhten Finger ließen von Lina Wöllners Arm ab. »Das Zeug stand immer griffbereit auf dem Nachtschrank, nur in der besagten Nacht war es nicht da.«

»Und wo war es stattdessen?«, fragte Zhou.

»Verschwunden.« Die Pathologin zuckte die Achseln. »Eine Mitarbeiterin des zuständigen Pflegedienstes sagte aus, Lina Wöllner habe ihre Mutter an dem bewussten Abend besucht, und sie gab auch an, Zeugin eines heftigen Streits zwischen den beiden Frauen gewesen zu sein. Eine Aussage, der die zuständigen Behörden immerhin so viel Bedeutung beimaßen, dass sie Lina Wöllner in Gewahrsam nahmen.«

»Und warum wurde sie nicht angeklagt?«, fragte Zhou, während ihre Augen zu den vernarbten Einstichen in der Armbeuge der Toten zurückkehrten.

»Interessant, nicht?«, entgegnete die Pathologin. »Es gab ein psychologisches Gutachten zu ihrer Befindlichkeit, das nicht gerade positiv ausfiel. Und das, obwohl Frau Wöllner sich offenbar sehr schnell zu einem Entzug bereit erklärte. Aber wie das so ist … Anscheinend fehlten den Ermittlern am Ende doch die Beweise.«

Zhou beobachtete, wie sich Capellis Gesicht bei diesen Worten kurz umwölkte, und sie überlegte, ob ihre Partnerin wohl an etwas ganz Bestimmtes dachte. Doch der Eindruck verschwand so schnell, wie er gekommen war.

»Und dann?«

»Lina Wöllner erbte rund 100 000 Euro«, antwortete Dr. Bechstein, »und als sie die durchgebracht hatte, landete sie wieder auf dem Strich. Aber sie hatte Glück.« Sie griff nach einem Klemmbrett, das einer ihrer Mitarbeiter ihr entgegenhielt, und kritzelte ihre Unterschrift unter ein Formular. »Einer ihrer Freier half ihr, clean zu werden. Sie schaffte den Absprung, lernte ihren jetzigen Mann kennen, heiratete ihn und bekam kurz hintereinander zwei gesunde Kinder.«

»Na, das klingt ja fast wie im Märchen«, bemerkte Capelli sarkastisch.

Dr. Bechstein grinste. »Abgesehen von der Tatsache, dass Lina

Wöllner nur wenige Jahre später mit einem stumpfen Schädeltrauma in der Pathologie gelandet ist, würde ich Ihnen durchaus recht geben.«

»Was wurde eigentlich aus diesem Freier?«, fragte Zhou.

»Aus welchem?«, fragte Dr. Bechstein.

»Dem, der Lina Wöllner den Ausstieg ermöglicht hat.«

»Keine Ahnung.«

»Sagen Sie Gehling, dass er sich darum kümmern soll«, entschied Capelli.

Zhou nickte, sah jedoch davon ab, gleich an Ort und Stelle zum Handy zu greifen. Sie hatte das unbestimmte Gefühl, dass ihre Partnerin sich über ihren Eifer ärgerte, ohne dass sie ihre Einschätzung an etwas Konkretem hätte festmachen können.

Dr. Bechsteins Igelaugen streiften ihr Gesicht und verweilten dann einen Hauch länger bei Capelli. Sie schien amüsiert zu sein. »Der mutmaßliche Todeszeitpunkt stimmt übrigens mit den Angaben überein, die Sie uns gemacht haben.«

»Laut Brief hat er Lina Wöllner am 6. November getötet«, nickte Capelli.

»Das kommt hin«, entgegnete die Pathologin. »Todesursächlich war, wie schon gesagt, ein massives Schädel-Hirn-Trauma. Die Ränder der Frakturen entsprechen denen des Spatens, der am Tatort gefunden wurde. Außerdem hat das Labor nahezu überall an der Schaufel Blutspuren des Opfers sichergestellt.«

»Also haben wir in Lina Wöllners Fall die Tatwaffe«, resümierte Capelli.

»Ja, zweifelsfrei«, bestätigte Dr. Bechstein. »Allerdings weist Ihre Tote auch noch ein paar andere Verletzungen auf.«

»Ach ja?« Zhou war erstaunt. Von den Schädelverletzungen einmal abgesehen, wirkte Lina Wöllner im Gegensatz zu Jenny Dickinson geradezu heil. »Welche denn?«

Dr. Bechstein schlenderte langsam um den Tisch herum, bis sie wieder neben Capelli stand. »Ihr Mörder hat ihr kurz vor ihrem Tod die Schulter ausgekugelt. Und wir haben Spuren von Fixierungen an ihren Hand- und Fußgelenken gefunden.«

»Ihr Mann hat sie am Abend des 4. November vermisst gemeldet«, erklärte Zhou. »Das bedeutet, dass der Täter sie vermutlich etwa achtundvierzig Stunden in seiner Gewalt hatte.«

»Er sucht sich Orte, an denen er ungestört ist«, pflichtete Capelli ihr bei. »Ein verlassenes Lagerhaus. Eine Scheune. Ein Hochsitz. Alles ruhige, abgelegene Orte, an denen niemand die Schreie seiner Opfer hört.«

»Über das Fesseln und die genannte Schulterverletzung hinaus wurde Lina Wöllner übrigens nicht gequält«, kam Dr. Bechstein Zhous nächster Frage zuvor. »Im Gegensatz zu Jenny Dickinson … Aber er hat nachweislich keine der beiden vergewaltigt.«

»Was sagt das toxikologische Gutachten?«, wollte Capelli wissen.

»Lina Wöllner war clean, falls es das ist, was Sie interessiert. Und auch sonst haben wir bei ihr keinerlei Auffälligkeiten gefunden. Aber dafür …« Die Pathologin machte eine wohlbedachte Pause. »Dafür ist die Substanz, die sie *an* sich hatte, umso interessanter.«

»Was meinen Sie mit *an sich*?«, fragte Zhou.

»An ihrer Kleidung. Auf ihrem Gesicht. An ihren Händen.« Dr. Bechstein trat an einen in der Wand fixierten Stahltisch und hielt den beiden Ermittlerinnen eines der zahlreichen Fotos unter die Nase, die die Kriminaltechniker am Tatort gemacht hatten. Die Aufnahme zeigte Lina Wöllners vollständig bekleideten Körper in einem Berg aus verrottetem Heu. Im Gesicht und auf dem Pullover der Toten waren großflächige braune Verfärbungen zu erkennen.

»Ach, du Scheiße«, entfuhr es Capelli. »Was ist das denn?«

»Rübenkraut«, erklärte Dr. Bechstein mit einem hintergründigen Lächeln. »Oder auch Zuckerrübensirup, falls Ihnen das geläufiger ist. Lina Wöllners Leiche war von oben bis unten damit eingeschmiert.«

»Zuckerrübensirup«, wiederholte Zhou ungläubig.

Dr. Bechstein nickte. »Man benutzt das Zeug zum Süßen von

Speisen. Und manche Leute schmieren es auch aufs Brot, zum Frühstück. Wobei ich zugeben muss, dass es gar nicht so übel schmeckt.«

»Apropos«, sagte Capelli. »Haben Sie inzwischen auch die Substanz aus der Kühltruhe identifizieren können?«

»Ja, haben wir.«

»Und?«

»Das ist auch ganz interessant ...« Sie legte das Foto auf den Tisch zurück und wandte sich um. »Es handelt sich dabei um gemahlene Farnblätter.«

Zhou runzelte die Stirn. »Farn?«

»Ja, Farn. Oder botanisch ausgedrückt: *Filicinophyta.*«

»Das ist jetzt vielleicht 'ne ziemlich bescheuerte Frage«, sagte Capelli, »aber kann man Farnblätter essen?«

»Sie meinen analog zum Rübenkraut?« Die Pathologin schmunzelte. »Nicht, dass ich wüsste.«

»Und medizinisch?« Capelli ließ nicht locker. »Gibt es vielleicht irgendeine Arznei, die Farn oder Farnextrakt enthält?«

»Ich muss gestehen, da bin ich im Moment überfragt«, räumte Dr. Bechstein ein. »Soweit mir bekannt ist, nicht. Aber natürlich bin ich keine Pharmakologin.«

»Was ist mit Alois Berneck?«, fragte Zhou mit Blick auf den zweiten Sektionstisch. »Haben Sie bei ihm etwas Ähnliches gefunden?«

Dr. Bechstein verneinte. »Zumindest nichts, was einem sofort ins Auge gesprungen wäre«, fügte sie einschränkend hinzu. »Seine Kleidung ist natürlich noch im Labor ...«

Also abwarten, dachte Zhou.

»Rübenkraut und Farn«, murmelte Capelli, während sie den beiden anderen Frauen zu dem zweiten Sektionstisch folgte. »Was für ein kranker Mist ist das denn?«

»Das männliche Opfer starb durch eine Ladung Schrot, die aus nächster Nähe abgefeuert wurde«, erklärte Dr. Bechstein, während sie nun auch den zweiten Toten entblößte. »Und zwar in seinen Rücken, während er kniete.«

»Hoch oben auf einem verlassenen Hochsitz«, schloss Capelli grimmig.

»Hoch oben auf einem verlassenen Hochsitz«, nickte Dr. Bechstein. »Die Leiche hatte etwas auf dem Kopf, eine Art Basecap, das irgendwie nicht zu Bernecks restlichem Outfit passte.« Sie reichte Capelli ein Foto.

Zhou blickte ihrer Partnerin über die Schulter und sah eine rot gemusterte Schirmmütze, auf deren Vorderseite in Gold das verschnörkelte Logo einer Speditionsfirma eingestickt war.

»Cargo today«, las Capelli. »Sagt Ihnen das irgendwas?«

Zhou schüttelte den Kopf.

Ihre Partnerin stopfte das Foto in die Brusttasche ihrer Jacke. »Wir überprüfen das.«

Dr. Bechsteins Igelaugen nahmen einen besorgten Ausdruck an. »Sie denken, die Mütze könnte ein Accessoire sein, oder?«

»Falls der Täter seinem Muster treu bleibt, bei jeder Leiche etwas zurückzulassen, läge das nahe«, entgegnete Capelli, ohne sich explizit festzulegen.

»Ach ja«, rief Dr. Bechstein, »das hätte ich beinahe vergessen!« Sie lief zu einem anderen Tisch, öffnete die Stahlkassette, die dort stand, und entnahm ihr ein Beweistütchen aus Plastik.

Capelli betrachtete den Inhalt mit verwunderter Miene. »Eine Schachfigur?«

»Ja, ein schwarzer Bauer.«

»Wo haben Sie die gefunden?«

Dr. Bechstein schenkte ihr ein schelmisches Lächeln. »Sie steckte in Lina Wöllners Hosentasche.«

10

Christina Höffgen blickte auf den Bildschirm ihres Laptops hinunter, ohne wirklich in sich aufzunehmen, was sie sah. Dreimal hatte sie an diesem Nachmittag bereits bei der Polizei angerufen, und immer hatte sie die gleiche Antwort erhalten: *Es gibt keine neuen Erkenntnisse. Wir melden uns, wenn wir Fragen haben. Seien Sie ganz beruhigt, die Kollegen von der Streife sind angewiesen, regelmäßig bei Ihnen vorbeizufahren und nach dem Rechten zu sehen.*

Und dann?, dachte Christina stumpf. Was macht ihr dann? Wenn nicht alles in Ordnung ist?

»Warum, glauben Sie, hat sich dieser Mann ausgerechnet an Sie gewandt?«

Sie sah das Gesicht der Kommissarin vor sich. Entschlossene grüngelbe Augen voller Ungeduld.

»Ich weiß es nicht«, hatte sie wahrheitsgemäß geantwortet. »Ich habe nicht die geringste Ahnung.«

Doch das hatte ihr die Kommissarin natürlich nicht abgenommen.

Hätte ich vermutlich auch nicht, hielt Christina ihr zugute. Das Ganze ist so … So völlig absurd. Sie klappte den Laptop zu und sah zur Terrassentür hinüber. Unmittelbar daneben befanden sich zwei bodentiefe Fenster zum Garten. Ihr Glas reflektierte das behagliche Wohnzimmerlicht, eine Front schwarzer Spiegel, die alles Dahinterliegende verbargen. Dafür zeichnete sich in den hellen Rahmen schemenhaft die Einrichtung ab. Der Kamin. Das Sofa, auf dem Christina saß. Und als vager Fleck auch ihre eigene Silhouette. Die Erkenntnis, dass man sie von dort draußen problemlos beobachten konnte, ließ sie mitten in ihrer Bewegung innehalten. Michael und sie hatten Gardinen immer für überflüssig gehalten. Wozu auch? Der Garten war ringsum gut eingewachsen und das ganze Jahr über eine echte Augenweide. Eine grüne Oase, mitten in der Stadt.

Aber natürlich … Falls dort jemand stünde …

»Unsinn«, fluchte sie halblaut, wütend auf die gesamte Situation und ein bisschen auch auf sich selbst.

Bis gestern Nachmittag ist alles in bester Ordnung gewesen, dachte sie. Keine Sorgen. Keine dummen Gedanken. Und erst recht keine Furcht. Der Garten war einfach ein Garten gewesen und dieses Wohnzimmer der sicherste Ort der Welt. Doch dann hatte plötzlich diese vermaledeite Karte auf dem Couchtisch gelegen, und seither war nichts mehr so, wie es sein sollte.

Sie stutzte erneut.

Der Couchtisch, wiederholte etwas tief in ihr. *Wieso hat die Post eigentlich auf dem Tisch gelegen? Du bist doch die Erste gewesen gestern Abend. Warum war die Post dann nicht im Briefkasten?*

Das Klingeln ihres Handys bereitete den unbequemen Gedankenspielen ein abruptes Ende. Christina fühlte den Vibrationsalarm in ihrer Hosentasche. Direkt auf ihrer Haut. Wie eine Berührung, der sie nicht zugestimmt hatte.

Sei doch um Himmels willen nicht so ein Nervenbündel!, schalt sie sich. Und doch wollten ihr ihre Finger kaum gehorchen, als sie das Telefon herauszog und einen Blick auf das Display warf.

Sie runzelte verwundert die Stirn und drückte dann eilig auf die Taste mit dem grünen Hörer. »Ja?«

»Christina?«

»Ja.«

»Christina Höffgen?«

Oh nein, das war unmöglich! Sie riss das Handy vom Ohr und starrte abermals auf das Display. Und tatsächlich: Dort blinkte ganz eindeutig »MICHAEL RUFT AN«. Dazu hüpfte eine alberne Comicfigur auf und ab.

Er hat Michaels Handy!

»Hallo?«

Christinas Kopf flog herum, so heftig, dass irgendwo in ihrem Hals ein Wirbel krachte. Wo war er? Etwa da draußen? Hinter dem Glas? Zugleich fiel ihr ein, dass es vermutlich keine allzu gute Idee war, dem Mann am anderen Ende der Leitung nicht zuzuhören.

»Ja, ich …« Sie wunderte sich selbst, wie dünn ihre Stimme mit einem Mal klang. »Es tut mir leid, aber ich kann Sie nicht besonders gut verstehen.«

»Doch.« Das harmlose kleine Wort traf sie wie ein Peitschenhieb. »Kannst du. Aber du hast deine Nerven nicht im Griff.«

»Was wollen Sie?«

»Ich möchte, dass du mir eine Frage beantwortest …«

Christina hob die freie Hand an die Stirn. Schützend. Verwirrt. Von einer Sekunde zur anderen war sie klatschnass geschwitzt. Ihr Pullover klebte an ihrem Rücken. Zugleich war ihr unfassbar kalt.

Er hat Michaels Handy.

Das bedeutet, dass er hier gewesen ist. Hier drin. In meinem Haus.

Das war er doch schon gestern, meldete sich ihr Verstand. Er hat seine blöde Karte nicht in den Briefkasten geworfen, sondern auf den Couchtisch gelegt. Zusammen mit der übrigen Post, die er zuvor aus dem Briefkasten genommen hat.

Er war hier drin!

»Bist du bereit?«

»Ja.«

»Gut. Also, Christina …« Er klang, als ob er lächelte. »Würdest du sagen, dass jeder Mensch, unabhängig von seinem Charakter, ein Grab verdient?«

Die Frage war so ungeheuerlich, dass sie sich nicht zurückhalten konnte. »Was?«, entfuhr es ihr. »Ich fürchte, ich verstehe Sie nicht …«

»Einen Platz, an dem er ruhen darf. Oder das, was von ihm übrig ist.«

Ihre Augen suchten wieder die finstere Fensterfront. Stand er dort, auf der anderen Seite der Scheiben? Konnte er sie sehen?

»Ich weiß nicht«, stammelte sie. »Ich denke schon.«

»Du denkst?«

Langsam, um nur ja keine unnötige Aufmerksamkeit zu erregen, rutschte sie nach vorn, an die Kante des Sofas. Es gab eine Fernbedienung für die Lichtanlage, doch die benutzte sie praktisch nie. Trotzdem sollte sie eigentlich irgendwo dort drüben auf dem Sideboard liegen. Oder?

»Ich … Ich schätze, ich habe mir noch nie Gedanken über so was gemacht.« Sie brach ab und lauschte in die knisternde Stille. Auf Atemzüge. Einen Hinweis darauf, dass er ihr zuhörte. Doch da war nichts. Nichts außer dem Rauschen ihres eigenen Blutes.

Handys verursachen Hirntumore, dachte sie völlig irrational.

»Sind Sie noch dran?«

Er antwortete nicht. Dann, nach einer Weile, die ihr wie eine Ewigkeit vorkam, fragte er plötzlich: »Sag, würdest du ein solches Grab besuchen, Christina?«

Aus den Augenwinkeln schielte sie nach dem Sideboard, während das Handy an ihrem Ohr immer heißer wurde. Als ob es explodieren wollte. »Ich …«

»Würdest du?« Die Stimme war plötzlich scharf. Er verlor die Geduld, das war deutlich hörbar.

»Wessen Grab?«, fragte sie, um Zeit zu gewinnen.

»Das Grab eines Mörders.«

»Ich glaube nicht.« Sie atmete tief durch und warf sich nach vorn, Richtung Sideboard. Ihre Finger bekamen die Fernbedienung zu fassen. Aber welcher war der richtige Knopf, verdammt?

Mach jetzt bloß keinen Fehler!

»Und was ist mit dir?«, flüsterte seine Stimme in ihr Ohr. »Hast du schon einmal jemanden umgebracht, Christina?«

»Ich?« Sie hustete trocken, während ihre Augen über die Knöpfchen flogen. Die Beschriftungen konnte sie nicht lesen. Nicht in diesem Licht und auf keinen Fall ohne Brille. »Nein.«

»Bist du dir da ganz sicher?«

Sie biss sich auf die Lippen und drückte auf den Knopf, der ihr der richtige schien. Und tatsächlich: Das Licht im Wohnzimmer erlosch. Von einem Augenblick auf den anderen gewannen die Fenster ihre Transparenz zurück. Dahinter tauchte der Garten auf. Als ob sich der Raum um sie herum plötzlich verdoppelte.

Sie hielt unwillkürlich die Luft an und wartete auf eine Reaktion. Doch das Handy an ihrem Ohr blieb stumm. Stattdessen hörte sie auf einmal die Dusche im ersten Stock. Wasser, das in einen Ausguss rann. Unmengen von Wasser …

Michael, hämmerte es hinter ihrer Stirn, während sich ihr Verstand an das beruhigend harmlose Geräusch klammerte wie ein Ertrinkender an einen Strohhalm. Michael, wo bist du? Was hat dieser Irre mit dir gemacht?

Es dauerte fast eine Minute, bis sie es endlich wagte, auf das Display zu sehen. »VERBINDUNG UNTERBROCHEN«, stand dort unter einer rotierenden Spirale.

Er war fort …

Sie zögerte keine Sekunde. Wie von tausend Teufeln gehetzt, stürzte sie aus dem Zimmer, die Treppe ins Obergeschoss hinauf.

»Michael!«

Keine Antwort.

Ihr Herz schlug schneller.

Aber die Dusche lief doch! Sie hörte das Wasser …

Na und?, höhnte ihr Verstand. Auf dem Display stand eben auch: »MICHAEL RUFT AN«. Wir sind so leicht zu täuschen in diesen Zeiten. Wir verlassen uns auf ein Geräusch, ein Display, die Stimme eines Navigationsgerätes, einen Lebenslauf bei Facebook. Und in Wahrheit ist nichts so, wie es scheint.

Christina blieb stehen. Das Blut pochte ihr in den Adern, während vor ihrem inneren Auge Bilder aufblitzten. Blütenweiße Kacheln, gesprenkelt mit Blut. Ein Ausguss, in dem das rot verfärbte Wasser versickert. Ein Schatten hinter dem Milchglas der Duschkabine. Sequenzen wie aus einem Horrorfilm.

Er ist hier.

Er hat es irgendwie geschafft, ins Haus zu gelangen.

Er hat deinem Mann etwas angetan. Und jetzt wartet er dort oben!

Auf DICH!

Ihre Finger krallten sich um das Geländer der Treppe. Noch fünf Stufen bis nach oben. Von dort dreieinhalb Schritte bis zur Badezimmertür. Sie kannte dieses Haus wie ihre Westentasche, und doch kam es ihr auf einmal fremd und riesig vor.

Es ist eine Falle!

Und wenn schon!, dachte sie. Du kannst jetzt nicht kneifen. Michael braucht dich. Du kannst ihn nicht einfach im Stich lassen. Du musst da rauf. Ihm helfen. Ganz egal, was dort auf dich lauert. Du darfst nicht einfach davonlaufen. In guten wie in schlechten Zeiten. Das hast du geschworen. Vor einem Priester. Vor deinen Eltern. Es gibt kein Zurück!

»Micha!« Ihre Stimme überschlug sich.

Würdest du sagen, dass jeder Mensch ein Grab verdient?

Sie atmete tief durch und schrie dann noch einmal, so laut sie konnte: »Michael!«

Als sie ein entferntes »Ja« hörte, wäre sie um ein Haar rücklings die Treppe hinuntergestürzt. Das war *sein* Ja. Michaels Stimme. Und eigentlich klang er nicht, als ob er in Not wäre …

Sie rief erneut seinen Namen und stieß einen spitzen Schrei aus, als er ihr kurz darauf aus dem Badezimmer entgegentrat. Nass vom Scheitel bis zu den Füßen, ein dunkelblaues Handtuch eilig um die schmalen Hüften geschlungen.

»Schatz«, sagte er. Und als er die Angst in ihrem Blick bemerkte, schüttelte er verwirrt den Kopf. »Was ist passiert?«

»Wo ist dein Handy?«, fragte sie anstelle einer Antwort.

»Was?«

»Dein Handy, verdammt noch mal. Wo hast du es?«

Seine Hand glitt über seine nackte Brust, dorthin, wo normalerweise die Jacketttasche saß. Eine unbewusste, irrationale Geste, deren Vergeblichkeit ihn für einige Augenblicke völlig aus dem Konzept brachte. Dann sagte er: »Es wird vermutlich in meiner Jacke sein. Wo es immer ist.«

»Tu mir den Gefallen und sieh nach!«

»Aber ich …«

»Michael!« Sie packte ihn am Arm. »Schau bitte auf der Stelle nach, wo dein Handy ist, okay?«

Ihre Eindringlichkeit erstickte seinen Widerspruch im Keim, obwohl er normalerweise ganz und gar nicht zu der Sorte Männer gehörte, die jeder Aufforderung blind Folge leisteten. Doch jetzt ging er wortlos ins Schlafzimmer hinüber und nahm sein Jackett vom Stuhl neben dem Bett, wo er es nach dem Ausziehen hingelegt hatte.

Christina sah ihm zu, wie seine Hand nacheinander in alle Taschen glitt und sich seine Miene dabei immer mehr verfinsterte. »Ich bin sicher, dass es hier drin war«, murmelte er, während sein wacher Verstand eins und eins zusammenzählte. »Was ist hier los?« Er sah sie an. »Was bedeutet das alles?«

Sie machte einen Schritt auf ihn zu. »Er hat mich angerufen.«

Er fragte nicht, wer. Er wusste es. Völlig sinnlos blickte er auf die Uhr über ihrer Schminkkommode. »Wann?«

»Gerade eben.«

»Dann müssen wir die Polizei rufen.«

»Ja.« Sie nickte, ohne sich von der Stelle zu rühren. »Das müssen wir.«

Er starrte sie an. Als sie nichts unternahm, streckte er ihr die Hand entgegen. Obwohl sein Körper noch immer dampfte, waren seine Hände eiskalt. »Komm«, sagte er leise.

Gemeinsam gingen sie die Treppe ins Erdgeschoss hinunter. Keiner von ihnen wagte, ein Wort zu sagen.

Die Ladestation für das Festnetz war in der Diele, doch das Telefon lag noch im Wohnzimmer, von wo aus Christina am Nachmittag mit einem Auftraggeber gesprochen hatte. Sie wies mit dem Kinn auf die Tür.

Ihr Mann verstand und nickte.

Das Licht im Wohnzimmer war noch immer aus, doch als sie das Zimmer betraten, bemerkte Christina sofort, dass etwas anders war. In jäher Panik riss sie am Arm ihres Mannes.

»Was ist?«, fragte er.

Sie deutete zur Terrassentür, von wo aus ihnen eisige Abendluft entgegenwehte.

Ein klaffendes schwarzes Loch in der vermeintlichen Sicherheit ihres Zuhauses …

Michael zögerte keine Sekunde. »Raus hier!«, rief er.

»Nein, warte! Ich …«

»Nein!«, schrie er sie an. »Komm hier weg! Sofort!«

Doch sie stand wie angewurzelt da, unfähig, sich auch nur einen Zentimeter von der Stelle zu rühren.

»Christina, verdammt, was …« Er unterbrach sich und folgte ihrem Blick, der starr auf den Couchtisch gerichtet war.

Dort lag ein edles Kuvert, cremeweiß. Außerdem glaubte Christina, einen leisen Lavendelduft wahrzunehmen.

»Nicht anfassen«, flüsterte Michael völlig überflüssig.

Dann schnappte er sich mit einem beherzten Griff das Telefon vom Tisch und zog seine Frau aus dem Raum, während er bereits den Notruf wählte.

11

Nun, Christina, wie lautet Deine Antwort? Gleiches Grab für alle? Wohlan, so soll es Dir beschieden sein, auch dem potenten Jonas zu einem solchen zu verhelfen. Du findest das Schwein in Sachsenhausen, im Keller des Apartments 6/III. Deutschherrnufer 45. Bon appétit!

Das gesamte Sachsenhausener Mainufer zwischen Flößer- und Deutschherrnbrücke flirrte vom Blaulicht der Einsatzwagen. Selbst auf den grauschwarzen Wellenkrönchen des Mains glitzerten Abertausende blauer Sprenkel, und die klamme Abendluft war erfüllt vom Knistern und Rauschen des Polizeifunks.

Em parkte hinter einem Fahrzeug von der Spurensicherung und warf die Autotür zu. Angesichts der mehr als ungemütlichen Temperaturen war sie froh, eine Kopfbedeckung dabeizuhaben und auch sonst vernünftig angezogen zu sein. Ganz im Gegensatz zu Mai Zhou, die nur einen dünnen grauen Wollmantel über ihrem Blazer trug und vermutlich Stein und Bein fror.

Das Haus, das der Unbekannte Christina Höffgen genannt hatte, gehörte als »Solitär Nummer 5« zu einer Gruppe von zwölf achtstöckigen Punkthäusern, die im Zuge der Umgestaltung des ehemaligen Schlachthofgeländes am südlichen Ufer des Mains erbaut worden waren. Em hatte sich mit den architektonischen Gegebenheiten dieses Teils ihrer Heimatstadt nie so recht anfreunden können – ein ganzer Stadtteil am Reißbrett entworfen, das war kein Lebensraum nach ihrem Geschmack.

Am gegenüberliegenden Ufer, direkt an der denkmalgeschützten Großmarkthalle, wuchs der Neubau der Europäischen Zentralbank unaufhaltsam in den Himmel, eine überdimensionale, taghell erleuchtete Baustelle der Superlative. Die beiden mittels Streben und Plattformen mehrfach miteinander verbundenen Türme hatten inzwischen schon fast ihre endgültige Höhe erreicht. Erst vor wenigen Wochen hatte man Richtfest gefeiert und bei dieser Gelegenheit beiläufig verkündet, dass der Bau aller Voraussicht nach satte 350 Millionen Euro mehr verschlingen werde als ursprünglich geplant.

Eines Tages werden wir bezahlen für unseren Größenwahn, dachte Em kopfschüttelnd. Dann drehte sie sich um und blickte an der Fassade von Solitär Nummer 5 hinauf, einem trostlosen weißen Kasten mit unambitionierter Begrünung und außen liegendem Lift, der – zumindest ihrer Meinung nach – den Plattenbauten der ehemaligen DDR in Sachen Charme und Ambiente in nicht viel nachstand. Trotzdem kosteten die Wohnungen und Apartments hier sicherlich ein kleines Vermögen.

Zhou und sie zeigten ihre Ausweise und nahmen die Treppe in den Keller des Hauses, wo es bereits von Kriminaltechnikern und Spurenanalytikern wimmelte. Zu jedem der zweiunddreißig Apartments des Gebäudes gehörte ein eigenes Kellerabteil. Zweiunddreißig mal zehn Quadratmeter, jeweils verschlossen mit einer schlichten Gittertür.

Die Tür des Abteils von Apartment 6/III stand offen. Dort wartete bereits der Einsatzleiter auf sie. Ergün Khalaf, ein äußerst erfahrener und besonnener Kollege, den Em seit Jahren kannte und schätzte.

»Scheiße, Capelli, du machst uns aber ganz schön Dampf!«, knurrte er ihr zur Begrüßung entgegen.

Em lachte. »So was Ähnliches habe ich heute schon mal gehört …«

»Von wem?«

»Von mir«, antwortete Dr. Bechstein, die gerade eingetroffen war und sich hinter Zhou den Gang entlangschlängelte. Noch trug sie dicke Wollhandschuhe anstelle von Latex, doch den typischen weißen Schutzanzug samt Kapuze hatte sie bereits angelegt. Darunter zeichnete sich vage der hellblaue Rollkragenpulli ab.

»Pass auf, wo du hintrittst«, sagte Khalaf und meinte den nackten Betonboden, auf dem mit Plastikfolien eine Art Korridor gelegt war.

»Ist das Blut?«, fragte Em und deutete auf die ausgedehnten schwarzen Verfärbungen unter dem Plastik.

Anstelle einer Antwort trat Khalaf hinter einen Stapel Sommerreifen in der Ecke des Kellerabteils und zog eine schwere schwarze Plane zur Seite.

»Die Kollegen haben hier schon alles fotografiert«, erklärte er, »du kannst dich also ganz ungeniert umschauen.« Seine tief liegenden Augen streiften Zhou und kehrten fragend zu Em zurück.

»Frau Zhou«, sagte Em. »Eine neue Kollegin.«

Anstelle eines Händedrucks tippte Khalaf sich grüßend an die Stirn. »Da haben Sie ja einen tollen Start erwischt.«

»Oh ja«, entgegnete Zhou. »Das kann man wohl sagen.«

Angesichts der unüberhörbaren Ironie hob Em die Brauen.

»Was macht denn übrigens Viktor?«, wandte Khalaf sich wieder an Em. »Geht's ihm gut?«

»Keine Ahnung«, antwortete Em, die wenig Lust hatte, sich zu verstellen. Nicht hier und nicht jetzt.

Khalaf war sichtlich irritiert, wagte aber nicht, noch mehr zu fragen.

Em grub ihre Hände tiefer in die Taschen ihrer Daunenjacke und trat an ihm vorbei. Sie hatte schon an vielen Tatorten gestanden, und nach den Erfahrungen der letzten beiden Tage hatte sie sich auf einiges gefasst gemacht. Doch das Bild, das sich ihr jetzt bot, ließ ihr trotz allem das Blut in den Adern gefrieren: Ein junger Mann, vielleicht Anfang oder Mitte zwanzig, lag mit durchstochenem Kehlkopf auf einer staubigen Holzpalette. Den großflächigen Verfärbungen auf dem Boden nach zu urteilen, war der Körper komplett ausgeblutet, die Gesichtshaut zeigte bereits an mehreren Stellen Spuren von Verwesung.

Wenn wir davon ausgehen, dass er noch vor Lina Wöllner und Alois Berneck gestorben ist, überlegte Em, dann dürfte er etwa seit Mitte Oktober tot sein.

Dazu passte auch die Bekleidung des Mannes: weißes Kurzarm-T-Shirt, graue Sweatjacke und helle Sommerjeans.

»Das hier lag neben der Leiche«, erklärte Khalaf und reichte ihr ein Beweistütchen aus Plastik. Darin befand sich ein schwerer, gebogener Metallhaken mit Karabinerverschluss.

»Was ist das?«, fragte Zhou hinter ihr.

»In der Fachsprache nennt man es einen Rohrbahnhaken.«

»So was benutzen Metzger, oder?«

Khalaf nickte. »Man hängt zum Beispiel Rinderhälften daran auf.«

»Und rein zufällig befinden wir uns hier auf dem Gelände des ehemaligen Schlachthofs«, ergänzte Em.

Du findest das Schwein in Sachsenhausen …

Khalaf verzog seine schön geformten Lippen zu einem sarkastischen Lächeln. »Das ist doch mal 'ne richtig durchdachte

Sache, oder? Aber damit noch nicht genug.« Er ging neben der Leiche in die Knie und griff unter das Kinn des Toten. »Warte, bis du die andere Hälfte seines Gesichts gesehen hast.«

Bitte nicht, durchfuhr es Em, nicht noch mehr Grauen!

Doch ihr stummes Flehen fand kein Gehör. Khalaf drehte den Kopf des jungen Mannes zur Seite. Neben ihr schnappte Zhou hörbar nach Luft.

»Kein schöner Anblick, was?« Der Einsatzleiter legte beide Hände auf sein rechtes Knie und stemmte sich mühsam hoch. Seine Gelenke knackten. »Arthrose«, kommentierte er unsentimental. »Kann man nichts dran machen.«

Em schenkte ihm ein bedauerndes Nicken und beugte sich dann zu dem Toten hinunter. Das Fleisch über Jochbein und Schädel war auf dieser Seite aufgequollen und bräunlich rosa verfärbt. Der Anblick verursachte ihr Übelkeit, doch sie kämpfte den Brechreiz nieder. »Das sieht aus wie verbrüht«, konstatierte sie atemlos.

»Darf ich mal?«, fragte Dr. Bechstein hinter ihr.

»Sicher.«

Die Pathologin, die sich inzwischen ihrer Wollhandschuhe entledigt hatte, schob sich an ihr vorbei und ging dann ebenfalls neben der Palette in die Hocke. Em und ihre Kollegen beobachteten schaudernd, wie ihre Finger routiniert über das zerstörte Gewebe glitten, hier und da ein Stück gelöste Haut anhoben und anschließend sorgfältig, fast liebevoll wieder festdrückten.

»Sie haben recht«, befand sie, als sie wieder hochkam. »Diese Verletzungen wurden eindeutig durch Verbrühungen hervorgerufen.«

»Wie bringt man so was zustande?«, fragte Em.

Dr. Bechstein zuckte die Achseln. »Durchaus möglich, dass er einen haushaltsüblichen Dampfreiniger benutzt hat. Wenn Sie den nahe genug an das Gesicht halten …« Sie ließ den Satz offen und sah Khalaf an.

»Können Sie uns schon was zum Todeszeitpunkt sagen?«, fragte Em.

»Machen Sie Witze?«

»Nein. Durchaus nicht.«

Dr. Bechsteins Igelaugen fixierten einen Punkt zwischen Ems Brauen. »Verdammt, Capelli, Sie wissen genau, wie das läuft.«

»Bitte«, flehte Em. »Wenigstens so ungefähr. Damit wir die Sache einschätzen können.«

Ihn einreihen in die Parade unserer Opfer, höhnte sie im Stillen. Aber eigentlich war ihr zum Heulen zumute.

»Drei Wochen, vier Wochen.« Die Pathologin rieb sich unwillig die Hände. »Aber nageln Sie mich da bloß nicht fest.«

»Keine Sorge.«

»Aber er ist eindeutig länger tot als die beiden anderen, oder?«, insistierte Zhou, und Em wunderte sich über ihre Hartnäckigkeit.

Zuerst sah Dr. Bechstein aus, als ob sie schimpfen wollte. Doch dann blickte sie wieder auf den toten Mann hinunter, fast so, als müsse sie ihre eigene Aussage einer neuerlichen Prüfung unterziehen. »Würde ich sagen, ja«, knurrte sie schließlich. »Unter Vorbehalt.«

Zhou nickte nur.

»Haben wir schon einen Namen?«, wandte sich Em wieder an Khalaf.

»Jonas Tidorf«, nickte dieser. »Seine Brieftasche steckte in der Jeans.«

»Wie alt?«

»Sechsundzwanzig. Er hat Wirtschaftsinformatik studiert.«

»Hier in der Stadt?«

»Ja.«

Ems Blick wanderte zu den Lifttüren am Ende des Ganges, wo zwei Spurentechniker noch immer damit beschäftigt waren, Fingerabdrücke und etwaige Faserspuren zu sichern. »Ich nehme an, er hat nicht hier gewohnt?«

»Sag so was nicht«, lachte Khalaf. »Ich kenne Studenten, die im eigenen Porsche zur Vorlesung fahren.«

»Was ist mit diesem?«, beharrte Em.

»Nein, der nicht.« Khalaf schob sich ein Bonbon in den Mund. Menthol. »Er hat ganz brav in einem WG-Zimmer gelebt. Achtzehn Quadratmeter, immerhin. Das sind sieben mehr, als ich in seinem Alter hatte.«

Em lächelte. »Habt ihr euch schon hier im Haus umgehört?«

Khalaf bejahte. »Und wir haben auch sein Foto rumgezeigt. Aber von den Bewohnern, mit denen wir bislang gesprochen haben, will ihn keiner vorher schon mal hier gesehen haben.«

Das heißt gar nichts, dachte Em. In einer Gegend wie dieser lebten Menschen, die viel außer Haus waren und wenig Wert auf nachbarschaftliche Geselligkeit legten. Ihre Augen glitten über die nackten Betonwände. Das hier war ein Ort, an dem es leichtfiel, anonym zu bleiben, wenn man anonym bleiben wollte. Ihr Blick kehrte zu dem toten Studenten zurück. Er sah kräftig aus. Durchtrainiert. Falls er noch am Leben war, als er in dieses Haus gekommen ist, überlegte Em, wie hat der Täter ihn dazu gebracht, ihm zu folgen?

»Der Eigentümer des Apartments, zu dem dieses Kellerabteil gehört, ist übrigens schon seit einem halben Jahr in Dubai und weiß von nichts«, bemerkte Khalaf neben ihr. »Die Kollegen haben ihn bereits überprüft, und es besteht kein Zweifel, dass er die Wahrheit sagt.«

Eine Lagerhalle, resümierte Em. Eine Lagerhalle, eine Scheune und ein Hochsitz. Und jetzt also das Kellerabteil eines Apartments, dessen Besitzer sich für längere Zeit im Ausland aufhielt.

Suchen Sie nach jemandem, dem eine Demütigung widerfahren ist, flüsterte Koss in ihrem Kopf. *Vielleicht durfte er wegen irgendeines Fehlverhaltens nicht ins Fußballteam.*

»Warum hat eigentlich niemand den Geruch bemerkt?«, hörte sie Zhous dunkle Stimme in ihrem Rücken.

Sie hat recht! Em hob schnüffelnd den Kopf. Es roch in diesem Raum tatsächlich nach Blut!

Sie trat auf den Gang vor den Verschlägen hinaus, doch auch dort war der Geruch noch deutlich wahrzunehmen. Ein süßlich metallisches Aroma, das wie eine Ahnung von Unheil zwischen den unverputzten Betonwänden hing. Warum ist *mir* das nicht aufgefallen?, dachte Em bestürzt. Bin ich so abgestumpft, derart vernagelt, dass mir die elementarsten Dinge entgehen?

»Wie's aussieht, kommen nicht viele Leute hier runter«, beantwortete Khalaf unterdessen Zhous Frage. Und tatsächlich: Bei näherem Hinsehen entpuppten sich die meisten der umliegenden Verschläge als leer.

Ein guter Ort, um jemandem Gewalt anzutun, dachte Em einmal mehr, und der Gedanke jagte ihr einen Schauder über den Rücken. »Aber ihr habt nicht zufällig so was wie einen Dampfreiniger gefunden?«, fragte sie, indem sie sich abermals zwischen den nackten Betonmauern umsah.

Khalaf grinste. »Nee.«

Em nickte. »Trotzdem«, sagte sie, »tut mir den Gefallen und sucht danach.«

12

»Dem Schreiber der Briefe geht es offenbar um Schuld«, konstatierte Koss eine gute Stunde später im Präsidium. »Und um den Umgang damit.«

Em schnippte ein Trüffelpapier vom Tisch. »Woran machen Sie das fest?«

Koss' Finger tippte auf die Kopie, die vor ihm auf dem Tisch lag. »*Ajin tachat ajin*, so beginnt die sogenannte Talionsformel in der Tora, die in abgewandelter Form noch heute in verschiedenen islamischen Ländern Teil der offiziellen Rechtsprechung ist.«

»Auge um Auge, was?«, brummte Makarov.

»Vergeltung durch Zufügen gleichen Übels«, nickte der Psychologe. »Ein Prinzip, das uns heute zugegebenermaßen reichlich martialisch erscheint. Dennoch gehen viele Historiker und Theologen mittlerweile davon aus, dass die Formel ursprünglich sogar eher dazu diente, das krasse Ungleichgewicht zwischen einem unter Umständen recht harmlosen Vergehen und der daraus folgenden Strafe einzudämmen.«

»Ich fürchte, das müssen Sie mir erklären«, stöhnte Em, ohne den Blick von den Fotos an der Wand zu nehmen. Zwei tote Frauen. Zwei tote Männer. Und ein Unbekannter, der verschrobene Briefe schrieb … Was für ein Fall!

»Wenn ein Mann einem anderen einen Zahn ausgeschlagen hatte, konnte es zu jener Zeit durchaus passieren, dass er dafür mit seinem Leben bezahlte«, kam Koss ihrer Bitte um Erklärung bereitwillig nach. »Vor allem, wenn sein Stand niedriger war als der des Opfers. Nach dem sogenannten *ius talionis* hingegen hätte er als angemessenen Schadensersatz lediglich einen Zahn zu opfern gehabt.«

»Aber der Mann, den wir suchen, schlägt seinen Opfern keine Zähne aus, sondern nimmt ihnen das Leben«, widersprach Em. »Und zwar auf nicht gerade sanfte Weise, um es mal vorsichtig auszudrücken. Bedeutet das also im Umkehrschluss, dass er sie für Mörder hält? Oder handelt er einfach unangemessen?«

»Schwer zu sagen.« Über Koss' jugendliche Züge huschte ein Lächeln. »Ich wollte Sie lediglich darauf hinweisen, dass ihn solche Fragen offenbar beschäftigen.« Seine Hand tastete wieder nach den Briefen. »Er wertet ganz unverblümt: Lina Wöllner ist keine Dame. Jonas Tidorf bezeichnet er gar als Schwein. Und er deutet auch an, dass Alois Berneck – salopp gesprochen – Dreck am Stecken hatte.«

»Hä?«, machte Decker.

»*Unglaublich, nicht wahr, dass es ausgerechnet einer, der das Gesetz sogar in seinem Namen trägt, so wenig für nötig hält, sich auch daran zu halten …*«, zitierte Koss aus dem ersten der beiden Briefe, die sie bei Theo Dorn gefunden hatten.

»Loi!«, rief Em, die plötzlich erkannte, worauf der Psychologe hinauswollte. »Das französische Wort für Gesetz.«

Koss nickte. »Genau.«

»Aber was hatte Berneck denn schon groß getan?«, protestierte Decker. »Ein paar Geschwindigkeitsübertretungen und ein bisschen Ärger wegen Ruhestörung rechtfertigen ja wohl kaum, dass man ihm deswegen gleich eine Ladung Schrot in den Rücken jagt, oder?«

»Sie dürfen nicht davon ausgehen, dass ein solcher Täter objektive Maßstäbe anlegt«, hielt Koss ihm entgegen.

Em angelte sich eine Kaffeetasse aus dem Geschirrständer in der Mitte des Tisches. »Oder aber, die genannten Bagatelldelikte sind in Alois Bernecks Fall nur die Spitze des Eisbergs«, mutmaßte sie, während ihr gleichzeitig einfiel, dass Lina Wöllner eines Tötungsdeliktes verdächtigt, aber nie angeklagt worden war.

Ihre Mutter war schwer herzkrank, weshalb sie mehrmals täglich, vor allem nachts, ein spezielles Spray benötigte. Es stand immer griffbereit auf dem Nachtschrank, nur in der besagten Nacht war es nicht da …

Ihre Augen blieben an dem gepflegten, aber kühlen Gesicht auf dem Foto hängen. Lina Wöllner kam ihr vor wie eine moderne Cinderella, die nach einem Leben voller Höhen und Tiefen schließlich mit eingeschlagenem Schädel auf einem chromblitzenden Autopsietisch gelandet war.

»Ich habe Berneck durch alle einschlägigen Datenbanken gejagt«, erklärte unterdessen Sven Gehling. »Falls er sich über die genannten Bagatelldelikte hinaus noch etwas anderes hat zuschulden kommen lassen, ist es zumindest nicht aktenkundig …«

»Vielleicht wäre es in diesem Zusammenhang hilfreich zu wissen, aus welchem Grund er sich in psychotherapeutischer Behandlung befand.« Zhou blickte Decker an. »Haben Sie, was das betrifft, schon irgendwas rauskriegen können?«

»Du«, korrigierte er sie gewohnt flapsig. Doch Em hatte trotz allem den Eindruck, dass er verlegen war.

»Entschuldigung«, sagte Mai Zhou, ohne eine Miene zu verziehen. »Hast *du* dazu schon irgendwas in Erfahrung bringen können?«

Decker zuckte die Achseln. »Sein Bruder behauptet, dass er unter schweren Albträumen gelitten hat.«

»Wer nicht?«, gab Em zurück, und sie hatte das unbequeme Gefühl, als ob Zhou bei diesen Worten aufhorchte.

»Außerdem hatte er wohl gelegentlich auch mit Panikattacken zu kämpfen«, setzte Decker hinzu. »Beides soll sich allerdings erheblich gebessert haben, seit er in Behandlung war.«

Em kritzelte eine entsprechende Bemerkung an den Rand ihrer Kopie. »Hast du den Namen seines Therapeuten?«

»Dr. Sander Westen«, nickte Decker. »Er hat seine Praxis in der Nähe des Hauptbahnhofs.«

»Sander Westen! Tatsächlich?«, rief Koss erstaunt. »Na, das ist ja interessant.«

»Wieso?«, fragte Em.

»Weil Westen von Haus aus Forensiker ist«, antwortete Koss. »Er war lange in Haina und Chefarzt an der FPA. Und seine Bücher über antisoziale Persönlichkeitsstörungen und deren Diagnostik gehören zur Pflichtlektüre für jeden angehenden Psychologen.«

Ems Finger spielten am Clip ihres Kugelschreibers. Die forensisch-psychiatrische Ambulanz Hessen, kurz FPA, war die älteste kontinuierlich arbeitende Spezialambulanz für psychisch kranke Rechtsbrecher in Deutschland. Und krank waren die Szenarien, mit denen sie es hier zu tun hatten, allemal.

»Dann überprüf doch bitte mal, ob es da eventuell auch eine Verbindung zu Jenny Dickinson gibt«, wandte sie sich wieder an Decker. »Und ob vielleicht auch eines der anderen Opfer in psychotherapeutischer Behandlung war …«

13

»Suchst du was?«

Sarah Kindle nickte und kippte den Inhalt ihrer Handtasche auf die türkisfarbene Tagesdecke des Motelbetts.

»Was denn?«

»Ach, nichts Besonderes. Nur eine Visitenkarte. Ich bin sicher, dass ich sie hier irgendwo hingelegt hatte.«

»Was für eine Visitenkarte?« Manuel gähnte und nestelte dann eine Weile ungeschickt an seinem Gürtel herum. Sie waren in der Lobby gewesen, hatten ein paar Drinks genommen, und anschließend waren sie im Bett gelandet.

Sarah war neugierig gewesen, was sie bei ihrem ersten Rendezvous nach dieser langen Zeit der Trennung und der damit einhergehenden Abstinenz empfinden würde. Doch dass es tatsächlich so wenig gewesen war, überraschte sie selbst. Nicht, dass der Sex mit Manuel ihr unangenehm gewesen wäre. Aber er war definitiv etwas, auf das sie getrost verzichten konnte. So viel immerhin wusste sie jetzt.

»Liebling?«

Sie fuhr zusammen wie ein ertapptes Kind. »Ja?«

»Hörst du mir zu?«

»Entschuldige«, sagte sie hastig. »Ich war gerade in Gedanken. Was meinst du?«

»Ich habe dich gefragt, was das für eine Karte ist, die du suchst«, wiederholte er, ohne den Blick vom Flachbildfernseher an der Wand zu nehmen. Wie immer, wenn er im Bett auf seine Kosten gekommen war, umgab ihn eine Aura zufriedener Trägheit. Etwas, das Sarah an diesem Abend geradezu aggressiv machte.

»Ach, nichts Besonderes«, antwortete sie ausweichend. »Es ist nur … Es hat mit Karo und Tanja zu tun.«

Augenblicklich saß Manuel aufrecht im Bett. Was klar war, denn er fürchtete seit je um jeden Cent, den Eberhard Kindles

Töchter seiner Freundin und damit in gewisser Weise auch ihm selbst streitig machen konnten. »Was ist denn mit den beiden?«

»Nichts.«

»Haben sie sich bei dir gemeldet?«

Sarah sah die Gier in seinen Augen. Gier und Missgunst. Wenn du wüsstest, dachte sie bei sich, dass du – ganz egal, wie die Sache ausgeht – am Ende in die Röhre gucken wirst, würdest du dich vermutlich selbst in Stücke reißen wie Rumpelstilzchen.

Aber das durfte sie ihm leider noch nicht unter die Nase reiben. Noch brauchte sie seine Hilfe. Noch konnte sie es sich nicht leisten, Manuel Kendrich über die Planke gehen zu lassen.

»Sie nicht, aber ihr Anwalt«, beeilte sie sich, seine Frage zu beantworten, bevor er am Ende noch misstrauisch wurde.

»Ihr Anwalt«, höhnte er. »Und was wollte der Scheißer?«

»Na, was schon. Geld natürlich.«

»Drecksgören!«

»Laut Gesetz haben die beiden Anspruch auf ihren Pflichtteil«, entgegnete sie achselzuckend, obwohl die Sache sie längst nicht so kaltließ, wie es nach außen hin scheinen mochte.

»Aber den wirst du ihnen doch wohl nicht kampflos überlassen, oder?«

Sie schüttelte den Kopf, obwohl sie keineswegs sicher war, was das betraf. *Man sollte sein Glück nicht überstrapazieren*, hatte ihre Oma ihr immer eingebläut, wenn sie als Kind einer verdienten Strafe entgangen war und – beflügelt von ihrem vermeintlichen Erfolg – in Gedanken bereits die nächste Missetat plante. *Wenn man nämlich zu viel will, dann hat man am Ende gar nichts …* »Natürlich nicht.«

»Und was hast du jetzt vor?«

Ihre Blicke glitten über das blitzsaubere Nachtschränkchen, wo noch immer die Ohrringe lagen, die sie vor ein paar Stunden abgelegt hatte, um zu duschen. »Da war so ein Typ hier«, entgegnete sie zerstreut.

Manuels Kopf fuhr herum, als habe sie ihm einen Becher glühenden Kaffee über den Schenkel gekippt.

Verdammt, dachte sie.

»Was für ein Typ?«

»Ich weiß nicht genau. Ein Anwalt, glaube ich. Er ist spezialisiert auf Erbrecht.«

Ihr Freund kniff die Augen zusammen. »Wann war der hier?«

»Vorhin. Kurz bevor du gekommen bist.« Sie seufzte. »Er hat mir seine Visitenkarte dagelassen, aber ich kann sie einfach nicht mehr finden.«

Sie ging auf die Knie und warf einen Blick unter das Bett. Doch da war kein Hohlraum, in den die Karte gerutscht sein konnte. Seltsam, dachte sie.

Ich gebe Ihnen den guten Rat, Ihren unfähigen kleinen Freund außen vor zu lassen, flüsterte eine garstige kleine Stimme hinter ihrer Stirn. *Sonst stehen Sie am Ende da und haben gar nichts …*

Sie erschrak, als Manuels Gesicht dicht vor ihr auftauchte. »Erinnerst du dich nicht an seinen Namen?«

»Nein.«

Eine glatte Lüge. Sie war kein Mensch, der Dinge vergaß, die ihm irgendwie nützlich sein konnten. Und dieser Mann konnte ihr nützen. Das spürte sie. Seltsamerweise überzeugte sie ausgerechnet Manuels Drängen endgültig davon, dass der Fremde recht hatte. Dass es besser war, wenn sie gewisse Dinge allein regelte. Ohne Manuel. Ohne Mitwisser …

»Komm schon«, rief ihr Freund entnervt. »Wenigstens den Nachnamen.«

Sie schlug die Augen auf. Unschuldig, wie sie hoffte. »Tut mir echt leid, Schatz, aber ich habe gar nicht richtig hingesehen.«

»Oh, Mann!« Er rollte sich wieder auf den Rücken und starrte den Bildschirm an, auf dem irgendeine stupide Reality-Soap vor sich hin flimmerte. »Dann müssen wir wohl oder übel mit diesem arroganten Mistkerl Kubilay vorliebnehmen.«

Angesichts der Situation sparte sich Sarah jeden Kommentar zu diesem Vorschlag. Sollte er ruhig glauben, dass Kubilay sie auch in Zukunft vertrat. Hauptsache, er gab jetzt endlich wieder Ruhe.

»Aber vielleicht meldet er sich ja auch noch mal bei dir«, riss Manuels Stimme sie aus ihren Gedanken.

»Wer?«

»Na, dieser Anwalt.«

»Ja, vielleicht.« Sarah griff nach ihrem Schminktäschchen. Wahrscheinlich war es klüger, sich seinen Fragen zu entziehen, bis sie selbst mehr wusste. »Ich bin dann mal kurz unter der Dusche.«

»Du hast doch vorhin schon geduscht.«

»Na und?«

»Von mir aus.«

»Und anschließend müssen wir unbedingt zu McDonald's!«

Er sah auf die Uhr. »Jetzt noch?«, maulte er.

»Bitte, bitte«, flehte sie in dieser Kleinmädchenmanier, auf die Männer wie Manuel standen. »Ich lechze nun schon seit Monaten nach Burger und Fritten …«

»Sag bloß, die haben euch im Knast nicht anständig gefüttert?«

Es sollte ein Scherz sein, das wusste sie. Trotzdem machte die Bemerkung Sarah wütend. Sein lascher Ton, die unbedachte Lässigkeit, mit der er sprach.

Sie trat an den Schrank und suchte sich ein paar frische Klamotten zusammen.

»Woher hat er das eigentlich gewusst?«, hörte sie die schläfrige Stimme ihres Freundes, als sie gerade die Badezimmertür hinter sich schließen wollte.

»Was?«

»Dieser Mann, dessen Karte du verloren hast«, wiederholte er. »Woher wusste er, dass er dich hier findet?«

DREI

Gut geht, wer ohne Spuren geht.
Laotse

Samstag, 17. November

1

Makarov hatte eine Sonderkommission der Superlative ins Leben gerufen. Achtzehn Beamte aus drei Abteilungen. Dazu Experten für alles und jedes. Für Handschriften. Für jüdische Geschichte. Für Psychologie und Spurenkunde.

Sven Gehling hatte Aufstellungen gemacht, hilflose Versuche, der Flut an Opfern mit Systematik beizukommen. Und doch hatte Em mehr denn je das Gefühl, dass sie diesem Fall einfach nicht Herr wurden. Dass man sie vorführte. Mit ihnen spielte.

Sie goss sich Kaffee nach und rieb sich die Augenwinkel, die trocken waren vom Schlafmangel und der stickigen Heizungsluft. Vor ihr an der Wand flimmerte Gehlings jüngste Aufstellung.

Opfer 1	
Jonas Tidorf:	27, Wirtschaftsinformatikstudent
verschwunden seit:	16. Oktober (?)
Brief vom:	???
Adressat:	Theo Dorn
Tatort/Fundort:	Kellerabteil, Gebäude Solitär Nr. 5, Deutschherrnufer 45
Todesursache:	Durchstechen des Kehlkopfes, vermutlich mit einem Schlachtermesser, Klingenlänge 18–20 cm, Verbrühungen im Gesichts- und Halsbereich, vermutlich durch Wasserdampf
Accessoires:	Rohrbahnhaken, ???, ???

Opfer 2

Alois Berneck:	52, kaufmännischer Angestellter
verschwunden seit:	26. Oktober
Brief vom:	27. Oktober (Samstag)
Adressat:	Theo Dorn
Tatort/Fundort:	Hochsitz, Waldstück an der Straße »Alte Mainzer Schneise«, nahe Pumpwerk Hinkelstein
Todesursache:	erschossen (Schrotgewehr)
Accessoires:	Schrot, Dackelhaar, Schirmmütze der Spedition Cargo today

Opfer 3

Lina Wöllner:	31, Hausfrau, ehemalige Prostituierte
verschwunden seit:	5. November
Brief vom:	6. November (Dienstag)
Adressat:	Theo Dorn
Tatort/Fundort:	verlassenes landwirtschaftliches Gebäude zwischen Zeilsheim und Liederbach
Todesursache:	multiples Schädeltrauma infolge stumpfer Gewalteinwirkung (Spaten)
Accessoires:	Schachfigur (schwarzer Bauer), Spaten (Tatwaffe), Rübenkraut

Opfer 4

Jenny Dickinson:	gesch. Werth, 34, selbständige Psychotherapeutin
verschwunden seit:	11. November (Sonntag)?
Brief vom:	15. November (Donnerstag)
Adressatin:	Christina Höffgen
Tatort/Fundort:	leer stehende Lagerhalle in Fechenheim, Fordstraße 237
Todesursache:	ausgedehnte vitale Schnittverletzungen im Bereich des

	Abdomens, Durchtrennung der Wirbelsäule mittels Kettensäge (prämortal; die Todesursache), Schuss in die Schläfe (9mm, postmortal)
Accessoires:	Katzenkadaver, geriebene Farnblätter, ???

»Ein junger Mann, ein älterer Mann und zwei etwa gleichaltrige Frauen«, fasste Em noch einmal zusammen. »Was sagt uns das?«

»Dass es ihm letztendlich vollkommen wurscht ist, wen er umbringt?«, flapste Decker.

Sie warf ihm einen vernichtenden Blick zu. »Bei diesem Kerl ist gar nichts egal. Weder der Ort noch das Datum. Noch die Accessoires, die er bei den Opfern hinterlässt.«

»Apropos Accessoires«, meldete sich ein junger Beamter mit dunklem Kurzhaarschnitt zu Wort. »Ist Ihnen aufgefallen, dass es fast immer drei sind?«

»Sie meinen drei Accessoires?«

Er nickte.

»Nicht bei Jenny Dickinson und auch nicht bei Tidorf«, widersprach Decker.

»Vielleicht doch«, entgegnete Zhou.

Em blickte sie über den Tisch hinweg an. »Wieso?«

»Wenn man den Begriff Accessoire nicht allzu wörtlich nimmt, könnte zum Beispiel auch der Ablageort oder ein bestimmtes Verletzungsschema in diese Kategorie gehören.« Sie blickte an den Kollegen vorbei zur Aufstellung an der Wand. »In Jonas Tidorfs Fall wäre folglich neben dem Rohrbahnhaken auch der Fundort der Leiche ein Accessoire.«

»Das ehemalige Schlachthofgelände«, nickte Em.

»Und das dritte?«, fragte Makarov.

»Die Verbrühungen«, antwortete Zhou. »Du findest das Schwein in Sachsenhausen«, zitierte sie aus ihrer Kopie des Briefes, den die Höffgens am Tag zuvor auf ihrem Couchtisch gefunden hatten.

»Ja und?« Makarov schüttelte verständnislos den Kopf. »Ist mir da irgendetwas entgangen?«

Zhou schenkte ihm ein hintergründiges Lächeln. »Schweine werden im Gegensatz zu Rindern oder anderen Nutztieren unmittelbar nach der Schlachtung mit 67 Grad heißem Wasserdampf gebrüht, damit sich die Borsten aus der Haut lösen.«

Die Aussage ließ ein paar der Anwesenden hörbar aufstöhnen. Unwillkürlich suchten sämtliche Blicke Jonas Tidorfs Foto an der Wand hinter Zhou.

Und schon hättest du mal wieder eindrucksvoll bewiesen, wie gewissenhaft du deine Hausaufgaben machst, dachte Em boshaft.

»Dann hätten wir also den Rohrbahnhaken, das Schlachthofgelände und das Brühen bei Tidorf«, knurrte Makarov. »Die Schachfigur, das Rübenkraut und den Spaten bei Lina Wöllner …«

»Bei Alois Berneck das Basecap mit dem Cargo-today-Logo«, führte Decker die Aufzählung weiter. »Dazu Schrot und …«, er sah zu der bebrillten Spurentechnikerin hinüber, die von ihrer Abteilung für diese Besprechung abgestellt worden war, »Dackelhaare?«

Die junge Frau nickte. »Genau, Dackel.«

»Folglich ist das Thema dieses Mordes offenbar die Jagd«, bemerkte Em trocken. »Das würde auch zu dem Halali aus Theo Dorns Brief passen.«

»Aber Alois Berneck war nicht zufällig auch Jäger, oder?«, fragte Zhou.

Decker verneinte.

»Auch nicht als Hobby?«

»Nein. Und er hat auch nie etwas mit dieser Spedition zu tun gehabt. Cargo today.« Er massierte sich die Nackenmuskeln. »Der Chef war übrigens sehr nett. Er hat uns bereitwillig Zugang zu allen personalrelevanten Daten gewährt. Einschließlich der Listen mit den Aushilfen und Saisonkräften. Aber natürlich wissen wir nicht, wie genau es die Firma damit nimmt.«

»Na, gar nicht«, knurrte Makarov. »Sonst wären die in der heutigen Zeit längst pleite.«

»Dann schicke ich vorsichtshalber noch mal jemanden mit Bernecks Foto hin«, beschloss Decker. »Vielleicht erinnert sich ja doch einer von den Kollegen an ihn.«

»Ja, vielleicht.« Makarov wirkte nicht gerade hoffnungsvoll. »Also Schrot, Dackelhaar und die Kappe bei Berneck. Und bei Jenny Dickinson die tote Katze, Farnblätter und …« Er sah von einem zum anderen. »Was noch?«

»Das Zersägen des Körpers«, antwortete Em. »Darüber hinaus könnte auch hier der Ort eine Rolle spielen.«

Ihr Boss nippte an seinem Kaffee. »Sie meinen dieses Lagerhaus?«

»Nein, ich meine die Gefriertruhe.«

»Letztere gehörte übrigens tatsächlich zu den Beständen des Betriebes, der bis vor acht Jahren auf dem Gelände ansässig war«, meldete sich Sven Gehling mit der gewohnten Zaghaftigkeit zu Wort.

»Eine Truhe, eine tote Katze und Farn«, murmelte Em nachdenklich vor sich hin. »Woran erinnert mich das?«

Keiner der Übrigen wagte, ihr zu antworten.

»Laut gerichtsmedizinischen Gutachten wurden Lina Wöllner und Alois Berneck unmittelbar nach ihrem Verschwinden getötet«, ergriff Zhou wieder das Wort. »Jenny Dickinson hingegen wurde offenbar zunächst eine Weile gefangen gehalten.«

»Und dieser Student?«, fragte Makarov. »Jonas Tidorf?«

»Einer seiner Mitbewohner gibt an, Tidorf am sechzehnten Oktober gegen Mittag zuletzt gesehen zu haben«, erklärte Decker.

Makarov zog die Stirn in Falten. »Und warum hat ihn niemand als vermisst gemeldet?«

»Seine Mitbewohner dachten, dass er bei irgendeinem Mädchen ist«, antwortete Decker mit vielsagender Miene.

»War er so einer?«

»Was für einer?«

»Ein Weiberheld.«

»Nach allem, was wir bisher gehört haben, soll er kein Kind von Traurigkeit gewesen sein.«

»Wie weit war er eigentlich mit seinem Studium?«, fragte Zhou, die sich eifrig Notizen machte.

»Im neunten Semester.«

»Also so gut wie fertig …«, konstatierte Zhou.

»Nee, der nicht.«

Sie sah ihn fragend an.

Decker zuckte die Achseln. »Wie gesagt, hat er es anscheinend ziemlich krachen lassen.«

»Geht das auch ein bisschen genauer?«, fauchte Em, der die Plänkeleien allmählich auf die Nerven gingen.

»Offenbar hing er lieber mit irgendwelchen Internetbekanntschaften ab, anstatt sich um seine Scheine zu kümmern.« Decker grinste. »Und weil ihn der liebe Herr Papa trotzdem überaus großzügig mit Kohle versorgte, war das bislang auch kein Problem. Allerdings behaupten seine Mitbewohner, dass Papa drauf und dran war, die Geduld zu verlieren.«

Em zog die Augenbrauen hoch, und auch Makarov hob interessiert den Kopf.

»Im letzten Semester scheint Tidorf jedenfalls ziemlichen Ärger gehabt zu haben.«

»Welche Art von Ärger?«

»Bei einer Seminararbeit äußerte der Dozent erhebliche Zweifel an seiner Urheberschaft.«

Makarov lachte freudlos. »Die gute alte Guttenberg-Methode?«

»Scheint so.« Decker lehnte sich zurück. »Tidorf ist zu einer mündlichen Nachprüfung bestellt worden, was zulässig ist, sofern ein begründeter Verdacht vorliegt. Und dort hat er ganz offenbar nicht den Eindruck erweckt, als ob er wüsste, wovon er spricht.«

»Der Kerl war also ein Schummler«, schloss Em lakonisch.

»Wenn du das so unschön ausdrücken willst …«

»Interessant ist, mit welchem Attribut der Täter Jonas Tidorf belegt hat«, schaltete sich Koss wieder in die Diskussion ein.

»Hä?«, machte Decker.

»Der potente Jonas«, zitierte Em, während das Foto des Informatik-Studenten unter ihren Augen zu einer indifferenten hautfarbenen Masse verschwamm.

»Richtig«, nickte Koss. »Der potente Jonas …«

2

»Gott sei Dank, dass Sie sich noch mal melden!«, entfuhr es Sarah, bevor sie etwas dagegen unternehmen konnte. Und als ihr bewusst wurde, dass sie mit ihrer unbedachten Bemerkung vermutlich gerade die Rechnung in schwindelerregende Höhen getrieben hatte, hätte sie sich am liebsten in den Hintern getreten für ihre Blödheit!

Der Anrufer hingegen schien vom Überschwang ihrer Reaktion überrascht zu sein. »Nun ja, ich …«

»Vergessen Sie's«, entgegnete Sarah voll unterdrückter Wut. »Ich hatte nur zwischenzeitlich Ihre Karte verlegt.«

»Tja, so was kommt vor …«

Das hörte sich zum Glück nicht so an, als ob er sich viel dabei dachte! Gut so, fand Sarah erleichtert.

»Ich will Sie auch gar nicht lange stören«, tönte seine Stimme aus dem Hörer an ihrem Ohr. »Ich wollte Ihnen nur Bescheid sagen, dass wir im Augenblick Schwierigkeiten mit unserer Homepage haben.«

Sarah verzog das Gesicht.

»Falls Sie sich unsere Referenzen ansehen möchten …«

Sie nahm das Telefon ans andere Ohr und kletterte auf einen der Barhocker vor der Kochinsel. Auf die Idee, seine Kanzlei zu googeln, war sie tatsächlich noch gar nicht gekommen.

Ihr Gesprächspartner seufzte. »Wir haben sage und schreibe drei Spezialisten an der Sache dran, aber Sie wissen ja, wie so was läuft. Den Fehler zu finden ist reine Glückssache, und wenn es ganz dicke kommt, müssen wir am Ende des Tages alles von Grund auf neu machen.«

Er klang, als ob er kurz davor war, jemanden zu ermorden, was sie durchaus verstand. Geld zu verlieren, weil etwas schieflief, ohne dass man selbst irgendeinen Einfluss darauf hätte, war so ziemlich das Dümmste, was einem passieren konnte.

»Na ja, nicht zu ändern«, riss seine Stimme sie aus ihren Gedanken. »Wie gesagt, wollte ich Sie nur informieren.«

»Warten Sie …«

»Ja?«

»Ich hatte sowieso vor, mich bei Ihnen zu melden. Denn ich …« Sie zögerte. Aber nur kurz. »Nun ja, ich glaube, ich würde tatsächlich gern noch eine zweite Meinung einholen.«

Gute Formulierung, lobte ihr Verstand. *Eine zweite Meinung …*

»Verstehen Sie mich da bitte nicht falsch«, legte sie nach, damit er gar nicht erst auf die Idee kam, dass sie seine Hilfe allzu nötig hatte, »ich bin mit meiner rechtlichen Vertretung bislang ausgesprochen zufrieden.«

Ihr Gesprächspartner war klug genug, einfach abzuwarten. Offenbar hatte er trotz ihrer Rettungsversuche erkannt, dass er eine Chance hatte. Ein Instinkt, der in ihren Augen eher für als gegen ihn sprach.

»Aber natürlich ist Herr Kubilay nicht spezialisiert, was Erbrecht angeht«, warf sie ihm wohlüberlegt das nächste Bröckchen hin.

»Ich verstehe.«

Dieses Mal war sie diejenige, die abwartete.

Und er ließ sich nicht lange bitten: »Dann würde ich vorschlagen, dass wir einfach mal einen unverbindlichen Termin machen und uns in aller Ruhe unterhalten«, sagte er. »Und anschließend sehen wir weiter.«

Unverbindlich? Sarah hätte am liebsten laut losgelacht. Nichts auf dieser Welt war unverbindlich, so viel hatte sie inzwischen mitbekommen. Aber sein Angebot kam ihr tatsächlich wie gerufen. Erst am Morgen hatte sie einen Brief vom Anwalt ihrer Stieftöchter bekommen, randvoll mit anmaßenden Forderungen und unverhohlenen Drohungen.

»Ja, sehr gern«, wandte sie sich wieder an ihren Gesprächspartner.

»Möchten Sie zu uns kommen, oder wäre es Ihnen lieber, wenn ich bei Ihnen zu Hause vorbeischaue?«

Sie blickte zu den leeren, noch nicht entfalteten Umzugskartons hinüber, die neben der Tür an der Wand lehnten. Die Villa ihres verstorbenen Mannes befand sich in Bestlage von Bergen-Enkheim, und sie hatte sich schon während der Haft vorgenommen, kurzen Prozess zu machen, sobald sie wieder auf freiem Fuß war. Alles, was irgendeinen Wert hatte, würde zum Altwarenhändler oder ins Pfandhaus gehen. Und den Rest würde sie einfach auf den Müll schmeißen, damit das Haus so schnell wie möglich verkauft werden konnte. Ein weiterer Schritt in Richtung Selbständigkeit und Neubeginn! Die Konturen der Kartons verschwammen unter ihren Augen, während ihre Bequemlichkeit langsam, aber sicher über die ihr angeborene Vorsicht siegte. »Ich habe natürlich furchtbar viel zu regeln, im Augenblick …«

»Kein Problem.« Sie hörte Papier rascheln. »Ich habe heute noch einen Termin in Nidderau, und zwar …« Wieder Rascheln. »Ja, genau. Nachmittags um vier. Da könnte ich im Anschluss eventuell noch bei Ihnen vorbeikommen, falls Ihnen das nicht zu spät ist.«

Einen Termin? Heute, am Samstag? Sie biss sich auf die Lippen. War das nicht sehr außergewöhnlich? Ihre Fingerspitzen fuhren ziellos über die Kante der Theke. Andererseits hatte Kubilay sie während des Prozesses auch hin und wieder am Wochenende in der U-Haft besucht, um im Zuge irgendeiner neuen Entwicklung die weitere Strategie mit ihr abzustimmen.

»Aber wenn Ihnen das nicht passt, können wir uns natürlich auch gern erst Anfang nächster Woche treffen«, schlug der Mann am anderen Ende der Leitung derweil vor. »In diesem Fall wäre es dann wohl das Einfachste, wenn Sie …«

»Oh nein, heute Nachmittag passt mir sehr gut«, entgegnete Sarah eilig.

»Wirklich?«

»Ja. Ich habe sowieso hier im Haus zu tun.«

»Gut, dann komme ich also vorbei, sobald ich in Nidderau fertig bin.« Er zögerte. »Ich kann natürlich nicht genau sagen, wann ich dort wegkomme …«

»Kein Problem«, versicherte sie. »Kommen Sie einfach, wenn Sie so weit sind.«

»Prima. Dann also bis nachher.«

»Ja«, antwortete sie. »Bis dann.«

Sie unterbrach die Verbindung und schob sich hochzufrieden einen Löffel von dem Vanillepudding in den Mund, den sie nach dem Frühstück gekocht hatte. Dabei fiel ihr Blick auf den Brief, der noch immer an der Kaffeemaschine lehnte. Das Schreiben des Anwalts, den Karo und Tanja mit ihrer Vertretung beauftragt hatten. »Zieht euch warm an!«, flüsterte sie dem Kuvert zu. »Denn wenn's nach mir geht, kriegt ihr nicht einen Cent von Daddys Vermögen.«

Sie wollte gerade noch einen Löffel Pudding nehmen, als das Telefon erneut zu klingeln begann.

»Ja?«

»Mit wem telefonierst du denn so lange?«

»Verdammt, Manuel!«, fuhr sie ihn an. »Habe ich dir nicht schon hundertmal gesagt, dass du mich nicht unter dieser Nummer anrufen sollst?«

»Aber …«

»Kein aber! Wir haben verdammt viel Glück gehabt bis hierher. Und das werde ich nicht aufs Spiel setzen. Verstanden?« Sie riss das Telefon vom Ohr und drückte auf die Taste mit dem roten Hörer. Gleich darauf surrte ihr Handy.

Nervensäge!

»Ja doch.«

»Mit wem hast du so lange gesprochen?«

Das geht dich gar nichts an, dachte sie. Laut sagte sie: »Mit wem schon? Mit Kubilay.«

»Und was wollte er?«

»Er wollte gar nichts. Ich habe *ihn* angerufen. Wegen der Rechnung«, setzte sie hinzu, bevor er auch danach fragen konnte.

»Und?«, fragte er, eine Spur zugänglicher. »Wie schlimm ist es?«

»Das möchtest du nicht wissen.«

»Doch.«

»Sagen wir mal so: Nach unserem Gespräch scheint er jetzt bereit zu sein, sich die Sache noch einmal durch den Kopf gehen zu lassen.« Sie musste Zeit gewinnen. Deshalb hatte sie auch kein Problem damit, ihn anzulügen. Andererseits war ihr klar, dass jede unnötige Lüge in diesem Zusammenhang brandgefährlich war.

Aber ihr Freund lachte. Immerhin. Offenbar traute er ihr tatsächlich zu, erfolgreich mit einem Mann wie Cevik Kubilay zu verhandeln. »Sehen wir uns heute noch?«

Sie verdrehte die Augen. »Du weißt, was wir besprochen haben.«

»Aber ich habe Sehnsucht nach dir.«

Nein, dachte sie, hast du nicht. Du hast nur Angst, die Kontrolle zu verlieren. »Nur noch ein paar Wochen«, beruhigte sie ihn. »Dann können wir rund um die Uhr zusammen sein. Vierundzwanzig Stunden am Tag.« Was für eine Horrorvorstellung!, ergänzte sie in Gedanken.

»Und das Haus?«

»Ich bin dran.«

»Hast du schon einen Makler?«

»Nein, zuerst muss ich hier ausmisten.« Sie warf ihren Puddinglöffel in Richtung Spüle. Doch sie verfehlte das Becken um wenige Zentimeter, und der Löffel landete scheppernd auf dem gefliesten Boden. »Aber keine Sorge. Bei *der* Lage werden sie uns das Haus aus den Händen reißen.«

Dieses Mal hatte sie absichtlich im Plural gesprochen. Sie musste Manuel unbedingt dazu bringen, stillzuhalten, bis sie eine Lösung gefunden hatte, wie sie ihn loswerden konnte.

»Wie viel, denkst du, können wir dafür kriegen, wenn's gut läuft?«

Was das anging, hatte Sarah tatsächlich nicht die geringste Ahnung. Immerhin war das Haus schon da gewesen, als sie ihren Mann kennengelernt hatte. Und ihre eigene Familie hatte sich, was Wohnraum betrifft, nie auch nur annähernd in diesen Dimensionen bewegt. »So um die neunhunderttausend, schätze ich.« Ihre Augen streiften die hohe Decke, die dringend eines neuen Anstrichs bedurfte. Neunhunderttausend waren angesichts des erheblichen Renovierungsstaus vermutlich zu viel, doch die enorme Summe würde Manuel erst mal ruhigstellen. Und sie war sicher, dass er sich in dieser Sache blind auf sie verließ. Seine unglaubliche Naivität hatte sie schon immer genervt. Nun würde sie ihr zum Vorteil gereichen.

Er war offenbar tatsächlich beeindruckt. »Wow. Echt?«

»Es sind fast siebenhundert Quadratmeter Grundstück«, entgegnete Sarah. »Vergiss das nicht.«

»Stimmt.«

»Na schön, dann mache ich jetzt erst mal weiter, okay? Ich will den alten Krempel so schnell wie möglich loswerden.«

»Pass auf, dass du nicht aus Versehen einen Van Gogh in den Müll schmeißt, oder so was«, scherzte ihr Freund.

»Keine Sorge. Ich weiß genau, was in diesem Haus wie viel wert ist. Und auch, wie viel mir der Händler für den ganzen Klumpatsch zahlen muss.«

»Haben sich die Mädchen schon bei dir gemeldet?«

Ihr Blick suchte wieder den Brief an der Kaffeemaschine. »Die Mädchen nicht, aber heute früh kam ein Brief von ihrem sogenannten Anwalt.«

»Und?«

Sie machte eine wegwerfende Handbewegung. »Nichts, was ich nicht genau so erwartet hätte.«

»Das heißt, sie wollen dich richtig ausziehen, oder?«

»Sie versuchen es. Aber glaub mir, sie haben keine Chance.« Sie wusste, das war genau das, was er hören wollte. »Ich werde um jeden einzelnen Löffel kämpfen bis aufs Blut, verlass dich drauf.«

»So gefällst du mir.«

»Aber jetzt muss ich wirklich weitermachen, okay?«

»Klar«, sagte er. »Bis dann. Und pass auf dich auf, hörst du?«

»Sicher.«

Sie warf das Telefon auf die Theke und lächelte stumm in sich hinein. Tja, mein Lieber, dachte sie, ich schätze, für den einen oder anderen von uns wird es in naher Zukunft noch ein böses Erwachen geben!

Allerdings erst, wenn der richtige Zeitpunkt gekommen ist.

3

»Unser Korrespondent kennt sich aus in der Stadt.« Em sah zum Fenster hinüber, das von der Hitze der Diskussion beschlagen war. »Er ist gebildet und organisiert. Und er verfügt offenbar über ausreichend Tagesfreizeit. Das bedeutet, dass er entweder im Schichtdienst arbeitet oder gar nicht …«

»Vielleicht ist er Lehrer«, schlug Decker vor, doch niemand lachte.

»Die Frage ist: Warum schreibt er Briefe?« Em sah sich in den Gesichtern ihrer Kollegen um. »Warum wählt er eine derart antiquierte Form der Kommunikation?«

»Das kann viele Gründe haben«, antwortete Zhou.

»Die da wären?«

»Vielleicht kennt er sich mit dem Internet nicht gut genug aus. Oder er *glaubt*, sich nicht gut genug auszukennen, um seine Spuren effektiv zu verwischen. Vielleicht befürchtet er, dass wir Tracer einsetzen. Dasselbe gilt für die Kommunikation via Telefon.« Sie hob die zierlichen Schultern. »Selbst bei Prepaid-Handys weiß man schließlich nie genau, wie viel sie wirklich über einen preisgeben.«

»Vielleicht ist das Briefeschreiben auch ganz einfach sein Stil«, bemerkte ein junger Beamter in Ems Rücken. »So verschroben, wie dieser Kerl sich ausdrückt, könnte man meinen, er ist uralt.«

»Oh nein, das ist er mitnichten«, widersprach die junge Spurenanalytikerin mit der Brille.

Koss signalisierte augenblicklich Zustimmung.

»Geht das auch genauer?«, fragte Makarov, der aussah, als habe er Kopfschmerzen.

»Meiner Schätzung nach ist er zwischen Ende zwanzig und Ende dreißig«, antwortete der Polizeipsychologe unumwunden.

»Das deckt sich mit dem, was wir anhand seiner Schrift annehmen würden«, nickte die Spurentechnikerin.

»Und sonst?«, wandte Em sich an die junge Frau.

»Wir wissen, dass er beim Schreiben nach jedem Buchstaben die Hand wechselt«, erklärte diese. »Das macht er zum einen natürlich, um den Charakter seiner Handschrift zu verändern. Außerdem will er damit verschleiern, dass er Rechtshänder ist. Über diese, nennen wir es mal: Technik hinaus, hat er ganz gezielt ein paar Dinge eingebaut, die uns auf eine falsche Fährte locken sollen. Zum Beispiel diese Fs, die sehr außergewöhnlich geschwungen sind.« Sie nickte Gehling zu, der daraufhin eine Kopie des ersten Briefes an die Wand projizierte.

Em betrachtete die fadenartigen Unterlängen, die irgendwie unheimlich aussahen. Auch dann, wenn man nicht wusste, welch kranker Geist sich dahinter verbarg.

»Wie gesagt, gehen wir aufgrund der Druckverteilung davon aus, dass es sich um eine bewusste Manipulation handelt und dass die Fs in seiner normalen Handschrift eher unauffällig daherkommen.« Die junge Frau rückte ihre Brille zurecht, die sie zuvor auf die Nasenspitze geschoben hatte, um das Wandbild besser erkennen zu können. Ihre Fingernägel waren kurz und ordentlich gefeilt. Die Hände einer Frau, die schon von Berufs wegen auf penible Ordnung Wert legte. »Vermutlich haben seine eigentlichen Fs so gut wie gar keine Unterlängen. Aber trotz allem hält er die Täuschung erstaunlich konsequent durch.«

Natürlich, dachte Em, dieser Täter ist keiner, der irgendetwas dem Zufall überlässt.

»Er benutzt Briefkarten aus Büttenpapier und passende Umschläge der Marke Artoz Rondo, 240 Gramm schwer«, fuhr die Spurenanalytikerin fort. »Im Gegensatz dazu schreibt er seine Texte mit einem geradezu himmelschreiend billigen Kugelschreiber.« Sie hob die Schultern. »Dutzendware, wie Sie sie in der Schreibwarenabteilung eines jeden Kaufhauses finden können. Er hinterlässt keine Fingerabdrücke, keine Fasern und auch sonst keine verwertbaren Spuren. Aber dafür parfümiert er das Zeug …«

Em, der dieser Umstand bereits bekannt war, konnte beobachten, wie die Köpfe der übrigen Kollegen in die Höhe schossen.

Die Laborantin lachte. »Sie haben richtig gehört. Wir haben Spuren von Lavendelöl auf allen vier untersuchten Karten gefunden.«

»Nur auf den Karten?«, fragte Zhou. »Oder auch auf den Umschlägen?«

»Nein, das Zeug war nur auf den Karten. Allerdings duftet es so impertinent, dass Sie den Geruch auch durch den geschlossenen Umschlag wahrnehmen können.«

»Vielleicht ist er schwul«, schlug derselbe junge Beamte vor, der sich bereits zuvor zu Wort gemeldet hatte. »Oder seine tyrannische Oma hat immer so gerochen, und jetzt macht der Duft ihn an.«

Die übrigen quittierten die Bemerkung mit unterdrücktem Kichern und entsprechenden Kommentaren.

»Wir sind hier nicht im Kindergarten«, herrschte Makarov

sie an, woraufhin der Spaßvogel schuldbewusst den Kopf einzog. »Lavendel, hm?«

»Ja, Lavendelöl«, nickte die Spurentechnikerin. »Echtes, nebenbei bemerkt. Also kein künstlich erzeugtes Aroma.«

»Wozu benutzt man das? Als Parfüm?«

Die junge Frau schüttelte den Kopf. »Eher in Duftlämpchen. Und meine Mutter nimmt es hin und wieder auch zum Putzen.«

»Scheiße, das ergibt doch alles gar keinen Sinn!«, stöhnte Decker.

»Vielleicht doch«, widersprach Mai Zhou, und Em wunderte sich einmal mehr über das enorme Selbstbewusstsein, mit dem sich ihre junge Kollegin hier präsentierte.

War ich damals auch so?, überlegte sie, indem sie sich die zahllosen Gelegenheiten ins Gedächtnis rief, bei denen sie sich während ihrer Anfangszeit ausgesprochen unwohl gefühlt hatte. Die erste Dienstbesprechung, die sie geleitet hatte. Das erste Mal, als sie Makarov eine Befugnisüberschreitung hatte beichten müssen. Der erste eigene Fall. Nein, dachte sie, ich war vielleicht entschlossen. Aber ich war weitaus weniger sicher als dieses junge Ding da drüben!

Selbiges junge Ding saß vollkommen aufrecht und kerzengerade wie eine Spanierin. »Der Duft könnte zum Beispiel als zusätzliche Schikane für den Empfänger der Botschaften gedacht sein.«

Makarov beugte seine Massen weit über den Tisch. »Sie meinen, der Kerl will seine Adressaten mit allen möglichen Mitteln verunsichern?«

»Ja, ich denke schon«, entgegnete Zhou. »Das wäre ein ganz ähnliches Muster wie bei Jenny Dickinson, der er aller Wahrscheinlichkeit nach einzig und allein deshalb in den Kopf geschossen hat, um den Finder der Leiche zunächst von ihren eigentlichen Verletzungen abzulenken.«

»Das wissen wir doch gar nicht!«, echauffierte sich Em. »Es ist lediglich eine Annahme.«

»Eine durchaus plausible Annahme«, entgegnete Zhou ruhig.

»Nein«, widersprach Em. »Das finde ich ganz und gar nicht plausibel.« Sie spürte, wie ihre Kollegen angesichts des verbalen Schlagabtauschs neugierig die Ohren spitzten, aber das war ihr egal. »Ich als Täter hätte auf keinen Fall damit gerechnet, dass Christina Höffgen, oder von mir aus auch ihr Mann, die Leiche auch nur mit der Kneifzange anrührt. Im Gegenteil: Ich hätte angenommen, dass sie den Deckel öffnen und auf der Stelle schreiend davonlaufen.«

Einige ihrer Kollegen nickten beifällig.

Etwas, das Em in dieser Situation ausgesprochen wohltat. »Wenn es mir also ums Schockieren ginge«, setzte sie eilig noch eins obendrauf, »würde ich mir definitiv was anderes ausdenken!«

»Aber wozu schreibt er, Ihrer Meinung nach, dann überhaupt diese Karten?«, drehte Zhou den Spieß um und brachte sie damit unvermittelt in Zugzwang.

Ihrer Meinung nach …

»Meine Meinung ist an dieser Stelle vollkommen irrelevant«, rettete sich Em auf einen unverbindlichen Allgemeinplatz. Doch ihr war klar, dass sie damit allenfalls ein wenig Zeit gewann.

Quatschen Sie nicht um den heißen Brei herum, las sie in Makarovs Blick, während die anderen sichtlich gespannt darauf warteten, wie sie sich aus der Affäre ziehen würde.

Em bemühte sich um ein möglichst herablassendes Lächeln. »Er bezweckt damit, dass wir die Opfer finden.«

»Das schon«, sagte Zhou. »Aber wenn es ihm allein darum ginge, könnte er doch auch direkt mit uns kommunizieren, nicht wahr? Oder mit den Medien …«

»Das ist in der Tat ein interessanter Punkt«, pflichtete Koss ihr bei, und Em hätte ihn am liebsten auf der Stelle erschlagen dafür, dass er sich einmischte.

»Ach ja?«, fauchte sie.

Doch Koss lächelte ihr mit arglos offener Freundlichkeit zu, was sie nur noch mehr gegen ihn aufbrachte. »Viele Serienmörder, denen es um Beachtung geht, wenden sich gleich zu Beginn an die Presse. Denken Sie zum Beispiel an den berüchtigten Zodiac-Killer. Oder den BTK-Mörder in Kansas. Beide haben mit nimmermüdem Eifer Briefe an Zeitungen und Radiosender geschickt und sich auf diese Weise jede Menge Aufmerksamkeit gesichert.«

Em sah wieder nach der spinnenbeinigen Schrift an der Wand. »Vielleicht hat er befürchtet, dass man ihn bei der Presse nicht ernst nimmt.«

»Spätestens nach der ersten Leiche hätte man das«, widersprach Koss. »Und deshalb würde ich, genau wie Frau Zhou, annehmen, dass der Täter ganz bewusst *nicht* mit uns oder mit den Medien kommuniziert, sondern stattdessen lieber Kontakt zu Dritten aufnimmt.«

Zhous undurchdringliche schwarze Augen streiften sein Gesicht. »Wäre es denkbar, dass das Einbinden von Unbeteiligten für ihn mit zum Ritual gehört?«

Koss nickte. »Das wäre durchaus eine Möglichkeit.«

»Sofern Theo Dorn und Christina Höffgen überhaupt Unbeteiligte sind«, merkte Em mit unüberhörbarer Skepsis an.

Ihr gegenüber begann Makarovs Handy zu klingeln.

»Sie haben gesagt, dass es dem Täter um Schuld geht«, wandte Em sich wieder an Koss.

»Ja, dafür spricht meiner Ansicht nach einiges.«

»Was?«

Seine Miene wurde nachdenklich. »Der Hinweis darauf, dass Alois Berneck sich nicht immer an die Gesetze gehalten hat zum Beispiel ...«

Em beobachtete Makarov, der leise in sein Handy sprach, ihr Gespräch mit Koss aber trotzdem aufmerksam verfolgte. »Denken Sie, er wusste auch, dass Lina Wöllner sich früher prostituiert hat?«

»Davon gehe ich aus.«

»Woher?« Em lehnte sich zurück. »Ich meine, das wird sie doch wohl kaum freiwillig erzählt haben, oder?«

»Nein«, antwortete Koss. »Bestimmt nicht.«

»Und woher wusste dann unser Täter davon?«

Makarov, der sein Gespräch unterdessen beendet hatte, stemmte sich vom Stuhl hoch. »Das ist einer der Punkte, die Sie unbedingt so schnell wie möglich klären sollten«, schnaubte er, indem er das Mobiltelefon in die Brusttasche seines Jacketts zurückschob.

Ach nee, dachte Em. Da wäre ich jetzt nicht draufgekommen! Laut sagte sie: »Die Opfer haben also Dreck am Stecken.«

Koss hob abwehrend die Hände. »Wir sprechen hier von dem, was der Täter denkt. Nicht von objektiven Gegebenheiten.«

»Und glauben Sie, dass die Empfänger der Briefe nach Meinung des Täters ebenfalls Dreck am Stecken haben?«, fragte Em unbeirrt.

»Nein«, sagte Koss. »Das glaube ich eher nicht.«

Makarov, der schon halb aus der Tür war, drehte den Kopf. »Wieso nicht?«

»Weil er Theo Dorn und Christina Höffgen deutlich mehr Respekt entgegenbringt als seinen Opfern.«

Makarovs weiche Züge nahmen einen amüsierten Ausdruck an. »Das schließen Sie aus der Tatsache, dass er ihre Namen großschreibt?«

»Nicht nur.«

»Sondern?«

»Der Mann, den Sie suchen, ist mindestens zweimal im Haus der Höffgens gewesen«, entgegnete der Psychologe, ohne mit der Wimper zu zucken, und Em dachte, dass er und Mai Zhou sich gar nicht so unähnlich waren. »Somit wäre es für ihn ein Leichtes gewesen, Christina Höffgen etwas anzutun, wenn er ihr etwas hätte antun wollen.«

Makarovs Miene wurde finster. »Es muss so etwas wie einen roten Faden geben«, knurrte er unwillig. »Etwas, das die Opfer mit den Empfängern der Briefe verbindet.«

Koss sah ihn an. »Da stimme ich Ihnen uneingeschränkt zu.«

»Christina Höffgen gibt an, weder die Opfer noch Theo Dorn je getroffen zu haben«, bemerkte Em nüchtern.

»Was diese Frau sagt, interessiert mich nicht«, fuhr Makarov auf. »Finden Sie das Bindeglied! Sonst haben wir schneller als uns lieb ist die nächste Leiche auf dem Tisch, und Gott allein weiß, was dieser Dreckskerl dieses Mal anstellt …«

4

»Sag mal …«

»Was?«

»Stimmt es, dass Chinesen grundsätzlich das Gegenteil von dem meinen, was sie sagen?«

Em kniff misstrauisch die Augen zusammen. »Wieso?«

Anstelle einer Antwort schob Decker die Hände in seine Taschen und setzte sich auf ihren Schreibtisch. »Du und Zhou … Ihr arbeitet doch nun schon ein paar Tage zusammen …«

»Und?«

»Na ja, was ich meine, ist, dass du sie vermutlich schon ein bisschen besser einschätzen kannst als wir anderen hier.«

»Nein«, gab Em knallhart zurück. »Kann ich nicht.«

»Aber deine Menschenkenntnis …«

»Meine Menschenkenntnis«, unterbrach sie ihn, »reicht gerade so weit, um dir zu sagen, dass du bei ihr nicht die geringste Chance hast.« Sie blickte ihn an. »Ist deine Frage damit beantwortet?«

»Worum geht's denn?«, fragte Gehling, der nur noch den Schluss mitbekommen hatte.

»Ach, um nichts weiter.« Decker griff nach einem Locher, den Em ihm umgehend wieder aus der Hand nahm und an seinen Platz zurückstellte. »Ich habe Zhou bloß gefragt, ob sie mit mir essen geht.«

In Gehlings hellgraue Augen stahl sich ein belustigtes Funkeln. »Und sie hat Nein gesagt, stimmt's?«

»Wie kommst du darauf?«

Gehling tauschte einen Blick mit Em, die nachsichtig den Kopf schüttelte.

»Na schön, ihr habt recht«, räumte Decker ein. »Aber vielleicht meint sie in Wirklichkeit: ›ja‹.«

»Nein«, holte Em ihn umgehend auf den Boden der Tatsachen zurück. »Chinesin hin oder her, in diesem speziellen Fall meint sie genau das, was sie sagt.«

»Wie kannst du dir da sicher sein?«, protestierte er. »Du hast gerade selbst gesagt, dass du sie noch gar nicht einschätzen kannst.«

»Vertrau da einfach auf meine Erfahrung als Frau, okay? Und jetzt schwing deinen Hintern von meinem Tisch, ich hab zu arbeiten.«

»Deine Erfahrung als Frau«, wiederholte er spöttisch. »Sagt ausgerechnet eine, die wie ein Kerl denkt.«

»He!«, protestierte sie. »Fängst du etwa schon wieder an?«

»Wer von euch beiden ist denn zu Hause und wechselt Windeln?«, gab er zurück, und bei aller Flapsigkeit war da auch ein Hauch von Verletzung in seiner Stimme. »Du oder Hansen?«

»Das kannst du doch gar nicht vergleichen.«

»Na schön.« Er stemmte die Hände in die Hüften. »Und wer von euch beiden ist normalerweise gefahren?«

»Du meinst das Auto?«

»Ja, ich meine das Auto.«

»Ich.« Sie reckte angriffslustig das Kinn vor. »Sagt das irgendwas über die Beziehung aus, die Viktor und ich hatten?«

»Überleg mal.«

»Menschenskind, bin ich froh, dass ihr Kerle nicht in Klischees denkt!«

»Moment«, rief Gehling. »Ich habe doch gar nichts …«

»Nicht du«, beruhigte sie ihn.

»Soll heißen, sie hält dich für ein Weichei«, stichelte Decker munter weiter.

»Hör gar nicht hin.« Em fuhr sich entnervt durch die Haare. »Wolltest du irgendwas Bestimmtes?«

Gehling nickte. »Fahrt ihr heute noch zu diesem Dr. Westen?«

Sie sah auf die Uhr. »Ich wollte in einer halben Stunde los, wieso?«

»Ich hätte da noch was, das ihr wissen solltet, bevor ihr mit ihm redet.«

»Schieß los«, forderte sie ihn auf. »Aber ich bin nicht der Papst, falls dir das irgendwie entgangen sein sollte.«

»Hä?«

»Du brauchst mich nicht im Plural anzusprechen, okay?«

»Ich dachte, dass Zhou auch …«

Sie blickte über die Schulter. »Kannst du sie hier irgendwo sehen?«

»Nein, aber …«

»Na also.« Sie zupfte unwillig den Kragen ihrer Bluse zurecht. »Und was sollte ich nun wissen, bevor ich mit Sander Westen rede?«

»Dass er vermutlich auch noch zwei der anderen Opfer kannte …«

Sie starrte ihn entgeistert an. »Was?«

»Jonas Tidorf war ebenfalls Patient in Westens Praxis«, entgegnete Gehling. »Übrigens in der gleichen Gesprächsgruppe wie Alois Berneck. Und Jenny Dickinson hat anscheinend vor einiger Zeit mal bei ihm hospitiert. Zumindest hat sie entsprechende Termine in ihren Computer eingetragen. Vier, um genau zu sein. Im Zeitraum von Ende August bis Anfang September.«

»Warum sollte eine gestandene Psychologin, die bereits eine eigene Praxis betreibt, bei einem Kollegen hospitieren?«, fragte Em.

»Vielleicht wollte sie sich weiterbilden.«

»Weißt du zufällig auch, von wem der Kontakt ausging?«

»Ja, von Westen.«

Das überraschte sie. »Wirklich?«

Er nickte. »Jenny Dickinson hat vor einiger Zeit eine Fortbildung gemacht, bei der es um neue therapeutische Ansätze bei der Behandlung von Traumata ging. Westen war einer der Gastredner, und im Anschluss an diese Veranstaltung schickte er ihr eine Einladung, doch mal in einer seiner Gruppen zu hospitieren.«

»Traumatherapie …« Em schüttelte verwirrt den Kopf. »Ich denke, der Kerl ist Rechtspsychologe.«

»Er arbeitet schon seit Jahren nicht mehr mit Straftätern.«

»Na gut«, entgegnete sie. »Wir klären das.«

»Ha!«, rief Gehling triumphierend.

»Was?«

»Du hast *wir* gesagt …«

»Mein Gott«, fuhr sie auf. »Ihr benehmt euch schlimmer als ein Haufen Kleinkinder.«

»Wir nicht, aber du«, hörte sie Deckers Stimme in ihrem Rücken.

Sie drehte sich zu ihm um. »Was soll das heißen?«

»Das weißt du ganz genau.«

»Den Teufel weiß ich. Also spuck's aus! Was ist dein Problem?«

»Herrgott, Em, du behandelst diese arme Kleine wie eine Aussätzige.«

»Und du redest über sie wie über eine von deinen aufgepumpten Teenie-Freundinnen«, gab Em zurück. »Also halt bloß die Luft an, klar?«

Decker setzte gerade zu einer Antwort an, doch Makarovs Auftauchen machte ihm einen Strich durch die Rechnung.

»Wo ist Ihre Partnerin?«, fragte er, an Em gewandt.

»Keine Ahnung. Vermutlich aufm Klo.«

Ihre legere Antwort schien den Leiter der Abteilung für Kapitaldelikte nur noch mehr zu verärgern. »Die Spurensicherung hat angerufen«, knurrte er. »Die Figur, die bei Lina Wöllner gefunden wurde, gehört zu einem Schachspiel, das Ende August über das Auktionshaus Döbritz versteigert wurde. Fahren Sie da hin und versuchen Sie, etwas über den Käufer in Erfahrung zu bringen.«

»Döbritz«, wiederholte Em. »Okay, das liegt auf dem Weg.«

»Auf dem Weg wohin?«

»Wir haben einen Termin mit Dr. Westen«, erklärte sie, ohne lange nachzudenken.

Gehling und Decker feixten.

»Hatte früher ein paarmal mit ihm zu tun«, brummte Makarov, dem die Reaktion ihrer Kollegen entgangen war. »Fähiger Mann.«

»Wissen Sie zufällig, warum er jetzt als Therapeut arbeitet?«, nutzte Em die Chance, mehr über den Mann in Erfahrung zu bringen, den sie gleich besuchen würden.

»Nein, keine Ahnung.«

Sie nickte. »Jedenfalls war Alois Berneck Patient bei ihm. Und wie es aussieht, hatten auch noch zwei weitere Opfer mit ihm zu tun.«

»Tatsächlich? Wer denn?«

Em erzählte ihrem Boss, was sie zuvor von Gehling erfahren hatte.

Makarov schob seine wulstigen Lippen vor. »Vielleicht ist Westen ja das Bindeglied, das wir suchen.«

»Ja«, antwortete sie ohne großen Enthusiasmus. »Vielleicht …«

5

Sarah Kindle wischte sich mit dem Handrücken über die Stirn. Sie hatte den ganzen Nachmittag geschuftet, und jede Faser ihres Körpers fühlte sich verschwitzt und staubig an. Doch sie war auch ausgesprochen glücklich mit dem Ergebnis: In der Diele stapelten sich Dutzende von Kisten und Kartons. Sachen, die sie dem Händler anbieten wollte und für die sie hoffentlich noch einen guten Preis erzielen würde.

Ihr verstorbener Mann hatte wirklich einen erlesenen Geschmack gehabt, das musste man ihm lassen! Allerdings war ihr beim Räumen auch aufgefallen, wie wenig von ihr selbst in diesem Haus steckte. Die meisten Möbel waren bereits in der Zeit von Eberhards erster Ehe angeschafft worden. Von Cora, der einzigen seiner zahlreichen Frauen, die gestorben war, bevor er sie hatte verlassen können, und jede ihrer Nachfolgerinnen hatte sich mit diesen Relikten arrangieren müssen.

Sarah warf einen Siebzigerjahre-Lampenschirm in die Kiste für den Container und wuchtete einen Karton voller Designeranzüge und Seidenkrawatten vom Bett. Sie hatte erwogen, das Zeug zu einem von diesen Edel-Secondhandläden zu bringen, die gut erhaltene Markenware annahmen. Doch dann war ihr eingefallen, dass sie in diesem Fall ihre Adresse und ihre Bankverbindung hinterlassen musste. Und das wollte sie auf keinen Fall. Ihr neues Leben unter Palmen sollte jenseits aller Altlasten beginnen. Und es sollte frei sein. So frei und eigenverantwortlich, wie sie es sich immer erträumt hatte.

Also würde sie die Sachen am Montagmorgen zur Caritas fahren. Punkt. Aus.

Sie schloss den Deckel und bedachte den Karton mit einem zufriedenen Blick.

Apropos Altlasten, meldete sich ihr Verstand mit einem weit unangenehmeren Thema zu Wort. *Was machst du mit Manuel?*

Sarah stellte einen neuen Karton auf und schüttete gleich den Inhalt einer ganzen Schublade hinein: Socken. Einstecktücher. Und noch mehr Krawatten. Tja, Manuel, dachte sie unbehaglich. Leider stellte er ein viel größeres Problem dar, als sie erwartet hatte. Vor allem, seit er sich als derart beharrlich erwies. Und noch immer hatte sie keine zündende Idee, wie sie ihn loswerden konnte. Sie warf einen Blick auf ihre Armbanduhr und beschloss, sich noch schnell ein wenig herzurichten, bevor ihr Besucher kam. Sie hatte darauf spekuliert, dass Manuel irgendwann das Interesse an ihr verlieren und sie in Ruhe lassen würde. Doch leider hatte sie die Rechnung ohne Eberhards Geld gemacht! Ärgerlich griff sie nach ihrem Lieblingsparfüm, das noch genau so stand, wie sie es am Tag ihrer Verhaftung hinterlassen hatte. Allein die Aussicht auf einen Anteil an diesem Vermögen würde Manuel vermutlich bis zum Sankt-Nimmerleins-Tag bei der Stange halten. Also musste so schnell wie möglich eine andere Lösung her.

Doch das war gar nicht so einfach. Sarah sah in den Spiegel und brachte mit ein paar entschlossenen Bewegungen ihre Haare in Ordnung. Manuel war skrupellos und ängstlich zugleich. Eine ausgesprochen gefährliche Kombination, wie sie fand. Wenn sie ihn einfach abservierte, würde er sie ohne Zögern verpfeifen. Sogar auf die Gefahr hin, dafür selbst ein paar Jahre ins Gefängnis zu gehen. Und auch mit Geld würde sie ihn nur vorübergehend loswerden. Sie lächelte bitter. Ganz egal, wie viel es wäre, er würde es ausgeben. Und dann würde er zurückkommen und mehr Geld wollen. Ein Leben lang. Sie legte den Kamm zur Seite und dachte daran, wie unglaublich unverfroren er gelogen hatte. Sogar im Zeugenstand. Unter Eid.

»Frau Kindle und ich kennen uns seit Jahren. Ich wusste um die Belastung durch die schwere Krankheit ihres Mannes und dachte, dass sie vielleicht etwas Ablenkung vertragen könne.«

»Ablenkung?«

»Ja, sie war in größter Sorge, weil ihr Mann zunehmend depressiv wurde.«

»Hat Frau Kindle Ihnen etwas darüber erzählt?«

»Nur, dass er sich immer mehr in sich zurückzog.«

»Wann haben Sie einander an dem bewussten Abend getroffen?«

»Ich habe sie gegen achtzehn Uhr abgeholt.«

»Wo? Zu Hause?«

»Nein. Bei ihrem Friseur. Wir wollten noch einen Kaffee trinken. Danach sind wir ins Kino gefahren. Wir haben uns die Vorstellung um acht angesehen. Und anschließend habe ich Sarah nach Hause gebracht.«

»Wie kommt es, dass sich dort niemand an Sie erinnert?«

»Sie meinen im Kino?«

»Ja.«

»Nun ja, ich erinnere mich zum Beispiel auch nicht daran, wer neben uns gesessen hat. Ich achte nicht besonders auf solche Dinge, wissen Sie?«

Sarah tupfte sich ein wenig Rouge auf die Wangen. Es würde nicht leicht werden, Manuel abzuschießen, und je länger sie darüber nachdachte, umso mehr tendierte sie zu einer, wie sie es im Stillen nannte, Radikalmaßnahme. So wie bei Eberhard. Sie hatte zwar noch keine Ahnung, wie sich das in die Tat umsetzen ließ, aber ihr würde schon etwas einfallen. Dessen war sie ganz sicher. Sie warf ihrem Spiegelbild ein flüchtiges Lächeln zu. Auch wenn man es ihr nicht unbedingt ansah – sie war schon immer ein äußerst systematischer Mensch gewesen. Jemand, der die Dinge, die zwischen ihm und einem bestimmten Ziel standen, abarbeitete. Eins nach dem anderen. Und ihr vorrangigstes Ziel war im Moment, Eberhards Vermögen zu retten. Vor Manuel genauso wie vor ihren Stieftöchtern.

Wie aufs Stichwort läutete in diesem Augenblick eine Etage unter ihr die Türglocke. Ein dumpfer, hohler Ton, den Sarah noch nie hatte leiden können.

Mit einem letzten Blick in den Spiegel vergewisserte sie sich, dass sie gut aussah.

Dann rannte sie ins Schlafzimmer zurück und schlang sich hastig einen bunten Seidenschal um, der ihr ausgezeichnet stand, das wusste sie. Dabei fiel ihr ein, dass Eberhard diesen Schal immer gehasst hatte, und sie musste unwillkürlich lächeln. Er hatte hervorragende Instinkte gehabt, der gute Eberhard. Denn der Schal war ein Geschenk von Manuel. Aus einer Zeit, in der sie noch jung und verliebt gewesen waren. Oder war sie überhaupt nie in Manuel verliebt gewesen? Sie stutzte. Inzwischen war sie sich keineswegs mehr sicher …

Sie riss sich den Schal vom Hals und warf ihn aufs Bett, als die Türglocke ein zweites Mal ertönte. »Ich komme«, rief sie, obwohl sie wusste, dass man sie draußen auf keinen Fall hören konnte. »Bin schon unterwegs.«

Dann rannte sie die Treppe hinunter, um ihrem Besucher die Tür zu öffnen.

6

Ein wirklich gut aussehender Mann, dachte Em, nachdem Sander Westens Sekretärin sie in ein geschmackvoll eingerichtetes Büro geführt hatte. Es war nicht chaotisch, aber auch nicht übertrieben aufgeräumt. Ein Raum, dem man ansah, dass darin gedacht und gearbeitet wurde.

»Arbeiten Sie immer am Samstag?«

»Ja. Fast immer.« Sander Westen machte nicht den Eindruck, als ob ihm der Besuch zweier Kriminalpolizistinnen sonderlich unangenehm wäre. Doch das, dachte Em, würde sich vermutlich ändern, wenn er erfuhr, worum es ging.

Von Gehling wusste sie, dass der Psychologe vierundfünfzig Jahre alt, geschieden und Vater eines erwachsenen Sohnes war. Sein Spezialgebiet, Diagnostik und Prognose von Sozialverhaltensstörungen bei straffällig gewordenen Kindern und Jugendlichen, hatte er bereits vor Jahren zugunsten eines Lehrauftrags und einer eigenen psychotherapeutischen Praxis aufgegeben. Doch in seinen Büchern und Vorlesungen beschäftigte er sich nach wie vor mit dieser Thematik.

»Wie kann ich Ihnen behilflich sein?«, fragte er, nachdem die beiden Kommissarinnen vor einem ausladenden Mahagonischreibtisch Platz genommen hatten, der den Eindruck erweckte, eine möglichst große Distanz zwischen seinem Besitzer und dessen Besuchern schaffen zu wollen. Ganz im Gegensatz zum Rest des Raums.

»Es geht um einen Ihrer Patienten«, antwortete Em, und

obwohl sie nicht hinsah, bemerkte sie, dass Zhou neben ihr angesichts dieser Untertreibung überrascht die Brauen hochzog.

Doch Em hatte einen sehr konkreten Plan für dieses Gespräch. Und diesen Plan würde sie verfolgen. Ob er ihrer Partnerin nun in den Kram passte oder nicht.

»Einen Patienten?« Westens Augen waren von einem ungewöhnlichen Dunkelblau und blickten interessiert und offen. »Sie meinen, es handelt sich um ein Gutachten?«

»Nein«, sagte Em. »Wenn ich richtig informiert bin, war der betreffende Patient wegen Schlafstörungen und Panikattacken bei Ihnen in Behandlung. Sein Name ist Alois Berneck.«

Sie taxierte Westens Reaktion genau, doch der Psychologe schien keine Ahnung von den Hintergründen ihres Besuchs zu haben. Das Einzige, was sich beobachten ließ, war, wie seine Miene eine Spur verschlossener wurde. »Und was genau wünschen Sie in diesem Zusammenhang von mir?«

»Zum Beispiel, dass Sie uns sagen, wer einen Grund hätte, Herrn Berneck das hier anzutun.« Sie griff in ihre Handtasche und reichte ihm ein Foto des toten Kaufmanns über den Tisch. Es zeigte Berneck auf dem Hochsitz, den Rücken zerfetzt von Schrot.

Westen betrachtete die Aufnahme eine ganze Weile schweigend. »Davon habe ich natürlich in den Nachrichten gehört«, räumte er ein. »Aber ich hatte keine Ahnung, wer die Opfer sind.«

Em nickte. Mehrere Zeitungen und TV-Sender hatten am Morgen über Leichenfunde im Stadtgebiet berichtet. Zwar war der Presse gegenüber bislang nichts über die Anzahl der Opfer oder die genauen Umstände durchgesickert. Doch was das anging, machte sich Em keine Illusionen. Es war nur eine Frage der Zeit, bis auch die Öffentlichkeit zur Kenntnis nehmen würde, dass in dieser Stadt ein Monster umging.

»Herr Berneck war Mitglied einer Ihrer Gesprächsgruppen, nicht wahr?«, wandte sie sich wieder an Westen.

»Richtig.«

»Und was genau war los mit ihm?«

»Wie meinen Sie das?«

»Nach allem, was wir über den Mann wissen, war er nicht der Typ, der aus lauter Jux und Tollerei zu einem Seelenklempner rennt, um dort vor einer Horde fremder Leute sein Herz auszuschütten.«

Die Respektlosigkeit ihrer Formulierung prallte an Westen ab wie an einer Rüstung. Er war durch und durch Profi. »Was genau wissen Sie denn über ihn?«, versuchte er die Sache umzudrehen.

Doch Em dachte gar nicht daran, auf die Gegenfrage einzugehen. »Was hatte es zum Beispiel mit seinen Panikattacken auf sich?«

Der Psychologe hob abwehrend die Hände. »Sie erwarten doch nicht im Ernst von mir, dass ich Ihnen Auskunft über vertrauliche Gesprächsinhalte …«

»Alois Berneck ist tot«, fuhr Em dazwischen. »Das entbindet Sie nicht nur von Ihrer Schweigepflicht, sondern zwingt Sie sogar, alles preiszugeben, das zur Aufklärung dieser Bluttat beitragen könnte.«

Er betrachtete wieder das Foto in seiner Hand. »In den Medien war von weiteren Leichenfunden die Rede.«

»Vier, um genau zu sein.«

Seine Pupillen zogen sich einen flüchtigen Moment lang zusammen, fast so, als blicke er ungeschützt direkt in die Sonne.

Ein guter Augenblick, um noch einen draufzusetzen, fand Em. »Und wissen Sie, was das Bemerkenswerteste daran ist?«

»Nein.«

»Drei der Opfer waren mit Ihnen bekannt.«

Entweder Sander Westen war der beste Schauspieler, den sie je getroffen hatte, oder aber er war wirklich ahnungslos. Er öffnete den Mund, um etwas zu sagen, überlegte es sich jedoch anders und sah wieder das Foto an, als fände er in der Betrachtung des zerstörten Körpers Schutz vor der unbequemen Wahrheit, die hinter diesem Tod stand.

»Jenny Dickinson, Jonas Tidorf und Alois Berneck«, ergriff Zhou das Wort. »Die beiden Letztgenannten waren Ihre Patienten, und Frau Dickinson hat bei Ihnen hospitiert, wenn wir recht informiert sind.«

Westens Miene war ausdruckslos. Fast wie erstarrt.

Em beugte sich vor, bis ihr Oberkörper beinahe die Schreibtischkante berührte. »Entspricht das der Wahrheit?«

Er nickte.

»Und stimmt es auch, dass Alois Berneck und Jonas Tidorf Mitglieder derselben Gesprächsgruppe waren?«

»Ja.« Er zögerte. »Ich habe verschiedene solcher Angebote, und diese Gruppe trifft sich alle zwei Wochen donnerstags um achtzehn Uhr. Berneck kam seit einem Dreivierteljahr. Ungefähr. Und Tidorf stieß kurz nach ihm dazu. Allerdings habe ich beide schon eine ganze Weile nicht mehr gesehen.«

Klar, dachte Em, sie waren zu tot, um über ihre Angstattacken zu reden!

»Was für eine Art von Patienten kommt zu diesen Donnerstagstreffen?«, fragte sie.

»Wie meinen Sie das?«

»Essgestörte, Tierhasser oder doch eher Zwangsneurotiker?«

Er lächelte. »Ganz so einfach ist das leider nicht ...«

»Versuchen Sie's!«, entgegnete sie zuckersüß. »Ich meine, Sie werden mir doch wohl kaum erzählen wollen, dass Sie Bulimiker mit Schizophrenen zusammenspannen, oder?«

Er lächelte noch immer. »Nicht unbedingt.«

»Und was also haben diese Donnerstags-achtzehn-Uhr-Leute für ein Problem? Soziopathie?« Sie fixierte ihn über den Schreibtisch hinweg. »Denn das ist doch schließlich Ihr eigentliches Spezialgebiet, nicht wahr?«

»Gewissermaßen«, antwortete er beinahe widerwillig.

»Darf ich fragen, warum Sie Ihre Arbeit in Haina aufgegeben haben?«

Er zuckte die Achseln. Vielleicht eine Spur zu gleichgültig. »Ich fand, es sei an der Zeit, mal was anderes zu versuchen.«

Em brach in höhnisches Gelächter aus. »Das können Sie Ihrer Großmutter erzählen, okay?«

Sein Blick traf sie plötzlich, wie eine zupackende Kobra, und von einem Augenblick auf den anderen wurde ihr klar, dass er gefährlich war. »Ich hatte die Schnauze voll, okay?«

Er hatte ihren Tonfall ganz bewusst nachgeahmt. Doch Em war entschlossen, sich nicht provozieren zu lassen. »Soso, Sie hatten also die Schnauze voll.«

»Ja.«

»Und von was?«

»Die Wahrheit?« Er sah ihr direkt in die Augen. »Ich konnte diesen Dreck einfach nicht mehr ertragen.«

»So also sehen Sie Ihre Patienten? Als Dreck?«

Er stöhnte und wandte den Blick ab. »Ich bin bestimmt nicht so naiv zu behaupten, dass es meine Ehe zerstörte. Oder das Verhältnis zu meinem Sohn. Aber es … Es begann *mich* zu zerstören, verstehen Sie das?«

Sie betrachtete seine Hände, die maskulin und sensibel zugleich waren. In gewisser Weise verstand sie ihn tatsächlich. Sie liebte ihren Job, und die Abteilung für Kapitaldelikte war der Bereich, für den sie sich ganz bewusst entschieden hatte. Und doch schlief sie schlecht, seit sie diese enorme Verantwortung trug. Manchmal kam es vor, dass sie die ganze Nacht wach lag. Dass ein Fall sie einfach nicht losließ. Dass sie sich mit dem Gefühl quälte, dass jemand davonkam, einzig und allein, weil sie keine Beweise fand. Keine Handhabe hatte, ihn festzunageln. Ihn aus dem Verkehr zu ziehen. Sie lehnte sich zurück, und völlig irrational musste sie auf einmal an Sarah Kindle denken. An den Ausdruck von Triumph in den trägen braunen Augen, als der Richter den Freispruch verkündet hatte.

»Wissen Sie«, riss Westens Stimme sie aus ihren Gedanken, »eines Tages eröffnete mir mein bester Freund, dass er es nicht mehr ertrage, sich mit mir zu unterhalten.«

»Und daraufhin haben Sie gleich Ihre Arbeit in der Klinik aufgegeben?« Em schenkte ihm ein süffisantes Lachen. »Ach, kommen Sie!«

»Nein, da noch nicht«, sagte er ungerührt, und zu ihrer Überraschung sah er auf einmal Zhou an. »Manche Dinge brauchen leider etwas länger.«

Em war, als ob ihre Partnerin lächelte. Doch um sicherzugehen, hätte sie hinsehen müssen. Und das wollte sie nicht. »Kommen wir zu den Mitgliedern Ihrer Donnerstagsgruppe zurück ...«

»Diese Patienten leiden unter den verschiedensten Störungen, deren Ursprung jedoch ausnahmslos in einem unverarbeiteten Erlebnis zu suchen ist.«

»Sie meinen eine Art Trauma?«, fragte Zhou, und Em dachte daran, dass Jenny Dickinson ebenfalls eine Fortbildung zum Thema Traumabewältigung gemacht hatte und daraufhin von Westen eingeladen worden war.

»Wenn Sie so wollen«, nickte er. »Auch wenn natürlich längst nicht alle Betroffenen bereit sind, die Probleme, die in ihrem Alltag auftreten, mit einem traumatischen Ereignis in Verbindung zu bringen.« Seine Augen blieben am Telefon hängen, wo ein blinkendes grünes Lämpchen ein ankommendes Gespräch signalisierte. Er drückte einen Knopf, und das Blinken verschwand. »An dieser Stelle kommt die Gruppenarbeit ins Spiel als vermeintlich lockerste Form der Therapie. Die Gespräche, die in diesen Gruppen zustande kommen, bewegen sich demgemäß oft weit entfernt von der tatsächlichen Problematik. Trotzdem hilft diese Art von Austausch vielen Menschen dabei, einen neuen, ehrlicheren Blick auf die eigene Persönlichkeit zu richten und damit vielleicht auch ein Stück näher an das eigentliche Problem heranzukommen.«

»Das bedeutet, die Gespräche entwickeln eine gewisse Eigendynamik?«

Der Psychologe nickte. »Natürlich besteht für den Therapeuten jederzeit die Möglichkeit, einzugreifen oder das Gespräch in eine bestimmte Richtung zu lenken. Doch von dieser Möglichkeit mache ich persönlich nur sehr selten Gebrauch.«

»Wieso?«, fragte Em, obwohl sie sich die Antwort denken konnte.

»Weil man, um sinnvoll eingreifen zu können, sehr konkret wissen muss, wonach man sucht. Das allerdings wissen die Patienten oft selbst nicht.«

Em legte die Ellenbogen auf die Stuhllehnen. »Das heißt, Sie beschränken sich bei diesen Gesprächen auf die Rolle des mehr oder weniger passiven Beobachters?«

»Das tut man als Psychologe eigentlich meistens.« Er zuckte beinahe entschuldigend die Achseln. »Ein Professor von mir sagte immer, Psychologie sei nichts anderes, als im Trüben zu fischen, bis sich von selbst etwas an der Angel festbeißt.«

»Zeichnen Sie diese Gruppensitzungen auf?«, fragte Zhou.

»Nein.«

Das hatte Em nicht anders erwartet. »Aber Sie machen sich doch bestimmt Notizen über den Verlauf, oder?«

»Hin und wieder.«

»Haben Sie einen Hinweis darauf, dass Alois Berneck sich …« Sie suchte eine Weile nach der passenden Formulierung. »Dass er sich in der Vergangenheit vielleicht mal etwas hat zuschulden kommen lassen?« Sie zögerte, bevor sie hinzufügte: »Ich meine etwas, das gravierender ist als Geschwindigkeitsübertretungen oder eine Anzeige wegen Ruhestörung?«

Westens Miene verriet, dass er zu deuten versuchte, worauf sie abzielte. Er bat sie um einen Augenblick Geduld und tippte ein paar Befehle in seinen Computer. Dann überflog er stumm die Informationen, die ihm sein Bildschirm lieferte. »Berneck hatte am Anfang Einzelsitzungen«, erklärte er. »Laut Akte allerdings insgesamt nur drei. Er gab an, unter schweren Schlafstörungen zu leiden, und machte Stress mit seinem Arbeitgeber dafür verantwortlich. Allerdings …« Das bläuliche Licht des Bildschirms malte tiefe Schatten auf Westens markantes Gesicht. »Allerdings hat er im Rahmen der genannten Einzelgespräche mal behauptet, einen Autounfall verursacht zu haben, bei dem ein Mensch zu Tode kam.« Er sah hoch. »Ich erinnere mich, dass ich damals das Gefühl hatte, die Sache liege noch nicht allzu lange zurück.«

Em tauschte einen Blick mit ihrer Partnerin. Gehling hatte bei seinen Recherchen nichts in dieser Richtung gefunden, was im Klartext hieß, dass die Sache offenbar nicht aktenkundig war. Aber bei einem Unfall mit Todesfolge …

»Würden Sie es für möglich halten, dass Herr Berneck Fahrerflucht begangen hat?«

Westen ließ sich lange Zeit, ehe er antwortete. »Falls ja, wäre das lediglich ein Schluss, den man aus seinen Reden ziehen könnte. Explizit gesagt hat er es nicht.«

»Ist dieser Unfall auch während der Gruppensitzungen noch mal zur Sprache gekommen?«, erkundigte sich Zhou interessiert.

»Möglich.«

»Die Antwort auf diese Frage ist wichtig«, insistierte Em.

Das brauchen Sie mir nicht zu sagen, versetzten Westens Augen. Laut sagte er: »Ich bin ziemlich sicher, dass die Sache mal Thema gewesen ist. So was ergibt sich oft von selbst. Und es fällt vielen Patienten sogar leichter, über ein solches Erlebnis zu sprechen, wenn vor ihnen schon ein anderer gestanden hat, dass er zum Beispiel seine Mutter verprügelt oder seinen Partner betrügt.«

Interessante Formulierung, dachte Em. *Wenn vor ihnen schon ein anderer gestanden hat …*

»Was ist mit Tidorf?«, fragte sie.

Mit wenigen Mausklicks rief Westen eine andere Datei auf. »Sein Problem waren Konzentrationsstörungen einschließlich der entsprechenden negativen Auswirkungen auf sein Studium.« Er sah hoch. »Zu einem möglichen Auslöser habe ich mir bislang nichts notiert. Aber ich erinnere mich, dass er wohl gewisse Probleme mit seiner Vaterrolle hatte.«

»Jonas Tidorf hatte ein Kind?« Dieser Umstand war Em neu. Und auch Mai Zhou hob sichtlich irritiert den Blick.

»Ja«, murmelte Westen, der schon wieder auf den Bildschirm sah. »Ich denke schon.«

Der potente Jonas, echote Koss' Stimme hinter Ems Stirn. Gut und schön, dachte sie, wir wissen, dass Tidorf ein Weiberheld war. Aber ein Kind? »Wir brauchen Kopien der Akten und natürlich eine Liste aller Patienten, die an diesen Gesprächen teilgenommen haben.«

Westen ließ die Maus los und rollte ein Stück vom Schreibtisch weg. »Sie wissen genau, dass ich das nicht tun kann.«

»Oh doch«, sagte Em. »Glauben Sie mir, Sie können.«

In den blauen Augen erschien ein neuer Ausdruck. Spöttisch, wie ihr schien. »*Sie* bekommen immer, was Sie wollen, nicht wahr?«

Em dachte an Tom und hätte am liebsten laut losgelacht. »Die Antwort auf diese Frage gehört nicht hierher.«

»Sind Sie sicher?«

»Oh ja. Da bin ich ganz sicher. Und jetzt lassen Sie dieses Getue sein und unterstützen uns bei unseren Ermittlungen. Oder wollen Sie, dass noch mehr Menschen sterben?«

Erwartungsgemäß war er viel zu erfahren, um den Köder zu schlucken. Aber zu Ems Erstaunen wurde er wütend. »Kommen Sie mir nicht so, okay?«

»Wie?«

»Ich habe schon viel zu lange mit Polizisten und Straftätern zu tun, um mir diesen Schuh noch anzuziehen.«

»Von welchem Schuh sprechen wir hier?«, funkelte Em. »Etwa von der Verantwortung, die Sie übernehmen, wenn Sie Informationen zurückhalten …«

»Stopp!«, unterbrach er sie, und obwohl er nach wie vor leise sprach, konnte seine Stimme nicht verhehlen, wie aufgewühlt er war. »Tun Sie das nicht. Nicht mit mir. Sie haben nämlich keinerlei Befugnis …«

»Ich habe keine Wahl«, fiel sie ihm ihrerseits ins Wort. »Denn Sie sind derjenige, der auf irgendeine Weise den Schlüssel zur Lösung unseres Problems in den Händen hält.« Sie stand auf und beugte sich quer über den Tisch, der sie trennte. »Und glauben Sie mir, ich kann verdammt unangenehm werden, wenn ich das Gefühl habe, dass jemand nicht kooperiert.«

Er starrte sie einige atemlose Augenblicke an, offenbar fassungslos darüber, mit welcher Selbstverständlichkeit sie seine

Individualdistanz verletzte. Dann lachte er plötzlich. »Das kann ich mir lebhaft vorstellen.«

»Also …?«

Er seufzte. »Die Patientenakten von Berneck und Tidorf bekommen Sie. Aber ich sage Ihnen gleich, dass sie Ihnen nicht viel nützen werden. Es steht nicht mehr drin, als ich Ihnen bereits gesagt habe. Und was die Namen der anderen Patienten angeht …« Er erhob sich ebenfalls und sah Em direkt in die Augen. Ein unmissverständlicher Hinweis darauf, dass er nicht gewillt war, sich noch länger in die Zange nehmen zu lassen. »Besorgen Sie sich einen Gerichtsbeschluss!«

»Na schön, wie Sie wollen. Dann beantworten Sie mir bitte noch folgende Frage: Sagt Ihnen der Name Theo Dorn etwas?«

»Nein.«

»Herr Dorn ist Inhaber eines Uhrengeschäfts in der Batonnstraße.« Dieses Mal sprach sie bewusst im Präsens. »Der Laden heißt Clocks for Life.«

»Tut mir leid«, sagte er. »Nie gehört.«

»Würden Sie vielleicht mal in Ihrer Patientendatei nachsehen?«, bat Zhou.

Er taxierte sie lange, bevor er sich dazu durchrang, abermals zur Maus zu greifen. Im Stehen. »Nein«, sagte er, als er das Ergebnis auf dem Bildschirm hatte. »Kein Theo Dorn. Und auch kein anderer Patient mit diesem Nachnamen.«

»Wie weit können Sie zurückgehen?«

»Die Datenbank erfasst sämtliche Patienten, die seit Bestehen dieser Praxis einen Fuß über die Schwelle gesetzt haben. Vollkommen egal, ob sie wiedergekommen sind oder nicht.«

»Danke.« Zhou bedachte ihn mit einem Lächeln, das ihre Augen nicht erreichte. »Und was ist mit einer Frau namens Christina Höffgen?«

Dieses Mal sparte sich der Psychologe jeglichen Widerstandsversuch. »Höffgen mit zwei F?«, fragte er, während er tippte.

»Ja.«

Er runzelte die Stirn. »Nein, auch nicht.«

»Aber der Name Jenny Dickinson ist Ihnen ein Begriff«, übernahm Em wieder das Ruder, nachdem sie sich kurz mit Zhou verständigt hatte.

Er blickte hoch. »Jenny? Ja, sicher. Sie hat eine Zeit lang bei mir hospitiert.«

»Wie ist es zu diesem Kontakt gekommen?«

»Sie hat mir eine E-Mail geschickt und gefragt, ob sie an ein paar meiner Gruppensitzungen teilnehmen dürfe.«

»Moment!«, unterbrach ihn Em. »Wollen Sie damit sagen, dass Jenny Dickinson *Sie* kontaktiert hat?«

Er antwortete mit einer Gegenfrage: »Haben Sie irgendwelche anderslautenden Informationen?«

»Allerdings.«

»Und die wären?«

»Dass *Sie* Frau Dickinson eingeladen haben.«

»Ich?« Seine Mundwinkel verzogen sich verächtlich. »Weshalb, um Himmels willen, hätte ich das tun sollen?«

Em sparte sich die Antwort auf diese Frage. »Haben Sie die Mail noch?«

»Sie meinen die mit der Anfrage?«

»Ja.«

»Leider nicht.«

Zhou machte sich eine entsprechende Notiz. »Sie archivieren solche Zuschriften demnach nicht automatisch?«

»Nein, wir archivieren nur Korrespondenz, die in direktem Zusammenhang mit unseren Patienten steht.«

Em fiel auf, dass er im Plural sprach, sobald es um die Praxis ging, und automatisch musste sie wieder an Deckers Rüge denken. *Du behandelst diese arme Kleine wie eine Aussätzige …*

»Sagen Sie, bekommen Sie öfter Anfragen nach Praktika oder Hospitanzen?«, meldete sich in diesem Moment die »arme Kleine« neben ihr zu Wort.

»Von Studenten ab und zu«, nickte er. »Aber im Vergleich zu früher ist das verschwindend wenig geworden.«

»Sie meinen, als Sie noch mit Psychopathen zu tun hatten,

war das Interesse größer?«, konnte Em sich nicht zurückhalten zu bemerken.

Westen bedachte sie mit einem resignierten Kopfschütteln.

»Das wäre zunächst alles«, verkündete Em fröhlich. »Bitte sorgen Sie dafür, dass uns die Daten zu Alois Berneck und Jonas Tidorf so schnell wie möglich zur Verfügung gestellt werden.«

»Selbstverständlich.« Er betätigte die Gegensprechanlage. »Frau Gerolf?«

»Ja?«

»Bitte machen Sie für die Damen von der Polizei Kopien der Patientenakten von Alois Berneck und Jonas Tidorf.«

Obwohl sich die Sekretärin in einem anderen Raum befand, konnte Em ihre Skepsis fast körperlich spüren.

Was denn? Einfach so?

»Das geht in Ordnung«, sagte Westen, der die Skrupel seiner Angestellten ebenfalls registrierte.

»Wie Sie wünschen.« Die Gegensprechanlage knackte.

»Ich hätte da noch eine Bitte«, sagte Zhou, als Em schon fast an der Tür war.

Sie drehte sich um und sah, dass auch Sander Westen sichtlich verblüfft war darüber, dass die Sache noch immer kein Ende hatte.

»Ja?«

»Würden Sie nachsehen, ob eine Frau namens Lina Wöllner irgendwann mal Patientin bei Ihnen gewesen ist?«

Verdammt!

Kaum dass der Name heraus war, hätte Em sich am liebsten in der Luft zerrissen für ihr Versäumnis. Eines der Opfer, dachte sie, genau wie Tidorf und Berneck. Und ich habe vergessen, nach ihr zu fragen. Zugleich fiel ihr auf, dass Zhou Lina Wöllners Namen ebenfalls unterschlagen hatte. Vorhin, als sie Westen die Fotos der Toten über den Tisch gereicht hatte. War das etwa Absicht gewesen?

Doch sie kam nicht dazu, länger darüber nachzudenken, denn Westens Reaktion beanspruchte all ihre Aufmerksamkeit für sich. Der Psychologe wurde von einem Augenblick auf den anderen leichenblass.

»Da muss ich nicht nachsehen«, entgegnete er tonlos. »Ich kenne Lina.«

Em kniff die Augen zusammen. »Woher? War sie auch Patientin bei Ihnen?«

»Eigentlich nicht.«

»Was soll das heißen?«

»Nicht mehr.«

»Aber früher?«

Er beschränkte sich auf ein knappes Nicken. Der Schock schien ihm im wahrsten Sinne des Wortes die Sprache verschlagen zu haben. »Ist sie auch …?«

»Tot?«, fragte Em, und mit einem Mal tat er ihr fast ein wenig leid. »Ja, ist sie.«

Er senkte den Kopf. Als er wieder hochsah, lag eine neue Entschlossenheit in seinem Blick. »Lina hat mich nie konsultiert«, sagte er. »Aber sie suchte mich erst kürzlich einmal hier in der Praxis auf.«

»Weswegen?«

Und jetzt lachte er plötzlich wieder. »Um mir zu drohen.«

Em hatte mit allem gerechnet. Aber nicht damit. »Lina Wöllner hat Ihnen gedroht?«, fragte sie entgeistert. »Weswegen?«

»Ich hatte mit ihr vor vielen Jahren mal zu tun«, erklärte er. »Im Zuge meiner Arbeit in Haina.« Er zögerte. »Lina stand damals im Verdacht …«

»… ihre Mutter getötet zu haben«, ergänzte Em. »Das wissen wir.«

»Ich sollte ein Gutachten erstellen. Es ging dabei in erster Linie um eine Prognose ihrer Suchterkrankung. Aber auch um die Wahrscheinlichkeit der genannten Anschuldigungen.« Er zuckte die Achseln. »Wie Sie vermutlich ebenfalls wissen, schaffte Lina kurz danach den Absprung aus dem Milieu und heiratete.«

Em runzelte die Stirn. »Und weshalb glaubte sie nach all diesen Jahren, Ihnen drohen zu müssen?«

»Soweit ich sie verstanden habe, wusste ihr Mann nicht Bescheid über ihre Vergangenheit. Zumindest nicht über alles. Und sie war wohl in Sorge, dass ich ihm etwas erzählen könnte, das ihn von ihr abbringt.«

»Aber das dürften Sie doch gar nicht«, widersprach Zhou.

»Richtig, das dürfte ich nicht.«

»Wie kam Lina Wöllner dann auf die Idee?«

»Keine Ahnung. Aber sie war ziemlich aufgebracht.«

Em runzelte die Stirn. »Wie lange ist das her?«

Er überlegte. »Drei, vier Monate vielleicht.«

Drei oder vier Monate, dachte Em. Das ist wirklich eigenartig! Zumal der Vorfall, um den es ging, ganze elf Jahre zurücklag. »Wissen Sie noch, wie Ihr Gutachten damals in Haina ausgefallen ist?«

»Allerdings.«

Zhou zog die Braue hoch. »Sie müssen ein ausnehmend gutes Gedächtnis haben.«

Er lachte. »Oh nein. Ich erinnere mich durchaus nicht an jedes einzelne Kind oder jeden einzelnen Jugendlichen, mit dem ich im Zuge meiner Tätigkeit zu tun hatte. Aber Lina war einer der wenigen Fälle, bei denen meiner Einschätzung nicht Rechnung getragen wurde.«

»Das bedeutet, Sie hielten Frau Wöllner für schuldig, was den Mord an ihrer Mutter anging?«

Sander Westen nickte. »Ich bedauere, das sagen zu müssen, aber ich hatte damals nicht den leisesten Zweifel an ihrer Schuld.«

7

»Was war denn mit Döbritz?«, fragte Makarov, als sie ins Präsidium zurückkehrten. »Haben Sie da irgendwas erreichen können?«

»Fehlanzeige«, murrte Em. »Das besagte Schachspiel wurde Ende August von einem professionellen Bieter im Auftrag eines anonymen Geldgebers ersteigert.« Sie warf Jacke und Mütze auf einen freien Stuhl und zog einen Zettel aus der Tasche. »Der Kaufpreis von 2730 Euro wurde noch am Tag der Auktion per Bareinzahlung beglichen und das Spiel am Tag darauf von einem Kurier abgeholt. Ich habe mir die Transaktionsnummer geben lassen, aber ich fürchte, die wird uns kaum weiterhelfen.«

»Ich sehe mir das trotzdem mal an«, erbot sich Gehling und nahm ihr den Zettel aus der Hand.

Makarov fummelte an seinen Manschetten. Wie immer war er tadellos gekleidet, und wie immer wirkte er trotzdem irgendwie zerrupft. Wie ein Vogel in der Mauser. »Wer veranstaltet denn bei so einer geringen Summe einen derartigen Aufstand?«

»Jemand, der um jeden Preis anonym bleiben möchte«, versetzte Em lapidar. »Der Betrag der Bareinzahlung lag deutlich unter 15 000 Euro, der Einzahlende musste sich also auch nicht vor dem ausführenden Kreditinstitut identifizieren. Er zahlt einfach die anfallenden Gebühren für die Transaktion und bleibt ansonsten völlig im Hintergrund.«

»Kommt so was öfter vor?«

»Die Angestellte sagt, nicht allzu oft. Aber es kommt vor.«

»Manche Leute sind nicht besonders freigiebig mit ihren Daten«, nickte Gehling mit einer Miene, die deutlich machte, dass er derlei Vorsicht durchaus verstand.

»Und Westen?«, fragte Makarov. »Hat er kooperiert?«

»Nicht wirklich.« Em ließ sich frustriert auf ihren Stuhl fallen. »Dabei wissen wir inzwischen, dass er sogar zu allen vier Opfern Kontakt hatte.« Sie sah die Frage im Blick ihres Vorgesetzten. »Berneck und Tidorf waren seine Patienten«, erklärte sie. »Jenny Dickinson hat bei ihm hospitiert. Und laut eines seiner psychologischen Gerichtsgutachten hielt er Lina Wöllner vor elf Jahren für fähig, ihre eigene Mutter umgebracht zu haben.«

Makarov riss die Augen auf. »Daraus muss man doch was machen können«, knurrte er.

Doch Em blieb skeptisch.

Neben ihr trat Gehling von einem Fuß auf den anderen. »Ich habe mich in der Zwischenzeit mal ein bisschen mit Westens Forschung beschäftigt.« Er machte ein Gesicht wie ein Hund, der stolz eine Ente apportiert. »Er hat sich auf Persönlichkeitstests spezialisiert und arbeitet derzeit an einer Weiterentwicklung des europäischen HCR-20 Research Network.«

»Das ist doch dieser Merkmale-Katalog zur Bestimmung des Risikos gewalttätigen Verhaltens bei psychisch Kranken, nicht wahr?«, fragte Zhou, die noch immer ihren Mantel anhatte.

Gehling bejahte. »Er berücksichtigt zehn Merkmale aus der Vergangenheit und je fünf aus der Gegenwart beziehungsweise möglichen künftigen Risikobereichen.«

»Und was macht unser guter Dr. Westen dabei nun so weltbewegend anders?«, wollte Em wissen.

»Zum einen ist sein Modell speziell auf minderjährige Straftäter ausgerichtet. Und zum anderen ist es wesentlich detailfreudiger.« Wie fast alle notorischen Computerjunkies hatte auch Gehling Mühe, seine Finger ruhig zu halten, wenn keine Tastatur oder Maus in Reichweite war. Also spielte er unablässig an dem Zettel herum, den Em ihm gegeben hatte. »Es berücksichtigt insgesamt zweiundvierzig anstelle der genannten zwanzig Items.«

»Folglich ist es Sander Westens erklärte Passion, Potenziale einzuschätzen«, schloss Em grimmig.

»Sie denken, das könnte eine Rolle spielen?«, fragte Makarov.

»Ich bin nicht sicher. Ich musste nur gerade an Dr. Koss denken.«

»Inwiefern?«

»Ach, keine Ahnung. Vielleicht, weil er gesagt hat, der Täter habe sich möglicherweise früher mal durch das Urteil eines Dritten ungerecht behandelt gefühlt …«

»Das hat Lina Wöllner offenbar auch«, bemerkte Zhou trocken.

Gehling sah sie fragend an, und Zhou berichtete in knappen

Worten, was Westen ihnen über seine Begegnung mit der geläuterten Exhure erzählt hatte. »Die Frage ist, was Frau Wöllner auf die Idee brachte, Westen könne ihr nach all diesen Jahren gefährlich werden«, schloss sie und endlich knöpfte sie nun auch ihren Mantel auf. »Immerhin hatte sie überaus charakteristische Vernarbungen in ihren Armbeugen. Und ihr Mann ist Arzt.«

»Er wusste, dass sie früher gefixt hat«, nickte Decker, der eben mit einem Stapel Kopien an seinen Platz zurückkehrte.

Em drehte sich zu ihm um. »Hast du mit ihm gesprochen?«

Decker bejahte. »Und er hat mir auch erzählt, dass seine Frau noch immer unter heftigen Migräneattacken litt, weil sie in ihrer Zeit als Heroinabhängige so viel durchgemacht hat.«

»Also kann es nur um Westens Gutachten gegangen sein«, resümierte Em.

»Potenziale«, murmelte Zhou.

»Ja«, sagte Em. »Potenziale.«

»Das erklärt aber doch noch immer nicht, weshalb Frau Wöllner jetzt auf einmal fürchtete, Westens Urteil könne ihr nach all diesen Jahren vielleicht doch noch auf die Füße fallen«, wandte Makarov ein. »Immerhin scheint sie diese Sorge ja auch in den elf Jahren davor nicht gehabt zu haben. Und Menschen tun selten etwas ohne konkreten Anlass …«

»Vielleicht hat der Täter sie ganz gezielt auf diese Idee gebracht«, wagte Em eine kühne Spekulation. »Falls Westen die Wahrheit sagt, hat unser Mann ja auch Jenny Dickinson kontaktiert, um ihr eine fingierte Einladung zu schicken.«

»So was ist nicht allzu schwer«, merkte Gehling an, dessen Finger noch immer den Notizzettel bearbeiteten. »Er müsste sich eigentlich nur in Westens E-Mail-Account hacken.«

»Finde raus, wie gut der geschützt ist«, sagte Em.

»Okay.«

»Und was haben wir sonst?«, fragte Makarov.

»Jonas Tidorf ist mit großer Wahrscheinlichkeit am sechzehnten Oktober gestorben«, antwortete Decker. »Seine Mitbewohner haben ihn gegen Mittag zum letzten Mal gesehen. Am

Abend war er mit einem Kommilitonen verabredet. Aber er ist nicht zum vereinbarten Treffpunkt gekommen.«

»Die letzte Aktivität, die Tidorfs Handyanbieter verzeichnet, ist vom frühen Nachmittag desselben Tages«, ergänzte Gehling. »Seither ist das Gerät ausgeschaltet.«

Em pflückte einen Faden aus dem Saum ihrer Bluse. »Also wurde es nicht gefunden?«

»Nein, bislang nicht.«

»Apropos Tidorf«, sagte Zhou. »Westen erwähnte, dass er ein Kind hatte.« Sie sah Decker an. »Stimmt das?«

»Nein«, antwortete dieser. »Aber seine Freunde haben mir was erzählt, das dazu passen würde.«

»Nämlich?«

»Eine seiner zahllosen Freundinnen soll vor einiger Zeit schwanger gewesen sein. Aber Tidorf legte dem Mädchen nahe, das Baby abzutreiben.«

Em horchte auf. »Hat sie's getan?«

»Nein. Sie beging Selbstmord.«

»Somit hätten wir noch ein Opfer, das Schuld auf sich geladen hatte«, resümierte Zhou.

»Stimmt!«, sagte Em. »Tidorf und das Baby. Lina Wöllner und ihre Mutter. Und Alois Berneck und sein mysteriöser Unfall.«

Makarov sah sie an. »Ist mir da irgendwas entgangen?«

»Berneck hat Westen gegenüber angedeutet, einen Unfall mit Todesfolge verursacht zu haben.«

»Davon steht aber nichts in den Akten«, bemerkte Gehling.

»Kann es auch nicht«, entgegnete Em. »Wahrscheinlich hat Berneck Fahrerflucht begangen und nicht zuletzt deshalb schlecht geschlafen.«

Gehlings nimmermüde Finger hielten abrupt inne. »Abgesehen von der Seefahrerei hat er zeit seines Lebens in seinem Elternhaus gewohnt. Da ist wohl anzunehmen, dass sich der bewusste Unfall auch hier in der Gegend ereignet hat, oder?«

Em nickte. »Sei so gut und nimm dir mal die Verkehrsstatistik der letzten zehn Jahre vor, ja?«

»Ich setze mich sofort dran«, versprach Gehling und eilte wieder an seinen Schreibtisch.

»Falls Westen tatsächlich das Bindeglied zwischen den Opfern ist«, murmelte Makarov, »nach welchen Kriterien wählt der Täter dann die Adressaten aus?«

Oh ja, das ist einer der Stolpersteine, dachte Em. Vielleicht sogar der entscheidende …

»Bislang haben wir leider nicht die geringste Idee«, räumte sie ein.

Du hast wir *gesagt*, feixte Gehling in ihrem Kopf.

Makarov stemmte die Fäuste in seine nicht vorhandene Taille. »Haben Sie wenigstens herausgefunden, warum er sich explizit nur an Christina Höffgen wendet?«

Em verneinte. »Sie und ihr Mann sind seit fünfzehn Jahren zusammen und knapp zwölf davon auch verheiratet.«

»Es ist also ziemlich lange her, dass man Christina Höffgen allein erwischt hätte, hm?«

»Verdammt lange«, nickte Em.

Ihr Boss schob die Unterlippe vor. »Ich habe inzwischen veranlasst, dass das Haus der Höffgens, ihre Handys und sämtliche anderen Anschlüsse rund um die Uhr überwacht werden«, erklärte er. »Ein Team ist ständig vor Ort. Ein weiteres auf Abruf in einer Seitenstraße postiert.«

»Glauben Sie im Ernst, dass der Täter sich unter diesen Umständen noch mal bei Christina meldet?«, fragte Zhou.

Doch Makarov antwortete nicht. »Ich bin in meinem Büro, falls es was Neues gibt.«

Em blickte ihm nachdenklich hinterher. Unser Mann wird sich einen neuen Adressaten suchen, dachte sie unbehaglich. Er weiß, dass wir Christina Höffgen keine Sekunde mehr aus den Augen lassen werden. Und das bedeutet, dass er vielleicht schon sehr bald Ersatz brauchen wird …

Sobald es etwas zu verkünden gibt.

Nein, korrigierte sie sich im Stillen, nicht *etwas*.

Den nächsten Mord.

8

Als Sarah Kindle die Augen aufschlug, sah sie eine nackte Neonröhre. Ein flackerndes Etwas, kalt und irgendwie auch schmutzig. Die Lichtquelle hing recht tief, zumindest kam es ihr im ersten Augenblick so vor. Einen, vielleicht anderthalb Meter über ihrem Kopf. Auf jeden Fall deutlich zu niedrig für ihr Schlafzimmer …

Sie blinzelte, und nach und nach gewann auch der Rest des Raumes an Konturen. Die Wände sahen seltsam aus. Wie aus Stahl und unregelmäßig in ihrer Struktur. Sarahs Augen streiften Möbel und monströse Bilder, von denen einige in altmodische Bettbezüge geschlungen waren, und für den Bruchteil einer Sekunde glaubte sie, in einem Umzugswagen zu sein. Aus Versehen mitgenommen, eingesperrt zwischen einem Haufen Sachen, die irgendwer von A nach B kutschierte. Sie lauschte auf Geräusche, das charakteristische Ruckeln eines fahrenden Autos. Doch um sie herum war alles still.

Sie drehte den Kopf ein Stück zur Seite und stellte mit wachsender Beunruhigung fest, dass sie keines der Möbelstücke, die sie umgaben, je gesehen hatte. Da war ein finsteres Sofa, dunkellila oder dunkelblau mit einem ebenso auffälligen wie scheußlichen Blümchenmuster. Dazu mehrere gedrechselte Eichenstühle. Ein rustikaler Couchtisch. Eine ausrangierte Musiktruhe. Zerrupfte Lampenschirme aus Seide. Und …

Oh mein Gott!

Dutzende von ausgestopften Tieren! Jagdtrophäen, an denen deutlich sichtbar der Zahn der Zeit genagt hatte. Oder auch Mäuse, die es hier vermutlich zu Dutzenden gab.

Hier, wo immer das war …

Sarah versuchte, sich aufzurichten, doch bereits nach wenigen Zentimetern war Schluss. Sie erschrak fast zu Tode, als sich etwas um ihre Kehle legte. Es fühlte sich an wie eine raue abgestorbene Hand, doch als sie es voller Panik abstreifen wollte, stellte sie fest, dass sie auch ihre Arme nicht heben konnte. Ihre Augen glitten an ihrem Körper hinunter, und sie entdeckte zwei breite Ledergurte mit Schnallen, die ihre Arme und Beine fixierten. Auf einem alten Eisenbett, wie sie jetzt erkannte, massiv und schwer. Irgendwann musste es auch einen Himmel gehabt haben, denn am Fußende entdeckte sie zwei abgebrochene Stahlrohre, die in die Höhe ragten wie Warnungen.

Wo, zur Hölle, war sie hier gelandet?

Was sollte das alles?

Sie schloss die Augen, die mit einem Mal entsetzlich wehtaten, und versuchte verzweifelt, die wirren Bruchstücke, die ihre Erinnerung ihr anbot, zu einem sinnvollen Ganzen zusammenzusetzen. Die Türglocke hatte geläutet, und danach hatte sie mit dem Mann, der sich Endriss nannte, einen Kaffee getrunken. Er hatte in Eberhards Lieblingssessel gesessen, das wusste sie noch, und er hatte sich das Schreiben vom Anwalt ihrer Stieftöchter zeigen lassen. Und dann … Richtig! Dann hatte er sie um ein Glas Wasser gebeten!

Sarah nickte stumm vor sich hin, heilfroh über jeden Fetzen Erinnerung, der vielleicht ein wenig Licht ins Dunkel brachte.

Sie war in die Küche gegangen und hatte eine Flasche Mineralwasser geholt. Und dann hatten sie weitergeredet. Die Sache sei eigentlich ganz einfach, hatte er gesagt und anschließend irgendetwas erklärt, das sie nicht verstanden hatte. Sarah sah sich selbst auf dem Sofa, ein wenig nervös und zugleich hocherfreut. Darüber, dass es vielleicht doch einen Weg gab. Eine Aussicht darauf, nicht teilen zu müssen, wofür sie so viel riskiert hatte. In der Erinnerung sah sie ihre Hände, die unruhig über die Kante des Sofas wischten, und sogar den schmalen weißen Striemen an ihrem Ringfinger, dort, wo bis zu ihrer Entlassung ihr Ehering gesessen hatte. Die erste Fessel. Die, die lange vor der Haft gekommen war …

Sie stöhnte. All das sah sie gestochen scharf vor sich, als ob sie durch eine unsichtbare Lupe blickte. Doch alles, was danach kam, lag im Dunkeln.

War der Mann, der sich Endriss nannte, anschließend wieder gegangen? Hatte sie ihn zur Tür gebracht? Ihn fortfahren sehen? Sarah schüttelte ratlos den Kopf. Oder war er es gewesen, der sie auf eine Weise, die sie noch immer nicht nachvollziehen konnte, überwältigt und anschließend hierhergebracht hatte? In dieses … Was war das überhaupt? Ein Lager?

»Hallo?« Der kleine Raum war so vollgestopft, dass sich ihre Stimme irgendwo zwischen den Möbeln verfing. Sarah konnte sich selbst kaum verstehen. »Hallo!«, rief sie noch einmal deutlich lauter. »Hört mich jemand? Hilfe!«

Du bist an ein Bett gefesselt und hast ein Halsband um, höhnte ihr Verstand. Glaubst du im Ernst, dass derjenige, der dir das angetan hat, dich nicht auch geknebelt hätte, wenn da draußen jemand wäre, der dich hören kann?

Sie verstummte und biss sich auf die Lippen. Aber warum?, hämmerte es hinter ihrer Stirn. Warum? Die Zeit der Gefangenschaft ist vorbei. Ich bin frei. Diese Fixierungen an meinen Handgelenken müssen ein Versehen sein, ein Irrtum.

In ihrem Kopf manifestierten sich plötzlich neue Bilder. Sexpraktiken, die Fesselungen einschlossen. Vielleicht ist irgendetwas außer Kontrolle geraten, überlegte sie, während sie zugleich versuchte, ihren Körper zu erfühlen. Vielleicht hatte ihr dieser Endriss irgendetwas verabreicht. K.-o.-Tropfen, die bewusst- und willenlos machten. Vielleicht wollte er einfach nur seinen Spaß … Sie schluckte. Irgendeine verdammte Erklärung musste es doch geben!

Sie sah wieder nach oben, und ein Stück hinter der Neonröhre entdeckte sie etwas, das wie eine Webcam aussah.

Er beobachtet mich.

Dieser perverse Mistkerl kann mich sehen!

»Hallo?«, rief sie, und dieses Mal schaute sie dabei direkt in die Kamera. »Können Sie mich hören?«

Die Linse, schwarz und glänzend wie das Auge eines lauernden Tieres, war direkt auf ihr Gesicht gerichtet.

Sarah fühlte ein Brennen auf ihrer Stirn. Wie ein spitzer

Gegenstand, der sich von außen in ihren Schädel bohrte. »Bitte!«, schrie sie, so laut sie konnte. »Lassen Sie mich gehen! Ich verspreche Ihnen, dass ich Sie nicht anzeigen werde. Sagen Sie mir einfach, wie viel Sie wollen. Ich kann Ihnen jede Summe zahlen. Mein Mann war reich.« Sie stutzte, als ihr auffiel, dass sie es noch immer nicht über die Lippen brachte: Ich bin reich. Dabei war es die einzig adäquate Formulierung. Mein Mann – das war endgültig passé. Ab sofort war sie diejenige, die maßgeblich war. »Sagen Sie es mir einfach«, wiederholte sie, den Blick stur auf die Linse der Kamera gerichtet. »Ich gebe Ihnen alles, was Sie wollen. Nur bitte … Bitte lassen Sie mich raus hier!«

Jetzt müsste er mir eigentlich antworten, dachte sie. Doch nichts geschah. Da war keine Lautsprecherstimme, kein Knacken einer Gegensprechanlage, das ihr verriet, dass ihr überhaupt jemand zuhörte.

Einzig die Linse schien sich noch tiefer in ihren Blick zu bohren.

»Ich flehe Sie an, reden Sie mit mir!« Ihre Stimme brach weg, und nur mit äußerster Konzentration brachte Sarah sie wieder unter Kontrolle. »Es … Es geht doch um Geld, oder nicht?« Worum sollte es denn sonst gehen?, versuchte sie sich selbst zu trösten. Es ging doch schließlich immer irgendwie um Geld. »Bitte!«

Doch wieder blieb alles still.

Sarah schloss die Augen. Sie wusste, es war schlimm. Viel schlimmer als alles, was sie bislang erlebt hatte. Und doch durfte sie sich auf gar keinen Fall unterkriegen lassen. Sie musste kämpfen. Vor allem musste sie verstehen, worum es hier eigentlich ging. Damit sie handeln konnte. Jeder Mensch wollte irgendetwas. Und wenn sie herausfand, was der, der sie verschleppt hatte, wollte, dann würde sie auch in der Lage sein, ihm ein Angebot zu machen.

Kämpfen und Handeln – nur das konnte einen retten, wenn der Laden so richtig in Flammen stand. Eines der wenigen Dinge, die sie von ihrem verstorbenen Mann gelernt hatte.

Kämpfen und Handeln …

Sie sah Eberhard förmlich vor sich, in einer Krisensituation, mit einer neuen Strategie. Die Lippen aufeinandergepresst, das markante Gesicht in Falten gelegt, entschlossen. »Es kommt einzig und allein auf deine innere Einstellung an«, hatte er immer gesagt. »Du musst es wollen. Dann erreichst du es auch. Verstehst du? Tief in dir drin darf es kein Wenn und kein Aber geben. Nicht die leiseste Spur. Sonst kannst du die ganze Sache von vornherein vergessen.«

Sie hielt erschrocken inne, als eine plötzliche Assoziation durch ihre Gedanken zuckte, taghell und scharfkantig wie ein Blitz. Ihre Pupillen weiteten sich in grenzenlosem Erstaunen, und automatisch suchten ihre Augen wieder die Kamera hinter dem Neonlicht.

»Manuel?«, flüsterte sie ungläubig. »Manuel, bist du das?«

9

Rund elf Kilometer Luftlinie von Sarah Kindles Gefängnis entfernt stand Em vor der Tafel mit den Tatortfotos und starrte Lina Wöllners zertrümmerten Schädel an. »Diese Tableaus«, murmelte sie kopfschüttelnd, »woran, zum Teufel, erinnern mich die?«

Decker trat neben sie und hielt ihr einen Becher Automatenkaffee hin. »Du denkst, der Täter ahmt etwas oder jemanden nach?«

»Ich bin nicht sicher, ob nachahmen das richtige Wort ist«, entgegnete sie und nahm dankbar einen Schluck von ihrem Kaffee. »Aber ich habe das Gefühl, dass mir die Szenarien seiner Morde irgendwie bekannt vorkommen.«

»Du meinst so wie in ›Copykill‹?«

Sie knuffte ihn in seinen muskulösen Oberarm. »Ich mein's ernst!«

»Aber so was wie das hier …«, sein Zeigefinger tippte auf ein Foto, das Jonas Tidorf mit durchstochener Kehle und verbrühtem Gesicht zeigte. »Das wäre dir doch wohl kaum entfallen, wenn du's schon mal gesehen hättest, oder?«

Stimmt, dachte Em. Trotzdem lösten die Bilder tief in ihr so etwas wie eine Assoziation aus. Doch wann immer ihr Verstand danach greifen wollte, zog sich die Erinnerung wieder in die Tiefen des Unbewussten zurück. »Es steckt ein Muster hinter all dem.« Sie fuhr sich gedankenverloren durch die Haare. »Aber wir sehen es nicht. Und solange wir es nicht sehen …« Sie brach ab und verschränkte frustriert die Arme vor der Brust.

»Du solltest mal 'ne Pause einlegen«, stellte Decker fest.

»Jaja …«

»Hey, ich hab 'ne Idee. Wie wär's mit 'nem schönen kühlen Bier im Penny Lane?« Er grinste. »Ich würde dich ausnahmsweise auch einladen …«

»Lieb von dir. Aber mir ist heut nicht danach, okay?«

»Hast du Angst, dass wir Ahrens begegnen?«

Sie starrte ihn an. Dachte er das wirklich?

»Moment! So war das nicht gemeint.« Decker hob abwehrend die Hände. »Ich wollte damit nur sagen, dass du kein schlechtes Gewissen zu haben brauchst. Ich meine, es war doch ganz offensichtlich, dass du nicht gefragt worden bist. Und keiner, der dich kennt, käme auf die Idee, dass du dir ausgerechnet 'ne Frau als Partnerin aussuchen würdest.«

Sie wusste, er meinte es gut. Deshalb verzichtete sie ganz bewusst auf einen bissigen Kommentar und lächelte ihn an. »Schon gut.«

»Also, was ist jetzt mit dem Bier?«

»Ein andermal gern.«

»Wie du meinst.« Er nahm seine Jacke vom Stuhl und zog sich an. »Mach aber nicht mehr so lange, hörst du? Du musst auch mal schlafen.«

»Klar.«

»Und vielleicht kommst du ja doch noch auf 'n Sprung rüber.« Decker warf einen Blick auf die Uhr, die bereits halb zehn zeigte. »Überleg's dir!«

»Okay. Bis dann.«

Ihr Kollege hob grüßend die Hand und schob ab.

Em blickte zu Makarovs Büro hinüber, wo ebenfalls noch Licht brannte. Dann wandte sie sich wieder den Fotos der Opfer zu. Eine Exprostituierte, die ihre Mutter auf dem Gewissen hatte. Ein kaufmännischer Angestellter, der Fahrerflucht beging. Ein Student, der seine schwangere Freundin zur Abtreibung nötigte. Und eine tote Psychologin, der sie – zumindest bislang – keine wie auch immer geartete Schuld nachweisen konnten. Aber was hieß das schon? Vielleicht hatten sie in Jenny Dickinsons Fall einfach noch nicht tief genug gegraben. Ihre Augen glitten weiter zu den Aufnahmen der Tatorte. Alle vier Opfer waren auf unterschiedliche Weise getötet worden. Und bei allen hatte der Täter völlig unterschiedliche Accessoires zurückgelassen.

Sie kippte den Rest ihres Kaffees hinunter und zog ihr Handy aus der Hosentasche. Trotz der späten Stunde saßen noch immer zahlreiche Kollegen vor ihren Bildschirmen und versuchten, Informationen zu beschaffen. Informationen, die vielleicht Zusammenhänge aufzeigten. Die halfen bei der Suche nach dem Monster, das irgendwo da draußen herumlief und vielleicht bereits sein nächstes Opfer im Visier hatte.

Em trat auf den Flur hinaus und durchforstete ihr Adressbuch einmal mehr nach Tom Ahrens' Nummer. Sie hatte bereits mehrfach versucht, ihn zu erreichen. Aber er meldete sich nicht. Und obwohl sie ihre Nummer ganz bewusst nicht unterdrückte, rief er nicht zurück.

Auf dem Gang neben den Umkleideräumen standen zwei monströse Trinkwasserspender aus Edelstahl. Warum es gleich zwei waren, wusste niemand so genau, doch irgendwo an höherer Stelle war man offenbar der Meinung, dass reichliches Trinken die Konzentrationsfähigkeit und Denkleistung der hier arbeitenden Beamten fördere – koste es, was es wolle.

Em benutzte die Spender selten, zumal sie nicht die geringste Lust hatte, alle fünf Minuten auf die Toilette zu rennen. Doch jetzt riss sie tatsächlich einen Plastikbecher aus der Halterung und nahm einen Schluck Wasser, einzig und allein, um das Unvermeidliche noch ein paar lächerliche Sekunden aufzuschieben.

Auf dem Display blinkte bereits Tom Ahrens' Handynummer.

Hast du Angst, dass wir Ahrens begegnen?, stichelte Decker hinter ihrer Stirn.

Sie schüttelte den Kopf, aber wenn sie ehrlich war, war sie keineswegs sicher. Als der Becher leer war, atmete sie tief durch und drückte auf die Taste mit dem grünen Hörer. Jeder einzelne dieser Anrufe kostete sie echte Überwindung, doch leider meldete sich auch jetzt sofort wieder die verhasste Mailbox zu Wort.

»Hi, Tom, ich bin's, Em«, entschied sie sich spontan, dieses Mal wenigstens eine Nachricht zu hinterlassen. »Hör zu, ich würde dir gern ein paar Dinge erklären, aber leider erreiche ich dich nie …« Mein Gott, wie hölzern das klang! Sie seufzte. »Rufst du mich einfach mal zurück? Ganz egal, wann, ja? Ich … Ach, Scheiße, du weißt genau, dass … Es tut mir leid, ehrlich …« Sie merkte, wie ihr die Tränen kamen, und unterbrach hastig die Verbindung.

Dann wischte sie sich mit grimmiger Entschlossenheit über die Augen und stieß die Tür zur Damentoilette auf.

Dort wäre sie um ein Haar in Ohnmacht gefallen vor Schreck über die hochgewachsene Gestalt, die mit dem Rücken an einem der beiden Waschtische lehnte.

»Scheiße!«, rief sie entgeistert. »Was in drei Teufels Namen tust du denn hier?«

»Tut mir leid, dass ich einfach so reinschneie«, entgegnete Benjamin von Treskow ohne jeden Anflug von Reue. »Aber du rufst mich nie zurück und …« Er kniff die Augen zusammen. »Hey, weinst du?«

»Blödsinn«, fauchte Em und rupfte wütend ein Papiertuch aus dem Spender neben dem Becken. »Weshalb, um Gottes willen, sollte ich heulen?«

»Keine Ahnung.«

»Ich hab viel am Bildschirm gesessen, okay?«

»Klar.« Er hob entschuldigend die Hände. »Können wir reden?«

»Worüber?«

»Über uns.«

»Da gibt es nichts zu reden«, versetzte sie mit aller Kühle, die sie zustande brachte. »Wir sind fertig miteinander. Akzeptier das einfach.«

Sie drehte sich weg und warf einen Blick in den Spiegel. Verdammt, dachte sie, ich sehe wirklich total verheult aus. Verheult und müde.

»Das kann ich nicht.«

Sie brauchte einen Moment, um seine Antwort einzuordnen. *Ich kann nicht akzeptieren, dass wir miteinander fertig sind.*

»Wieso nicht?«, fragte sie.

»Weil ich das, was uns verbindet, nicht so einfach über Bord werfen möchte.«

Sie schenkte ihrem Spiegelbild ein verächtliches Lächeln und drehte sich dann wieder zu ihm um. »Einfach ist gut!«

»Ich gebe zu, ich habe einen Fehler gemacht ...«

»So also nennst du das?« Er wollte Dresche? Fein. Die konnte er kriegen. Sie war gerade in der richtigen Stimmung dafür! »Vielleicht solltest du das deinem Schnuckelchen mal stecken. Dass sie ein Fehler ist, meine ich. Das wird sie bestimmt freuen.«

»Verdammt, Em, ich liebe dich.«

»Natürlich«, sagte sie, und ihr Kopf war mit einem Mal ganz klar. Etwas, auf das sie in einer Situation wie dieser wirklich stolz war. Sie konnte klar denken. Sie hatte sich im Griff. Sich und ihre Emotionen. »Du liebst mich von ganzem Herzen. Deshalb musstest du ja auch bei der erstbesten Gelegenheit mit irgendeinem magersüchtigen Teenager in die Kiste hüpfen, stimmt's?«

»Herrgott, Em, ich war total betrunken.«

»Und?« Sie machte einen Schritt auf ihn zu. »Bedeutet das im Umkehrschluss, dass du dein Leben lang nüchtern bleiben müsstest, um für dich und deine Gefühle garantieren zu können?«

Er schüttelte den Kopf. »So kannst du das nicht sehen.«

»Ach nein?«

»Hör zu, Em, ich habe dich verletzt. Und ich …«

»Nein«, unterbrach sie ihn in harschem Ton. »Du hast was viel Besseres getan als das: Du hast mir die Augen geöffnet! Und genau genommen müsste ich dir sogar dankbar sein dafür, dass ich jetzt weiß, mit was für einer Art von Kerl ich da …«

»Gib mir eine Chance«, flehte er, und je länger sie ihn betrachtete, desto mehr fand sie, dass er tatsächlich angegriffen aussah. Rund um seine Augen lagen tiefe Schatten, und selbst sein Haar wirkte nicht ganz so voll und dunkel wie sonst. »Verdammt, Em, wir machen alle mal einen Fehler.« Er zögerte, bevor er mit geradezu selbstmörderischer Ehrlichkeit hinzusetzte: »Sogar du.«

Sie lachte höhnisch auf. »Du hast recht«, rief sie. »Ich bin meilenweit entfernt davon, unfehlbar zu sein. Der einzige Unterschied zwischen dir und mir ist, dass ich niemanden betrüge, der mir wichtig ist. Und weil du das ein wenig anders hältst, machst du deine Fehler in Zukunft allein. Oder mit deinem Teenie-Schnuckelchen. Oder …«

»Aber ich kann …«, setzte er an.

Doch sie brachte ihn mit einer knappen Geste zum Schweigen. »Weißt du, was dein größtes Problem ist?«

Seine Miene wurde steinern. »Nein, sag's mir.«

»Dein größtes Problem ist nicht die Lügerei. Und auch nicht dein Appetit auf andere Frauen.« Sie sah ihm direkt in die Augen. »Dein größtes Problem ist, dass du nicht bereit bist, die Konsequenzen zu tragen für das, was du tust.«

Sie hatte den Eindruck, dass ihre Antwort ihn wütend machte. Die Haut um seinen Mund wurde blass, und irgendwo tief in seinen Augen leuchtete etwas auf, das sie bislang nicht an ihm gekannt hatte. Sie vermochte es nicht einzuordnen, das Einzige, was sie wusste, war, dass es ihr nicht gefiel.

»Was erwartest du von mir?«, fuhr er auf. »Soll ich vor dir auf die Knie fallen? Ist es das, was du willst? … Na schön, bitte sehr, von mir aus! Wenn du Spaß daran hast.« Er schlug seinen Mantel zurück und ließ sich ohne Zögern aufs rechte Knie sinken. »Ich bin ein Idiot und bitte dich aus tiefstem Herzen um Vergebung, Emilia Capelli.«

Sie blickte nervös über die Schulter. Abgesehen davon, dass ihr seine Theatralik zutiefst zuwider war, war das hier einfach nicht der Ort für solche Spielchen! Die Sekretärinnen waren ja Gottlob schon alle im Feierabend. Aber was, wenn die Putzfrau plötzlich hereinkam? Oder sonst irgendwer? Sie strich sich verärgert eine Haarsträhne aus der Stirn. Sie hatte, verdammt noch mal, lange genug gebraucht, um sich den Respekt zu erarbeiten, den ihr die Kollegen heute entgegenbrachten. Das würde sie sich unter keinen Umständen kaputtmachen lassen!

»Hör auf der Stelle auf mit dem Quatsch und steh auf!«, fuhr sie ihren Exfreund an. »Na los!«

»Wieso?«, gab Treskow zurück. »Es ist mir ernst.«

»Und wenn schon! Das gehört nicht hierher, okay? Das ist privat!«

»Fein, dann reden wir zu Hause weiter.«

»Den Teufel werden wir!« Sie bekam seinen Arm zu fassen. »Geh dahin zurück, wo du hergekommen bist, und lass mich endlich in Ruhe!«

Sein Gesicht wurde rot. Eine gefährliche Mischung aus Wut und Trotz. »Ich denke gar nicht dran!«

»Benjamin!« Sie umrundete ihn und versuchte, ihn auf die Beine zu zerren und Richtung Tür zu schieben. »Es reicht! Ein für alle Mal! Du verlässt jetzt sofort diesen Raum und hörst auf, dich in mein Leben einzumischen!«

»Oder was?«, schrie er sie an.

»Oder ich werde dich …« Sie unterbrach sich und runzelte die Stirn. »Was ist?«, fragte sie.

Seine Augen hatten binnen eines Sekundenbruchteils einen völlig anderen, beinahe erschreckten Ausdruck angenommen.

Und erst mit einiger Verzögerung wurde Em klar, dass er nicht sie ansah, sondern auf einen Punkt in ihrem Rücken starrte. Dorthin, wo die Kabinen waren.

»Entschuldigung«, hörte sie Mai Zhous Stimme hinter sich. »Es war nicht meine Absicht, Sie … Ich meine, ich wollte nicht stören.«

»Keine Sorge, Sie stören nicht«, entgegnete Em mit aller Würde, die sie in dieser absolut entwürdigenden Situation noch zustande brachte. »Herr von Treskow wollte gerade gehen.«

Sie bedachte ihren Ex mit einem letzten, wie sie hoffte unmissverständlichen Blick. Dann ließ sie beide einfach stehen, holte ihre Handtasche aus dem Büro und verließ das Präsidium.

10

Sander Westen starrte die Tür seines Büros an. Wie lange er schon so dasaß, konnte er nicht sagen. Minuten vielleicht. Vielleicht auch Stunden. Trotzdem verspürte er weder Hunger noch Durst. Nicht einmal Müdigkeit. Nur eine tiefe, allumfassende Leere.

Der letzte Patient war lange fort.

Astrid ebenfalls.

Und doch brachte er es einfach nicht über sich, die Praxis zu verlassen und nach Hause zu gehen. Die beiden Kriminalbeamtinnen hatten ihn nach Lina Wöllner gefragt. Doch er dachte immerfort an jemand anderen. Hatte das etwas zu bedeuten? Oder war es nur ein dummer Streich, den ihm seine Phantasie spielte? Eine unbewusste Reaktion auf die beunruhigenden Neuigkeiten, mit denen ihn die beiden Ermittlerinnen konfrontiert hatten?

Drei der Opfer waren mit Ihnen bekannt …

Westen stand auf und trat an das Regal neben der Tür. Mit

sicherem Griff zog er ein Buch heraus und schlug es auf. Er brauchte nicht lange, um die Stelle zu finden. Immerhin hatte er selbst geschrieben, was dort stand:

Der Junge, den wir zum Schutz seiner Persönlichkeitsrechte im Folgenden Milan nennen wollen, ist dunkelblond und alles in allem eher schmächtig.

Milan! Westen schüttelte den Kopf. Wie war er eigentlich auf diesen Namen gekommen? Er hatte niemals jemanden gekannt, der Milan hieß. Und eigentlich verband er auch nichts Bestimmtes mit dem Namen.

Nichts, was wir tun oder sagen, ist vollkommen willkürlich, meldete sich Gregor Feinstein zu Wort, einer seiner alten Professoren.

Also Milan ...

Westen horchte in sich hinein, gespannt, welche Assoziationen der Name in ihm wachrief. Doch das Bild, das seine Erinnerung ihm anbot, war ganz und gar nicht das eines schmächtigen blonden Jungen auf dem Teppich in seinem Arbeitszimmer, sondern – viel konkreter – die Vorstellung eines ruhig dahingleitenden Greifvogels über einem Feld. Westen war in der Eifel aufgewachsen, wo das Land weit und flächig war und wo man sich an manchen Stellen fast wie auf hoher See fühlte, umgeben von wogenden Wellenbergen in Hellgrün und leuchtendem Gelb. Freier Blick bis zum Horizont inklusive. Und hoch über all dem schwebte Milan, der Raubvogel, kaum mehr als ein Schatten, der jederzeit vom Himmel stürzen konnte, um Beute zu machen.

Nichts, was wir tun oder sagen, ist vollkommen willkürlich ...

Ein Junge mit Augen aus Stahl. Der Blick dennoch wach und aufmerksam. Ein Junge, der Abstand hält. Von seinen Mitpatienten. Von seiner Mutter. Von seinen Therapeuten. Nicht, dass er jemals eine Hand abgeschüttelt hätte, die sich ihm auf die Schulter gelegt hatte. So weit war er nie gegangen. Trotzdem hatte jeder, der ihm nahe gekommen war, das Gefühl gehabt, Stein zu berühren.

Oder stimmte das gar nicht? Westen stutzte. War das nur seine eigene, ganz persönliche Empfindung gewesen?

Er schloss die Augen und sah den Garten vor sich, in den er von seinem Arbeitszimmer in Haina geblickt hatte. Seltsam, dachte er, welche Bilder das Gedächtnis ausgräbt, einzig und allein, um einer unbequemen Wahrheit zu entgehen. Friedliche Bilder von Sommersonne und Blumen, deren Blütenköpfe ein lauer Westwind sanft über die niedrige Fensterbank beugt, direkt in sein Arbeitszimmer. Kein anderer Raum, der ihm je so vertraut gewesen wäre. Und doch war es zugleich der Ort gewesen, an dem er die Monster studiert hatte. Ausgerechnet!

So also sehen Sie Ihre Patienten?, stichelte die brünette Kommissarin hinter seiner Stirn.

Westens Augen klebten noch immer an der ersten Zeile. Dem Beginn des Kapitels, das er mit »HINTER DEM SPIEGEL« überschrieben hatte:

`Der Junge, den wir zum Schutz seiner Persönlichkeitsrechte im Folgenden Milan nennen wollen, ist dunkelblond und alles in allem eher schmächtig.`

Seltsamerweise war das Erste, was er von ihm wahrgenommen hatte, ein Geruch gewesen. Kein typischer Jungengeruch, sondern das Aroma eines ganz bestimmten Waschmittels. Westens Finger schlossen sich fester um den Einband des Buches. Ja, dachte er, der Junge auf dem grünen Teppich hat sauber gerochen. Befremdlich sauber sogar, wenn man bedachte, was er nur wenige Stunden zuvor getan hatte. Und einmal, Jahre danach, war Westen der Geruch sogar noch einmal wiederbegegnet. Auf Sardinien, in einem der letzten Urlaube, die Dana und er gemeinsam verbracht hatten. Westen blickte auf die gedruckten

Zeilen hinunter, bis die Druckerschwärze unter seinen Augen verschwamm. Es war schon spät gewesen, damals, und Dana und er hatten zu Bett gehen wollen. Der Bezug war gelb gewesen, daran erinnerte er sich, hellgelb und quietschsauber. Und für den Bruchteil einer Sekunde hatte er tatsächlich geglaubt, er sei wieder da.

Eine meiner ersten Aufgaben ist es, Milan zu beobachten. Ich sitze auf einem nackten Holzstuhl in der Ecke des Zimmers und sehe ihm zu. Es gibt keine Vorgaben. Milan darf tun, was er will. Doch zunächst tut er gar nichts. Er sitzt einfach da. Auf dem Teppich, mitten im Raum. Er sieht mich nicht an, aber trotzdem habe ich nicht den Eindruck, dass er meinem Blick bewusst ausweicht. Im Gegenteil. Ich habe das Gefühl, dass er mich genauso sorgfältig studiert wie ich ihn. Er geht dabei nur anders zu Werke. Unauffälliger. Effektiver.

Westen ließ das Buch sinken und überlegte, was der Junge, dem er den Namen Milan gegeben hatte, wohl heute machte. Dabei musste er an seine Exfrau denken. Denn Dana hatte ihm oft solche Fragen gestellt: Was macht XY heute? Denkst du, dass der und der noch immer auf kleine Kinder steht? Und er hatte all diese Fragen fast immer mit »Ich weiß es nicht« beantwortet.

»Das ist doch wohl nicht dein Ernst«, hatte sie sich daraufhin entrüstet, zumindest noch zu Beginn ihrer Ehe.

»Doch«, hatte er erwidert. »Das ist mein Ernst …«

»Aber du hast doch gesagt, der Junge sei gefährlich.«

»Oh ja, das ist er.«

»Na also!« Ein triumphierender Blick. »Dann musst du dich doch auch dafür interessieren, was er macht, oder nicht?«

»Nein.«

»Wieso nicht?«

Das ist in der Tat eine berechtigte Frage, dachte Westen. Eine Frage, der er – nebenbei bemerkt – immer ausgewichen war. Aber was hätte er denn auch sagen sollen? Dass er sich nicht für das weitere Leben seiner Patienten interessierte, weil er ohnehin nichts ändern konnte? Weil die Gerichte allzu oft verhinderten, dass es überhaupt eine Handhabe gab?

Der Junge, den wir zum Schutz seiner Persönlichkeitsrechte im Folgenden Milan nennen wollen ...

»Von wollen kann keine Rede sein«, murmelte Westen bitter und klappte entschlossen das Buch zu.

»Aber es muss einen doch total frustrieren, wenn man eine Gefahr kommen sieht und nichts dagegen tun kann«, hatte Bernd, sein bester Freund, einmal zu ihm gesagt. »Mich frustriert es ja schon, wenn ich nur davon höre ...«

»Ich bin nicht auf der Suche nach einem Heilmittel«, hatte Westen ihm entgegengehalten. »Ich betreibe Grundlagenforschung.«

»Aber Grundlagenforschung hat doch den Zweck, die Basis für ein Heilmittel zu schaffen. Welchen Sinn sollte sie sonst haben?«

Westen nickte leise vor sich hin. Da war er zum ersten Mal hellhörig geworden. Und doch hatte es noch eine quälend lange Zeit gedauert, bis er die Konsequenzen gezogen hatte.

Manche Dinge brauchen leider einfach etwas länger.

Er stellte das Buch ins Regal zurück. Dann holte er seinen Mantel aus dem Schrank neben der Tür und löschte das Licht.

Im selben Moment, in dem er aus dem Haus trat, begann es zu regnen.

11

Als Em am Merianplatz aus der U-Bahn stieg, hatte sie sich immerhin so weit beruhigt, dass sie wieder klar denken konnte. Inzwischen war es fast halb elf, doch in Trudis Laden brannte noch immer Licht. Trudis Wohnung lag ganz in der Nähe, doch Em hatte den unbestimmten Eindruck, dass ihre Nachbarin sich am wohlsten fühlte, wenn sie in ihrem Geschäft sein konnte. Vielleicht, weil sie dort ihrer Einsamkeit entkam.

Em entschied sich zu klopfen, und gleich darauf hörte sie auch schon die vertrauten Schritte auf der anderen Seite der Tür.

»Wer stört?« Sie konnte das Lächeln in Trudis Stimme hören.

»Na, wer wohl?«

Anstelle einer Antwort hörte Em, wie sich der Schlüssel im Schloss drehte.

»Ich wollte mich für die Trüffel bedanken ...«

»Komm rein.«

Es war verrückt, aber diese himmelblauen Augen hatten eine unheimlich beruhigende Wirkung auf sie. Em streckte Arme und Schultern, und zum ersten Mal seit Beginn dieses Falls fühlte sie sich wirklich erschöpft.

»Du siehst aus, als ob du 'n schweren Tag hattest.«

»Ist nicht dein Ernst«, entgegnete Em, wohl wissend, dass sie der klugen Trudi ohnehin nichts vormachen konnte.

»Kaffee?«

»Aber immer doch.« Sie folgte ihrer Nachbarin ins Hinterzimmer und ließ sich auf ihren Stammplatz, einen alten chintzbezogenen Sessel, fallen. Es war ein eingespieltes Ritual, das keiner großen Worte bedurfte.

Früher sind die Leute zur Beichte gegangen, dachte Em. Und in Zeiten wie diesen besucht man eine Trudi. Falls man eine hat ...

»Kannst du mir eine Frage beantworten?«

Trudi lächelte. »Klar, was willst du wissen?«

»Woran liegt es, dass in schwierigen Phasen grundsätzlich alles zusammenkommt?«

»Das?« Ihr Lächeln vertiefte sich. »Ach, das ist so was wie 'n Naturgesetz, glaub ich. Vermutlich damit es uns nicht langweilig wird, hier unten.«

»Und welches Arschloch entscheidet, was langweilig ist?«

Anstelle einer Antwort brach Trudi in prustendes Gelächter aus. Sie erinnerte Em immer ein wenig an eine Figur aus einem Märchen. Eine weise alte Fee mit gütigen Augen und weit mehr Verstand, als einem lieb sein konnte.

»Aber mal ehrlich«, stöhnte sie, »da hast du wochen- und monatelang Ruhe, und von jetzt auf gleich verschwört sich die ganze Welt gegen dich, und alle fallen sie gleichzeitig über dich her.«

»Schließt dieses alle auch deine neue Partnerin ein?«

Sie überlegte. »Nein, eigentlich nicht.«

»Hm.«

»Was hm?«

»Irgendwie klingt das, als ob du ihr selbst das noch übel nimmst.«

Em blickte ertappt zu Boden, während nebenan im Verkaufsraum das Telefon zu läuten begann. »Geh ruhig ran«, sagte sie, während ihre Nachbarin wie selbstverständlich zwei prächtige Sammeltassen und einen Teller Gebäck vor sie hinstellte. Als hätte sie ihr Leben lang nichts anderes getan.

»Nicht nötig. Ist nicht wichtig.«

»Woher willst du das wissen?«, fragte Em, der die ständige Erreichbarkeit im Job mittlerweile in Fleisch und Blut übergegangen war.

»Das ist nur meine Nichte«, antwortete Trudi in aller Seelenruhe.

»Die mit dem chinesischen Kind?«

»Genau. Sie ruft mich jeden Samstagabend an, damit es nicht so aussieht, als ob sie einzig und allein auf mein Geld aus ist. Was natürlich nicht der Wahrheit entspricht.« Trudi schüttelte vergnügt den Kopf. »Trotzdem meldet sie sich jeden Samstag um Punkt halb elf. Dann sind die Kinder im Bett, und sie kommt vom Zumba. Aber, weiß Gott, ich kann dir nicht sagen, für wen von uns beiden das die größere Strafe ist.«

»Geh trotzdem ran«, lachte Em. »Sonst denkt sie, es ist was nicht in Ordnung.«

Trudi warf ihr einen prüfenden Blick zu, als überlege sie ernsthaft, ob sie es sich leisten könne, sie in diesem Zustand allein zu lassen.

»Geh!«, drängte Em.

»Na schön«, sagte Trudi und verschwand im Nebenraum. »Es dauert nicht lange.«

Gleich darauf hörte Em sie am Telefon lachen.

Sie kuschelte sich in ihren Sessel und betrachtete eine Blechdose mit Lebkuchen auf dem Sideboard, auf deren Vorderseite nostalgische Impressionen von Schlittschuh laufenden Kindern zu sehen waren. Eine harmlose kleine Szenerie, die eine fast unwirkliche Idylle ausstrahlte. Irgendwo in einem anderen Teil des Ladens schlug eine Uhr.

Sie ruft mich jeden Samstagabend an … Immer um Punkt halb elf …

Verdammt! Em richtete sich so heftig auf, dass sie beinahe ihre Tasse umgestoßen hätte. Das zarte Porzellan klirrte, und im gleichen Augenblick tauchte Trudis Gesicht im Türrahmen auf. Sie hatte das Telefon am Ohr und warf Em einen fragenden Blick zu.

Em bedeutete ihr, dass nichts geschehen sei und dass sie dringend etwas zum Schreiben benötige.

Trudi verstand und wies auf einen prall gefüllten Stifteköcher in Ems Rücken.

»Danke«, flüsterte Em und zerrte ihr iPhone aus der Tasche.

MENÜ. KALENDERFUNKTION. MONAT OKTOBER.

Okay, mal sehen …

Jonas Tidorf war aller Wahrscheinlichkeit nach am sechzehnten gestorben, einem Dienstag.

Alois Berneck am siebenundzwanzigsten, das war ein Samstag. Em notierte Namen und Daten auf der Rückseite eines Prospekts für Räucherkerzen, den sie im Mülleimer neben ihrem Sessel gefunden hatte.

Gut. Weiter.

Lina Wöllner war am sechsten November gestorben und Jenny Dickinson am fünfzehnten. Ein Dienstag und ein Donnerstag. Em hielt kopfschüttelnd inne. Dienstag, Samstag, dann wieder ein Dienstag und zuletzt ein Donnerstag … Und doch hatte Theo Dorn an diesem besagten letzten Donnerstag mit Post von dem geheimnisvollen Unbekannten gerechnet. Was das betraf, war sich seine Angestellte ganz sicher gewesen.

»Was war mit den Tagen davor?«, hatte Em nachgehakt.

Doch Doris Senn hatte nachdrücklich den Kopf geschüttelt. »Nein, da ist mir nichts dergleichen aufgefallen.«

»Keine übertriebene Nervosität?«

»Nein.«

»Ganz sicher nicht?«

»Wenn er nervös gewesen wäre, hätte ich es bemerkt«, hatte Doris Senn daraufhin noch einmal versichert. »Er war seit Wochen besorgt, wie gesagt. Aber am Tag seines Todes war er mit den Nerven am Ende. Das hatte eine völlig andere Dimension.«

Wieso am Donnerstag?, überlegte Em. Woher hatte Dorn gewusst, dass er ausgerechnet an diesem Tag wieder eine Karte erhalten würde? Weil er im Gegensatz zu ihnen das Muster durchschaut hatte?

DIENSTAG. SAMSTAG. DIENSTAG. DONNERSTAG … Wo war da das System? Was, um Himmels willen, hatten sie übersehen?

Ems Finger fuhr über die Daten auf dem Display. Trudi wusste, dass ihre Nichte sie heute Abend anruft, weil sie jeden Samstag um diese Uhrzeit anruft, resümierte sie. Und Theo Dorn wusste, dass die nächste Karte des Unbekannten an dem besagten Donnerstag eintreffen würde, weil er … Ja, was?!

Sie sah wieder auf ihr iPhone und begann zu zählen. Zwischen dem sechzehnten und dem siebenundzwanzigsten Oktober lagen genau zehn Tage. Von Alois Bernecks Ermordung bis Lina Wöllners Tod waren es neun. Und von da bis diesen Donnerstag? Ihre Fingerspitzen begannen zu zittern vor Aufregung. Verdammt! … Acht!

ZEHN. NEUN. ACHT.

Mein Gott, dachte Em, während sich eine eisige Kälte über ihren Körper breitete, die Tage sind tatsächlich nicht willkürlich gewählt. Es ist ein Countdown!

12

Sarah Kindle hatte geschlafen. Ein angstvoller, unruhiger Schlaf, der ihr nicht die geringste Erholung gebracht hatte.

Als sie erwachte, sah der Raum noch genauso aus wie zuvor. Und doch war etwas anders. Das spürte sie sofort. Instinktiv blickte sie nach oben, zur Webcam. Die Linse starrte ihr noch immer entgegen, hässlich und schwarz glänzend wie ein Käfer, der sich unter der niedrigen Decke festgekrallt hatte und nur darauf wartete, sich auf sie herunterfallen zu lassen. Auf ihr Gesicht.

Sarah merkte, wie sich eine Gänsehaut über ihre Arme breitete. Sie war noch nicht lange hier, dessen war sie sicher. Und doch hatte sie bereits jetzt jegliches Zeitgefühl verloren.

Sie musste aufs Klo. Aber noch war es nicht allzu schlimm. Das war immerhin ein Anhaltspunkt.

Sie drehte den Kopf und wurde prompt unsanft daran erinnert, dass ein Halsband um ihre Kehle lag. Im gleichen Moment begann irgendwo ganz in ihrer Nähe ein Tonband zu spielen: Eine Stimme, die sie nicht kannte, sang einen alten Schlager.

Die Aufnahme knisterte und rauschte. Aber sie signalisierte zugleich, dass jemand hier war.

Das ist nicht gut, dachte Sarah. Gar nicht gut.

Die alte Musiktruhe fiel ihr ein. Wo stand die noch gleich? Irgendwo da hinten in der Ecke, oder nicht? Vor der Wand, die so seltsam aussah. Wie Stahl.

Ihr Blick glitt nach rechts.

Ein totes Reh glotzte sie aus hohlen schwarzen Murmeläuglein an. Daneben stand die Stehlampe mit dem zerrupften Schirm. Und direkt dahinter … Sie erstarrte. Im Dunkel neben der alten Truhe stand jemand!

Ein Schatten. Der Umriss eines Menschen …

Sie sah eine Maske. Ein Gesicht ohne Regung mit zwei großen, leicht schräg stehenden Augenlöchern, hinter denen feucht zwei Pupillen zu erahnen waren. Das ist keine Puppe, dachte sie. Das ist eine Person. Die ihr Erwachen beobachtet hatte. Und die sie noch immer ansah.

Die Gestalt löste sich aus dem Schatten und kam auf sie zu. Sie führte etwas mit sich, das auf dem nackten Boden ein leises schleifendes Geräusch machte. Im Näherkommen erkannte Sarah, dass es sich um einen von diesen Ständern für Infusionen handelte, wie man sie aus Krankenhäusern kannte. Am oberen Ende des galgenähnlichen Gebildes baumelte eine Glasflasche, die mit einer durchsichtigen Flüssigkeit gefüllt war.

»Nein«, flüsterte sie tonlos. »Nicht …«

Doch die Gestalt reagierte nicht. Quietschend und schleifend kam sie näher und blieb direkt neben dem Bett stehen.

Sarah wand sich wie wild und zerrte völlig sinnlos an ihren Gurten, während die Gestalt, von der sie noch immer nicht viel mehr als einen Umriss erkennen konnte, in aller Seelenruhe den Ärmel ihres Pullovers hochschob.

Sarah hörte das Rascheln von Plastik.

Im nächsten Augenblick hielt die Gestalt eine Punktionsnadel in der Hand.

»Nein!«, schrie Sarah, und endlich gehorchte ihr auch ihre Stimme wieder. Mehr noch: Sie war schrill und durchdringend. »Tun Sie das nicht! Bitte!«

Doch der Fremde machte einfach weiter. Wortlos. Ohne sichtbare Emotion. Und ohne jede Erklärung.

Sarah spürte ein Ziehen und sah hilflos zu, wie die Nadelspitze in das weiße Fleisch ihrer Armbeuge drang. Gleich darauf füllte sich die transparente Kammer am Ende der Punktionsnadel mit ihrem Blut.

Er schob die Nadel noch ein Stück tiefer, fixierte sie und gab einen Laut von sich, der zufrieden klang.

»Was ist das?«, keuchte sie. »Was geben Sie mir da?«

Er antwortete nicht, sondern kehrte ihr den Rücken zu und rammte den Dorn des Infusionsbestecks in die Durchstichmembran der Flasche, ohne diese vorher zu desinfizieren. Dann sah er zu, wie sich der Spiegel in der Tropfenkammer aufbaute.

Als es so weit war, öffnete er die Schlauchklemme, und der Flascheninhalt rann die durchsichtige Leitung hinab, direkt auf Sarahs Körper zu.

»Nicht!«, kreischte sie. »Bitte! Ich gebe Ihnen alles, was ich habe! Nur tun Sie mir das nicht an!«

Sein maskiertes Gesicht wandte sich ihr zu, und endlich erkannte sie auch, was die Maske darstellen sollte. Oder vielmehr: wen.

Satan!

Dieser Mann ist der Teufel!

Ihr stockte der Atem. Ihr Herz stolperte wild vor sich hin, und für einen flüchtigen Augenblick dachte sie, es würde einfach stehen bleiben.

Unterdessen hatte die transparente Flüssigkeit die Kanüle fast erreicht. Nur noch wenige Sekunden, dann würde ihr wehrloser Körper in sich aufnehmen, was immer ihr da injiziert wurde.

Ihr Peiniger hatte sich abgewandt und hantierte an dem orangefarbenen Durchflussregler herum, während die Schallplatte, oder was immer er aufgelegt hatte, mit ungebrochener Penetranz ihren Schlager dudelte. Eine undefinierbare, seltsam geschlechtslose Stimme sang: »Bei mir bist du schön …«

Sarah starrte den Schlauch an. Die Lösung erreichte die Nadel, überwand sie und sickerte mit gnadenloser Unabwendbarkeit in ihren Körper, ohne dass sie auch nur das Geringste dagegen unternehmen konnte.

Der Maskierte verharrte einige Augenblicke regungslos an ihrer Seite. Dann ging er, ohne die Platte abzustellen.

Sarah lag ganz still und wartete darauf, dass etwas mit ihr geschah. Dass sie müde wurde. Das Bewusstsein verlor. Halluzinierte. Doch nichts dergleichen passierte.

Stunde um Stunde verstrich.

Die Platte war lange zu Ende. Die Musik verstummt.

Und Sarah blieb allein mit der nackten Neonröhre über ihrem Kopf und dem Schlag ihres Herzens, dem einzigen Geräusch, das die pochende Stille ringsum in hektische kleine Abschnitte teilte. Bum. Bum. Bum. Der Takt des Lebens. Ihres Lebens, das sie sich nicht so ohne Weiteres nehmen lassen wollte.

Kämpfen und Handeln …

Als der Druck auf ihrer Blase unerträglich wurde, gab Sarah nach. Sie spürte die Wärme ihres Urins an ihren Schenkeln und fühlte auch, wie er anschließend nach und nach erkaltete. Fast wie damals als kleines Mädchen, dachte sie verwundert, in der neuen Wohnung. Mit dem neuen Stiefvater.

Doch diesmal kam niemand, um sie zu schelten. Niemand, um sie auszulachen.

Sie blieb allein mit ihrer nassen Hose und der Käferlinse und der leeren Glasflasche über ihrem Kopf.

Irgendwann, viel später, schlief sie ein, ohne dass ihr etwas zugestoßen wäre.

VIER

Erzähle mir die Vergangenheit,
und ich werde die Zukunft erkennen.
Konfuzius

Donnerstag, 22. November

1

Ems Entdeckung sorgte für Aufregung unter den Ermittlern der Sonderkommission. Vor allem, weil sie bedeutete, dass bereits in wenigen Tagen der nächste Mord geschehen würde, falls der Täter seinem Muster treu blieb.

Die Beamten der Abteilung arbeiteten rund um die Uhr. Alle fuhren Sonderschichten. Trugen Informationen zusammen. Durchforsteten Datenbanken. Befragten mögliche Zeugen.

Jenny Dickinson hatte zum Zeitpunkt ihrer Entführung Urlaub gehabt. Vier Tage vor ihrem gewaltsamen Tod hatte sie noch mit einer Freundin zu Mittag gegessen. Eine harmlos-heitere Begegnung ohne jedes Anzeichen für drohendes Unheil. Eine Nachbarin hatte die Psychologin am frühen Nachmittag nach Hause kommen und kurz darauf wieder fortgehen sehen. Danach verlor sich ihre Spur. Ihre Handy- und Kreditkartenanbieter verzeichneten keine weiteren Aktivitäten. Keine Abhebungen, keine Transaktionen, keine Gespräche. Das Leben der gebürtigen Amerikanerin war ziemlich genau vierundneunzig Stunden vor ihrem Tod zum Stillstand gekommen, und keiner der Ermittler wagte, sich vorzustellen, was sie in dieser Zeit erlitten haben mochte.

Lina Wöllner hatte ihre Kinder am Morgen ihres Verschwindens wie gewöhnlich zur Schule gefahren. Von diesem Zeitpunkt an schien sie wie vom Erdboden verschluckt. Ihr Auto, ein dunkelgrauer Ford Focus, war unterdessen auf einem Parkplatz an der Park-und-Ride-Station Kalbach aufgetaucht. Man hatte den

Wagen genauestens unter die Lupe genommen, doch der Täter hatte sich auch dort keinerlei Blöße gegeben. Es fanden sich keine Spuren, die nicht einem Mitglied der Familie oder irgendwelchen Schulkameraden der Kinder hätten zugeordnet werden können. Und es gab auch keinen Versuch einer Kontaktaufnahme, keine verdächtigen Anrufe nach Lina Wöllners Verschwinden und keine Zeugen, die irgendetwas beobachtet hatten.

Zu Alois Berneck hatte Decker einen Unfall ausgegraben, bei dem vor etwas mehr als drei Jahren ein Obdachloser zu Tode gekommen war. Kurz darauf hatten die Panikattacken des ehemaligen Seemanns begonnen. Das Unfallopfer, ein alkoholkranker Expolier namens Karl Czernik, hatte ein kleines Grab auf dem Hauptfriedhof, das ein Unbekannter zweimal im Jahr neu bepflanzen ließ. Die Recherchen in der zuständigen Gärtnerei hatten ergeben, dass der Auftrag dazu von Berneck stammte. Für Em und ihr Team ganz klar ein Indiz dafür, dass sie mit ihrer Annahme richtiggelegen hatten. Doch das war leider auch schon alles. Eine wirklich heiße Spur blieb auch hier aus.

Dafür rückte ihnen die Presse von Tag zu Tag nachdrücklicher auf den Pelz. Nahezu stündlich sickerten neue Details über die Opfer durch, und in der Öffentlichkeit schlug die Sache mittlerweile hohe Wellen. Viele Journalisten bemühten sich um eine seriöse Analyse, andere spekulierten munter drauflos. Wirklich hilfreich war weder das eine noch das andere. Die Telefone der Abteilung standen seit Tagen nicht still, und Em fürchtete, dass sie in der Flut an Hinweisen den einen, alles entscheidenden einfach übersehen könnten.

Gegen halb drei saß sie mit Zhou, Gehling und Decker bei einem verspäteten Mittagessen im Grünhof, einem schnörkellosen Einkaufszentrum, das dem Präsidium gegenüberlag. Decker hatte den Asian Food Express vorgeschlagen, vermutlich weil er hoffte, Zhou damit einen besonderen Gefallen zu erweisen.

Em sah ihr Lächeln, als er sich abmühte, seinen Hummerkrabbensalat mit Glasnudeln in Originalsprache zu bestellen, und sie selbst hütete sich gewissenhaft, der mandeläugigen Kellnerin mehr als eine Zahl zu nennen.

Gekocht wurde am offenen Wok. Während sie warteten, sprachen sie über den Fall.

»Er legt sie an Orten ab, an denen er nicht damit rechnen muss, dass ihn jemand beobachtet.« Em lehnte sich auf dem unbequemen Holzstuhl zurück. »Ein Hochsitz. Eine Scheune. Eine Lagerhalle. Alles weit draußen oder doch zumindest so abgelegen, dass sich dort ab einer gewissen Uhrzeit niemand rumtreibt.«

»Die größte Chance auf einen Zufallszeugen hätten wir bei Jonas Tidorfs Ermordung gehabt«, pflichtete Decker ihr bei. »Aber wir haben inzwischen wirklich alle gesprochen, die irgendwie mit diesem Haus zu tun haben. Mieter, Besucher, Handwerker.« Er schüttelte den Kopf. »Von denen hat keiner was gesehen.«

»Eine wirklich interessante Frage wäre, warum er ausgerechnet seinen ersten Mord in der für ihn heikelsten Umgebung begeht«, bemerkte Zhou, die bereits den ganzen Morgen tief nachdenklich wirkte.

»Weil er den Ort haben wollte«, entgegnete Em spontan. »Die Schlachthof-Symbolik. Das war ihm offenbar das Risiko wert.«

»Die Frage ist, warum«, insistierte Zhou.

Wegen der Tableaus, gab Em ihr im Stillen zur Antwort. Der Täter stellt etwas nach, eine ganz bestimmte Szene …

Sie schob die klebrige Speisekarte zur Seite, weil die Kellnerin in diesem Augenblick das Essen brachte. Alle vier Gerichte gleichzeitig, wie Em anerkennend registrierte. Als jüngerer Schwester zweier ebenso gieriger wie durchsetzungsfähiger Brüder fiel ihr dergleichen bis heute auf. Sie kostete ihre Kokos-Curry-Soße und stieß einen zufriedenen Seufzer aus. Wenigstens das, dachte sie. Wenigstens ein kleiner kulinarischer Lichtblick in diesem Meer an Fragen.

Die Front des Restaurants war zum Einkaufszentrum hin offen. Unmittelbar neben dem Eingang stand eins von diesen

Spielgeräten, die sich vor- und zurückbewegten, sobald man einen Euro einwarf. Ein rotes Rennauto. Ems Blicke folgten einem dick eingemummten Kleinkind, das interessiert stehen blieb und dann hoffnungsfroh einen Fuß auf den Sockel setzte. Doch die Mutter zog den kleinen Jungen mit sich fort.

Das Rennauto verschwamm zu einer formlosen roten Masse, aus der heraus ganz andere Bilder auf Em zukamen. Der Hochsitz. Der Keller. Die Scheune. All die grauenvollen Arrangements, die der Mörder ihnen hinterlassen hatte. »Dr. Koss meint, dass die Morde einer Art geheimem Drehbuch folgen«, wandte sie sich wieder an ihre Kollegen. »Einer Vorlage, wenn man so will.«

Zhou sah skeptisch aus. »Das Problem ist, dass es diese Vorlage rein theoretisch auch nur in der Phantasie des Täters geben könnte.«

Decker warf Em einen auffordernden Blick zu. Offenbar erwartete er, dass sie nun auch in größerer Runde kundtat, was sie ihm gegenüber bereits geäußert hatte: dass ihr etwas an diesen Szenen bekannt vorkam.

Doch sie zögerte. Seit Zhou mit an Bord war, ertappte sie sich dabei, dass sie alles umging, was das Risiko eines Irrtums oder gar einer Blamage in sich barg. Und Mutmaßungen wie die, auf die Decker hinauswollte, gehörten zweifellos sogar in beide Kategorien. Trotzdem rang sie sich nach kurzem Überlegen dazu durch, Klartext zu reden. Zumindest dieses Mal.

»Ehrlich gesagt, erinnern mich diese Tatortszenarien auch an irgendetwas«, bekannte sie.

Zhou und Gehling blickten interessiert von ihren Tellern auf.

»Ich weiß beim besten Willen nicht, was es ist«, kam sie ihren Fragen zuvor. »Aber etwas an all dem kommt mir tatsächlich bekannt vor.«

Vom Supermarkt gegenüber drang unablässig das Piepsen der Kassenscanner. Ein Geräusch, das Em zunehmend aggressiv machte.

»Wie hat er Tidorf eigentlich in diesen Keller gekriegt?«, versuchte Decker, ihr mit einem Themenwechsel zu Hilfe zu kommen. »Immerhin war der Junge groß und kräftig. Und er konnte ja schlecht eine Schubkarre nehmen.«

»Eine Schubkarre nicht«, sagte Gehling. »Aber vielleicht einen Rollstuhl. Es gibt in diesem Haus einen Aufzug, wie wir wissen. Und eine Verbindungstür zur Tiefgarage.«

»Nein«, widersprach Zhou. »Das wären entschieden zu viele Unwägbarkeiten für einen derart organisierten Täter.«

»Dann ist Tidorf vermutlich freiwillig dort runter«, spann Em den Faden weiter. »Und somit muss der Täter jemand sein, dem er vertraut hat.«

Zhou nahm ihre Serviette und tupfte sich die Lippen ab. Zu Ems Erstaunen hatte sie reichlich gegessen. Viel und fett.

Ihre Augen blieben am Pulli der Asiatin hängen, in dessen V-Ausschnitt sich deutlich die Schlüsselbeine abzeichneten. Trotzdem sah ihre Partnerin bei aller Zierlichkeit nicht so aus, als würde sie den hochkalorischen Ballast gleich in irgendeiner Kloschüssel wieder loswerden. Dazu wirkte sie entschieden zu gesund. Em verzog die Lippen zu einem spöttischen Lächeln. Wahrscheinlich machte Fräulein Überflieger auch noch wie eine Besessene Sport!

»Apropos Symbolik und Schlachthof«, wandte sie sich wieder an ihre Kollegen. »Was ist mit den anderen Accessoires?«

Decker schob seinen leeren Teller von sich. »Was meinst du?«

»Wofür steht zum Beispiel der Farn?«

»Augenblick«, sagte Gehling, während seine Finger über das Touchscreen seines iPhones wischten. »Da ist es ja: Symbolik der Pflanzen.« Er wischte und tippte dann das Wort »Farn« in die Suchmaschine ein. »Okay, also der Farn ist traditionell ein Symbol für das Unheimliche«, erklärte er, nachdem er den entsprechenden Artikel überflogen hatte. »Ihr wisst schon, Einfluss des Teufels, böse Geister und solche Dinge. Aber … Wow! Hört mal hier: Dem Volksglauben nach können Farnsamen ihren Besitzer unsichtbar machen. Eine Eigenschaft, die sich in früheren Zeiten angeblich vor allem Hexen zunutze gemacht haben.«

»Hexen?« Em richtete sich auf. »Das würde zu der schwarzen Katze passen!«

»Und warum hat der Täter Jenny Dickinson zersägt?«, fragte Zhou.

Em überlegte. »Oh Mann, na klar«, rief sie dann. »Das ist es!«

Ihre Kollegen reagierten mit kollektivem Unverständnis. Selbst die sonst so ausdrucksarme Zhou hatte die Stirn in tiefe verständnislose Falten gelegt.

»Diese Truhe«, erklärte Em. »Ich habe mich schon die ganze Zeit gefragt, warum er sie ausgerechnet dort hineingelegt hat. Aber in Kombination mit dem Zersägen …«

»Zirkus!« Deckers Zeigefinger hämmerte ein paarmal kurz und heftig auf die Tischplatte ein. »Der Magier zersägt die Frau in der Kiste. Und sobald er die Truhe wieder aufmacht …«

»… ist die Frau wieder heil«, führte Em den Satz zu Ende. »Somit hätten wir also eine Hexenpflanze, die hexentypische schwarze Katze und ein Zauberaccessoire. Und das bedeutet, dass das Thema dieses Mordes die Magie ist. Oder Hexerei.«

»Und bei Lina Wöllner?«, fragte Decker, der offenbar Gefallen an dieser Art von Gedankenspielen fand.

Gehling wischte ein paar Soßenspritzer von der Tischplatte. »Da haben wir eine Schachfigur …«

»Nicht irgendeine Schachfigur«, fiel Em ihm ins Wort, »sondern einen Bauern.«

»Und das heißt …?«

»In Lina Wöllners Tasche befand sich ein Bauer. Der Tatort ist eine Scheune. Und die Leiche war mit einer Substanz bedeckt, die das Labor als Sirup von Zuckerrüben identifiziert hat, also von klassischen Feldfrüchten.«

Zhou verstand sofort. »Damit hätten wir, grob gesagt, dann also die Themenkreise Magie und Landleben abgedeckt«, schloss sie. »Und bei Berneck ist es die Jagd.«

»Bringt uns das irgendwas?«, stöhnte Gehling.

»Keine Ahnung«, sagte Em. »Aber vielleicht helfen uns ja die Zahlen weiter.«

»Was für Zahlen?«

»Wir wissen, dass er die Abstände verkürzt. Und zwar von Mord zu Mord jeweils um einen Tag.«

»Ein klassischer Countdown«, nickte Decker. »Der, wenn der Täter seinem Muster treu bleibt, am achtzehnten Dezember endet …«

Zhou schlang die Finger ineinander. Em war aufgefallen, dass sie keinen Schmuck trug, nicht einmal eine Kette. »Was ist denn da?«

»Am achtzehnten Dezember?«

Sie nickte. »Der Täter ist hochorganisiert und verfolgt ganz offenbar einen sehr konkreten, bis ins letzte Detail ausgefeilten Plan. Aber jede Dramaturgie steuert unweigerlich auf einen Höhepunkt zu. Ein Finale.«

»Der achtzehnte Dezember ist genau sechs Tage vor Heiligabend und neun Tage nach Beginn des jüdischen Chanukka-Festes«, erklärte Gehling, der bereits wieder sein iPhone befragt hatte. »Bei Chanukka handelt es sich um das sogenannte Lichterfest zum Gedenken an die Wiedereinweihung des zweiten Tempels in Jerusalem. Es beginnt am fünfundzwanzigsten des Monats Kislew, dem neunten Monat des religiösen jüdischen Kalenders, und dauert acht Tage …«

»Das Datum könnte aber theoretisch auch nur für den Täter selbst eine Bedeutung haben«, gab Decker zu bedenken. »Oder aber er fängt einfach wieder von vorn an, sobald er bei null angekommen ist …«

Em hob wie elektrisiert den Kopf. »Was hast du gesagt?«

»Was meinst du?«

»Was du da gerade gesagt hast, will ich wissen.«

Decker war verwirrt. »Dass der Täter theoretisch auch von vorn anfangen könnte, nachdem er bei null angekommen ist …«

»Scheiße!«, rief Em inbrünstig und so laut, dass selbst der Mann am Wok erstaunt herübersah.

»Was ist?«, fragte Decker, doch anstelle einer Antwort zerrte Em eine alte Quittung aus der Tasche und schrieb die Zahlen von zehn bis null auf die Rückseite. Unmittelbar neben die Zehn schrieb sie: »Jonas Tidorf«, neben die Neun »Alois Berneck«, neben die Acht »Lina Wöllner« und neben die Sieben »Jenny Dickinson«.

Zhou, die ihr verstohlen zugesehen hatte, öffnete den Mund.

Em registrierte ihre Fassungslosigkeit und nickte zufrieden. »Voilà«, sagte sie, indem sie einen dicken Kringel um Jenny Dickinsons Namen zog und den Zettel anschließend Decker und Gehling hinhielt. »Da haben wir unsere Nummer *sibn*!«

»Emilia Capelli, du bist ein Genie!«, rief Decker.

»Ja, ich weiß.« Sie lachte. »Ein Countdown ist klassischerweise absteigend«, erklärte sie dann, an Zhou gewandt. »Aber die Anzahl der Opfer steigt von Mord zu Mord an.«

Zhou lächelte. »Das hatte ich verstanden. Danke.«

Autsch, dachte Em. »Unser Problem ist, dass der Täter bereits morgen wieder zuschlägt, wenn wir ihn nicht stoppen.«

»Wie denn?«, sagte Gehling. »Wir haben doch keinen blassen Schimmer, wer das nächste Opfer sein wird.«

»Jemand aus Westens Umfeld«, sagte Zhou, und Em war überrascht, dass ihre Partnerin sich zu einer solchen Spekulation hinreißen ließ.

»Leider ist das Leben dieses Mannes ein Fass ohne Boden«, entgegnete sie. »Patienten. Ehemalige Patienten. Studenten. Kursteilnehmer. Leute, denen Westen im Zuge seiner Gutachtertätigkeit begegnet ist. Von seinem Privatleben ganz zu schweigen.« Sie seufzte. »Selbst wenn wir uns auf die Gesprächsgruppe beschränken, der Berneck und Tidorf angehörten, sind das leider immer noch siebzehn Personen.«

»Das ist zu viel«, sagte Decker.

Gehling steckte sein iPhone weg. »Und jetzt?«

»Wir müssen unbedingt klären, ob Lina Wöllner von irgendwem ganz gezielt auf die Idee gebracht wurde, auf Westen loszugehen.«

»Dann reden wir am besten noch mal mit ihrer Familie«, sagte Zhou.

Em blickte sich nach der Kellnerin um. »Und Westens Sekretärin nehmen wir uns auch vor. Vielleicht haben wir Glück, und sie war Zeugin der Begegnung zwischen Lina Wöllner und Westen und kann uns irgendwas verraten, was wir noch nicht wissen.«

»Einverstanden. Wo fangen wir an?«

»Bei Lina Wöllners Mann«, entschied Em.

»Na, dann mal los«, sagte Decker. »Ich zahle.«

2

Die Phasen, in denen sie schlief, wurden von Tag zu Tag länger. Aber noch wollte Sarah nicht aufgeben. Sie wusste, aufgeben bedeutete den Tod. Und noch war sie nicht bereit, in den Tod zu gehen. So einfach war das.

Also versuchte sie, bei Bewusstsein zu bleiben. So oft wie möglich. Trotz der Übelkeit. Und trotz der Schmerzen, die in Wellen kamen und ihren Körper hin und her warfen, so weit die Gurte dies zuließen.

Der Mann, der sie hierhergebracht hatte, kam regelmäßig und hängte eine neue Flasche an.

Nach der zweiten hatte Sarah plötzlich eine leichte Übelkeit verspürt. Nach der vierten hatte sie sich zum ersten Mal übergeben müssen. Inzwischen erbrach sie sich regelmäßig, auch wenn schon lange nichts als Galle aus ihr herauskam. Aberwitzig winzige Mengen, die keine Linderung brachten und sie trotzdem eine Heidenkraft kosteten.

Die Haut rund um die Kanüle war tiefrot und heiß, ihr rechter Arm mittlerweile bis hoch zur Achsel angeschwollen. Sie hatte eine Entzündung, kein Zweifel. Und dem Ausmaß ihres Frierens nach zu urteilen, hatte sie auch mindestens vierzig Grad Fieber.

»Was ist das für ein Zeug, das Sie mir da geben?«, hatte sie ihn gefragt. Wieder und wieder.

Doch er hatte ihr nie geantwortet.

Ein paarmal hatte er die Flasche so aufgehängt, dass das Etikett zu ihr zeigte. Und soweit sie das beurteilen konnte, gab er ihr immer dasselbe. Ein Medikament namens »Carboplatin« der Firma Hexal, in einer Dosierung von 600 mg. Wozu es diente, konnte sie nicht sagen. Nur, dass er sie langsam, aber sicher damit umbrachte.

»Warum?«

Auch so eine Frage, die sie oft wiederholte. Praktisch immer, wenn er bei ihr war.

Erstaunlicherweise brachte er sie nie zum Schweigen. Ihr Gerede schien ihn weder zu stören noch zu beeindrucken. Aber er reagierte auch nicht.

Manchmal spielte er Musik, wenn er bei ihr war. Die Platte mit dem Schlager. *Bei mir bist du schön.*

Auch danach hatte sie ihn gefragt. Doch auch dazu hatte er sich nicht geäußert.

In den langen Phasen zwischen Traum und Wachen hatte sie ihre Erinnerung durchforstet. Nach Gründen gesucht. Nach einem Motiv. Und sogar nach diesem blöden Schlager, den sie inzwischen auswendig kannte. Aber sie war nicht fündig geworden.

Der einzige Mensch, der einen Grund gehabt hätte, mir das hier anzutun, ist tot.

Daran gibt es nicht den Hauch eines Zweifels.

Also hielt sie durch, irgendwie. Sie schlief, kotzte, dachte nach. Schlief wieder ein.

Das alles ergibt keinen Sinn, sagte sie sich, wenn sie wach war. Wenn es nicht um Geld ging – und es ging gewiss nicht um Geld, sonst würde er sich längst grundlegend anders verhalten –, wenn es also nicht um Geld ging, dann musste es zwangsläufig um etwas anderes gehen. Denn niemand tat einem anderen Menschen derlei Dinge an, ohne einen konkreten Grund zu haben. Und würde man denn nicht wollen, dass der andere, dass das Opfer diesen Grund kannte?

Die Neonröhre über ihrem Kopf brannte rund um die Uhr, und Sarah erinnerte sich daran, dass sie während ihrer Haftzeit Geschichten gehört hatte. Beunruhigende Geschichten von Zellen, in denen das Licht niemals ausging. In denen es keinen Tag gab, keine Nacht und keinen Wandel. Nur kahle Wände, eine nackte Pritsche und Licht …

Sie hustete trocken. Aus der Dunkelheit hinter dem Licht schwammen Bilder auf sie zu. Bizarre Schatten. Tiere. Aber auch Sequenzen von früher. Die Villa. Der bunte Seidenschal, den Manuel ihr geschenkt hatte. Ihr Ehebett.

Ich werde verrückt, dachte sie. Irre. Wahnsinnig. Sie zwang sich, die Augen zu schließen, um die Bilder auszusperren, doch es wollte ihr nicht recht gelingen.

Sarah!

Erschreckt riss sie die Augen wieder auf und entdeckte ihren verstorbenen Mann. Er stand in der Ecke neben der Musiktruhe und blickte unverwandt zu ihr herüber.

Sieh nicht hin!, dachte sie panisch.

Er ist nicht da. Er kann gar nicht da sein. Er ist tot. Du selbst hast ihm die Waffe an die Schläfe gehalten. Du selbst hast ihm eine Kugel in den Kopf gejagt. Du hast gesehen, wie die Wucht des Schusses seinen Kopf zurückgeworfen hat. Du warst auf seinem Begräbnis. Du hast eine Rose auf seinen Sarg geworfen. Du hast seinen Töchtern in die Augen gesehen und dich nicht einschüchtern lassen von dem Hass, den du darin gefunden hast. Du hast dich durch den Prozess gequält, den sie gegen dich angestrengt haben. Und du hast diesen Prozess gewonnen. Du bist frei. Er *kann* gar nicht dort sein.

Sie machte die Augen wieder zu und sah Eberhard an seinem Schreibtisch sitzen, ein wenig apathisch von dem Schlafmittel, das sie ihm verabreicht hatte. Sie sah seine Hand, die nach ihrer Hüfte tastete. Seinen Blick, als sie seine wehrlosen Finger um den Griff der Waffe legte.

»Sarah.« Kein letzter verzweifelter Appell. Nur eine nackte Feststellung. Und eine ziemlich herablassende obendrein.

Sie atmete tief durch. Oh ja, die Botschaft, die ihr Mann ihr durch dieses eine Wort mit auf den Weg gegeben hatte, war mehr als eindeutig gewesen: Du tötest mich? Das hätte ich dir nie und nimmer zugetraut, du mieses, kleines Dreckstück! In Hunderten von Jahren nicht!

Doch Eberhard hatte für seine Überheblichkeit mit seinem Leben bezahlt. Im Geist hörte Sarah noch immer den Schuss. Fühlte trotz ihrer Leiden noch immer den Triumph. Darüber, dass sie dieses eine, dieses alles entscheidende Mal das letzte Wort behalten hatte.

»Es kann unmöglich sein, dass der Mann, der mich gefangen hält, auf dieses Gefühl verzichtet«, flüsterte sie sich selbst Mut zu, während endlich auch das Fieber in ihr langsam wieder abzuflauen schien. »Auch für ihn wird der Moment kommen, in dem er möchte, dass ich die Wahrheit erkenne. Dass ich erfahre, weshalb ich hier bin. Und dann wird er zu reden anfangen …«

Sarah!

Schon wieder Eberhard! Rücksichtslos wie eh und je …

Ja, dachte sie mit einer eigentümlichen Mischung aus Stolz und Grauen. Sarah!

3

Das Gespräch mit Lina Wöllners Mann war mehr als unbequem gewesen. Sie hatten ausloten müssen, wie viel er wusste. Und leider hatte sich herausgestellt, dass er in einigen Dingen tatsächlich völlig ahnungslos gewesen war.

Em sah sein Gesicht vor sich, als sie ihm eröffnet hatten, dass seine verstorbene Frau einst unter Verdacht gestanden hatte, ihre eigene Mutter getötet zu haben.

»So etwas hätte Lina …?« Thomas Wöllners Mundpartie war grau geworden. »Nur, um an das Geld zu kommen?«

Zu Ems Erstaunen hatte er nicht versucht, ihnen weiszumachen, dass es sich dabei nur um einen Irrtum handeln könne. Und er hatte auch nicht versucht, seine Frau zu verteidigen, was Em angesichts der Scheu, die die meisten Menschen an den Tag legten, wenn es um den guten Ruf eines Toten ging, ausgesprochen bemerkenswert fand.

»Glauben Sie, dass Wöllner sich von seiner Frau hätte scheiden lassen, wenn er das mit ihrer Mutter erfahren hätte?«, fragte Zhou, als sie wieder im Auto saßen.

»Ich würde es durchaus für möglich halten«, antwortete Em. »Auch wenn es natürlich schwer ist, so was nach der Momentaufnahme einer einzigen Begegnung zu beurteilen.«

»Würde es Sie an seiner Stelle beeinflusst haben?«

Eine hypothetische Frage? Was sollte denn das jetzt?

»Ich nehme an, ich würde zumindest ein wenig genauer hinsehen.« Em versuchte alles, um so unbedarft wie möglich zu klingen. Seit ihrer unfreiwilligen Begegnung mit Benjamin von Treskow auf der Damentoilette war Zhou mit keiner Silbe auf den Vorfall zu sprechen gekommen. Aber ein Thema wie dieses bot sich förmlich dazu an, vielleicht doch noch eine Spitze loszulassen. Also war sie lieber gleich doppelt auf der Hut. »Und vermutlich würde auch die eine oder andere Begebenheit aus der Vergangenheit einen etwas anderen Beigeschmack bekommen.«

»Also war Lina Wöllners Furcht vor Westen nicht unberechtigt.«

»Ich habe nur von mir gesprochen«, versetzte Em schnippisch.

»Natürlich.« Zhou blickte mit geradezu provokant unbeteiligter Miene aus dem Seitenfenster. »Verzeihung.«

Gott, war diese Frau überhaupt je aus der Reserve zu locken? Em merkte, wie ihre Finger sich fester um das Lenkrad legten. Dieses betont höfliche Getue machte einen ja wahnsinnig!

Nach ein paar wortkargen Minuten erreichten sie das Haus, in dem Astrid Gerolf wohnte, Sander Westens Sekretärin. Ein schmucker Altbau in der Innenstadt, nur wenige Gehminuten von der Praxis des Psychologen entfernt. Em hatte ihren Besuch telefonisch angekündigt, und Astrid Gerolf hatte darum gebeten, dass die beiden Polizistinnen zu ihr nach Hause kamen. Donnerstags müsse sie erst gegen halb zwei in der Praxis sein, und zu Hause hätten sie doch auch viel mehr Ruhe.

Em war nicht sicher, ob das tatsächlich der wahre Grund war, aber sie war eigentlich ganz froh darüber. Auf diese Weise konnte Sander Westen sie wenigstens nicht stören oder die Unterhaltung sonst wie beeinflussen.

Die Sekretärin hatte – ganz Vorzimmer-Profi – eine Kanne Kaffee gekocht und Gebäck zurechtgestellt. »Bitte«, sagte sie, nachdem die beiden Polizistinnen an einem runden Esstisch Platz genommen hatten. »Greifen Sie zu.«

Em bediente sich dankend an den augenscheinlich selbst gebackenen Plätzchen, während Zhou sich zurückhielt. »Frau Gerolf, wir interessieren uns für eine ehemalige Patientin ihres Chefs, die als Jugendliche drogensüchtig und im Zuge eines anderen Delikts auch kurzzeitig in Haina untergebracht war.«

»Haina?« Astrid Gerolf hob abwehrend die Hand. »Tut mir leid, aber das war vor meiner Zeit.«

»Das wissen wir«, beruhigte sie Em. »Aber Lina Wöllner hat Ihren Chef erst vor Kurzem noch einmal in der Praxis aufgesucht.« Sie zog ein Foto aus der Tasche und legte es auf den Tisch. »Bitte sehen Sie sich das hier einmal an. Vielleicht erinnern Sie sich ja doch an sie …«

Astrid Gerolf nahm das Foto und setzte ihre Lesebrille auf. Em sah Erkennen. Aber auch einen Anflug von Ärger. »Ach, die«, entfuhr es der ansonsten so korrekten Angestellten. »Ja, an die erinnere ich mich genau. Sie kam irgendwann mal abends. Als eigentlich schon alles rum war.«

»Was war rum?«

»Die Gruppentherapie«, antwortete Astrid Gerolf. »Diese Stunden legen wir immer ganz an den Schluss, weil man da meist nicht genau sagen kann, wie lange es dauert.«

»Und erinnern Sie sich zufällig noch an den Wochentag?«

»Das kann eigentlich nur dienstags oder donnerstags gewesen sein. An den anderen Tagen macht der Chef nämlich nur Uni oder Einzeltermine. Aber wenn Sie mich so fragen …«

Ihre Miene war hochkonzentriert, während sie nachdachte. Und Em hatte zum ersten Mal Gelegenheit, sich Sander Westens Sekretärin ein wenig genauer anzusehen. Astrid Gerolf war vollschlank, doch sie verstand es, ihre Körperfülle durch geschickte Kleidung weitgehend zu kaschieren. Ihre grünen Augen verrieten Intelligenz und eine gesunde Portion Humor, doch wenn es hart auf hart kam, war sie unter Garantie sehr gut in der Lage, die Krallen auszufahren.

»Ja, ich bin ziemlich sicher, dass es ein Donnerstag war«, schloss sie jetzt.

Also der Tag, an dem auch Berneck und Tidorf kamen, ergänzte Em in Gedanken. »Könnten Sie uns die Begegnung mit Frau Wöllner kurz schildern?«

»Begegnung ist gut!« Astrid Gerolf lachte. »Sie kam ziemlich frech zur Tür reingestürmt und wollte den Chef sprechen. Daraufhin hab ich sie natürlich gefragt, ob sie einen Termin habe, und sie antwortete, sie brauche keinen. Was sie zu sagen habe, sei eine Sache von wenigen Minuten.«

Em tauschte einen Blick mit ihrer Partnerin.

»Wir erleben ja so einiges mit unseren Patienten«, fuhr Astrid Gerolf fort, »und es ist auch immer wieder mal einer dabei, der seine Grenzen nicht kennt. Aber diese Dame …« Sie betonte das Wort ausgesprochen abfällig, und Em musste automatisch an die Karte des Mörders denken.

Wer weiß, vielleicht weckt eine sogenannte dame deine Beschützerinstinkte eher als die beiden bösen buben vor ihr …

»… diese Dame war wirklich ausgesprochen unangenehm.«

»Inwiefern?«, fragte Em. »War sie wütend?«

»Eher arrogant, würde ich sagen. Und sie weigerte sich kategorisch, ein andermal wiederzukommen, obwohl ich ihr mehrfach erklärte, dass der Doktor jetzt keine Zeit für sie hat.« Sie strich sich eine verirrte Haarsträhne aus der Stirn. »Ich war nahe dran, sie rauszuwerfen«, bekannte sie freimütig. »Aber in diesem Moment kamen leider auch schon die ersten Patienten aus der Sitzung. Und sie sagte triumphierend: ›Na, sehen Sie, das passt doch!‹«

Zhou nippte an ihrem Kaffee. »Und wie hat Ihr Chef auf Frau Wöllner reagiert?«

»Erst mal gar nicht«, antwortete Astrid Gerolf. »Der Ärmste hatte keine Ahnung, wo er sie hinstecken soll. Er schaute mich an und fragte: ›Worum geht es denn?‹ Und da sagte sie …« Sie unterbrach sich. »Ja, stimmt. Sie sagte tatsächlich: ›Ich bin Lina Irgendwer.‹ Aber der Name, den sie nannte, war nicht Wöllner.«

»Sie hieß Biermann vor ihrer Heirat«, erklärte Zhou hilfsbereit.

»Genau, das war der Name, den sie nannte!«, rief sie. »Tut mir leid, aber das habe ich eben gar nicht in Verbindung gebracht.«

»Wie denn auch.« Em lächelte ihr zu. »Und wie ging die Sache aus?«

»Na ja, sie sagte also ihren Namen, und es war ganz klar, dass sie erwartete, dass der Doktor etwas damit anfangen konnte.«

»Konnte er?«

»Ja, schon.« Sie nickte. »Ich meine, dass ihn jemand anspricht, den er nicht einordnen kann, passiert ihm natürlich öfter. Er gibt ja viele Kurse und Fortbildungen und all das. Aber als diese Frau ihren Namen sagte, hatte ich schon den Eindruck, dass er wusste, wen er vor sich hat.«

Das deckt sich mit Westens Version, dachte Em. Und auch seine Begründung entsprach der Wahrheit, wie sie inzwischen überprüft hatten. *Lina war einer der wenigen Fälle, bei denen meiner Einschätzung nicht Rechnung getragen wurde.* Und: *Ich hatte damals nicht den leisesten Zweifel an ihrer Schuld …*

»Wie auch immer«, setzte Astrid Gerolf hinzu. »Jedenfalls bat er die Frau in sein Büro.«

Zhou hob den Kopf. »War das typisch für ihn?«

»Nicht unbedingt«, antwortete die Sekretärin. »Aber es waren ja noch überall Patienten da.«

Em nickte. »Und blieb Frau Wöllner lange?«

»I wo. Zwei oder drei Minuten, höchstens. Dann stürmte sie wieder an mir vorbei und ward nicht mehr gesehen.«

»Hat sich Ihr Chef noch mal irgendwie zu dieser Begegnung geäußert?«

Sie lachte. »Nicht direkt. Aber als er rauskam, murmelte er etwas wie: ›Auf was für Ideen die Leute kommen …‹«

Interessant, dachte Em. »Und das war's?«

»Ja, das war's.«

»Was ist mit dieser Frau?«, fragte Zhou und legte ein Foto von Christina Höffgen vor die Sekretärin auf den Tisch. »Haben Sie die schon mal gesehen?«

Astrid Gerolf nahm sich Zeit. »Nein«, sagte sie nach einer Weile. »Da bin ich ganz sicher.«

»Und der Name Christina Höffgen sagt Ihnen auch nichts?«, wagte Em kurzerhand einen Schuss ins Blaue.

»Höffgen?« Ihre hohe Stirn kräuselte sich. »Ich kannte mal einen Horst Höffgen. Aber das war in Stuttgart.«

Schon wieder ein Fehlschlag, dachte Em. So offensichtlich Westen auch das Bindeglied zwischen den Opfern sein mochte, sowenig schien er mit den Adressaten der Briefe zu tun zu haben.

»Und was ist mit diesem Mann?« Zhou wollte offenbar noch nicht aufgeben und reichte Astrid Gerolf ein Porträtfoto von Theo Dorn. Und zu ihrer beider Überraschung hellte sich die Miene der Sekretärin augenblicklich auf.

»Den?« Sie strahlte. »Ja, den kenne ich.«

»Wirklich?«, fragte Em entgeistert. »Woher denn?«

Ihre Reaktion schien die Sekretärin zu verunsichern. »Ich … Nun … Aber das ist doch Herr Dorn, nicht wahr? Der Inhaber von Clocks for Life?«

Zhou bejahte und Astrid Gerolf gab ihr sichtlich erleichtert das Foto zurück.

»War Herr Dorn Patient bei Ihnen?«, fragte Em.

»Patient? Oh nein. Wir … das heißt *ich* habe vor Kurzem seine Dienste in Anspruch genommen.«

Em war auf der Stelle hellhörig. »Für die Praxis oder privat?«

»Ach, Gott …« Astrid Gerolf rutschte unruhig auf ihrem Stuhl hin und her. »Das ist eine lange Geschichte.«

»Wir haben Zeit«, lächelte Em, auch wenn das keineswegs der Wahrheit entsprach.

»Ich weiß nicht, ob Sie wissen, dass Herr Dr. Westen …« Sie zögerte. »Dass er geschieden ist?«

»Ja, das ist uns bekannt.«

»Nun ja, seine Exfrau ist … Sie hat ziemlich viel Temperament, wissen Sie. Und neulich hat sie …« Sie unterbrach sich und besann sich auf ihre berufsbedingte Verschwiegenheit. »Aber das gehört jetzt eigentlich wirklich nicht hierher …«

»Herr Dorn wurde ermordet«, erklärte Em, um ihr die Hemmungen zu nehmen. »Und es ist wichtig, dass wir verstehen, in welcher Beziehung er zu Herrn Westen stand.«

»Ermordet? Aber das ist ja schrecklich!« Die Bestürzung in den Augen der Sekretärin war echt. »Nur …« Sie zögerte abermals. »Ich glaube gar nicht, dass Herr Dorn und der Chef einander überhaupt kannten.« Sie lachte, als sie Ems verdutztes Gesicht sah. »Die Sache ist die«, erklärte sie, »Frau Westen, also die Exfrau vom Chef, war nach langer Zeit mal wieder bei ihm und obendrein furchtbar verärgert wegen irgendeiner Zahlung, die angeblich nicht eingegangen war.« Sie hob ratlos die Schultern. »Unterhalt für den Sohn oder so was. Und … Na ja, sie hat ziemlich viel Temperament, wie gesagt.«

Em warf ihr einen ermutigenden Blick zu.

»Jedenfalls stritten sie, und Frau Westen warf irgendwas an die Wand. Und dabei wurde die Uhr getroffen, die der verstorbene Vater vom Chef ihm zum Studienabschluss geschenkt hat.« Sie schüttelte missbilligend den Kopf. »Sie hängt neben dem Bücherregal und ist wirklich wertvoll.«

»Ja, die ist mir aufgefallen«, nickte Zhou.

Mir nicht, dachte Em.

»Ich wollte damit nicht sagen, dass Frau Westen das mit Absicht getan hat«, beeilte sich Astrid Gerolf klarzustellen. »Aber die Uhr war total kaputt. Und der Chef ziemlich geknickt deswegen. Auch wenn er sie gleich in den Müll werfen wollte.«

Em dämmerten allmählich die Zusammenhänge. »Und da haben Sie die Uhr aus Mitleid zur Reparatur gebracht?«

»Na ja, ich habe mich natürlich erst mal umhören müssen, wer so etwas heute überhaupt noch macht«, nickte sie. »Aber dann wurde mir Clocks for Life empfohlen. Beziehungsweise Herr Dorn.« Die Erinnerung zauberte ein Lächeln auf ihre Lippen. »So ein netter Mann! Und so kompetent. Auch wenn er zuerst sehr skeptisch gewesen ist, ob er die Uhr überhaupt noch mal richten kann. Aber schließlich hat er sie doch wieder hingekriegt.«

Theo Dorn hat Sander Westens Uhr wieder hingekriegt, resümierte Em in Gedanken. Und damit vermutlich sein eigenes Todesurteil unterschrieben.

»Der Chef hat sich so gefreut, als sie eines Morgens wieder an ihrem Platz hing!«, sagte Astrid Gerolf mitten in die Stille, die sich zwischen ihnen ausgebreitet hatte. »Er hätte es nie zugegeben, aber die Uhr bedeutet ihm wirklich sehr viel.«

4

Noch während der Rückfahrt rief Em in der Zentrale an und ließ sich mit Christina Höffgen verbinden. Ihre Gefühle fuhren Achterbahn. Einerseits war sie froh, dass sie endlich einen Bezug zu Theo Dorn herstellen konnten. Aber sie war auch verärgert, dass sie es so lange versäumt hatte, einen Grundsatz zu beherzigen, der ihr bereits während ihrer Ausbildung eingebläut worden war: Fragen Sie niemals nur die eine Seite. Egal, was Sie tun, stellen Sie immer sicher, dass Sie auch alle anderen Blickwinkel berücksichtigt haben. Die Rückseite einer Sache. Die Sicht eines Dritten.

Na schön, dachte sie, während das Freizeichen von Christina Höffgens Handy in ihrem Ohr widerhallte, dann fragen wir jetzt also mal andersherum!

»Höffgen.« Christina Höffgen klang gefasst. Trotzdem spürte Em, dass sie Angst hatte. Wahrscheinlich würde sie nie wieder ein Telefonklingeln hören, ohne ins Zittern zu geraten.

»Hier ist Emilia Capelli von der Sonderkommission. Erinnern Sie sich an mich?«

»Ja. Natürlich.«

»Ich hätte da noch eine Frage ...« Sie bemerkte, wie Christina Höffgen im Angesicht dieser Ankündigung augenblicklich in Verteidigungsstellung ging.

»Ich habe Ihnen alles gesagt, was ich weiß.«

»Natürlich«, beschwichtigte Em. »Aber dieses Mal geht es nicht um die Lagerhalle oder den Anruf.«

»Sondern?« Misstrauen pur.

Vielleicht war ich neulich Abend doch ein bisschen hart zu ihr, überlegte Em. Sie schielte nach Zhou, die in ihrer Handtasche wühlte und dabei so unbeteiligt wie immer wirkte. Aber vielleicht war das ja auch nur ihre ureigene Vorstellung von Diskretion. »Ich wüsste gern, ob Sie einen Mann namens Sander Westen kennen«, wandte sie sich wieder an ihre Gesprächspartnerin am Telefon. »Er ist Psychologe.«

»Sander Westen?« In Christina Höffgens Stimme schwang Erleichterung. »Ja, klar. Das heißt ...« Sie unterbrach sich. »Eigentlich kenne ich Herrn Westen gar nicht persönlich. Aber ich habe das Cover seines letzten Buches entworfen.«

Stimmt, erinnerte sich Em, sie ist Grafikerin!

»Wie lange ist das her?«, fragte sie.

»So anderthalb Jahre, schätze ich. Das Buch hieß ›Das Ende der Niedlichkeit‹ und behandelt Soziopathie im Kindes- und Jugendalter.«

»Aber Dr. Westen selbst sind Sie nie persönlich begegnet?«, vergewisserte Em sich vorsichtshalber noch einmal.

»Nein.«

»Ist das normal?«

Christina Höffgen lachte. »Klar. Die Agentur bekommt den Auftrag direkt vom Verlag, und meistens haben wir nicht viel mehr als einen Klappentext und ein Foto des Autors. Auf dieser Grundlage erstellen wir einen Entwurf und sehen, wie er bei den Verantwortlichen ankommt.«

»Und diese Verantwortlichen sind …?«

»In der Regel die Marketingleute des Verlages.«

Em verstand. »Taucht Ihr Name denn üblicherweise im Impressum der Bücher auf, deren Umschläge Sie gestaltet haben?«

Sie konnte spüren, wie Christina Höffgen zu deuten versuchte, worauf ihre Fragen abzielten. »Normalerweise erscheint im Impressum nur ein Hinweis auf die Agentur, die für die Covergestaltung verantwortlich ist, aber …«

»Was?«

Eine lange Pause. »Ich stehe dort in keinem gewöhnlichen Angestelltenverhältnis, sodass mein Chef üblicherweise meinen Namen dazusetzen lässt.«

»War das in ›Das Ende der Niedlichkeit‹ auch so?«

»Ich bin nicht sicher«, antwortete Christina Höffgen. »Aber ich denke schon.«

Em bedankte sich und beendete das Gespräch. »Da haben wir's!«, rief sie, indem sie triumphierend auf das Lenkrad einhämmerte. »Endlich wissen wir, warum sich der Täter an Theo Dorn gewandt hat. Und warum an Christina Höffgen.«

»Sie meinen, weil beide einen Bezug zu Westen haben?«

Em nickte.

Doch ihre Partnerin schien nicht überzeugt. »Also, zumindest in Theo Dorns Fall scheint mir der Bezug reichlich weit hergeholt«, widersprach sie. »Immerhin ging alles, was mit dieser Uhrensache zu tun hatte, offenbar von Astrid Gerolf aus. Und Westen wusste nicht mal, wer seine Uhr repariert hat.«

Em schenkte ihr ein hintergründiges Lächeln. »Vielleicht kam das dem Täter sogar entgegen.«

»Inwiefern?«

»Man kann einer Falle nur ausweichen, wenn man weiß, dass sie existiert«, bemerkte Em anstelle einer Antwort.

»Sie glauben also, der Täter will Sander Westen ganz bewusst ins Zentrum unserer Ermittlungen rücken?« Zhou schüttelte nachdenklich den Kopf. »Und das am besten auch noch so, dass Westen selbst nichts davon merkt?«

Em bog in die Polizeimeister-Kaspar-Straße ein, wo gegenüber vom Präsidium vierundsechzig neue Mietwohnungen und zwei Ladengeschäfte entstanden. So stand es zumindest auf dem Schild an der Einfahrt zur Baustelle. »Wäre das nicht perfide?«

»Doch«, räumte Zhou ein. »Allerdings.«

»Die Alternative wäre, dass Westen im Zentrum allen Geschehens steht, weil die Sache von ihm ausgeht.«

»Dann würde er es aber doch gerade vermeiden, einen Bezug zu den Adressaten zu haben, oder nicht?«

»Vielleicht«, entgegnete Em. »Vielleicht aber auch nicht. Denken Sie daran, was Dr. Koss über die Persönlichkeit des Täters gesagt hat.« Sie quetschte den Audi neben einen Hänger voller Absperrgitter, der neben dem rückwärtigen Eingang parkte. »Wer auch immer er ist, er will sich messen.«

»Mit uns?«

Em zuckte die Achseln. »Mit irgendwem, der die Herausforderung annimmt.«

Ihre Partnerin schlug die Autotür zu. »Theo Dorn hat das nicht getan …«

»Genau«, nickte Em. »Und deshalb musste er sterben.«

Zhou ging voran und hielt ihr die Tür auf. »Somit ist – zumindest im Augenblick – Christina Höffgen seine Gegnerin.«

»Ich fürchte«, entgegnete Em düster, »dabei wird es schon aufgrund unserer Überwachungsmaßnahmen nicht bleiben …«

5

Sie schlief nicht mehr. Aus irgendeinem unerfindlichen Grund konnte sie nicht mehr einschlafen. Da war eine plötzliche Unruhe in ihr. Wie eine Sanduhr, die mit unentrinnbarer Gnadenlosigkeit ablief.

Sarah Kindle hob den Kopf.

Ihr war noch immer übel, aber sie hatte das Gefühl, dass der Tiefpunkt überschritten war. Dass sie sich langsam wieder erholte. Dass die alte Entschlossenheit zurückkehrte. Die Kraft.

Sie lag ganz still.

Ihre Sinne waren hellwach und gespannt wie bei einem Tier, das gejagt wurde. Sie war immer eine miserable Schülerin gewesen, was weniger an ihrem Intellekt als an ihrer Faulheit gelegen hatte. Aber in puncto Instinkt hatte ihr schon als Kind kaum jemand etwas vorgemacht. Sie hatte die Präsenz ihrer Lehrerin gefühlt, lange bevor sie um die Ecke gebogen war. Sie hatte ein »komisches Gefühl« gehabt und daraufhin am Morgen vor dem Unterricht noch rasch eine Aufgabe wiederholt. Oder an einem bestimmten Tag einen anderen Schulweg genommen als sonst. Und immer hatte sich hinterher herausgestellt, dass sie recht gehabt hatte. Der unangekündigte Test hatte sie ebenso wenig in Verlegenheit bringen können wie die Falle, die zwei gewalttätige Jungs aus ihrer Klasse ihr auf ihrem üblichen Nachhauseweg gestellt hatten.

Ihr Instinkt hatte sie mit schlafwandlerischer Sicherheit um alle Klippen gelotst, und auch jetzt hatte sie wieder dieses Gefühl, dass etwas bevorstand. Etwas, dem sie im Gegensatz zu früheren Gelegenheiten dieses Mal leider nicht ausweichen konnte …

Allein der Gedanke lähmte sie, doch sie war entschlossen zu kämpfen. Warum auch nicht? Sie hatte nichts zu verlieren. Und schon allein aus diesem Grund würde sie jede sich bietende Gelegenheit zur Gegenwehr nutzen.

Ganz egal, wie ihre Chancen standen.

»Mein Name ist Sarah«, betete sie sich selbst immer wieder vor, wenn ihre Angst zu groß wurde. »Sarah Jessica Kindle. Ich bin sechsundzwanzig Jahre alt, und ich habe sie alle getäuscht. Die Polizei. Meine Stieftöchter. Und sogar meinen Mann – trotz all seiner Erfahrung und seiner Abschlüsse und seiner ganzen ekelhaften Arroganz.«

Es ist schon immer mein Vorteil gewesen, dass mich alle unterschätzen, dachte sie, und der Mann, der mir das antut, wird denselben Fehler machen. Er denkt, dass er mich gefügig gemacht hat. Aber das ist nicht wahr. Ich bin hellwach und entschlossen. Und ganz egal, wie es auch scheinen mag, er hat etwas vor mit mir. Etwas, das über diese Injektionen hinausgeht.

Etwas, das noch nicht vollendet ist …

Und solange es nicht vollendet ist, habe ich eine Chance. Die Chance, dass er mich losmacht. Dass ich eine Gelegenheit haben werde, ihm den Schädel einzuschlagen.

Sie hatte sich genau umgesehen und herausgefunden, dass es inmitten dieses ganzen Plunders tatsächlich ein paar Gegenstände gab, die sich als Waffe verwenden ließen. Sie hatte die Zeit zwischen zwei Anfällen von Übelkeit damit verbracht, sich ganz genau einzuprägen, wo sich diese Gegenstände befanden. Und inzwischen würde sie sie sogar mit verbundenen Augen finden.

Sie musste einfach nur warten.

Darauf, dass er ihr die Hände losmachte.

Er musste einfach nur zurückkommen und sie holen …

6

»Wer ist das?«, fragte Zhou und hielt Decker eine Fotografie unter die Nase, die sie in der untersten Schublade ihres Schreibtischs gefunden hatte. Sie zeigte einen gut aussehenden jungen Mann in Zivil, der eine zierliche Brünette im Arm hielt.

»Viktor Hansen«, antwortete Decker nach einem flüchtigen Blick auf das Foto. »Dein Vorgänger.«

Das hatte sie bereits geahnt. Trotzdem schaute sie noch einmal genauer hin. »Sieht nett aus.«

Decker bedachte sie mit einem Blick, den sie nicht deuten konnte. »Ja, na klar, er is 'n prima Kerl.«

Aber du kannst ihn nicht ausstehen, schloss Zhou überrascht. Zugleich fragte sie sich, warum er so dachte. Ihrer Einschätzung nach war Alex Decker kein Mensch, der irgendwelche leichtfertigen Urteile fällte. Erst recht keine negativen. Dazu war er viel zu klug. Natürlich, auf den ersten Blick wirkte er wie der typische oberflächliche Weiberheld – jung, kraftvoll und vielleicht auch ein bisschen zu laut. Doch wer genauer hinsah, bemerkte die Ernsthaftigkeit in seinem Blick.

Er ist begabter für diesen Job, als er andere glauben machen will, dachte Zhou. Vielleicht weil er gelernt hat, dass man mit Understatement zuweilen am weitesten kommt. Vielleicht auch, weil er etwas zu verbergen hat. Und sei es nur ein gutes Herz …

Seltsamerweise musste sie ausgerechnet jetzt wieder an ein Gespräch denken, das sie an einem der vergangenen Tage geführt hatte. Eins von diesen klassischen Flurgesprächen mit ein paar Kollegen, deren Neugier nicht von guten Manieren gebändigt wurde.

»Hey, sag mal, stimmt es, dass dein Vater irgend so 'n großes Tier bei der Bank ist?«

»Ja.«

»Cool. Dann kannst du mir doch bestimmt mal 'n Tipp geben! In was soll ich meine paar Kröten investieren?«

»Anlagegeschäfte sind das Terrain meines Vaters. Nicht meins.«

»Bist du verheiratet?«

»Nein.«

»Liiert?«

»Nein.«

»Ehrlich nicht?«

»Ist das ein Problem für Sie?«

»Nee, im Gegenteil. Wie wär's, wenn ich dir mal in Ruhe 'n bisschen was von der Stadt zeige?«

»Vielen Dank. Aber das ist nicht nötig.«

»Wieso?«

»Ich bin hier aufgewachsen.«

»Im Ernst?«

An dieser Stelle war Decker dazwischengegangen. »Lasst sie in Ruhe«, hatte er seine Kollegen zurechtgestaucht. »Und zwar ein für alle Mal, klar?«

Die anderen hatten protestiert. »He, man wird doch wohl mal fragen dürfen, oder?« Und natürlich: »Gib's zu, das interessiert dich doch auch!«

Doch Decker hatte sie nur mit sich fortgezogen und gesagt: »Mach dir nichts draus. Das ist hier völlig normal. Und wenn's dir irgendwann doch mal zu viel wird oder du Hilfe brauchst ...«

Zhou hatte sich für das Angebot bedankt und überlegte jetzt, wie Capelli an ihrer Stelle darauf reagiert hätte. Vermutlich hätte sie Decker angefaucht, dass sie sehr gut auf sich selbst aufpassen könne, dachte sie mit einem Lächeln. Doch sie selbst hatte sich einfach nur bedankt und das auch genauso gemeint.

Sie legte das Foto in die Schublade zurück und wandte sich wieder ihrem Bildschirm zu, den Bildern und Berichten, die in diesem Fall tatsächlich jeden Rahmen sprengten. Doch Fleißarbeit war etwas, das sie noch nie als unangenehm empfunden hatte. Im Gegenteil. Sie liebte es, Berge abzutragen, ganz egal, wie hoch sie waren. Sie hatte schon als Kind einen Großteil ihrer Zeit im Ballettsaal verbracht und dort Tag für Tag, Woche für Woche brav und gewissenhaft die gleichen Übungen absolviert. Die erlernte Technik auf der Bühne anzuwenden und mit dem zu unterlegen, was man gemeinhin Ausdruck nennt, war ihr hingegen viel schwerer gefallen. Und Ähnliches galt auch heute: Sie absolvierte fleißig und gern ihre Übungen auf dem Schießplatz oder im Kraftraum, während die Arbeit auf der Straße ihr nach wie vor das Gefühl vermittelte, mehr oder weniger hilflos in einem Meer von Möglichkeiten zu paddeln. Unwägbarkeiten in Kauf zu nehmen, ohne sich davon irritieren zu lassen, war für sie schlicht und ergreifend der blanke Horror. Und doch war ihr bewusst, dass sie genau das schnellstmöglich lernen musste, wenn sie auf Dauer in diesem Beruf bestehen wollte.

Lerne schwimmen, statt auf die Ebbe zu warten, stimmte ein imaginärer Ya Dao ihr zu.

»Wie man die Sache auch dreht und wendet«, riss Capellis Stimme sie aus ihren Gedanken, »Westen bleibt die einzige Schnittmenge in diesem verdammten Fall.«

Zhou drehte sich zu ihrer Partnerin um und sah, dass sie Koss im Schlepptau hatte. Sie lächelten einander flüchtig zu, und Zhou hatte das unbestimmte Gefühl, dass er sie mochte. Auch wenn sie bislang keine drei Worte miteinander gewechselt hatten.

»Die Opfer haben in verschiedenen Gegenden gewohnt.« Capelli knallte einen Stapel Kopien auf ihren Schreibtisch. »Sie haben in unterschiedlichen Kneipen verkehrt, unterschiedliche Internetseiten besucht, sie hatten einen unterschiedlichen Freundeskreis und grundverschiedene Hobbys. Einzig in Westens Praxis kamen sie alle zusammen …«

»Wobei Berneck und Tidorf von sich aus hingingen«, merkte Zhou an, »während die beiden Frauen gezielt mit Westen zusammengebracht wurden. Und das, obwohl allein diese Donnerstagsgruppe siebzehn weitere Möglichkeiten geboten hätte, ein Opfer zu finden.«

»Wenn es allein um den Bezug zu Westen ginge, hätten Sie recht«, nickte Capelli. »Aber diesem Täter geht es, wie wir wissen, auch um Schuld.« Sie drehte sich zu Gehling um, der in diesem Augenblick an seinen Schreibtisch zurückkehrte und den letzten Teil der Unterhaltung mitbekommen hatte. »Was ist mit Jenny Dickinson?«, fragte sie. »Hast du in ihrer Vergangenheit inzwischen was gefunden, das in dieses Muster passen könnte?«

»Und ob«, rief Gehling, und Zhou sah, wie Koss interessiert den Kopf wandte.

»Nämlich?«, fragte Capelli.

»Wie wir wissen, kam Jenny Dickinson als Au-pair nach Deutschland«, antwortete Gehling. »Und während dieser Zeit hat sie bei insgesamt drei verschiedenen Familien gearbeitet. Die zweite stammte ursprünglich aus Persien beziehungsweise dem Iran, ein erfolgreicher Immobilienmakler mit seiner Frau und zwei Töchtern, in dessen Haushalt sich ein folgenschwerer Unfall ereignete, während Jenny dort Dienst tat.«

Gespannt folgte Zhou ihrer Partnerin und Koss zu Gehlings Schreibtisch, wo der Kollege mit wenigen Mausklicks die Kopie einer Todesanzeige aufrief.

Am 27.07.1994 verstarb durch einen tragischen Unglücksfall unsere geliebte Tochter Nurja,
** 08.01.1992*

»Das Kind ertrank im Gartenteich«, erläuterte Gehling, »und Jenny Dickinson behauptete damals, Raya, die ältere Schwester der Kleinen, habe versehentlich das Gatter offen gelassen, das den Teich eigentlich sichern sollte.«

»Lass mich raten!« Capellis Zeigefinger tippten auf die Lehne von Gehlings Stuhl. »Die Schwester behauptete was anderes.«

Gehling nickte. »Sie war allerdings erst sechs damals.«

»Und deshalb schenkte man ihr keinen Glauben?«

»Das würde ich so nicht mal sagen. Immerhin warf die Familie Jenny unmittelbar nach dem Unfall aus dem Haus. Und das, obwohl sie damals ebenfalls erst siebzehn war und nichts hatte, wo sie hätte hingehen können. Sie musste ein paar Nächte im Frauenhaus schlafen, bevor ihr einer der Sozialarbeiter dort eine neue Stelle besorgte.«

»Und der Unfall wurde zu den Akten gelegt?«

»So ist es.« Gehling nahm sich einen Energydrink aus dem Minikühlschrank, der neben seinem Rechner stand. Dergleichen war natürlich nicht erlaubt, doch Gehling behauptete steif und fest, ohne eisgekühltes Koffein nicht vernünftig denken zu können, und Makarov drückte ein Auge zu. »Alles, was die Kollegen damals gegen Jenny Dickinson in der Hand hatten, basierte auf puren Indizien«, fuhr er fort. »Die kleine Nurja soll ein Schreikind gewesen sein. Etwas, mit dem eine Siebzehnjährige, die kaum Deutsch spricht, vielleicht tatsächlich überfordert ist. Außerdem nutzte die Familie offenbar all ihre Au-pair-Mädchen gnadenlos aus, und es kam mehr als einmal vor, dass Jenny ihr versprochenes freies Wochenende nicht antreten durfte.«

»Was macht die Schwester heute?«, fragte Capelli. »Die, die angeblich das Gatter offen gelassen hat, meine ich.«

»Sie studiert.« Er machte eine wohlbedachte Pause. »Psychologie.«

Capelli starrte ihn an. »Das ist ein Witz, oder?«

»Nein.«

»Ich will mit ihr reden.«

Gehling grinste. »Komisch, aber irgendwie habe ich mir das gedacht.« Sein Jungengesicht wandte sich ihr zu. »Sie sitzt drüben in 3b.«

Capelli strubbelte ihm freundschaftlich durch die Haare. »Du hast was gut bei mir!«

»Ich komm darauf zurück«, lachte er.

7

Sander Westen lehnte sich in seinem Drehstuhl zurück, während sein Handy mit einer Reihe von rotierenden Kreisen auf dem Display signalisierte, dass es eine Verbindung herstellte. Er hatte die Nummer seiner Exfrau aus dem Telefonverzeichnis gelöscht, als er aus dem gemeinsamen Haus ausgezogen war. Doch leider konnte er nichts daran ändern, dass er sie noch immer auswendig kannte und vermutlich auch bis zum Sankt-Nimmerleins-Tag auswendig kennen würde.

Das Telefon klingelte einige Male ins Leere, ehe Dana abnahm.

Sie klang gereizt. »Ja?«

»Ich bin's«, sagte er.

Ihre Ablehnung war selbst noch auf die Entfernung zu spüren. »Was willst du?«

Er konnte nicht umhin zu lächeln. Diese Reaktion war absolut typisch für Dana. Offen. Direkt. Und unverhohlen feindselig. Trotzdem versuchte er es mit einem Minimum an Höflichkeit. »Hallo, Dana. Wie geht es dir?«

»Du rufst nicht an, um mich zu fragen, wie es mir geht«, gab sie zurück, und augenblicklich hatte ihre Stimme wieder diesen gefährlichen Beiklang, den er so gut kannte. Wie ein Raubtier auf dem Sprung.

»Vielleicht doch.«

Sie lachte, aber es klang nicht amüsiert. »Komm schon, Sander, verschwende nicht unser beider Zeit und sag mir einfach, was du willst.«

Westen atmete tief durch. »Ich wollte dich fragen, ob es in deinem Leben in der letzten Zeit etwas gegeben hat, das ... Ob alles okay ist.«

Er rechnete fest damit, eine patzige Antwort zu bekommen. Mein Leben geht dich nichts mehr an, schon vergessen? Etwas in der Richtung. Aber dieses Mal lag er daneben.

»Was sollte denn nicht okay sein?«, fragte sie.

»Ich weiß es nicht.«

»Gibt es ein Problem?«

»Vielleicht.«

Sie holte geräuschvoll Luft. »Hat es mit deinem Job zu tun?«

Das hatte sie schon immer getan. Das, was er tat, als einen »Job« zu bezeichnen. Etwas, das ihn seit je gestört hatte, auch wenn es ziemlich genau traf, wie sie darüber dachte. »Es wäre möglich.«

»Könntest du dich vielleicht etwas präziser ausdrücken?«

Westen überlegte kurz und entschied sich für die Wahrheit.

»Vor ein paar Tagen war die Polizei bei mir.« Er konnte sie vor sich sehen, wie sich ihr Körper verspannte. »Zwei Patienten von mir sind gestorben und …«

»Was soll das heißen, sie sind gestorben?«, fiel sie ihm ins Wort.

»Sie wurden ermordet.«

»Himmel, Sander, das ist doch hoffentlich nicht dein Ernst.«

Er sparte sich eine Antwort auf diese Frage. Und auch jeglichen Hinweis darauf, dass er eine solche Sache nie für einen schlechten Witz missbrauchen würde. Stattdessen sagte er: »Ich wollte einfach nur wissen, ob dir in der letzten Zeit etwas aufgefallen ist, das anders gewesen wäre als sonst.«

Mir? Was hat denn das mit mir zu tun?, wäre eine naheliegende Reaktion gewesen. Doch so naiv war seine Ex nicht. Alles, was sie sagte, war: »Verdammt noch mal …«

Er kannte sie gut genug, um zu wissen, dass es keinen Zweck hatte, ihr irgendetwas zu erklären. Also konzentrierte er sich lieber darauf, sein Gewissen zu beruhigen, indem er alle Möglichkeiten abklopfte. Alle potenziellen Gefahren. »Hast du vielleicht jemanden kennengelernt, der dich …« Er wollte nicht »ausgefragt« sagen, aber ihm fiel auch keine bessere Formulierung ein. »… der sich nach mir oder nach früher erkundigt hat?«

»Nein.«

»Aber du hast in letzter Zeit jemand Neues kennengelernt?«

»Ich bitte dich, Sander. Was soll das?«

»Es muss nicht unbedingt ein Mann sein. Also ein Freund, meine ich.« Er kam sich vor wie ein Pennäler. »Eine Beziehung.«

Jetzt lachte sie. »Nichts davon geht dich irgendwas an.«

»Antworte mir trotzdem, okay?« Er holte tief Luft. »Gibt es in deinem Bekanntenkreis jemand Neuen?«

»Herrgott, ich lerne ständig neue Leute kennen.«

»Schön für dich. Und hast du mit einem von denen auch über mich gesprochen?«

»Nein«, versetzte sie unsentimental. »Warum sollte ich?«

Ihre Antwort schmerzte, auch wenn ihm klar war, dass sie schon lange so dachte. »Dann ist es ja gut.«

»Sander …«

»Was?«

»Worauf willst du hinaus?«

Er sah aus dem Fenster und kam sich mit einem Mal völlig bescheuert vor. »Ach, ich weiß selbst nicht genau. Auf nichts Bestimmtes. Es ist nur so, dass die Polizei zu glauben scheint … Sie denken, dass der Täter in irgendeiner Weise mit mir zu tun hat.« Und selbst das ist noch maßlos untertrieben, ergänzte er in Gedanken.

»Das finde ich, ehrlich gesagt, nicht verwunderlich«, erklärte seine Exfrau. »Du hattest mit Hunderten von Tätern zu tun, die nicht ganz richtig waren.«

»Schon«, räumte er ein. »Bloß, dass die meisten von denen nicht hingehen und vier Menschen umbringen.«

»Vier?« Ihre Stimme war auf einmal schrill. »Aber du hast doch eben gesagt, dass zwei Patienten von dir …«

»Zwei aktuelle Patienten. Eine ehemalige Patientin. Und eine Kollegin«, entschied er sich, die Karten auf den Tisch zu legen.

Aus ihrem Schweigen sprach ein bodenloser Schrecken. Dann ein leises: »Oh mein Gott … Sprechen wir etwa von diesen schrecklichen Morden, von denen im Fernsehen die Rede ist?«

Er brauchte gar nichts zu sagen. Sie kannte die Antwort auch so. Also wählte er den bequemen Weg und schwieg.

»Verdammt noch mal, Sander, ich habe es dir immer gesagt«, sagte sie nach einer Weile, und trotz ihrer Wut glaubte er, ein unterdrücktes Schluchzen zu hören.

Er fragte nicht, was sie meinte. Sie kannten einander zu lange und zu gut, und sie hatten zu viel gestritten, als dass es noch etwas zu fragen gegeben hätte. Nicht, was diese Dinge betraf …

»Es tut mir leid«, sagte er aufrichtig.

Doch sie antwortete nicht.

»Dana«, startete er einen neuen Anlauf. »Wenn es irgendwas gibt, wie ich dir …«

»Sander!«, fiel sie ihm in scharfem Ton ins Wort.

»Ja?«

»Tu mir einen Gefallen …«

Er stand auf. Aus einem Grund, der nicht bis in sein Bewusstsein drang, konnte er nicht länger sitzen bleiben. »Welchen?«

»Ruf mich nicht mehr an. Hörst du? Nie wieder!«

Er hörte ein Knacken in der Leitung. Dann ein enervierendes Tuten.

Seine Exfrau hatte aufgelegt.

8

Raya Hosseini war eine aparte junge Frau mit schwarzen Mandelaugen und verwegenen braunen Locken, die sie wenig erfolgreich mit Gel zu bändigen versucht hatte. Obwohl sie noch studierte, war sie teuer und exquisit gekleidet. Ein buntes Desigual-Oberteil zu Roberto-Cavalli-Jeans. Dazu eine Lederjacke mit Nieten, die sie ein bisschen wie eine Rockerbraut aussehen ließ.

Ihr müsste eigentlich kalt sein, dachte Em.

Doch Raya Hosseini machte nicht den Eindruck, als ob sie fror.

»Sie wissen, warum Sie hier sind?«

»Mir wurde gesagt, dass es um Frau Dickinson geht.«

Frau Dickinson, resümierte Em. Nicht Jenny … Obwohl Raya sie unter Garantie so genannt hat, damals. Als Kind. »Das ist korrekt.« Sie zog sich einen Stuhl heran und setzte sich an den Tisch. »Sie wissen, dass Frau Dickinson ermordet wurde?«

»Nein. … Das heißt, ja. Ihr Kollege sagte es mir. Und natürlich hatte ich auch in der Zeitung davon gelesen. Ich wusste bloß nicht …«

… dass sie es war, ergänzte Em in Gedanken. Genau wie Westen.

»Sie kannten Jenny Dickinson von früher, nicht wahr?«

»Ja.«

»Und war Ihnen auch bekannt, dass sie seit einiger Zeit wieder hier in der Stadt lebte?«

Zögern. Dann: »Ja.«

»Woher, wenn ich fragen darf?«

»Ich wusste immer, wo sie war.«

»Wieso?«

»Ich wollte sie im Auge behalten.«

»Weil Sie sie für gefährlich hielten?«

Raya Hosseini lachte. »Nein. Weil ich wissen wollte, wie sich ihr Leben entwickelt.«

»Sie meinen nach dem Mord an Ihrer Schwester?«

Ems Angriff hebelte sie für einige Sekunden komplett aus. »Woher wissen Sie davon?«, fragte sie, als sie sich wieder ein bisschen gefangen hatte.

»Der Unfall wurde polizeilich untersucht«, entgegnete Em. »Ich habe mir die Akte angesehen.«

»In der Akte steht nichts von Mord«, widersprach Raya Hosseini.

»Richtig.«

»Also?« Ihr Blick wurde herausfordernd. »Woher wissen Sie, dass Frau Dickinson meine Schwester getötet hat?«

»Sagen wir, ich habe mir die Konstellation angesehen und eins und eins zusammengezählt.«

Um Raya Hosseinis Mund spielte ein Lächeln. Spöttisch. »Da wären Sie dann die Erste.«

Ich bin gegenüber den Kollegen von damals im Vorteil, hielt Em ihr im Stillen entgegen. Ich weiß, dass Jenny Dickinson das Opfer eines Täters wurde, der es auf Mörder abgesehen hat. Mörder, die dem Gesetz durch die Maschen geschlüpft sind.

Laut sagte sie: »Mochten Sie Jenny Dickinson?«

»Sie meinen vorher?«

Em nickte.

»Nein.«

»Wieso nicht?«

»Sie war nur nett zu uns, solange meine Eltern in der Nähe waren. Sobald sie aus der Tür waren, änderte sich ihr Verhalten von Grund auf.«

»Hat Frau Dickinson Sie oder Ihre Schwester misshandelt?«

»Ach was. Das nicht.« Sie schüttelte ihre unbändigen Locken. »Sie war bloß genervt. Sie hasste diesen Job. Was ich verstehen kann, nebenbei bemerkt. Ich hätte auch keinen Bock, auf anderer Leute Kinder aufzupassen, noch dazu auf solche, deren Kinderwagen mehr gekostet hat, als man selbst in drei Monaten verdient.«

Ems Augen blieben einmal mehr an Raya Hosseinis Outfit hängen.

Die Studentin bemerkte es und lachte. »Ja«, gab sie fröhlich und unverblümt zu. »Vom Familienvermögen ist noch eine ganze Menge übrig, wie Sie sehen.«

Doch Em war keineswegs die Bitterkeit entgangen, die in der harmlosen Bemerkung mitschwang. »Frau Dickinson hat Sie und Ihre Schwester also nicht explizit schlecht behandelt«, griff sie das Gespräch wieder auf.

»Nein.« Raya Hosseini schüttelte den Kopf. »Meistens ließ sie uns einfach machen. Außer wenn ihr Freund kam.« Ihr Lächeln bekam eine andere Qualität. »Dann sperrte sie uns in meinem Zimmer ein.«

»Jenny Dickinson hatte einen Freund damals?«

»Eine Zeit lang, ja.«

»Und den traf sie in Ihrem Elternhaus?«

»Wo denn sonst? Meine Eltern ließen sie ja praktisch nie weg.«

»Sprach sie damals schon Deutsch?«

Raya Hosseini zuckte die Achseln. »Genug, um uns klarzumachen, dass sie uns für den letzten Dreck hielt.«

Em blickte sich nach der verspiegelten Wand um, hinter der

Zhou und Koss saßen. »Erinnern Sie sich zufällig noch an den Namen dieses Freundes?«

»Nein, aber der war sowieso nicht mehr aktuell, als das mit meiner Schwester passierte.«

Schade, dachte Em. Wäre immerhin eine Möglichkeit gewesen … »Wie ich höre, studieren Sie Psychologie?«

»Ja.«

»Warum?«

Raya Hosseini war sichtlich irritiert über den Themenwechsel. »Es interessiert mich.«

»Jenny Dickinson war auch Psychologin, wussten Sie das?«

»Ja.« Sie lachte verächtlich. »Das Leben hat ganz schön Humor, was?«

Em nickte. »Was ist mit Ihren Eltern?«

»Sind tot.«

»Alle beide?«

»Sie stürzten mit dem Flugzeug ab«, erklärte sie mit unbewegter Miene. »Auf Ibiza. Mein Vater hatte einen Pilotenschein. Aber an diesem Tag flog ein Freund meiner Eltern.«

Oh Mann, dachte Em, bei manchen kommt es wirklich dick.

Ihr Gegenüber schien zu ahnen, was in ihr vorging. »Sie wissen doch bestimmt, was man Psychologen nachsagt, oder?«, setzte Raya Hosseini an.

»Nein. Was?«

»Man sagt, die meisten von ihnen hätten nur Psychologie studiert, um herauszufinden, warum sie den Knall haben, den sie haben …«

»Trifft dieser Grundsatz auch auf Sie zu?«

Sie lachte. »Tja, bei mir war die Sache vergleichsweise eindeutig, wenn Sie so wollen: Sensible Sechsjährige muss mit anschauen, wie das böse Kindermädchen ihre kleine Schwester in den Teich wirft.«

»Sie haben das alles *gesehen*?«, fiel Em ihr ins Wort.

»Ja.«

»In der Akte steht …«

»Ich weiß, was in der Akte steht.« Ihr Ton war mit einem Mal scharf. »Aber ich war sechs damals.«

»Was heißt das?«

»Sie haben mich gefragt, ob ich das Törchen zum Teich aufgelassen habe, und ich habe Nein gesagt.« Ihr Blick verschloss sich. »Das war's.«

»Aber Ihren Eltern haben Sie doch gewiss erzählt, dass Sie …«

»Na klar«, antwortete sie. »Bloß später.«

»Wie viel später?«

»Keine Ahnung. Zwei oder drei Jahre später.« Sie lehnte sich zurück, und zum ersten Mal im Verlauf dieses Gespräches zeigte sie Anzeichen einer inneren Anspannung. »Ich war sechs, wie gesagt. Alle Welt erzählte mir, ich hätte den Tod meiner Schwester verursacht. Mein Vater schrie mich an. Meine Mutter heulte zwei Wochen am Stück.«

»Ich verstehe.«

Für einen Moment sah Raya Hosseini aus, als wolle sie sagen: Einen Scheißdreck verstehen Sie. Doch sie entschied sich dagegen. »Jedenfalls habe ich irgendwann dann doch erzählt, was wirklich passiert ist. Dass ich Frau Dickinson gesehen habe, wie sie mit Nurja auf dem Arm in den Garten hinausging.« Sie schloss die Augen, und Em sah den Schmerz, den sie bis dahin so sorgfältig verborgen hatte. »Nurja schrie die ganze Zeit. So wie immer. Und dann … war es auf einmal still.«

»Aber Sie haben nicht gesehen, wie Jenny Ihre Schwester in den Teich warf?«, hakte Em sicherheitshalber noch einmal nach.

»Ich sah sie rausgehen. Und ich sah auch, wie sie anschließend den Kinderwagen nach draußen schob, damit es den Anschein machte, als ob Nurja im Garten gewesen wäre.«

Nur eine Sechsjährige war Zeugin, dachte Em. Jenny Dickinson hatte nichts zu befürchten.

»Wann rief sie die Polizei?«

»Danach.«

»Nachdem sie den Kinderwagen rausgebracht hatte?«

»Genau. Sie kam zurück und fragte mich, wo Nurja sei. Und

dann tat sie, als ob sie nach ihr suche.« Raya Hosseini schluckte trocken, und wieder lag Verächtlichkeit in ihrem Blick, als sie weitersprach. »Irgendwann kam sie zurück. Mit meiner Schwester auf dem Arm. Nurja war ganz blau und atmete nicht mehr. Dann rief sie den Krankenwagen.«

»Hat Frau Dickinson noch irgendwas zu Ihnen gesagt, während Sie auf die Sanitäter warteten?«

»Nein.«

»Sie sprachen kein Wort?«

»Nein. Sie rannte herum. Hektisch. Räumte Sachen hin und her. Brachte Spielzeug in den Garten, damit es so aussah, als ob wir draußen gespielt hätten.«

»Und Sie?«

»Ich?« Unter Raya Hosseinis linkem Auge zuckte ein Muskel. »Ich saß auf der Terrasse und hielt die Hand meiner toten Schwester …«

9

»Könnte der Täter rein theoretisch auch eine Frau sein?«

Koss ließ sich diese Möglichkeit eine Weile durch den Kopf gehen. »Theoretisch ja«, sagte er schließlich. »Praktisch würde ich allerdings nicht unbedingt davon ausgehen.«

Em nickte. Sie sah das ganz ähnlich. Und doch hatte sie das Gespräch mit Raya Hosseini gehörig ins Nachdenken gebracht.

»Seine Opfer sind – mit Ausnahme von Theo Dorn, den er einzig und allein deshalb tötete, weil er nicht spurte – allesamt Menschen, in deren Vergangenheit es einen dunklen Punkt gibt«, resümierte sie.

»Ja, schon«, pflichtete Zhou ihr bei. »Aber woher weiß der Täter das? Lina Wöllner zum Beispiel: Nicht mal der Ehemann wusste, dass sie früher mal unter Mordverdacht stand. Und auch die anderen werden mit den Leichen in ihren Kellern ja wohl kaum hausieren gegangen sein, oder?«

Sie hat recht, dachte Em.

»Also«, sagte Zhou. »Wem erzählt man von solchen Dingen?«

»Seinem Beichtvater«, scherzte Decker.

»Seinem Psychologen«, ergänzte Em.

Koss schmunzelte. »Nicht unbedingt.«

»Aber das ist trotzdem ein wichtiger Punkt«, insistierte Em. »So eine Therapiegruppe, wie Tidorf und Berneck sie besucht haben, ist ein echter Biotop.« Sie lehnte sich zurück. »Eine überschaubare Anzahl von Leuten, die einander ihr Herz ausschütten. Und der Witz an der Geschichte ist, dass man vor Gleichgesinnten viel eher auspackt, was man vor der eigenen Familie gar nicht erst sagen würde.«

»Man fühlt sich nicht automatisch verurteilt«, stimmte Koss ihr zu. »Und außerdem hat man – anders als bei Familie oder Freunden – jederzeit die Möglichkeit, die Sache zu beenden, wenn sie einem zu viel wird. In diesem Fall bleibt man einfach weg, und mit ein bisschen Glück sieht man seine Mitwisser niemals wieder.«

Mitwisser … Das Wort krallte sich in Ems Unterbewusstsein, ohne dass sie etwas dagegen tun konnte. »Und was ist die Voraussetzung, um sich in einer solchen Gruppe wohlzufühlen?«

Decker schlug die Beine übereinander. »Ein Dachschaden?«

»Nein«, lachte Em. »Vertrauen.«

»Und wem vertraut man?«, fragte Zhou.

»Menschen, die das gleiche Problem haben.«

»Genau.«

»Also muss der Mörder in irgendeiner Weise mit dieser Gruppe zu tun haben«, schloss Decker.

»Eine schöne Theorie«, sagte Zhou. »Nur leider hat sie einen Haken.«

»Welchen?«

»Lina Wöllner war nie Mitglied dieser Gruppe. Ebenso wenig wie Jenny Dickinson.«

»Aber Jenny hospitierte dort«, widersprach Decker. »Und Lina Wöllners Auftritt in Westens Praxis fiel ebenfalls auf einen Donnerstag.«

»Trotzdem wird Jenny Dickinson in ihrer Rolle als Hospitantin wohl kaum gesagt haben: Ich habe früher übrigens auch mal ein Kind in einen Gartenteich geworfen und zugesehen, wie es ertrunken ist.«

Schau an, dachte Em, Fräulein Unnahbar hat ja direkt Humor!

»Das bedeutet, dass der Mörder Jenny Dickinsons Vergangenheit aus einer anderen Quelle kennen muss«, resümierte Zhou.

»Und bei Lina Wöllner?«

Sie dachte nach. »Theoretisch könnte der Täter das Gespräch zwischen ihr und Westen belauscht haben.«

Automatisch musste Em an die Gegensprechanlage im Büro des Psychologen denken.

»Nein!«, unterbrach sich Zhou in diesem Augenblick. »Das ist nicht logisch.«

»Wieso nicht?«

»Falls wir richtigliegen, dass er Lina Wöllner irgendwie suggeriert hat, Westen könne ihr gefährlich werden, dann muss er von der Sache mit ihrer Mutter schon gewusst haben, bevor sie in der Praxis aufgetaucht ist.«

»Aber Lina Wöllner hat wirklich alles getan, damit ihre Familie nichts von ihrer Vergangenheit erfährt«, widersprach Em. »Das schließt doch eigentlich aus, dass sie Dritten gegenüber darüber gesprochen hat.«

Die anderen äußerten Zustimmung.

»Woher hat der Täter dann sein Wissen über sie?«

»Im Grunde gibt es da nur eine Möglichkeit …«, sagte Zhou.

»Die da wäre?«

»Er kennt sie von früher.«

10

Milan ist zwölf, als er von zwei Kriminalbeamten aus seinem dunklen Jugendzimmer geführt wird. Sie behaupten, dass er die Schuld trägt am Tod von zwei Kindern. Zwillingen – zwei kleinen Jungen in roten Ringel-T-Shirts, denen er mit einer Schere, wie Kinder sie üblicherweise zum Basteln verwenden, die Pulsadern geöffnet hat. Nicht, weil sie ihn geärgert hätten. Er wollte einfach nur wissen, wie lange es dauert, bis sie verbluten …

Sander Westen vergrub die Stirn in den Händen und hoffte inständig, dass Astrid ihm noch ein paar Minuten Zeit lassen würde. Wieso, verdammt noch mal, konnte er nicht einfach aufhören, an Milan zu denken? Warum war es ihm seit Tagen unmöglich, sich auf seinen Job zu konzentrieren? Auf die Patienten, die ihm Stunde für Stunde gegenübersaßen. Überwiegend banale Menschen mit überwiegend banalen Problemen …

Er hatte niemals Angst gehabt, früher. Oder doch?

Milan weiß, dass ich da bin. Es gibt nicht eine einzige Sekunde, in der er meine Anwesenheit ausblenden könnte. Aber er hat sich im Griff. Erstaunlich gut im Griff für einen Zwölfjährigen. Alles an ihm ist kontrolliert. Seine Mimik. Seine Hände. Seine Sprache.

Wenn er redet, dann spricht er leise und fast immer ein wenig zu schnell. Zumindest mit mir. Allerdings ist mir aufgefallen, dass er zum Beispiel mit dem Küchenmädchen ganz anders spricht. Langsamer und auf eine sehr besondere Weise zugänglich. Milan ist äußerst begabt darin, sich auf andere einzustellen. Auf ihre Wünsche und Vorlieben. Er zeigt jedem, der mit ihm zu tun hat, genau das, was derjenige sehen möchte. Wie ein Spiegel.

Westens Finger wischten ziellos über das Telefon. Spiegel gehörten zu den wenigen Dingen, vor denen er eine fast kindliche Urangst empfand. Hatte er das Kapitel über Milan deshalb so genannt? *Hinter dem Spiegel.*

Es ist tatsächlich schwer, herauszufinden, wer Milan ist. Ob er überhaupt jemand ist. Oder ob er nur reflektiert, was die Menschen in seiner Umgebung in ihn hineinprojizieren. Manchmal kommt er mir vor wie ein Vampir, ein Junge ohne Spiegelbild. Unsichtbar. Blutleer.

Westen rollte ein Stück vom Schreibtisch weg und schloss die Augen. Seine Großmutter hatte einen von diesen alten Frisiertischen besessen, mit einem riesigen dreiteiligen Spiegel darauf. Die beiden Seitenteile ließen sich frei bewegen, und je nach Winkel ergab sich dadurch die Illusion von geheimen Räumen, von Unendlichkeit und Weite, aber auch von Perspektivbrüchen und Wahnsinn. Er dachte daran, dass sie im Studium ›Alice im Wunderland‹ diskutiert hatten. Und danach auch die Fortsetzung, ›Alice hinter den Spiegeln‹. Er hatte beide Bücher nicht gemocht. Weder die Geschichten selbst noch die Figuren, die in ihnen vorkamen.

Zwei kleine Jungen in roten Ringel-T-Shirts … Zwillinge.

Zwillinge … Ein Begriff, den Westen automatisch mit Josef Mengele in Verbindung brachte, dem KZ-Arzt, der Hunderte von Zwillingspärchen vermessen, mit Säure traktiert, bei lebendigem Leib aufgeschlitzt, durch Giftspritzen getötet und verstümmelt hatte. Westen erinnerte sich an die Schilderung einer Zeugin, die in Mengeles Labor eine Wand voller Augen gesehen hatte, gelbe, grüne, sogar lilafarbene. Alle fein säuberlich aufgereiht und festgesteckt wie präparierte Schmetterlinge. Später hatte Mengele die Sammlung an das Institut seines Professors geschickt. Ein ganzes Paket voller toter Augen …

Milans Mutter traut mir nicht. Aber im Gegensatz zu ihrem Sohn ist sie lebendig. Ihre Augen sind grau und haben schon viel Schlechtes gesehen. Demütigungen, vielleicht auch Gewalt. Sie ahnt auch, dass etwas nicht stimmt mit ihrem Sohn. Aber das wird sie niemals zugeben. Sie hat sich schon mit zu vielem abfinden müssen in ihrem Leben, da will sie diese letzte Bastion auf keinen Fall aufgeben. Mit Mutterliebe hat das nichts zu tun. Sie will bloß nicht versagt haben. Das ist alles.

Ob Milan das spürt, bleibt sein Geheimnis.

Westens Blick suchte die Gegensprechanlage, die noch immer schwieg. Eigentlich müsste der nächste Patient längst hier sein, dachte er. Eigentlich …

Er schloss die Augen und sah den Speisesaal.

»Sieh ihn dir an«, hatte er eines Abends beim Essen zu seinem Kollegen gesagt, einem Mann mit brillanten Instinkten und jahrzehntelanger Erfahrung. »Sieh dir seine Augen an!«

»Ja und?«

»Was siehst du?«

»Hör zu, Sander, ich …«

»Nein!«, hatte Westen ihn unterbrochen, ungewohnt heftig. »Schau dir seine Augen an und sag mir, dass du es auch siehst.«

»Was *es*?«

Ja, was eigentlich? Westen zögerte. Beinahe hätte er »das

Böse« gesagt. Doch schließlich formulierte er es anders: »Diese Leere. Dieser Abgrund in seinem Blick.«

Sein Kollege blickte wieder zu dem blonden Jungen. Dann zurück zu Westen. »Das bringt nichts«, sagte er, leise und eindringlich.

»Aber du siehst es auch, nicht wahr?«, drängte Westen. »Du verstehst, was ich meine.«

»Der Junge ist zwölf, Sander.«

»Das ist es ja, was mir solche Sorgen macht. Was wird mit ihm sein, wenn er zwanzig ist?«

»Wir könnten uns irren.«

»Nein!«

»Doch. Und das weißt du auch.«

Dann hatten sie nachdenklich geschwiegen, bis der Kollege ihn plötzlich am Arm gepackt hatte: »Sieh ihn dir jetzt an …«

Sie beobachteten, wie er sich mit Vivienne unterhielt. Der etwas zu klein gebliebenen Fünfzehnjährigen, die in ihrer alten Grundschule Feuer gelegt hatte und sich jetzt rührend um das graue Katzenjunge kümmerte, das der Hausmeister eine Woche zuvor in der Waschküche entdeckt hatte.

»Ich weiß«, sagte Westen. »Das tut er oft. Und ich gebe zu, dass es verdammt echt aussieht. Die Frage ist nur, welcher Teil von ihm die Verkleidung ist. Und welcher sein wahres Ich …«

»Es ist unser Job, uns um den Teil zu kümmern, der das Kätzchen streichelt.« Sein Kollege hatte ihm flüchtig die Hand auf die Schulter gelegt. Fast so, als habe er Mitleid. »Alles andere steht nicht in unserer Macht.«

Westen zuckte erschrocken zusammen, als das Summen der Gegensprechanlage ihn aus seinen Erinnerungen riss.

»Ja?«

»Herr Eich für Sie, Herr Doktor.«

Er seufzte erleichtert auf. »Ja, danke. Schicken Sie ihn rein.«

11

»Emilia, endlich!«

Em verdrehte entnervt die Augen. Ihre Mutter begrüßte sie grundsätzlich mit Stoßseufzern wie diesem, ganz egal, ob sie einander erst am Vortag gesehen oder seit Monaten keinen Kontakt gehabt hatten. In diesem speziellen Fall jedoch, das musste sie zugeben, traf eher das Letztere zu. »Hallo, Mama.«

»Wirklich, Emilia, du hättest dich ruhig auch von dir aus mal melden können.«

Em hasste es, wenn ihre Mutter sie Emilia nannte. Aus Giulia Capellis Mund klang der Name irgendwie immer wie »Gisela-Mechthild«. Und es war auch ziemlich zwecklos, ihr zu erklären, dass sie viel Arbeit gehabt hatte. Also sagte sie nur: »Du hast recht, tut mir leid.«

»Jaja, das sagst du immer.« Sie war sauer und gab sich nicht die geringste Mühe, es zu verbergen.

»Wie geht's euch denn?«, fragte Em mit unerschütterlicher Fröhlichkeit. »Was macht Papa?«

Ihre Mutter schnaufte verächtlich. »Du kennst ihn doch.«

Aha, also alles bestens.

»Und? Hast du mal wieder was von Tante Gloria gehört?« Immerhin stand Weihnachten vor der Tür.

»Tante Gloria geht mir so was von am Arsch vorbei.« Keine Frage, in puncto Direktheit stand Giulia Capelli ihrer Tochter in nichts nach. »Aber wenn sie glaubt, dass sie alles, was gewesen ist, ungeschehen machen kann, indem sie hier mit einem Container voll stinkendem Parfüm aus der Fabrik ihres Mannes aufkreuzt und heile Welt spielt, dann hat sie sich geschnitten!«

»Du hast sie eingeladen?«

»Natürlich.«

Eine nackte, harmlos anmutende Feststellung. Und doch steckte so viel mehr dahinter. Giulia Capelli hasste ihre Schwester, und bei jedem einzelnen Aufeinandertreffen der beiden stand ernsthaft zu befürchten, dass die Begegnung mit Mord und Totschlag endete. Andererseits gehörte Gloria Mantovani nun einmal zur Familie, und Familie war ein Schicksal, das man hinnehmen musste. Em schüttelte den Kopf. »Na, dann wird's Heiligabend ja zumindest nicht langweilig.«

»Wie meinst du das?«, fragte Giulia Capelli spitz.

»Vergiss es«, sagte Em. Und bevor ihre Mutter noch auf die Idee kam, ihre aufgestauten Emotionen an ihr auszulassen, lenkte sie das Gespräch schnell wieder auf ihre ungeliebte Tante zurück: »Wann kommen sie denn an?«

»Am einundzwanzigsten spätabends«, antwortete Giulia, »weil natürlich schon sämtliche Züge überbucht sind und sie nur noch irgend so eine entsetzliche Verbindung bekommen haben, bei der sie dreihundertmal umsteigen müssen ...«

Gott, dachte Em, was bin ich froh, dass diese Familie nicht zu Übertreibungen neigt!

»Aber du weißt ja, wie sehr Onkel Ernesto das Fliegen hasst.« Ihre Mutter kam gerade erst in Schwung. »Und sie bringt ihn einfach nicht dazu, sich zu überwinden. Also, wie man auf diese Art und Weise im heutigen Geschäftsleben bestehen kann, ist mir ein Rätsel. Aber nach allem, was man so hört, läuft die Fabrik ja auch nicht mehr so wie früher, auch wenn Gloria das natürlich niemals zugeben würde.« Sie lachte garstig. »Jedenfalls muss Papa die beiden quasi mitten in der Nacht vom Bahnhof abholen, der Ärmste. Und Andrea und Bernardo kommen dann am Tag vor Heiligabend mit dem Flieger nach.«

»Was ist mit Lidia?«

»Lidia?« Giulia Capelli stieß ein verächtliches Zischen aus. »Nun ... die hat sich natürlich mal wieder nicht herabgelassen. Angeblich muss sie über die Feiertage arbeiten ...«

Kluges Mädchen, dachte Em, die ihre acht Jahre ältere Cousine von klein auf bewundert hatte.

»Aber so war sie ja schon immer«, schimpfte derweil ihre Mutter. »Wild, eigenwillig und obendrein ohne jeden Familiensinn.«

»Das finde ich nicht«, widersprach Em und dachte an das Begräbnis ihrer geliebten Großmutter. Lidia hatte ihr diesen schlimmen Tag entscheidend erleichtert, indem sie einen ganzen Nachmittag lang mit ihr Federball gespielt und dabei einen Witz nach dem anderen erzählt hatte.

»Pah«, machte ihre Mutter, und auch dieses Mal war die Botschaft trotz ihrer Knappheit unmissverständlich: Was verstehst ausgerechnet du von Familie?!

Em seufzte und griff nach einem Computerausdruck, den Gehling ihr hinstreckte. Sie warf einen Blick auf das Dokument und flüsterte: »Ich sehe mir das gleich an.«

»Wo bist du?«, fragte ihre Mutter.

»Auf der Arbeit.«

»Aber es ist spät am Abend …«

Em sparte sich einen Hinweis darauf, dass Verbrechen sich höchst selten an Bürozeiten hielten, und sagte einfach nur »Ja«.

»Na, wie auch immer«, fuhr ihre Mutter mit ungebremster Mitteilungsfreude fort. »Ich wollte dich bitten, dass du morgen oder übermorgen mal mit mir zur Metro fährst. Ich brauche ganz dringend einen neuen Schnellkochtopf. Und natürlich auch Fleisch. Gott weiß, was diese Burschen über die paar Tage wieder alles weghauen werden.« Sie lachte. Eine Mischung aus mütterlicher Nachsicht und dem unbezahlbaren Gefühl, gebraucht zu werden.

»Tut mir leid, aber das sieht im Augenblick ziemlich schlecht aus«, sagte Em, wohl wissend, was sie mit diesem Bekenntnis auslösen würde.

»Wieso?«

»Weil wir hier im Präsidium derzeit alle Sonderschichten fahren.« Sie nahm das Handy auf die andere Seite und rieb sich das Ohr. »Wir haben da einen Fall, der uns ziemlich in Atem hält, und …«

»Aber du weißt doch, was man bekommt, wenn man mit dem Fleisch zu lange wartet«, fuhr ihre Mutter auf. »Gerade vor solchen Feiertagen. Und ich werde auf gar keinen Fall riskieren, dass deine Tante Gloria jemals wieder einen Grund hat zu behaupten, ein Braten, den ich zubereitet habe, sei zäh.«

Deine Tante Gloria …

Em schüttelte den Kopf. Wann immer unliebsame Verwandte an sie weitergereicht wurden, war Gefahr im Verzug. Daran konnte auch die Tatsache nichts ändern, dass die Braten-Geschichte bereits sechsunddreißig Jahre zurücklag.

»Kann Angelo dich nicht begleiten?«, schlug sie vor. Immerhin verfügte ihr Bruder in seiner Rolle als Pausenclown in der Eventagentur seiner Frau über entschieden mehr Tagesfreizeit als sie.

»Angelo?« Ihre Mutter klang, als habe Em gerade den Papst der Vielweiberei bezichtigt.

»Ja, Angelo.« Mein stinkfauler, Porsche fahrender Bruder Angelo.

»Aber, Emilia. Sie haben ein Baby.«

Ja, schon klar! Das dritte obendrein und damit sozusagen den schreienden Beweis für Angelos überbordenden Familiensinn. »Okay, Angelo kann also vor lauter Vaterfreuden nicht mehr Auto fahren«, versetzte sie bissig. »Aber wenn ich mich recht erinnere, habe ich zwei Brüder, Mama.«

»Emilia, bitte!« Geballte Empörung. »Denkst du nicht, dass Alessandro derzeit Wichtigeres zu tun hat?«

Alessandro hatte schon immer Wichtigeres zu tun, als dir den Hintern abzuwischen, dachte Em mit einem Anflug von Neid. Laut sagte sie: »Dein Sohn sitzt in einem vollklimatisierten Büro und organisiert neue Rucksäcke für unsere Jungs in Afghanistan. Wo ist das Problem?«

Es war eine rhetorische Frage: Das »Problem« lag darin, dass der schöne Alessandro seiner Mutter seit Jahren erfolgreich weismachte, dass er sich im Kriegseinsatz befand und somit quasi jederzeit in einem Zinksarg liegend aus einer Bundeswehrmaschine getragen werden konnte.

»Alessandro hat keine Zeit«, entgegnete ihre Mutter säuerlich.

Ich auch nicht, dachte Em. Bloß schaffe ich es im Gegensatz

zu meinen Brüdern irgendwie nie, dir das verständlich zu machen. »Schade«, sagte sie. »Aber wie gesagt, bei mir sieht's diese Woche auch ganz schlecht aus.«

»Na gut, dann am Montag«, erklärte ihre Mutter, die es schon immer in bemerkenswerter Weise verstanden hatte, aus einer Antwort genau das herauszulesen, was sie herauslesen wollte. »Ich denke, gegen zehn wäre gut, aber ich rufe dich zur Sicherheit noch mal an.«

Die Verbindung war unterbrochen, bevor Em auch nur Luft geholt hatte. Weihnachten war alle Jahre wieder eine echte Herausforderung, und jedes Jahr überlegte sie aufs Neue, wie sie dem Verhängnis am elegantesten entgehen konnte. Das Argument, dass sie arbeiten musste, ließen ihre Eltern schlicht und einfach nicht gelten. Umso mehr bewunderte sie Lidia, die geradlinig ihren Weg ging und die familiären Sticheleien mit der gleichen Grandezza wegsteckte, mit der sie auf ihrem Westernpferd die Strände ihrer Heimatinsel Sizilien entlanggaloppierte.

Sie nahm einen Schluck kalten Kaffee und wollte sich eben das Schriftstück ansehen, das Gehling ihr gegeben hatte, als ihr Handy erneut zu bimmeln begann. Sie warf einen Blick auf die Nummer und riss überrascht die Augen auf.

Na endlich!

»Tom?«

»Hi, Em, ich will nicht lange stören, aber …«

»Du störst nicht.«

»Seit wann?«, gab er zurück. Ein Versuch, zu ihrem alten, freundschaftlich flapsigen Umgangston zurückzufinden. Auch wenn er nicht ganz gelang. »Mir ist da nur …« Er zögerte. »Mir ist da gerade was zu Ohren gekommen, das du wissen solltest.«

»So? Was denn?«

»Ich habe die Sache aus absolut zuverlässiger Quelle«, erklärte er anstelle einer Antwort. »Jemand, mit dem ich Tennis spiele, ist damit befasst.«

»Womit?«

»Heute Nachmittag war ein junger Mann hier, um eine Vermisstenanzeige aufzugeben, was ja an und für sich noch nichts Ungewöhnliches ist …«

Das würde ich so nicht unbedingt sagen, dachte Em mit einer Mischung aus Ironie und aufgeregter Erwartungshaltung. Immerhin war morgen Freitag.

»Und wen vermisst dieser Mann?«, fragte sie, als sie spürte, dass Tom ein wenig Ermutigung brauchen konnte.

»Seine Freundin.«

»Wie alt?«

»Sechsundzwanzig.«

Sie schob nachdenklich die Unterlippe vor. »Und wieso denkst du dabei an mich?«

»Weil es nicht irgendeine Freundin ist …«

»Spann mich nicht auf die Folter, okay?«

Sie hörte ihn lachen. »Okay. Also der Name der vermissten Freundin ist Sarah Jessica Kindle.«

Em hatte das Gefühl, als ob ihr jemand den Stuhl unterm Hintern weggezogen hätte.

»Ich weiß, du hast im Moment viel um die Ohren, aber ich dachte, es interessiert dich vielleicht trotzdem.«

»Und ob es mich interessiert!«, rief sie. »Kannst du mir nähere Informationen besorgen?«

»Klar«, antwortete er. »Ich bitte meinen Kumpel, dass er dir alles, was er hat, rüberschickt.«

»Du bist ein Schatz!«

»Weiß ich doch.« Er lachte wieder. Und zu ihrer größten Freude klang es diesmal echt.

»Dank dir«, sagte sie leise.

»Nicht dafür«, entgegnete er.

12

Dana Westen betrat das Bull and Bear und nahm als Erstes ihre Brille ab, die in der Wärme des brechend vollen Lokals beschlug. Während sie die Gläser an ihrem Schal trocken rieb, blickte sie sich suchend um. Doch Marlon schien noch nicht da zu sein. Also belegte sie einen Platz auf der Empore. Einen winzigen Zweiertisch, nur eine knappe Armlänge von der Bar entfernt, aber die einzige Alternative zu dem Gewühl unten.

Eine junge, unverschämt gut aussehende Kellnerin erschien, und Dana orderte ein Glas Weißwein. Dann streckte sie die Beine aus und pellte sich aus ihrer beigen Flausch-Fleecejacke, die ihr an diesem Abend jedoch nicht das gewohnte Gefühl von Geborgenheit und Schutz vermittelte.

In den Fernsehmonitoren, die überall an den Wänden hingen, lief irgendein Modekanal. Dana sah grotesk geschminkte Models mit tiefen Augenringen, die ihre ausgemergelten Körper ausdruckslos über einen knallroten Laufsteg schoben. Sie selbst hätte kein einziges der präsentierten Kleidungsstücke auch nur entfernt als tragbar eingestuft, von alltagstauglich gar nicht zu reden. Aber Mode war ohnehin noch nie ihr Ding gewesen. Was das betraf, war sie immer gut damit gefahren, sich auf den Rat ihrer Freundinnen zu verlassen.

Ihr Wein kam, und sie nickte der Kellnerin flüchtig zu. Dann ließ sie ihre Blicke über die Gesichter der übrigen Gäste wandern.

Das Gespräch mit Sander ging ihr nicht aus dem Sinn. Und sie empfand einen geradezu maßlosen Zorn. Darüber, dass er sie noch immer mit der Düsternis seines Jobs belästigte. Dass sie seine Arbeit zu Beginn ihrer Beziehung sogar interessant gefunden hatte, konnte sie rückblickend schon lange nicht mehr nachvollziehen. Ebenso wenig die zahllosen Stunden, die sie damit verbracht hatte, ihrem Mann zuzuhören. Sander war von jeher ein Mensch gewesen, der – anders als viele seiner Kollegen – über die Arbeit sprach, die er tat. Ohne Namen zu nennen, natürlich. Aber er hatte ihr regelmäßig von den Patienten erzählt, die durch seine Hände gingen. Von ihren Problemen und Prognosen. Und von den Gefahren, die seiner Meinung nach von diesen Menschen ausgingen.

Sie nahm einen Schluck Wein. Tag für Tag hatte sie ihrem Mann zugehört, und ohne dass sie es überhaupt bemerkt hätte, war das Gift in sie eingedrungen und hatte ihr Denken verändert. Ihre Wahrnehmung. Ihren Umgang mit anderen. Irgendwann hatte sie nichts und niemanden mehr in einem normalen Licht sehen können. Hinter jeder noch so banalen Bemerkung hatte sie einen Abgrund gewittert. Hinter jedem harmlosen Kindergesicht einen Psychopathen. Zu diesem Zeitpunkt war sie längst entschlossen gewesen, die Notbremse zu ziehen. Sie hatte es bloß noch nicht gewusst.

Hinter ihren Augen kündigte ein leises Ziehen einen neuen Migräneanfall an. Bereits der zweite diese Woche. Sie massierte ihre rechte Schläfe.

Sie hatten oft gestritten, Sander und sie. Über den Sinn seiner Arbeit zum Beispiel. Und noch viel öfter über deren Grenzen.

»Und jetzt?«, hatte sie ihn gefragt, wenn er ihr wieder einmal von irgendeinem Minderjährigen berichtet hatte, den er für bedenklich hielt. »Was fängst du nun an mit deinem Wissen?«

»Wie meinst du das?«

»Du hast dieses Kind von oben bis unten durchgetestet und seinen Charakter für gefährlich befunden. Aber selbst wenn du damit richtigliegst … Was nützt dir das in der Praxis?«

Sander sah sie kurz an und drehte sich dann eilig weg. Wie immer, wenn sie so redete.

»Das Gesetz bietet dir keine Handhabe«, erzählte sie seinem Rücken. »Du kannst niemanden präventiv wegschließen. Aber andererseits bist du auch nicht der Meinung, dass eine Therapie in diesem Fall etwas ausrichten könnte …«

»Richtig.«

»Also?« Sie konnte sehr herausfordernd sein, wenn sie wütend war. »Was ist das Höchste, das du erreichen kannst?«

»Dana, wirklich. Ich …«

»Nein, ernsthaft«, fiel sie ihm ins Wort. »Angenommen, er tut genau das, was du ihm zutraust … Ist damit irgendwem geholfen?«

»So kannst du das nicht sehen …«

»Nicht?«

»Nein.«

»Wie sollte ich es denn dann sehen, deiner Meinung nach?«

»Es geht bei meiner Arbeit in erster Linie um Wissen«, erklärte er ihr. »Wir müssen lernen zu verstehen, wie solche Persönlichkeitsstrukturen …«

»Nicht wir, sondern du«, korrigierte sie ihn. »Du bist derjenige, der es verstehen will. Aber nicht, weil du jemandem mit diesem Wissen helfen könntest. Sondern einzig und allein, um recht zu behalten.«

An dieser Stelle drehte er sich dann doch wieder zu ihr um. »Das ist nicht wahr, und das weißt du.«

»Oh doch, das ist wahr«, schrie sie, verzweifelt über seine Sturheit und Ignoranz. »Du bist einzig und allein daran interessiert, dass sich deine Prognosen bewahrheiten. Du willst, dass sie von dir sagen, dass du alles durchschaust. Jeden Winkel einer Persönlichkeit. Jede Lüge. Dort in deiner Klinik spielst du den Doktor Allwissend, aber du bekommst nicht mit, was sich direkt vor deiner Nase abspielt.«

Ein fragender Blick.

»Dein Sohn«, antwortete sie, frustriert und müde »Er ist letzten Samstag mit seiner Mannschaft in die Landesliga aufgestiegen …«

»Davon hat er mir gar nichts erzählt.«

»Natürlich nicht. Marlon erzählt dir schon seit Jahren nichts mehr über sich. Und weißt du auch, warum?«

»Nein, sag's mir!«

»Weil ihm klar ist, dass es dich nicht interessiert. Dass *er* dich nicht interessiert.«

Und an dieser Stelle legte Sander endlich auch seine schon fast stoische Ruhe ab. »Herrgott, Dana«, schrie er sie an. »Findest du es fair, so zu …«

»Dein Sohn weiß schon seit Langem, dass die einzige Chance, deine Aufmerksamkeit zu erregen, darin besteht, ein Verbrechen zu begehen.«

Sie sah ihrem Mann an, dass er kurz vor einem Wutausbruch stand. Doch so weit ließ er es, wie immer, nicht kommen. Mit einem verächtlichen »Mach dich doch nicht lächerlich« ging er aus dem Zimmer und stieg in sein Auto, um in die Klinik zu fahren.

Und Dana blieb einsam zurück mit ihrer Verzweiflung und ihrer Hilflosigkeit und ihrem Schmerz um ihren Sohn, der alles tat, um seinen Vater zu beeindrucken. Und der doch nicht die geringste Chance hatte.

Zwei Patienten von mir sind gestorben …

Sie wurden ermordet.

Danas Finger spielten mit dem Untersetzer ihres Weinglases. Es hatte sie damals überrascht zu hören, dass Sander die Arbeit in Haina schließlich doch noch aufgegeben hatte. Aber sie war viel zu realistisch veranlagt, als dass sie diese Entscheidung mit sich oder ihren Gesprächen in Verbindung gebracht hätte. Nein, dachte sie, ich hatte nie auch nur annähernd genug Einfluss auf Sander, um auf sein Denken einzuwirken. Trotzdem schien er sich in letzter Zeit geändert zu haben. Und sie fragte sich ernsthaft, was ihn dazu gebracht haben mochte.

Zwei Patienten. Eine ehemalige Patientin. Und eine Kollegin …

Sie wurden ermordet.

Trotz der Wärme und ungeachtet der vielen Menschen um sie herum, fing Dana auf einmal an zu frieren. Natürlich war ihr Exmann früher hin und wieder beschimpft oder auch bedroht worden. Von Patienten. Von Eltern. Oder von irgendwelchen halbseidenen Anwälten, die ihn dazu bewegen wollten, ein Gutachten oder einen Bericht noch einmal zu überdenken. Aber dass er sie nun anrief, um sie zu warnen. Nach all diesen Jahren …

Hast du jemand Neues kennengelernt?

Hat er dich nach mir gefragt?

Dana fuhr zusammen, als ein Ärmel ihre Schulter streifte. Keine Absicht im Gedränge auf der Empore. Trotzdem pochte ihr Herz von jetzt auf gleich wie wild.

Hast du jemand Neues kennengelernt?

»Mama!«

Sie sah hoch. »Marlon, schön, dass du kommen konntest.«

Er drehte den Kopf weg, als sie ihn auf die Wange küsste. Das hatte er schon als kleiner Junge getan. »Was gibt's denn so Dringendes?«

»Möchtest du dich nicht erst mal setzen?«

»Sicher.« Er winkte der Kellnerin und bestellte einen Kaffee.

»Essen wir auch?«, fragte Dana.

Sein Lächeln war charmant wie immer. »Wenn du mich einlädst.«

Im Klartext hieß das, dass er mal wieder knapp bei Kasse war. Aber das war ja, weiß Gott, nichts Neues. »Na gut«, antwortete sie mit einer gehörigen Portion von Selbstironie. »Ausnahmsweise.«

13

Zhou fand das Paket bei ihrer Rückkehr auf dem Fußabtreter vor der Wohnungstür, und ein Blick auf den Absender entlockte ihr ein resigniertes Kopfschütteln. Laut Aufkleber war die Sendung per Kurier geliefert und offenbar von einem hilfsbereiten Nachbarn entgegengenommen worden.

Sie klemmte sich das sperrige Paket unter den Arm und schloss die Tür auf. Sie hatte noch nicht viele ihrer Nachbarn zu Gesicht bekommen, und die wenigen, denen sie auf dem Weg in die Tiefgarage oder im Aufzug begegnet war, waren ihr mit einer Mischung aus Desinteresse und distanzierter Höflichkeit begegnet. Dass einer dieser Menschen tatsächlich so freundlich gewesen sein sollte, ein Paket für sie anzunehmen, überraschte sie. Wer immer das auch gewesen ist, dachte sie, er hätte das Ding vermutlich nicht einfach achtlos ins Treppenhaus gestellt, wenn er gewusst hätte, welchen Wert er da in den Händen hält! Denn wie üblich hatte ihr Vater keine Kosten gescheut, um ihr – wie die beigefügte Karte verriet – zum Einzug in die neue Wohnung zu gratulieren. Immerhin verpflichteten Geschenke nach chinesischer Tradition zu Gegengeschenken. Und je wertvoller ein Präsent ausfiel …

Sie seufzte und hielt das gerahmte Präsent ein Stück von sich weg.

Nicht, dass es ihrem Vater dabei um ein Gegengeschenk in einem sehr wörtlichen Sinne gegangen wäre. Aber er hatte sie in Verlegenheit bringen wollen, keine Frage. Und das sogar gleich doppelt, denn bei dem kunstvoll von Hand auf Bambus geschriebenen Text handelte es sich um das berühmte ›Sanshiliu Ji‹, eine Sammlung von Kriegslisten, die trotz Verbots unter Mao in China sozusagen Allgemeingut und unter dem Titel ›Die sechsunddreißig Strategeme‹ in mannigfachen Abwandlungen mittlerweile sogar westlichen Managern geläufig war. Ya Dao hatte seiner Tochter die einzelnen Geschichten schon als Kind nahegebracht und sie dadurch in gewisser Weise auch mit der hohen Kunst der Täuschung vertraut gemacht, die in China weder anstößig noch verpönt war.

»Damit ich meine Wurzeln nicht aus den Augen verliere, was?«, spottete Zhou, während ihr Blick auf das Strategem mit der Nummer acht fiel.

Offiziell trug es den Namen ›Heimlich nach Chencang marschieren‹, und die Geschichte, die dahinterstand, handelte von der Kunst, Kritik hinter normalem, unverfänglichem Tun zu verbergen. Und was, dachte Zhou, gibt es schon Unverfänglicheres, als jemandem ein Geschenk zu machen?

Ist es klug, seine Wurzeln zu vergessen?

Sie schüttelte ärgerlich den Kopf.

Das hast du über das Ballett auch gesagt …

»Wieso kommst du nicht einfach mal her und schaust dir an, wie ich wohne?«, murmelte sie. »Warum sagst du mir nicht einfach ins Gesicht, dass du meinen Lebensstil und den Beruf, für den ich mich entschieden habe, zum Kotzen findest, damit ich dir widersprechen und dich vielleicht irgendwann sogar überzeugen kann?«

Wenn es dich glücklich macht …

Täuschung, dachte Zhou resigniert. Es geht immer und überall um Täuschung …

Sie lehnte das Bild neben sich an die Wand und überlegte, wo sie es am besten aufhängen konnte. Leider war die Wohnung so modern und offen geschnitten, dass es keinen Ort gab, an dem sich das unbequeme Geschenk ihrer Eltern verstecken ließ. Also besann sie sich auf die alte Weisheit, dass man sich jene Dinge, die man ohnehin nicht ändern konnte, am besten so schnell wie möglich zu eigen machte, und beschloss, das Bild direkt über das XXL-Sofa zu hängen, das ihr zugleich als Bett diente.

Während sie Hammer und Nägel holte, dachte sie an den Fall und an die Frage, die Capelli gestellt hatte, bevor sie auseinandergegangen waren: »Und? Sind wir für morgen gewappnet?«

Zhou sah auf die Uhr. Morgen begann in ziemlich genau dreieinhalb Stunden. Ein Umstand, der sie nicht gerade mit Zuversicht erfüllte. Ein neuer Tag bedeutete aller Wahrscheinlichkeit nach auch einen neuen Brief. Und, wenn sie Pech hatten, eine neue Leiche.

»Christina Höffgen und ihr Mann werden ganz normal zur Arbeit gehen«, hatte Makarov zuvor noch einmal zusammengefasst, was sie in einer strategischen Konferenz beschlossen hatten. »Wir haben Kameras in den Autos. In den Büros. Und an sämtlichen Eingängen. Dazu vier Beamte, die sich abwechselnd an ihre Fersen heften.«

»Der Postbote des Viertels ist ebenfalls informiert«, hatte Capelli ergänzt. »Zwei Teams nehmen sämtliche Sendungen in

Augenschein, bevor der Mann überhaupt seine Runde startet. Das verschafft uns im Fall der Fälle einen gewissen Vorsprung. Selbstverständlich nur unter der Voraussetzung, dass unser Täter noch einmal den Postweg wählt …«

Er wird uns überraschen, dachte Zhou unbehaglich. Und er wird uns kalt erwischen. Wir haben nicht die leiseste Idee, wo wir nach der nächsten Leiche suchen sollen, solange er es uns nicht sagt. Auf welchem Weg auch immer …

Sie verdrängte den unbequemen Gedanken und trat einen Schritt zurück, um ihr Werk zu betrachten. Dann griff sie zum Telefon und wählte die Nummer ihrer Eltern. Doch in der Villa nahm niemand ab. Sie hinterließ eine Nachricht, in der sie sich herzlich, aber nicht überschwänglich bedankte. Anschließend nahm sie ihre Sporttasche, die wie immer fertig gepackt neben der Tür stand, und verließ die Wohnung.

Das ganze Haus roch noch neu, nach Beton, frischer Farbe und Steinstaub. Zhou nahm den Aufzug und dachte an die armselige Hütte, in der ihr Vater die ersten Jahre seines Lebens verbracht hatte. Es gab nur ein einziges Foto davon, und das war so abgegriffen, dass man kaum noch etwas erkennen konnte. Trotzdem trug Ya Dao die Aufnahme immer bei sich, in seiner Brieftasche, gleich neben seiner goldenen Kreditkarte und dem Foto seiner Frau.

»Ich zahle vierzehnhundert Euro Kaltmiete für einen traumhaften Blick über diese Mole«, schimpfte Zhou, als sie ihren schwarzen Geländewagen gleich darauf aus der Tiefgarage steuerte, »bloß dass ich leider weder die Zeit noch die Ruhe habe, diesen Blick auch zu genießen.«

Ist das klug?, stichelte ihr imaginärer Vater.

»Nein«, hielt sie ihm entgegen. »Aber ich möchte es genau so haben.«

Nur zehn Minuten später parkte sie vor dem Punch and Dragon, einem absoluten Geheimtipp unter den zahlreichen Frankfurter Kampfsportschulen, wo sie regelmäßig Kickboxen und Kung-Fu trainierte.

»Hallo, Ballerina!«, begrüßte sie Kemal Biçer, ein kurdischer Exprofiboxer, der neben dem klassischen Boxtraining auch Kickboxen und Straßenkampf unterrichtete und der sich Zhou gern und regelmäßig als Sparringspartner zur Verfügung stellte. »Heute mal kein Tänzchen an der Stange?«

Zhou nahm ihm weder den legeren Ton noch die Doppeldeutigkeit seiner Bemerkung übel. Im Gegenteil: Kemal war einer der wenigen europäischen Männer, der sie nicht automatisch in Watte packte, nur weil sie Asiatin und vergleichsweise zierlich war. »Du weißt doch, von Zeit zu Zeit brauche ich was Härteres …«

»Härter als Ballett?« Kemal schüttelte den Kopf. »Nee, Herzchen. Dann bist du hier fehl am Platz. Oder siehst du hier irgendwen, der sich die Zehen verbiegt, um seinen verdammten Schwerpunkt über einer fünf Zentimeter großen Standfläche auszubalancieren?«

Sie lachte. »Nein.«

»Na, siehst du. Also kommst du zur Erholung, gib's zu!«

»Ertappt«, rief sie und verschwand in der Damenumkleide, die mangels Bedarf eher die Ausmaße einer Besenkammer hatte.

Als sie zurückkam, stand Kemal bereits im Ring. Im Training verzichtete er fast immer auf Schutzkleidung, mit Ausnahme seiner abgewetzten Sparringshandschuhe, die sich vor Zhou hin und her bewegten wie die sprichwörtliche Möhre, die den Esel zum Traben animieren sollte.

»Dann mal los!«, sagte er.

Zhou streckte sich, um Muskeln und Sehnen geschmeidig zu machen. Dann kniff sie die Augen zusammen und fokussierte ihre gesamte Aufmerksamkeit auf ihren Gegner. Sie wärmte sich beim Kampfsport grundsätzlich nicht lange auf, weil sie es so authentischer fand. Immerhin trainierte man als Polizistin immer auch für die Straße. »Bist du bereit?«

»Ich?« Kemal grinste. »Na, aber immer, Baby. Das weißt du doch.«

Anstelle einer Antwort knallte Zhous linker Fuß volle Suppe in seine Deckung.

Am Anfang hatte sie sich überaus schwer getan, auf den nahezu ungeschützten Kemal einzudreschen, obwohl der Kurde gut einen Kopf größer war als sie. Doch diese Scheu hatte sie längst abgelegt. Kemal konnte auf sich selbst aufpassen. Punkt. Aus. Und sie musste endlich lernen, sich nicht ständig und überall von unberechtigten Skrupeln behindern zu lassen!

14

»Na, wie war's mit deiner Mutter?«

Marlon Westen ließ sich auf die Couch fallen und zuckte gelangweilt die Achseln. Seit ein paar Monaten bewohnte er ein geräumiges Apartment im Westend, das einem ehemaligen Liebhaber von ihm gehörte. Doch der hatte beruflich im Ausland zu tun und Marlon kurzerhand den Schlüssel dagelassen. »Wie soll's schon gewesen sein?«

Sein Freund bedachte ihn mit einem Lächeln, das trotz aller Nachsicht auch wütend wirkte. »Also, ich finde, du hast echt Glück mit deiner Mutter.«

»Jaja.« Marlon schnappte sich die Fernbedienung vom Tisch und schaltete den Fernseher ein.

»Nicht?«

»Doch, klar«, gab Marlon zu. »Das heißt, abgesehen davon, dass es immer schwieriger wird, ihr die Knete aus der Weste zu leiern.«

Sein Freund stellte einen Teller mit Chips vor ihn hin, und obwohl Marlon eigentlich pappsatt war, griff er zu. »Zahlt dein Vater immer noch keinen Unterhalt?«

»Erzeuger«, korrigierte ihn Marlon kauend.

»Das ist doch albern«, murrte Jan.

»Mag sein, aber ich will es so, okay?«

»Okay.« Jan kroch hinter ihn und begann, seine Schultern zu massieren. »Also zahlt dein Erzeuger jetzt wieder Unterhalt für dich oder nicht?«

»Mama behauptet, nein.«

»Aber du glaubst ihr nicht?«

»Ach, keine Ahnung. Sie war ganz komisch heute Abend. Irgendwie …« Er überlegte. »Ja, irgendwie fahrig.«

»Du meinst zerstreut?«

»Nein.« Marlon überlegte. »Ich meine …«

»Was?«

»Ängstlich«, antwortete er und erschrak vor sich selbst.

Ängstlich war ein Wort, das er mit allen möglichen Leuten in Verbindung brachte. Aber nicht mit seiner Mutter. Im Gegenteil, sie war ihm immer bemerkenswert unängstlich vorgekommen. Aber heute Abend …

»Du meinst, sie hat sich gefürchtet?« Auch Jan schüttelte ungläubig den Kopf. »Wovor denn?«

»Ich habe sie gefragt, warum sie so nervös ist, aber sie meinte nur, das bilde ich mir ein.« Marlon zappte sich durch die Programme, doch überall schien nur Schrott zu laufen.

»Aber du bist nicht dieser Meinung, oder?« Jan hörte auf, ihn zu massieren, und rutschte neben ihn, um ihm in die Augen schauen zu können.

Sofort fühlte Marlon eine leise Aggression in sich aufsteigen. Er hasste es, wenn Jan ihn so ansah. Als ob er ihn sezieren wollte. Als ob er geradewegs auf den Grund seiner Seele zu blicken versuchte. »Wie auch immer, es geht mich nichts an«, sagte er.

»Sie ist deine Mutter, Marlon.«

»Na und? Bin ich deshalb gleich für ihr Leben verantwortlich?«

»Verantwortlich nicht, aber …«

»Ich will nicht über meine Mutter reden, okay?«

Jan wandte den Kopf ab. »Na klar. Was frage ich denn überhaupt?«

»Bist du sauer?«, fragte Marlon, als er sah, dass sein Freund in seine Schuhe schlüpfte.

»Sollte ich?«

Marlon warf die Fernbedienung auf den Tisch und folgte seinem Freund in die Diele. »Was soll das? Warum willst du gehen?«

»Ich habe noch eine Verabredung, okay?«, antwortete Jan, und es war nicht zu überhören, dass er Marlons Ton imitierte. Seine Stimme troff nur so vor Verachtung.

»Eine Verabredung?« Marlon kniff die Augen zusammen. »Mit wem?«

»Geht dich nichts an.«

Er erwischte seinen Freund am Ärmel. »Hey! Stopp! Was soll die Scheiße? Wo willst du hin?«

Anstelle einer Antwort nahm Jan ein Kuvert von der Kommode und hielt es ihm unter die Nase.

Marlon warf einen Blick auf den Absender und stöhnte laut auf. »Sag nur, du hast ihn aufgemacht?«

Keine Antwort.

»Das ist meine Wohnung«, schrie Marlon. Und in Gedanken fügte er hinzu: Immerhin war ich derjenige, der sich von einem schwitzenden alten Sack in den Hintern ficken lassen musste, um hier wohnen zu dürfen! »Und das hier«, er riss den Umschlag an sich, »ist meine Post. Daran hast du nichts verloren, kapiert?«

Jan sah ihn an. Und obwohl Marlon noch immer rasend wütend war, machte er automatisch einen Schritt rückwärts. In seinem Rücken fühlte er die Wand. Doch ihre Kühle war nichts gegen den Blick, mit dem sein Freund ihn bedachte.

»Du willst nach Australien?«

Verdammt! »Nein, ich …«

»Studieren?«

»Herrgott, das ist doch nur Infomaterial!«, echauffierte sich Marlon. Doch sein Herz schlug bis zum Hals, und erst mit einiger Verzögerung kam er darauf, was ihn derart aus dem Tritt brachte. Es war gar nicht Jans Reaktion. Nicht einmal der Blick.

Es war die Tatsache, dass sein Plan aufgeflogen war. Die Aussicht auf einen Ausweg aus einem Dilemma, dessen er sich selbst noch gar nicht restlos bewusst war. Es gab da dieses Gefühl. Wie eine bange Unruhe. Etwas, das sich partout nicht fassen ließ und das ihm dennoch die Luft zum Atmen nahm. Jeden Tag ein bisschen mehr. Wann es begonnen hatte, konnte er nicht sagen. Nur, dass es sich zuspitzte. Als ob es in seinem Umfeld jemanden gäbe, der ihn zusehends in die Enge trieb. Er dachte wieder an seine Mutter und die Bemerkungen, die sie gemacht hatte. Vorhin beim Essen.

Nervös? Ich? Blödsinn! Es ist nur … Ich denke viel nach, weißt du?

Seine Finger fassten den Umschlag fester.

»Das klingt ja schrecklich«, hatte er geantwortet. »Worüber denn?«

Und sie hatte ihn angesehen und scheinbar völlig zusammenhanglos gesagt: »Über die Art und Weise, wie wir andere Menschen wahrnehmen, zum Beispiel. Und darüber, wie leicht man jemandem Unrecht tut.«

Er sah wieder Jan an, der noch immer dicht vor ihm stand. Doch er hatte den Kopf abgewandt und blickte zu Boden. Enttäuscht vielleicht. Vielleicht auch wütend.

Was ich hier abziehe, dachte Marlon mit einem Anflug von Schuldbewusstsein, ist tatsächlich nicht fair. Und doch hatte ihn die Aussicht auf eine unbeschwerte Zeit am anderen Ende der Welt über die vergangenen Wochen gerettet. Fort. Weg. Alles hinter sich lassen. Noch einmal ganz von vorne beginnen. Aber jetzt … Marlon fühlte, wie sich seine Kiefer verkrampften. Jetzt war alles kaputt!

Er stopfte das Kuvert in die Tasche seiner Jeans und riss seine Jacke vom Garderobenständer neben der Tür. »Warte nicht auf mich«, sagte er. Dann zog er die Tür hinter sich zu.

Er rechnete fest damit, dass Jan ihm folgen würde. Dass es Debatten gab. Oder neuen Streit. Doch auf den Stufen hinter ihm blieb alles still, während er die vier Treppen ins Erdgeschoss hinunterlief. Als er auf die Straße trat, sah er Jans Silhouette hoch über sich.

Sein Schatten verdunkelte das Fenster und selbst noch auf die Entfernung kam Marlon sein Blick so kalt und unverwandt vor, als hätten sie rein gar nichts miteinander zu tun.

15

»Verdammt, Herzchen, auf wen bist du so sauer?«, fragte Kemal, nachdem sie eine halbe Stunde trainiert hatten.

Zhous bandagierte Fäuste hämmerten noch immer mit ungebrochener Entschlossenheit auf seine Deckung ein. »Wie kommst du auf die Idee, dass ich sauer bin?«, keuchte sie.

»Machst du Witze?«

»Idiot!«

Links. Rechts.

»Schon gut, wechseln wir das Thema, bevor du mich umbringst.« Er hob in gespielter Verzweiflung die Deckung ein Stück höher. »Was macht dein Job?«

»Gut«, gab Zhou zurück, ohne ihren Angriff auch nur eine Sekunde lang abzuschwächen.

»Lügnerin!«

Sie vollführte eine ihrer gefürchteten Blitzdrehungen, und die Ferse ihres rechten Beins landete mit einem satten Geräusch in Kemals Handschuh.

»Autsch!«

»Quatschkopf!«

Er lachte laut und dreckig. Zugleich fühlte Zhou auf einmal fremde Aufmerksamkeit auf sich gerichtet.

Da war jemand.

Jemand, der sie ansah …

Obwohl sie sich denken konnte, um wen es sich dabei handelte, konnte sie nicht verhindern, dass ihr Körper darauf reagierte. Die feinen Härchen im Nacken und an den Unterarmen stellten sich auf. Sämtliche Muskeln waren bis zum Zerreißen gespannt. Ihre Bewegungen wurden noch kontrollierter. Wie eine Katze auf dem Sprung.

»Yong laoshi«, sagte sie leise, doch sie war sicher, dass er sie trotzdem hörte.

»Zhou nusheng, welche Ehre.«

Liu Yun Yong war Mitinhaber der Schule und Meister verschiedener Kung-Fu-Stile. Offiziell unterrichtete er nicht selbst, doch wenn ihn jemand interessierte, kam es vor, dass er eine Trainingseinheit anbot. Zhou hatte bereits ein paarmal das Vergnügen gehabt, mit Liu Yun zu arbeiten, und sie konnte mit Fug und Recht behaupten, niemals einen unbequemeren Lehrer gehabt zu haben. Seit Beginn ihrer Ausbildung praktizierte sie Ying Zhao Quan, einen der ältesten und komplexesten Stile des nördlichen Shaolin-Kung-Fu. Dieser sogenannte Adlerklauenstil vereinte wie kaum ein anderer Eleganz mit Effektivität und harmonierte so gesehen perfekt mit Zhous tänzerischer Ausbildung. Außerdem verfügte er über eine ganze Reihe von Techniken, die sich auch Ausbilder bei Militär und Polizei überall auf der Welt zunutze machten.

»Was ist?«, rief Kemal, der spürte, dass sie abgelenkt war. »Gibst du auf?«

Anstelle einer Antwort ließ Zhou ihre Fäuste sprechen. Doch Liu Yuns Anwesenheit hemmte sie mental wie körperlich. Noch immer konnte sie ihn nicht sehen, aber sie war sicher, dass er am oberen Ende jener Stahltreppe stand, die von der hohen Trainingshalle hinauf in den ersten Stock führte. Was genau sich dort oben befand, konnte sie nicht sagen. Doch sie wusste, dass Liu Yun fast immer dort zu finden war. In derselben Sekunde führte ihr Kemals Fuß an ihrer Hüfte anschaulich vor Augen, dass sie unaufmerksam war. Sträflich unaufmerksam … Verdammt!

Kemal ließ den Fuß sinken. »Hey, alles klar?«

»Sicher. Können wir weitermachen?«

Sein Blick wanderte an ihr vorbei, und noch bevor sie sich umdrehte, wusste sie, dass Liu Yun direkt hinter ihr stand. Sie hatte mit ihm gerechnet, und trotzdem hatte sie ihn nicht kommen hören. Liu Yun war ein Mann, der es verstand, seine Präsenz auszuschalten. Als ob er sich unsichtbar machte.

Farnsamen stehen in dem Ruf, ihren Besitzer unsichtbar zu machen, erinnerte sie ein imaginärer Gehling.

Kemal schälte sich aus seinen Handschuhen und zwinkerte ihr zu. Dann ging er einfach davon, ohne zu fragen, ob ihr das abrupte Ende ihrer Trainingseinheit recht war.

»Ich höre, du hast eine neue Arbeit.« Auf den ersten Blick wirkte Liu Yun wie ein Fremdenführer. Doch wer genauer hinsah, bemerkte die katzenhafte Geschmeidigkeit hinter der harmlosen Fassade. Gerüchten zufolge war er eine Zeit lang Ausbilder beim britischen Geheimdienst gewesen. Damals, als Hongkong – zumindest in gewissen Kreisen – noch zur Debatte gestanden hatte. Und angeblich beherrschte Liu Yun ein paar Techniken, die man, wie ein geflügeltes Wort behauptete, nur ein einziges Mal im Leben zu sehen bekam. Danach war man tot …

»Ich bin in eine andere Abteilung versetzt worden.«

»Dein Wunsch?«

»Ja.«

Wie war das noch gleich? Sie lächelte gequält. Gebt acht auf eure Wünsche, sie könnten in Erfüllung gehen!

Liu Yuns Augen glitten über ihren verschwitzten Körper. Eine unverfängliche, aber peinlich genaue Musterung. Und obwohl Zhou wusste, dass sie in Form war, machte sein Blick sie unsicher.

»Man hat dich hier lange nicht gesehen.«

»Ich war in den USA.« Sie hatte ihm erzählt, dass sie nach Quantico fuhr, um zu lernen. Und sie war auch sicher, dass er sich daran erinnerte. »Beruflich.«

»Und? Wie bist du mit deinem Training zufrieden?«

Du meinst mit dem Training, das du gerade beendet hast?,

gab sie im Stillen zurück, und sie sah es in seinen Augen, dass er ihre Gedanken gelesen hatte. »Ich muss wieder mehr tun«, analysierte sie selbstkritisch.

Liu Yun verzog keine Miene.

Das Training ist nicht das Problem. Und das weißt du.

»Hast du mit diesen Morden zu tun, von denen berichtet wird?«

Sie nickte.

»Dein erster Fall hier?«

»Ja.«

Er nickte auch und wandte sich ab. »Vergiss nicht, dass in allem, was wir tun, auch unsere innere Verfassung zum Tragen kommt.« Sie sah ihm nach, wie er die stählernen Stufen hinaufstieg. Auf halber Höhe drehte er sich noch einmal zu ihr um. »Und Zorn ist dabei der denkbar schlechteste Ratgeber.«

Jetzt klingt er wie mein Vater, dachte sie bitter. »Auf wen sollte ich zornig sein?«, gab sie fröhlich zurück, vor allem, weil sie seine Antwort hören wollte.

Doch es fiel Liu Yun nicht ein, den Köder zu schlucken. »Bring das in Ordnung«, sagte er nur. »Und erst danach komm wieder …«

FÜNF

Beobachte, wie er handelt,
betrachte seine Motive
und untersuche, worin er seine Ruhe findet.
Konfuzius

Freitag, 23. November

1

Gegen drei Uhr in der Frühe glich die Große Bockenheimer Straße der Hauptlebensader einer Geisterstadt. Die zahllosen Cafés, Restaurants und Feinkostgeschäfte waren verwaist, hier und da konnte man im Dunkel der Hauseingänge einen schlafenden Obdachlosen erahnen. Es schneite nicht, doch der eisige Wind, der durch die alten Platanen fegte, roch entschieden so, als ob sich das bald ändern würde.

Elina Borgmann war fünfzehn und für diese Uhr- und Jahreszeit entschieden zu dünn gekleidet. Der winzige schwarze Strickrock, den sie trotz seines rustikalen Materials total sexy fand, reichte ihr kaum bis über den Po, und auch die puderfarbene Kunstfellweste, die sie über ihrem hauchzarten T-Shirt trug, vermochte sie nur unzureichend gegen die Kälte zu schützen. Die Folge war, dass Elina alle Mühe hatte, ihr Zähneklappern zu verbergen.

Sie blickte verstohlen auf die Uhr und dachte, dass sie einen Heidenärger kriegen würde, falls ihrer Mutter auffiel, dass sie noch nicht im Bett lag. Ärger und eine dicke Erkältung obendrein. Doch ihrem Freund zu sagen, dass sie früher wieder heimwolle, hatte sie einfach nicht übers Herz gebracht. Marcel sollte auf keinen Fall glauben, dass man mit ihr keinen Spaß haben konnte. Immerhin war er schon siebzehn und von seinen Altersgenossinnen vermutlich ein ganz anderes Durchhaltevermögen gewöhnt. Allerdings war er auch deutlich wärmer angezogen …

Elina seufzte und kuschelte sich enger an seinen durchtrainierten Körper, der aus jeder Pore behagliche Wärme verströmte. Sie waren jetzt seit einer knappen Woche zusammen, und noch immer konnte sie ihr Glück kaum fassen. Dass ein derart beliebter, gut aussehender Junge sich ausgerechnet für sie interessierte! Allein der Gedanke half, die Kälte für einen Moment zu vertreiben.

Marcel roch noch immer nach dem Aftershave, das sie früher an diesem Tag in einem Einkaufszentrum ausprobiert hatten. Über dem Bund seiner tief sitzenden Jeans blitzte eine schwarze Calvin-Klein-Unterhose hervor, und Elina dachte, dass jede einzelne Sekunde dieser verbotenen Nacht ihren Preis wert war. Dumm nur, dass die Mädels sie jetzt nicht sehen konnten, so glücklich und obendrein Arm in Arm mit dem coolsten Typen der ganzen Schule!

Leider benahm sich Marcel dort so ganz anders, als wenn sie miteinander allein waren. Fast so, als ob es ihm peinlich wäre, mit ihr gesehen zu werden. Sie hatte ihn schon mehrfach darauf angesprochen, doch er bestritt vehement, dass es in seinem Verhalten irgendeinen Unterschied gebe.

»Weshalb sollte ich mich schämen?«, hatte er gemurmelt, ohne den Blick vom Display seines Smartphones zu nehmen.

»Keine Ahnung. Aber du bist dann immer so …«

»Wie?«

»So abweisend.«

Völliges Unverständnis. »Abweisend?«

»Ja.«

»Das bildest du dir ein.«

Keine Chance, dachte sie, und ihr fiel plötzlich ein, dass ihre Mutter seit Jahren behauptete, dass man mit Männern nicht vernünftig diskutieren könne. »Woran denkst du?«, hauchte sie dicht an seinem Ohr.

»Hm?«

»Woran du gerade denkst, will ich wissen.« Sie kicherte.

»Ich hab überlegt, wann ich das letzte Mal Schlittschuh gelaufen bin.«

»Schlittschuh?«, fragte sie entgeistert.

»Hm.«

Die Antwort kam ihr völlig absurd vor, auch wenn sie eigentlich nahelag, denn sie hatten gerade den Platz vor der Alten Oper erreicht, von wo aus sie die U7 Richtung Hausen nehmen wollten. Elina fand es toll, dass der Stadtrat nach langem Ringen einer Neuauflage des legendären »Opernplatz on Ice« zugestimmt hatte. Sie mochte die zahllosen romantischen Lichterketten rund um die Eisbahn am Lucae-Brunnen, auch wenn die verrammelten Buden und Zelte, durch die der Westwind pfiff, augenblicklich einen eher trostlosen Eindruck vermittelten.

Sie dachte wieder an ihre Mutter, die – wenn sie Glück hatte – schlafend im Bett lag, und wünschte sich mit einem Mal nichts sehnlicher, als endlich in der U-Bahn zu sitzen, wo es warm und kuschelig war.

»Was ist?«, fragte sie, als sie spürte, dass sich der Körper ihres Freundes plötzlich verspannte.

Anstelle einer Antwort zeigte Marcel auf ein Bündel, das auf der anderen Seite der Eisbahn in der Nähe der Bande lag. »Was ist das?«

»Du meinst, das da drüben?«

Er nickte.

»Weiß nicht. Abfall vielleicht.«

Marcel schüttelte den Kopf. »Sieht irgendwie komisch aus«, konstatierte er und machte sich von ihr los.

»Was hast du vor?«

»Nachsehen«, entgegnete er und schwang ein Bein über die Brüstung.

Irgendwo weit entfernt gröhlte ein Betrunkener unverständliches Zeug, und ein Stück weiter vorn, an der Straße, warteten ein paar Taxifahrer auf späte Fahrgäste.

»Aber …« Elina sah sich um. »Du kannst doch nicht einfach da drauf gehen.«

»Wieso nicht? Ist doch niemand hier.«

»Das weißt du doch gar nicht.« Ihre Augen flogen zwischen

den verbarrikadierten Ständen hin und her. »Vielleicht wird das ganze Gelände videoüberwacht. Oder das da hinten ist ein Penner. Vielleicht schläft er da.«

Marcel sah sie an, als habe sie den Verstand verloren.

»Wieso nicht?«, gab sie zurück. »Vielleicht ist der Typ betrunken oder so. Vielleicht ist er ein Junkie.«

»Ein Grund mehr, ihn nicht einfach so liegen zu lassen.«

Elina bekam seinen Arm zu fassen. »Sollten wir dann nicht lieber die Polizei holen?«, fragte sie.

»Aber dann kriegt deine Mutter mit, dass du nachts unterwegs gewesen bist«, gab ihr Freund zurück.

Ein Argument, dem sie sich kaum widersetzen konnte. »Okay«, sagte sie. »Dann komme ich mit.«

»Nee, lass …«, setzte er an, doch sie ließ sich nicht bremsen.

Schicksalsergeben reichte er ihr die Hand und half ihr beim Klettern über die Brüstung.

Das Eis war noch nicht wiederaufbereitet und trug deutlich sichtbar die Spuren des zurückliegenden Tages. Blinde Kratzer zahlloser Kufen, Tannennadeln und Strohreste von den umliegenden Dekorationen, dazu ein paar leere Pappbecher, die vermutlich Glühwein und Kaffee enthalten hatten.

Elina hatte mit ihren dünnen Stiefeletten alle Mühe, nicht auf ihrem Hintern zu landen, zumal Marcel überhaupt nicht daran dachte, sein Tempo nennenswert zu drosseln. Mit entschlossener Miene stapfte er geradewegs auf das zusammengesunkene Bündel zu.

Als sie näher kamen, erkannte Elina eine Plane, deren Enden leise im Wind flatterten. Sie schien aus Plastik zu sein. Schweres graues Plastik.

»Siehst du, es ist doch bloß Müll«, sagte sie im selben Moment, in dem Marcel eines der Enden zu fassen bekam.

»'tschuldigung?«

Das Nächste, was Elina hörte, war, wie ihr Freund nach Luft schnappte. Sie folgte seinem Blick und entdeckte zwei nackte Füße, die seitlich unter dem Plastik hervorschauten. Die Haut war schneeweiß, nur zwischen den Zehen bläulich rot verfärbt, die Nägel waren in einem dezenten Braunton lackiert.

»Ach, du Scheiße!«, stieß sie erschrocken hervor. »Ist das eine Frau?«

Marcel antwortete nicht, sondern zerrte wie wild an der Plane, die sich irgendwo unter dem Körper verfangen hatte.

»Lass!«, flehte sie. »Sie … sie sieht nicht aus, als ob sie …«

Weiter kam sie nicht. Mit einem Ruck kam die Plane los und gab den Blick frei auf Sarah Jessica Kindles glatt rasierten Schädel.

Elina verstand nichts von solchen Dingen, aber die Wunde an der Schläfe der Frau sah aus, als habe ihr jemand die Waffe direkt an den Kopf gehalten. Sie presste eine Hand vor den Mund, um nicht zu schreien. Der Schrei kam trotzdem. Die erstarrten Augen, von einem Braun, das sie nie wieder vergessen würde, schienen ihr geradewegs in die Seele zu blicken, und sie merkte, wie ihre Knie nachgaben. Instinktiv klammerte sie sich an Marcels Arm fest.

Der hatte bereits sein Smartphone am Ohr.

»Ja, eine Frau«, hörte sie seine Stimme wie aus einer anderen Welt. »Was? … Scheiße, ja. Ich bin sicher, dass sie tot ist.« Er biss sich auf die Lippen. Sie sah die hellen Flecken, die seine Zähne in der rosigen Haut hinterlassen hatten, als er leise hinzufügte: »Ganz sicher.«

2

»Eine Eisbahn! Das ist es, was dieser Stadt zu ihrem Glück noch gefehlt hat«, knurrte Em, als sie am Lucae-Brunnen aus dem Auto stieg. »New York hat eine, also müssen wir auch eine haben. Und sei es bei zehn Grad plus …«

Niemand wagte einen Hinweis darauf, dass die Temperaturen

jetzt, um halb fünf in der Frühe, bestenfalls knapp unter dem Gefrierpunkt lagen. Dazu war Capellis Laune ganz offensichtlich zu schlecht.

Die Ungewissheit und eine bange Nervosität hatten sie die halbe Nacht wachgehalten. Und als sie gerade eingeschlafen war, hatte sich auch schon ihr Pieper gemeldet. Eine weibliche Leiche, abgelegt buchstäblich im Herzen der Stadt, unmittelbar vor der Alten Oper. Der nächste Streich eines Killers, dem sie einfach nicht Herr wurden.

Die Innenstadt war trostlos an diesem frühen Morgen. Es hatte geschneit, aber der Schnee war nicht liegen geblieben. Stattdessen kam der Wind jetzt aus Osten und die klamme Luft schmeckte unangenehm nach Rauch und Benzin.

Ems Augen glitten über das milchige Weiß des völlig derangierten Eises, das die Spurentechniker vermutlich noch in zehn Jahren beschäftigen würde. Schon jetzt war eine ganze Armada von ihnen dabei, Fotos zu schießen, Markierungen anzubringen und Proben zu nehmen. Dieser verdammte Fall entwickelt sich einfach viel zu rasant, dachte Em. Nie kamen sie dazu, einen Gedanken zu Ende zu denken. Jedes Mal riss der Faden, bevor eine Idee Gestalt annehmen konnte. Und immer geschah etwas Neues, bevor sie das Alte verstanden hatten. Auch wenn der Täter dieses Mal ihre Erwartungen erfüllt hatte …

Sie trat hinter einem uniformierten Kollegen durch eine Tür in der Bande und blickte sich um. Es war wirklich unglaublich, wie viele Menschen zu dieser frühen Stunde bereits auf den Beinen waren! Eine größere Gruppe von Schaulustigen hatte sich im Eingangsbereich der Oper versammelt. Dort, wo es windstill war. Etwas entfernt standen zwei Männer in orangefarbenen Parkas. Müllabfuhr vielleicht. Oder Stadtreinigung.

»Passen Sie auf, dass Sie nicht ausrutschen!«, warnte der Beamte, der sie führte.

»Das fehlte noch«, murrte Em. Das Funkeln der Lichterketten brannte in ihren Augen, und sie empfand eine geradezu bleierne Müdigkeit im Angesicht der Erkenntnis, dass der *worst case*, die schlimmstmögliche Wendung in diesem Fall, tatsächlich eingetreten war. »Kann mir irgendwer sagen, ob sie schon vor Mitternacht hier gelegen hat?«, fragte sie, als sie die Stelle erreichten, an der die Tote lag.

Dr. Bechstein war bereits vor Ort und drehte sich zu ihr um. »Sie meinen, Ihr Täter war vielleicht zu früh dran?«

»Wäre doch theoretisch denkbar, oder? Auch wenn ich nicht dran glaube, akribisch, wie er ist.« Ems Blicke scannten die Umgebung. »Wann schließen diese Buden?«

»In der Woche um zweiundzwanzig Uhr.« Der Atem des jungen Polizisten stand als weiße Wolke in der düsteren Luft. »Die Eisbahn auch.«

»Wer ist dafür zuständig?«

»Sie meinen für die Bahn?«

Em nickte.

»Die Betreiberfirma. Der Mann vom Schlittschuhverleih sagt, dass das Eis immer erst am Morgen wiederaufbereitet wird. Und zwar ungefähr eine Stunde, bevor der Betrieb wieder losgeht.«

»Und wann ist das?«

»Theoretisch um zehn Uhr vormittags, aber da ist natürlich noch nicht viel los.«

»Zumal heut ein ganz normaler Werktag ist«, sagte Zhou.

Em trat einen Schritt näher an die Plane heran, von der die Leiche bedeckt wurde. »Ist es Sarah Kindle?«, fragte sie.

Dr. Bechstein, die an diesem eisigen Morgen eine wollene Baskenmütze über der Kapuze ihres Schutzanzugs trug, zog die Plane fort. »Ich würde sagen, ja.«

»Sie ist es«, nickte Em, überrascht, welch widersprüchliche Gefühle das unerwartete Wiedersehen mit der vermeintlichen Gattenmörderin in ihr auslöste. Gefühle, die sie auf keinen Fall zulassen durfte, das wusste sie.

Sarah Kindles Augen waren geöffnet und schienen sie intensiv anzuschauen. Fast so, als wollten sie sagen: Na schön, da liege ich nun. Und was ist mit dir? Wirst du mit derselben Energie nach meinem Mörder suchen, mit der du nach einem Beweis für meine Schuld gesucht hättest?

Ja, gab Em ihr im Stillen zur Antwort. Das werde ich. Ich verspreche es.

»Alles klar?«, fragte Zhou hinter ihr.

»Na sicher.« Em zog die Nase hoch, während ihre klammen Finger ihre Jackentaschen nach einem Taschentuch absuchten. »Todesursache?«

»Ein Schuss in die Schläfe«, antwortete Dr. Bechstein. »Genau wie bei Jenny Dickinson.«

Bloß dass er Sarah Kindle noch länger in seiner Gewalt hatte, dachte Em und griff nach dem Taschentuch, das Zhou ihr hinhielt. Seltsamerweise musste sie ausgerechnet jetzt daran denken, was Raya Hosseini gesagt hatte: *Ich saß auf der Terrasse und hielt die Hand meiner toten Schwester …*

»Wie hat er sie hergeschafft?«, fragte Zhou, die inzwischen neben der Bande der Eisbahn in die Hocke gegangen war, um sich die Leiche auch von der Seite anzusehen.

»Getötet hat er sie definitiv woanders.« Dr. Bechsteins Gesicht wirkte in der Kälte des Morgens noch kleiner als sonst. »Aber man kommt schon relativ dicht an die Bahn ran …«

»Die Taxifahrer sagen, dass hier immer wieder mal Autos ranfahren, um irgendwas anzuliefern oder abzuholen«, pflichtete der Uniformierte, der Em geführt hatte, der Gerichtsmedizinerin bei.

»Auch nachts?«, fragte Em.

»Hin und wieder.«

»Aber damit hatte er sie immer noch nicht auf dem Eis«, konstatierte sie trocken, während ihr Blick den Taxistand im Schatten der Alten Oper streifte. Vielleicht hatten sie dieses Mal Glück. Vielleicht gab es hier einen Zeugen.

»Sehen Sie sich mal ihre Kleidung an«, sagte Zhou. »Sie trägt einen bodenlangen schwarzen Mantel mit Kapuze.«

»Der in keiner Weise zu ihr passt«, nickte Em, die verstand, worauf ihre Kollegin hinauswollte.

»Vielleicht hat er sich einen ihrer Arme um die Schultern gelegt und so getan, als ob er sie stützt.« Zhou kniff die Augen zusammen. »Unter dem Mantel würde nicht auffallen, dass sie gar nicht selbst läuft, sondern geschleift wird. Und von Weitem würde es vermutlich so wirken, als ob zwei Betrunkene unterwegs sind.«

»Wenn er sportlich ist und sich ein bisschen geschickt anstellt, wäre das durchaus möglich«, erklärte Dr. Bechstein. »Aber es ist natürlich trotzdem ein ziemlicher Akt. Ein schlaffer Körper ist bleischwer.«

Em sah noch immer zum Taxistand. »Der Mantel könnte auch noch einen anderen Sinn haben …«

»Nämlich?«

»Wenn die Totenstarre noch nicht ausgeprägt war, hätte er sie darin wie in einem Sack transportieren können. Vielleicht sogar mithilfe einer Schubkarre.« Sie blickte Dr. Bechstein fragend an.

»Sie ist tatsächlich erst vier, maximal fünf Stunden tot«, nickte diese. »Und besonders groß ist sie auch nicht.«

»Eins dreiundsechzig«, ergänzte Zhou, was sie aus der Vermisstenanzeige wussten.

»Fragen Sie, ob irgendjemand was gesehen hat, das dazu passen würde«, rief Em einem der beiden Einsatzleiter zu.

Der Mann nickte.

»Brauchen Sie den Tatort noch?«, fragte Dr. Bechstein.

Em schüttelte den Kopf. »Nein, ich habe alles gesehen, was ich sehen muss.«

»Gut, dann machen wir sie mal transportfertig.« Sie winkte ihren Mitarbeitern, die Bahre mit dem Leichensack zu bringen.

»Seien Sie mir nicht böse, aber das brauche ich heute früh wirklich nicht«, stöhnte Em und machte sich eilig auf den Weg zu einer Gruppe von Spurentechnikern, die ein Stück entfernt zugange waren. »Kommen Sie mit?«, rief sie über die Schulter und meinte Zhou.

Dr. Bechstein schüttelte amüsiert den Kopf, während Mai Zhou sich beeilte, zu ihrer Partnerin aufzuschließen.

»Fragen Sie gar nicht erst«, winkte eine Mittvierzigerin im schneeweißen Schutzanzug ab, als die beiden Ermittlerinnen auf sie zukamen. »Bis wir hier durch sind, ist Frühling …«

»Das heißt, die Bahn bleibt gesperrt?«, fragte Em.

Die Frau nickte. »Wird bestimmt der Brüller, so kurz vor dem Wochenende.«

»Tja.« Em zuckte die Schultern. »Nicht zu ändern.«

»Capelli!« Das war Dr. Bechstein, und ihre Stimme klang nicht beruhigend.

»Ja?«

»Kommen Sie mal!«

Em tauschte einen Blick mit Zhou und rannte los. »Was gibt's?«

Anstelle einer Antwort hielt Dr. Bechstein ihr ein Beweistütchen aus Plastik entgegen. Darin befand sich ein Umschlag.

Büttenpapier …

»Das hier lag unter der Leiche.«

»Dieser Scheißkerl!«, fluchte Em. »Ich wusste es!«

»Es kommt noch besser.«

Sie ahnte es bereits. Aus irgendeinem unerfindlichen Grund wusste sie Bescheid, bevor Dr. Bechstein es aussprach. Und doch lief ihr ein eisiger Schauer über den Rücken, als die Pathologin sagte: »Der Brief ist an Sie adressiert …«

Eilig streifte Em sich Handschuhe über. Ihre Finger zitterten, als sie in die Tüte griff und den Umschlag herauszog. Doch ansonsten hatte sie sich einigermaßen im Griff. Sie roch Lavendel und war mit einem Mal heilfroh, dass Zhou dicht hinter ihr stand.

Obwohl sie einander nicht berührten, konnte sie die Körperwärme ihrer Kollegin spüren.

Signora Capelli, welche Freude!

Automatisch hob Em den Kopf und sah sich um. Und auch Zhous Augen streiften suchend über den Platz.

Er ist nicht hier. Em schluckte und versuchte, ruhig und gleichmäßig zu atmen. Er würde es niemals wagen, sich hier herumzutreiben. Denk an die Taxifahrer. Und die Leute von der Stadtreinigung. Und an all die anderen. Er ist irgendwo an einem sicheren Ort und weidet sich an dem Gedanken, dich zu erschrecken …

Sie winkte zwei uniformierte Beamte zu sich. »Nehmen Sie die Personalien auf von allen Leuten, die hier rumstehen. Und passen Sie auf dass sich keiner von denen unbemerkt aus dem Staub macht.«

Die beiden Männer tauschten einen Blick. »Aber …«

»Tun Sie's einfach, okay?«

»Natürlich«, sagte der ältere der beiden und zog seinen Kollegen mit sich fort.

»Und Sie tun mir bitte den Gefallen und machen Fotos von diesen Leuten«, bat sie einen der Spurentechniker. »Aber unauffällig.«

»Klar doch.«

Em nickte und wandte sich wieder der Karte zu.

Signora Capelli, welche Freude! Ich hoffe, Sie genießen die Umstände unseres Wiedersehens ebenso sehr wie ich …

Unseres Wiedersehens, wiederholte etwas tief in ihr. Mein Gott, es ist jemand, den ich kenne.

Er blufft, widersprach ihr Verstand. Lass dich nicht aufs Glatteis führen!

Em bedachte die zerwühlte Fläche unter ihren Füßen mit einem sarkastischen Lächeln. Im wahrsten Sinne des Wortes …

Ich hoffe, Sie genießen die Umstände unseres Wiedersehens ebenso sehr wie ich. Denn auch wenn die Maschen des Gesetzes nicht jedes Schlupfloch sicher zu verschließen vermögen, so bezahlt am Ende doch jeder, was er genossen hat, nicht wahr? Vor diesem Hintergrund bin ich gespannt, wie Ihre Strategie für die Zukunft lautet:

Kooperation oder Verrat? Master oder Servant? Lösen Sie das Dilemma und treffen Sie Ihre Entscheidung, Signora! In diesem Sinn eine geruhsame Vorweihnachtszeit!

Sie hatte die Karte so gehalten, dass auch Zhou sie lesen konnte. Jetzt, da sie geendet hatte, erkannte sie ihren eigenen Schrecken in den Augen ihrer Kollegin. »Adressaten aus Westens Umfeld sind offenbar passé«, sagte sie leise, aber bestimmt. »Ab sofort redet er direkt mit uns …«

Mit Ihnen, korrigierten sie Zhous Augen.

Sie hat recht, dachte Em. Dieser Scheißkerl hat mich ausgewählt. Mich ganz allein …

Mai Zhous Augen klebten noch immer an ihrem Gesicht. Em sah Anspannung. Aber auch Sorge. *Haben Sie bemerkt, dass er Ihnen droht?*

Sie nickte kaum merklich. *Ja, habe ich.*

Und jetzt?

Einen Moment lang standen sie einfach nur da und sahen einander an. Und seltsamerweise hatte Em tatsächlich das Gefühl, dass Zhou begriff, was in ihr vorging. Eigentlich klar, dachte sie. Wir machen den gleichen Job, sie und ich. Ganz egal, wie unterschiedlich wir auch sein mögen, was das angeht, verstehen wir uns.

»Hier ist noch was, das Sie sich ansehen sollten«, meldete sich in diesem Moment Dr. Bechstein hinter ihnen zu Wort.

Em drehte sich um, dankbar für die Ablenkung. »Ja?«

»Sehen Sie!«

Sarah Kindles Leiche lag noch immer auf dem Eis, doch Dr. Bechsteins Mitarbeiter hatten den Mantel geöffnet und die Kapuze zurückgeschoben.

»Er hat ihr den Kopf geschoren?«

Die Pathologin nickte. »Haben Sie eine Ahnung, wieso?«

»Ihr Mann«, antwortete Em gedankenverloren. »Er war an Krebs erkrankt und stand kurz vor einer Chemotherapie, als er starb.«

»Sarah Kindle war angeklagt, ihn ermordet zu haben«, ergänzte Zhou. »Aber der Prozess endete mit einem Freispruch.«

»Aus Mangel an Beweisen.«

»Dieser Kerl tötet Mörder?« Dr. Bechstein war fassungslos.

»Sieht ganz so aus.«

»Ach du Scheiße.« Die Pathologin blickte auf die Leiche hinunter, als erfordere dieser unerwartete Aspekt eine neuerliche Analyse der Gegebenheiten. »Hatten Sie mit dem Prozess zu tun?«

»Ich?« Em schüttelte den Kopf. »Nein, eigentlich nicht. Nicht direkt zumindest.«

Dr. Bechstein hütete sich, sie in einer Situation wie dieser auch noch mit Fragen zu belästigen, doch Em spürte, dass sie mehr wissen wollte. »Ich hatte Dienst, als damals die Meldung reinkam, dass sich ein Geschäftsmann aus Bergen-Enkheim aus Erschütterung über seine Krebsdiagnose eine Kugel in den Kopf gejagt habe«, erklärte sie. »Also fuhr ich hin und traf auf seine Ehefrau, die mir von seinen Depressionen erzählte.«

»Sarah Kindle?«

»Genau.« Ems Augen streiften das aufgedunsene Gesicht unter dem kahl rasierten Schädel. Kein Zweifel, Sarah Kindle hatte gelitten, bevor sie gestorben war. »Im Laufe der Ermittlungen stellte sich allerdings heraus, dass Kindle mitnichten so niedergeschmettert war, wie seine Frau uns glauben machen wollte«, setzte sie ihren Bericht fort. »Im Gegenteil: Er hatte bereits einen zweiten Arzt konsultiert. Einen Spezialisten vom Deutschen Krebsforschungszentrum in Heidelberg.«

Dr. Bechstein zog die Stirn in Falten. »Und wieso wusste seine Frau nichts davon?«

»Tja«, entgegnete Em. »Offenbar hat er ihr nicht vertraut. Oder Sarah Kindle hat gelogen und gab nur vor, nichts davon zu wissen.« Ihre Augen klebten noch immer an der Glatze der Toten. »Oder aber die beiden hatten so wenig miteinander zu schaffen, dass er es nicht für nötig hielt, sie über seine Pläne zu informieren.«

Warum lebt man dann überhaupt mit jemandem zusammen?, las sie in den Augen der Pathologin.

»Aber man konnte ihr nichts beweisen?«

»Ihr Alibi war ziemlich dürftig.« Em zuckte die Achseln. »Nicht ein einziger Besucher oder Mitarbeiter des Kinos, in dem sie angeblich zur Tatzeit war, erinnerte sich an sie. Also war die Aussage ihres Freundes das Einzige, auf das sich ihr Verteidiger stützen konnte. Gleichwohl ist es der Staatsanwaltschaft auch nicht gelungen, ihre Version zu widerlegen.«

Dr. Bechstein verzog ihre schmalen Lippen zu einem spöttischen Lächeln. »Was für eine Art Freund war denn das?«

»Böse Zungen behaupteten, dass er ihr Liebhaber war. Doch auch eine Affäre konnte man den beiden nie nachweisen.«

»Selbst gestern, als er die Vermisstenanzeige aufgab, hat er steif und fest behauptet, nur ein guter Bekannter von Sarah zu sein«, ergänzte Zhou.

»Wer's glaubt …«, murmelte Dr. Bechstein.

Zhou sah auf die Uhr. »Dann sollten wir den Herrn vielleicht mal aus dem Bett holen.«

Em bedachte Sarah Kindles Leiche mit einem letzten entschlossenen Blick. »Worauf Sie sich verlassen können.«

3

Zhou hatte schon viele Menschen gesehen, denen schlimme Nachrichten überbracht worden waren. Doch sie hatte selten einen so echten und tief gehenden Schockzustand erlebt wie bei Manuel Kendrich.

Die Nachricht vom gewaltsamen Tod seiner Freundin hatte ihm im wahrsten Sinne des Wortes den Boden unter den Füßen weggezogen. Jetzt saß er mit zwei tellergroßen Schweißflecken unter den Armen und einer frisch genähten Platzwunde am

Hinterkopf in einem Vernehmungszimmer der Abteilung und schaute mit angstleerem Blick auf die Tischkante vor sich.

»Geben Sie ihm irgendwas, damit er uns Rede und Antwort stehen kann«, hatte Capelli die Notärztin aufgefordert. »Und bevor Sie mir jetzt erklären, dass Sie das nicht können, lassen Sie mich Ihnen versichern, dass es mich einen Scheißdreck interessiert, was das mit ihm macht, okay?«

Die Ärztin hatte Missbilligung geäußert. Aber sie hatte sich gefügt. Diese besonderen Umstände ließen wenig Raum für Rücksichtnahme oder gar Fairness. Und das war allen Beteiligten klar. Mit den Worten »Auf Ihre Verantwortung« hatte die Medizinerin ihre Unterschrift unter das Notversorgungsprotokoll gesetzt.

Und Em hatte müde abgewinkt und geantwortet: »Ja, na klar. Was denn sonst!«

Jetzt saßen sie zu dritt vor einer Wand verspiegelter Scheiben, und Zhou fragte sich im Stillen, um wen sie sich größere Sorgen machen musste. Um den angeschlagenen Zeugen auf der anderen Seite des Tisches, der aussah, als ob er gleich wieder in Ohnmacht fallen würde. Oder um ihre Partnerin, die kurz davor war, an die Decke zu gehen. Ein winziger Funke hätte genügt, um die angestauten Emotionen zur Explosion zu bringen.

»Also noch mal von vorne«, rief Capelli, indem sie neben Kendrich trat und ihre Fäuste links und rechts von ihm auf die Stuhllehnen stemmte. Eine wohl kalkulierte Verletzung seiner Individualdistanz. »Was ist in den Tagen seit Sarahs Entlassung wirklich vorgefallen?«

»Nichts.« Kendrichs Stimme war brüchig wie Pergament. »Ich … wir haben uns kaum gesehen.«

»Verarschen kann ich mich alleine!«, flüsterte Capelli dicht an seinem Ohr. »Aber weil ich so ein gutmütiger Mensch bin, versuch ich's einfach noch mal mit einer Erklärung: Irgendwo da draußen …« Ihr rechter Arm vollführte eine weitschweifige Geste, und Zhou hatte das dringende Gefühl, dass ihre Partnerin es genoss, Kendrich bei jeder ihrer Bewegungen zusammenzucken zu sehen. »Also irgendwo dort draußen läuft ein Kerl rum, der es auf den Tod nicht ausstehen kann, wenn Leute, die irgendwen getötet haben, ungeschoren davonkommen.«

»Sarah hat niemandem was getan!«, jaulte Kendrich.

»Und Ihre Freundin würde ganz sicher wollen«, fuhr Em unbeeindruckt fort, »dass Sie alles tun, um uns bei der Ergreifung dieses Kerls zu unterstützen.«

»Das mache ich ja.« Der Schweißfilm auf seiner Stirn wirkte mehr als ungesund. »Das mache ich.«

»Fein.« Ihr Ton war zuckersüß. »Dann gehen wir's also noch mal in aller Ruhe durch: Wann haben Sie Ihre Freundin zum letzten Mal gesehen?«

»Das habe ich Ihnen doch nun schon ...«

»Dann sagen Sie's noch mal«, unterbrach sie ihn. Und im gleichen zuckersüßen Ton wie zuvor fügte sie hinzu: »Bitte.«

Er stöhnte. »Vergangenen Samstag.«

»Wo?«

»Im Motel One. Wir haben dort übernachtet.«

»Wo Ihnen eine ganze Villa zur Verfügung stand?«

»Das habe ich Ihnen doch alles schon erklärt.« Er wischte sich mit dem Ärmel über Stirn und Wangen, doch sofort bildeten sich neue Schweißperlen. »Sarah und ich ... Wir sind uns nähergekommen durch diese Sache. Den Prozess, meine ich. Und wir ... Na ja, wir wollten einfach mal in Ruhe reden.«

Reden ist gut!, dachte Zhou. Aber sie verstand allmählich die Zusammenhänge. Ich hätte es an Sarah Kindles Stelle auch vermieden, ihn in mein Haus einzuladen, dachte sie. Wäre bestimmt nicht günstig, wenn die Nachbarn morgens ausgerechnet den Mann aus meiner Tür treten sehen, der mir zu meinem äußerst wackligen Alibi verholfen hat ...

»Hatten Sie eine intime Beziehung zu Sarah?«

Kendrich wand sich unter Capellis Blick.

»Antworten Sie mir!«

»Nein. Das heißt ... ja. Aber erst seit ihrer Entlassung.«

Wer's glaubt, wird selig, las Zhou in dem Blick, den Capelli ihr zuwarf.

Dann wandte ihre Partnerin sich wieder Sarah Kindles Liebhaber zu. »Glauben Sie mir, Ihr geringstes Problem besteht im Augenblick darin, dass jemand Sie wegen Komplizenschaft bei der Ermordung von Eberhard Kindle drankriegt.«

»Damit habe ich auch nichts zu tun!«, schrie Kendrich mit hochrotem Kopf.

Er lügt, urteilte Zhou, die seine Körpersprache analysierte. Er lügt, und es ist seine Natur, immer zuerst sich selbst aus der Schusslinie zu bringen.

»Und Sarah auch nicht«, setzte er in diesem Augenblick hinzu.

»Sie denken immer zuerst an sich, was?«, stichelte Capelli, die offenbar die gleichen Schlüsse gezogen hatte.

»Was?«

Ein spöttisches Lachen. »Vergessen Sie's. Also, Sarah und Sie haben sich am Morgen des siebzehnten November auf dem Parkplatz vor dem Motel getrennt.«

»Genau.«

»Und dann?«

»Sie wollte nach Hause. Ausmisten und all das. Sie hatte vor, das Haus so schnell wie möglich zu verkaufen. Es ...« Er schluckte krampfhaft. »Es hingen einfach zu viele Erinnerungen dran, verstehen Sie?«

Ganz bestimmt, dachte Zhou, während ihre Augen an Kendrichs Händen hängen blieben, die reichlich verkrampft um einen Becher Automatenkaffee lagen. Dieser junge Mann war die klassische Niete: faul, opportunistisch, egozentrisch. Wenn er wirklich Sarah Kindles Komplize gewesen ist ..., überlegte sie. Ich an ihrer Stelle hätte mich so schnell wie nur irgend möglich von ihm getrennt. Aber das war vermutlich gar nicht so einfach gewesen.

»Herrgott, jetzt lassen Sie sich gefälligst nicht jedes Wort aus der Nase ziehen!«, brauste ihr gegenüber Capelli auf. »Sie haben sich getrennt, Ihre Freundin ist nach Hause gefahren, um aufzuräumen … Und dann?«

»Ich habe sie noch mal angerufen.«

»Wann?«

»Mittags, glaube ich. Ich wollte sie sehen, aber sie hatte zu viel zu tun.«

Zhou kniff prüfend die Augen zusammen. War das ein Anflug von Bitterkeit in seiner Stimme?

»Wie war Sarahs Stimmungslage?«

»Gut. Sie …« Eine plötzliche Erinnerung ließ ihn stutzen. »Ja, genau, sie hatte gerade mit ihrem Anwalt telefoniert.«

»Mit Kubilay?«

»Ja. Aber woher …?«

»Ich habe sein Schlussplädoyer gehört«, versetzte Capelli lapidar. »Aber weiter im Text: Was hat sie gesagt?«

»Nicht viel.« Er tastete nach seinem Verband, während er überlegte. »Dass sie einen Brief bekommen hätte. Vom Anwalt ihrer Stieftöchter.«

»Worum ging es dabei? Ums Erbe?«

»Ja.«

»Ist da was strittig?«

Sein Gesicht wurde immer grauer, und er sah aus, als würde er jede Sekunde mitten auf den Tisch kotzen. »Ich weiß nicht genau. Sie sprach nicht viel darüber. Aber sie … Sie hatten kein gutes Verhältnis.«

»Entschuldigen Sie mich kurz«, sagte Capelli und verließ den Raum. Als sie zurückkehrte, war sie noch aggressiver als zuvor. »Sie lügen!«, fuhr sie Kendrich an.

»Nein! Wieso sollte ich?«

»Unsere Kollegen sind bereits in der Villa Ihrer Freundin. Aber sie haben keinen Brief gefunden. Weder von einem Anwalt noch von den Stieftöchtern selbst. Und der Anwalt, den Karoline und Tanja Kindle beauftragt haben, hat mir gerade eben am Telefon ziemlich glaubhaft versichert, dass er zum fraglichen Zeitpunkt auch keinen geschrieben hat.«

»Das verstehe ich nicht …« Kendrich vergrub das Gesicht in den Händen.

Er kippt uns um, warnte Zhou stumm.

Mir doch egal, gab Capelli zurück.

»Sarah hat aber doch gesagt, dass sie …« Er war noch immer fassungslos. »Sie hat noch an dem Morgen gesagt, dass sie um jeden einzelnen Löffel kämpfen will. Und …« Er unterbrach sich erneut und seine Augen nahmen einen neuen Ausdruck an.

»Woran denken Sie?«, fragte Capelli alarmiert.

»Das ist seltsam«, entgegnete er zerstreut. »Sarah war eigentlich sehr ordentlich. Aber am Abend zuvor ist ihr schon mal was Ähnliches passiert …«

»Was?«

Er antwortete nicht, sondern saß nur kopfschüttelnd da.

»Was ist am Abend vor Sarahs Verschwinden passiert?«, wiederholte Capelli mit Nachdruck.

»Sie hatte eine Visitenkarte verlegt. Und … Oh Mann, das hatte ich ganz vergessen!«

»Was für eine Visitenkarte?«

»Irgendein Anwalt hatte sie ihr gegeben. Jemand, der auf Erbrecht spezialisiert war, glaube ich. Und Sarah … na ja, sie wollte ihn fragen, was sie wegen des Pflichtteils unternehmen kann, aber dann konnte sie seine Karte auf einmal nicht mehr finden.«

Capelli runzelte die Stirn und blickte Zhou an. *Wonach klingt das für Sie?*

Nach einer Spur, gab Zhou ihr stumm zur Antwort, während sie unweigerlich an die Einladung denken musste, die Jenny Dickinson angeblich von Sander Westen erhalten hatte. *Für mich riecht das nach einer richtig heißen Spur …*

»Wissen Sie, woher Ihre Freundin diesen Mann kannte?«, wandte Capelli sich wieder an ihren Zeugen.

Doch Manuel Kendrich sah Zhou an. »Wenn ich sie richtig verstanden habe, hat er Sarah aufgesucht.« Sein Lachen klang hohl. Vielleicht traute er seinen eigenen Erinnerungen nicht mehr. »Kurz bevor ich kam.«

Capelli riss den Mund auf. »Sie meinen, der Kerl war in diesem Motel?«

»Ja.« Er nickte. »So hat sie es mir jedenfalls erzählt …«

4

»Die haben doch unter Garantie Kameras dort, oder?«

Decker hing bereits am Telefon. »Ich kläre das.«

»Falls ja, brauche ich sämtliche Aufnahmen«, rief Em. »Und zwar von Sarah Kindles Entlassung bis zu dem Moment, wo sie und ihr Freund wieder ausgecheckt haben.«

Er nickte.

»Sie könnte den Mann auch woanders getroffen haben«, wagte Zhou einen Einwand. »Was solche Dinge angeht, scheint sie ihrem Freund nicht immer die Wahrheit erzählt zu haben.«

»Das hätte ich an ihrer Stelle auch nicht«, bekannte Em. »Das Zeitfenster ist trotzdem nicht allzu groß. Immerhin ist Sarah erst am Tag zuvor entlassen worden.«

»An dem betreffenden Nachmittag war sie übrigens auch bei ihrem Anwalt.« Gehlings Tastatur glühte förmlich. »Also bei ihrem Verteidiger im Prozess.«

»Cevik Kubilay«, nickte Em.

»Kennst du ihn?«, fragte Decker, der noch immer auf sein Gespräch wartete.

Sie bejahte. »Fähiger Mann. Wenn auch gänzlich skrupellos.«

»Das sind diese Anwälte doch irgendwie alle, oder?«, gab er zurück, und erst als der Satz heraus war, schien ihm klar zu werden, dass man die Bemerkung ebenso gut auch auf Ems Ex beziehen konnte. »Womit ich nicht sagen wollte, dass Benjamin …«

»Warum nicht?«, gab Em zurück. »Der ist da, weiß Gott, keine Ausnahme.« Sie zögerte, bevor sie bitterböse hinzufügte: »Und auch sonst nicht.«

Doch Decker bekam die Bemerkung nicht mehr mit, denn inzwischen hatte er einen Gesprächspartner am Telefon.

»Weißt du zufällig auch, warum Sarah Kindle an diesem Nachmittag noch mal bei Kubilay gewesen ist?«, wandte Em sich wieder an Gehling.

»Er sagt, dass noch ein paar Formalitäten zu erledigen waren.« Gehling warf einen Blick auf die Notizen, die er sich wie immer auf kleinen gelben Haftzetteln gemacht hatte. »Und außerdem beschuldigten Eberhard Kindles Töchter Sarah offenbar, ein Testament ihres Mannes gestohlen oder zumindest verschwinden lassen zu haben.«

»So?«

»Ja. Angeblich hatte Kindle von den Affären seiner Frau erfahren und daraufhin sie, also die Töchter, zu Alleinerben eingesetzt.« Er zuckte die Achseln. »Kubilay sagt, dass Sarah über die Anschuldigungen höchst erbost gewesen ist und ihren Stieftöchtern im Gegenzug nicht mal den Pflichtteil zubilligen wollte. Außerdem erwog sie offenbar, über die üblichen Tagessätze hinaus Schadensersatz vom Staat zu fordern, weil sie so lange unschuldig hinter Gittern gesessen hatte.«

»Ha!«, rief Em. »Das nenn ich aber mal Humor!«

Zhou verkniff sich ein Lächeln.

Gehling beförderte seinen Zettel als abgearbeitet in den Papierkorb. »Wie auch immer, Kubilay hat jedenfalls abgelehnt, sie in diesen Angelegenheiten zu vertreten.«

»Klar.« Em griff unter ihren Schreibtisch, wo sie immer eine Flasche Mineralwasser stehen hatte, und trank einen Schluck. »Der Mann ist Strafverteidiger.«

»Nicht nur das.« Gehling grinste. »In unserem Gespräch hat er auch nicht den geringsten Hehl daraus gemacht, dass er Sarah Kindle nicht ausstehen konnte.«

Sie stellte die Flasche weg. »Damit war er nicht allein …«

»Capelli!«, rief in diesem Augenblick Walter Schmäh von einem der anderen Schreibtische.

»Was gibt's?«

»Die Pforte hat gerade angerufen. Dr. Westen ist jetzt da.«

Angesichts der Sachlage hatten sie den Psychologen zu einem Gespräch ins Präsidium bestellt. Doch Em hatte ihre Zweifel gehabt, dass er erscheinen würde. »Ich bin hier sofort fertig«, rief sie Schmäh zu. »Wir …«, korrigierte sie sich eilig. »Sei so gut und setz ihn unterdessen in die Drei, ja?«

Schmäh nickte.

»Und was sagt das Labor zu Sarah Kindles Mantel?«, fragte sie und hatte das unbequeme Gefühl, langsam, aber sicher den Überblick zu verlieren. »War da irgendwas, das uns einen Hinweis auf die Herkunft geben könnte?«

»Fest steht, dass es kein normaler Mantel ist, sondern ein Kostüm«, antwortete Gehling.

»Du meinst für die Bühne?«

»Genau. Wir haben bereits Fotos an alle umliegenden Theater geschickt. Die sollen ihre Kostümbildner fragen, ob ihn vielleicht jemand wiedererkennt. Dasselbe gilt auch für die Kostümverleihe in der Stadt.«

»Gute Idee. Und sonst?«

»Die Kollegen sind noch dabei, sämtliche Passanten zu überprüfen, die ihr an der Alten Oper erfasst habt. Und …« Er unterbrach sich. »Augenblick, hier kommt gerade eine Mail aus der Gerichtsmedizin rein …«

Em wippte ungeduldig mit dem Fuß, während er las.

»Der toxikologische Schnelltest hat ergeben, dass Sarah Kindle intravenös ein Medikament namens Carboplatin verabreicht worden ist.«

Vor Ems innerem Auge blitzte flüchtig das Bild des kahl geschorenen Schädels auf. »Lass mich raten«, sagte sie. »Ein Chemotherapeutikum?«

»Jep.«

Sie pfefferte einen Kugelschreiber quer über den Tisch. »Dieser Scheißkerl ist gründlich!«

Unterdessen flogen Gehlings Finger mit ungebremster Intensität über die Tastatur seines Rechners. »Bemerkenswert ist, dass man das Zeug nicht bei der Art von Krebs einsetzt, an der Eberhard Kindle litt.«

»Sondern?«

»Bei Bronchialkarzinomen. Bei Brust- und Eierstockkrebs. Und vereinzelt auch bei Tumoren an den Hoden.«

»Und Kindle hatte Kehlkopfkrebs«, murmelte Em.

»Vielleicht hat er nichts anderes bekommen«, mutmaßte Zhou. »Solche Medikamente kann man ja nicht einfach so kaufen. Folglich musste er vielleicht etwas nehmen, auf das er aus irgendeinem Grund Zugriff hatte.«

Em starrte sie an. »Sie haben recht! Und das wiederum bedeutet, dass er das Zeug nicht in einer Apotheke geklaut hat. Oder aus einem Krankenhaus. Denn bei freier Auswahl hätte ein Typ mit seiner Detailtreue unter Garantie das richtige Mittel gewählt …«

»Ein weiteres Puzzleteilchen, das uns hilft, ihn besser kennenzulernen«, nickte Zhou. »Wir wissen jetzt, dass sich irgendwo in seinem Umfeld jemand befindet oder befand, der an einer ganz bestimmten Art von Krebs erkrankt ist.«

5

Dana Westen steckte ihre Scheckkarte ein. Der pure Wahnsinn, derart viel Geld für Geschenke auszugeben, über die sich am Ende doch wieder niemand richtig freute! Aber noch schaffte sie es nicht, sich den weihnachtlichen Verpflichtungen völlig zu entziehen. Das einzige Zugeständnis an ihre diesbezügliche Skepsis war, dass sie sich den Trubel der Adventszeit ersparte und alle Präsente bereits vor Beginn der heißen Phase unter Dach und Fach zu bringen versuchte.

Sie trat auf die Straße hinaus und wäre beinahe von zwei ausgelassenen jungen Mädchen über den Haufen gerannt worden. Beide trugen Mützen mit Rentiergeweihen und hatten offensichtlich schon den einen oder anderen Schluck Glühwein getrunken. Dana schüttelte den Kopf und klemmte sich ihre Handtasche noch fester unter den Arm.

Es fror nicht mehr, aber die Luft war unangenehm nasskalt. Und das, obwohl irgendetwas tief in ihr bereits mit allen Sinnen auf Frühling eingestellt war. Jeden Morgen, wenn sie an der blühenden Korkhasel ihrer Nachbarn vorbeikam, sagte sie sich, dass die dunklen Tage gezählt waren und es vermutlich nur noch wenige Wochen wären, bis der Magnolienbaum vor ihrem Schlafzimmerfenster zu knospen begann. Doch mit dieser Prognose würde sie vermutlich genauso danebenliegen wie in den Jahren zuvor, denn immerhin war erst November, und für die kommenden Tage hatten sie erst einmal Schneefall angesagt …

Sie überquerte die Börsenstraße Richtung Hauptwache, während sie im Geist noch einmal ihre Liste durchging. Parfüm für Tante Erika. Duschgel und Köperlotion für Marieluise. Und einen Wellness-Gutschein für Sonja. Ihrer Mutter – normalerweise eher eine Problemkandidatin, was Geschenke anging – würde sie in diesem Jahr einen E-Book-Reader schenken. Den konnte sie mit auf die Kreuzfahrt nehmen, die sie für Ende März plante. Marlon hatte sich wie immer Bargeld gewünscht, was sie allerdings nicht davon abhalten würde, ihm – quasi als Trägermasse für die Geldscheine – noch ein oder zwei Bücher unterzujubeln. Und sie selbst würde sich endlich einen von diesen Nobel-Kaffeeautomaten gönnen!

Sie lächelte vergnügt und lenkte ihre Schritte zielstrebig in Richtung Saturn.

Die Klimaanlage brachte sie binnen weniger Sekunden ins Schwitzen, während sie sich anhand der Hinweisschilder zu orientieren versuchte. E-Book-Reader waren anscheinend bei den Laptops zu finden, die Haushaltsgeräte hingegen ein Stück weiter hinten.

Sie drängte sich an einem Ehepaar vorbei, das sich offenbar nicht auf einen Fernseher einigen konnte und fast den ganzen

Gang für sich beanspruchte. Es war ein normaler Freitagnachmittag, trotzdem war der Laden brechend voll, sodass sie nur schleppend vorankam. Während sie mühsam versuchte, sich quer durch das Gewühl einen Weg zu ihrer neuen Kaffeemaschine zu bahnen, fiel ihr Blick auf einen Fernseher rechts des Ganges, der mit seinen knapp dreitausend Euro Kaufpreis wahrhaftig Heimkinomaßstäbe erfüllte. In allen ausgestellten Geräten lief dasselbe Programm, n-tv, und ohne richtig hinzusehen, nahm Dana auf dem Riesenbildschirm neben sich plötzlich ein Gesicht wahr, das ihr bekannt vorkam.

Sie blieb stehen und las die Schlagzeile, die am unteren Bildrand eingeblendet war: »MORD IN FRANKFURT.«

Zwei Patienten von mir sind gestorben, flüsterte die Stimme ihres Exmannes ihr zu, während sie versuchte, die Information aus der Schlagzeile mit ihrer Erinnerung an die junge Frau auf dem Foto in Einklang zu bringen.

Sie wurden ermordet …

Dana starrte den Bildschirm an und wünschte sich mit einem Mal nichts sehnlicher, als dass jemand den Ton einschaltete, damit sie verstehen konnte, was die Moderatorin sagte. Zeitgleich fiel ihr auch endlich ein, woher sie das Gesicht kannte, das noch immer als kleines Foto im Hintergrund schwebte.

Das dort auf dem Bildschirm war Sarah Kindle! Die missliebige zweite Frau eines Bekannten, mit dem ihr Exmann Golf gespielt und sich hin und wieder hinterher noch auf ein Bier zusammengesetzt hatte.

Sie selbst kannte Sarah Kindle nur aus der Presse. Aus den Prozessberichten, die sie sporadisch verfolgt hatte. Sie wusste, dass die junge Witwe des Mordes an ihrem Mann angeklagt gewesen und freigesprochen worden war.

Und nun war sie also tot …

Dana schüttelte verständnislos den Kopf, während die Zeile »MORD IN FRANKFURT« wieder und wieder an ihr vorbeizog. Noch ein Mord. Und noch ein Opfer, das ihr Exmann gekannt hatte.

Die Muskeln in Danas Nacken verspannten sich, als die Totale mit der Moderatorin plötzlich verschwand und einem Filmbericht Platz machte. Doch leider wurde nur der Name der Reporterin eingeblendet, keine weiteren Informationen. Das eine oder andere konnte sich Dana allerdings trotzdem erschließen, anhand der Bilder, die sie sah: Da war die Eisbahn vor der Alten Oper. Rot-weiße Absperrbänder, die im Wind flatterten. Ein verfroren aussehender Mann, vermutlich ein Augenzeuge oder Passant, der betroffen dreinblickte und irgendetwas in das Mikrofon der unsichtbaren Reporterin sprach. Und vermummte Gestalten in weißen Schutzanzügen, die auf der Eisfläche umherliefen. Dann der Umschnitt zu einer schicken, hellgelb gestrichenen Villa. Eine kopfschüttelnde Nachbarin, gefolgt von einer kurzen Fotostrecke der ermordeten Sarah Kindle. Sarah und Eberhard Kindle am Meer. Sarah im Porträt.

»Schlimm, nicht wahr?«, hörte Dana in diesem Augenblick eine Stimme neben sich.

Sie wandte den Kopf und blickte in das kluge Gesicht einer Frau, sicher Ende siebzig, aber rüstig und tadellos geschminkt.

»Um ehrlich zu sein, habe ich noch gar nicht richtig mitbekommen, worum es geht«, räumte Dana ein.

»Na, um den Mord von heut Nacht«, antwortete die Alte, als redeten sie über die selbstverständlichste Sache der Welt. »Auf der Eisbahn vor der Oper ha'm se sie gefunden. Mit einer Kugel im Kopf und kahl rasiertem Schädel.«

»Und wer ist die Frau?«, fragte Dana, obwohl sie die Antwort kannte.

»Na, dieses junge Ding, das seinen Mann umgebracht haben soll. Ich vergesse immer ihren Namen.« Ihre Gesprächspartnerin hob entschuldigend die Achseln. »Aber Sie haben bestimmt darüber gelesen, wenn Sie von hier sind. Er war viel älter als sie und hatte angeblich Krebs.«

»Ja.« Dana nickte. »Ich erinnere mich.«

»Nu war sie ja auch grad erst wieder draußen«, erklärte die Alte ohne Mitleid. »Aber die Freiheit hat ihr anscheinend kein

Glück gebracht.« Sie blickte an Dana vorbei auf den Bildschirm, wo der Bericht über Sarah Kindles Ermordung mittlerweile einem Bild Benjamin Netanjahus gewichen war. »Natürlich sagen jetzt alle, dass sie's doch gewesen ist. Das mit ihrem Mann, meine ich. Aber selbst wenn …« Die klugen Eulenaugen kehrten zu Dana zurück. »Wir wissen doch schließlich alle nicht, was hinter den verschlossenen Türen einer Ehe so alles vor sich geht, nicht wahr? Und vielleicht hatte sie ja einen guten Grund …«

Die Bemerkung gab Dana zu denken. »Ja, vielleicht«, murmelte sie, indem sie der alten Dame verwundert nachblickte.

Als sie sich umdrehte, fuhr sie erschrocken zusammen.

»Hallo, Frau Westen. Wie nett. Geht's Ihnen gut?«

»Tag«, entgegnete Dana mechanisch.

Ein besorgtes Stirnrunzeln. »Ich habe Sie doch nicht erschreckt, oder?«

»Nein, ich … Ich war nur gerade in Gedanken.«

Seine Blicke streiften die Einkaufstüten zu ihren Füßen. »Auch auf Schnäppchenjagd gewesen?«

»Tja, das kann man sich ja leider nicht ersparen um diese Jahreszeit.«

Er lachte. »Sie sehen ziemlich erledigt aus.«

»Danke sehr.«

Noch mehr Lachen. »So war das nicht gemeint.«

Vielleicht doch, dachte sie. So, wie ich mich gerade fühle, sehe ich bestimmt richtig scheiße aus.

»Zeit für einen Kaffee?«

Dem ersten Impuls nach wollte sie ablehnen. Doch wenn sie ehrlich war, konnte sie tatsächlich ein bisschen Ablenkung gebrauchen. Es war verrückt, aber das wenige, was sie von dem Fernsehbericht aufgeschnappt hatte, gab ihr das dringende Gefühl, Sander anrufen zu müssen.

Das Letzte, was sie tun wollte …

»Ich fürchte, ich habe nicht viel Zeit«, entgegnete sie mit einem Lächeln. »Aber für einen Kaffee reicht's.«

6

»Sarah Kindle.« Em ließ sich auf einen Stuhl fallen und knallte eine Aktenmappe vor Sander Westen auf den Tisch. »Woher kannten Sie sie?«

»Genau genommen kannte ich sie gar nicht.«

»Aber Sie wissen, von wem ich rede?«

»Ja.«

»Woher?«, fragte Zhou, die im Schatten neben der Tür stehen geblieben war. »Aus den Medien?«

Westen schüttelte den Kopf. »Ich habe ihren Mann gekannt. Eberhard. Wir waren mehr oder weniger lose befreundet.«

Der Psychologe sah an diesem Morgen deutlich müder aus als bei ihrer ersten Begegnung, was Em verstehen konnte. Mich würde es vermutlich auch nicht kaltlassen, wenn ein Mörder mein Umfeld dezimierte, dachte sie und schluckte, als für den Bruchteil einer Sekunde wieder die seltsam geschlechtslose Schrift vor ihr aufblitzte.

Signora Capelli, welche Freude!

»Aber wenn Sie mit Eberhard Kindle befreundet waren«, wandte sie sich wieder an Westen. »Sind Sie seiner Frau da nicht irgendwann mal begegnet?«

Er überlegte. »Ich glaube nicht.«

»Was ist mit der Hochzeit?«, fragte Zhou aus ihrer Deckung heraus. »Waren Sie eingeladen?«

»Nein.« Seine blauen Augen verweilten bei Em. »Die beiden haben in aller Stille geheiratet. Irgendwo in der Karibik, glaube ich.«

»Aber den Prozess haben Sie doch sicher verfolgt?«, übernahm Em.

»Natürlich.« Er entspannte sich ein wenig. »Ich habe sogar ausgesagt.«

»Als Gutachter?«

»Nein.«

»Wieso nicht?«, fragte sie.

»Ich habe Ihnen doch bereits gesagt, dass ich so was nicht mehr mache.«

»Was?«

»Gutachten.« Er seufzte. »Ich habe als Privatmann ausgesagt. Als Eberhards Freund. Es ging um die Frage, wie es um seine seelische Befindlichkeit bestellt war.«

»Sie meinen, wie Herr Kindle zum Beispiel mit seiner Krebsdiagnose umging?«

»Genau. Ein gemeinsamer Freund bat mich, ihn zu unterstützen. Ich sollte bestätigen, dass Eberhard kein Mensch war, der zu Depressionen oder gar Suizidgedanken neigte. Was mir nicht schwerfiel, nebenbei bemerkt.«

Die Aussage deckte sich mit dem, was Em bereits wusste. »Haben Sie zu dieser Zeit auch mit Kindle selbst gesprochen?«, fragte sie. »Nach der Diagnose, meine ich.«

»Ja, er rief mich an, nachdem sein Hausarzt ihm die frohe Botschaft überbracht hatte, dass er innerhalb des nächsten halben Jahres sterben werde.« Westen schüttelte den Kopf. Offenbar machte ihn das fehlende Einfühlungsvermögen des Arztes noch im Rückblick wütend. »Und natürlich war Eberhard geschockt. Jeder wäre das.« Er atmete tief durch. »Aber ich konnte aus seinen Worten beim besten Willen nichts heraushören, das auf eine Selbstmordabsicht hingedeutet hätte. Und genau das habe ich vor Gericht auch ausgesagt.«

Em nickte. »Ich verstehe. Aber eins ist mir noch nicht klar: Wieso hat er gerade Sie angerufen, wo Sie doch gar nicht so eng befreundet waren?«

»Das hat mich, ehrlich gesagt, auch etwas gewundert.« Er schwieg kurz, bevor er weitersprach. »Vermutlich wollte er zunächst mit jemandem reden, der unbeteiligt war und sachlich reagierte.«

Das schien ihr durchaus plausibel. »Was hielten Sie von Sarah Kindles Freispruch?«

»Ich habe ihn bedauert.«

Heißt im Klartext, dass er sie für schuldig hielt, resümierte Em. Laut sagte sie: »Nur bedauert?«

Er hob die Schultern. »Ich habe schon viel zu lange mit all dem zu tun, um mir im Hinblick auf die sogenannte Gerechtigkeit noch irgendwas vorzumachen.«

»Und was halten Sie von Leuten, die das Gesetz selbst in die Hand nehmen?« Zhous Frage knallte durch den Raum wie ein Peitschenhieb, und selbst Em zuckte angesichts ihrer Schärfe erschrocken zusammen. Ihre Partnerin stand noch immer bei der Tür, und sowohl Westen als auch sie hatten ihre Anwesenheit beinahe vergessen.

Em sah, wie sich der Blick des Psychologen verdunkelte. »Wie meinen Sie das?«, fragte er, um Zeit zu gewinnen.

Offenbar hatte ihre Partnerin ihn tatsächlich kalt erwischt.

»Meine Frage war doch völlig eindeutig«, gab Zhou zurück, und Em registrierte zum ersten Mal, seit sie einander kannten, dass sie gefährlich sein konnte. Brandgefährlich.

Westen blickte an ihr vorbei. »Ich billige Selbstjustiz ebenso wenig wie Mord, falls es das ist, was Sie wissen möchten.«

Doch Zhous Antwort bestand lediglich in einem hintergründigen Lächeln.

Em warf ihr einen anerkennenden Blick zu. Dann übernahm sie selbst wieder das Ruder: »Wie war es für Sie, zusehen zu müssen, wie die Mörderin Ihres Freundes mit ihrer Tat davonkommt und obendrein auch noch ein großes Vermögen erbt?«

»Ein Vermögen, für das Ihr Freund ein Leben lang hart gearbeitet hat«, ergänzte Zhou in ihrem Rücken.

»Herrgott!«, fuhr Westen auf, und Em war ehrlich erstaunt, dass er sich derart aus der Reserve locken ließ. Überhaupt schien er dünnhäutiger als bei ihrer ersten Begegnung. So als schlafe er schlecht seither. »Sie reden genau wie meine Exfrau. Die hat mir auch immer wieder vorgebetet, dass es völlig nutzlos sei, in den Abgrund zu blicken, wenn man keine Möglichkeit habe, daraus die entsprechenden Konsequenzen zu ziehen.«

Em drehte sich wieder zu ihrer Partnerin um. *Sollen wir ihm reinen Wein einschenken?*

Zhou nickte. *Nur zu!*

»Interessant ist, dass der Kerl, mit dem wir es hier zu tun haben, genau das tut.«

»Was?«, fragte Westen irritiert.

»Konsequenzen ziehen.«

Em hörte Zhous Schritte hinter sich. Dann war ihre Partnerin auch schon neben ihr. »Wie es aussieht, tötet er Menschen, die ihrerseits mit einem Tötungsdelikt davongekommen sind.«

Der Psychologe starrte sie an.

Em nutzte die Gelegenheit, noch einen obendraufzusetzen. Ruhig öffnete sie die Mappe und legte verschiedene Dokumente auf den Tisch, der sie von Westen trennte, während Zhou auf dem Stuhl neben ihr Platz nahm. »Alois Berneck hat tatsächlich einen tödlichen Unfall verursacht«, erklärte Em. »Jonas Tidorf trieb ein schwangeres Mädchen in den Selbstmord. Lina Wöllner versteckte das Asthmaspray ihrer Mutter, woraufhin diese starb. Und Jenny Dickinson hat während ihrer Zeit als Au-pair den Tod eines ihr anvertrauten Kleinkindes verschuldet.«

Westen fuhr sich nervös durch die Haare. »Wer sagt das?«

»Das spielt keine Rolle«, versetzte Em. »Haben Sie davon gewusst?«

»Nein.«

»Sicher nicht?«

Sein Ton wurde scharf. »Ich habe Ihnen doch schon gesagt, dass ich diese Frau kaum gekannt habe. Sie bat mich, in meiner Praxis hospitieren zu dürfen. Und ich sagte Ja. Das war alles, was ich über sie wusste.«

»Und das sollen wir Ihnen glauben?«

Er antwortete nicht, sondern saß einfach kopfschüttelnd da.

Zhou stand auf und trat neben ihn. »Aber Ihnen ist schon klar, wie das Ganze aussieht, oder?«

Ich bin ja nicht blöd, entgegneten seine Augen. Doch er schwieg weiter.

Zhou beugte sich zu ihm hinunter. »Haben Sie Jenny Dickinson eine Einladung geschickt?«

»Nein.«

»Haben Sie Lina Wöllner damit gedroht, ihrem Mann von ihrer Vergangenheit zu erzählen?«

»Nein, verdammt.« Sein Kopf fuhr herum, als wolle er Zhou mit Blicken aufspießen. Erstaunlicherweise zuckte sie nicht zurück. Nicht einen Milimeter. »Weshalb hätte ich das tun sollen?«

»Vielleicht, weil Sie der Meinung waren, dass Lina Wöllner ihr Glück nicht verdiene.«

»Das habe ich wohl kaum zu beurteilen.«

»Sagt einer, dessen Job es ist, genau das zu tun«, stichelte Em.

Westens Blicke flogen zwischen den beiden Polizistinnen hin und her und er hob die Hände zu einer ziemlich eindeutigen Geste.

Stopp! Das reicht jetzt. Keinen Schritt weiter. Alle beide.

»Nein«, sagte er kategorisch. »Zu beurteilen, was jemand verdient oder nicht verdient, ist Sache der Gerichte. Mein Job, wie Sie es ausdrücken, bestand lediglich in der Einschätzung von Wahrscheinlichkeiten.«

»Unter Ihren Kollegen in Haina galten Sie als streng«, bemerkte Zhou in beiläufigem Ton. »Eine unabhängige Ethikkommission des Landes hat Ihre Prognosen durch die Bank als zu rigide kritisiert.«

Westen schenkte ihr ein bitteres Lächeln. »Ich neige nicht dazu, die Dinge zu beschönigen. Das ist alles. Aber zu Ihrer Beruhigung: Meine Gutachten hatten ohnehin nur Empfehlungscharakter.«

»Empfehlungen, an die man sich in aller Regel gehalten hat.«

»Mal so, mal so.«

Warum stapelt er so tief?, überlegte Em. Denn eigentlich war Sander Westen nicht der Typ für Understatement. Im Gegenteil, sie hätte ihn eher für einen Menschen gehalten, der stolz darauf war, wenn sich seine Prognosen bewahrheiteten. Der Recht behalten wollte. Um jeden Preis.

»Sie haben bereits damals an der Entwicklung eines speziellen Persönlichkeitstests für jugendliche Straftäter gearbeitet, nicht wahr?« Obwohl er zusehends nervöser wurde, ersparte Zhou es ihm nicht, in dem kleinen Besprechungszimmer auf und ab zu gehen, während sie sprach.

»Ja.«

»Für welche Altersgruppe war der Test gedacht?«

»Für Zehn- bis Sechzehnjährige.«

»Stimmt es, dass namhafte Kollegen Sie wegen dieser Altersstruktur heftig kritisiert haben?«

»Solche Forschung ist immer kontrovers.«

Westens Körperhaltung verriet, dass er mehr und mehr in die Verteidigungsstellung wechselte, und Em fragte sich, ob er sich dieser Tatsache bewusst war. Immerhin war er vom Fach, und wenn sie ehrlich war, hielt sie es sogar für möglich, dass er seine Körpersprache bewusst einsetzte. Um sie zu täuschen.

»Eins der Hauptargumente Ihrer Kritiker war, dass die Persönlichkeitsentwicklung in diesem Alter noch gar nicht abgeschlossen ist«, fuhr Zhou ungerührt fort. »Und dass deshalb Prognosen innerhalb dieser Phase quasi von vornherein auf tönernen Füßen stehen.«

Westen zuckte resigniert die Achseln. »Sie haben sich Ihre Meinung doch längst gebildet.«

»Glauben Sie?«, fragte Zhou mit einem hintergründigen Lächeln.

Seine blauen Augen kehrten zu Em zurück. »Hatten Sie schon mal mit minderjährigen Straftätern zu tun?«

»Meine Erfahrungen tun hier nichts zur Sache«, antwortete sie, um klarzumachen, dass sie sich keinesfalls gegen ihre Partnerin ausspielen lassen würde.

Er winkte ab. »Okay. Alles klar. Vergessen Sie's.«

»Wo waren Sie heute Nacht zwischen Mitternacht und drei Uhr früh?«

»Zu Hause. Im Bett.«

Em lächelte. Logisch irgendwie … »Gibt es irgendwen, der das bezeugen kann?«

»Nein.«

»Nicht mal eine neugierige Nachbarin?«

»Nicht mal das, fürchte ich.«

»Dürfen wir uns Ihr Auto ansehen?«

»Wozu?«

Em überging die Frage. »Dürfen wir?«

»Nein.«

»Haben Sie etwas zu verbergen?«

»Nein. Aber ich bin ein Freund von Persönlichkeitsrechten.« In seinem Blick lag Geringschätzung. »Sie auch?«

»Ich bin ein Freund von Serienmördern, die der Öffentlichkeit nichts mehr anhaben können, weil es uns gelungen ist, sie dingfest zu machen. Und Ihnen ist doch klar, dass wir angesichts der Sachlage ohne Probleme einen Beschluss bekommen.«

Er nickte. »Ja, vermutlich.«

»Warum erleichtern Sie sich und uns die Sache dann nicht einfach?«, fragte Zhou dicht an seinem Ohr.

Anstelle einer Antwort sah Westen auf seine Armbanduhr.

»Sie müssen weg?«, fragte Em sarkastisch.

»Ich habe Patienten.«

»Also gut.« Sie bemerkte die Irritation in Zhous Blick, als sie einfach aufstand und zur Tür deutete. »Bitte sehr.«

»Heißt das, ich kann gehen?« Westen schien ebenso erstaunt zu sein.

»Sicher. Es gibt keinen Grund, Sie hier festzuhalten.« *Ich bin noch nicht fertig mit ihm*, protestierten Zhous Augen. *Vertrauen Sie mir*, gab Em zurück. Doch Zhou schien erbost.

Westen erhob sich, und ein paar endlose Sekunden standen Zhou und er einander gegenüber wie zwei Kampfhähne. Eine stumme Kraftprobe, überschattet von einem tiefen gegenseitigen Misstrauen, dessen Intensität Em überraschte.

Schließlich gab Westen als Erster nach und ging zur Tür. »Viel Erfolg«, sagte er, die Hand bereits auf der Klinke.

»Warum haben Sie das getan?«, fragte Zhou, als er auf dem Gang verschwunden war.

Und obwohl sie mittlerweile wieder ihre gewohnte unnahbare Aura zur Schau trug, hatte Em das Gefühl, dass sie noch immer wütend war. Darüber, dass sie Westen hatte gehen lassen.

»Er stand kurz davor, uns richtig Ärger zu machen«, antwortete sie mit einem betont lässigen Achselzucken. »Und das wäre unter den gegebenen Umständen kontraproduktiv ge…«

»Vielleicht ist er derjenige, den wir suchen«, unterbrach Zhou sie mit Bestimmtheit.

»Ja«, sagte Em. »Möglich.«

Ihre Partnerin ließ sich auf den Stuhl fallen, auf dem Westen gesessen hatte, und streckte resigniert die Beine von sich.

»Augenblicklich hatten wir keine Handhabe, ihn gegen seinen Willen …«

»Schon gut«, fiel Zhou ihr abermals ins Wort. »Sie brauchen mich nicht zu trösten.«

Vielleicht, dachte Em unbehaglich, tröste ich ja in Wirklichkeit mich selbst …

7

Dana Westens Schritte hallten von den kahlen Wänden wider, und sie fand selbst, dass sie gehetzt klang, obwohl sie sich alle Mühe gab, nicht zu rennen. Mach dich nicht lächerlich, dachte sie, indem sie zum wiederholten Mal über ihre Schulter blickte. Wer sollte dir folgen? Und warum? Ein paar Meter über dir ist helllichter Tag. Die halbe Stadt ist auf den Beinen und macht Weihnachtseinkäufe. Und außerdem ist dieses verdammte

Parkhaus unter Garantie videoüberwacht. Es ist alles in bester Ordnung.

Doch das ungute Gefühl ließ nicht nach. Im Gegenteil.

Ihre Augen glitten über die geparkten Fahrzeuge. Viele Hundert, allein auf diesem Deck. Doch von den Besitzern war nichts zu sehen. Klar, eigentlich. Wer um diese Uhrzeit einen Parkplatz hatte, gab ihn so schnell nicht wieder her. Schon vor Stunden hatte sie nur noch eine Lücke ganz am Ende des Parkdecks gefunden. Irgendwo da hinten, unter dem Schild für den Notausgang. Sie beschleunigte ihre Schritte und nestelte die Autoschlüssel aus der Manteltasche.

»Sie sehen wirklich ziemlich geschafft aus«, hatte Jan vorhin beim Kaffee wenig schmeichelhaft konstatiert, und wieder dachte Dana, dass sie ihn nicht mochte, auch wenn sie beim besten Willen nichts fand, das ihre Abneigung gerechtfertigt hätte.

»Kein Wunder«, hatte sie mit einem ironischen Seitenblick auf ihre Tüten entgegnet. »Immerhin hetze ich seit Stunden von einem Geschäft zum nächsten.«

»Soll ich Ihnen tragen helfen?«

»Nein, vielen Dank«, hatte sie geantwortet. Einen Hauch zu schnell vielleicht. »Das schaffe ich schon.«

»Wo haben Sie denn Ihr Auto stehen?«

Sie hatte diese an und für sich völlig harmlose Frage nicht beantwortet, sondern eilig das Thema gewechselt. Warum, konnte sie nicht sagen. Immerhin war Jan der Freund ihres Sohnes. Einer der wenigen Menschen, die je an Marlon herangekommen waren.

Irgendwo in ihrem Rücken wurde ein Wagen angelassen.

Dana sah sich um, doch sie konnte nichts erkennen. Sie hatte schon früh den Verdacht gehabt, dass ihr Sohn einmal homosexuell werden würde. Schon damals, als Marlon noch ein Kind gewesen war. Und doch hatte sie vieles von dem, was ihr zu denken gab, zunächst auf Marlons Verhältnis – oder vielmehr Nicht-Verhältnis – zu seinem Vater geschoben. Sie hatte sich eingeredet, dass er älteren Männern zu imponieren versuche, weil er sich von ihnen die väterliche Anerkennung erhoffe, für die Sander weder Zeit noch Lust gehabt hatte. Dass er auf der Suche nach einer männlichen Bezugsperson sei. Einem Vorbild. Doch irgendwann war ihr klar geworden, dass es nicht nur um Anerkennung ging, sondern dass mehr dahintersteckte.

Dana seufzte, während das Motorengeräusch, das sie gehört hatte, langsam näher kam. Sie hatte kein Problem damit, dass ihr Sohn schwul war. In Zeiten wie diesen bedeutete dergleichen ja nicht einmal, dass man auf die Ausrichtung einer stilvollen Hochzeit oder auf Enkelkinder verzichten musste. Aber sie hatte sich seit je Sorgen gemacht, weil Marlon keine Kontakte in seinem Alter pflegte.

Umso mehr hatte sie sich gefreut, als er im Sommer auf einmal diesen irrsinnig gut aussehenden jungen Mann mitgebracht hatte.

»Mama …« Ihr Sohn hatte gestrahlt an diesem Nachmittag. Buchstäblich geleuchtet vor Glück. »Das ist Jan. … Jan, das ist Mama.«

Doch ihre Freude über den neuen Freund ihres Sohnes hatte nicht lange vorgehalten. Im Gegenteil: Sie hatte sich schon bald danach dabei ertappt, wie sie es vermied, mit Jan Persson allein zu sein. Albern hatte sie ihre Reaktion gefunden, denn Jan tat wirklich alles, um ihr zu gefallen. Er war tadellos höflich, beantwortete all ihre – zum Teil reichlich indiskreten – Fragen, ohne mit der Wimper zu zucken. Und im Oktober hatte er sie sogar von sich aus angerufen, um ihr in aller Form und makellos herzlich zum Geburtstag zu gratulieren. Und doch war da etwas an ihm, das ihr zutiefst missfiel.

Hast du in letzter Zeit jemand Neues kennengelernt?, flüsterte Sanders vertraute Stimme hinter ihrer Stirn. Und scheinbar ohne jeden Grund breitete sich eine dicke Gänsehaut über ihren Körper.

Jemand, der sich vielleicht nach mir erkundigt hat?

Nun, zumindest das hatte Jan Persson definitiv nicht getan! Mit keiner Silbe. Dana wich einen Schritt nach rechts aus, weil in diesem Augenblick das Auto an ihr vorbeiglitt. Trotzdem war sie froh, dass sich Marlons Gefühle für Jan allmählich ein wenig abzukühlen schienen. Erst neulich Abend hatte er ihr eröffnet, dass er vielleicht ein oder zwei Semester in Australien studieren wolle. Ohne Jan. Das sei auch okay so. Immerhin seien sie beide noch jung und auf der Suche und …

Sie zuckte zusammen, als unmittelbar hinter ihr etwas zu Boden fiel. Da war jemand! Jemand, den sie nicht hatte kommen hören. Der sich im Windschatten des ausfahrenden Autos bewegt hatte. Lautlos. Und jetzt … Sie schluckte. Jetzt war er direkt hinter ihr!

Ihre Augen suchten die Rücklichter des Wagens, der sie kurz zuvor passiert hatte. Doch der verschwand eben um die Kurve zur Ausfahrt. Verdammt!

Sie lauschte nach Schritten, doch sie konnte nichts hören. Allerdings wagte sie auch nicht, sich umzudrehen. Also konzentrierte sie sich auf das grüne Notausgang-Schild, unter dem sie geparkt hatte und das ihr aus dem schummrigen Dunkel entgegenleuchtete. Aber war es dort nicht viel heller gewesen? Vorhin? Ihre Finger krampften sich fester um die Tüten, während ihr Blick über die niedrige Decke glitt. Und tatsächlich: Kurz vor ihrem Parkplatz schien eine der Lampen kaputt zu sein. Zerbrochenes Glas knirschte unter den Sohlen ihrer Pumps, während die stickige Luft um sie herum immer dicker zu werden schien.

Auf der Eisbahn vor der Oper ha'm se sie gefunden, flüsterte eine heisere alte Stimme ihr zu, und Dana brauchte einen Augenblick, um zu realisieren, dass sich die Bemerkung, die ihre Erinnerung ihr anbot, auf Sarah Kindle bezog. *Mit einer Kugel im Kopf und kahl rasiertem Schädel …* Im Rennen drückte sie auf den Knopf der Zentralverriegelung und wenige Meter vor ihr schnappten die Schlösser ihres Wagens auf.

Soll ich Ihnen tragen helfen? Wo haben Sie denn Ihr Auto stehen?

Sie nahm sich nicht die Zeit, ihre Einkäufe wie gewöhnlich im Kofferraum zu verstauen, sondern warf sie einfach auf den Beifahrersitz. Dann knallte sie die Fahrertür zu und drückte abermals auf die Verriegelung.

Geschafft! In Sicherheit!

Zitternd bugsierte sie den Schlüssel ins Zündschloss und startete den Wagen, wobei sie die Rückspiegel keine Sekunde aus den Augen ließ. Doch auch nach dem Ausparken konnte sie niemanden entdecken. Keinen Passanten, der zufällig hinter ihr gegangen war. Keinen Schatten, der sich ins Dunkel zwischen den parkenden Fahrzeugen zurückgezogen hatte. Nichts ... Trotzdem beruhigte sich ihr Herzschlag erst, als sie die Schranke an der Ausfahrt passiert hatte.

Zu Hause griff sie zum Telefon und wählte die Nummer ihres Sohnes. Doch Marlon nahm nicht ab. Und auch auf dem Handy meldete sich nur die Mailbox.

Dana überlegte, ob sie ihrem Sohn eine Nachricht hinterlassen sollte, entschied sich jedoch dagegen. Was hätte sie denn auch sagen sollen? Ich wollte nur mal rasch deine Stimme hören und fragen, ob es dir gut geht? Oder noch schlimmer: Ich hatte da so eine Angstattacke und hätte gern mal deinen Rat gehört, ob ich vielleicht verrückt bin oder so ...

Sie schenkte dem Telefon ein müdes Lächeln. Das war doch genau das, was sich erwachsene Söhne von ihren Müttern wünschten!

8

»Em?«

»Ja?«

»Kann ich dich kurz sprechen?«

Em bemerkte die hektischen Flecken in Gehlings Jungengesicht und nickte. »Klar. Ich wollte mir sowieso einen Kaffee holen.«

Die Aussicht auf ein ungestörtes Gespräch auf dem Gang schien ihn zu beruhigen. »Super. Dann komme ich mit.«

Die Blicke ihrer Kollegen folgten ihnen bis hinaus auf den Flur. Doch das ließ Em einfach an sich abtropfen.

»Nun?«, fragte sie, als sie neben dem Automaten standen. »Wo drückt denn der Schuh?«

Gehling warf eine Münze in den Schlitz und drückte auf »Schokocappuccino«. »Ich sollte mir doch Westens IT vornehmen«, begann er unsicher. »Um zu sehen, wie schwierig es ist, sich da reinzuhacken.«

Sie nickte. »Und?«

»Na ja, um ehrlich zu sein, war es gar nicht schwer. Westen scheint eine ziemliche Niete zu sein, was das angeht.«

Das wunderte Em nicht.

Ihr Kollege nahm das Heißgetränk aus dem Automaten, reichte es ihr und atmete tief durch. »Du weißt, ich bin nicht zimperlich in diesen Dingen. Und ich verstehe es auch, meine Spuren so zu vertuschen, dass niemand merkt, dass ich überhaupt da war …«

»Worauf läuft das hier hinaus?«, unterbrach sie ihn.

Doch er brachte sie mit einem flehentlichen Blick zum Schweigen. »Ich habe mich also noch mal ein bisschen auf Westens Rechner umgesehen, und dabei habe ich das hier gefunden.« Er hielt ihr sein Tablet unter die Nase.

Sie sah die körnige Aufnahme eines mit Möbeln und sonstigem Gerümpel vollgestopften Raumes. Die Kamera, die das Bild aufgenommen hatte, schien sich direkt unter der Decke zu befinden, zumindest war der Blickwinkel steil nach unten gerichtet auf ein Bett mit Eisenrahmen.

Er spulte ein Stück vor, und dieses Mal war das Bett, das zentral mitten im Raum stand, nicht leer.

»Gütiger Himmel!«, entfuhr es ihr. »Ist das Sarah Kindle?«

Er nickte und zoomte näher an die Person auf dem Bett heran.

Em sah die Frau, der sie erst vor gut einer Woche im Gerichtssaal gegenübergesessen hatte, mit zur Seite gedrehtem Kopf auf der Matratze liegen. Sarah Kindles Miene wirkte angespannt, Hände und Füße waren mit Ledergurten an das Gestell gefesselt. Um die zarte Kehle lag etwas, das wie ein Hundehalsband aussah, und unwillkürlich musste Em an einen SM-Club denken. An irgendwelche perversen Praktiken, bei denen der Untergebene jederzeit die Möglichkeit hatte, sein Leiden durch das Aussprechen eines zuvor vereinbarten Codewortes zu beenden.

Doch das hier war kein Spiel. Und es geschah auch nicht freiwillig.

Ein virtueller Befehl von Gehling, und das Bild begann zu leben. Em beobachtete, wie Sarah Kindle sich bewegte. Wie ihre Blicke durch den Raum schweiften. Wie sie die Augen schloss und gleich darauf wieder öffnete, als ließe sich das, was um sie herum war, auf diese Weise einfach wegblinzeln.

»Und jetzt sieh dir das hier mal an!« Er zoomte auf etwas, das neben dem Bett stand.

»Was ist das?«

»Ein Infusionsständer, würde ich sagen.«

»Das Carboplatin.« Sie schüttelte fassungslos den Kopf. »Was für ein Teufel!«

»Und was …« Das Rot von Gehlings Wangen vertiefte sich. »Was fangen wir jetzt damit an?«

»Schwierig.« Em stieß einen unterdrückten Fluch aus. »Als Beweis vor Gericht ist das nicht zulässig, weil wir uns das Material auf illegalem Weg beschafft haben.«

Gehling gab einen zustimmenden Seufzer von sich.

»Aber wir werden trotzdem ruck, zuck einen Gerichtsbeschluss zur Durchsuchung von Westens Wohnung bekommen«, gab Em sich optimistisch. »Und wenn wir Glück haben, ist diese Scheiße da dann immer noch auf seinem Rechner …«

»Was mich wundert, ist, dass er überhaupt so lax damit umgeht.« Gehling warf eine neue Münze ein und drückte noch mal dasselbe. »Ich meine, immerhin musste er doch schon seit eurem Gespräch neulich jederzeit damit rechnen, dass wir ihn überprüfen.«

Doch Em wischte den Einwand mit einer entschlossenen Geste vom Tisch. »Darf ich mir das mal leihen?«, fragte sie und deutete auf das Tablet.

»Klar.«

Sie nickte und kehrte an ihren Schreibtisch zurück.

»Wie blöd kann man sein?«, murmelte Zhou, nachdem Em ihr die Aufnahmen vorgespielt hatte.

»Ich schätze, das muss ich Makarov zeigen«, sagte Em.

Zhou nickte. »Ja, vermutlich.«

»Kommen Sie mit?«

»Soll ich?«

Em grinste. »Warum nicht? Wenn der Frischling dabei ist, wird er vielleicht nicht ganz so sauer.«

Tolle Begründung, las sie in den Augen ihrer Partnerin.

»Sie mögen ihn nicht, oder?«, fragte Em, während sie geradewegs auf Makarovs Büro zusteuerten, dessen Tür ausnahmsweise geschlossen war.

»Sie meinen Westen?«

»Ja.«

»Ich habe kein gutes Gefühl«, entgegnete Zhou, und Em war nicht sicher, ob sie tatsächlich Westen oder doch eher Makarov meinte.

Doch ihr blieb keine Zeit, darüber nachzudenken. Sie klopfte gegen das Glas der Tür und hörte gleich darauf das »Herein« ihres Vorgesetzten. Allerdings wäre sie nach ihrem Eintreten beinahe rückwärts wieder aus dem Raum getaumelt, denn auf einem der beiden Stühle vor Makarovs Schreibtisch saß Sander Westen und blickte ihnen aus tiefen blauen Augen entgegen.

»Ah, Emilia!«, rief Makarov erfreut. »Kommen Sie rein! Ich wollte Sie sowieso gerade holen.« Seine fleischige Hand wedelte einladend durch die abgestandene Heizungsluft.

Ems Augen suchten Zhou, die ebenfalls völlig baff zu sein schien. »Ich denke, Sie haben Patienten«, wandte sie sich an Westen. Immerhin war er erst vor wenigen Stunden mit ebendieser Begründung aus dem Präsidium verschwunden.

»Es ist etwas dazwischengekommen«, gab der Psychologe in undefinierbarem Ton zurück.

»Soso.«

»Dr. Westen hat etwas auf seinem Computer gefunden, das Sie sich unbedingt ansehen müssen«, erklärte Makarov, und Em und Zhou brauchten gar nicht erst auf den Bildschirm zu sehen, um zu wissen, dass es sich um die gleichen Bilder handelte, die Gehling auf der Festplatte des Psychologen entdeckt hatte.

Entweder der Kerl ist wirklich unschuldig, überlegte Em, während ihr die tote Sarah Kindle auf dem Bildschirm direkt in die Augen blickte. Oder das hier ist der brillanteste Schachzug seit Putins Skandalisierung von Pussy Riot!

»Wo kommt das her?«, fragte sie.

Makarov sah hoch. »Dr. Westen hat nicht den Hauch einer Erklärung dafür, wie dieses Bildmaterial auf seinen Rechner gelangt sein könnte«, erläuterte er, was Em nicht anders erwartet hatte. »Aber er hat uns selbstverständlich volle Kooperationsbereitschaft zugesichert.«

9

»Das könnte genauso gut ein Trick sein«, fauchte Em, als Zhou und sie wenig später an ihre Schreibtische zurückkehrten. »Er wusste, dass er sowieso nicht mehr drum herumkommt, also kooperiert er.«

»Immerhin bekommen wir endlich Einsicht in sämtliche Patientenakten«, wandte Decker ein. »Und eine Liste seiner Studenten.«

»Das ist ein Fass ohne Boden«, stöhnte Zhou.

»Wir sollten uns zunächst auf die Gutachten konzentrieren«, entschied Em, indem sie an etwas dachte, das Koss ganz am Anfang gesagt hatte: *Es würde mich nicht wundern, wenn es in seiner Vergangenheit einen Vorfall gäbe, der mit seiner Außenwirkung zu tun hat. Das Urteil eines Menschen, das er als falsch empfunden hat und das für ihn trotzdem von einer gewissen Relevanz gewesen ist …*

Ihre Gedanken gerieten ins Stocken, als sie in der Tür zum Gang Dr. Bechstein entdeckte. Die Pathologin trug einen hellen Wollmantel und kam zielstrebig auf Ems Schreibtisch zu.

»Hier ist der endgültige Bericht zu Sarah Kindle«, verkündete sie anstelle einer Begrüßung. »Ich dachte, ich bring ihn persönlich vorbei und höre gleich mal, wie die Dinge so stehen.«

»Beschissen«, knurrte Decker.

»Ich fürchte, es wird immer verworrener«, erklärte Em und berichtete von der Bilddatei, die angeblich ohne dessen Wissen auf Westens Rechner gelandet war.

»Wahnsinn«, murmelte die Pathologin, als Em geendet hatte. »Und ich bringe Ihnen auch schon wieder nichts als Arbeit.« Sie legte die Mappe mit dem Obduktionsbericht vor Em auf den Schreibtisch. »Tja, da waren's dann auch schon fünf!«

Em, die nach dem Aktendeckel gesehen hatte, blickte auf. »Was haben Sie gesagt?«

Dr. Bechstein lachte. »Nichts für ungut«, sagte sie. »Ich meinte nur, dass Sarah Kindle bereits die fünfte Leiche ist, die wir auf diese Weise …«

»Nein, Sie haben das anders ausgedrückt.« Em schloss die Augen: »Da waren's auch schon fünf …«

»Das ist so eine Redensart.«

»Ich weiß«, murmelte Em zerstreut.

»Alles klar?«, fragte Dr. Bechstein besorgt.

»Au, Scheiße!«, rief Em inbrünstig. »Jetzt weiß ich auch endlich, woran mich diese verdammten Szenarien erinnern!«

Die Gerichtsmedizinerin tauschte einen Blick mit Zhou. *Ich verstehe nur Bahnhof.*

»Das, was Sie da eben zitiert haben, ist keine Redensart, sondern aus dem Kinderlied ›Zehn kleine Negerlein‹. Ich hatte als Kind sogar ein Buch davon. In jeder Strophe kommt eins der Negerlein ums Leben, bis am Ende alle tot sind.«

Dr. Bechstein starrte sie an. »Sie denken doch nicht im Ernst, das könnte mit unserem Fall zu tun haben?«

Anstelle einer Antwort blickte sich Em nach Gehling um. »Sven?«

»Hm?«

»Kannst du für uns den Text eines Kinderliedes auftreiben? ›Zehn kleine Negerlein‹?«

Er lachte. »Das kenn ich nur mit Jägermeistern …«

»Hä?«

»Ist so 'n Song«, antwortete er. »Von den Toten Hosen. Aber das ist schon eine Weile her.«

»Ich brauche erst mal das Original!« Em trat hinter ihn und überflog die Suchergebnisse. »Hier, klick das mal an«, sagte sie und wies auf einen Eintrag ganz oben.

Zehn kleine Negerlein, die schlachteten ein Schwein,
das eine stach sich selber tot, da waren's nur noch neun.

»Mich tritt 'n Pferd!«, rief Decker, der Em gefolgt war. »Deshalb also das Schlachthaus-Szenario bei Tidorf.«

Sie sah ihn an. »Irre, oder?«

Neun kleine Negerlein, die gingen auf die Jagd,
das eine schoss das andre tot, da waren's nur noch acht.

Acht kleine Negerlein, die gingen und stahlen Rüben,
eines schlug der Bauer tot, da waren's nur noch sieben.

»Alois Berneck und Lina Wöllner.« Zhou schüttelte fassungslos den Kopf. »Berneck stirbt auf einem Hochsitz durch eine Ladung Schrot. Und Lina Wöllner wird in einer Scheune erschlagen und mit Rübenkraut beträufelt.«

»Das müssen wir Dr. Koss zeigen«, sagte Em.

Sieben kleine Negerlein begegnen einer Hex,
das eine zaubert sie gleich weg, da waren's nur noch sechs.

Sechs kleine Negerlein gehn ohne Schuh und Strümpf,
das eine hat sich totgefrorn, da waren's nur noch fünf.

Die naiven Zeilen verschwammen unter Ems Augen zu flimmernden schwarzen Strichen.

»Und was ist das nächste?«, hörte sie Zhous Stimme hinter sich.

»Was?«

»Die nächste Strophe …«

Em scrollte weiter, während Gehling bereits hektisch auf einem anderen Rechner zugange war.

Fünf kleine Negerlein, die tranken bayrisch Bier,
der eine trank, bis dass er barst, da waren's nur noch vier.

»Er ist akribisch«, flüsterte Zhou, »das heißt, er wird auch dieses Mal wieder einen Schauplatz wählen, der das Szenario der Strophe aufgreift.«

Em nickte. »Und was wäre das in dem Fall?«

»Eine Brauerei, ein Bierkeller, ein Gewölbe. Vielleicht auch ein stillgelegter Stollen oder so was in der Richtung. Eben irgendwas, wo sich Bier herstellen oder lagern lässt.«

»Ich brauche eine Liste aller infrage kommender Objekte«, rief Em.

»Welcher Umkreis?«, fragte Decker.

»Stadtgebiet plus fünfzehn Kilometer«, antwortete sie nach kurzem Zögern.

Ihr Kollege zog die Brauen hoch. »Dir ist klar, was das bedeutet?«

»Ja, verdammt.«

»War ja nur 'ne Frage.«

»Zum ersten Mal seit Beginn dieses gottverdammten Falls haben wir eine Chance.« Sie ballte die Fäuste.

»Eine Chance worauf?«

»Das Opfer zu finden, bevor es stirbt.« Ems Augen suchten wieder den Kinderreim auf dem Bildschirm.

Fünf kleine Negerlein, die tranken bayrisch Bier …

»Und wenn er weiter so vorgeht wie zuletzt …« Sie schluckte. »… dann schnappt er sich das Opfer schon eine gewisse Zeit vorher.«

»Vor was?«, fragte Dr. Bechstein.

»Bevor er es tötet«, antwortete Zhou anstelle ihrer Partnerin.

10

»Die ›Zehn kleinen Negerlein‹ gibt es übrigens auch in einer jiddischen Variante.« Gehling ließ sich auf einen der Stühle an der Längsseite des Konferenztisches fallen und knallte seinen Laptop vor sich auf den Tisch. »Man ist sich in der Forschung nicht ganz einig, ob die Verse vor, nach oder zeitgleich mit dem bekannten Kinderlied entstanden sind, aber sie tragen den Titel ›*Tsen Brider*‹.« Er sah auf den Monitor und rezitierte: »*Tsen brider sajnen mir gewesn, hob'n mir gehandelt mit lajn. Ejner is gestorb'n, is geblib'n najn.*«

»Du machst mich wahnsinnig«, rief Em entnervt. »Wer, um Gottes willen, soll denn da noch durchblicken?«

»Bezeichnend ist, dass der Täter überhaupt einen Abzählreim benutzt«, meinte Koss neben ihr. »Und die Karte, die er Ihnen geschrieben hat, enthält bemerkenswerte Formulierungen.«

»Die da wären?«

Er nahm seine Kopie zur Hand und las: »Vor diesem Hintergrund bin ich gespannt, wie Ihre Strategie für die Zukunft lautet: Kooperation oder Verrat? Master oder Servant? Lösen Sie das Dilemma und treffen Sie Ihre Entscheidung, Signora!«

»Ich kenne den Text«, versetzte Em gereizt.

Die Karte, die er Ihnen geschrieben hat …

»Auch wenn das in diesem Zusammenhang fast zynisch klingt, muss man feststellen, dass der Täter stets überaus persönliche Briefe schreibt«, führte Koss weiter aus, ohne auf ihren Einwurf einzugehen. »Er berücksichtigt Theo Dorns jüdische Herkunft ebenso wie die dunklen Geheimnisse seiner Opfer. Und bei Ihnen«, er sah wieder Em an, »weist er ganz klar auf etwas hin, das er offenbar als Gemeinsamkeit zwischen Ihnen beiden begreift.«

»Sie meinen die Sache mit Sarah Kindle?«

Er nickte. »Und der Täter weiß auch, dass Sie Frau Kindle für schuldig hielten.«

»Das war nicht besonders schwer zu erraten«, erwiderte sie. »Praktisch jeder hielt sie für schuldig.«

»Schon …« Er nahm seine Brille ab und wischte flüchtig über die Gläser. »Aber er spricht auch von Ihrem Wiedersehen. Das würde er nicht schreiben, wenn er es nicht genauso meinte.«

»Sie denken, ich bin ihm schon mal begegnet?«

»Bewusst oder unbewusst, ja.«

»Und wo?«

Er überlegte. »Da er so penetrant auf der Sarah-Kindle-Geschichte herumreitet, würde ich annehmen, irgendwo in diesem Umfeld.«

»Ich bin insgesamt dreimal in diesem Zusammenhang bei Gericht gewesen«, resümierte Em nach einem Moment des Nachdenkens. »Beim ersten Mal hat man mich praktisch sofort wieder heimgeschickt, weil es irgendeine Verzögerung gegeben hatte und meine Aussage auf den nächsten Tag verschoben wurde. Das war dann die zweite Gelegenheit. Und das dritte Mal war ich privat dort. Und zwar bei der Urteilsverkündung.«

Koss setzte seine Brille wieder auf und lächelte. »Der Täter benutzt auch Begriffe wie Dilemma oder *Master and Servant*. Und das wiederum deutet darauf hin, dass er sich mit Spieltheorie befasst.«

Em zog die Stirn in Falten. »Was genau meinen Sie mit Spieltheorie?«

»Ein bestimmtes Teilgebiet der Mathematik.« Er lehnte sich zurück. »Unter *Master and Servant* versteht man zum Beispiel eine bestimmte Strategie innerhalb des so genannten Gefangenendilemmas.«

Em angelte sich die Kaffeekanne aus der Mitte des Tischs. »Ist das nicht diese Geschichte, wo zwei Straftäter getrennt voneinander vernommen werden und man ihnen gezielt das Angebot unterbreitet, durch Verrat an ihrem Komplizen mit einer geringeren Strafe davonzukommen?«

»Genau.« Er schien erfreut. »Vereinfacht gesagt, geht es dabei um die grundsätzliche Entscheidung zwischen Kooperation und Verrat. Wie Sie bereits sagten, werden in der Ausgangsvariante zwei schuldige Untersuchungshäftlinge ohne die Möglichkeit einer Absprache vor die Wahl gestellt, zu gestehen oder zu leugnen, wobei beiderseitiges Leugnen das beste Gesamtergebnis verspricht. Das Dilemma für die Beteiligten besteht wiederum darin, nicht zu wissen, wie sich der jeweilige Komplize entscheidet. Das bedeutet, sie müssten einander vertrauen, um das bestmögliche Resultat zu erzielen, was jedoch in der Praxis nicht immer ganz leicht ist.«

»Sie meinen, der Täter bietet mir mit dieser Karte so etwas wie eine Zusammenarbeit an?«, fragte Em fassungslos.

»Zumindest eine Form von Fair Play, würde ich annehmen.«

Aber es ist auch eine Drohung, las sie in den Augen ihrer Partnerin. Etwas, das sie selbst ganz ähnlich sah.

Ihnen gegenüber streckte Koss seine dünnen Beine von sich. »Da, wie gesagt, keine Absprachen möglich sind, kann das für den bestmöglichen Ausgang des Spiels wünschenswerte Vertrauen nur auf zwei Komponenten beruhen.« Seine Finger zeichneten ein imaginäres Muster auf die Tischplatte, während er sprach. »Entweder man vertraut einander aus Erfahrung, also auf Grundlage eines vorangegangenen Vertrauensbeweises. Oder aber das vermeintliche Vertrauen beruht auf der Gewissheit einer harschen Strafe im Falle der Illoyalität.«

»Wie bei der Mafia«, scherzte Em. »Wenn du redest, bringen wir dich um. Und falls wir dich nicht erwischen, halten wir uns an deine Familie.«

»Ich erinnere mich, dass wir das Gefangenendilemma damals auch auf der Akademie kurz angerissen haben«, sagte Zhou. »Aber wer sonst beschäftigt sich mit so was?«

»Die Anwendungsmöglichkeiten sind vielfältig.« Koss nippte an dem Mineralwasser, das Em vor ihn hingestellt hatte. »Solche Modelle finden zum Beispiel in der Wirtschaft oder der Politik Anwendung. Und natürlich spielen sie in Verhaltensforschung und Psychologie eine große Rolle.«

»Psychologie!«, wetterte Em. »Womit wir denn also schon wieder bei unserem lieben Dr. Westen wären.«

»Sie trauen ihm nicht?« Das Fragezeichen hinter Koss' Satz war kaum zu hören.

»Würden Sie ihm trauen?«, spielte sie den Ball zurück.

Er dachte lange nach. So lange, dass sie schon gar nicht mehr mit einer Antwort rechnete. Doch sie täuschte sich. »Vermutlich nicht«, sagte er. »Aber vielleicht ist es auch genau das, was der Täter erreichen will.«

Zhou streckte sich. Doch bei ihr sah das alles andere als ungelenk aus. Em beobachtete sie aus den Augenwinkeln.

Ihre Bewegungen sind geschmeidig wie die einer Katze …

»Sie meinen, er will, dass wir Westen für den Mörder halten?«, fragte Zhou.

»Weshalb sonst hätte er Beweise auf dessen Rechner schmuggeln sollen«, antwortete Koss.

Em blickte verdrießlich in ihre Tasse, die sie vor sich auf dem Tisch stehen hatte. »Vielleicht stimmt das gar nicht. Vielleicht will Westen uns täuschen.«

»Falls er Ihr Mann ist, dürfte es ihm unter den gegebenen Umständen zumindest äußerst schwerfallen, die Serie in der gewohnten Weise fortzusetzen«, konterte Koss.

»Weil wir ihn überwachen?«

»Genau.«

»Wie auch immer«, sagte Zhou. »Wenn der Täter so organisiert und detailbesessen ist, wie Sie ihn uns schildern, dann muss er heute in einer Woche seinen nächsten Mord begehen.«

»Richtig.« Koss lächelte wieder sein Jungenlächeln. »Allerdings sind auch Strategien streng genommen nur Möglichkeiten, von denen man jederzeit abweichen kann.«

Eine Antwort, die Em nicht gerade beruhigte.

Doch sie kam nicht dazu, lange darüber nachzudenken, denn im selben Moment platzte Decker mit einem Schriftstück herein. »Das musst du dir ansehen!« Sofort war der Raum von einer elektrisierten Spannung erfüllt.

»Die Kollegen haben mir die Liste mit den Namen und Adressen der Schaulustigen gemailt.«

»Die Eisbahn«, erklärte Em, an Koss gewandt. »Wir hielten es zumindest für möglich, dass er sich unter die Passanten mischt, um zu sehen, welche Reaktionen er mit seiner jüngsten Tat auslöst.«

Der Psychologe nickte beifällig. »Das würde ich ganz und gar nicht ausschließen.«

»Und?« Sie sah wieder Decker an. »Was Interessantes dabei?«

Anstelle einer Antwort tippte er auf einen der Namen.

Em bemerkte, wie Zhou neben ihr für einen flüchtigen Moment der Atem stockte. Der dritte Name von unten lautete: »VIKTOR HANSEN«.

Mein Gefühl hat mich nicht getrogen. Er ist dort gewesen, heute früh. An der Alten Oper. Er war ganz in meiner Nähe. Und er kennt mich gut genug, um zu wissen, wie mein Partner heißt …

»Stimmt die Adresse, die er den Kollegen genannt hat?«, fragte Decker mit ungewohnt dünner Stimme.

Em nickte nur.

»Scheißkerl.«

»Was ist mit Bildern?«, fragte Zhou. Immerhin hatte Em die Spurentechniker gebeten, zusätzlich Fotos aller Umstehenden zu schießen.

»Die sind bereits in der Auswertung«, antwortete Decker. »Die Kollegen gleichen das so schnell wie möglich ab.«

»Dabei wird nicht viel herauskommen«, bemerkte Em trübe. »Dazu ist er viel zu vorsichtig.«

»Jetzt wart's doch erst mal ab«, sagte Decker. Doch so richtig überzeugt klang er nicht.

11

Em machte bereits bei der Begrüßung unmissverständlich klar, dass sie sich mit einem »Keine Zeit« dieses Mal nicht zufriedengeben würde. Und sie hatte Erfolg. Nach einer Schrecksekunde antwortete Astrid Gerolf mit dem erhofften: »Ja, natürlich. Augenblick, bitte. Ich verbinde Sie.«

»Spieltheorie«, sagte Em, kaum dass Sander Westen sich gemeldet hatte. »Jemand, dem es Spaß macht, sich mit Wahrscheinlichkeiten und Spielzügen auseinanderzusetzen. Der gern Rätsel löst. Der mathematisch und wahrscheinlich auch auf anderen Gebieten hochbegabt ist. Und dem Sie irgendwann in der Vergangenheit attestiert haben, dass er nicht richtig tickt.« Sie hielt inne. »Fällt Ihnen dazu irgendwer ein?«

Die Stille am anderen Ende der Leitung hatte etwas Sogartiges.

Er hat eine Idee!, durchzuckte es Em. Er weiß ganz genau, von wem ich rede!

»Ich hatte im Laufe der Zeit einige Patienten, die Hochbegabungen in dieser Richtung aufwiesen«, sagte Westen nach einer Weile.

»Hören Sie auf, meine Zeit zu verschwenden«, versetzte Em unwirsch. »Sie denken an jemand ganz Bestimmten.«

Noch eine Pause. Aber nicht ganz so lange. »Sie haben recht.«

»Ich brauche einen Namen.«

»Marius. Marius Norén.«

Sie machte sich eine entsprechende Notiz. »Was war mit ihm?«

»Er kam zu uns, weil er zwei kleine Jungen getötet hatte. Zwillinge.«

»Wie alt?«

»Zwei, glaube ich.«

»Und an seiner Schuld gab es keinen Zweifel?«

»Nein, nicht den geringsten. Allerdings war er noch nicht straffähig, weshalb dem Gutachten über seine psychische Disposition eine besondere Bedeutung zukam.« Westens Sprechtempo war hoch. Em hatte beinahe das Gefühl, dass er sein Wissen jetzt, da er einen konkreten Ansatzpunkt hatte, so schnell wie möglich teilen wollte. »Er kam unmittelbar nach seiner Festsetzung zu uns nach Haina und durchlief dort alle Tests, die in solchen Fällen vorgesehen sind. Doch das brachte uns nicht viel weiter. Er war viel zu raffiniert für die Standardfragen und spielte trotz seines Alters Katz und Maus mit allen, die es zuließen.«

Also nicht mit dir, las Em aus der Formulierung, die er gewählt hatte.

»Schließlich ging ich hin und erweiterte den Fragenkatalog, wobei ich auch Parameter miteinbezog, die normalerweise ausschließlich bei Erwachsenen Anwendung finden.«

Sie ahnte bereits, worauf die Sache hinauslief. »Wie alt war Marius Norén damals?«

»Zwölf.«

»Und wie lange ist das her?«

Westens Antwort kam wie aus der Pistole geschossen: »Vierzehn Jahre.«

Also ist Norén jetzt sechsundzwanzig, resümierte Em.

Das passt!, signalisierte Koss ihr gegenüber. Sie hatte auf Lautsprecher geschaltet, damit ihre Kollegen mithören konnten.

»Wie lange war er in Ihrer Obhut? Und vor allem: Wo ist er heute?«, wandte sie sich wieder an Westen.

»Wo er heute ist, weiß ich nicht«, antwortete er. »Und leider ist er auch nicht allzu lange in Haina geblieben.« Unterdrückter Ärger färbte seine Stimme einige Nuancen dunkler. »Ein halbes Jahr, maximal.«

»Das verstehe ich nicht«, sagte sie.

Westen gab einen unterdrückten Laut von sich. »Marius' Mutter war der Meinung, dass ich ihrem Sohn Unrecht tue. Also gab sie ein zweites Gutachten in Auftrag, was natürlich ihr gutes Recht war.«

Ems Finger trommelten auf die Tischplatte. »Und dieses Gutachten kam zu grundlegend anderen Schlüssen als Sie.«

»Es ist schwierig, in einem so jungen Alter überhaupt so was wie eine Prognose abzugeben«, erwiderte er vorsichtig. »Noch dazu eine seriöse.«

»Erzählen Sie mir nichts«, konterte sie. »Dieser Meinung sind Sie ganz und gar nicht.«

»Aber der überwiegende Teil meiner Kollegen, wie Sie wissen.« Er räusperte sich. Seine Stimme klang noch immer ein wenig atemlos. »Und nicht zuletzt deshalb gilt auch in der forensischen Psychiatrie der Grundsatz: In dubio pro reo.«

»Und Marius Norén kam raus?«

»Er wurde in den ambulanten Vollzug nach Eltville verlegt, damit er auf eine normale Schule gehen konnte. Und er wurde therapiert, soweit ich weiß.«

»Etwas, das Sie persönlich für vergeblich hielten?«

»Das würde ich so nicht sagen.«

Sie glaubte ihm kein Wort. Aber sie wusste auch, dass sie ihm nichts anderes entlocken würde. Nicht, was solche Dinge betraf. Vermutlich hatte er viel und übel einstecken müssen für seine Ansichten. »Und weiter?«

»Nichts weiter. Ich verlor ihn aus den Augen.«

Sie schielte zu Gehling hinüber, der unablässig tippte. »Haben Sie jemals wieder von ihm gehört?«

»Nein.«

»Auch nicht indirekt?«

»Auch nicht indirekt.« In seiner Stimme schwang ein Hauch von Gereiztheit. Aber vielleicht war er auch nur unsicher. Mürbe.

Ich hatte die Schnauze voll, okay?

»Okay, dann besorgen wir uns jetzt erst mal die Akte«, entschied sie.

»Wenn Sie mehr wissen wollen …« Er zögerte. »In meinem vorletzten Buch habe ich unter anderem auch Marius' Geschichte verwendet. Natürlich in anonymisierter Form.«

»Ihr vorletztes Buch?«

»›Das Ende der Niedlichkeit‹.«

Das ist doch der Titel, für den Christina Höffgen das Cover gestaltet hat, oder nicht?, las Em in den Augen ihrer Partnerin.

»Ich kann keinen Marius Norén finden«, flüsterte Gehling ihr derweil von der Seite zu. »Weder hier in der Gegend noch sonst wo in Deutschland.«

»Das heißt, dass er entweder ausgewandert ist oder eine neue Identität bekommen hat«, raunte Zhou.

Em nickte. »Dr. Westen?«

»Ja?«

»Noch eine letzte Frage …« Sie hörte seinen Atem. Er klang gehetzt. »Wie haben Sie Marius Norén damals klassifiziert? Ich meine, abgesehen davon, dass er in Ihren Augen hochintelligent und schuldig war.«

Die Antwort kam ähnlich schnell wie bei Lina Wöllner: »Ich bin niemals einem reineren Soziopathen begegnet.«

12

Westen hatte gerade aufgelegt, als sein Telefon erneut zu klingeln begann. Er blickte auf das Display hinunter und zog dann überrascht die Brauen hoch.

»Dana?«

»Ich will dich nicht lange aufhalten. Ich habe nur eine kurze Frage.« Sie hatte sich auf dieses Gespräch vorbereitet, das war offensichtlich. Seit sie sich getrennt hatten, tat sie das immer, sofern die Kontaktaufnahme von ihr ausging. Sie hasste Unwägbarkeiten. Und sie hasste Umwege. »Jan Persson«, fuhr sie fort, ohne auf seine Antwort zu warten, »sagt dir der Name irgendwas?«

Er dachte an die Polizisten, die jedes Wort mithörten, und kämpfte mit sich, ob er ihr nicht eigentlich sagen musste, wie die Dinge standen. Andererseits hatte er keine Lust, vor einer Armada an Ohrenzeugen mit seiner Ex in Streit zu geraten. Und darauf würde es zweifellos hinauslaufen, wenn er ihr reinen Wein einschenkte. Also sagte er nur: »Nein, tut mir leid. Der Name sagt mir gar nichts.«

Sie schien erleichtert zu sein. Trotzdem hakte sie noch einmal nach. »Sicher nicht?«

Die Sache war ihr wirklich wichtig, keine Frage. Aber warum? »Ja, ich bin sehr sicher. Aber vielleicht, wenn du mir den Zusammenhang verrätst …«

»Ach, nichts Besonderes«, wiegelte sie ab. »Er ist bloß ein Freund von Marlon.«

Diese Antwort überraschte ihn. »Von Marlon?«

»Ja. Aber es ist wirklich nicht wichtig.«

Vielleicht doch, dachte er und stellte sich vor, wie die Polizisten, die mithörten, die Ohren spitzten. »Hör zu, Dana, wir beide wissen, dass du nicht dazu neigst, jemandem nachzuspionieren. Schon gar nicht deinem Sohn. Also heraus damit: Was ist los mit diesem Jan?«

»Nichts«, versetzte sie spitz.

Er dachte an ihr letztes Telefonat. »Komm schon, Dana, es …«

»Es ist deine Schuld«, fuhr sie auf. »Du hast mich völlig irre gemacht mit deinen Fragen und dieser ganzen Heimlichtuerei.«

»Was für Fragen?«

»Ob ich irgendwen kennengelernt habe und all das.« Sie lachte höhnisch auf. »Und ich blöde Kuh springe auch noch brav darauf an. Ist das zu glauben?«

Er wollte eigentlich nichts Privates breittreten, doch seine Gedanken sprangen wild durcheinander. *Spieltheorie*, hörte er die lockige Kommissarin sagen. *Jemand, dem es Spaß macht, sich mit Wahrscheinlichkeiten und Spielzügen auseinanderzusetzen, und dem Sie irgendwann in der Vergangenheit attestiert haben, dass er nicht richtig tickt …*

»Worauf springst du an?«

»Auf diese paranoide Scheiße.« Verdammt! So drastisch drückte sie sich nur aus, wenn sie wirklich in Not war. »Dabei ist es genau das, was ich so unendlich satthabe!«

Er nahm den Hörer in die andere Hand. »Ja, ich weiß. Aber bitte … Erzähl mir mehr von diesem Jan. Wie alt ist er?«

Die harmlose Frage schien sie in Verlegenheit zu bringen. »Jung«, entgegnete sie ausweichend.

»Wie jung?«

»Anfang zwanzig, glaube ich.«

Norén wäre jetzt sechsundzwanzig. Westen starrte die Tischkante an. »Beschreib ihn mir.«

»Wie bitte?«

»Wie sieht er aus?«

»Hübsch.«

Das ist wahnsinnig hilfreich, dachte er sarkastisch. Hübsch … »Blond oder dunkelhaarig?«

»Dunkel.«

Gut, Haare konnte man färben. Aber war Marius Norén ein hübscher Junge gewesen? Einer, von dem er angenommen hatte, dass er einen gut aussehenden Mann abgeben würde, später? Er hatte sich nie Gedanken darüber gemacht. Schließlich war Marius ein Kind gewesen. Ein zwölfjähriger Junge. Da zählten solche Dinge nicht. Oder? »Was hat er für Augen?«

»Du meinst Jan?«

Er nickte, und als ihm klar wurde, dass sie ihn nicht sah, sagte er: »Ja, ich meine Jan.«

Seine Exfrau überlegte. »Keine Ahnung. Daran ist mir nichts aufgefallen.«

Dann ist es nicht Norén, dachte Westen mit einem Anflug von Erleichterung.

»Er sieht wirklich gut aus«, wiederholte Dana ein wenig unsicher. Vielleicht, weil sie nichts über Jan Perssons Augen zu sagen wusste. Vielleicht auch, weil sie dieses Gespräch im Grunde ihres Herzens gar nicht führen wollte. Und dann kippte ihre Stimmung plötzlich. Von einer Sekunde zur anderen gefror die Leitung zu Eis. »Entschuldige, dass ich dich damit belästigt habe«, sagte sie geradezu beleidigend förmlich. »Wird nicht wieder vorkommen.«

»Dana!«, rief er, bevor sie auflegen konnte.

»Was?«

»Wie … wo ist er eigentlich zurzeit?«

»Wer?«

Er wollte »unser Sohn« sagen. Dann allerdings entschied er sich doch lieber für: »Marlon.«

»Seit wann interessiert es dich, wo er ist?« Schnippisch wie immer, aber er hörte auch noch etwas anderes hinter ihrer aggressiven Fassade. Und erschreckt stellte er fest, dass es Angst war.

Sie hat genauso viel Angst wie du selbst. Und sie hatte schon immer sehr gute Instinkte.

»Bitte, Dana«, drängte er. »Sag es mir einfach, okay?«

»Wo sollte er schon sein? Es ist Semester …«

Er nickte. »Hat er noch dieses WG-Zimmer?«

»Schon lange nicht mehr.«

»Sondern?«

Sie stöhnte entnervt auf. »Er hat jetzt eine kleine Wohnung im Westend.«

»Wie finanziert er die?«, hörte er sich fragen, bevor er etwas dagegen unternehmen konnte, und er erhielt genau die Antwort, die er befürchtet hatte.

»Das kann dir doch egal sein.«

»Ist es aber nicht.«

»Wieso?« Sie stand kurz davor zu explodieren. Und bei ihrem Temperament wusste er genau, was das bedeutete. »Du zahlst doch sowieso keinen Unterhalt mehr.«

»Es könnte auch noch andere Gründe geben, warum es mir nicht egal ist.«

»Ha!«, machte sie so abfällig, dass er zusammenzuckte.

»Ich meine es ernst.«

Sie hielt kurz inne, und automatisch musste Westen an ein Zitat denken, das er vor Kurzem gelesen hatte: Wenn ein Mann zurückweicht, weicht er zurück. Wenn eine Frau zurückweicht, dann nur, um Anlauf zu nehmen …

»Dein Sohn spielt noch immer sehr gut und sehr gerne Basketball«, klang es wie zur Bestätigung in diesem Augenblick aus dem Hörer. »Wenn du dich also dafür interessierst, wo er sich rumtreibt, versuch's doch mal in seinem Club, falls du eine Ahnung hast, welcher das ist.«

Dann legte sie einfach auf.

13

»Jan Persson ist ein in jeder Hinsicht unbeschriebenes Blatt!«, verkündete Decker ein paar Stunden später und legte das Foto eines auffallend schlanken, dunkelhaarigen jungen Mannes vor Em auf den Schreibtisch. »Er studiert Philosophie und Pädagogik, schreibt gute Noten und besitzt weder ein Vorstrafenregister noch einen Führerschein.«

»Trotzdem sollten wir Westen sein Foto zeigen«, entgegnete Em.

»Das habe ich ihm bereits gemailt.«

»Und?«

»Westen sagt, er hat ihn noch nie gesehen.«

»Wie alt ist der Kerl?«, fragte Em, indem sie das Foto von Jan Persson noch einmal näher betrachtete.

»Vierundzwanzig.«

»Ich finde, er sieht wie ein Baby aus.« Sie schüttelte verständnislos den Kopf. »Na, wie auch immer. Und was kannst du uns über Westens Sohn verraten?«

»Marlon?« Decker grinste. »Der ist abgesehen von seinem Leistungssport ein ziemlicher Faulpelz.«

»Was für ein Sport ist das?«, fragte Zhou, indem sie das Foto von Marlon Westen betrachtete, das Decker ihr gegeben hatte.

»Basketball. Er wollte zu den Fraport Skyliners, aber für eine Profikarriere war er mit eins zweiundachtzig ein bisschen zu klein.«

Em blickte über Zhous Schulter in das eigenwillige Gesicht von Marlon Westen. Er hatte dieselben Augen wie sein Vater. Allerdings sprach aus ihnen deutlich mehr Verletzlichkeit. Aber auch Trotz.

Suchen Sie nach jemandem, dem eine Demütigung widerfahren ist, murmelte Koss hinter ihrer Stirn. *Vielleicht wollte er Schauspieler werden und wurde abgelehnt. Vielleicht durfte er nicht ins Fußballteam …*

»In der Vergangenheit hat er sich von verschiedenen Männern aushalten lassen, die alle deutlich älter waren als er selbst«, setzte Decker seinen Bericht fort.

»Also ist er schwul«, schloss Em.

Decker zuckte die Achseln. »Vielleicht hat er auch bloß einen Vaterkomplex.«

»Und was macht er, wenn er nicht Basketball spielt?«

»Er studiert Kunstgeschichte und Kulturwissenschaften. Allerdings hat er noch nicht mal seinen Bachelor, obwohl er mittlerweile im neunten Semester ist. Aber das schiebt er natürlich auf die Doppelbelastung von Studium und Leistungssport.« Er rollte ein Stück zurück. »Seine Mutter ist vernünftig genug, es ihm nicht vorn und hinten reinzuschieben, sodass er die Wahl hat, arbeiten zu gehen oder sich einen reichen Kerl an Land zu ziehen.«

»Was ihm nicht schwerfallen dürfte«, erwiderte Em trocken. »Er sieht verdammt gut aus.«

»Findest du?« Decker verzog das Gesicht.

Sie lachte. »Ist das Homophobie, die da aus dir spricht?«

»Nee, aber ich kann Typen mit langen Haaren nicht ausstehen.«

Ihre Frotzeleien wurden von Gehling unterbrochen, der wie wild mit der Hand wedelte. »He, Leute, ich bekomme hier gerade die Auswertung der Bänder aus dem Motel rein.«

Em sprang auf. »Lass sehen!«

»Zur fraglichen Zeit haben insgesamt drei Kameras Bilder aufgezeichnet, die für uns interessant sein könnten.« Gehling tippte Befehle, während sich die Kollegen hinter seinem Stuhl zusammendrängten. »Leider scheint das Material qualitativ nicht besonders gut zu sein.«

»Und wenn schon«, rief Em ungeduldig. »Zeig her!«

»Okay. Also, das hier stammt aus der Kamera über dem Eingang.« Die Aufnahme zeigte eine Person in dunkler Outdoorjacke, die mit zielstrebigen Schritten die Lobby des Motels betrat. Anhand der Bewegungen höchstwahrscheinlich ein Mann, auch wenn man von dem Gesicht nicht viel erkennen konnte, denn die Person hielt den Kopf gesenkt.

»Toll«, stöhnte Em, »das könnte praktisch jeder sein!«

»Hab ich doch gesagt.«

»Quatsch nicht und mach weiter.«

»Als Nächstes habe ich hier eine Sequenz von der Deckenkamera aus dem Aufzug.« Gehling klickte die entsprechende

Datei an, und Em sah die gleiche Person wie zuvor. Wieder hielt der Betreffende den Kopf gesenkt, und dieses Mal war Em ziemlich sicher, dass Absicht dahintersteckte.

»Er ist vorsichtig«, bemerkte Zhou, deren Gedanken offenbar in die gleiche Richtung gingen. Laut Einblendung war es zu diesem Zeitpunkt 17 Uhr 16.

»Die letzte Kamera befindet sich am Ende des Flurs, auf dem Sarah Kindles Zimmer lag«, fuhr Gehling fort. »Wenn man von ihrem Zimmer kommt, wird die Kamera von einer dieser Lampen hier verdeckt, sodass er sie auf seinem Rückweg erst sehr spät bemerkt hat.« Er markierte die Stelle mit seinem Cursor.

Em beugte sich vor, um die körnigen Aufnahmen besser erkennen zu können. Es war ein Mann, ganz eindeutig. Nicht allzu groß und elegant gekleidet. Unter der Jacke konnte man jetzt deutlich eine schwarze Anzughose erkennen, die Lederschuhe glänzten. Das Haar des Mannes war kurz geschnitten und dunkel, und er schien noch recht jung zu sein. Die Einblendung in der rechten oberen Ecke zeigte 17 Uhr 22.

»Halt das an!«, schrie Em.

Gehling gehorchte.

»Und jetzt ein Stück zurück. Aber langsam.«

Der Mann auf dem Bild bewegte sich in Zeitlupe rückwärts.

»Da!« Ihr Zeigefinger schnellte vor. »Das ist der Moment, in dem er mitgekriegt hat, dass sich auf diesem Gang noch eine weitere Kamera befindet.«

Und tatsächlich: Der Fremde auf dem Band hob flüchtig den Kopf, um ihn im nächsten Moment blitzartig wieder zu senken. Zugleich zog er die Schultern hoch und beschleunigte seine Schritte.

»Ich brauche Standbilder von der Sequenz, wo man sein Gesicht sieht«, rief Em. »Hat er auf dem Rückweg wieder den Aufzug genommen?«

»Nein«, antwortete Gehling. »Er ist die Treppe runter.«

»Aus Schreck über die Kamera?«

Er schüttelte den Kopf. »Nein, das kann nicht sein. Wenn er hätte Aufzug fahren wollen, dann wäre er gar nicht erst in diese Richtung gegangen. Der Lift ist von Sarah Kindles Zimmer aus gesehen linksrum.«

»Vielleicht wollte er vermeiden, Manuel Kendrich zu begegnen«, schlug Zhou nach einem Moment des Überlegens vor. »Falls er gewusst hat, dass die beiden dort verabredet waren, dann musste er zu diesem Zeitpunkt jede Minute mit Kendrichs Eintreffen rechnen.«

»Aber woher hätte er das wissen sollen?«

Zhou hob die Achseln. »Keine Ahnung.«

»17 Uhr 22«, murmelte Em. »Das heißt, er hat etwa sechs Minuten lang mit Sarah Kindle gesprochen.«

»Und ihr eine Visitenkarte dagelassen, die kurz darauf spurlos verschwunden ist«, ergänzte Zhou.

Em nickte. »Kendrich sagt, dass sie essen waren. Und anschließend noch ein paar Drinks hatten. In der Bar.«

»Genug Zeit, sich Zugang zu dem Zimmer zu verschaffen und die Karte verschwinden zu lassen.« Zhou unterdrückte ein Gähnen. »Und wie wir aus der Erfahrung mit Christina Höffgen wissen, verfügt er über die Fähigkeit, schnell und spurlos in fremde Räumlichkeiten einzudringen.«

»Dann nehme ich mir doch auch noch den Rest des Materials vor, das an dem bewussten Abend aufgezeichnet wurde«, sagte Gehling.

»Tu das«, entgegnete Em. »Auch wenn ich bezweifle, dass er sich nach diesem Patzer auf dem Gang noch mal irgendeine Blöße gegeben hat.« Ihre Augen klebten an der schemenhaften Gestalt auf dem Monitor. »Immerhin wusste er da ja schon, wo die Kameras hängen.«

14

In unseren Gesprächen zeigt Milan weder Schuldbewusstsein noch Reue. Die einzige Gefühlsregung, die er im Zusammenhang mit der Tat erkennen lässt, ist eine Art faszinierte Verwunderung darüber, dass die Todeszeitpunkte der beiden Zwillingsjungen letztendlich sieben Minuten auseinanderlagen, obwohl er penibel darauf geachtet hatte, dass die Wunden an der gleichen Stelle und exakt gleich groß waren.

Em stopfte sich ein Stück Tiefkühlpizza in den Mund, während auf der anderen Seite des Zimmers der Fernseher vor sich hin flimmerte. Sie hatte sich das Buch besorgen lassen, ›Das Ende der Niedlichkeit‹. Ein äußerst passender Titel, wie sie fand. Seither ließen sie die Zeilen, die Westen über den zwölfjährigen Marius Norén geschrieben hatte, nicht mehr los.

»Wie kann man einem solchen Kind erlauben, jemals wieder einen Fuß in die sogenannte freie Welt zu setzen?«, hatte Zhou gefragt, vorhin im Präsidium.

Und Decker hatte geantwortet: »Sie hatten keine Handhabe. Strafrechtlich war der Junge nicht zu belangen. Und die zweite Gutachterin stellte sich auf den Standpunkt, das Ganze sei letztendlich nicht viel mehr als ein außer Kontrolle geratenes Doktorspielchen gewesen. Im Ergebnis bedauerlich, aber weder geplant noch bösartig.«

Einer von diesen tragischen, dummen, unnötigen Irrtümern, die uns das Leben schwer machen, dachte Em und wandte sich wieder Westens Schilderung der grausigen Tat zu.

Nach dem Mittagessen - es gab Frikadellen mit Ketchup und Kartoffelbrei - klopft ein Nachbarsjunge an die Tür zu Milans Haus. Er will wissen, ob Milan zum Spielen rauskommt. Der Sportplatz ist gleich um die Ecke. Doch Milan will nicht spielen, zumindest nicht Fußball. Stattdessen nimmt er die Schere, mit der er seiner Mutter erst vor wenigen Wochen eine Geburtstagskarte gebastelt hat, und macht sich auf den Weg zur nahen Kindertagesstätte.

Dort im Garten spielen M. und A., die Söhne eines Arztehepaars, eineiige Zwillinge.

In unseren Gesprächen erzählt Milan, dass er lange überlegt habe, wie er sie ruhig bekomme, ohne sie aus Versehen zu früh zu töten. Schließlich entscheidet er, dass es nichts ausmacht, wenn sie schreien. Er muss sie einfach nur an einen Ort bringen, wo man sie nicht hört …

So wie Jenny Dickinson, dachte Em. Und Lina Wöllner.

Sie konnte nicht sagen, warum, aber seit sie von Norén wusste, war sie sicher, dass er der Mann war, den sie suchten. Zu ihrer Überraschung schien Zhou ganz ähnlich zu empfinden, obwohl Em geschworen hätte, dass sie eigentlich nicht der Typ war, der sich auf Instinkte verließ. Auf diffuse Ahnungen und Wahrscheinlichkeiten.

Sie schloss die Augen, als eine flüchtige Bildfolge durch ihr Bewusstsein zuckte. Finger aus Latex, die sich wie dicke weiße Raupen um den Griff eines Messers legten. Das verdutzte Gesicht von Jonas Tidorf. Dann ein Knacken, kaum hörbar, und eine Fontäne aus Blut, das aus der Kehle des jungen Studenten schoss.

Em rieb sich die Stirn und griff wieder nach dem Buch. ›Das Ende der Niedlichkeit‹ …

Milan hat alles vorbereitet. Die Kinder weinen, als sie die Schere sehen. Doch das stört ihn nicht. Alles, was ihn interessiert, ist die

Stoppuhr, die er seinem Sportlehrer gestohlen hat. Sie liegt auf einer alten Obstkiste, direkt neben seiner eigenen. Ein letztes Mal überprüft er, ob beide einsatzbereit sind. Dann nimmt er M.s Arm …

Em überlegte, wie viel von dem, was sie da las, tatsächlich aus den Gesprächen stammte, die Westen mit Norén geführt hatte. Und was der Psychologe selbst ergänzt hatte. Doch im Stillen tippte sie darauf, dass alles authentisch und belegt war. Eine Erkenntnis, die ihr einen leisen Schauder über den Rücken jagte.

»Wissen Sie«, sagt Milan in einem unserer letzten Gespräche, »ich habe mich damit befasst.«

»Womit?«, frage ich.

»Mit dieser Zahl. Der Sieben.«

Ich brauche eine Weile, bis ich verstehe, dass er die Minuten meint, die zwischen den Todeszeitpunkten der beiden Jungen liegen. Seiner Opfer. »Und was hast du über die Sieben herausgefunden?«

Er sieht mich an. »Glauben Sie an Zufall, Dr. Westen?«

Die Frage bringt mich gehörig ins Schleudern. Vor allem, weil ich ihm nichts über mich in die Hand spielen will. Nicht einmal etwas Harmloses. Glaube ich an Zufall?

»Ich nicht«, sagt er, denn wie immer hat er nicht die Geduld, auf meine Antwort zu warten. Das ist vielleicht die einzige Blöße, die er sich gibt in diesen Monaten. Die Ungeduld und der Stolz auf sein Wissen. Er zieht ein Buch unter seiner Jacke hervor und hält es mir hin. »Fragen Sie eine beliebige Anzahl von Leuten nach einer Zahl zwischen Null und Neun«, sagt er eifrig. »Und eine erstaunliche Mehrheit nennt Ihnen die Sieben.«

Ich weiß, denke ich. Man nennt es das Blue-Seven-Phänomen, die Bevorzugung von Blau und Sieben als Lieblingsfarbe und -zahl.

»Sie wissen davon«, analysiert Milan, messerscharf wie immer. »Aber haben Sie auch gewusst, dass keine Zahl öfter als die Sieben fällt, wenn man mit zwei Würfeln würfelt und anschließend die Augen addiert?«

Sieben Sinne. Sieben Weltwunder. Sieben Todsünden. Ein siebenarmiger Leuchter. Sieben magere Jahre, die unweigerlich auf sieben fette folgten. Sieben, sieben, sieben …

Em stöhnte. »Mathe war Noréns Glanzfach«, hatte Gehling berichtet, kurz bevor sie sich getrennt hatten. »In Wahrscheinlichkeitsrechnung war er schon mit vierzehn so gut, dass sein Lehrer nicht mehr mitkam.«

»Was ist mit seiner Mutter?«, hatte sie gefragt.

»Sie starb an Krebs, kurz nachdem er wieder normal zur Schule ging.«

An dieser Stelle hatten sie alle aufgehorcht. »Krebs? Was für ein Krebs?«

»Ovarialkarzinom.«

»Wurde sie mit Carboplatin behandelt?«

Gehling hatte genickt. »Wurde sie. Aber sie starb kurz danach.«

»Und Marius?«

»Kam zu seinen Großeltern nach Taunusstein und wechselte an die Leibnizschule in Wiesbaden, wo er gleich erst mal zwei Klassen übersprang. Abitur mit siebzehn. Danach verliert sich seine Spur.«

Em hatte Gehling angesehen. »Was soll das heißen, sie verliert sich?«

»Das heißt, dass alles, was mit dem Namen Marius Norén

zusammenhängt, von diesem Zeitpunkt an ruht. Krankenversicherung. Leserausweis der Bibliothek. E-Mail-Account. Alles letztmalig benutzt im Frühsommer 2003. Und auch das Konto, auf das seine Waisenrente floss, wurde in diesem Zeitraum aufgelöst.«

»Sind die Großeltern noch am Leben?«

Gehling hatte bedauernd den Kopf geschüttelt. »Nein. Der Großvater starb 2004, die Großmutter letzten Winter.«

»Sonst noch irgendwelche Verwandte?«

»Fehlanzeige. Marius' leiblicher Vater war Alkoholiker und hatte praktisch nie Kontakt zu seinem Sohn. Er starb im Juni 2003 an den Folgen seiner Alkoholsucht.«

2003 …

2004 …

2011 …

Frustriert schleuderte Em ›Das Ende der Niedlichkeit‹ quer über den Couchtisch und griff nach dem Foto, das sie aus der Hainaer Akte hatten. Ein dunkelblonder Junge mit stahlblauen Augen. Auf den ersten Blick nichtssagend. Auf den zweiten irgendwie unheimlich. Auch wenn Em rein äußerlich nichts fand, woran sie das festmachte. Seine Augen zumindest wirkten auf dem Foto weder dämonisch noch kalt. Nur leer.

Wie er wohl heute aussieht?, überlegte sie.

`Milan ist äußerst begabt darin, sich auf andere einzustellen. Er zeigt jedem, der mit ihm zu tun hat, genau das, was derjenige sehen möchte. Wie ein Spiegel …`

SECHS

Stille ziemt dem kleineren Geschlechte,
und von selber ordnen sich die Dinge.
Laotse

Samstag, 24. November

1

Das Haus, in dem Marius Norén mit seinen Großeltern gelebt hatte, war das letzte auf der rechten Straßenseite. Unmittelbar dahinter begann der Wald. Zhou stieg aus dem Auto und blickte an der fleckigen Fassade hoch. Das Dach war praktisch völlig im Eimer, die Wände feucht und von fingerbreiten Rissen durchzogen.

Auf das Vordach über der Haustür fiel ein leiser Nieselregen. Doch ansonsten war es erstaunlich still. Viel stiller als in der Stadt. Eigenartig, dachte Zhou, die ihr ganzes bisheriges Leben in pulsierenden, lauten Metropolen verbrachte hatte. Erst in Hongkong, dann in Frankfurt. Und beruflich in Washington und Jerusalem. Nur eine halbe Stunde Fahrt, aber vom Lebensgefühl her ein Unterschied wie Tag und Nacht.

Als sie die kurze Auffahrt hinaufging, überlegte sie, ob sie sich nicht doch ein wenig zu früh auf Norén einschossen. Capelli war geradezu besessen von seiner Geschichte. Und auch sie selbst hatte sich in den vergangenen Stunden immer wieder dabei ertappt, die anderen Möglichkeiten zu vernachlässigen und ihr Denken voll und ganz auf diesen einen Verdächtigen zu konzentrieren, von dem sie noch nicht einmal wussten, ob sie ihn finden würden …

Auf dem Klingelschild stand kein Name, aber sie klingelte trotzdem. Von irgendwoher wehte der Geruch von Ruß und gekochtem Kohl an ihre Nase.

»Ja?« Die Frau, die ihr öffnete, hatte fettiges Blondhaar und war schätzungsweise zwischen vierzig und fünfzig. Sie trug einen weiten rostroten Strickpulli und hellblaue Gesundheitssandaletten zu ihren gleichfarbigen Kuschelsocken.

Zhou nannte ihren Namen und zeigte ihren Dienstausweis. Und sofort stahl sich ein Hauch von Argwohn in die teigigen Züge der Frau.

»Polizei?«

Noch dazu mit Schlitzaugen …

»Es geht um die Vorbesitzerin dieses Hauses«, erklärte Zhou, bemüht, ihr erstaunlich breites Grundschulhessisch durchklingen zu lassen. Etwas, das ihre Gesprächspartner üblicherweise verblüffte. »Frau Norén.«

Die Frau im Türrahmen stierte sie an. »Aber die war über achtzig.« Ein Alter, das offenbar ausschloss, dass sich die Kripo für sie interessierte.

Gegen ihren Willen musste Zhou schmunzeln. »Ich weiß«, sagte sie und setzte vorsichtshalber hinzu: »Sie hat auch nichts verbrochen.«

»Hm.« Ihre Gesprächspartnerin entspannte sich ein wenig. »Was wolln Sie denn über die wissen?«

»Frau Norén hatte einen Enkelsohn«, sagte Zhou, wobei sie die Reaktion ihres Gegenübers genau beobachtete. Doch leider schien der Frau nichts zu dämmern. »Kennen Sie den?«

»Einen Enkel? Die? Nee, nich' dass ich wüsste.«

Zhou versuchte, nicht allzu enttäuscht auszusehen. »Darf ich fragen, wie Sie an dieses Haus gekommen sind?«

»Ganz normal gekauft haben wir's.« Und plötzlich wieder Argwohn. »Wieso? Stimmt was nicht damit?«

»Nein, alles in Ordnung«, beruhigte sie Zhou. »Von wem haben Sie das Haus gekauft?«

»Auf jeden Fall nich' von ihrem Enkel«, versetzte die Frau. »Zumindest nicht direkt.« Sie schlang fröstelnd die Arme um ihren voluminösen Oberkörper. »Der Verkauf lief über ein Immobilienbüro, und wir hatten eigentlich immer nur mit dem Makler zu tun. Der Preis war okay und die Courtage auch im

Rahmen. Also haben wir's genommen.« Ihr Blick bekam etwas Herausforderndes. »Mehr kann ich Ihnen darüber nicht sagen.«

»Könnten Sie mir freundlicherweise die Adresse dieses Maklers geben?«

»Rühn hieß der«, antwortete die Frau. »Aber das Büro ist in Frankfurt.«

Zhou notierte sich den Namen. »Und wie lange ist das jetzt her?«

»Ziemlich genau ein Jahr und zwei Monate.«

»War zu diesem Zeitpunkt noch irgendwelche persönliche Habe von Ihrer Vorbesitzerin da?«

»Oh ja«, stöhnte die Frau, »allerdings. Als wir's besichtigt haben, stand hier alles voller Gerümpel. Das können Sie sich nicht vorstellen!«

Doch, dachte Zhou. »Wissen Sie, was mit den Sachen passiert ist?«

»Nee, keine Ahnung. Wir haben diesem Makler-Typen gesagt, dass wir's besenrein erwarten, wenn's übergeben wird. Und das war es dann auch, sonst hätten wir's gar nicht erst genommen.«

Enttäuscht steckte Zhou ihren Stift weg. »Dann vielen Dank.«

»He!«, rief die Frau ihr nach. »Wenn Sie mehr wissen wollen, fragen Sie doch mal bei der Hendgen drüben.« Ihr fleischiger Zeigefinger wies auf ein adrettes gelbes Haus auf der anderen Straßenseite. »Die steckt ihre Nase in jeden Misthaufen.«

Zhou bedankte sich abermals und machte sich auf den Weg zu dem genannten Gebäude. Noch bevor sie an der Gartenpforte war, ging die Haustür auf.

»Wollen Sie zu mir?«, fragte eine kleine, aber allem Anschein nach fitte alte Dame mit feschem Kurzhaarschnitt.

Zhou lächelte. »Wenn Sie Frau Hendgen sind …«

»Bin ich.« Sie machte eine einladende Geste. »Kommen Sie rein, Kindchen.«

Kindchen?

Okay …

Nimm das nicht persönlich, mahnte ihr Verstand. Eine solche Anrede bedeutet nicht automatisch, dass man dir nichts zutraut.

Doch in diesem Fall erwiesen sich ihre Bedenken leider zunächst als begründet. »Kripo?«, lachte die Frau, die laut Klingelschild mit Vornamen Rosalie hieß. »Lieber Gott, so sehen Sie gar nicht aus.«

»Das muss ja nicht zwingend ein Nachteil sein«, entgegnete Zhou.

Die Alte überlegte einen Augenblick. Dann nickte sie. »Stimmt.« Sie deutete auf eine rustikale Küchenbank. »Mögen Sie was zu trinken? Kaffee vielleicht?«

»Nein, vielen Dank«, sagte Zhou. »Ich habe leider sehr wenig Zeit.«

»Hm. Worum geht's denn?«

»Können Sie mir vielleicht etwas über die Familie erzählen, die früher in dem Haus gegenüber gewohnt hat.«

»Noréns?« Rosalie Hendgen schob die Unterlippe vor. »Tja, die waren eine Nummer für sich. Aber es wundert mich, ehrlich gesagt, nicht, dass Sie danach fragen.« Sie lachte wieder, als sie Zhous verdutztes Gesicht sah. »Ich kenne die Menschen ganz gut, wissen Sie. Hab lange in einem Laufhaus gearbeitet, erst als Aktive und dann viele Jahre hinter der Bar. Da lernen Sie die Leute einschätzen.«

Zhou musste sich arg zusammennehmen, ihr Gegenüber nach diesem freimütigen Bekenntnis nicht allzu offensichtlich anzustarren. Eine Exprostituierte? Darauf wäre sie nie im Leben gekommen!

Die Alte schien ihre Gedanken zu erraten und gluckste. »Wie Sie eben ganz richtig bemerkten, ist es nicht immer von Nachteil, wenn man einer Frau nicht all ihre Kompetenzen auf Anhieb ansieht.« Sie zwinkerte verschmitzt. »Aber ich will Ihre Zeit nicht verschwenden und mach's kurz: Ich bin hier im Ort geboren, und darum bin ich auch wieder hergezogen, als ich mit dem Beruf Schluss gemacht habe. Mein Elternhaus war natürlich schon lange verkauft, also musste ich mir was anderes suchen. Und das hier stand leer.« Sie sah sich in ihrer eigenen Küche um, als sähe sie sie zum ersten Mal. »Mir gefiel die Lage, so dicht am Wald und quasi mitten in der Natur. Also hab ich das Haus genommen.«

Zhou dachte an Marius Noréns Foto, das sie aus seiner Hainaer Akte hatten, und stellte sich vor, wie er in etwas zu knappen Hosen durch den nahen Wald streifte. Nicht ziellos wie andere Jungen, die mit einem Stöckchen in der Hand auf der Suche nach einer Fährte oder ein paar wilden Brombeeren durchs Unterholz schlendern. Sondern hoch aufgerichtet, mit sicheren Schritten. Voll neugieriger Entschlossenheit und einen erfolgreichen Doppelmord im Gepäck.

»Hat die alte Frau Norén noch gelebt, als Sie hergezogen sind?«

»Ja, aber sie war damals schon arg gebrechlich. Hätte eigentlich gar nicht mehr alleine wohnen dürfen, so klapprig wie die war.«

»Was ist mit ihrem Enkel?«, nutzte Zhou die Chance, das Gespräch in die Richtung zu lenken, die für sie von Interesse war. »Hat der sich denn nicht um sie gekümmert?«

»Marius?« Ihr Gegenüber stieß ein verächtliches Lachen aus. »Ach was. Der kam doch immer nur, wenn er Geld brauchte. Ich hab ihn mir sogar mal geschnappt und gefragt, ob er nicht auch der Meinung wäre, dass seine Oma in einer Seniorenresidenz besser aufgehoben wäre als in dem modrigen alten Kasten da drüben. Aber davon wollte er natürlich nichts hören.«

»Vielleicht waren ihm die Kosten zu hoch«, wagte Zhou einen Schuss ins Blaue.

Doch Rosalie Hendgen wischte dieses Argument mit einer knappen Geste vom Tisch. »Nee, Schätzchen. Geld war da drüben nie ein Problem. Auch wenn's da noch so abgewrackt aussieht.« Ihre Fingernägel waren in knalligem Rot lackiert, das an einigen Stellen bereits wieder abblätterte. »Die Martha, also die alte Frau Norén, ist schon immer ein Fuchs gewesen. Sie stammte aus ’ner Schaustellerfamilie und zauberte bündelweise Bargeld ausm Ärmel, wenn’s nötig war.«

»Vielleicht war *sie* diejenige, die hier nicht wegwollte«, mutmaßte Zhou.

»Möglich«, räumte Rosalie Hendgen ein. »Sie war verdammt eigensinnig. Und irgendwie auch verbittert. Hat nie viel geredet oder so.«

»Und Marius war ihr einziger Verwandter?«

»Soweit ich weiß. Kathrin, die Tochter, ist ja früh gestorben. Und ob’s da überhaupt mal einen Schwiegersohn gab …« Sie drehte skeptisch den Kopf. »Hab ich jedenfalls nichts von gehört.«

Doch, hielt Zhou ihr in Gedanken entgegen. Den gab es. Allerdings war er nicht wichtig. Genauso wenig wie Kathrin …

`Natürlich bestellten wir gleich zu Beginn die Mutter ein. Aber es war mehr als offensichtlich, dass sie nicht die geringste Rolle spielte. Ihr Sohn drehte nicht einmal den Kopf, als sie den Raum betrat. Der Vater ist Alkoholiker und früher, als er noch nicht so kaputt war, mit großer Wahrscheinlichkeit ein Schläger gewesen. Aber das war lange vor Milans Geburt. Er hat die Entwicklung seines Sohnes nicht geprägt und hatte auch keinen Anteil an dessen Erziehung.`

»Darf ich fragen, wann Sie Marius Norén zuletzt gesehen haben?«, wandte Zhou sich wieder an ihr Gegenüber.

»Kurz nach Marthas Tod. Da hat er ein paar Sachen geholt. Hätte ihn fast nicht erkannt.«

Zhou hob erstaunt den Kopf. »Wieso?«

»Na, weil er sich total umgestylt hatte. War ’n ganz anderer Typ geworden.«

Interessant, dachte Zhou. »Wissen Sie zufällig, was er von Beruf ist?«

Rosalie Hendgen lachte laut auf. »Ich hab Martha mal gefragt, was er eigentlich macht. Na ja … wie man eben so fragt. Aber sie ging sofort an die Decke und fauchte, das ginge mich nichts an.« Ein wissender Blick. Dann die Frage: »Er hat was ausgefressen, oder?«

Zhou konnte nicht umhin zu lächeln. »Noch wissen wir das nicht genau.«

Rosalie Hendgen nickte. »Würde mich jedenfalls nicht wundern«, sagte sie. »Ich bin ziemlich hart im Nehmen, schon berufsbedingt. Aber dieser Junge …« Sie schüttelte sich. »Da war irgendwas an ihm, das mir noch heute Gänsehaut macht.«

»Darf ich Ihnen ein Foto zeigen?«, folgte Zhou einer spontanen Eingebung.

»Klar.«

Sie holte ihr iPhone heraus und rief das Foto von Jan Persson auf. Dann drehte sie das Gerät so, dass Rosalie Hendgen es sehen konnte.

Die Antwort kam schnell und ohne jeden Zweifel. »Kenn ich nicht.«

Wie zu erwarten war …

Zhou wechselte zum nächsten Bild. Die Aufnahme aus der Überwachungskamera des Motels. »Leider ist die Qualität miserabel.«

Rosalie Hendgen kniff die Augen zusammen und ließ sich viel Zeit. Dann nickte sie langsam und nachdenklich vor sich hin. »Es wäre möglich«, sagte sie. »Allerdings, man kann sein Gesicht ja fast gar nicht erkennen.«

Leider, dachte Zhou resigniert. »Haben Sie Marius Norén vielleicht irgendwann mal in Begleitung gesehen? Mit einer Freundin vielleicht? Oder einem Freund?«

»Nein, nie«, antwortete sie. »Ich weiß, dass mal irgendwer behauptet hat, er hätte eine Freundin, die beim Theater ist. Keine Schauspielerin oder so, eher was mit Kostümen oder Requisiten oder so. Aber das habe ich nie geglaubt. Dieser Junge war der klassische Einzelgänger. Auch wenn er sehr charmant sein konnte, wenn er was haben wollte.«

Gedankenverloren steckte Zhou ihr iPhone wieder ein. Marius Noréns angebliche Freundin war beim Theater. Und Sarah Kindles Leiche war in einen Mantel gehüllt, der zu einem Kostüm gehörte …

»Tut mir leid, dass ich Ihnen so wenig helfen konnte«, sagte Rosalie Hendgen, als sie sich an der Tür verabschiedeten.

»Nicht zu ändern«, entgegnete Zhou. »Trotzdem danke, dass Sie sich die Zeit genommen haben.«

»Ach was, keine Ursache.« Und noch einmal dieses verschmitzte Lächeln: »Viel Glück, Kindchen. Und denken Sie dran: Manchmal ist es von Vorteil, wenn die anderen einen nicht für voll nehmen …«

2

Em glaubte ihren Augen nicht zu trauen. Sie stand zusammen mit Ergün Khalaf in einer Lagerbox, die laut Information des Anbieters dreißig Quadratmeter maß. Allerdings war sie derart mit alten Möbeln und Gerümpel vollgestopft, dass der Raum eine fast schon klaustrophobische Enge ausstrahlte.

Die Firma nannte sich Selfstorage Piontek und betrieb Lagerhäuser in mehreren deutschen und niederländischen Großstädten, in denen sie Container für Privat- und Geschäftskunden bereitstellte. Der Hauptsitz des Unternehmens lag in Berlin. Von dort aus schimpfte der Geschäftsführer telefonisch auf einen Angestellten seines Wachdienstes ein, der mit dem Handy am Ohr und hochrotem Kopf vor der Absperrung stand und verzweifelt versuchte, zu Wort zu kommen.

Die Box mit der Nummer 03 441 war laut Unterlagen vor ziemlich genau einem Jahr von einem Mann namens Markus

Beyerlein angemietet worden und lag in der mittleren der drei Lagerhallen, die sich auf dem Gelände befanden. Kunden, die hier Lagerfläche gemietet hatten, konnten mit dem eigenen Auto oder Transporter bis direkt vor den Eingang ihrer jeweiligen Box fahren und auch während der Einlagerung innerhalb bestimmter – äußerst großzügig bemessener – Geschäftszeiten jederzeit unkompliziert auf ihr Hab und Gut zugreifen. Zwar waren die Hallen videoüberwacht, doch die unbürokratische Handhabung war ein wichtiger Teil des aus Amerika stammenden Konzepts, und der Wachmann hatte bereits zugegeben, dass bei Vertragsabschluss – wenn überhaupt – allenfalls ein flüchtiger Blick auf den Personalausweis des Mieters geworfen wurde.

»Was sollte denn auch schon groß passieren?«, hatte sich der Mann, den ein Schild am Revers seiner Jacke als »E. Kuhnke« auswies, verteidigt.

»Das wollen Sie gar nicht wissen«, hatte Em ihm wütend entgegengehalten, woraufhin der Wachmann ihr eilig den Mietvertrag für die Box mit der Nummer 03 441 herausgesucht hatte.

»Keine Kopie vom Personalausweis?«, hatte Khalaf gefragt.

Und der Wachmann hatte resigniert den Kopf geschüttelt. »Das machen die hier nur in Ausnahmefällen.«

Wer immer »die« sind, hatte Em entnervt gedacht. »Ich brauche die Aufzeichnungen aus den Überwachungskameras.«

Ein beschämter Blick. »Die werden leider nach vierundzwanzig Stunden automatisch gelöscht.«

»Was ist denn das für eine elende Scheiße!«, hatte sie gewettert, und Khalaf hatte ihr beschwichtigend eine seiner kräftigen Hände auf die Schulter gelegt.

Und nun standen sie also vor dem Eisenbett, auf dem Sarah Kindle die letzten Tage ihres Lebens verbracht hatte, und betrachteten das spektakuläre Erbe, das die mutmaßliche Mörderin ihnen hinterlassen hatte.

»Wie kann der Täter das übersehen haben?«, fragte Em, während die verwischten, aber trotzdem deutlich lesbaren Buchstaben auf der Matratze unter ihrem Blick verschwammen.

Khalaf zuckte die Achseln. »Vielleicht hatte er Stress.«

»Der?« Sie schüttelte den Kopf. »Bestimmt nicht.«

»Dann hat er sie vielleicht nicht ernst genug genommen. Vielleicht dachte er, sie sei von der Chemo so geschwächt, dass sie sowieso nichts unternimmt. Oder aber er hat ihr den Rücken zugedreht, um die Kamera abzumontieren.«

Ems Blick suchte den Infusionsständer, an dem noch immer eine leere Glasflasche Carboplatin hing. Oh ja, dachte sie, dieser Scheißkerl hat Sarah Kindle unterschätzt. So wie wir alle. Er dachte, dass sie träge sei. Apathisch. Faul. Aber das war nur ihre Fassade. In Wahrheit war sie eine Kämpferin. Bis zum bitteren Ende. Selbst im Angesicht des Todes, selbst als sie längst wusste, dass nichts mehr für sie zu retten ist, hat sie noch versucht, uns eine Nachricht zukommen zu lassen … Ihre Augen kehrten zu der fleckigen Matratze zurück. Sarah Kindle hatte das Wort mit dem Finger in ihr eigenes Erbrochenes geschrieben, in einem Moment, in dem ihr Mörder nicht auf sie geachtet hatte.

»PROZESS.«

Nur dieses eine Wort …

»Hast du eine Vorstellung davon, was sie uns damit sagen will?«, fragte Khalaf neben ihr.

»Ich glaube ja«, nickte Em. »Zumindest würde es zu dem passen, was dieser Mistkerl mir geschrieben hat.«

Signora Capelli, ich hoffe, Sie genießen die Umstände unseres Wiedersehens ebenso sehr wie ich …

Koss hatte recht, dachte sie. Das Wiedersehen hat er wörtlich gemeint. Und es hatte tatsächlich mit Sarah Kindle zu tun.

Er war auch beim Prozess. Er war in diesem Gerichtssaal. Dieser elende Mistkerl hat ganz in meiner Nähe gesessen. Aber ich habe ihn nicht wahrgenommen …

»Ich muss mal kurz telefonieren«, rief sie Khalaf zu.

Dann trat sie aus der Enge der Lagerbox auf den Innenhof hinaus und drückte Gehlings Kurzwahl. »Sven?«

»Ja?«

»Ich brauche alles, was im Zusammenhang mit dem Kindle-

Prozess an Bildmaterial vorliegt. Insbesondere Fotos von Zuhörern, so es welche gibt. Nimm dir sämtliche Verhandlungstage vor und schau auch, ob es eventuell noch Aufzeichnungen aus den Überwachungskameras gibt.«

»Heißt das, der Täter war doch beim Prozess?«

»Ja, war er«, bestätigte Em. »Sarah Kindle hat ihn dort gesehen. Und wenn wir mal voraussetzen, dass sie ihn vorher nicht gekannt hat, dann bedeutet das entweder, dass er ausgesprochen markant ist, oder, dass er mehrmals da war, wobei ich persönlich auf Letzteres tippen würde.«

»Ich kümmer mich drum«, antwortete Gehling. »Und wo ich dich grad dranhab: Ich habe den Namen überprüft, den du mir gegeben hast.«

»Markus Beyerlein?«

»Genau. Den gibt's tatsächlich. Allerdings lebt der echte seit drei Jahren in Florida, von wo aus er mir soeben telefonisch bestätigt hat, dass er niemals eine Lagerbox bei Selfstorage Piontek angemietet hat. Er wusste nicht mal, dass die Firma existiert.«

»Das glaub ich ihm aufs Wort«, knurrte Em.

3

»So hat er dich also geködert«, flüsterte Em, als sie wenig später in Sarah Kindles Schlafzimmer vor einem Foto der Ermordeten stand.

Den Kollegen von der Spurensicherung war ein Zettel in die Hände gefallen, auf dem Sarah Kindle ganz offenbar einen Termin notiert hatte: »16 Uhr 30«, stand auf dem unscheinbaren weißen Haftzettel. Und dahinter der Name: »J. ENDRISS«. Gehling hatte herausgefunden, dass es in Wiesbaden einen Anwalt namens Jakob Endriss gab, der als ausgemachter Spezialist in Sachen Erbrecht galt. Er war Seniorteilhaber einer renommierten Sozietät, übernahm jedoch aufgrund seines fortgeschrittenen Alters nur noch ausgewählte Fälle und verbrachte viel Zeit auf Teneriffa. Vor allem in den Herbst- und Wintermonaten.

»Erst hat er dir vorgegaukelt, dass du um dein teuer bezahltes Erbe fürchten musst, indem er dir einen fingierten Brief deiner Stieftöchter schickte. Und dann hat er dir seine Hilfe angeboten.« Em nickte stumm vor sich hin. »Er hat sich als Erbrechtsfachmann ausgegeben und sich mit dir verabredet. Und als du ihm den Rücken zugedreht hast, hat er dich überwältigt und zu diesem Lagerhaus gebracht, wo er dich in die Box mit den ausrangierten Sachen seiner Großeltern gesperrt und dir intravenös Chemotherapeutika injiziert hat.«

»Reden Sie mit uns?«, fragte einer der beiden Spurentechniker, die soeben das Zimmer betraten.

»Nein«, wiegelte Em eilig ab. »Ich hab nur laut gedacht.«

Als ihr Handy sich meldete, zuckte sie erschrocken zusammen.

»Em, hi!«

Angelo …

»Ich bin im Dienst.«

»Ich mach's ganz kurz …«

»Hast du was an den Ohren?«, gab sie zurück. »Ich sagte, ich kann jetzt nicht, okay?«

»Es dauert nur zwei Minuten«, erwiderte ihr Bruder, und wie so oft fragte sie sich, wieso ein Nein innerhalb ihrer Familie so wenig Bedeutung hatte. Vor allem, wenn es von ihr kam. Im Job war sie bekannt für ihre klaren Ansagen und ihre unmissverständliche Direktheit, doch die schien sich gegen die stoische Ignoranz ihrer Eltern und Brüder einfach nicht durchsetzen zu können. »Es ist nur wegen …«

»Du hast mich nicht verstanden«, fiel sie ihrem Bruder abermals ins Wort. »Ich habe im Augenblick keine Zeit für ein privates Telefonat. Geschweige denn für irgendwas anderes.«

Jetzt lachte er. »Wieso? Du telefonierst doch gerade mit mir.«

»Weil du mich auf demselben Handy anrufst, auf dem jederzeit wichtige Infos von meinen Kollegen reinkommen könnten.«

»Dann stell doch einfach auf Anklopfen.«

»Herrgott noch mal, Angelo!« Allmählich hatte sie wirklich genug. »Ich sagte, ich habe zu tun. Und selbst wenn ich diese zwei Minuten erübrigen könnte, von denen du behauptest, sie würden ausreichen, obwohl du in deinem Leben noch nie irgendetwas in zwei Minuten zustande gebracht hast …« Sie schnappte nach Luft. »Also selbst wenn ich diese beschissenen zwei Minuten erübrigen könnte, habe ich keine Lust, mich mit irgendeinem völlig überflüssigen Mist zu befassen, der dieser Familie zufällig gerade mal wieder in den Sinn kommt, ist das jetzt klar geworden?«

Die beiden Spurentechniker, die jetzt im angrenzenden Bad zugange waren, drehten angesichts ihres harschen Tons die Köpfe.

»Das wird Mama nicht gefallen«, antwortete ihr Bruder in seinem beleidigten Bubi-Ton.

»Das ist mir so was von …«

»Und sie nimmt dich ja nun auch wirklich nicht oft in Anspruch.«

»Angelo, es reicht!« Em wäre am liebsten durch den Hörer gesprungen vor Wut über seine Anmaßung und darüber, dass er es doch wieder geschafft hatte, sie in ein Gespräch zu verstricken. »Hast du dir mal zugehört?«

»Was meinst du?«

»Sie nimmt dich ja nun wirklich nicht oft in Anspruch«, ahmte sie seinen Tonfall nach. »Nur weil du keinen Bock hast, deinen faulen Hintern aus dem Sessel zu schwingen, um für Onkel Ernesto und Tante Gloria und all die anderen glorreichen Mitglieder dieser glorreichen Familie einkaufen zu gehen, brauchst du mir kein schlechtes Gewissen zu machen, klar? Das lasse ich mir nicht mehr gefallen.« Sie nahm das Handy ans andere Ohr, weil das eine plötzlich glühend heiß war. »Glaub mir, ich habe es ein für alle Mal satt, immer und überall die Arschkarte zu haben. Und jetzt entschuldige mich, ich muss arbeiten.«

Sie beendete das Gespräch, und die beiden Spurentechniker senkten eilig die Köpfe. Als das Handy gleich darauf erneut klingelte, rechnete sie fest damit, dass Angelo das letzte Wort behalten wollte. Doch es war Gehling, der anrief.

»Wo bist du?«, fragte er.

»In Sarah Kindles Haus, wieso?«

»Ich habe die Liste der Objekte, die du wolltest.«

»Du meinst die Brauereien?«

»Genau.«

»Und? Irgendwas dabei, was infrage käme?«

»Schwierig. Alles, was noch in Betrieb ist, fällt vermutlich aus.«

Da wäre ich nicht so sicher, dachte Em, indem sie sich das Kellerabteil ins Gedächtnis rief, in dem sie Tidorfs Leiche gefunden hatten.

»Aber ich bin im Archiv auf eine kleine Privatbrauerei gestoßen«, fuhr Gehling unterdessen fort. »Die wird zwar schon eine halbe Ewigkeit nicht mehr betrieben, war aber vor ein paar Jahren noch mal kurz in den Schlagzeilen, weil auf dem Gelände ein Kind in einen einsturzgefährdeten Gewölbekeller gefallen ist.«

»Existiert der noch?«

»Jein. Laut meinen Informationen wird auf dem Gelände derzeit gebaut.«

So wie überall in dieser verdammten Stadt, dachte Em düster. »Macht nichts, es ist vielleicht trotzdem eine Möglichkeit.«

»Soll ich jemanden hinschicken?«

»Nein. Noch nicht.« Sie dachte nach. »Er braucht den Ablageort erst nächsten Freitag. Wenn wir uns zu früh dort blicken lassen, vertreiben wir ihn.«

4

Als Zhou auf der B 54 war, begann es zu schneien. Dicke nasse Flocken, die ein böiger Westwind beinahe wütend vor sich hertrieb. Zhou schaltete die Scheibenwischer ein und dachte über die Informationen nach, die Capelli ihr über Funk durchgegeben hatte. Über Sarah Kindle. Den Prozess. Den Anwalt, der keiner war.

Fünf Opfer bislang, resümierte sie. Fünf Menschen, die getötet hatten und damit durchgekommen waren. Und auf der anderen Seite ein Mann, der sich ungerecht beurteilt fühlte. Doch woher bezog Marius Norén sein Wissen über seine Opfer? Fahrerfluchten, Abtreibungen oder gar erfolgreiche Morde waren schließlich nichts, mit dem man hausieren ging.

Dennoch hatte Marius Norén Bescheid gewusst. Er hatte gewusst, dass Lina Wöllner alles tun würde, damit ihr Mann nichts von der Sache mit ihrer Mutter erfuhr. Und er hatte auch gewusst, wann Sarah Kindle im Motel mit ihrem Liebhaber verabredet war. Er war offenbar ein Meister der Informationsbeschaffung. Aber selbst wenn er … Sie stutzte, als sich unvermittelt ein neuer Widerspruch in ihre Gedanken stahl. Was ist mit Jenny Dickinson?, durchfuhr es sie. Woher kannte er die Geschichte von Nurja, dem Schreikind, das im Gartenteich ertrunken war? Nicht einmal Westen wusste davon.

Klar habe ich es meinen Eltern erzählt, hörte sie Raya Hosseinis Stimme. *Zwei oder drei Jahre danach …*

So spät, hämmerte es hinter Zhous Stirn.

Ich war sechs Jahre alt, verteidigte sich die imaginäre Raya in ihrem Kopf. *Mein Vater schrie mich an. Meine Mutter heulte die ganze Zeit …*

Aber die Eltern waren tot. Abgestürzt über Teneriffa. Schon vor Jahren. Zhou merkte, wie ihre Hände vor Aufregung feucht wurden, während die Scheibenwischer des Ford, den man ihr für diese Fahrt zur Verfügung gestellt hatte, unablässig über die

Frontscheibe surrten. Sie konnten ihr Wissen um die wahre Täterin nicht mehr weitergeben. Also blieb die Frage: Wer wusste sonst noch davon?

In der Akte steht nichts von Mord …

Zhous Finger krallten sich um das Steuer, während hinter ihrer Stirn ein Erinnerungsfetzen den nächsten jagte.

Ich wusste immer, wo sie gerade war. Ich wollte sie im Auge behalten. Weil ich wissen wollte, wie sich ihr Leben entwickelt.

Zhou blickte auf die Uhr neben dem Tacho. Dann griff sie zum Funkgerät und gab in der Zentrale Bescheid, dass sie etwas später kommen werde.

Sie machte sich nicht viel Hoffnung, Raya Hosseini zu Hause anzutreffen. Schließlich war Samstagnachmittag. Vorweihnachtszeit obendrein. Doch sie hatte Glück: Die Psychologiestudentin öffnete die Tür, kaum dass das Bimmeln der Klingel verklungen war.

»Sie?«

»Ja«, antwortete Zhou lächelnd. »Ich.«

»Das heißt dann wohl, dass es was Neues gibt?«

»Leider nichts, das Jenny Dickinson oder den Tod Ihrer Schwester beträfe«, bemühte sich Zhou, erst gar keine Erwartungen zu wecken, die sie nicht halten konnte.

Zwischen Raya Hosseinis Augen erschien eine Falte, die sie von jetzt auf gleich um zehn Jahre altern ließ. »Kommen Sie rein.« Sie trat zur Seite und lotste Zhou in ein nüchtern, aber teuer eingerichtetes Wohnzimmer. »Mögen Sie was trinken?«

»Nein, danke.« Zhou setzte sich auf ein dunkelblaues Ledersofa, das eher abweisend als gemütlich wirkte. »Ich will Sie auch gar nicht lange stören. Aber ich muss Sie noch etwas zu unserem Gespräch von neulich fragen.«

Dabei habe ich doch fast nur mit deiner Kollegin gesprochen, spotteten die wachen Mandelaugen. »Ja?«

»Diese Sache, die Ihrer Schwester damals passiert ist … Mit wem haben Sie darüber geredet?«

Raya Hosseini lachte. »Was glauben Sie denn?«

»Verstehen Sie mich bitte nicht falsch«, entgegnete Zhou, und schon wieder hatte sie das unbequeme Gefühl, dass sie sich rechtfertigte. »Ich habe Sie gegoogelt. Aber im Internet erscheint nichts über die Geschichte von damals. Nichts über den Tod Ihrer Schwester und auch nichts über den Unfall Ihrer Eltern. Und Ihr Facebook-Profil verrät ebenfalls nichts darüber.«

»Natürlich nicht.« Raya Hosseinis Augen waren zwei schwarze Spiegel. »Würden *Sie* so was mit Ihren virtuellen Freunden teilen?«

»Nein«, sagte Zhou. »Würde ich nicht. Und genau das ist der Punkt.«

Ein fragender Blick.

»Jenny Dickinsons Mörder wusste das von Ihrer Schwester«, erklärte Zhou. »Die Frage ist, von wem.«

Und plötzlich verstand sie. Ihre Miene wurde finster, während sie nachdachte. »Ich bin nicht besonders gesellig«, begann sie nach einer Weile.

Das hätte ich auch nicht erwartet, dachte Zhou.

»Aber ich weigere mich auch, mich als traumatisiert zu begreifen.«

»Verstehe ich.«

Raya Hosseini senkte den Blick. Doch Zhou hatte nicht das Gefühl, dass sie ausweichen wollte. Vielmehr schien sie das, was ihr in den Sinn kam, zunächst einer genauen Prüfung unterziehen zu wollen, bevor sie es mit ihrer Besucherin teilte. »Wir hatten da mal so ein Seminar bei uns am Institut«, sagte sie, als sie sich sicher war. »Es gehörte nicht in den normalen Lehrplan, aber der Dozent war ein Bekannter unseres Professors, und die Teilnahme wurde uns dringend nahegelegt, wenn Sie verstehen, was ich meine.«

Zhou lächelte. »Durchaus.«

»Inhaltlich ging es dabei um Persönlichkeitstypen. Wer man ist, wie man wirkt, wie man mit Schwierigkeiten umgeht und all das.« Sie verdrehte die Augen. »Kurz gesagt, diese typische Selbstfindungsscheiße, die sie uns als Praxisnähe verkaufen.

Noch dazu reichlich spirituell angehaucht und so gesehen schon mal gar nicht mein Ding. Aber wie gesagt, konnte ich mich der Sache auch nicht einfach entziehen …«

»Und bei dieser Gelegenheit haben Sie von dem Unfall Ihrer Schwester erzählt?«

Wieder dieses Lachen. Halb amüsiert, halb sarkastisch. »Bei so was haben Sie die Wahl, über ein aktuelles Thema zu reden und damit mehr über Ihre gegenwärtige Situation zu verraten als Ihnen lieb ist. Oder aber Sie erzählen eine Geschichte aus Ihrer Vergangenheit, von der Sie weit genug entfernt sind, dass Sie sich keiner Gefahr aussetzen, die jedoch bei den anderen den Eindruck erweckt, dass Sie noch immer daran zu knabbern haben.«

Automatisch musste Zhou an etwas denken, das Sander Westen über Marius Norén gesagt hatte: *Er war viel zu raffiniert für die Standardfragen und spielte trotz seines jungen Alters Katz und Maus mit allen, die es zuließen …* Etwas, das sie Raya Hosseini ohne Weiteres auch zutraute. »Und Sie entschieden sich für die letztere Möglichkeit?«

Sie nickte. »Ich erntete eine ganze Menge Mitgefühl und noch mehr gute Ratschläge.«

»Gab es irgendwen, der ein besonderes Interesse an Ihrer Geschichte zeigte?«

Sie hatte mit der Frage gerechnet. Trotzdem ließ sie sich Zeit mit ihrer Antwort. Etwas, das Zhou gefiel. »Ich bin nicht sicher … Aber wenn Sie mich so fragen, glaube ich, dass es tatsächlich jemanden gab, der besonders genau hinhörte.« Ihre Augen wanderten zum Fenster, hinter dem bereits wieder die Dämmerung anbrach.

»Wen?«

»Er ist Doktorand, glaube ich. Jedenfalls ein ganzes Stück weiter als ich.«

»Und sein Name?«

»Marius.«

Zhou hatte das Gefühl, dass ihr Herzschlag aussetzte.

»Marius Kutscher. Wir haben nie irgendwelche Kurse zusammen gehabt, weil er eigentlich schon fertig ist. Aber er macht gerade seinen Doktor, wie gesagt.«

»Wer betreut seine Dissertation?«, fragte Zhou. »Ihr Professor?«

Sie nickte. »Ja, ich glaube schon. Professor Hörne.«

Zhou notierte den Namen. »Können Sie mir sonst noch irgendwas über Marius Kutscher verraten?«

Raya Hosseini verzog die Lippen. »Ja.«

»Nämlich?«

»Ich mag ihn nicht.«

5

»He, Capelli, du hast Besuch!«

Em ließ ihre Maus los und sah Sander Westen in der Tür stehen. Er trug einen anthrazitfarbenen Mantel und hatte Schnee im Haar. »Dr. Westen«, begrüßte sie ihn verwundert. »Was kann ich für Sie tun?«

»Es geht um meinen Sohn«, kam der Psychologe umgehend zur Sache, und aus seiner Stimme sprach eine tiefe Sorge. »Ich wollte mit ihm reden, aber ich kann ihn nicht erreichen. Also habe ich es einfach mal bei seinem …« Er zögerte, aber nur kurz. »Bei seinem Freund versucht.«

»Bei Jan Persson?«

Westens Miene wurde steinern. »Er sagt, dass er meinen Sohn nicht kennt.«

Em starrte ihn an. »Was?«

»Ich wollte nicht gleich in Panik verfallen, und meine Exfrau weiß auch noch nicht Bescheid, aber ich …« Er unterbrach sich und hustete trocken. »Ich halte das nicht unbedingt für ein gutes Zeichen.«

Ich auch nicht, dachte Em. »Wir klären das. Machen Sie sich keine Sorgen.«

Seine Emotionen im Zaum zu halten kostete ihn viel. Das war offensichtlich. Trotzdem zwang er sich zu einem Lächeln. »Informieren Sie mich, sobald Sie mehr wissen?«

»Selbstverständlich.« Sie streckte ihm die Hand hin. »Vielleicht handelt es sich ja auch nur um ein Missverständnis.«

Das glauben Sie doch selbst nicht, las sie in den blauen Augen. *Aber danke für den Versuch …*

Westen wollte sich eben zum Gehen wenden, als sein Blick an der Tafel hinter Ems Schreibtisch hängen blieb, wo Decker Porträtfotos der Opfer neben Aufnahmen von den Tatorten gepinnt hatte. Der Ausdruck seiner Augen veränderte sich, und Em sah Verwirrung.

»Was ist?«, fragte sie alarmiert.

»Der Mann da auf dem Foto …« Westens Hand wies auf eins der Porträts. »Wer ist das?«

»Das?« Sie trat hinter ihn. »Jonas Tidorf. Wieso?«

Die tiefblauen Augen brannten sich in ihr Gesicht. »Wer immer das sein mag«, flüsterte Westen, »es ist auf gar keinen Fall der Mann, der bei mir in der Praxis gewesen ist und mir von der ungeplanten Schwangerschaft seiner Freundin erzählt hat …«

Em ließ ihn stehen und riss den Ausdruck mit den Abzählreimversen unter einem Stapel Kopien hervor. »So eine verdammte Scheiße«, schimpfte sie, während sie die ersten Zeilen überflog. »Dieser Mistkerl hat es uns ganz klar gesagt. Aber wir haben es nicht kapiert.«

»Was denn?«, fragte Decker, der zugehört hatte.

»Hier«, rief sie aufgeregt. »Zehn kleine Negerlein, die schlachteten ein Schwein. Eines stach sich selber tot …«

»Ja und?«

»Es stach *sich selber tot*«, wiederholte sie. »Das hat er wörtlich gemeint. Er hat Jonas Tidorfs Identität gestohlen und sich unter dessen Namen in diese Gesprächsgruppe eingeschlichen. Dort hat er Tidorfs Geschichte erzählt und auf diese Weise auch Alois

Berneck kennengelernt. Und dann hat er Tidorf als Ersten getötet und sich damit sozusagen selbst wieder aus dem Rennen genommen.«

Aus Westens Gesicht war alle Farbe gewichen, als er ihr den Ausdruck des Kinderliedes aus der Hand nahm. »Mordet er nach diesen Versen?«, fragte er tonlos.

Sie nickte.

»Das würde zu ihm passen.«

»Sie meinen zu Marius?«

»Ja. Sein gesamtes Weltbild unterlag dem Prinzip einer absoluten Ordnung. Es gab keinerlei Zwischentöne, keine Nuancen.« Seine Stimme wollte ihm kaum gehorchen. »Es ärgerte ihn, wenn das Mittagessen fünf Minuten später ausgegeben wurde. Es ärgerte ihn, dass der eine Zwilling sieben Minuten länger brauchte, um zu verbluten. Und er hasste alles, was er nicht vorhersehen konnte.«

»Ist Ihnen das Lied von den ›Zehn kleinen Negerlein‹ in diesem Zusammenhang schon mal untergekommen?«, wagte Em einen Schuss ins Blaue.

»Nein, aber Marius schrieb andauernd irgendwelche kryptischen Zahlenreihen.« Westen strich sich eine verirrte Haarsträhne aus der Stirn, die noch immer feucht war vom Schnee. »Ich erinnere mich, dass ich ihn einmal fragte, was genau er da berechne. Und er erzählte mir von einem mathematischen Problem, das auf einem ähnlichen Prinzip beruht wie diese Abzählspielchen. Natürlich auf viel höherem Niveau.« Er dachte angestrengt nach. »Es hatte irgendwas mit einem Joseph zu tun …«

Em machte Gehling ein Zeichen, und der junge Kollege begann zu tippen.

»Dabei ging es vermutlich um die sogenannte Josephus-Permutation«, erklärte er wenig später. »Zurückgehend auf den jüdischen Historiker Flavius Josephus, der sich 67 nach Christus mit vierzig Gefolgsleuten in einer Höhle vor den Römern versteckte. Die Belagerer sicherten ihm freies Geleit zu, falls er sich kampflos ergibt. Doch davon wollten seine Leute nichts hören.

Also schlug Josephus vor, dass sie sich alle im Kreis aufstellen und kollektiv Selbstmord begehen, wobei jeder Dritte von seinem rechten Nachbarn getötet werden sollte.« Er sah flüchtig auf. »Könnt ihr mir folgen?«

Em lachte. »So ungefähr zumindest.«

»Josephus selbst stellte sich an die sechzehnte Stelle und blieb als Vorletzter übrig, was in der Praxis bedeutete, dass er nur noch seinen letzten verbliebenen Mitstreiter überwältigen musste und mit dem Leben davonkam.«

»Der sechzehnte Oktober«, rief Em. »Das ist der Tag, an dem Jonas Tidorf zuletzt gesehen wurde!«

Decker riss den Mund auf. »Der Beginn seines Countdowns.«

»Was für ein Countdown?«, fragte Westen verwirrt.

»Der Abzählreim«, antwortete Em und erklärte in knappen Worten, was sie über die Abstände zwischen den einzelnen Morden herausgefunden hatten.

»Wenn er so weitermordet, ist am achtzehnten Dezember das letzte Negerlein fällig«, ergänzte Decker. »Bloß haben wir noch nicht raus, ob das auch eine Bedeutung hat.«

»Hat es«, entgegnete der Psychologe mit einem merkwürdigen Ausdruck.

Em sah ihn an.

»Der achtzehnte Dezember ist mein Geburtstag.«

6

»Ich habe einen Namen«, verkündete Zhou, kaum dass die Zentrale sie mit Capelli verbunden hatte. »Marius Norén nennt sich seit neun Jahren Marius Kutscher. Ich habe das bereits überprüfen lassen. Kutscher ist der Name seines verstorbenen Vaters.«

»Scheiße, darauf hätten wir aber kommen können!«, fluchte Capelli.

Zhou lag etwas Tröstendes auf der Zunge, irgendein Hinweis auf die erdrückende Zahl von Spuren. Doch sie verkniff es sich. »Die Zentrale hat auch schon ein Team zu Kutschers Wohnung geschickt, aber da ist er anscheinend schon länger nicht aufgetaucht.«

»Vielleicht wohnt er bei Marlon Westen.«

»Wieso?«

Capelli berichtete in aller Kürze, was sie in der Zwischenzeit über Jan Persson und Jonas Tidorf erfahren hatte.

»Der Kerl liebt es, mit Identitäten zu spielen, was?«

»Das ist es, was mir solche Sorgen bereitet«, räumte Capelli ein. »Haben Sie ein Foto von Kutscher auftreiben können?«

»Die Kollegen sind dran. Aber das Uni-Büro hat heute zu, und sie müssen erst jemanden finden, der ihnen Zugang zu den entsprechenden Daten verschafft.« Zhou konnte Capellis Unmut spüren, auch wenn ihre Partnerin keinen Ton sagte. »Was ist denn mit Noréns alter Schule? Ist da nichts zu holen?«

»Leider nicht«, antwortete Capelli. »Auf dem Abiturfoto ist er nicht drauf. Und auch sonst scheint er es tunlichst vermieden zu haben, sich ablichten zu lassen.«

Das wundert mich nicht, dachte Zhou. »Dann sollten wir uns vielleicht tatsächlich als Erstes an Marlon Westen halten. Haben Sie ihn schon gesprochen?«

»Nein«, knurrte Capelli, und etwas an ihrem Ton machte Zhou hellhörig.

»Gibt's ein Problem?«

»Vielleicht.« Capelli seufzte. »Seine Mutter hat ihn am Donnerstag getroffen. Seither hat sie nichts von ihm gehört.«

Der Täter wird sich ein neues Opfer suchen. Jemanden aus Westens Umfeld …

»Aber das scheint nichts Ungewöhnliches zu sein«, fuhr Capelli ein wenig zu munter fort, als ob sie sich selbst beruhigen wollte. »Er ruft sie oft nicht zurück, wenn sie ihm eine Nachricht hinterlässt. Allerdings ist ihr eingefallen, dass in der Fraport Arena heute einer von diesen School Cups stattfindet.

Sie wissen schon, so ein Basketballturnier, bei dem irgendwelche Schülermannschaften aus der Umgebung aufeinandertreffen. In diesem Falle Mädchen.« Sie unterbrach sich, und Zhou hörte gedämpfte Verkehrsgeräusche im Hintergrund. Offenbar war ihre Partnerin ebenfalls unterwegs. »Marlon ist bei der Veranstaltung als Zeitnehmer eingeteilt, das heißt, wenn wir Glück haben, treffen wir ihn dort an.«

»Und dann?«

»Sehen wir weiter.« Eine kurze Pause. »Es ist nicht auszuschließen, dass Marius Norén ebenfalls dort ist.«

In einer Sporthalle voller Kinder …

Zhous Finger schlossen sich fester um das Steuer. »Ich weiß.« Sie schaltete ihr Navi ein und tippte die Adresse der Fraport Arena in das Display. »Ich kann in sechs Minuten dort sein, wenn der Verkehr mir keinen Strich durch die Rechnung macht.«

»Das ist ungefähr dieselbe Zeit, die wir noch brauchen«, antwortete Capelli.

»Gut. Dann treffen wir uns vor Ort?«

»Ja, am Eingang. Und kein Aufsehen, okay? Falls Norén in der Nähe ist, darf er auf gar keinen Fall misstrauisch werden.«

»Für wie blöd hältst du mich?«, flüsterte Zhou, doch da war die Verbindung bereits unterbrochen.

7

Als sie die Fraport Arena betraten, lief gerade das erste Halbfinale, und der Lärmpegel war so hoch wie bei einem Länderspiel, auch wenn nur ein Bruchteil der Tribünenplätze besetzt war. Sie hatten beschlossen, sich zu trennen, um im Gewühl der Schüler nicht noch mehr aufzufallen.

Decker und ein weiterer Kollege, Steven Bost, mischten sich dezent unter eine Gruppe von Lehrern, die gerade auf dem

Rückweg zu ihren Plätzen waren. Em und Zhou hielten sich zunächst an die Kaffeestation gegenüber der VIP-Tribüne.

Keiner der vier war verkabelt, zu einer solchen Maßnahme hatte die Zeit nicht gereicht. Also taten sie ihr Bestes, einander nicht aus den Augen zu verlieren.

»Zur Not müssen wir über Handy kommunizieren«, hatte Em gesagt, was in einer Umgebung wie dieser zum Glück nicht weiter auffiel.

Überall auf den Rängen hockten Jugendliche und tippten wie wild SMS, chatteten oder posteten Bilder des laufenden Spiels im Internet. Die überwiegende Anzahl von ihnen waren Mädchen, doch viele hatten Freunde oder Klassenkameraden zur Unterstützung mitgebracht. Dazu dröhnte Musik vom Band. Irgendein enervierendes Gedudel ohne Anfang und Ende. Die Beats pochten in Ems Ohren, es roch nach Schweiß, überhitzten Lampen und Gummi.

Auf dem blau-gelben Spielfeld, in dessen Mitte stolz das Logo der Skyliners prangte, lieferten sich Mädchen in weißen und roten Trikots einen erbitterten Kampf um den Einzug ins Finale. Em schätzte ihr Alter auf ungefähr fünfzehn. Aber sicher war sie nicht. Sie blickte sich nach einem Programm um. Einer Anzeige auf einer der Tafeln. Doch ihre Augen wurden nicht fündig. An der gegenüberliegenden Längsseite des Feldes entdeckte sie den Anschreibetisch mit dem Kampfgericht.

»Ist er das?«, fragte Zhou, während sie ihr iPhone mit dem Foto von Marlon Westen unauffällig wieder in ihrer Tasche verschwinden ließ.

»Sie meinen der Zweite von links?« Em musste fast schreien, damit ihre Partnerin sie verstehen konnte.

Zhou nickte.

»Ja, das könnte er sein …«

Ein fragender Blick. *Sollen wir hingehen?*

Em schüttelte den Kopf. *Das erregt viel zu viel Aufsehen. Und wir wissen ja gar nicht, wie er reagiert.*

Also warten wir?

Ja, warten wir.

»Wir warten«, rief Zhou in ihr Handy.

Decker sah nicht herüber. Doch er fasste sich an die Stirn zum Zeichen, dass er verstanden hatte.

»Wie lange dauert so ein Spiel?«, fragte Zhou.

»Normalerweise vier Viertel zu je zehn Minuten«, antwortete Em. »Aber soweit ich weiß, ist die Spielzeit hier auf viermal fünf Minuten begrenzt, weil Viertel- und Halbfinals am selben Tag stattfinden.« Ihre Augen klebten an Marlon Westen, der konzentriert auf seine Stoppuhr blickte.

Im selben Augenblick zerschnitt der Pfiff eines Schiedsrichters die schale Hallenluft.

Die Mädchen ringsum begannen zu johlen. Einer der Trainer, ein fülliger Sportlehrer im grauen Trainingsanzug, stürmte wütend auf das Spielfeld, und erst jetzt sah Em, dass zwei der Spielerinnen am Boden lagen. Ihre Kameradinnen eilten ihnen zu Hilfe. Gleich darauf stand die Rote wieder. Ihre Kontrahentin hingegen wand sich von Krämpfen geschüttelt auf dem Hallenboden. Jemand legte ihr eine Hand auf die Schulter, doch das Mädchen in Weiß drehte mit schmerzverzerrtem Gesicht den Kopf weg.

Unterdessen diskutierten die Trainer beider Mannschaften mit dem ersten der beiden Schiedsrichter. Und auch Marlon Westen mischte sich von seinem Platz am Anschreibetisch aus ein. Em sah, wie er einem Helfer im schwarzen Sportdress etwas ins Ohr flüsterte. Dann setzte er sich wieder hin und schrieb irgendetwas auf einen Zettel, der in einem Klemmbrett steckte. Vielleicht das Spielprotokoll. Em stellte sich seine Augen vor, in denen die Verletzlichkeit dominierte, und automatisch musste sie an Koss' Antwort denken auf ihre Frage, ob Marius Norén schwul sei.

»Er ist, was immer er für sein Fortkommen für nötig befindet«, hatte der Polizeipsychologe erklärt. »Und da er zu echten Gefühlen ohnehin nicht fähig ist, spielt es für ihn keine große Rolle, mit wem er schläft.«

Noréns Emotionen sind gespielt, dachte Em. Vorgetäuscht wie die Identitäten, derer er sich bedient. Je nach Bedarf ist er der potente Jonas. Oder Jakob Endriss, der Erbrechtsspezialist. Er ist Jan Persson, der Junge ohne Facebook-Profil.

Wie ein Spiegel.

Und als was, überlegte sie, kommst du heute?

Kommst du überhaupt? Oder riechst du den Braten? Wie gut sind deine Instinkte? Warnen sie dich vor uns, lenken sie deine Schritte rechtzeitig in eine andere Richtung? Oder kannst du nicht widerstehen, dich noch einmal dem Sohn jenes Mannes zu nähern, den du so sehr hasst, dass du seinetwegen bereits sechs Morde begangen hast? In welcher Maske trittst du uns als Nächstes entgegen?

Und die wichtigste Frage von allen: Werden wir dich überhaupt erkennen?

Sie musste an einen Eintrag in Westens Buch denken.

Ich habe mit vielen Straftätern zu tun gehabt. Mit Mördern. Mit Vergewaltigern und Kinderschändern. Und ganz egal, wie alt sie sind, spätestens wenn sie mir gegenübersitzen, lassen sie eine gewisse Anspannung erkennen. Manche testen systematisch aus, wie weit sie gehen können. Andere haben einen Instinkt, der ihnen verrät, dass sie vorsichtig sein müssen mit mir. Deshalb sind sie nett. Halten mir die Tür auf. Sagen artig: »Guten Morgen«, wenn sie mein Zimmer betreten.

Doch Milan ist anders.

Er hat keine Angst vor mir. Und er hat auch keine Angst, sich zu verraten. Vielleicht weil da nichts ist, das er verraten könnte …

Unruhig kramte Em ihr Handy aus der Tasche und drückte Gehlings Kurzwahl. »Was ist mit dem Foto?«, fragte sie, als er sich gemeldet hatte.

»Die Kollegen sind dran.«

»Das reicht mir nicht«, fauchte sie. »Wir müssen wissen, nach wem wir uns umsehen sollen. Sonst hat das hier alles keinen Sinn.«

»Ich weiß. Aber Norén ist nicht dumm«, verteidigte sich Gehling. »Er verwischt seine Spuren. Das Foto von seiner Immatrikulation ist verschwunden. Die Sekretärin kann sich das nicht erklären. Aber wir stehen in Kontakt zu Noréns Doktorvater. Der lädt seine Examenskandidaten und Doktoranden immer einmal im Jahr zu sich nach Hause ein. Zum Grillen. Er schaut gerade nach, ob er ein Foto findet, auf dem auch Marius drauf ist.«

»Das dauert alles viel zu lange«, stöhnte Em, während der Protest um sie herum aufs Neue aufflammte. Zwar war das Spiel mittlerweile wieder angepfiffen. Doch die Stimmung war so angespannt, dass ein Funke genügt hätte, die aufgeheizten Gemüter zur Explosion zu bringen. Die Luft flirrte nur so vor Emotionen.

Er ist hier, dachte Em. Ich kann ihn fühlen. Seine Nähe …

Das Wort erschreckte sie, kaum dass ihre Gedanken es formuliert hatten. Nähe! Wie entsetzlich schutzlos das klang! Sie richtete sich auf. Es ist eine Falle. Und wir stolpern geradewegs hinein! Ihre Augen flogen über die Tribünen. Streiften Gesichter. Lachende. Ernste. Wütende. Mädchen, die sich unterhielten. Zwei Jungen, die einander im Scherz in den Schwitzkasten nahmen. Lehrer. Gelangweilt.

Am rechten Spielfeldrand, gleich hinter dem Richtertisch, humpelte noch immer das Mädchen in Weiß auf und ab.

Em sah einen der Sanitäter auf sie zugehen. Ein schlanker Mann in schwarzer Kleidung. Er trug eine orangefarbene Warnweste und hielt einen Koffer in der Hand. Und auf einmal wusste sie es: Das ist er!

Ihre Hand bekam Zhous Schulter zu fassen.

Da drüben! Was meinen Sie? Norén!

Zhous Kopf flog herum. Ihre Augen erfassten die Gestalt in Schwarz. Die Schirmmütze. Das wenige, was darunter an Gesichtszügen zu erkennen war. Und keine zehn Meter entfernt saß Marlon Westen und stoppte die nächste Spielunterbrechung …

Sind Sie sicher?

Em nickte. *Ja, ganz sicher.*

Und jetzt?

»Nicht hier«, entschied Em. »Nicht mit all diesen Kindern um uns.«

Sie reckte den Hals und sah nach ihren Kollegen, die weitaus näher am Geschehen saßen als Zhou und sie. Und tatsächlich: Steven Bost schien instinktiv zu spüren, dass sie ihn erreichen wollte, und drehte den Kopf.

Em gab ihm mit einer Geste zu verstehen, dass sie Sichtkontakt zu einem potenziellen Verdächtigen hatten. Doch sie kam nicht dazu, ihm die Richtung anzudeuten, denn im selben Moment blickte Marius Norén quer über das Spielfeld zu ihnen herüber.

Einige atemlose Sekunden lang krallten sich ihre Blicke ineinander. Sie überwanden seltsam mühelos die Distanz, verkeilten sich und ließen alles andere, alle Geräusche und Ängste, den Lärm und die aufgestaute Hitze der Halle, in den Hintergrund treten.

Dann hob Norén plötzlich die Hand.

Zuerst dachte Em, dass er eine Waffe ziehen würde, doch er tat nichts dergleichen. Er tippte sich nur wie zum Gruß an den Rand seiner Mütze und winkte ihr lächelnd zu. Sekunden später trat er hinter das verletzte Mädchen.

Die nächsten Bilder empfand Em als deutlich verlangsamt und verstörend irreal. Hilflos sah sie zu, wie Norén die Schülerin von der Seite ansprach und ihr sanft, beinahe liebevoll einen Arm um die Schultern legte. Sie ließ es geschehen. Em sah ihr Nicken. Den Koffer, der auf dem staubigen Boden zurückblieb, als Norén das hinkende Mädchen mit sich fort führte. Zu einem der Ausgänge, über dem ein knallrotes Schild für Coca-Cola warb.

Er hat eine Geisel, hämmerte es hinter Ems Stirn. Er entkommt uns. Wir haben einen gottverdammten Fehler gemacht …

Die Menge johlte.

Neben ihr war Zhou bereits auf den Beinen. »Versuchen wir's außenrum«, rief sie ihrer Partnerin zu, während sich auf der anderen Seite der Halle Decker und Bost durch die Menge der ahnungslosen Mädchen pflügten und hinter Norén herspurteten. »Falls es ihm gelingt, das Gebäude zu verlassen, muss er sie irgendwie von hier wegbringen.«

»Okay, dann los!«

Ems Fuß verfing sich in einem vergessenen Rucksack, doch irgendwie gelang es ihr, auf den Beinen zu bleiben. Vor ihr nahm Zhou bereits die Stufen zum Ausgang. Sie bewegte sich mit graziler Leichtigkeit, und als sich ihr zwei dicke Mädchen in den Weg drängten, schob sie sie einfach zur Seite.

»Hey!«, schimpfte die eine. »Hast du 'n Schuss, oder was?«

Doch da hatte sie bereits Ems Hand an der Schulter. »Halt die Klappe und mach Platz!«

Ihr Protest blieb hinter Em zurück. Im Rennen piepste ihr Handy. »Wir haben das Mädchen gefunden«, meldete Decker atemlos, während Zhou vor ihr die Tür nach draußen aufstieß.

»Und?«

»Er hat ihr mit einer Bierflasche auf den Kopf geschlagen. Sie atmet, aber ich fürchte, es hat sie ziemlich schlimm erwischt.«

»Dieser elende Mistkerl«, fluchte Em, während die eisige Luft vor der Halle ihre Lungen mit tausend Nadelstichen attackierte. Dazu schneite es noch immer. Aber viel blieb nicht liegen.

Über das Geräusch ihres eigenen Keuchens hinweg hatte Em erhebliche Mühe, ihren Kollegen zu verstehen. »Der Krankenwagen ist angefordert«, klang es entfernt an ihrem Ohr.

»Und Norén?«

»Ist weiter flüchtig«, antwortete Decker. »Aber Steven ist ihm auf den Fersen.«

»Hast du noch Sichtkontakt?«

»Nein.«

Verdammt, verdammt, verdammt!

»Da hinten!« Zhou stoppte abrupt und krallte die Finger in den Ärmel ihrer Partnerin. »Sehen Sie das?«

In einiger Entfernung entdeckte Em Rücklichter, die langsam Richtung Ausfahrt rollten. Sonst war praktisch nichts los im Augenblick. Das Turnier in vollem Gange. Und die überwiegende Anzahl der Schüler war ohnehin mit Bussen da. »Sie haben recht«, keuchte sie. »Das könnte er sein.«

»Und falls nicht?«

»Für falls nicht haben wir keine Zeit«, gab Em zurück und blickte sich suchend um. »Wir brauchen einen Wagen.«

»Moment!«, rief Zhou und spurtete zu einem VW-Bus, der mit offener Hecktür an der Anlieferung für das Catering stand. »Kriminalpolizei«, rief sie dem verdutzten Lieferanten zu, der gerade mit einer leeren Sackkarre aus dem Gebäude trat. »Wir brauchen Ihren Wagen!«

»Haben Sie den Verstand verl…«, setzte der Mann an, doch weiter kam er nicht.

»Die Schlüssel!«, schrie Zhou, indem sie ihm kurzerhand ihre Dienstwaffe unter die Nase hielt.

»Die … die stecken«, stotterte der Lieferant.

Doch Zhou nahm sich nicht die Zeit, ihm irgendetwas zu erklären. Sie sprang auf den Fahrersitz und legte den Rückwärtsgang ein.

»Das sind ja ganz neue Methoden«, stellte Em fest, nachdem sie die Beifahrertür zugeknallt hatte.

»Wieso?«

»Na ja, ich zeige den Leuten normalerweise meinen Dienstausweis. Nicht die Waffe.«

Zhou sah strikt nach vorn. Aber sie lächelte.

»Er will auf die Autobahn«, konstatierte Em.

»Dann mal los«, nickte Zhou. Und mit einem kurzen Seitenblick fügte sie hinzu: »Oder wollten Sie fahren?«

»Ist schon in Ordnung.« Em grinste. »Dieses eine Mal kann ich's verschmerzen.«

8

»Steven ist tot«, meldete Decker sich nur Minuten später über Funk, und seine Stimme klang, als habe er eine Scherbe in der Kehle sitzen.

»Wie bitte?«

»Steven, verdammt noch mal. Dieser Scheißkerl hat ihn einfach abgeknallt.«

Em griff sich schützend an die Stirn. Aber es half nicht viel. Sie hatte das Gefühl, dass ihr der Boden unter den Füßen wegsackte. Und auch Zhou neben ihr schloss für einen kurzen Moment die Augen. »Wie ist das passiert?«

»Steven war fast an ihm dran. Aber Norén hat ihn in einen Raum neben der Küche gelockt. Und ihm irgendeinen verdammten Pott über den Schädel gezogen. Und dann …« Er schluckte hörbar. »Dann hat er Stevens Waffe genommen und ihn damit erschossen.«

Noch ein Toter! Noch dazu ein Kollege! Wann hat das endlich ein Ende?, fluchte Em stumm.

Nie, wenn ihr ihn jetzt entkommen lasst, meldete sich die hässliche Stimme des Zweifels in ihrem Kopf. Dann macht er immer weiter …

Sie richtete sich auf. »Ist Norén jetzt allein?«

»Was?«

»Hat er eine weitere Geisel genommen?«

»Nein«, drang Deckers schreckfahle Stimme aus dem Handy. »Darauf gibt es bislang keinen Hinweis.«

Em schüttelte erleichtert den Kopf und spähte durch die Frontscheibe. Der Wagen, dem sie folgten, befand sich etwa dreihundert Meter vor ihnen. Ein Golf. Dunkelblau oder schwarz. Mutmaßlich gestohlen. Er war auf direktem Weg in die Innenstadt. Gerade hatten sie die Theodor-Heuss-Allee erreicht, und noch immer kamen sie zügig voran.

»Wir brauchen alle verfügbaren Kräfte«, schrie sie in ihr Handy, nachdem sie die Zentrale angewählt und ihre Situation geschildert hatte.

»Roger. Wo sind Sie aktuell?«

»Kurz hinter der Messe«, entgegnete Em. »Aber wir brauchen Zivilfahrzeuge. Der Flüchtige ist hochgefährlich und gewaltbereit.«

»Alles klar, bleiben Sie dran.«

Die Stimme verstummte, und bis auf das Schrubben der Wischerblätter war es plötzlich still. Die Schneeflocken stießen vom Himmel wie zornige Raubvögel. Dennoch war die Sicht vergleichsweise gut.

Zhou wich einem Taxifahrer aus, der plötzlich nach links ausscherte. »Hoffentlich ist er es überhaupt«, merkte sie abermals an. Und dieses Mal schienen ihre Zweifel noch größer.

»Er ist es«, widersprach Em. »Ich fühle es.«

Gefühle sind immer eine gefährliche Sache, las sie in den Augen ihrer Partnerin. Doch Zhou sprach ihre Bedenken nicht aus.

Der Golf war nach wie vor in Sichtweite, und Zhou ließ es ganz bewusst zu, dass einige Autos zwischen ihnen fuhren. Je näher sie dem Hauptbahnhof kamen, desto dichter wurde der Verkehr.

»733, hören Sie mich?«, meldete sich in diesem Augenblick eine männliche Stimme auf Ems Handy.

»Ja, wir hören.«

»Hier 812. Wir sind in der Gutleutstraße, Ecke Baseler. Haben Sichtkontakt zu dem verdächtigen Fahrzeug.«

»Prima. Hängen Sie sich dran.«

»Verstanden.«

Em beobachtete die Kette von Rücklichtern, die sich von rechts in den fließenden Verkehr einreihte. »Ach so«, sagte sie, »auch nicht ganz uninteressant: Welcher von denen seid ihr?«

Ihr Gesprächspartner lachte. »Der weiße Nissan. Direkt vor euch.«

»Okay. Dann versucht mal, ob ihr näher an ihn rankommt.« Sie wischte sich mit dem Ärmel über die Stirn. Doch obwohl sie schwitzte, war ihr eisig kalt. »Wir müssen wissen, ob sonst noch jemand bei ihm im Auto ist.«

»Alles klar. Wir sehen uns den Kerl mal an.«

Der Nissan wechselte die Spur, und die beiden Kommissarinnen beobachteten atemlos, wie er sich Meter um Meter an den Golf herantastete.

»Wir überholen«, knarrte die Stimme des Kollegen aus dem Mobilfunkgerät. »Dann sehen wir ja, ob er wen dabeihat.«

»Seid vorsichtig«, warnte Em.

»Keine Sorge.«

Der Nissan zog das Tempo an. Doch auch der Golf wechselte plötzlich die Spur und setzte sich damit direkt vor seine Verfolger. Em hörte ihre Kollegen im Nissan fluchen.

»Norén will nach links«, konstatierte Zhou.

»Verdächtiger biegt ab, Richtung Untermainkai«, gab Em an die Zentrale weiter, während der Golf bereits halb hinter der Kurve verschwunden war. Und an die Kollegen im weißen Nissan gewandt: »Hat er euch bemerkt, 812?«

»Nee, glaub ich nicht.«

Doch Em war nicht so sicher.

Und auch Zhous Miene spiegelte Skepsis. »Auf jeden Fall ist mit Überholen erst mal Essig.«

Em nickte. »Wenn das mal keine Absicht war …«

Hier am Mainufer herrschte nicht viel Betrieb um diese Uhrzeit. Der Golf beschleunigte auf knapp unter hundert Stundenkilometer. Rechts von ihm dämpfte der unablässig vom Himmel fallende Schnee das Funkeln der Lichter auf den düsteren Mainfluten.

Linkerhand flog der Saalhof vorbei.

»Da kommt uns eine Streife entgegen«, warnte Zhou, den Blick starr auf die Fahrbahn gerichtet.

»Scheiße!«, entfuhr es Em. »Zentrale?«

»Ja?«

»Sorgen Sie dafür, dass die Kollegen ihn nicht anhalten.«

»Verstanden«, drang gleich darauf die Bestätigung aus dem Handy, während Em sich nervös auf die Lippen biss.

Ihre Augen flogen beständig zwischen Rückspiegel und Frontscheibe hin und her. Von Noréns Wagen sahen sie nur noch verschwommene Rücklichter. Und auch der weiße Nissan war bereits ein ganzes Stück entfernt.

»Da ist was faul«, murmelte Zhou, deren Miene konzentrierte Anspannung verriet.

»Wo sind Sie jetzt?«, wollte unterdessen die Zentrale wissen.

»Sonnemannstraße«, antwortete Em. »Kurz vor dem Konservatorium. Aber ... Hey, was ist das?« Sie ließ ihr Handy sinken und starrte durch die Frontscheibe.

»Sie hatten einen Unfall«, flüsterte Zhou.

Die Straße war kurz zuvor wieder zweispurig geworden. In den Parktaschen am rechten Fahrbahnrand parkte Auto an Auto. Dafür bestand die Gegenfahrbahn derzeit aus einer einzigen Baustelle. Behelfsstege führten über die Gräben hinweg zu den Häusern auf der linken Seite. Und dort, etwa fünfzig Meter vor ihnen, schickte die Warnblinkanlage des Nissan orangefarbene Hilferufe in die abendliche Dunkelheit.

»Zentrale?«, rief Em. »Es hat offenbar einen Unfall gegeben. Die Kollegen von 812 sind beteiligt. Genau wie das verdächtige Fahrzeug. Ich wiederhole: Die verdächtige Person ist in einen Unfall verwickelt.«

Zhou brachte den VW-Bus unmittelbar hinter dem Nissan zum Stehen. Der Fahrer hinter ihr hupte. Ein anderes Auto wäre ihm um ein Haar ins Heck geknallt. Von jetzt auf gleich ging gar nichts mehr.

Em riss die Beifahrertür auf und stürmte mit gezogener Waffe auf den Nissan zu, dessen Motorhaube völlig demoliert war. »Ist jemand verletzt?«

»Er hat uns ausgebremst«, keuchte der Kollege, der am Steuer saß und bereits sein Funkgerät in der Hand hielt.

»Wo ist er hin?«, fuhr Em ihn an.

»Geflüchtet. Zu Fuß.«

»In welche Richtung?«

Seine Hand wies auf die gläserne Front des Konservatoriums. »Da rein. Mein Partner ist ihm nach.«

»Wir brauchen alle verfügbaren Kräfte!«, rief Em. Dann drehte sie sich zu ihrer Partnerin um. »Sind Sie bereit?«

Zhou nickte.

»Okay«, sagte Em. »Wir gehen rein.«

9

Auf den Fluren roch es abgestanden, aber immerhin war es warm. Entfernt hörte man Studenten üben. Violine. Schlagzeug.

Em entsicherte ihre Heckler & Koch und sah sich um. Zhou tat es ihr gleich.

Verschlossene Türen allenthalben. Und auch von dem Kollegen, der Norén verfolgt hatte, war nichts zu sehen.

»Er könnte überall sein«, fluchte Em.

»Wir sollten uns auf die Ausgänge konzentrieren«, flüsterte Zhou. »Und warten, bis die Verstärkung eintrifft.«

Nach Lehrbuch? Sicher nicht, dachte Em. »Vielleicht ist er längst wieder fort …«

»Aber wohin?«

Em lauschte der Violine, die immer und immer wieder ein und denselben Lauf wiederholte. Mozart. »Was würden Sie an seiner Stelle tun?«

Zhou überlegte. »Selbst wenn er eine weitere Geisel

nimmt …« Sie schüttelte skeptisch den Kopf. »Wenn er hierbliebe, hätte er wenig Chancen …«

So sehe ich das auch, dachte Em.

Sie wollte sich eben wieder dem Eingang zuwenden, als sie Schritte hörten.

Sofort hoben sie ihre Waffen in den Anschlag. Wir vertrauen einander unser Leben an, dachte Em, als sie Zhous entschlossene Miene sah. Und wenn sie ehrlich war, konnte sie nicht sagen, dass sie ein schlechtes Gefühl dabei hatte.

Dort! Zhous Kinn wies auf einen der Flure, die von ihrem Standort abzweigten.

Ems Augen glitten nach rechts. Ein Mann.

Norén?

Em schüttelte den Kopf und trat einen Schritt vor. »Keine Bewegung!«

»Norbert Kahn, Kriminaloberkommissar.« Er hob seine Dienstwaffe hoch. »Sind Sie die Kolleginnen?«

Em entspannte sich ein wenig. »Capelli und Zhou«, nickte sie. »Haben Sie was gefunden?«

»Scheiße, nein«, fluchte Kahn. »Er ist mir entwischt.«

»Verdammt!«, entfuhr es Em.

»Wo sind hier weitere Ausgänge?«, fragte Zhou.

»Keine Ahnung. Ich habe nur noch einen gesehen. Außer dem Haupteingang, meine ich. Aber er könnte genauso gut durch eins der Fenster sein.«

»War er allein?«

»Ja.«

»Gut«, entschied Em. »Dann gehen Sie jetzt zu diesem anderen Ausgang.« Ihr Blick wanderte zu ihrer Partnerin. »Und Sie nehmen sich die Vordertür vor. Sobald die Verstärkung da ist, durchkämmen Sie hier jeden Raum. Fangen Sie im Keller an.«

»Was ist mit Ihnen?«, fragte Zhou.

»Ich sehe mich draußen um.«

Em wartete nicht auf die Zustimmung ihrer Kollegen. Sie rannte einfach los. Hinaus auf die Straße, und von dort aus nach rechts. Unmittelbar neben dem Konservatorium erhob sich der Bauzaun der EZB. Hinter dem Zaun stand ein Schild, das den interessierten Betrachter darüber informierte, wie der neue Hauptsitz der Europäischen Zentralbank nach seiner Fertigstellung aussehen sollte. Und tatsächlich war das Monstrum aus Stahl und Beton, das sich ein paar hundert Meter ostwärts in den schneeschweren Himmel reckte, nicht mehr weit von dieser Darstellung entfernt. In das Atrium, das den 185 Meter hohen Nord- mit dem rund zwanzig Meter niedrigeren Südturm verband, hatte man bereits Scheiben eingesetzt. Und auch an den Fassaden der beiden Türme kletterte das Glas unaufhaltsam in die Höhe.

Em kniff die Augen zusammen und stutzte, als sie ein Stück vor sich auf einmal eine Gestalt entdeckte. Ein flüchtiger Schatten, der sich eilig entfernte.

Ich hatte recht!, durchfuhr es sie. Er ist tatsächlich nicht mehr im Konservatorium! Er ist auf der Baustelle!

Ohne Zögern erklomm sie den stabilen Bauzaun und landete mit einem satten Schmatzen im Schneematsch auf der anderen Seite. Und noch immer konnte sie Norén sehen. Er rannte. Von Zeit zu Zeit blickte er über seine Schulter. Aber bei dem Tempo, das er vorlegte, konnte er eigentlich nicht viel erkennen.

Was hat er vor?, überlegte Em. Hinter ihr erklang Sirenengeheul, das rasch näher kam. Eine Sache von Minuten, dann würde es hier von Polizisten nur so wimmeln.

Norén wusste das.

Wollte er deshalb zur Baustelle? Versprach er sich auf dem unübersichtlichen Gelände eine Möglichkeit zum Untertauchen?

Em dachte an die Container, die man für die zahllosen Arbeiter aufgestellt hatte. Ganze Städte aus Baucontainern, rot, orange, gelb. Teilweise vier Etagen übereinander.

Sie sah sich nach potenziellen Helfern um, doch das Gelände war im unwirklichen Flockengetümmel wie ausgestorben. Trotzdem war es taghell erleuchtet. Etwas, das ihre Position nicht gerade verbesserte.

Ihre Augen streiften die Schmalseite des Südturms, und ihr fiel auf, dass einer der Bauaufzüge lautlos nach oben glitt.

Konnte es tatsächlich sein, dass Norén wagte …

Aber warum? Das wäre eine Sackgasse, oder nicht? Genau wie das Konservatorium.

Das ist nicht gesagt, widersprach Em sich selbst. Sieh dich doch nur mal um! Selbst mit hundert Mann Verstärkung könntest du unmöglich jeden Winkel dieses Monsters im Auge behalten.

Vielleicht verschafft er sich erst mal einen Überblick.

Vielleicht wartet er dort oben auf eine gute Gelegenheit zur Flucht.

Nein! Er spielt mit dir. Du weißt es …

Sie tastete nach ihrem Handy, doch es war nicht da. Vielleicht war es ihr beim Laufen aus der Tasche gerutscht. Oder beim Überwinden des Bauzauns.

»Gottverdammte Scheiße«, fluchte sie. Aber nicht zu ändern.

Sie schaute ein letztes Mal nach dem Lift, der bis etwa auf halbe Höhe nach oben gefahren war. Dann trat sie in den Schatten des Gebäudes und sah sich nach einer Treppe um. Dreiundvierzig Stockwerke, rechnete sie. Da war die Hälfte einundzwanzig. Ein langer Weg, wenn man zu Fuß gehen musste.

Sie atmete tief durch und machte sich an den Aufstieg. Je weiter sie nach oben kam, desto unangenehmer wurde der Wind. Er pfiff durch die leeren Fensterhöhlen, und fast schien es, als summe er auf diesem überdimensionalen Instrument aus Stahl und Beton ein schaurig-schönes Lied.

Em presste sich die Hand in die Flanke, wo es bestialisch stach.

Du bist unfit. Du solltest wieder öfter trainieren.

Wenn sie richtig mitgezählt hatte, war sie jetzt im neunzehnten Stock. Noch zwei Etagen also. Zweimal zweiundzwanzig Stufen.

Und dann?

Sie verlangsamte ihre Schritte und lauschte. Doch das Toben des Windes ließ ihr keine Chance. Alles, was sie hörte, war ein

Rauschen wie auf hoher See. Also musste sie sich allein auf ihre Augen verlassen. Auf ihre Instinkte. Sie verließ das Gerippe des Treppenhauses, nahm ihre Waffe in den Anschlag und schob den Kopf um die Ecke des nächsten Vorsprungs. Dahinter befand sich ein Flur. Em sah Türöffnungen. Neue Ecken. Winkel. Alles in allem verdammt unübersichtlich.

An der Schmalseite entdeckte sie den Aufzug. Der Bügel, der die Kabine während der Fahrt verschloss, stand offen.

Er ist tatsächlich hier!

Ihr Herz schlug Purzelbäume. Zugleich fühlte sie, wie das Adrenalin ihre Wahrnehmung veränderte. Ihr Kopf wurde kühl und klar. Der Schweiß auf ihrer Stirn zog sich zurück. Alle Muskeln waren zum Zerreißen gespannt.

Vorsichtig tastete sie sich weiter. Ein Türstock. Dahinter ein neuer Raum. Weitläufig. Leer. Zwischen den rohen Betonmauern hingen dicke Plastikplanen, an denen der Wind riss. Und unwillkürlich musste Em an ein Schlachthaus denken. An einen Kühlraum, in dem steifgefrorene Schweinehälften an dikken Rohrbahnhaken vorbeischwebten.

Sie wandte den Kopf und spähte durch die leeren Fensterhöhlen hinaus in den Schnee und über den Main, der im dichten Flockengetümmel wie gepixelt aussah. Dort drüben, nur einen Steinwurf entfernt auf der anderen Flussseite, stand das Haus, in dem sie Jonas Tidorfs Leiche gefunden hatten.

Em hielt die Luft an, als vor ihrem inneren Auge wieder das Kellerabteil aufblitzte. Der nackte graue Boden, buchstäblich getränkt mit dem Blut des Studenten. Die verkrustete Wunde an seinem Hals …

Eines stach sich selber tot …

Schnell blinzelte sie die Bilder fort, während die Verse des makabren Kinderliedes hinter ihrer Stirn pochten. Sie kannte sie alle auswendig. Jede einzelne Strophe. Jedes einzelne Wort. Ein Widerhall des Schreckens.

Fünf kleine Negerlein, die tranken bayrisch Bier …

Em stutzte, als sich inmitten der Verse urplötzlich Deckers vertraute Stimme manifestierte: *Er hat dem Mädchen mit einer Bierflasche auf den Kopf geschlagen.* Sie hatte das Gefühl, dass ihre Beine nachgaben. *Und dann hat er Steven in einen Raum neben der Küche gelockt.*

Die Küche, wiederholte sie stumm. Norén hat Steven Bost in einen Raum neben der Küche gelockt …

Vier kleine Negerlein, die kochten einen Brei …

Die Erkenntnis durchzuckte sie wie ein Blitz. Das hier war tatsächlich eine Falle! Kein glücklicher Zufall. Kein Instinkt, der ihr verraten hatte, wo sie ihn finden konnte. Es war sein Plan. Der Plan eines unverbesserlichen Pedanten, der selbst noch mit dem Rücken zur Wand eine geradezu perfide Gründlichkeit an den Tag legte.

Drei kleine Negerlein spazierten am Bau vorbei …

Er hat mich ausgetrickst. Em schluckte trocken. Er wollte, dass ich ihn sehe. Und ihm folge. Hier hinauf. In diese schwindelerregenden Höhen. Wo uns niemand hört. Wo mir niemand helfen kann. Er hat mich genau dort, wo er mich haben wollte. Am Abgrund.

Als sie hinter sich das charakteristische Klicken hörte, stand sie ganz still.

Warum auch nicht? Immerhin war die Sache ziemlich eindeutig. Das Spiel war aus. Sie hatte verloren. Norén hatte Steven Bost seine Dienstwaffe abgenommen und ihn anschließend damit erschossen. Sie hatte das gewusst. Sie hatte ihre Chance gehabt. Aber sie war einfach zu langsam gewesen. Zu blöd. Zu verbohrt. Und nun saß sie in der sprichwörtlichen Scheiße.

»Waffe fallenlassen!«

Sie tat, was er verlangte. Alles andere hatte sowieso keinen Zweck.

»Schieben Sie sie weg von sich.«

Em drehte sich zu ihm um.

»Tun Sie's!«

»Schon gut.« Sie bückte sich und sah zu, wie die Heckler und Koch über den rohen Boden schlitterte.

Norén setzte nach und kickte die Pistole in die entgegengesetzte Ecke. Er stand etwa fünf Meter entfernt. Auf den ersten Blick ein charmanter junger Mann. Wären da nicht seine Augen. Die kühle, unbarmherzige Neugier, die aus ihnen sprach. Ein brillanter, aber völlig gnadenloser Verstand. »Spielen wir ein Spiel, Signora?«

Em machte einen Schritt rückwärts. In ihrem Rücken gähnte der Abgrund. Sie konnte ihn fühlen. Wie ein Vakuum, das danach gierte, sie zu verschlingen. Trotzdem kam ihr die Tiefe weitaus weniger gefährlich vor als der Mann, der vor ihr stand. »Die Signora können Sie sich schenken, okay? Ich bin Frankfurterin.«

Norén grinste und kam einen Schritt näher. Wie ein Forscher, der an den Käfig mit seinen Versuchskaninchen trat. Er hat nie um des Tötens willen gemordet, dachte Em schaudernd. Immer hat er einen klaren Zweck verfolgt. Er wollte wissen, wie lange zwei Kinder zum Verbluten brauchen. Und er wollte Rache an dem Mann, der ihm attestiert hat, ein Monster zu sein. Automatisch wich sie noch weiter zurück. Der raue Wind zerrte an ihrer Jacke. Riss an ihren Locken, die sie im Nacken zusammengebunden hatte. Berührte ihre Haut. Wie eine eisige Hand, die sich von hinten um ihren Hals legte.

»Imposante Aussicht, nicht wahr?«

»Kann man so sagen.« Em hörte ihr eigenes Lachen, das der Wind davontrug. Es klang fremd. Und bei weitem nicht so lässig, wie sie beabsichtigt hatte. »Ihnen ist klar, dass Sie nicht den Hauch einer Chance haben, oder?«

»Glauben Sie?« Er schien nachzudenken. »Nun, das sehe ich anders.«

Em spürte die Kante der Mauer hinter sich. Lächerliche vierzig Zentimeter Beton, die sie von der gähnenden Tiefe trennten. Bislang hatte sie es bewusst vermieden, nach unten zu sehen. Doch jetzt kam sie nicht mehr umhin, und der Anblick des düsteren Abgrunds, an dessen Ende Container und Baufahrzeuge wie Spielzeugminiaturen wirkten, raubte ihr für einige Sekunden buchstäblich den Atem. Allerdings bemerkte sie auch das unstete blaue Flackern, dessen Abglanz auf dem schneestumpfen Fluss lag. Die Kollegen. Das SEK. So nah und doch so unerreichbar …

»Wollen Sie wissen, was Sarah Kindle gesagt hat, bevor sie starb?«

Em bejahte, nicht zuletzt, weil es sie tatsächlich brennend interessierte.

»Sie sagte: Fuck you.«

Chapeau, dachte Em. »War sie schuldig?« Sie musste ihn ablenken. Zeit gewinnen. Das war ihre einzige Chance, auch wenn ihr klar war, dass diese Baustelle vermutlich der letzte Ort war, an dem ihre Kollegen sie suchen würden. Es sei denn … Sie biss sich auf die Wange. Es sei denn, einer von ihnen schaute sich noch einmal diese verdammten Verse an!

»Sie meinen, ob sie ihren Mann getötet hatte?«

»Ja.«

Er nickte. »Hat sie.«

»Vermuten Sie das nur, oder hat sie Ihnen das gesagt?«

»Sie glauben gar nicht, was die Menschen so alles von sich geben, wenn sie dem Tod ins Auge sehen.«

»Sie war stolz darauf, dass sie mit dem Mord davongekommen ist, nicht wahr?«, fragte Em.

Norén nickte wieder.

»Das dachte ich mir.«

»Wieso?«

»Weil ihr nie vorher irgendwas Besonderes gelungen war.« Ems Augen begannen zu tränen, als die nächste Böe durch die leeren Fensterhöhlen pfiff und unsanft an ihrem Körper rüttelte. »Sie war eine schlechte Schülerin. Ihre Mutter nahm sie nicht ernst. Ihre Freunde entpuppten sich als Schläger oder Lügner oder beides. Und ihr Mann ließ sie an jedem Tag, den sie zusammen waren, spüren, dass er derjenige mit dem Köpfchen und dem Erfolg und dem Bankkonto ist.«

»Ich sehe, Sie kannten sie gut.«

»Hat mir nichts genützt«, entgegnete Em achselzuckend. Sie kam fast um vor Angst. Aber das durfte sie ihn auf gar keinen Fall sehen lassen. »Ebenso wenig wie es Sander Westen genützt hat, dass er so viel über Sie wusste.«

Der abrupte Themenwechsel irritierte Norén. Doch von einem flüchtigen Stirnrunzeln abgesehen, gab er sich keine Blöße. »Westen weiß gar nichts«, entgegnete er. »Aber er glaubt, alles zu wissen. Das ist sein Problem.«

»In Ihrem Fall lag er mit seiner Einschätzung richtig«, widersprach Em.

Norén verzog die Lippen. »Er hat mich nicht erkannt«, flüsterte er. »Obwohl er mir direkt gegenüber gesessen hat. Er war nicht weiter weg, als Sie jetzt sind.«

Erstaunlich eigentlich, dachte Em. Wenn man allein diese Augen betrachtet …

Er schien ihre Gedanken zu lesen und lächelte. »Sander Westen war sogar zu dumm, um Angst zu kriegen. Schon damals.«

»Etwas, das Sie ändern wollten?«

Norén hob die Waffe. »Sie fangen an, mich zu langweilen.«

»Tut mir leid.« In Ems Augenwinkeln flimmerte der Schnee, der unablässig vom Himmel stürzte. An ihr vorbei und weiter. Hinab in die schwindelerregende Tiefe. »Was ist mit dem Stein?«, fragte sie, indem sie sich zwang, ihre Aufmerksamkeit wieder auf Norén zu konzentrieren.

»Was meinen Sie?«

»Drei kleine Negerlein spazierten am Bau vorbei«, zitierte Em anstelle einer Antwort. »Ein Stein fiel einem auf den Kopf …«

Grinsen. »Tja, ich fürchte, was das angeht, werden wir improvisieren müssen.«

Sie nickte nur, während Noréns Augen sich immer tiefer in ihr Gesicht brannten. Gedankenfetzen zuckten durch ihr Bewusstsein wie Blitze. Bilder. Stimmen. *Ich bin nie einem reineren Soziopathen begegnet.* Blutverklebtes Blondhaar. *He, Em! Du hast deine Partnerin vergessen!* Ein alter Mann in abgerissenen Kleidern, der plötzlich aus einem düsteren Hinterhof taumelt. Lichter, die aus dem Dunkel auf ihn zurasen. *In der Akte steht nichts von Mord.* Windgepeitschte Baumkronen über einem maroden Hochsitz. *Seine Bewerbung liegt ganz oben auf dem Stapel.* Ein rostiger Spaten. *Sie sagte: Fuck you …*

Em hob den Kopf, als irgendwo hinter Norén urplötzlich ein Geräusch laut wurde.

»Da rüber«, zischte er und versetzte ihr einen so heftigen Stoß, dass sie der Länge nach hinfiel.

Dann machte er ein paar Schritte Richtung Tür und legte auf den Flur an.

Em überlegte fieberhaft, ob sie sich bemerkbar machen sollte. Ihre Waffe lag außer Reichweite, eine zweite hatte sie nicht. Trotzdem konnte sie denjenigen, der da kam, nicht einfach ins offene Messer laufen lassen. Vielleicht war das einer der Wachleute, der den Lift gesehen hatte. Vielleicht … Sie hielt abrupt inne, als sie links von sich eine flüchtige Bewegung wahrnahm. Ein Huschen hinter den blinden Planen, nicht mehr. Gleich darauf rasselte ein Schraubenschlüssel an ihr vorbei über den nackten Beton.

Norén fuhr herum und feuerte auf die Plane rechts von sich.

Em sah, wie das Projektil das Plastik zerfetzte.

Im nächsten Moment hörte sie eine Stimme: »Waffe weg und auf den Boden!«

Mai Zhou!

Norén horchte auf, aber er reagierte nicht.

»Sofort!«, wiederholte Zhou. »Werfen Sie Ihre Waffe weg, oder ich erschieße Sie!«

Sie schien keine Angst zu haben. Nicht den Hauch.

Em nutzte die Gelegenheit, sich ein Stück nach links zu rollen. In Richtung ihrer Partnerin. Und weg vom Abgrund. Norén stand nach wie vor völlig unbewegt. Und noch immer hielt er Steven Bosts Dienstrevolver in den Händen.

Drück endlich ab, flehte Em stumm. *Mach diesen verdammten Dreckskerl fertig!*

»Ich sage es nicht noch mal. Waffe weg, oder Sie sind tot!«

»Ich an Ihrer Stelle würde tun, was sie sagt«, rief Em.

Doch zu ihrer Überraschung fing Norén plötzlich an zu lachen. »Sie?« Er drehte sich um und richtete die Waffe direkt auf ihre Stirn. »Sie trauen Ihrer Partnerin doch nicht mal zu, dass sie …«

Weiter kam er nicht. Der Knall eines Schusses riss ihm den Rest des Satzes von den Lippen. Em sah, wie sein Körper durch die Wucht des Projektils nach hinten geworfen wurde. Und die Blutlache, die sich in Windeseile unter ihm ausbreitete.

Zeitgleich trat Zhou aus einer der leeren Türöffnungen. »Marius Norén«, sagte sie, indem sie den Schwerverletzten auf den Rücken drehte und ihm vorschriftsmäßig Handschellen anlegte, bevor sie ihren eilig zusammengefalteten Mantel auf die heftig blutende Wunde in seinem Bauch presste. »Ich verhafte Sie wegen siebenfachen Mordes, zweifachen Mordversuchs, Bedrohung einer Kriminalbeamtin und Diebstahl eines Kraftfahrzeugs.«

»Scheiße, wo haben Sie dieses Guerillazeug gelernt?«, fragte Em, nachdem ihre Partnerin per Handy Verstärkung und einen Krankenwagen angefordert hatte. »Beim Mossad?«

Zhou lächelte. »Nein.«

»Sondern?«

»Mein Vater hat es mir beigebracht.«

»Ist das irgend so ein obskurer Kung-Fu-Meister, oder was?«

»Nein. Er ist Banker, wie Sie wissen. Und soweit mir bekannt ist, hat er noch nie in seinem Leben ein Sportstudio betreten. Aber er hat mir beigebracht, dass es sehr nützlich sein kann, wenn man sich hin und wieder auf seine Wurzeln besinnt.«

Em warf ihr einen fragenden Blick zu, während sich der Arbeitslift an der Schmalseite wie von Geisterhand gesteuert wieder auf den Weg in die Tiefe machte.

»Die sechsunddreißig Strategeme«, erklärte Zhou. »Ich konnte noch nicht mal laufen, da hat er mich schon damit gefüttert.« Noch so ein kurzes, beinahe verschämtes Lächeln. Wie ein Sonnenstrahl, der plötzlich durch einen bedeckten Himmel brach. »Wie auch immer, eins dieser Strategeme lautet: Im Osten lärmen, im Westen angreifen.«

»Aha.« Meinte sie das jetzt ernst? »Und wieso wussten Sie, wo ich bin?«

»Drei kleine Negerlein spazierten am Bau vorbei«, zitierte Zhou, ohne eine Miene zu verziehen.

Em nickte. »Sie haben es also auch gesehen …«

In den schwarzen Augen erschien ein neuer Ausdruck. »Ich mache immer meine Hausaufgaben.«

»Ja«, seufzte Em. »Ich weiß.«

»Und außerdem haben wir dieses Lied auch mal in der Schule durchgenommen.«

»Echt jetzt?«

Hinter ihnen summte der Lift. Die Kollegen. Verstärkung.

»Ja, in Ethik. Es ging um latenten Rassismus im deutschen Volksgut. Interessantes Thema übrigens. Vor allem das Kapitel über Vorurteile …«

Übertreib es nicht!, dachte Em. »Auf welcher Schule waren Sie, wenn ich fragen darf?«

»Lessing. Und Sie?«

»Franziskanergymnasium Kreuzburg.«

Zwischen Zhous sorgfältig gezupften Brauen erschien eine Falte. »Katholisch, hm?«

Em grinste. »Ja. Ziemlich.«

»Macht ja nichts«, antwortete ihre Partnerin, während ein paar Etagen unter ihnen ein bis an die Zähne bewaffnetes Spezialansatzkommando die nackten Treppen hinaufpolterte. »Nobody is perfect.«

Epilog

»Was ist das?«, fragte Zhou ein paar Tage später auf der Damentoilette des Präsidiums.

Em hielt mitten im Einschenken inne. »Prosecco.«

»Aha.«

»Mögen Sie keinen?«

Über Mai Zhous Lippen glitt ein Lächeln. »Die Wahrheit?«

»Ich bitte darum.«

»Ich hasse Prosecco.«

»Oh …« Em war ehrlich perplex. »Tut mir leid. Ich dachte …«

»… dass auch die asiatischen Tussen auf Prosecco mit Pfirsich stehen«, führte Zhou ihren Satz fröhlich zu Ende.

»Na ja, so würde ich das jetzt nicht …«

»… tun sie übrigens nicht«, unterbrach Zhou sie erneut.

»Wer?«

»Die asiatischen Tussen. Allerdings trinke ich auch keinen grünen Tee, falls es Sie interessiert. Davon wird mir übel. Und außerdem finde ich, das Zeug schmeckt wie gekochtes Gras, auch wenn es noch so gesund ist.«

Em starrte sie an. »Okay«, sagte sie. »Jetzt weiß ich, was Sie nicht trinken …«

»Kaffee, Cola Zero und hier und da mal ein Glas Äppelwoi, wenn Sie mir eine Freude machen wollen«, entgegnete Zhou. »Aber lassen Sie sich bitte trotzdem nicht abhalten …«

»Abhalten?«, fragte Em. »Wovon?«

»Na, von was auch immer Sie gerade vorhatten …«

Em blickte auf die beiden Gläser hinunter, die auf dem Rand des Waschbeckens standen. Gut, die Damentoilette war vielleicht nicht gerade der stilvollste Ort auf der Welt, aber sie hatte ganz und gar keinen Bock auf irgendwelche hämischen Kommentare ihrer Kollegen gehabt. Und die würden auch so noch kommen. Keine Frage.

»Na?«, fragte Zhou, indem sie beherzt nach einem der beiden Gläser griff. »Worauf stoßen wir an? Auf den gelösten Fall?«

»Auch.«

»Muss ich das jetzt verstehen?«

Anstelle einer Antwort schnappte sich Em das zweite Glas. »Um ehrlich zu sein, geht es mir eher darum, etwas nachzuholen.« Sie straffte die Schultern und hob das Glas. »Ich bin Emilia. Das kommt aus dem Lateinischen, meine Mutter behauptet, aus Rom, aber das muss nicht unbedingt stimmen, immerhin behauptet sie auch, dass mein Bruder vom Papst persönlich getauft wurde, was Sie als Lüge entlarven werden, sobald Sie ihn kennenlernen. Also Angelo, meine ich. Nicht Alessandro. Das ist der Sesselpupser mit dem klimatisierten Büro …« Sie holte Luft. »Jedenfalls bedeutet Emilia so viel wie: die Ehrgeizige, womit denn auch wieder mal eindrucksvoll bewiesen wäre, dass Namen nichts als Schall und Rauch sind. Wie auch immer: Meine Freunde nennen mich Em.«

Zhou lächelte. »Freut mich.«

»Ja«, sagte Em. »Mich auch. Und herzlich willkommen in der Abteilung für Kapitaldelikte.«